Liane Moriarty

Bijna echt gebeurd

A.W. Bruna Uitgevers

Oorspronkelijke titel
Truly, Madly, Guilty

Vertaling
Monique Eggermont
Omslagbeeld
Getty Images / Yamada Taro
Omslagontwerp
b'IJ Barbara

ISBN 978 94 005 0837 8
NUR 302

Voor Jaci

Muziek is de stilte tussen de noten.
Claude Debussy

1

'Dit verhaal begint met een barbecue,' zei Clementine. De microfoon versterkte haar stem en maakte hem stabieler zodat hij gezagvoller overkwam, alsof hij gefotoshopt was. 'Een gewone barbecue bij buren in een gewone achtertuin.'

Nou ja, niet echt een gewone achtertuin, dacht Erika. Ze sloeg haar benen over elkaar, haakte haar ene voet achter de andere en snoof. Vids achtertuin was niet echt 'gewoon' te noemen.

Erika zat in het midden van de achterste rij in de evenementenzaal die deel uitmaakte van de stijlvol gerenoveerde bibliotheek, in een buitenwijk op drie kwartier rijden van de stad, en geen halfuur, zoals werd gesuggereerd door de medewerker van het taxibedrijf, van wie je mocht verwachten dat hij hier enigszins mee bekend was.

Het publiek bestond uit een man of twintig, hoewel er twee keer zoveel klapstoelen klaarstonden. De meesten waren bejaarden die energiek en vol verwachting zaten af te wachten. Het waren intelligente, ontwikkelde senioren die hier op deze regenachtige ochtend (al weer? Hield het dan nooit op?) naartoe gekomen waren om nieuwe, boeiende informatie tot zich te nemen tijdens de wijkbijeenkomst over 'maatschappelijke betrokkenheid'. 'Ik heb vandaag een verhaal gehoord van een bijzonder interessante vrouw,' wilden ze tegen hun kinderen en kleinkinderen kunnen zeggen.

Erika had van tevoren op de website van de bibliotheek opgezocht hoe Clementines speech werd omschreven. Wat daar stond was kort en weinig informatief: *Kom luisteren naar Clementine Hart, die het verhaal vertelt van een moeder en tevens beroemde celliste uit Sydney: 'Op een gewone dag'.*

Was Clementine echt een 'beroemde' celliste? Dat leek wat overdreven.

Voor de prijs van vijf dollar kreeg je twee gastsprekers, een heerlijke, aangeklede thee en kans op een loterijprijs. De spreker die na Clementine kwam, zou iets zeggen over het omstreden plan van de gemeente om het lokale zwembad te renoveren. Erika hoorde in de verte het zachte gerammel van koppen en schotels die klaargezet werden. Ze hield het loterijbriefje veilig in haar handen. Ze moest er niet aan denken dat ze het tijdens de trekking in haar tas zou moeten zoeken. Blauw, E 24. Het zag er niet uit als een winnend lot.

De dame die recht voor Erika zat, hield haar grijze krullenhoofd schuin op een meelevende, betrokken manier, alsof ze bereid was alles wat Clementine zei te beamen. Het labeltje stak boven de kraag van haar blouse uit. Maat 38. Het was een doorn in Erika's oog. Ze leunde naar voren en stopte het labeltje terug.

De vrouw draaide zich om.

'Labeltje,' fluisterde Erika.

De vrouw glimlachte dankbaar, en Erika zag dat ze bloosde tot in haar nek. De jongere man die naast haar zat, misschien haar zoon, die eruitzag als een veertiger, had een tatoeage van een streepjescode achter in zijn gebruinde nek, alsof hij een artikel in de supermarkt was. Was het als grap bedoeld? Ironie? Symboliek? Erika had zin om tegen hem te zeggen dat het er bespottelijk uitzag.

'Het was een gewone zondagmiddag,' zei Clementine.

Opvallend was de herhaling van het woord 'gewoon'. Clementine moest hebben besloten dat het belangrijk was om 'herkenbaar' over te komen bij deze gewone mensen in deze gewone buitenwijken. Erika stelde zich voor dat Clementine aan haar kleine eettafel, of misschien aan Sams niet-gerestaureerde antieke bureau, in haar nonchalant-chique zandstenen rijtjeshuis met zijn 'glimp op het water' haar verhaal voorbereidde, terwijl ze op haar pen kauwde en haar dikke bos donker haar op die sensuele, enigszins zelfvoldane manier van haar over een schouder wierp alsof ze Rapunzel was en bij zichzelf dacht: gewoon.

Inderdaad, Clementine, hoe zorg je dat het gewone volk je begrijpt?

'Het was begin winter. Een koude, sombere dag,' zei Clementine.

Wat de f...? Erika verschoof op haar stoel. Het was een prachtige dag geweest. Een 'schitterende' dag. Zo had Vid het genoemd.

Of misschien zei hij 'stralend'. Zoiets, in elk geval.

'Het was gemeen koud,' zei Clementine, waarbij ze zelfs even met gevoel voor drama en beslist onnodig rilde in de zaal, waar het zo warm was dat een man een paar rijen voor Erika in slaap gesukkeld leek te zijn. Hij had zijn benen voor zich uitgestrekt en zijn handen comfortabel in elkaar op zijn buik gelegd, en zijn hoofd was naar achteren gekanteld, alsof hij een dutje deed op een onzichtbaar kussen. Misschien was hij overleden.

Het was misschien kil geweest op de dag van de barbecue, maar in elk geval niet somber. Erika wist dat ooggetuigenverslagen berucht waren vanwege hun onbetrouwbaarheid, omdat mensen dachten dat ze op de terugspoelknop van het opnameapparaatje in hun hoofd hadden gedrukt, terwijl ze in feite zelf hun herinneringen construeerden. Ze 'maakten hun eigen verhaal'. Zo herinnerde Clementine zich dus dat de barbecue plaatsvond op een koude, sombere dag. Maar Clementine had het mis. Erika herinnerde zich (ze herinnerde het zich echt; ze verzon het absoluut niet) dat Vid zich op de ochtend van de barbecue naar haar autoraampje had gebogen. 'Wat een schitterende dag!' had hij gezegd.

Erika wist absoluut zeker dat dat zijn woorden waren geweest.

Of misschien was het 'stralend' geweest.

Maar het was een woord met een positieve connotatie. Daar was ze van overtuigd.

(Had Erika maar 'Ja, Vid, het is inderdaad een schitterende/stralende dag' gezegd en haar voet weer op het gaspedaal gezet.)

'Ik herinner me dat ik mijn dochtertjes extra warm aankleedde,' zei Clementine.

Sam had ze waarschijnlijk aangekleed, dacht Erika.

Clementine schraapte haar keel en greep met beide handen de zijkanten van de katheder. De microfoon hing te hoog voor haar, zodat het leek alsof ze op haar tenen probeerde haar mond er dichterbij te brengen. Haar uitgerekte nek benadrukte hoe mager haar gezicht was geworden.

Erika dacht na over de mogelijkheid om discreet opzij van de zaal te sluipen om de microfoon bij te stellen. Het zou maar heel weinig tijd kosten. Ze stelde zich een dankbare glimlach van Clementine voor. 'Wat fijn dat je dat deed,' zou ze na afloop bij de koffie zeggen. 'Je hebt echt mijn dag gered.'

Maar Clementine wilde eigenlijk niet dat Erika er vandaag bij was. Ze had de afschuw gezien die even in Clementines ogen verscheen toen ze had voorgesteld om te komen luisteren, ook al had Clementine zich snel hersteld en gezegd dat dat ontzettend lief en aardig van haar was en dat ze daarna samen in het plaatselijke *food court* koffie konden drinken.

'De uitnodiging kwam heel laat,' zei Clementine. 'Voor de barbecue. We kenden de gastvrouw en gastheer niet zo goed. Het waren, tja, het waren vrienden van vrienden.' Ze keek omlaag naar de katheder alsof ze even de weg kwijt was. Ze had een stapeltje handgeschreven systeemkaartjes in haar hand toen ze naar de katheder liep. Er was iets hartverscheurends aan die kaartjes, alsof Clementine zich die tip had herinnerd uit de les retorica op school. Ze moest ze hebben geknipt met een schaar. Maar niet met dat met paarlemoer ingelegde schaartje van haar grootmoeder. Dat was ze kwijt.

Het was vreemd om Clementine op het podium te zien staan zonder haar cello. Ze zag er heel conformistisch uit in haar blauwe spijkerbroek en 'lieve' bloemetjesblouse. Typisch iets voor een moeder in een buitenwijk. Clementines benen waren te kort voor een spijkerbroek en leken nog korter door de platte ballerina's die ze aanhad. Nou ja, het was gewoon een feit. Ze had er bijna – ook al leek het vreselijk trouweloos om dat woord voor Clementine te gebruiken – tuttig uitgezien toen ze naar de katheder liep. Voor een optreden stak ze altijd haar haar op, droeg ze hakken en was ze in het zwart: lange rokken van een luchtige stof, wijd genoeg om de cello tussen haar knieën in te kunnen zetten. Als Clementine daar dan zat met haar hoofd teder en gepassioneerd naar haar cello gebogen als in een omhelzing, met een lange haarlok die tot vlak boven de snaren viel en haar arm in die vreemde, geometrische hoek, zag ze er altijd heel sensueel uit, heel exotisch, totaal anders in Erika's ogen. Elke keer dat ze Clementine zag optreden, zelfs na al die jaren nog, ervoer Erika iets van verlies, alsof ze naar iets onbereikbaars verlangde. Ze had altijd verondersteld dat dat voortkwam uit iets ingewikkelders en boeienders dan afgunst, want ze had totaal geen belangstelling voor muziekinstrumenten, maar misschien was het toch wel zo. Misschien was het allemaal te herleiden tot jaloezie.

Nu Erika Clementine met haar weifelende, ongetwijfeld zinloze verhaal bezig zag in deze kleine zaal met uitzicht op het drukke parkeerterrein van de supermarkt in plaats van in de stille concertzalen met hoge plafonds waar ze normaal gesproken optrad, ervoer ze dezelfde beschamende voldoening als wanneer ze in een flutblaadje een filmster zonder makeup zag: zo bijzonder ben je dus niet.

‘We waren die dag dus met zes volwassenen,’ zei Clementine. Ze schraapte haar keel, wiegde op haar hakken naar achteren en toen weer naar voren. ‘Zes volwassenen en drie kinderen.’

En een keffend hondje, dacht Erika. Kef, kef, kef.

‘Zoals ik al zei, we kenden de mensen bij wie we waren niet goed, maar we hadden het allemaal naar onze zin, we genoten.’

Jij, dacht Erika. Jij genoot.

Ze herinnerde zich dat Clementines lach gelijke tred hield met het lage gegrinnik van Vid. Ze zag de gezichten in en uit donkere schaduwen glippen, hun ogen als zwarte poelen, tanden die ineens blikkerden.

Ze hadden die middag veel te lang gewacht voordat ze de buitenverlichting aandeden in die idiote achtertuin.

‘Ik herinner me dat we op een bepaald moment naar muziek luisterden,’ zei Clementine. Ze keek weer omlaag naar de katheder, en toen weer op alsof ze in de verte naar iets aan de horizon tuurde. Haar blik was leeg. Ze zag er nu niet uit als een moeder uit een buitenwijk. ‘“Après un rêve” van de Franse componist Gabriel Fauré.’ Natuurlijk sprak ze het correct op z’n Frans uit. ‘Dat is een prachtig stuk. Van een subtiele treurigheid.’

Ze zweeg. Merkte ze het geschuif op de stoelen op, het ongemak van het publiek? ‘Subtiele treurigheid’ was niet de juiste terminologie voor dit publiek: te overdreven, te artistiekerig. Clementine, lieve schat, we zijn te gewóón voor jouw intellectuele verwijzingen naar Franse componisten. Trouwens, ze draaiden die avond ‘November Rain’ van Guns N’ Roses. Heel wat minder artistiekerig.

Had ‘November Rain’ iets te maken gehad met Tiffany’s onthulling? Of was dat daarvoor? Wanneer had Tiffany precies haar geheim verteld? Was dat toen de middag door drank overspoeld raakte?

'We hadden geborreld,' zei Clementine. 'Maar niemand was dronken. Een tikje aangeschoten, misschien.'

Haar blik ontmoette die van Erika, alsof ze de hele tijd had geweten waar ze zat en haar had gemeden maar nu bewust haar ogen zocht. Erika keek terug en probeerde te glimlachen, als een vriendin, Clementines hartsvriendin, de peettante van haar kinderen, maar haar gezicht leek verlamd, als na een beroerte.

'Maar goed, het was eind van de middag, we zouden net aan het dessert beginnen en zaten te schateren,' zei Clementine. Ze keek nu in plaats van naar Erika naar iemand in het publiek op de eerste rij, en Erika voelde zich afgewezen, het voelde zelfs wreed. 'Om iets wat ik niet meer weet.'

Erika werd duizelig, claustrofobisch. Het was ondraaglijk benauwd geworden in de zaal.

Ineens kreeg ze dringend de behoefte om naar buiten te gaan. Daar heb je het, dacht ze. Daar heb je het weer. Vecht-of-vluchtreactie. Haar afweersysteem dat in werking trad. Een verandering in het chemische proces van de hersenen. Meer was het niet. Doodnormaal. Een trauma uit haar jeugd. Ze had er alles over gelezen. Ze wist precies wat er met haar aan de hand was, maar dat maakte niets uit. Haar lichaam ging zijn eigen gang en verraadde haar. Haar hartslag nam toe. Haar handen trilden. Ze róók haar kinderjaren, zwaar en realistisch: vocht, schimmel en schaamte.

'Vecht niet tegen de paniek. Zie haar onder ogen. Ga erdoorheen,' had haar psychologe haar gezegd.

Haar psychologe was uitzonderlijk goed, ze was elke cent waard, maar jezus, hoe kon je ergens doorheen gaan als er nergens ruimte was, niet boven, niet onder, als je geen stap kon zetten zonder die sponzige, rottende troep onder je voeten te voelen.

Ze stond op en trok haar rok los, die tegen de achterkant van haar benen geplakt zat. De man met de streepjescode keek even om. De meelevende blik in zijn ogen gaf haar even een schok; het was alsof ze in de verontrustend pientere ogen van een mensaap keek.

'Sorry,' fluisterde Erika. 'Ik moet...' Ze wees op haar horloge en schoof zijdelings achter hem langs, waarbij ze probeerde te voorkomen dat ze met haar jasje zijn achterhoofd raakte.

Toen ze achter in de zaal was, zei Clementine: 'Ik herinner me dat mijn vriendin op een bepaald moment mijn naam schreeuwde. Heel hard. Dat geluid zal ik nooit vergeten.'

Erika bleef staan met haar hand op de deurknop en haar rug naar de zaal. Clementine moet zich naar de microfoon hebben gebogen, want ineens vulde haar stem de hele zaal: 'Ze schreeuwde "Clementine!"'

Clementine kon stemmen altijd heel goed nadoen; als musicus wist ze de juiste intonatie te vinden. Erika hoorde rauwe angst en schrille paniek in dat ene woord 'Clementine!'

Ze wist dat zij de vriendin was die die avond Clementines naam had geschreeuwd, maar ze herinnerde zich er niets van. Er was alleen maar een spierwitte leegte op de plaats waar die herinnering had moeten zijn, en als zij zich een dergelijk moment niet kon herinneren, nou, dan wees dat op een probleem, een aandoening, een extreem veelzeggende, onrustbarende afwijking. De golf van paniek nam toe en overmande haar bijna. Ze duwde de deurknop omlaag en wankelde de gestaag vallende regen in.

2

'Een vergadering gehad?' vroeg de taxichauffeur die Erika terugreed naar de stad. Hij grinnikte vaderlijk naar haar in het achteruitkijkspiegeltje, alsof het hem vertederde: die vrouwen die tegenwoordig werkten, keurig gekleed, bijna als echte zakenlieden.

'Ja,' zei Erika. Ze schudde even flink met haar paraplu op de vloer van de auto. 'Kijk maar liever op de weg.'

'Jawel, dame!' De chauffeur tikte met twee vingers tegen zijn voorhoofd in een spottend begroetingsgebaar.

'Vanwege de regen,' voerde Erika ter verdediging aan. Ze wees naar de druppels die keihard op de autoruiten roffelden. 'Glad op de weg.'

'Ik heb net een of andere ezel naar het vliegveld gebracht,' zei de chauffeur. Hij zweeg even toen hij van baan wisselde, met een vlezige hand op het stuur en de andere arm nonchalant over de rug van de stoel naast hem, en intussen stelde Erika zich een heuse ezel voor op de achterbank van de taxi.

'Die dacht dat al die regen wordt veroorzaakt door de klimaatverandering. Ik zei tegen hem: nee man, het heeft niets te maken met klimaatverandering. Dat komt door La Niña! Weet je iets van La Niña? El Niño en La Niña? Dat zijn natuurverschijnselen! Die komen al duizenden jaren voor.'

'Juist,' zei Erika. Was Oliver maar bij haar. Hij zou het gesprek van haar overnemen. Waarom wilden taxichauffeurs hun passagiers altijd per se iets bijbrengen?

'Yep. La Niña,' zei hij met wat op een Mexicaanse uitspraak

moest lijken. Hij genoot er duidelijk van om 'La Niña' te zeggen. 'We hebben wel mooi het record gebroken, toch? De langste onafgebroken regenperiode in Sydney sinds 1932. Een hoeraatje voor ons!'

'Ja,' zei Erika. 'Een hoeraatje voor ons.'

Dat was in 1931 geweest, ze vergat nooit jaartallen, maar ze vond het niet nodig hem te corrigeren.

'Ik geloof dat het 1931 was,' zei ze. Ze kon er niets aan doen. Het was een karakterfoutje van haar. Dat wist ze.

'Yep, klopt, 1931,' zei de chauffeur, alsof hij dat net zelf ook had gezegd. 'En daarvoor was het een periode van vierentwintig dagen, in 1893. Vierentwintig dagen aan één stuk door regen! Laten we hopen dat we dat record niet ook verbreken! Wat denkt u?'

'Laten we hopen van niet,' zei Erika. Ze ging met een vinger langs haar voorhoofd. Was het zweet of regenwater?

Toen ze in de regen voor de bibliotheek op de taxi had staan wachten, was ze gekalmeerd. Haar ademhaling was weer normaal, maar haar maag ging nog steeds tekeer en ze was doodmoe, uitgeput, alsof ze een marathon had gelopen.

Ze pakte haar telefoon en sms'te Clementine: *Sorry, moest ineens weg, problemen op het werk, je deed het fantastisch, spreek je later. E x*

Ze veranderde 'fantastisch' in 'heel goed'. Fantastisch was overdreven. En ook niet correct. Ze drukte op 'verzenden'.

Het was een beoordelingsfout geweest om kostbare werktijd uit te trekken om naar Clementines verhaal te komen luisteren. Ze was alleen gegaan om haar te steunen en omdat ze haar eigen gevoelens over het voorval een plaats wilde geven. Het was alsof haar herinnering aan die middag een strookje van een ouderwetse filmrol was waar iemand een paar frames uit had geknipt. Het waren niet eens hele frames. Het waren snippers. Dunne snippertjes tijd. Ze wilde alleen dat die snippertjes ingevuld werden zonder dat ze tegenover iemand hoefde toe te geven 'ik herinner me niet alles meer'.

Er kwam een beeld bij haar op van haar eigen gezicht in haar badkamerspiegel, en haar handen die hevig trilden terwijl ze probeerde dat gele pilletje met haar duimnagel doormidden te breken. Ze vermoedde dat de hiaten in haar geheugen te maken hadden met dat pilletje dat ze die middag had geslikt. Maar die pil was haar voorgeschreven. Het was niet zo dat ze xtc naar binnen had gegooid voordat ze naar een barbecue ging.

Ze wist nog wel dat ze zich raar had gevoeld, een beetje afstandelijk, voordat ze naar de barbecue van de buren gingen, maar dat verklaarde nog steeds niet de hiaten in haar geheugen. Te veel gedronken? Ja. Te veel gedronken. Zie het maar onder ogen, Erika. Je had te veel op. Je was 'dronken'. Erika kon niet echt geloven dat dat woord op haar van toepassing was, maar dat leek toch het geval te zijn. Ze was voor het eerst van haar leven onmiskenbaar dronken geweest. Dus misschien waren de gaten in haar geheugen het gevolg van alcohol. Net als bij Olivers vader en moeder. 'Die zijn hele decennia van hun leven kwijt,' had Oliver een keer gezegd in het bijzijn van zijn ouders, en die hadden allebei verrukt lachend hun glas geheven, ook al had Oliver niet eens geglimlacht.

'En, waarmee verdient u de kost, als ik zo vrij mag zijn?' vroeg de chauffeur.

'Ik ben accountant,' zei Erika.

'Echt waar?' Hij klonk veel te belangstellend. 'Wat toevallig, want ik dacht juist aan...'

Erika's telefoon ging, en ze schrok zoals altijd wanneer dat gebeurde. ('Het is een telefoon, Erika,' zei Oliver elke keer tegen haar. 'Die gaan nu eenmaal.') Ze zag dat het haar moeder was, de allerlaatste op aarde met wie ze op dit moment wilde praten, maar de chauffeur verschoof op zijn stoel en keek naar haar in plaats van op de weg, zijn lippen al bijna likkend bij het idee dat hij zo meteen gratis advies van haar kon krijgen. Taxichauffeurs wisten overal een beetje van. Hij zou haar willen vertellen over de fantastische mazen in de wet waarover hij van een van zijn klanten had gehoord. Erika was niet zo'n soort accountant. Voor 'mazen in de wet' had ze niet echt waardering. Misschien was haar moeder de minste van twee kwaden.

'Hoi, mam.'

'Hé, hallo! Ik verwachtte niet dat je zou opnemen!' Haar moeder klonk zowel nerveus als uitdagend, wat allebei niet veel goeds beloofde.

'Ik was er al helemaal op voorbereid dat ik een berichtje in moest spreken!' zei Sylvia op beschuldigende toon.

'Sorry dat ik opnam,' zei Erika. Het speet haar oprecht.

'Natuurlijk hoef je geen sorry te zeggen, ik moet me alleen even opnieuw instellen. Weet je wat, luister gewoon, dan doe ik net alsof ik het berichtje inspreek dat ik had voorbereid.'

'Ga je gang,' zei Erika. Ze keek naar de natgeregende straat, waar een vrouw met een paraplu worstelde die binnenstebuiten dreigde te klappen. Erika zag tot haar verbazing hoe de vrouw ineens haar geduld verloor en zonder haar pas in te houden de paraplu in een vuilnisbak propte en verder liep in de regen. Goed zo, dacht Erika, opgevrolijkt door dit tafereeltje. Wég met dat kreng.

Haar moeders stem klonk harder, alsof ze de telefoon anders vasthield. 'Ik had hiermee willen beginnen: Erika, schat, wilde ik zeggen, Erika, schat, ik weet dat je nu niet kunt opnemen omdat je aan het werk bent, en wat jammer om op kantoor te moeten zitten op deze prachtige dag, niet dat het een prachtige dag is, maar normaal gesproken hebben we in deze tijd van het jaar schitterende dagen, en elke keer dat ik wakker word en naar de blauwe lucht kijk denk ik, o hemel, o, wat jammer, die arme, arme Erika, opgesloten op kantoor op deze prachtige dag! Dat denk ik dan, maar dat is de prijs die je betaalt voor succes in je werk! Was je maar boswachter geweest, of had je maar ander werk dat je buiten kon doen. Ik wilde eigenlijk geen boswachter zeggen, dat kwam nu ineens bij me op, en ik weet ook eigenlijk wel hoe dat kwam, namelijk doordat Sally's zoon net van school is en boswachter wordt, en toen ze me dat vertelde dacht ik bij mezelf: wat een geweldige baan, wat een slim idee, in plaats van opgesloten te moeten zitten in een hokje zoals jij.'

'Ik zit niet opgesloten in een hokje,' zei Erika met een zucht. Haar kantoor had uitzicht op de haven en haar secretaresse kocht elke maandagochtend verse bloemen. Ze was dol op haar kantoor. Ze was dol op haar werk.

'Het was Sally's idee, weet je. Dat haar zoon boswachter wordt. Zo slim van haar. Ze is niet conservatief, die Sally, ze denkt out of the box.'

'Sally?' zei Erika.

'Sally! Mijn nieuwe kapster!' zei haar moeder ongeduldig, alsof ze Sally al jaren kende in plaats van een paar maanden. Alsof Sally een vriendin voor het leven zou worden. Ha. Sally zou hetzelfde lot wachten als al die andere geweldige onbekenden in het leven van haar moeder.

'En wat zou je verder ingesproken hebben?' vroeg Erika.

'Even kijken... daarna zou ik, een beetje terloops, alsof het zomaar bij me opkwam, zeggen: o, trouwens, moet je horen, schat!'

Erika schoot in de lach. Haar moeder wist haar altijd weer mild te stemmen, zelfs op de ergste momenten. Net als Erika dacht dat ze klaar met haar was, dat ze er niet meer tegen kon, deed haar moeder zo charmant dat Erika weer van haar hield.

Haar moeder lachte ook, maar hoog en overspannen. 'Ik wilde zeggen: hoor eens, schat, ik vroeg me af of jij en Oliver het leuk vinden om zondag bij mij te komen lunchen.'

'Nee,' zei Erika. 'Nee.'

Ze ademde in als door een rietje. Haar lippen trilden. 'Nee, bedankt. We komen de vijftiende. Dan komen we, mam. Niet op een andere dag. Dat is de afspraak.'

'Maar lieverd, ik dacht dat je trots op me zou zijn omdat...'

'Nee,' zei Erika. 'Ik wil wel iets anders met je afspreken. We kunnen zondag ergens gaan lunchen. In een gezellig restaurant. Of je komt naar ons toe. Oliver en ik hebben dan geen afspraken. We kunnen overal naartoe gaan, maar we komen niet naar jouw huis.' Ze wachtte even en zei het toen nogmaals, luider en duidelijker, alsof ze het tegen iemand had die niet goed Engels sprak. 'We komen niet naar jouw huis.'

Er viel een stilte.

'Tot de vijftiende,' zei Erika. 'Het staat in de agenda. Van ons allebei. En vergeet niet dat we donderdagavond bij de ouders van Clementine eten! Dus dat is ook iets om naar uit te kijken.' Nou, inderdaad, dat zou lachen worden.

'Ik wilde een nieuw recept uitproberen. Ik heb een kookboek met glutenvrije recepten gekocht, had ik je dat verteld?'

Het kwam door de toon waarop ze nu sprak. Die berekenende, wrede vrolijkheid, alsof ze dacht dat er een kans was dat Erika zou meedoen aan het spelletje dat ze al die jaren speelden, waarin ze allebei deden alsof ze een gewone moeder en dochter waren die een gewoon gesprek voerden, terwijl ze heel goed wist dat Erika niet langer meespeelde, terwijl ze samen hadden afgesproken dat dat spel voorbij was, waarbij haar moeder had gehuild en zich had verontschuldigd en beloften had gedaan waarvan ze allebei wisten dat ze zich er nooit aan zou houden. Maar nu deed ze net alsof ze die beloften zelfs nooit had gedaan.

'Mam. Doe me een lol.'

'Wat nou?' De vermoorde onschuld. Dat onnozele stemmetje, razend werd ze ervan.

'Je hebt op oma's graf belóófd dat je geen kookboeken meer zou kopen! Je kookt nooit! Je hebt geen glutenallergie!' Waarom trilde haar stem van woede als ze nooit had verwacht dat haar moeder zich aan die melodramatische beloften zou houden?

'Dat heb ik nooit beloofd!' zei haar moeder. Ze liet het kinderstemmetje varen en had het lef om net zo kwaad te reageren als Erika. 'En trouwens, de laatste tijd heb ik vreselijk veel last van een opgeblazen gevoel. En ik heb wel een gluten-intolerantie. Neem me niet kwalijk dat ik me zorgen maak over mijn gezondheid.'

Niet op ingaan. Blijf weg van dat emotionele mijnenveld. Dit was de reden waarom ze duizenden dollars investeerde in therapie, voor precies deze situatie.

'Goed, mam, leuk om je even te hebben gesproken,' zei Erika snel, zonder haar moeder de kans te geven nog te reageren, alsof ze een telemarketeer was. 'Maar ik ben aan het werk, dus ik moet ophangen. Ik spreek je later.' Ze hing op voordat haar moeder iets kon zeggen en liet de telefoon op haar schoot vallen.

De chauffeur zat opvallend stil op de met kralen bestikte stoelhoes, alleen zijn handen bewogen onder aan het stuur, alsof hij haar niet had zitten afluisteren. Wat voor dochter weigert naar haar moeders huis te gaan? Wat voor dochter gaat zo tekeer omdat haar moeder een nieuw kookboek heeft gekocht?

Ze knipperde de tranen weg.

Haar telefoon ging weer, en ze schrok zo dat hij bijna van haar schoot gleed. Vast haar moeder weer om luidkeels haar ongenoegen kenbaar te maken.

Maar het was niet haar moeder. Het was Oliver.

'Hoi,' zei ze, en ze huilde bijna van opluchting toen ze zijn stem hoorde. 'Ik kreeg zojuist een gezellig telefoontje van mam. Of we zondag bij haar komen lunchen.'

'We zouden toch pas volgende maand gaan?'

'Ja,' zei Erika. 'Ze wilde zien hoe ver ze kon gaan.'

'Gaat het wel met je?'

'Ja hoor.' Ze streek met een vinger onder haar ogen. 'Prima.'

'Zeker weten?'

'Ja. Bedankt.'

'Zet haar meteen uit je hoofd,' zei Oliver. 'Zeg, ben je nog naar Clementines verhaal gaan luisteren in die bibliotheek of waar het ook was?'

Erika legde haar hoofd achterover en sloot haar ogen. Verdomme. Natuurlijk. Daarvoor belde hij. Clementine. Na het verhaal zou ze met Clementine een kop koffie gaan drinken. Oliver was niet bijzonder geïnteresseerd geweest in Erika's motief om bij Clementines verhaal aanwezig te zijn. Hij begreep haar obsessieve verlangen om de hiaten in haar herinnering op te vullen niet. Hij vond het onbelangrijk, bijna dwaas. 'Geloof mij maar, meer dan dit zul je je niet gaan herinneren,' had hij gezegd. (Hij had strakke lippen en een harde blik toen hij 'geloof mij maar' zei. Het was slechts een kleine pijnscheut, die hij nooit helemaal kon onderdrukken en die hij waarschijnlijk zou ontkennen.) 'Hiaten in je geheugen zijn een normaal verschijnsel als je te veel drinkt.' Voor haar was het niet normaal. Maar Oliver had hierin de ideale gelegenheid gezien om met Clementine te gaan praten, haar uiteindelijk te confronteren.

Ze had ook hem beter op de voicemail kunnen zetten.

'Ja,' zei ze. 'Maar ik ben halverwege weggegaan. Ik voelde me niet lekker.'

'Dus je hebt niet met Clementine kunnen praten?' vroeg Oliver. Ze hoorde dat hij zijn best deed om zijn frustratie te verbergen.

'Vandaag niet,' zei ze. 'Maak je geen zorgen. Ik vind nog wel het juiste moment. Het food court zou daar trouwens geen geschikte plek voor zijn geweest.'

'Ik reken alleen even terug. Die barbecue is inmiddels twee

maanden geleden. Volgens mij is het niet kwetsend of ongevoelig of wat dan ook om die vraag te stellen. Bel haar gewoon op. Je hoeft elkaar niet te zien.'

'Ik weet het. Het spijt me.'

'Het hoeft je niet te spijten,' zei Oliver. 'Het is moeilijk. Het is niet jouw schuld.'

'Het was mijn schuld dat we naar die barbecue zijn gegaan,' zei ze. Oliver zou haar daar niet van vrijpleiten. Daar was hij te accuraat voor. Dat hadden ze gemeen: een passie voor accuratesse.

De chauffeur stond boven op de rem. 'Verdomme, idioot! Stomme ezel!' Erika legde haar hand plat op de rugleuning van de stoel voor haar om zich schrap te zetten, toen Oliver zei: 'Dat heeft er niets mee te maken.'

'Voor mij wel,' zei ze. Haar telefoon bliepte om aan te geven dat er nog een gesprek binnenkwam. Dat zou haar moeder weer zijn. Dat het een paar minuten had geduurd voordat ze terugbelde, betekende dat ze voor tranen had gekozen in plaats van voor een scheldpartij. Tranen vroegen meer tijd.

'Ik weet niet wat je daarover van me wilt horen, Erika,' zei Oliver bezorgd. Hij dacht echt dat er een correcte reactie bestond. Een antwoord dat je achter in het boek kon vinden. Hij dacht dat er voor relaties geheime regels bestonden, die zij moest kennen, want zij was de vrouw, en dat ze die expres achterhield. 'Maar... ga je wel met Clementine praten?'

'Ik ga met Clementine praten,' zei Erika. 'Tot vanavond.'

Ze zette het geluid van haar telefoon uit en stopte hem in haar tas. De chauffeur zette de radio harder. Hij had het opgegeven om haar om boekhoudkundig advies te vragen, waarschijnlijk omdat hij dat, te oordelen naar haar privéleven, niet betrouwbaar achtte.

Erika dacht aan Clementine, die intussen wel met haar verhaal in de bibliotheek klaar zou zijn, waarschijnlijk gevolgd door een beleefd applaus van haar toehoorders. Er zouden geen 'bravo's' zijn, geen staande ovaties, geen bloemen in de kleedkamer.

Arme Clementine, die het gevoel had dat ze zichzelf op deze manier zo ongeveer moest vernederen.

Oliver had gelijk: het besluit om naar de barbecue te gaan had er niets mee te maken. Dat was een voldongen feit. Ze legde haar hoofd weer tegen de leuning, sloot haar ogen en herinnerde zich een zilverkleurige auto die haar kant op reed, omringd door rondzwierende herfstbladeren.

3

De dag van de barbecue

Erika reed de doodlopende straat waar ze woonde in en werd begroet door een vreemd, bijna mooi tafereel: eindelijk reed er iemand in de zilverkleurige BMW die het afgelopen halfjaar voor het huis van de Richardsons had gestaan, en wie er ook achter het stuur zat, hij had niet de moeite genomen om de hoop rood- en goudkleurige herfstbladeren op de motorkap en het dak van de auto weg te vegen, zodat er bij het wegrijden (veel te hard voor een woonwijk) een wervelwind van bladeren opwaaide, alsof de auto door een minitornado werd gevolgd.

Toen de bladeren verdwenen waren, zag Erika haar buurman Vid, die aan het begin van zijn oprit naar de wegrijdende auto stond te kijken, waarbij een zonnestraaltje in zijn zonnebril spiegelde als de flits van een camera.

Erika remde naast hem en draaide het raampje aan de passagierskant open.

'Goedemorgen,' riep ze. 'Eindelijk heeft iemand die auto weggehaald!'

'Ja, die drugshandel is waarschijnlijk verleden tijd, wat denk jij?' Vid boog zich naar de auto toe en schoof zijn zonnebril in zijn volle bos grijs haar. 'Of misschien was het wel de maffia.'

'Haha!' Erika lachte niet erg geloofwaardig, omdat Vid zelf wel iets weg had van een succesvolle gangster.

'Het is een prachtige dag, weet je. Kijk toch eens! Heb ik

gelijk?' Vid maakte een voldaan gebaar naar de hemel, alsof hij persoonlijk voor deze dag een extra hoge prijs had betaald en het kwaliteitsproduct had gekregen dat hij verdiende.

'Het is een mooie dag,' zei Erika. 'Ga je een stuk wandelen?'

Vid reageerde met lichte afkeer op deze veronderstelling.

'Wandelen? Ik? Nee.' Hij wees op de sigaret tussen zijn vingers en de opgerolde, in plastic verpakte zondagskrant in zijn andere hand. 'Ik kwam alleen even mijn krantje halen, weet je.'

Erika hield zich voor om niet het aantal keren dat hij 'weet je' zei te tellen. Het bijhouden van het aantal keren dat iemand stopwoorden gebruikte, grensde aan dwangmatigheid. (Vids huidige record: elf keer in een woordenstroom van twee minuten over de pizza met gerookte pancetta die de plaatselijke pizzeria van de kaart had gehaald. Vid kon het niet geloven, weet je, hij kon het gewoonweg niet geloven. De 'weet je's' klonken steeds harder en sneller als hij zich ergens druk over maakte.)

Erika was zich er wel degelijk van bewust dat sommige van haar gedragingen dwangmatig te noemen waren. 'Probeer niet overal een etiket op te plakken, Erika,' had haar psychologe gezegd met de hardnekkige glimlach die ze altijd schonk wanneer Erika aan 'zelfdiagnose' deed. (Erika had aan het begin van de therapie een abonnement genomen op *Psychology Today* om een beetje op de hoogte te raken van de hele procedure, en het was allemaal zo boeiend dat ze onlangs aan de boekenlijst voor eerstejaars psychologiestudenten van Cambridge was begonnen. Puur uit belangstelling, had ze tegen haar psychologe gezegd, die zich daardoor niet bedreigd leek te voelen maar ook niet echt opgetogen keek.)

'Zo'n gast komt met z'n opgevoerde wagen de straat in racen en gooit die krant uit de auto alsof het verdomme een granaat in Syrië is, weet je.' Vid gebaarde met de opgerolde krant alsof hij een granaat wegwierp. 'En wat heb jij uitgespookt? Boodschappen gedaan?'

Hij keek naar de kleine verzameling plastic tassen die op de stoel naast Erika stond en nam een flinke haal van zijn sigaret, waarna hij de rook uit een mondhoek naar buiten blies.

'Niet echt boodschappen, alleen eh... wat kleinigheden die ik nodig had.'

'Wat kleinigheden,' herhaalde Vid, de woorden proevend alsof hij ze nog nooit eerder had gehoord. Misschien was dat ook wel zo. Hij keek Erika aan met die onderzoekende, bijna teleurgestelde blik, alsof hij meer van haar had verwacht.

'Ja. Voor een aangeklede thee. Clementine en Sam komen vandaag met hun dochtertjes bij ons op de thee. Clementine en Sam, vrienden van ons, weet je nog? Die je een keer bij ons thuis hebt ontmoet?' Ze wist heel goed dat Vid zich hen herinnerde. Ze noemde Clementine om zichzelf interessanter te maken. Dat was het enige wat ze Vid te bieden had: Clementine.

Vids gezicht klaarde meteen op.

'Je vriendin, de celliste!' zei hij verrukt. Hij smakte nog net niet met zijn lippen bij het woord 'celliste'. 'Met haar man. Die geen muzikaal gehoor heeft. Wat jammer, hè?'

'Nou, hij beweert zelf graag dat hij geen muzikaal gehoor heeft,' zei Erika. 'Ik denk dat hij eigenlijk...'

'Topkerel! Hij was, hoe noem je dat, marketingmanager bij een FMCG-bedrijf, en die letters staan voor... *fast-moving*... niet zeggen, niet zeggen... *fast-moving consumer goods.* Wat dat ook mag betekenen. Maar wat zeg je daarvan? Goed onthouden, hè? Ik heb een geheugen als een olifant, zeg ik altijd tegen mijn vrouw.'

'Nou, hij is eerlijk gezegd van baan veranderd, hij werkt nu bij een bedrijf dat energiedrankjes produceert.'

'Wat? Energiedrankjes? Drankjes die je energie geven? Maar goed, Sam en Clementine, fijne mensen, fantastische mensen, weet je! Jullie moeten bij ons komen barbecueën, weet je! Ik sta erop. Dat moeten jullie doen!'

'O,' zei Erika. 'Wat aardig van je.' Ze zou nee moeten zeggen. Ze was heel goed in staat om nee te zeggen. Ze had er zelfs geen moeite mee om nee tegen mensen te zeggen, ze was er trots op dat ze dat kon, en Oliver zou niet willen dat ze de plannen voor vandaag wijzigde. Het was te belangrijk. Deze dag was cruciaal. Deze dag kon misschien hun hele leven veranderen.

'Ik rooster een varken aan het spit! Op Sloveense wijze. Nou ja, niet echt Sloveens, het is mijn manier, maar zoiets heb je nog nooit geproefd. Je vriendin. Clementine. Ik weet het nog. Ze is dol op lekker eten, weet je. Net als ik.' Hij klopte op zijn buik.

'Tja,' zei Erika. Ze keek weer naar de plastic tassen naast haar op de stoel. Onderweg naar huis had ze steeds even naar haar aankopen gekeken, bang dat ze het niet goed had gedaan. Ze had meer moeten inslaan. Wat was er mis met haar? Waarom had ze geen ingrediënten voor een feestmaal gehaald?

En de crackers die ze had gekocht waren met sesamzaad, en er was iets aan de hand met sesamzaad. Was Clementine daar nou dol op of vond ze ze juist smerig?

'Wat wordt het?' vroeg Vid. 'Tiffany zou het geweldig vinden als jullie komen.'

'O ja?' zei Erika. De meeste echtgenotes zouden niet blij zijn met een spontane barbecue, maar Vids vrouw was kennelijk net zo gastvrij als Vid. Erika dacht aan de eerste keer dat ze haar beste vrienden had voorgesteld aan haar extraverte buren, vorig jaar toen zij en Oliver een kerstborrel gaven bij hen thuis tijdens een aanval van gezamenlijke 'laten we net doen of we van die mensen zijn die graag gasten ontvangen'-gekte. Zij en Oliver hadden het van begin tot eind verschrikkelijk gevonden. Gasten ontvangen was altijd moeilijk voor Erika, omdat ze er geen ervaring mee had en omdat iets in haar altijd vond dat gasten gevreesd en verfoeid moesten worden.

‘En hebben ze niet twee dochtertjes?’ vervolgde Vid. ‘Onze Dakota wil vast graag met ze spelen.’

‘Ja. Hoewel, vergeet niet dat ze veel jonger zijn dan Dakota.’

‘Nog beter! Dakota speelt graag met kleine meisjes, weet je, dan doet ze alsof zij de grote zus is, weet je. Ze vlecht hun haren, lakt hun nagels, dat is leuk voor hen allemaal!’

Erika liet haar handen rond het stuur gaan. Ze keek naar haar huis. De lage heg langs het pad naar de voordeur was pas nog perfect, akelig symmetrisch gesnoeid. De rolgordijnen waren omhoog. De ramen waren schoon en streepvrij. Niets te verbergen. Vanaf de straat kon je hun rode Veronese tafellamp zien. Meer niet. Alleen die lamp. Een heel bijzondere lamp. Alleen al bij het zien van die lamp vanaf de straat als ze thuiskwam, kreeg ze een gevoel van trots en rust. Oliver was nu binnen aan het stofzuigen. Erika had dat de vorige dag nog gedaan, dus het was eigenlijk overdreven. Overmatig stofzuigen. Beschamend.

Toen Erika het ouderlijk huis verliet, was een van de vele huishoudelijke zaken die haar zorgen baarden de vraag hoe vaak normale mensen stofzuigden. Het was Clementines moeder die haar daar een afdoend antwoord op had gegeven. Eén keer per week, Erika, elke zondagmiddag, bijvoorbeeld. Je kiest een vast tijdstip dat jou past en daar maak je een gewoonte van. Erika had Pams regels nauwgezet opgevolgd, maar Clementine had ze eigenzinnig genegeerd. ‘Sam en ik vergeten zelfs altijd dat er gestofzuigd moet worden,’ had ze een keer tegen Erika gezegd. ‘Maar we voelen ons wel altijd beter als het is gebeurd, en dan zeggen we: laten we vaker stofzuigen! Het is net zoiets als elkaar eraan herinneren om seks te hebben.’

Erika was stomverbaasd geweest, zowel over het stofzuigen als over de seks. Ze wist dat zij en Oliver in het openbaar formeler tegen elkaar deden dan andere stellen, ze plaagden elkaar nauwelijks (ze wilden graag dat alles duidelijk was en niet verkeerd uitgelegd kon worden), maar jeetje, ze zouden nooit vergeten om seks met elkaar te hebben.

Een gestofzuigd huis zou geen verschil maken voor de uitkomst van de bespreking vandaag, evenmin als het sesamzaad.

'Een varken aan het spit?' zei Erika tegen Vid. Ze hield haar hoofd schuin, koket, zoals Clementine in zo'n situatie zou doen. Ze gebruikte Clementines maniertjes, maar alleen als die er niet bij was, voor het geval ze zichzelf erin zou herkennen. 'Wil je nou zeggen dat er bij jullie nog ergens een varken ligt te wachten tot het aan het spit mag?'

Vid grinnikte, knipoogde en wees met zijn sigaret haar kant op. De rook dreef de auto in en bracht een andere wereld mee. 'Maak je daar maar geen zorgen over, Erika.' Hij beklemtoonde de tweede lettergreep van haar naam. Eríka. Het gaf haar naam iets exotisch. 'Dat lossen we allemaal op, weet je. Hoe laat komt je vriendin de celliste? Om twee uur? Drie uur?'

'Drie uur,' zei Erika. Ze had nu al spijt van haar kokette gedrag. Hemel. Wat had ze gedaan?

Toen ze langs Vid keek zag ze Harry, de oude man die alleen in het huis aan de andere kant van Vid woonde, in zijn voortuin met een snoeischaar bij zijn camelia. Ze keken elkaar aan, en ze stak haar hand op om te zwaaien, maar hij keek onmiddellijk de andere kant op en verdween in een hoek van de tuin.

'Loopt onze vriend Harry te loeren?' vroeg Vid zonder zich om te draaien.

'Ja,' zei Erika. 'Hij is nu weg.'

'Drie uur, dan?' vroeg Vid. Hij roffelde als ter bevestiging met zijn knokkels op de zijkant van haar auto. 'Zien we jullie dan?'

'Goed,' zei Erika zwakjes.

Ze zag dat Oliver de voordeur opendeed en de veranda op liep met een volle vuilniszak. Hij zou razend op haar zijn.

'Perfect. Geweldig!' Toen Vid rechtop ging staan zag hij Oliver, die glimlachend zijn hand opstak.

'Kerel!' riep Vid luid. 'Tot straks! Barbecue bij ons!'

Olivers glimlach verdween.

4

Clementine reed met een licht gevoel van paniek van het parkeerterrein van de bibliotheek, met een hand aan het stuur en de andere zoekend naar de ruitverwarming, omdat haar voorruit ineens zo akelig beslagen was geraakt dat ze er op sommige plekken bijna niet doorheen kon kijken. Ze vertrok twintig minuten later dan ze van plan was geweest.

Nadat ze haar toespraak had beëindigd was het gebruikelijke aarzelende, gedempte applaus gevolgd, alsof het publiek niet zeker wist of het wel gepast was om te klappen, en toen ze probeerde de deur (zo dichtbij maar toch zo ver weg) te bereiken, was ze aangesproken door een kleine maar ondoordringbare groep mensen, die zich nu tegoed deden aan de gratis thee met gebak. Een vrouw had haar willen omhelzen en haar wang willen strelen. Een man, die zoals ze later zag een streepjescode in zijn nek had laten tatoeëren, had willen weten wat ze van de gemeenteraadsplannen voor de renovatie van het zwembad vond en leek haar niet te geloven toen ze zei dat ze niet uit deze buurt kwam en er dus echt niets over kon zeggen. Een dametje met wit haar had gewild dat ze een stukje worteltaart proefde dat ze haar in een roze servetje aanreikte.

Ze had de worteltaart gegeten. Hij was bijzonder lekker. En toen had ze kunnen gaan.

Ze kon weer door de voorruit kijken, het voelde als een klein geschenk. Ze sloeg vanaf het parkeerterrein links af, want dat was de kant die ze standaard koos als ze geen idee had waar ze naartoe moest.

‘Zeg het maar,’ zei ze tegen haar gps. ‘Je hebt één taak. Voer die dan ook uit.’

Ze had de gps nodig om haar snel de weg naar huis te wijzen, zodat ze daar haar cello kon ophalen voordat ze in allerijl naar haar vriendin Ainsley ging, waar ze haar muziekstukken ten gehore zou brengen voor Ainsley en haar man Hu. De auditie vond over twee weken plaats. ‘Dus je wilt die baan nog steeds?’ had haar moeder vorige week verbaasd en misschien zelfs oordelend gevraagd, maar Clementine hoorde tegenwoordig overal een oordeel in, dus misschien had ze zich dat maar verbeeld.

‘Ja, ik ga nog steeds auditie doen,’ zei ze kil, en haar moeder had verder niets meer gezegd.

Ze reed langzaam, wachtend op instructies, maar haar gps bleef zwijgen, kennelijk moest hij erover nadenken.

‘Ga je me nog vertellen waar ik heen moet?’ vroeg ze.

Blijkbaar niet. Ze kwam bij verkeerslichten en sloeg links af. Ze kon niet linksaf blijven gaan, anders zou ze in een kringetje rondrijden. Toch? Ooit zou ze naar huis zijn gegaan en dit aan Sam hebben verteld, die zou hebben gelachen en haar zou hebben geplaagd, met haar hebben meegeleefd en hebben aangeboden een nieuwe gps voor haar te kopen.

‘Ik haat je,’ zei Clementine tegen de zwijgende gps. ‘Ik haat en verafschuw je.’

De gps reageerde niet, en Clementine tuurde door het raam in de regen, op zoek naar een bord dat de richting aangaf. Ze voelde hoofdpijn opkomen door het hardnekkige fronsen.

Ze zou hier niet moeten zijn, helemaal aan de andere kant van Sydney in de regen in deze vlakke, grauwe, onbekende buitenwijk. Ze had thuis moeten zijn, moeten studeren. Dat zou ze gedaan moeten hebben.

Waar ze ook naartoe ging, wat ze ook deed, een deel van haar stelde zich in gedachten altijd een hypothetisch parallelleven voor, een leven waarin ze toen Erika opbelde met de boodschap 'Vid heeft ons uitgenodigd om te komen barbecueën', reageerde met: 'Nee, bedankt.' Twee simpele woorden. Voor Vid zou het niets uitgemaakt hebben. Hij kende hen amper.

Het kwam niet doordat Vid de vorige avond bij de voorstelling was geweest. Het waren haar gedachten die wrede trucjes met haar uithaalden, die in één klap dat grote hoofd tussen al die gezichten plaatsten.

In elk geval was ze er vandaag op voorbereid geweest dat Erika in het publiek zou zitten, hoewel haar maag evengoed opspeelde toen ze haar zag, stijf rechtop op de achterste rij, alsof ze bij een begrafenis was, met een heel flauw lachje toen ze Clementines blik ontmoette. Waarom kwam ze? Het was bizar. Dacht ze dat het net zoiets was als een optreden? En ook al dacht ze dat, dan nog was het niets voor Erika om vrijaf te nemen van haar werk om helemaal vanuit het noorden van Sydney te komen om Clementine een verhaal te horen vertellen dat ze al kende. En toen was ze ook nog halverwege opgestaan en vertrokken! Ze had ge-sms't dat er problemen waren op haar werk, maar dat leek niet zo waarschijnlijk. Er was vast geen boekhoudprobleem dat niet twintig minuten kon wachten.

Het was een opluchting geweest toen ze vertrok. Het had iets verontrustends gehad om haar verhaal te moeten doen terwijl dat kleine, intense gezicht als een magneet haar aandacht trok. Op een bepaald moment was de irrelevante, afleidende gedachte bij haar opgekomen dat Erika's blonde haar precies zo was geknipt als dat van Clementines moeder. Een rechttoe rechtaan, symmetrisch model op schouderlengte, met een lange, rechte pony tot vlak boven de wenkbrauwen. Erika verafgoodde Clementines moeder. Het was een opzettelijke of onbewuste imitatie, maar zeker geen toeval.

Ze zag een bord naar het centrum en wisselde snel van baan toen de gps wakker werd en de vrouwenstem met een overdreven Brits accent haar instrueerde rechts af te slaan.

'Ja, daar was ik zelf ook al achter, maar toch bedankt,' zei ze. Het begon weer te regenen en ze zette de ruitenwissers aan. Van een van de wissers was een stukje rubber losgeraakt en bij elke derde zwaai maakte dat een akelig hoog piepgeluid, als een deur in een horrorfilm die langzaam opengaat.

Pie-iep. Twee. Drie. *Pie-iep.* Twee. Drie. Het deed haar denken aan lomp walsende zombies.

Ze zou Erika vandaag bellen. Of morgenochtend. Erika had recht op een reactie. Er was genoeg tijd verstreken. Er was natuurlijk maar één antwoord, maar Clementine had het juiste moment afgewacht.

Nu niet aan denken. Denk alleen aan de auditie. Ze moest haar gedachten onderverdelen, zoals in die berichtjes op Facebook werd aangeraden. Mannen zouden daar goed in zijn; zij richtten zich voor honderd procent op dat waar ze mee bezig waren, hoewel Sam eigenlijk nooit een probleem had met multitasking. Hij kon risotto maken terwijl hij de vaatwasser uitruimde en intussen ook nog met de meisjes een game spelen om hun hersenen te trainen. Clementine was degene wier gedachten afdwaalden, die haar cello pakte en dan vergat dat ze iets in de oven had staan. Zij was degene die een keer was vergeten (vreselijk) om Holly op te halen van een verjaarspartijtje, iets wat Sam nooit zou overkomen. 'Je moeder loopt constant in een waas rond,' zei Sam altijd tegen de meisjes, maar hij zei het wel liefdevol, althans dat dacht ze. Misschien had ze zich die liefdevolle toon ingebeeld. Ze wist niet meer precies wat anderen echt van haar vonden. Haar moeder. Haar man. Haar vriendin. Alles was mogelijk.

Ze dacht weer aan die opmerking van haar moeder. 'Dus je wilt die baan nog steeds?' Ze had nog nooit zoveel uren geoefend voor een auditie, zelfs niet voordat de kinderen er waren. Al dat gejammer waar ze altijd in zwolg: ik ben een werkende moeder met twee kleine kinderen! Arme ik! Een dag heeft voor mij gewoon niet genoeg uren! In feite had een dag altijd genoeg uren als je gewoon korter sliep. Tegenwoordig ging ze om twaalf uur naar bed in plaats van om tien uur en stond ze om vijf uur op in plaats van om zeven uur.

De kortere nachten gaven haar een niet-onplezierig, licht gesedeerd gevoel. Ze stond onverschilliger tegenover alle aspecten van haar leven. Ze had geen tijd meer om te vóélen. Al die tijd die ze altijd verspilde aan voelen en het analyseren van haar gevoelens, alsof die van nationaal belang waren. Clementine is extreem nerveus voor haar naderende auditie! Clementine weet niet of ze goed genoeg is. Nou, god nog aan toe, stop de persen, laten we een onderzoek doen naar zenuwen voor een auditie, laten we serieus praten met vrienden uit de muziek, laten we constant geruststelling zoeken.

Hou ermee op. Dat eindeloze spotten met degene die ze vroeger was leverde ook niet echt wat op. Richt je aandacht op technische vraagstukken. Ze dacht diep na over een technisch probleem dat haar kon afleiden, bijvoorbeeld de vingerzetting voor het begin van het arpeggio van het stuk van Beethoven. Ze veranderde daarover steeds van gedachten. De moeilijkste optie zou tot een beter muzikaal resultaat kunnen leiden, maar het risico was dat ze een fout maakte als ze onder druk stond.

Was daar een verkeersopstopping? Ze mocht niet te laat komen. Haar vrienden maakten tijd vrij voor haar. Hun leverde het niets op. Puur altruïsme. Ze keek naar de file voor haar, en ineens zat ze weer bij Tiffany in de auto, in een zee van rode remlichten, met de veiligheidsgordel als een klem om haar nek.

Het verkeer reed door. Niets aan de hand. Ze hoorde dat ze haar adem uitblies en had niet beseft dat ze die had ingehouden.

Ze zou vanavond als ze met Sam uit eten ging aan hem vragen of zijn gedachten ook steeds weer vast kwamen te zitten in diezelfde zinloze groef van 'stel dat'. Misschien zou dat een inleiding zijn tot een gesprek. Een 'helend gesprek'. Dat was de term die haar moeder zou gebruiken.

Ze gingen vanavond 'op date'. Ook zo'n moderne term die haar moeder ergens had opgepikt. 'Wat jullie nodig hebben is een avondje op date!' Zij en Sam kregen jeuk van de term 'op date', maar ze gingen wel uit eten, in een restaurant dat haar moeder had aangeraden. Pam zou oppassen en had zelfs een tafel gereserveerd.

'Vergeving is het kenmerk van de sterke. Ik geloof dat Gandhi dat heeft gezegd,' zei haar moeder tegen haar. De deur van haar moeders ijskast was overdekt met inspirerende citaten, opgekrabbeld op stukjes papier, die op hun plaats werden gehouden door koelkastmagneten. Op de koelkastmagneten zelf stonden ook citaten.

Misschien ging het vanavond wel goed. Misschien was het zelfs wel leuk. Ze probeerde het positief te benaderen. Een van hen moest dat doen. Haar auto zwenkte uit tot vlak bij de goot en een hoeveelheid water spoot omhoog tegen de zijkant van de auto. Ze vloekte veel heftiger dan de situatie rechtvaardigde.

Ze had het gevoel dat het al regende vanaf de dag van de barbecue, al wist ze dat dat niet waar was. Haar leven voor de barbecue leek overgoten door een gouden zon. Blauwe luchten. Zachte briesjes. Alsof het nooit had geregend.

'Hierna links afslaan,' zei de gps.

'Wat? Hier?' vroeg Clementine. 'Weet je dat zeker? Of bedoel je de volgende? Ik denk dat je de volgende bedoelt.'

Ze reed door.

'Keer om bij de eerste gelegenheid,' zei de gps met een zweem van een zucht.

'Sorry,' zei Clementine kleintjes.

5

De dag van de barbecue

Het zonlicht overspoelde de keuken, waar Clementine in haar pyjama op de plaats stond te rennen terwijl Sam, haar echtgenoot, als een sergeant-majoor riep: ‘Rennen, soldaat, rennen!’

Hun tweejarige dochtertje Ruby, ook in pyjama, met haar haar als een verward vogelnest op haar hoofd, rende giechelend mee naast Clementine, waarbij ze als een marionet op en neer bewoog. Ze hield een zompig stukje croissant in haar ene mollige hand en een metalen garde met een houten steel, die ze Whisk noemde, in de andere, al zag niemand Whisk nog als keukengerei; Whisk werd gevoed, gebaad en elke avond vol tederheid door Ruby naar bed gebracht in zijn/haar (Whisks geslacht was veranderlijk) met vloeipapier beklede schoenendoos.

‘Waarom ren ik eigenlijk?’ zei Clementine hijgend. ‘Ik hou niet eens van rennen!’

Die ochtend had Sam met een stichtelijke blik in zijn ogen aangekondigd dat hij een waterdicht plan had om haar te helpen ‘die auditie binnen te slepen, schatje’. Hij was de vorige avond laat opgebleven om zijn plan uit te werken.

Eerst moest ze vijf minuten zo hard mogelijk op de plaats rennen.

‘Geen vragen stellen, alleen orders opvolgen!’ zei Sam. ‘Omhoog, die knieën! Je moet flink hijgen.’

Clementine probeerde haar knieën op te trekken.

Waarschijnlijk had hij gegoogeld op 'tips voor auditie in een orkest' en luidde de eerste tip, heerlijk banaal, zoiets als: 'Ga sporten! Zorg voor een topconditie.'

Dat was het probleem als je getrouwd was met iemand die geen muzikant was. Een muzikant zou hebben geweten dat hij haar het best kon helpen door met de meisjes naar buiten te gaan, zodat zij tijd had om te oefenen voordat ze naar Erika gingen. Het is geen hogere wetenschap, soldaat.

'Nog twee minuten!' Sam bekeek haar onderzoekend. Hij was ongeschoren en gekleed in T-shirt en boxershort. 'Misschien moet je nog een minuut extra, je bent niet zo fit.'

'Ik hou ermee op,' zei Clementine terwijl ze het tempo vertraagde.

'Nee! Je moet niet ophouden. Je moet je zenuwen voor de auditie stimuleren door je hartslag te versnellen. Als die eenmaal versneld is, moet je meteen gaan spelen.'

'Wat? Nee, ik ga nu niet spelen.' Ze had tijd nodig om zich nauwkeurig op haar muziekstukken voor te bereiden. 'Ik wil nog een kop koffie.'

'Rennen, soldaat, rennen!' schreeuwde Sam.

'O, in godsnaam.' Ze bleef rennen. Het zou geen kwaad kunnen om wat te gaan sporten, al ging het nu eigenlijk al erg veel pijn doen.

Hun vijf- ('en driekwart', dat moesten ze erbij zeggen) jarige dochter Holly kwam klossend binnen in haar pyjamabroek, een oud *Frozen*-jurkje met een scheur en hoge hakken van Clementine.

'Wauw. Kijk Holly eens,' zei Sam plichtsgetrouw. 'Trek die schoenen uit voordat er ongelukken gebeuren.'

'Waarom zijn jullie aan het "rennen"?' vroeg Holly aan haar moeder en zusje. Ze kromde met haar vingers overdreven aanhalingstekens in de lucht bij het woord 'rennen'. Het was een nieuwe, wereldwijze gewoonte, alleen dacht ze dat je het bij elk woord kon doen. Hoe meer woorden, hoe beter. Ze fronste haar voorhoofd. 'Hou ermee op.'

'Ik moet rennen van je vader,' zei Clementine hijgend.

Ruby had er ineens genoeg van en plofte op haar billen neer. Ze had het stukje croissant op de grond gelegd voor later en zoog intens op haar duim, als een roker die nodig een trek moet nemen.

'Papa, laat mama ophouden met rennen,' eiste Holly. 'Ze haalt raar adem!'

'Ik haal raar adem,' beaamde Clementine.

'Uitstekend,' zei Sam. 'We moeten zorgen dat ze buiten adem raakt. Meisjes! Kom mee! We hebben een belangrijke taak. Holly, ik zei net al: trek die schoenen uit, straks gebeuren er ongelukken!'

Hij tilde Ruby van de vloer en klemde haar als een voetbal onder zijn arm. Ze gilde het uit van pret toen hij met haar de gang door rende. Holly rende erachteraan zonder te luisteren naar wat hij over de schoenen had gezegd.

'Blijf rennen tot we je roepen!' schreeuwde Sam vanuit de woonkamer.

Clementine, even ongehoorzaam als Holly, ging van het rennen over in slenterpas.

'Je mag komen!' riep Sam.

Ze liep half lachend en zwaar hijgend naar de woonkamer. Ze bleef in de deuropening staan. De meubels waren aan de kant geschoven en midden in de kamer stond een stoel achter haar muziekstandaard. Haar cello stond tegen de stoel aan, de eindpin stevig in de harde houten vloer geramd, waar hij een gaatje zou achterlaten. (Ze hadden afgesproken die gaatjes 'karakteristiek' te noemen in plaats van 'beschadigingen'.) Een groot laken dat aan het plafond hing deelde de kamer in tweeën. Holly, Ruby en Sam zaten erachter. Ze hoorde Ruby giechelen.

Dus daarom deed Sam zo opgewonden. Hij had de kamer

ingericht als auditieruimte. Het witte laken nam de plaats in van het zwarte scherm waarachter de beoordelingscommissie tijdens een auditie zat als een onzichtbaar vuurpeloton, oordelend en veroordelend, anoniem en zwijgend (op af en toe wat angstaanjagend geritsel of gekuch na, en de luide, verveelde, superieure stem die elk moment haar spel kon onderbreken met: 'Dat is genoeg, dank u').

Ze was verbaasd en schaamde zich bijna over haar fysieke reactie bij het zien van die eenzame stoel. Een waterval van herinneringen aan alle audities die ze ooit had gedaan overspoelde haar. Die keer dat er maar één oefenruimte was voor iedereen en waar het zo stikheet, benauwd en lawaaiig was, zo vol met uitzonderlijk talentvol lijkende muzikanten, dat alles als in een draaimolen voor haar ogen was gaan rondtollen en een Franse cellist een lome arm had uitgestoken om Clementines cello op te vangen, die uit haar hand glipte (ze was kampioen flauwvallen.)

De keer na een eerste auditieronde waarin ze heel goed had gespeeld op één stomme fout na, niet eens in een lastige passage, een fout die ze nog nooit tijdens een concert had gemaakt en daarna ook nooit meer. Ze was zo van streek geweest dat ze drie uur aan één stuk had zitten huilen in een koffietent, waar de vrouw aan het tafeltje naast haar haar zakdoekjes had aangereikt en haar toenmalige vriend (de hoboist met eczeem) steeds had gezegd: 'Ze vergeven je die ene foute noot heus wel!' Hij had gelijk gehad, ze hadden haar die ene foute noot vergeven. 's Middags had ze terug mogen komen, maar tegen die tijd was ze zo uitgeput geweest van al dat huilen dat haar strijkarm slap was als een sliert spaghetti, zodat ze de laatste ronde niet had gehaald.

'Sam,' begon ze. Het was lief van hem, echt heel lief, ze aanbad hem hiervoor, maar het hielp haar niet.

'Hallo, mama,' zei Ruby duidelijk achter het laken.

'Hallo, Ruby,' zei Clementine.

‘Sst,’ deed Sam. ‘Niet praten.’

‘Waarom gaat mama niet “spelen”?’ zei Holly. Je hoefde haar niet te zien om te weten dat ze weer aanhalingstekens in de lucht tekende.

‘Ik weet het niet,’ zei Sam. ‘Deze auditant krijgt die baan niet als ze niet speelt, toch?’

Clementine zuchtte. Ze moest het spel meespelen. Ze ging op de stoel zitten. Ze proefde banaan. Voordat ze naar een auditie ging, at ze in de auto op weg erheen altijd een banaan, omdat bananen natuurlijke bètablokkers bevatten die de zenuwen kalmeerden. Nu kon ze nooit meer een banaan eten zonder aan audities te denken.

Misschien kon ze deze keer weer echte bètablokkers proberen, al had ze de enige keer dat ze die had genomen het gevoel gehad dat ze watten in haar mond had en dat er in haar hoofd iets geëxplodeerd was.

‘Mama heeft al een baan,’ zei Holly. ‘Ze is toch al celliste.’

‘Dit is haar droombaan,’ zei Sam.

‘Zoiets,’ zei Clementine.

‘Wat nou?’ zei Sam. ‘Wie zei dat? Dat was toch niet de kandidaat, hè? Die moet niet praten, maar spelen.’

‘Dat was mama,’ zei Ruby. ‘Hallo, mama!’

‘Hallo, Ruby!’ riep Clementine terug terwijl ze haar strijkstok met hars insmeerde.

‘Droombaan’ was misschien te veel gezegd (als ze al een droom had, kon ze net zo goed dromen dat ze een wereldberoemde solospeler was), maar ze wilde deze baan wel heel erg graag hebben: eerste cellist bij het Sydney Royal Chamber Orchestra. Een vaste baan met collega’s en vakanties en een rooster. Het leven als freelancemuzikant was flexibel en leuk, maar het was ook erg onzeker, versplinterd en onbeduidend, met optredens op bruiloften, bij bedrijven en op scholen, met invaloptredens en wat zich verder voordeed. Nu de meisjes respectievelijk naar school en naar de dagopvang gingen, wilde ze haar carrière weer op de rails zetten.

Ze kende alle leden van de strijkerssectie van het SRCO al, omdat ze af en toe met het orkest optrad. ('Dus het zou toch geen enkel probleem moeten zijn om die baan te krijgen? Je werkt er al bijna!' had haar moeder de vorige avond gezegd, voor het gemak de felle competitie vergetend die in Clementines wereld plaatsvond. Haar twee oudere broers werkten allebei in het buitenland als ingenieur. Meteen na hun studie had hun carrière een vlucht genomen. Zij jammerden nooit 'Ik heb vandaag niet het gevoel dat ik ingenieur kan zijn!')

Met name haar beste vrienden in het orkest, het echtpaar Ainsley en Hu, een celliste en een contrabasspeler die deel uitmaakten van de jury die achter het scherm over haar lot zou beslissen, moedigden haar aan. Rationeel wist Clementine wel dat ze een goede kans maakte. Het was alleen die ondermijnende fobie voor audities die haar ervan weerhield haar perfecte leven realiteit te maken. Haar angst voor de angst.

'Een goede voorbereiding is alles,' had Sam de vorige avond gezegd, alsof dat baanbrekend advies was. 'Visualiseren. Je moet visualiseren dat je die auditie wint.'

Het was niet loyaal van haar om te denken dat je een auditie voor een orkest niet 'won', en je erop voorbereiden was niet hetzelfde als, bijvoorbeeld, je voorbereiden op een powerpointpresentatie over verkoopaantallen en marketingplannen voor een nieuwe antiroosshampoo, zoals Sam in zijn vorige baan had moeten doen. Misschien was het hetzelfde. Ze wist het niet. Ze kon zich niet voorstellen wat mensen met een kantoorbaan deden, de hele dag achter hun computer. Sam was momenteel enthousiast, hij ging elke dag vrolijk naar zijn werk omdat hij net een nieuwe baan had als marketingmanager voor een groter, 'dynamischer' bedrijf waar ze energiedrankjes produceerden. Er werkten veel twintigers in zijn nieuwe kantoor. Soms hoorde ze hun lijzige stembuigingen bij hem in zijn uitspraak terug. Hij zat nog in de wittebroodsfase. Gisteren had hij iets gezegd over de 'proactieve bedrijfscultuur', en dat had hij niet spottend bedoeld! Hij werkte er pas een week. Ze spaarde hem nog even voordat ze hem ermee zou plagen.

'Mag ik op de iPad spelen?' vroeg Holly achter het laken.

'Stil, je moeder doet auditie,' zei Sam.

'Mag ik dan wat eten?' zei Holly, en daarna, boos: 'Ruby!'

'Ruby, hou op met je zusje likken,' zei Sam zuchtend.

Clementine keek op en probeerde zich niet af te vragen hoe het laken aan het plafond was vastgemaakt. Hij zou toch geen punaises in de sierlijst hebben gestoken? Nee. Hij was de verstandigste van hen tweeën. Ze pakte haar strijkstok en zette haar cello in de juiste positie.

De bladmuziek stond op de standaard. Toen ze de stukken de vorige dag had doorgenomen, was ze geen onverwachte dingen tegengekomen. Brahms zou goed gaan. Beethoven ook wel, als ze tenminste het begin overtuigend bracht. *Don Juan*, natuurlijk, de grootste uitdaging, maar daar moest ze gewoon tijd in steken. Ze had tot haar blijdschap gezien dat er een stuk van Mahler bij zat: het vijfde deel van symfonie nummer 7. Misschien moest ze nu voor Sam het stuk van Mahler spelen, om hem blij te maken en hem het idee te geven dat dit hielp.

Tijdens het stemmen hoorde ze in gedachten Marianne met haar Duitse accent adviseren: 'De eerste indruk is belangrijk! Zelfs als je aan het stemmen bent! Je moet snel, rustig en kalm stemmen.' Ze voelde ineens een nieuwe golf van verdriet om haar oude muzieklerares, ook al was ze al tien jaar geleden overleden.

Ze herinnerde zich de keer dat ze in paniek was geraakt omdat ze het gevoel had dat het stemmen buitensporig veel tijd kostte en dat ze meende het ongeduld van het panel door het scherm heen te voelen. Dat was in Perth geweest, en ze had met haar perfect gestemde cello in de smorende hitte over een plein een ijskoude concertzaal in moeten lopen.

Elke auditie was een nachtmerrie, maar die keer was echt traumatisch geweest. De auditieleider had haar gevraagd haar schoenen uit te trekken, zodat haar hakken op het podium niet zouden verraden dat ze een vrouw was. Hij had ook geopperd niet te hoesten of haar keel te schrapen, omdat ze ook daarmee kon verraden wat haar geslacht was. Hij was er nogal door geobsedeerd. Toen ze het podium op liep, was ze uitgegleden op een van haar kousenvoeten (zwarte kousen, bij een temperatuur van veertig graden!), waarbij ze een zeer typisch vrouwelijke kreet had geslaakt. Tegen de tijd dat ze eindelijk haar cello had gestemd, konden ze haar wel opvegen. Het enige waar ze trillend, zwetend en bibberend aan had kunnen denken was al het geld dat ze had verspild aan vliegtuigen en accommodatie voor een auditie waarvoor ze werd afgewezen.

Hemel, wat had ze een hekel aan audities. Als ze deze baan kreeg, zou ze nooit, nooit meer auditeren.

'Ruby! Kom terug. Niet aankomen!'

Het laken viel ineens op de grond, ze zag Sam, die op de bank zat met Holly op schoot, en Ruby, op de grond, met zowel een schuldbewuste als opgewonden blik om wat ze voor elkaar had gekregen, met het laken om haar heen.

'Dat heeft Whisk gedaan,' zei Ruby.

'Niet waar!' zei Holly. 'Dat heb jij gedaan, Ruby!'

'Oké, oké,' zei Sam. 'Rustig maar.' Hij haalde laconiek zijn schouders op naar Clementine. 'Ik kreeg het idee om elke zondag een proefauditie te doen na het ontbijt. Het leek me wel een leuk plan en misschien zelfs... zinvol, maar het pakt nogal stom uit, sorry.'

Holly klom van Sams schoot en trok het laken over zich heen. Ruby kroop erbij, en samen begonnen ze te fluisteren.

'Het was niet stom,' zei Clementine. Ze dacht aan haar ex,

Dean, een contrabasspeler, die nu een baan had bij het New York Philharmonic. Ze herinnerde zich dat hij als ze met hem oefende 'Vol-gen-de!' had geroepen en naar de deur had gewezen om haar duidelijk te maken dat ze niet goed genoeg speelde, en dat ze dan in tranen was uitgebarsten. 'Jezus, die onzekerheid van jou wordt vervelend,' had hij vervolgens gapend gezegd. Jezus, wat was jij een aanmatigende zak, Dean, en zo goed was je trouwens ook niet, vriend.

'Ik ga wel met de meisjes de deur uit, dan kun jij oefenen,' zei Sam.

'Dank je wel,' zei Clementine.

'Daarvoor hoef je me niet te bedanken,' zei Sam. 'Je hoeft niet dankbaar te zijn. Ik meen het. Haal die dankbare uitdrukking van je gezicht.'

Ze trok een overdreven neutraal gezicht, en Sam schoot in de lach, maar ze was hem wel dankbaar, en dat was het probleem, want zij wist dat dit de eerste stap was van een weg die kronkelend eindigde in boosheid, onredelijke maar hartgrondige boosheid, en misschien voelde Sam dat aan en zei hij daarom dat ze niet dankbaar hoefde te zijn. Hij had dit eerder meegemaakt. Hij wist hoe de auditie hun leven de komende tien weken kon beheersen als zij langzaam haar verstand verloor van de zenuwen en de spanning om wat kostbare oefentijd af te kunnen schrapen van een leven dat al veel te druk was. Hoeveel tijd die arme Sam haar ook gaf, het zou nooit helemaal genoeg zijn, omdat hij en de kinderen eigenlijk tijdelijk niet zouden moeten bestaan. Ze zou ertussenuit moeten glippen naar een andere dimensie waar ze alleenstaand en kinderloos was. Alleen voor een periode van nu tot de auditie. Ze zou naar een chalet in de bergen moeten gaan (waar een goede akoestiek was) en daar alleen maar muziek moeten maken en ademen. Wandelen. Mediteren. Gezond eten. Al die positieve visualisatieoefeningen moeten doen die jonge musici tegenwoordig deden. Ze had een vreselijk vermoeden dat als ze dat echt deed, ze Sam en de kinderen niet eens erg zou missen, en als ze hen al miste, zou het te verdragen zijn.

'Ik weet dat ik geen prettig gezelschap ben als ik een auditie in het verschiet heb,' zei Clementine.

'Waar heb je het over? Je bent aanbiddelijk als je een auditie in het verschiet hebt,' zei Sam.

Ze deed alsof ze hem in zijn maag stompte. 'Hou je kop.'

Hij pakte haar pols en trok haar naar zich toe voor een onstuimige knuffel. 'We lossen het wel op,' zei hij. Ze snoof zijn geur op. Hij had zich weer met de prikvrije babyshampoo voor de meisjes gewassen. Zijn borsthaar was zo donzig als een kuikentje. 'We komen er wel.'

Ze vond het fijn dat hij 'we' zei. Dat deed hij altijd. Zelfs als hij bezig was met een klus in huis, een project waar zij niets voor deed behalve zich er verre van houden, bekeek hij zijn vorderingen, veegde zijn stoffige, bezwete gezicht af en zei: 'We komen er wel.'

Hij was onzelfzuchtig van aard. Ze moest doen alsof zij dat ook een beetje was.

'Je bent een lieverd, Samuel,' zei Clementine. Het was een zinnetje uit een of andere tv-serie die ze jaren geleden hadden gezien, en dat was haar manier geworden om 'dank je wel en ik hou van je' te zeggen.

'Ik ben een heel grote lieverd,' beaamde Sam terwijl hij haar losliet. 'Een prima kerel. Misschien wel een fantastische kerel.' Hij keek naar de kleine gestalten van Holly en Ruby onder het laken. 'Heb jij Holly en Ruby gezien?' vroeg hij op luide toon. 'Want ik dacht dat ze net nog hier waren, en nu lijkt het erop dat ze zijn verdwenen.'

'Ik weet het niet. Waar zouden ze kunnen zijn?' vroeg Clementine.

'We zijn hier!' kwinkeleerde Ruby.

'Sst!' Holly nam dit soort spelletjes heel serieus.

'Zeg, hoe laat zouden we vanmiddag op de thee gaan bij

Erika?' vroeg Sam. 'Misschien moeten we het afzeggen.' Hij keek hoopvol. 'Dan kun jij de hele dag oefenen.'

'Dat kunnen we niet afzeggen,' zei Clementine. 'Erika en Oliver willen... hoe zeg je dat? Ze willen iets met ons bespreken.'

Sam huiverde. 'Dat klinkt onheilspellend. Ze hebben toch niet het woord "investeringsmogelijkheid" gebruikt, hè? Weet je nog dat Lauren en David ons te eten vroegen en dat dat een truc was om ons te betrekken bij die verrekte milieuvriendelijke wasserij of wat het in vredesnaam ook was?'

'Als Erika en Oliver ons een investeringsmogelijkheid boden, zouden we daarop ingaan,' zei Clementine. 'Absoluut.'

'Goed punt,' zei Sam. Hij fronste zijn wenkbrauwen. 'Ik wed dat ze ons vragen om mee te doen aan een "pretloop".' Hij gebruikte Holly's aanhalingstekens bij het woord pretloop. 'Voor een of ander goed doel. Zodat we ons verplicht voelen.'

'We zouden hen te veel ophouden,' zei Clementine.

'Ja, inderdaad, jij in elk geval. Ik zou me er met mijn atletische bouw wel doorheen slepen.' Sam fronste weer zijn wenkbrauwen en krabde peinzend aan zijn wang. 'O jee, stel dat ze met ons willen kampéren? Dan zeggen ze vast dat het goed is voor de kinderen. De buitenlucht.'

Erika en Oliver waren bewust kinderloos, maar ze legden evengoed een levendige, nogal bezitterige belangstelling aan de dag voor Holly en Ruby. Het was bijna alsof het heilzaam voor hen was, alsof het deel uitmaakte van een systematische aanpak om volledige zelfverwezenlijking te bereiken: we doen regelmatig aan sport, we gaan naar het theater, we lezen de juiste boeken, niet alleen de Man Booker-shortlist maar ook de longlist, we bekijken de juiste tentoonstellingen en we hebben serieuze belangstelling voor internationale politiek, wereldproblemen en de schattige kinderen van onze vrienden.

Dat was niet eerlijk. Misschien zelfs heel oneerlijk. Hun

belangstelling voor de kinderen was niet alleen uiterlijk vertoon, en Clementine wist dat de reden waarom ze hun leven zo strak en ordelijk inrichtten niets te maken had met competitiedrang.

'Misschien willen ze een trustfonds voor de meisjes opzetten,' zei Sam. Hij dacht even na en haalde zijn schouders op. 'Daar zou ik mee kunnen leven. Daar ben ik genoeg man voor.'

'Zo rijk zijn ze nu ook weer niet,' zei Clementine lachend.

'Je denkt toch niet dat een van hen een verschrikkelijke, zeldzame erfelijke ziekte heeft, hè?' zei Sam. 'Want dan zou ik me vreselijk voelen.' Hij huiverde. 'Oliver zag er de laatste keer nogal magertjes uit.'

'Ze zijn zo mager door die marathons. Ik weet zeker dat het om iets leuks gaat, wat het ook is,' zei Clementine verstrooid, al voelde ze zich een beetje ongemakkelijk, maar dat kwam waarschijnlijk alleen door de auditie, die alles bedierf, die alles de komende tien weken een constante ondertoon van lichte angst gaf. Er was niets om bang voor te zijn. Ze gingen gewoon een kop thee drinken op een prachtige, zonnige dag.

6

Een jongen in een glimmende, natte zwarte regenjas stond op de rand van de veerboot, met een dik, zwaar touw in een lus over zijn arm. Sam keek naar hem vanaf zijn stoel aan het raam van de veerboot. De jongen tuurde in de zware regen naar de kade die in de grijze mist zou opduiken. Zijn jonge, gladde gezicht was overdekt met regendruppels. De veerboot slingerde en stampte. Koude, zilte lucht drong in Sams neus. De jongen tilde de lus van het touw op en hield hem omhoog als een cowboy te paard. Hij gooide het touw meteen bij de eerste worp over de bolder. Daarna sprong hij van de boot op de kade en trok het touw strak, alsof hij de veerboot naar zich toe wilde trekken.

De jongen leek niet veel ouder dan vijftien, en toch kon hij al zonder problemen een veerboot naar de kade leiden. Hij gaf de veerbootkapitein een teken, riep 'Circular Quay!' naar de passagiers die met hun paraplu's en regenjassen aan de kant stonden te wachten, en daarna liet hij de loopplank met een flinke klap van de veerboot op de kade neerkomen. De passagiers haastten zich naar de boot met opgetrokken schouders, in elkaar gedoken tegen de regen, terwijl de jongen onbevreesd rechtop bleef staan.

Kijk, dat was nog eens een eerlijk beroep. Veerman. Kantoorpersoneel de boot op en af leiden. Het was nog maar een jongen, maar hij zag eruit als een man, zoals hij daar stond in de regen. Hij gaf Sam het gevoel dat hij maar een watje was dat daar als een mak schaap in zijn vochtige wollen broek en streepjesoverhemd zat. De jongen moest er waarschijnlijk niet aan denken dat hij een kantoorbaan zou hebben. Hij zou zeggen: 'Ik moet er niet aan denken, ik zou me als een rat in een val voelen.'

Een rat die een pedaal indrukte om een stukje kaas te krijgen. Zoals in die oude experimenten. De vorige dag had Sam als een rat aan zijn bureau gezeten met zijn pink op de letter p van zijn toetsenbord en zijn duim op de spatiebalk, aan één stuk door, met een spatie na elke p totdat zijn scherm vol stond met alleen maar *p p p p p p*. Hij hield het zo'n twintig minuten vol. Misschien zelfs een halfuur. Hij wist het niet precies. Dat was gisteren zijn grootste prestatie geweest. Een scherm vol p's.

Hij keek naar de passagiers die de boot op kwamen en hun paraplu uitschudden, met een nors gezicht alsof ze al genoeg van de dag hadden voordat hij was begonnen. De jongen besefte waarschijnlijk niet dat kantoorpersoneel een hele dag op kantoor kon zitten zonder een spat uit te voeren, letterlijk zonder een vinger uit te steken, en evengoed betaald werd. Sam voelde dat het koude zweet hem uitbrak als hij dacht aan hoe weinig hij op het werk presteerde. Hij moest vandaag echt de handen uit de mouwen gaan steken. Dit kon zo niet langer doorgaan. Hij zou zijn baan kwijtraken als hij niet een manier vond om zich te concentreren. Hij zat nog steeds in zijn proefperiode. Ze konden hem zonder al te veel problemen ontslaan. Op dit moment was hij er dankzij zijn collega's mee weggekomen. Hij had vier slimme technici en nog een stuk of twintig andere slimmeriken die rechtstreeks verslag bij hem uitbrachten. Ze waren allemaal slimmer dan hij. Hij gaf hun geen leiding, dat deden ze zelf, maar dat kon niet eeuwig zo door blijven gaan.

Als Sam in een fabriek had gewerkt, had hij al weken geleden de zak gekregen. Hij dacht aan zijn vader. Stan de Man kon tijdens een loodgietersklus niet een tijdje voor zich uit zitten staren, toch? Hij kon niet twintig minuten gedachteloos met een moersleutel tegen een pijp zitten tikken. Als Sam loodgieter was geweest, had hij zich wel moeten concentreren en zou zijn geest niet langzaam verdampen, of wat er ook in vredesnaam met hem aan de hand was. Was er niet een oudtante van vaderskant die een (op gedempte toon) 'zenuwinzinking' had gehad? Misschien had hij die ook wel. Zijn zenuwen stierven af, verkruimelden als poreus zandsteen tot stof.

De veerboot voer stampend weg, terug naar de haven om iedereen naar zijn werk te brengen, en toen Sam zijn medepassagiers bekeek, kwam het bij hem op dat hij nooit echt bij hen had gehoord. Hij was niet een van hen. Hij had zijn werk altijd fijn gevonden, het was een relatief stimulerende manier om de rekeningen te kunnen betalen, maar er waren tijden geweest, bijvoorbeeld als hij vooraan in de zaal met zijn powerpointpresentatie bezig was, dat hij, heel even maar, het gevoel had dat het allemaal een act was, een uitvoerige act, alsof hij alleen maar deed als de 'zakenman' waar zijn moeder altijd van had gedroomd. Geen arts of jurist, maar een zakenman. Joy had geen idee wat een zakenman feitelijk de hele dag deed, alleen dat hij een stropdas droeg, geen overall, en dat hij schone nagels had, en dat als Sam op school hoge cijfers haalde, wat hij deed, de glamour van het zakenleven zijn beloning zou zijn. Hij had er alles aan kunnen doen om een vak te leren, zoals zijn vader en broers – zijn moeder was niet dominant, alleen enthousiast – maar in plaats daarvan had hij zich als tiener suf en sloom naar haar wens geschikt zonder echt na te denken over wat hij eigenlijk wilde, waar hij voldoening uit zou kunnen putten, en nu was hij hier aanbeland, vastgelopen in het verkeerde leven, een middelmatige middenmanager die deed alsof het op de markt brengen van energiedrankjes zijn passie was.

Nou en? Slikken of stikken. Hoeveel procent van de mensen op deze boot werkte met passie? Het was geen door God gegeven recht dat je van je werk hield. Mensen zeiden altijd tegen Clementine: 'Wat een geluksvogel ben jij dat je werk kunt doen waar je van houdt.' Ze was niet dankbaar genoeg voor dat voorrecht. Soms reageerde ze met: 'Ja, maar ik zit altijd met de angst of ik wel goed genoeg ben.' Haar neurotische gedrag ten aanzien van haar muziek had hem altijd verward en geërgerd, speel op dat verrekte ding, maar nu begreep hij voor het eerst wat ze bedoelde als ze zei: 'Vandaag voel ik dat ik niet kan spelen.' Hij zag weer zijn computerscherm vol p's en voelde paniek opkomen. Hij kon het zich niet veroorloven zijn baan te verliezen, niet met de hypotheek die ze hadden. Je hebt een gezin. Een gezin dat je moet beschermen. Wees een kerel. Herpak je. Je had alles voor elkaar, waarvoor zou je dat in gevaar brengen? Voor niets.

Hij keek uit het raam toen de veerboot in het grijsgroene water dook dat overdekt was met schuim en hoorde dat hem een geluid ontsnapte: een akelig hoge, smartelijke kreet, als van een klein meisje. Hij kuchte, zodat anderen zouden denken dat hij alleen zijn keel had geschraapt.

Hij merkte dat hij terugdacht aan de ochtend voor de barbecue. Het was alsof hij iemand anders was geweest, een vriend, of iemand die de rol van een vader had gespeeld in een film. Het was beslist een ander geweest, niet hij, die door zijn zonnige huis kuierde, paradéérde, zo zeker van zichzelf en zijn plaats in de wereld. Wat gebeurde er die ochtend? Croissants bij het ontbijt. Hij had geprobeerd een nepauditie te plannen voor Clementine. Het had niet echt gewerkt. Wat gebeurde er daarna? Hij had de meisjes mee naar buiten willen nemen zodat Clementine kon oefenen. Ze konden Ruby's schoen met die lichtjes niet vinden. Hadden ze die verrekte schoen ooit nog gevonden?

Als iemand hem die ochtend had gevraagd wat hij van zijn leven vond, zou hij hebben gezegd dat hij gelukkig was. Blij met zijn nieuwe baan. Zelfs een beetje opgetogen over die nieuwe baan. Hij was tevreden over zichzelf omdat hij over flexibele werktijden had onderhandeld, zodat hij als vader beschikbaar was zoals zijn eigen vader nooit had kunnen zijn, en kreeg hij niet alle lof omdat hij zo'n betrokken vader was, en lachte hij niet meelevend en met plezier om het feit dat Clementine nooit enige lof toegezwaaid kreeg omdat ze een betrokken moeder was?

Hij mocht misschien twijfelen aan zijn rol in het bedrijfsleven, maar aan zijn rol als vader had hij nooit getwijfeld. Clementine zei altijd dat ze kon horen wanneer Sam zijn vader aan de telefoon had omdat zijn stem dan iets lager klonk. Hij wist dat de kans groter was dat hij zijn vader over een mannelijke doe-het-zelfklus zou vertellen die hij had geklaard dan over promotie die hij op zijn werk had gekregen, maar hij trok zich niets aan van het verbijsterde gezicht van zijn vader als Clementine zei dat Sam er zo geweldig goed in was om Holly's haar te vlechten voor ballet (beter dan zij) of Ruby te verschonen of in bad te doen. Sam was honderd procent zeker over zijn rol van echtgenoot en vader. Hij vond dat zijn eigen vader niet wist wat hij had gemist.

Als iemand hem op de ochtend van de barbecue naar zijn dromen zou hebben gevraagd, zou hij hebben gezegd dat hij niet veel te wensen had, maar dat hij geen bezwaar zou maken tegen een lagere hypotheek, een opgeruimder huis, nog een kind, liefst een zoon, maar nog een dochter was geen probleem, een knoeperd van een boot als het even kon, en meer seks. Hij zou hebben gelachen bij het woord 'seks'. Of in elk geval hebben geglimlacht. Spijtig geglimlacht.

Misschien had die glimlach precies het midden gehouden tussen spijtig en verbitterd.

Hij merkte dat hij nu verbitterd glimlachte, en een vrouw die schuin tegenover hem zat en zijn blik ving, keek snel weg. Sam stopte met glimlachen en zag hoe zijn handen op zijn knieën zich tot vuisten balden. Hij ontspande ze. Zorg dat je er normaal uitziet.

Hij pakte een krant die iemand op de stoel naast hem had achtergelaten. Hij was van de vorige dag. GENOEG NATTIGHEID, luidde de kop boven een artistiekerige foto van Sydneys skyline in de regen die genomen was door een verregende ruit. Sam probeerde het artikel te lezen. Er werd verwacht dat de Warragamba Dam elk moment kon overstromen. Overstromingen in het hele land. De zinnen begonnen voor zijn ogen te dansen. Misschien moest hij zijn ogen laten controleren. Hij kon niet lang meer achter elkaar lezen zonder dat hij nerveus en onrustig werd. Dan keek hij ineens angstig op alsof hij iets belangrijks had gemist, alsof hij in slaap was gevallen.

Toen hij opkeek, keek hij weer in de ogen van de vrouw.

In godsnaam. Ik kijk niet naar jou. Ik wil niks met je. Ik hou van mijn vrouw.

Hield hij nog van zijn vrouw?

Hij zag Tiffany's gezicht voor zich in het goudgele licht van de achtertuin. 'Kom op, spierbundel.' Die glimlach, als een streling. Hij draaide zijn hoofd naar het raam, alsof hij zich afwendde van Tiffany's fysieke aanwezigheid, niet alleen van de gedachte aan haar, en keek in plaats daarvan naar de baaien en kreken van de haven van Sydney onder een lage, grijze, dreigende hemel. Het had allemaal iets onheilspellends.

Er waren dingen die hij tegen Clementine zou kunnen zeggen. Beschuldigingen die hij haar naar het hoofd wilde slingeren, alleen wist hij dat hij die zodra ze zijn mond uit waren alweer terug wilde nemen, omdat hij veel erger verdiende. Toch bleven die beschuldigingen hangen, niet voor in zijn mond maar achter in zijn keel, alsof ze daar bleven steken als een stukje onverteerd eten, zodat hij soms het gevoel had dat hij niet goed kon slikken.

Vandaag ging ze weer zinloos haar verhaal vertellen. Ergens in een bibliotheek in een verre buitenwijk. Er zou met dit weer natuurlijk geen hond komen. Waarom deed ze dit? Ze sloeg optredens af voor dit onbetaalde werk. Het was onbegrijpelijk voor hem. Hoe kon ze die dag nog eens willen beleven, terwijl Sam er juist alles aan deed om de beschamende herinneringen die steeds opdoken te onderdrukken.

'Pardon?'

Sam sprong op. Zijn rechterarm vloog krachtig opzij alsof hij iets wat dreigde te vallen wilde tegenhouden. 'Waar?' riep hij.

Een vrouw in een beige regenjas staarde hem in het gangpad met grote bambiogen aan, haar handen in een beschermend gebaar kruiselings over haar borst. 'Neemt u me niet kwalijk. Ik wilde u niet laten schrikken.'

Sam voelde pure, onvervalste woede. Hij stelde zich voor dat hij op haar afvloog, zijn handen om haar hals legde en haar als een lappenpop door elkaar schudde.

'Ik vroeg me alleen af of die van u is. Of u hem al uit hebt.' Ze wees met haar hoofd naar de krant.

'Sorry,' zei Sam schor. 'Ik was diep in gedachten.' Hij gaf haar de krant. Zijn hand trilde. 'Hij is niet van mij. Alstublieft.'

'Dank u. Sorry van net,' zei de vrouw weer.

'Het geeft niet.'

Ze liep weg. Ze dacht dat hij gek was. Hij wás ook gek. Met de dag werd hij gekker.

Sam wachtte tot zijn hartslag afnam.

Hij draaide zich weer naar het raam. Hij zag de Overseas Passenger Terminal en herinnerde zich dat hij en Clementine daar vanavond gingen eten. In een chic, veel te duur restaurant. Hij wilde er niet heen. Hij had haar niets te zeggen.

De gedachte kwam bij hem op dat ze uit elkaar zouden moeten. Niet uit elkaar, schéíden. Je bent getrouwd, man, je gaat niet uit elkaar alsof je vriend en vriendin bent, je gaat scheiden. Wat een ellende. Clementine en hij gingen niet scheiden.

Ze hadden het goed. En toch had het woord vreemd genoeg iets aantrekkelijks: scheiden. Het voelde als een oplossing. Kon hij maar van zichzelf scheiden, van zichzelf loskomen, zichzelf uitwissen, dat zou een opluchting zijn. Als een amputatie.

Plotseling stond hij op. Hij hield zich vast aan de stoelleuning om in balans te blijven toen de boot schommelde en liep daarna het verlaten dek op. De kille regen sloeg hem als een kwade vrouw in zijn gezicht, de jongen in de regenjas bekeek hem zonder interesse, daarna gleed zijn blik weg, alsof Sam niet meer was dan een deel van het saaie, grijze uitzicht.

Sam hield zich vast aan de glibberige reling van de veerboot. Hij wilde niet hier zijn en hij wilde niet thuis zijn. Hij wilde alleen maar teruggaan in de tijd, naar die idiote achtertuin, naar dat moment in de schemering waarop de lichtjes aan de rand van zijn gezichtsveld schitterden toen Tiffany, een vrouw die niets voor hem betekende, helemaal niets, samen met hem lachte, en hij niet naar de buitensporige Jessica Rabbit-welvingen van haar lichaam keek, hij keek niet, maar hij was zich er wel van bewust, hij was zich er heel erg van bewust. 'Kom op, spierbundel,' had ze gezegd.

Dat moment. Daar moest hij op 'pauze' drukken.

Het enige wat hij wilde was die vijf minuten daarna overdoen. Eén kans. Als hij die ene kans nog kreeg, zou hij in actie komen als de man voor wie hij zichzelf altijd had gehouden.

7

De dag van de barbecue

'Laat nou maar,' zei Clementine.

Het was bijna één uur, om drie uur werden ze bij Erika op de thee verwacht, en het was Sam en de meisjes nog steeds niet gelukt om de deur uit te gaan om haar de beloofde oefentijd te geven. Het zou niet meer gebeuren.

'Nee,' zei Sam. 'Ik laat me niet klein krijgen door een schoentje.'

Een van Ruby's splinternieuwe dure sportschoenen met lichtjes op de zijkant was onvindbaar, en als gevolg van haar recente groeispurt waren dat de enige schoenen die ze op dit moment nog paste.

'Hoe gaat dat gedicht ook weer?' zei Clementine. 'Door het ontbreken van een spijker was de schoen verloren, door het ontbreken van een hoef was het paard verloren... en daarna nog iets, totdat het koninkrijk verloren was.'

'Wat?' gromde Sam. Hij lag plat op zijn buik op de grond om onder de bank naar de schoen te zoeken.

'Door het ontbreken van een schoen was mijn auditie verloren,' mompelde Clementine terwijl ze van dezelfde bank kussens optilde, waaronder kruimels, muntjes, potloden, haarspelden en een sportbeha maar geen schoen tevoorschijn kwamen.

'Wat?' zei Sam weer. Hij strekte zijn arm uit. 'Ik geloof dat ik hem zie!' Hij haalde een sok vol stof tevoorschijn.

'Dat is een sók,' zei Holly.

Sam nieste. 'Ja, ik weet dat het een sok is.' Hij ging op zijn hurken zitten en wreef zijn schouder. 'We besteden de helft van ons leven aan het zoeken naar spullen. We moeten systematischer worden. Een andere manier van werken. Daar moet een app voor zijn. Een "waar zijn onze spullen?"-app.'

'Schoen! Waar ben je? Schoen?' riep Ruby. Ze liep scheef op de ene schoen, waarmee ze af en toe stampte zodat de gekleurde lichtjes opflitsten.

'Schoenen hebben geen oren, Ruby,' zei Holly minachtend.

'Erika zegt dat we een schoenenrek bij de deur moeten zetten.' Clementine legde de kussens weer boven op alle rommel. 'Ze zegt dat we de kinderen moeten leren daar hun schoenen op te zetten als ze binnenkomen.'

'Ze heeft gelijk,' zei Sam. 'Die vrouw heeft altijd gelijk.'

Voor iemand die geen kinderen wilde, beschikte Erika over een rijkdom aan kennis van het ouderschap, waarvan ze vond dat ze die moest delen. Je kon niet zeggen 'Hoe weet jij dat?', omdat ze altijd haar bronnen vermeldde. 'Ik heb het in een artikel gelezen in *Psychology Today*,' begon ze dan.

'Dat lijkt me een storende vriendschap,' had Clementines vriendin Ainsley een keer gezegd. 'Die kun je beter kwijt zijn.'

'Ze is niet storend,' had Clementine gezegd. 'Heb jij geen vriendinnen aan wie je je ergert?' Ze dacht dat iedereen vrienden had die als een verplichting voelden. Haar moeder kreeg bijvoorbeeld soms als ze de telefoon opnam een bepaalde blik in haar ogen, een gelaten 'daar gaan we weer'-blik, die duidelijk maakte dat haar vriendin Lois belde.

'Niet zoals die meid jou stoort,' zei Ainsley.

Clementine zou Erika nooit van haar leven kunnen of willen lozen. Ze was Holly's peettante. Het moment, als dat er al was geweest, waarop ze hun vriendschap had kunnen beëindigen, was allang voorbij. Dat kon je iemand niet aandoen. Bestonden er zelfs woorden voor? Erika zou er kapot van zijn.

Maar goed, sinds Erika de aardige, ernstige Oliver had ontmoet en met hem was getrouwd, was hun vriendschap de afgelopen jaren veel beter te hanteren. Hoewel Clementine had gehuiverd toen ze Ainsley het woord had horen zeggen, was 'storend' eerlijk gezegd een accurate beschrijving van wat Clementine vaak had ervaren in aanwezigheid van Erika: de intense ergernis die ze uit alle macht had moeten onderdrukken en verbergen, de teleurstelling over zichzelf, want Erika was niet gemeen of hard of stom, ze was domweg storend, en Clementines reactie op haar gedrag was zo totaal buiten proportie dat het haar beschaamd en verward maakte. Erika hield van Clementine. Ze zou alles voor haar doen. Waarom maakte ze Clementine dan zo kwaad? Het was alsof ze allergisch voor haar was. Ze had door de jaren heen geleerd de tijd die ze samen doorbrachten zo kort mogelijk te houden. Vandaag, bijvoorbeeld: toen Erika had voorgesteld om samen te lunchen, had Clementine automatisch gezegd: 'Laten we 's middags theedrinken.' Korter. Minder tijd om gek te worden.

'Mag ik alsjeblieft een cracker, papa?' vroeg Holly.

'Nee,' zei Sam. 'Help mee de schoen van je zusje te zoeken.'

'Zeg, meisjes, jullie zeggen vanmiddag wel netjes alsjeblieft en dank je wel tegen Erika en Oliver, toch?' zei Clementine terwijl ze achter de gordijnen zocht. 'Luid en duidelijk?'

Holly was zeer verontwaardigd. 'Ik zeg heus wel alsjeblieft en dank je wel! Ik zei net nog alsjeblieft tegen papa.'

'Dat weet ik,' zei Clementine. 'Daardoor moest ik eraan denken. Ik dacht: wat beleefd!'

Als Holly of Ruby érgens zouden vergeten om alsjeblieft of dank je wel te zeggen, zou het bij Erika zijn, die de gewoonte had om de meisjes zo scherp op hun manieren te wijzen dat Clementine het nogal ongemanierd vond. 'Hoorde ik daar dank je wel?' zei Erika als ze hun een glas water aangaf, met een hand achter haar oor, en dan zei Holly 'Nee hoor, dat hoorde je niet', wat een vroegwijze indruk maakte, ook al was ze gewoon zichzelf.

Holly trok haar schoenen uit, klom op de bank, balanceerde op haar sokken met haar armen wijd als een skydiver op het randje en liet zich toen voorover op de kussens vallen.

'Niet doen, Holly,' zei Sam. 'Dat heb ik al vaker tegen je gezegd. Je kunt jezelf op die manier lelijk bezeren.'

'Van mama mag het wel,' zei Holly met een pruillip.

'Nou, dat zou niet moeten mogen,' zei Sam. Hij wierp Clementine een boze blik toe. 'Je zou je nek kunnen breken. Je zou jezelf heel erg pijn kunnen doen.'

'Trek je schoenen weer aan, Holly,' zei Clementine. 'Voordat jij die ook kwijtraakt.' Soms vroeg ze zich af hoe Sam dacht dat zij de kinderen in leven wist te houden als hij er niet was om hen op alle gevaren te wijzen. Als hij naar zijn werk was, mocht Holly zich van haar altijd voorover op de bank laten vallen. Meestal konden de meisjes de regels die alleen golden als papa thuis was goed onthouden, al was het niet zo dat die regels ooit hardop werden uitgesproken. Het was een stilzwijgende manier om de vrede te bewaren. Ze vermoedde dat hij ook andere regels hanteerde voor het eten van groenten en voor het tandenpoetsen als mama niet thuis was.

Holly gleed van de bank op de grond. 'Ik verveel me. Waarom mag ik nou geen cracker? Ik stik van de honger.'

'Alsjeblieft geen gejammer,' zei Clementine.

'Maar ik heb zo'n honger,' zei Holly, terwijl Ruby de gang in kuierde en luidkeels riep: 'Schoen! Waar ben je, lief schoentje?'

'Ik moet echt een cracker. Eentje maar,' zei Holly.

'Stil!' schreeuwden Clementine en Sam tegelijk.

'Jullie zijn allebei gemeen!' Holly draaide zich met een ruk om naar de deur en stootte haar teen aan de poot van de bank, die Sam opzij had geschoven om de schoen te zoeken. Ze schreeuwde het uit van boosheid.

'O hemel.' Clementine boog zich in een reflex naar haar toe, maar ze vergat dat Holly altijd een minuutje nodig had om haar woede te verwerken voordat ze troost accepteerde. Holly wierp haar hoofd in haar nek en stootte daardoor pijnlijk tegen haar moeders kin.

'Au!' Clementine greep naar haar kin. 'Holly!'

Nu wilde Holly geknuffeld worden. Ze stortte zich in Clementines armen en Clementine knuffelde haar, ook al wilde ze haar het liefst door elkaar rammelen, want haar kin deed echt pijn. Ze mompelde meelevende, troostende woorden en wiegde Holly heen en weer terwijl ze verlangend naar haar cello staarde, die stilzwijgend en waardig tegen haar zogenaamde auditiestoel aan stond. Niemand waarschuwde je dat je als je kinderen kreeg een kleinere, rudimentaire, primitieve versie van jezelf werd en dat je talenten, je opleiding en prestaties niets meer betekenden.

Clementine herinnerde zich de keer dat Erika op haar zestiende terloops had gemeld dat ze nooit kinderen wilde, en dat had haar toen vreemd genoeg geërgerd; het had even geduurd om achter de reden van haar ergernis te komen (haar hele leven al waren er heel wat verschillende, ingewikkelde manieren geweest waarop Erika haar ergerde), tot ze uiteindelijk had beseft dat het kwam doordat zij dat als eerste had willen zeggen. Het was aan Clementine om dwaas, creatief, onconventioneel te zijn. Erika was behoudend. Volgzaam. De bob. Erika had gedroomd van cijfers die hoog genoeg waren om bedrijfskunde te studeren, met als hoofdvakken boekhouden en bedrijfseconomie. Erika had gedroomd van een eigen huis en een aandelenportefeuille en een baan bij een van de zes grote accountantskantoren waar ze snel compagnon kon worden. Clementine had gedroomd van een studie aan het conservatorium, van bijzondere muziek en een bijzondere passie en daarna, natuurlijk, van een gezin met kinderen en een lieve man, want dat wilde iedereen toch? Baby's waren schattig. Het had een gebrek aan verbeeldingskracht geleken dat het nooit bij haar was opgekomen dat je ook niet voor kinderen kon kiezen.

Maar dat was het nu juist met Erika. Ze weigerde zich in een hokje te laten dwingen. Op hun zeventiende had Erika een gothicperiode gehad. Erika, nota bene. Ze had haar haar zwart geverfd, zwarte nagellak gedragen, zwarte lipstick, polsbandjes met sierspijkers en schoenen met plateauzolen. 'Wat?' had ze op defensieve toon gezegd toen Clementine voor het eerst haar nieuwe look zag. Erika's uiterlijk had hen in de coole clubs gebracht, waar ze met een nors gezicht achteraan mineraalwater had staan drinken en had gekeken alsof ze sombere, gothic gedachten had, hoewel ze waarschijnlijk alleen aan haar huiswerk dacht, terwijl Clementine dronken werd, danste, met foute jongens zoende en daarna de hele weg naar huis huilde omdat, je weet wel, het léven.

Tegenwoordig droeg Erika kleren die niet opvielen: saaie, degelijke, makkelijk zittende kleren. Ze had de begeerde baan bij een van de grote accountantskantoren gekregen (inmiddels een van de grote vier, niet de grote zes), en haar keurige, waarschijnlijk hypotheekvrije huis met drie slaapkamers, niet ver van de plek waar ze opgegroeid waren. En nu had Clementine natuurlijk geen spijt van haar besluit om kinderen te krijgen. Ze hield zielsveel van ze, natuurlijk, ze betreurde alleen soms het moment waarop ze gekomen waren. Het zou verstandiger zijn geweest als ze met kinderen hadden gewacht totdat ze eerst wat hypotheek hadden afbetaald, totdat haar carrière er beter voor stond.

Sam wilde een derde kind, maar dat was belachelijk, onmogelijk. Ze ging steeds op een ander onderwerp over als hij erover begon. Een derde kind zou zoiets zijn als een slang omlaag laten glijden in een spelletje Slangen en ladders. Hij kon het niet menen. Ze hoopte dat hij dat uiteindelijk zou inzien.

Sam verscheen weer in de deuropening en stak Holly een

pakje crackers toe. Holly sprong van Clementines knie, als door toverkracht hersteld, op hetzelfde moment dat Clementines telefoon, die op een boekenplank lag, begon te rinkelen.

'Het is Erika,' zei Clementine tegen Sam toen ze hem oppakte.

'Misschien zegt ze af,' zei Sam hoopvol.

'Ze zegt nooit iets af,' zei Clementine. Ze bracht de telefoon naar haar oor. 'Hallo, Erika.'

'Met Erika,' zei Erika op zo'n klaagtoon alsof Clementine haar al had laten zitten.

'Ik weet het,' zei Clementine. 'Die nieuwerwetse technologie is fantastisch, en...'

'Ja, heel grappig,' viel Erika haar in de rede. 'Hoor eens. Over vandaag. Toen ik terugkwam van het boodschappen doen, kwam ik Vid tegen. Je herinnert je Vid nog, onze buurman?'

'Natuurlijk. Hoe zou ik buurman Vid kunnen vergeten,' zei Clementine. 'De grote elektricien. Een soort Tony Soprano. We zijn dol op Vid de buurman.' Erika bracht soms dit frivole gedrag bij Clementine teweeg. 'Getrouwd met de ultrasexy Tiffany.' Ze rekte het woord 'Tif-fa-ny'. 'Sam is gewoonweg dol op Tiffany de buurvrouw.'

Ze keek even naar Sam om te zien of hij de naam herkende. Sam gaf met zijn handen het gedenkwaardige figuur van Tiffany aan en Clementine stak haar duim naar hem op. Ze hadden Erika's buren slechts één keer ontmoet, vorig jaar, tijdens een ongemakkelijke kerstborrel bij Erika. Ze waren misschien tien jaar ouder dan Sam en zij, maar ze leken jonger. Wat Sam en Clementine betrof, hadden zij de avond gered.

'Nou, het zit zo,' zei Erika. 'Ik vertelde Vid dat jullie straks komen, en toen nodigde hij ons allemaal uit voor een barbecue. Ze hebben een dochter, Dakota, van een jaar of tien, en hij dacht dat ze het leuk zou vinden om met jullie meisjes te spelen.'

'Klinkt geweldig,' zei Clementine, die merkte dat ze ineens

een heel stuk vrolijker werd. Ze liep naar het raam en keek naar de stralend blauwe hemel. De dag kreeg ineens iets feestelijks. Een barbecue. Vanavond niet zelf koken. Ze zou de fles champagne meenemen die ze van Ainsley had gekregen. Ze zou morgen tijd vinden om te oefenen. Dit aspect van haar persoonlijkheid vond ze heel prettig: dat haar stemming door een briesje of een geur of een mooie sequens kon omslaan van melancholie naar euforie. Het betekende dat ze zich nooit al te lang neerslachtig hoefde te voelen. 'Tjemig, wat ben jij een gekke griet, het lijkt wel of je aan de drugs bent,' had haar broer Brian een keer tegen haar gezegd. Dat zou ze nooit vergeten. Ze was er trots op. Ja, ik ben knettergek. Hoewel dat waarschijnlijk bewees dat ze niet gek was. Echt gekke mensen waren zo druk bezig met gek zijn dat ze er niet over konden nadenken.

'Vid heeft me zo ongeveer onder druk gezet met die barbecue,' zei Erika defensief, en dat was merkwaardig, want Clementine had nooit geweten dat Erika zich door iets of iemand onder druk liet zetten.

'Geeft niks,' zei Clementine. 'We vonden ze aardig. Het wordt vast gezellig.' Ze glimlachte toen ze Holly door de kamer zag walsen met een cracker die ze verrukt als een trofee in de lucht stak. Holly had Clementines temperament geërfd, en dat was geen probleem, behalve als hun stemmingen niet samenvielen. Ruby was meer zoals Sam, pragmatisch en geduldig. Gisteren was Clementine hun slaapkamer in gelopen en had ze Ruby daar op de grond aangetroffen terwijl ze zachtjes op Holly's schouder klopte, die vooroverlag, helemaal verslagen omdat haar tekening van een pandabeer 'niet op een pandabeer leek'. 'Nog een keertje pwoberen!' had Ruby gezegd, met dezelfde onthutste blik in haar ogen als Sam kon hebben, waarmee ze wilde zeggen: waarom maak je het leven zo moeilijk voor jezelf?

'Oké, nou, prima. Ja, gezellig,' zei Erika. Ze klonk teleurgesteld, alsof ze niet echt had voorzien dat deze dag ook 'gezellig' kon zijn. 'Alleen... Oliver is nogal chagrijnig nu ik Vids uitnodiging heb aangenomen omdat we eh... zoals ik al zei, graag dat eh... dat voorstel met jullie willen bespreken, en hij denkt dat dat nu niet gaat lukken. Ik dacht eraan om na de barbecue hier met jullie koffie te drinken. Als er genoeg tijd is.'

'Natuurlijk,' zei Clementine. 'Of ervoor, net wat je wilt. Maakt niet uit. Het klinkt allemaal heel raadselachtig, Erika. Kun je me alvast een hint geven?'

'O, nou, nee, eigenlijk niet.' Nu klonk ze bijna geagiteerd.

'Goed dan,' zei Clementine sussend. 'We bespreken dit mysterie, wat het ook is, na de barbecue.'

'Of ervoor,' zei Erika. 'Je zei net...'

'Of ervoor,' beaamde Clementine, net toen Ruby de kamer in kwam kuieren met een klein plastic regenlaarsje in elke hand en een uiterst tevreden snoet. 'O, wat slim van je, Ruby, je kunt ook je laarsjes aantrekken! Wat een geweldig idee.'

'Pardon?' zei Erika, die het nooit kon uitstaan als Clementine met haar kinderen sprak terwijl ze met haar aan de telefoon was. Dat was voor haar kennelijk niet volgens de etiquette.

'Niets. Tuurlijk. We spreken elkaar vóór de barbecue.'

'Tot dan,' zei Erika kortaf, en ze hing op op die gekmakende, abrupte manier van haar, alsof Clementine haar ondergeschikte stagiaire was.

Het deed er niet toe. Een barbecue met Erika's charmante buren op deze zonnige winterdag was vast en zeker gezellig. Leuk, toch?

8

De regen nam iets af, maar hield natuurlijk niet helemaal op, het leek verdomme wel of het nooit stopte, dus nam Tiffany de gelegenheid te baat om onder een paraplu de bak met lege wijn- en bierflessen van de vorige avond met een hoop gerammel de oprit af te slepen.

Ze dacht aan Dakota en de manier waarop ze naar haar had geglimlacht toen ze haar die ochtend naar school had gebracht: een koele, beleefde glimlach, alsof Tiffany de moeder van iemand anders was.

Er was iets aan de hand met Dakota. Het was nauwelijks waarneembaar. Misschien stelde het niets voor, of misschien toch wel. Het was niet zo dat ze zich misdroeg. Helemaal niet. Maar ze deed griezelig afstandelijk. Het was net alsof ze in een onzichtbare glazen stolp opgesloten zat.

Die ochtend had Dakota bijvoorbeeld kaarsrecht aan de ontbijttafel gezeten, zorgvuldig haar brood kauwend, met een lege, nietszeggende blik in haar ogen. 'Ja, graag.' 'Nee, dank je.' Waarom deed ze zo beleefd? Het was eng! Het was alsof ze een beleefde buitenlandse uitwisselingsstudent in huis hadden. Een eetstoornis? Maar ze at wel, al was het niet erg enthousiast.

Tiffany kon er niet achter komen, hoe ze ook haar best deed en hoeveel vragen ze ook stelde.

'Er is niets aan de hand,' zei Dakota elke keer op die nieuwe, mechanische manier.

'Er is niets met haar aan de hand, laat haar dan met rust!'

zei Vid. Daardoor kon Tiffany het wel uitschreeuwen. Er was wel iets met Dakota aan de hand. Ze was tien. Een meisje van tien glimlachte niet beleefd naar haar moeder.

Tiffany was vastbesloten om door die stomme glazen stolp van Dakota heen te dringen. Ook al bestond die alleen in haar fantasie.

Ze was bijna op straat toen ze zag dat Oliver ook een vuilnisbak buiten ging zetten, al rammelde die niet zo hard als die van haar.

'Goedemorgen, Oliver!' riep ze. 'Hoe gaat het? Wat een vreselijk weer, hè?'

Shit. Elke keer dat ze na die barbecue haar buren zag, spande ze haar buikspieren aan alsof ze een pilatesoefening deed.

Ze had Oliver altijd graag gemogen. Hij was zo eerlijk en beleefd; een beetje een oen, met dat zwarte haar en die bril had hij wel iets van een volwassen Harry Potter. Hij had een heel klein hoofd, dat viel erg op. Aan dat knikkertje van hem was niets te doen, maar Tiffany zou eigenlijk tegen Erika moeten zeggen dat ze zo'n vintage bril met een zwart montuur voor hem moest kopen; daarmee zou ze in één klap een knappe hipster van hem maken. (Vid had een enorm hoofd. Daar paste niet eens een baseballcap overheen. Niet dat hij die ooit droeg.)

'Hoe gaat het, Tiffany?' riep Oliver terug. Hij bleef met zijn vuilnisbak staan zonder geluid te maken, terwijl Tiffany met veel kabaal de hare over de stoep sleepte. 'Moet ik je een handje helpen?'

'Nee, nee, het lukt wel. Maar bedankt voor het aanbod! Dat hoor ik Vid niet zeggen! Oef. Ik heb mijn lichaamsbeweging wel weer gehad voor vandaag!' (Dat was niet waar. Ze ging later op de dag naar de sportschool.) 'Wat doe jij op dit tijdstip thuis? Ben je niet lekker?'

Ze liep tot op gehoorsafstand naar hem toe en zag Oliver verschrikt een blik op haar decolleté werpen. Hij fixeerde radeloos zijn blik op haar voorhoofd, alsof hij aan een proef onderworpen werd. Ja, joh, ik ben een proef, maar je slaagt er elke keer voor.

'Ja, inderdaad. Ik was wat grieperig.' Oliver sloeg een hand voor zijn mond en hoestte.

'Hoe is het met Erika?' vroeg Tiffany. 'Ik heb haar de laatste tijd niet veel gezien.'

'Prima,' zei Oliver kortaf, alsof die vraag te persoonlijk was.

Godsamme, sinds die barbecue deed elk gesprek met Erika en Oliver gespannen en moeilijk aan, alsof ze met een ex sprak met wie ze de relatie onlangs had verbroken. Omdat zij was vreemdgegaan.

'En eh... we hebben jullie niet veel gezien sinds...' Ze maakte haar zin niet af. 'Hoe gáát het met Clementine en Sam?'

Oliver hoestte. 'Goed,' zei hij. Hij keek fronsend over Tiffany's schouder in de verte.

'En met...'

'Weet je, volgens mij heeft Harry al een tijd geen vuilnis buiten gezet,' viel Oliver haar in de rede. Tiffany draaide zich om naar de lege plek voor Harry's huis. Of het huis van meneer Spuug, zoals Dakota hem noemde, vanwege zijn gewoonte om te spugen naar alles wat hem niet beviel, zoals Dakota zelf. Soms keek hij naar Tiffany's mooie dochter en dan spuugde hij, alsof haar bestaan hem met weerzin vervulde.

'Die zet hij niet elke week buiten,' zei Tiffany. 'Ik denk dat hij niet veel afval heeft.'

'Ja, dat weet ik,' zei Oliver. 'Maar ik heb het idee dat ik hem al weken niet heb gezien. Ik vraag me af of we bij hem langs moeten gaan.'

Tiffany draaide zich weer om naar Oliver. 'Waarschijnlijk scheldt hij je dan alleen de huid vol.'

'Waarschijnlijk heb je gelijk,' beaamde Oliver spijtig. Hij was echt een aardige vent. 'Het voelt alleen alsof ik die scheldkanonnades al heel lang niet heb gehoord.'

Tiffany keek naar Harry's vervallen bakstenen huis van de woningbouwvereniging. Het had iets deprimerends: de verf die van de raamlijsten bladderde, de verbleekte rode dakpannen die gerepareerd moesten worden. Eens in de maand kwam een tuinman het gras maaien en de heg knippen, dus het was niet zo dat de boel verwaarloosd werd; maar al vanaf het moment dat ze hier kwamen wonen en Harry hen in de buurt had verwelkomd met de eis dat ze iets aan hun eik deden, was het een triest, eenzaam uitziend oud huis.

'Wanneer heb ik hem voor het laatst gezien?' vroeg Tiffany zich af. Ze zocht haar geheugen af naar onaangename incidenten. Harry had een paar keer in zijn voortuin naar Dakota geschreeuwd en haar aan het huilen gemaakt, waarop Tiffany haar zelfbeheersing had verloren en terug had geschreeuwd op een manier waarvoor ze zich later schaamde, omdat hij een oude man was en waarschijnlijk dement, iemand voor wie ze meer respect en zelfbeheersing had moeten opbrengen. Wat was de laatste keer geweest dat een van hen Harry kwaad had gemaakt?

Ineens wist ze het weer.

'Je hebt gelijk,' zei ze peinzend tegen Oliver met haar blik op het huis. 'Het is al heel lang geleden dat ik hem heb gezien.'

Ze wist zelfs precies wanneer ze Harry voor het laatst had gezien. Het was op de ochtend van de barbecue. Die verdomde, afschuwelijke barbecue die ze sowieso nooit had gewild.

9

De dag van de barbecue

Het was stil. Het werd altijd doodstil zodra Vid de kamer had verlaten. Het was als wanneer een band stopte met spelen en de stilte oorverdovend in je oren brulde. Tiffany hoorde de klok tikken. Ze hoorde de klok nooit tikken als Vid in de kamer was.

Ze zat aan de keukentafel op haar laptop haar e-mails te lezen terwijl ze brood met Marmite at. Vid was naar buiten gelopen om de krant te halen, mopperend dat hij die elke dag uit de tuin moest halen en dat hij hem zou opzeggen.

'Lees hem dan op internet, zoals de rest van de wereld,' zei Tiffany altijd, maar ook al was Vid meestal iemand die graag iets nieuws uitprobeerde, hij was ook extreem trouw, en zijn trouw aan bepaalde gewoonten en persoonlijke rituelen, producten en mensen was rotsvast.

'Wat is het stil, hè, als papa de kamer uit is,' zei Tiffany tegen Dakota, die als een kat opgekruld in het zonovergoten vensterbankzitje lag. Barney, hun dwergschnauzer, lag naast Dakota, met zijn neus en poten op haar arm en zijn ogen dicht, zodat je alleen zijn dikke, borstelige wenkbrauwen kon zien. Barney was een hond die doezelde als een kat.

Dakota lag te lezen, natuurlijk. Ze las constant, waarbij ze verdween in werelden waarheen Tiffany haar niet kon volgen. Nou ja, ze kon haar wel volgen als ze de moeite zou nemen om een boek te pakken, maar van lezen werd ze onrustig. Haar benen begonnen na een bladzijde ongedurig te bewegen. Ook van tv-kijken werd ze onrustig, maar dan kon ze in elk geval nog de was opvouwen of rekeningen overmaken. Toen ze zo oud was als Dakota pakte Tiffany nooit voor haar plezier een boek. Ze was meer van de make-up en de kleren. Pas nog had Tiffany aangeboden Dakota's nagels te lakken, waarop haar dochter had gereageerd met een vriendelijk, vaag: 'Eh... later misschien, mam.' Het was haar karma voor alle keren dat haar eigen lieve, huiselijke moeder Tiffany had voorgesteld haar te helpen met bakken en Tiffany daar volgens de familieverhalen op had gereageerd met: 'Hoeveel krijg ik ervoor?' 'Je wilde altijd overal iets voor krijgen,' zei haar moeder.

Tja, nou ja, tijd is geld.

'Stil hier, hè?' zei Tiffany toen Dakota niet reageerde.

'Wat?'

'Je bedoelt: "wat zeg je?"' zei Tiffany.

Het bleef even stil. 'Wat?' zei Dakota weer, en ze sloeg een bladzijde om.

Tiffany snoof verontwaardigd.

Ze opende een nieuwe e-mail. Hij kwam van Saint Anastasia, de superchique particuliere school waar Dakota volgend jaar naartoe zou gaan. Tiffany zou haar dochter ook in die nieuwe wereld niet kunnen volgen. Vids drie dochters uit zijn eerste huwelijk, Dakota's oudere halfzusjes, hadden allemaal op Saint Anastasia gezeten, wat in Tiffany's ogen niet echt een aanbeveling was, maar de school had een uitstekende naam (dat mocht verdomme ook wel voor die prijs) en Vid had Dakota daar al vanaf haar kleuterjaren naartoe willen sturen. Tiffany vond dat belachelijk, aangezien er vlakbij een fantastische kleine openbare school was. Ze sloten een compromis: ze zou er in het vijfde jaar naartoe gaan.

In augustus was er een informatieochtend. Nog twee maanden. Die bijeenkomst was 'verplicht' voor alle leerlingen en 'hun beide ouders'. Haar nekharen gingen rechtop staan door de opdringerige toon van de e-mail en ze klikte hem snel weg. Zij paste daar niet. Ze bespeurde echt weerstand om naar die informatieochtend te gaan, zelfs een bepaalde nervositeit. Zodra ze besefte dat het angst was, walgde ze van zichzelf. Razend was ze. Ze sloeg de laptop met een klap dicht en weigerde er zelfs nog over na te denken. Het was zondag. Het was een vrije dag. Ze had een zware week voor de boeg.

'Mooi boek?' vroeg ze aan Dakota.

'Wat?' zei Dakota. 'Ik bedoel: wat zeg je?'

'Ik hou van je, Dakota.'

Lange stilte. 'Wat?'

De voordeur ging met een klap dicht. Op de muur was te zien dat Vid elke keer de deur ertegenaan gooide alsof hij na een avontuurlijke reis eindelijk weer thuiskwam.

'Waar is het vrouwvolk?' riep hij.

'Waar je ons hebt achtergelaten, ventje!' riep Tiffany terug.

'Ik ben geen ventje! Waarom noem je me steeds zo? Dat slaat nergens op! Luister, ik heb nieuws!' Hij kwam binnen terwijl hij met zijn opgerolde krant zwaaide alsof het een baton was. Hij zag er energiek uit. 'Ik heb net de buren uitgenodigd voor een barbecue. Ik kwam Erika buiten tegen.'

'Vid, Vid, Víd.' Tiffany steunde haar hoofd in haar hand. 'Waarom doe je dat?'

Erika en Oliver waren prima mensen, maar ook akelig terughoudend en serieus. Het viel niet mee om contact met ze te maken. Je kon ze beter uitnodigen als er meer mensen bij waren, zodat je ze aan hen kon overlaten als je al dat serieuze gepraat beu werd.

'Je had beloofd dat we er een rustige zondag van zouden maken,' zei ze.

Ze had een razend drukke week voor de boeg: dinsdagavond een pand dat geveild werd, woensdag moest ze de strijd aangaan met de gemeenteraad over milieuwetgeving, en dan wachtten er nog een schilder, een tegelzetter en een elektricien (nou ja, Vid) op haar beslissingen. Ze had haar rust nodig.

'Waar heb je het over? Dat doen we toch? Een rustige, prachtige dag!' protesteerde Vid met een oprecht verbaasde blik. 'Wat is er ontspannender dan een barbecue? Ik ga Drago bellen. Voor een zwijn. O, en hun vrienden komen ook. Herinner je je die celliste nog? Clementine. Clementine en haar man. Hoe heette hij ook weer?'

'Sam,' zei Tiffany. Ze fleurde een beetje op. Sam mocht ze graag. Hij leek op de kleine, breedgeschouderde blonde surfer met wie ze vroeger, voor Vid, iets had gehad, en hij was grappig en makkelijk in de omgang. Ze hadden elkaar maar één keer ontmoet, toen Erika en Oliver vorig jaar een kerstborrel gaven. Dat was een bijzonder eigenaardige avond geweest. Vid en Tiffany waren nooit eerder op zo'n soort borrel geweest. Al die mensen die daar maar rustig stonden te praten, alsof ze in een bibliotheek of in een kerk waren. Eén vrouw dronk zelfs théé.

'Waar blijven de hapjes?' had Vid steeds veel te hard tegen Tiffany gefluisterd, terwijl Oliver en Erika idioot lang ijverig de reeds schone keukenwerkbladen nog schoner veegden met een doek, alsof ze hun gasten duidelijk wilden maken dat ze er een puinhoop van maakten, maar dat zij daar meteen iets aan deden. Het was zo'n opluchting geweest toen ze aan Clementine en Sam werden voorgesteld. Vid, die van klassieke muziek hield, was zo verheugd toen hij hoorde dat Clementine celliste was dat het bijna gênant was, maar toen raakten Tiffany en Sam aan de praat over politiek en volgde er een aangenaam gesprek. (Hij was een beetje een watje, maar dat vergaf ze hem.) 'Zouden we een pizza kunnen bestellen?' had Sam op een bepaald moment gefluisterd, en Vid had gebruld van het lachen, al hadden ze hem allemaal moeten tegenhouden, anders had hij zijn mobiel gepakt om echt een bestelling te doen. Clementine vond een reep chocola onder in haar tas en verdeelde die heimelijk onder hen vieren terwijl die arme Erika en Oliver hun werkbladen poetsten. Het was alsof ze met z'n allen op een onbewoond eiland waren achtergelaten en alles in het werk hadden gesteld om te overleven.

'Ze hebben twee dochtertjes,' zei Vid.

'Ik herinner me dat ze vertelden dat ze jonge kinderen hadden,' zei Tiffany. 'Met snoezige namen.'

'Ik kan me geen namen herinneren,' zei Vid. 'Maar goed, Dakota kan met ze spelen, ja toch, Dakota?' Hij keek hoopvol naar zijn dochter.

'Eh... jongens, er is iemand aan de deur,' zei Dakota zonder van haar boek op te kijken, terwijl Barney met een waakzame blik zijn kop van haar arm tilde en naar de deur rende, waar hij blij blaffend rondjes draaide. Barney was even dol op bezoek als Vid.

Er klopte iemand herhaaldelijk op de voordeur, zonder aan te bellen.

'Je hebt ze toch niet nu al uitgenodigd, hè?' vroeg Tiffany. 'Vid?'

Vid stond bij de kelderkast om er ingrediënten uit te halen. 'Natuurlijk niet,' zei hij afwezig, hoewel het heel goed mogelijk was geweest.

Tiffany ging opendoen, terwijl Barney opgewonden voor haar voeten liep zodat ze bijna over hem struikelde. Op de veranda stond Harry, de oude buurman, zoals gewoonlijk met een kwaaie blik, in zijn gebruikelijke outfit: een oude grijze broek van een pak (nog van zijn vroegere werk, misschien?) en een wit overhemd dat aan de boord geel verkleurd was. Witte plukken haar staken boven de bovenste knoop van zijn overhemd uit. Hij had witte, borstelige wenkbrauwen, net als Barney.

'Hallo, Harry,' zei Tiffany met een zo vriendelijk mogelijke glimlach terwijl ze dacht: wat hebben we nu weer verkeerd gedaan, oude vriend? 'Hoe gaat het?'

'Dit is al de zoveelste keer!' schreeuwde Harry. 'Het is onacceptabel!' Hij reikte haar een brief aan die geadresseerd was aan Vid. 'Ik heb het al vaker gezegd. Ik wil jullie post niet. Ik zou jullie je post niet hoeven te bezorgen. Ik heb er niets mee te maken.'

'Dat doet de postbode, Harry,' zei Tiffany. 'Hij heeft hem per ongeluk in de verkeerde brievenbus gestopt. Dat kan gebeuren.'

'Het is al vaker gebeurd!' zei Harry strijdlustig.

'Ja, ik geloof dat het al een keer eerder is gebeurd,' zei Tiffany.

'Nou, daar moet je een eind aan maken. Je bent toch niet stom? Het is niet mijn verantwoordelijkheid!'

'Goed, Harry,' zei Tiffany.

'Harry, kerel!' Vid kwam de gang in geslenterd terwijl hij een handvol blauwe druiven in zijn mond stopte. 'Kom je straks barbecueën? Erika en Oliver komen ook! Je weet wel, van nummer 7.'

Harry knipperde met zijn ogen. Hij stak zijn hand onder zijn overhemd en krabde. 'Wat? Nee, ik wil niet barbecueën.'

'Jammer,' zei Vid. Hij legde een arm om Tiffany. 'Misschien een andere keer, maar Harry, ik wil niet dat je mijn vrouw "stom" noemt. Oké, Harry? Dat is niet aardig. Dat is niet buurvriendelijk.'

Harry keek hen met zijn bruine druipogen aan.

'Ik wil geen post meer die voor jullie is,' mompelde hij. 'Niet mijn verantwoordelijkheid. Jullie moeten je verantwoordelijkheid nemen.'

'Die nemen we,' zei Vid. 'Maak je daar maar geen zorgen over.'

'Hou die hond bij me weg!' zei Harry toen Barney gefascineerd aan zijn schoen rook. Barney hief zijn bebaarde kop alsof zijn gevoelens gekwetst waren.

'Kom hier, Barney.' Vid knipte met zijn vingers.

'Je weet ons te vinden als je ons nodig hebt, Harry,' zei Tiffany. Ze had ineens medelijden met hem, hij was net een verward kind.

'Wat?' Harry keek verbijsterd. 'Waarom zou ik jullie nodig hebben? Zorg dat die verdomde post niet in mijn brievenbus terechtkomt.'

Hij schuifelde met hangende schouders weg, hoofdschuddend en mompelend.

Vid sloot de deur achter hem. Harry was al vergeten. 'Goed,' zei hij. 'Heb ik zin om iets te bakken? Ja, ik heb zin om iets te bakken! Zal ik strudel maken? Wat vind jij? Strudel? Ja. Het wordt absoluut strudel.'

10

Erika zat weer hoog en droog in haar kantoor. De terugtocht vanaf de bibliotheek waar Clementine haar verhaal hield, had nog meer gekost dan de heenweg. Ze had zojuist honderdvierendertig dollar weggegooid, die niet terug te vorderen waren. Ze begreep haar eigen besluitvormingsproces niet. Door naar Clementines verhaal te luisteren waren er geen hiaten in haar geheugen gevuld. Het had alleen maar allerlei onaangename gevoelens opgeroepen, en daarna had ze onderweg in de taxi ook nog telefoontjes van zowel haar man als haar moeder gehad. Ze wilde zich zo snel mogelijk op een ingewikkelde taak storten. Daarmee zou ze haar hoofd bijna even goed leeg kunnen maken als met een flink stuk hardlopen. Gelukkig deed ze niet zulk werk als Clementine, die constant haar emoties moest inzetten. Er hoorden geen emoties aan je werk te pas te komen. Dat was het fijne van werken.

Ze luisterde haar voicemail af terwijl ze keek hoe de regen tegen de zware ruit sloeg. Het weer deed er niet toe als je veilig in een hoog kantoorgebouw verschanst zat. Het was alsof het in een andere dimensie plaatsvond.

Terwijl ze door haar inbox scrolde, ging haar telefoon en ze zag dat het weer Oliver was. Ze had hem minder dan een halfuur geleden nog gesproken. Hij bleef haar nu toch niet steeds bellen over een gesprek met Clementine? Hij moest een goede reden hebben om te bellen.

'Sorry dat ik je weer stoor,' zei hij snel. 'Ik zal het kort maken. Ik vroeg me alleen af of jij Harry de laatste tijd nog hebt gezien.'

'Harry?' zei Erika terwijl ze een mailtje opende. 'Wie is Harry?'

'Hárry!' zei Oliver ongeduldig. 'Onze buurman!'

Jemig. Harry was niet bepaald een goede vriend. Ze kenden de oude man amper, en trouwens, hij was niet echt hun buurman, hij woonde naast Vid en Tiffany.

'Ik weet het niet,' zei Erika. 'Ik geloof het niet. Hoezo?'

'Ik sprak Tiffany net toen ik het afval buiten zette,' zei Oliver. Hij zweeg om zijn neus te snuiten, en bij het horen van de naam Tiffany verstijfde Erika's hand op de computermuis. Ze had sinds de barbecue niets meer met Tiffany en Vid te maken willen hebben. Ze waren trouwens toch nooit echt vrienden geweest. Ze woonden alleen vlakbij. Tiffany en Vid konden het veel beter vinden met Clementine en Sam dan met hen. Als Erika die dag niets over Clementine had gezegd, als ze had gezegd dat ze die dag niets te doen hadden, zou Vid hen dan ook hebben uitgenodigd voor de barbecue? Waarschijnlijk niet.

'Ik zei tegen haar dat ik Harry al een poosje niet had gezien,' zei Oliver. 'We besloten samen naar zijn huis te gaan en in zijn brievenbus te kijken, en die zat nogal vol. Dus toen zijn we met die post bij hem gaan aankloppen, maar er deed niemand open. Ik heb geprobeerd naar binnen te kijken, maar ik weet het niet, ik heb zomaar het gevoel dat er iets niet klopt. Tiffany belt op dit moment met Vid om te vragen of hij iets van Harry weet.'

'Oké,' zei Erika. Het interesseerde haar geen bal. 'Misschien is hij een poosje weg.'

'Ik denk niet dat Harry met vakantie is,' zei Oliver. 'Wanneer heb jij hem voor het laatst gezien?'

'Ik heb geen idee,' zei Erika. Ze was haar tijd aan het verdoen. 'Al een poosje niet.'

'Ik vraag me af of ik de politie moet bellen,' zei Oliver zorgelijk. 'Ik bedoel, als er niets aan de hand is, wil ik hem niet in verlegenheid brengen en ook de politie niet onnodig lastigvallen, maar...'

'Hij heeft vast ergens een extra sleutel,' zei Erika. 'Die ligt dan waarschijnlijk onder een bloempot bij de voordeur of zoiets.'

'Hoe weet je dat?'

'Dat weet ik gewoon,' zei Erika. 'Van die generatie is hij.' Erika's grootmoeder legde altijd een sleutel onder een pot geraniums, maar voor Erika's moeder was het uitgesloten dat iemand zonder toestemming haar huis binnen zou komen. Ze had een dubbel slot op haar voordeur. Om de inboedel die zo vreselijk kostbaar was te beschermen.

'Oké,' zei Oliver. 'Goed idee. Ga ik proberen.'

Hij hing abrupt op, en toen Erika de hoorn neerlegde merkte ze tot haar ergernis dat de gedachte aan haar oude buurman haar afleidde. Wanneer had ze hem nu echt voor het laatst gezien? Waarschijnlijk toen hij weer eens kwam klagen. Hij wilde niet dat auto's voor zijn huis geparkeerd werden en hij zat altijd vol klachten over Vid en Tiffany: over geluidsoverlast (ze hadden vaak feestjes; hij had de politie meer dan eens gebeld), over de hond (Harry zei dat hij zijn tuin omwoelde; hij had een officiële klacht ingediend bij de gemeente), over hoe hun huis eruitzag (het lijkt verdomme de Taj Mahal wel). Hij leek echt een hekel aan Tiffany en Vid te hebben, zelfs aan Dakota, maar Erika tolereerde hij, en Oliver scheen hij echt te mogen.

Ze stond op en liep naar het raam. Sommige mensen, zoals haar collega-manager, wilden in dit gebouw niet te dicht bij de ramen staan – de manier waarop ze waren ingezet gaf je het idee dat je aan de rand van een klip stond – maar Erika genoot van het beklemmende gevoel in haar maag als ze neerkeek op de straten, waar het verkeer vastliep in de regen.

Harry. De laatste keer dat ze hem had gezien, was op de ochtend van de barbecue, herinnerde ze zich nu weer. Toen ze snel nog wat crackers was gaan kopen. Ze had zich zorgen gemaakt over de sesamzaadjes. Toen ze de straat uit reed, had ze in haar achteruitkijkspiegeltje gezien dat Harry stond te schreeuwen tegen de hond van Vid en Tiffany. Hij had naar hem geschopt, maar ze wist zeker dat hij het hondje niet had geraakt. Hij had het alleen gedaan voor het effect. Vid was de veranda op gekomen, waarschijnlijk om de hond binnen te roepen. Dat was het enige wat ze had gezien.

Erika had geen probleem met Harry's knorrige gedrag. Mopperen was minder tijdrovend en vermoeiend dan opgewektheid. Harry bleef nooit lang staan voor een praatje. Ze vroeg zich af of hem iets was overkomen, of hij misschien ziek was, en als er niets aan de hand was of dan die arme, verantwoordelijke Oliver zich moest laten afsnauwen vanwege zijn bemoeienis.

Een flitslicht lichtte de skyline van de stad op als vuurwerk, en Erika stelde zich voor hoe ze eruit zou zien in de ogen van iemand op straat die toevallig op dat moment opkeek en haar donkere, eenzame gestalte in het lamplicht voor het raam zag staan.

Het deed haar ergens aan denken... misschien was het, misschien... handen tegen glas gedrukt, een gezicht zonder duidelijke trekken, alleen een mond, een wijd open mond, maar toen spatte de herinnering in duizend kleine stukjes uit elkaar. Was het mogelijk dat ze haar geheugen die dag onherstelbare, rampzalige schade had toegebracht?

Ze draaide zich van het raam weg en liep snel terug naar haar bureau om een spreadsheet te openen, een willekeurige spreadsheet, zolang die maar ergens over ging, en toen de geruststellende cijfertjes haar scherm vulden, pakte ze haar telefoon en belde ze het nummer van haar psychologe. Op luchtige toon, alsof het er niet echt toe deed, zei ze tegen de secretaresse: 'Er zijn zeker geen afzeggingen voor morgen?' Maar toen veranderde ze van gedachten en vroeg ze smekend: 'Kan ik alsjeblieft komen?'

11

Oliver legde na het gesprek met Erika de telefoon neer en snoot luidruchtig zijn neus. Hij pakte zijn paraplu. Het zou zijn gezondheid geen goed doen om in de stromende regen bij een oude buurman langs te gaan, maar hij kon het niet langer uitstellen.

Hij had er een heel akelig gevoel over. De laatste keer dat hij zich herinnerde Harry gezien te hebben was op de dag voor de barbecue, voordat er zelfs sprake was van een barbecue, voordat Erika met die onaangename verrassing kwam, toen er alleen was afgesproken dat ze gingen theedrinken met Clementine en Sam en de meisjes.

Die zaterdagmiddag was Harry langsgelopen voor een praatje en had hij Oliver tips gegeven over de juiste manier om het gras te maaien. Sommige mensen waren niet gediend van ongevraagd advies, maar Oliver vond het altijd fijn om iets van andermans ervaringen te leren. Harry had geklaagd over de hond van Vid en Tiffany. Het geblaf hield hem kennelijk 's nachts wakker. Oliver had het nauwelijks kunnen geloven. Barney was maar een klein hondje. Harry had gezegd dat hij de politie zou bellen, of misschien was het de gemeente, maar eerlijk gezegd had Oliver er niet veel aandacht aan besteed. Harry diende altijd klachten in via alle kanalen die hij daar maar voor kon vinden. Klachten indienen was een soort hobby voor hem. Mensen moesten iets te doen hebben na hun pensionering.

Dat was inmiddels twee maanden geleden, en Oliver kon

zich niet herinneren dat hij Harry daarna nog had gezien.

Hij deed de voordeur open en deinsde terug toen hij Tiffany daar zag staan, met haar paraplu achter haar en haar hand in de lucht, alsof ze net had willen aankloppen.

'Sorry,' zei ze. 'Ik weet dat je ziek bent, maar ik bleef aan Harry denken. Ik geloof echt dat we bij hem naar binnen moeten. Vid kan zich ook niet herinneren dat hij hem de afgelopen weken heeft gezien.'

'Erika ook niet,' zei Oliver. 'Ik wilde er net naartoe gaan.' Hij werd ineens panisch. Het was alsof elke minuut nu telde. 'Kom mee.' De wind stak op. 'Mijn god, die regen!'

Ze hielden hun paraplu als een schild voor zich uit, waar ze achter kropen toen ze zich over de gazons naar de veranda van Harry's huis haastten.

Tiffany liet haar paraplu in een natte hoop vallen en begon met een vuist op de deur te bonzen. 'Harry!' riep ze boven de roffelende regen uit. Er klonk iets van paniek in haar stem. 'Harry! Wij zijn het maar! Je buren!'

Oliver tilde een zware, zandstenen bloempot op. Geen sleutel. Er stond een stel goedkope oude groene plastic bloempotten met morsdode planten en verdroogde aarde. Daar zou Harry toch zeker geen sleutel onder leggen? Maar toen hij de eerste pot optilde, zag hij hem. Een kleine, goudkleurige sleutel. Harry, ouwe rakker, dacht Oliver. Dat is niet bepaald veilig.

'Tiffany.' Oliver liet haar de sleutel zien.

'Ah,' zei Tiffany. Ze stapte achteruit toen Oliver naar de voordeur liep en de sleutel in het slot stak.

'Misschien is hij wel weg,' zei ze weifelend. 'Naar familie.' Maar ze wisten allebei dat hij niet weggegaan was.

'Harry!' riep Oliver toen hij de deur opendeed.

'O god, nee, nee, nee,' zei Tiffany meteen. Het duurde heel even voor de stank in Olivers verstopte neus doordrong, en toen was het alsof hij ineens tegen een muur aan liep. Een muur van stank. De weeïge stank van verrotting. Het was alsof iemand goedkoop parfum had gespoten over bedorven vlees. Zijn maaginhoud kwam omhoog. Hij keek om naar Tiffany en moest denken aan de dag van de barbecue, hoe tijdens een crisis een gezicht teruggebracht kan worden tot de essentie, tot iets universeel menselijks; alle etiketten, zoals 'mooi', 'sexy' en 'lelijk', telden dan niet meer.

'Shit,' zei hij triest.

Oliver duwde de deur helemaal open en zette een stap in het schaarse licht. Hij was er nog nooit binnen geweest. Het contact met Harry had altijd alleen in voortuinen plaatsgevonden. Harry's voortuin. Zijn eigen voortuin.

Boven hun hoofd brandde een enkel lampje. Hij zag een lange gang met een verrassend mooie rode loper die in het donker verdween. Een trap met een gewelfde houten leuning.

Onder aan de trap lag iets groots en vreemds, en natuurlijk wist hij al dat het Harry's lichaam moest zijn, dat er precies was gebeurd waarvoor hij bang was geweest, maar toch staarde hij er een paar seconden naar, probeerde hij er wijs uit te worden, alsof het een bedrieglijke afbeelding van een optische illusie was. Het leek gewoon onmogelijk dat die norse, nukkige, spugende Harry nu dat opgeblazen, zwarte, stille gruwelding was.

Oliver merkte een paar dingen op: Harry had twee verschillende sokken aan. Een zwarte. Een grijze. Zijn bril was in zijn gezicht gezonken alsof een onzichtbare hand hem in het zachte, weke vlees had gedrukt. Zijn witte haar was even netjes gekamd als anders. Een kleine zwerm rondzoemende vliegen.

Olivers maag kwam in opstand. Met trillende benen liep hij terug, en hij trok de deur dicht, terwijl Tiffany in de zandstenen bloempot braakte en de regen gestaag bleef vallen.

12

De dag van de barbecue

Dakota zag aan de rand van haar gezichtsveld iets bewegen. Ze keek uit het raam en zag Barney het grasveld over schieten. De voordeur vloog met een knal open en ze hoorde haar vader roepen: 'Ik ben helemaal klaar met die man! Tiffany! Waar zit je? Hij is te ver gegaan! Er zijn grenzen, Tiffany, grenzen! En deze keer is hij te ver gegaan!'

Ze hoorde haar moeder ergens in huis roepen: 'Wat?'

Wat zeg je, dacht Dakota.

'Dakota! Waar is je moeder? Waar zit je?'

Dakota zat precies waar ze al de hele ochtend zat, met een boek in de vensterbank, maar natuurlijk merkte haar vader dat soort details niet op.

Het huis was zo groot dat ze elkaar nooit konden vinden. 'Je hebt een plattegrond nodig in dit huis,' zei Dakota's tante elke keer dat ze op bezoek kwam, ook al was ze er al duizend keer geweest en had ze helemaal geen plattegrond nodig. Ze wist zelfs beter dan Dakota alles in de keukenkastjes te vinden.

Dakota reageerde niet op haar vader. Haar moeder had gezegd dat ze het hoofdstuk mocht uitlezen voordat ze moest helpen het huis op te ruimen voor het bezoek. (Alsof zij om dat bezoek had gevraagd.) Ze keek op en dacht na, omdat ze eigenlijk net aan een nieuw hoofdstuk was begonnen, maar toen ze weer in het boek keek, was die aanblik genoeg om haar weer in het verhaal te zuigen. Ze vond het een aangename fysieke gewaarwording, alsof ze letterlijk terugviel in de wereld van *The Hunger Games*, waar zij Katniss was, sterk, machtig en bedreven, maar ook heel knap. Dakota was er honderd procent van overtuigd dat zij zich net als Katniss in de Games zou opofferen voor haar lieve kleine zusje als ze dat had gehad. Niet dat ze dat speciaal wilde (het zusje van haar vriendin Ashling hing altijd bij hen in de buurt rond, en die arme Ashling kon nooit van haar af komen) maar als Dakota een klein zusje had, zou ze absoluut haar leven voor haar geven.

'Waar zit je, Dakota?' riep haar moeder nu.

'Hier,' fluisterde Dakota. Ze sloeg de bladzijde om. 'Ik zit hier.'

13

'Harry is dood,' zei Oliver vrijwel meteen toen Erika thuiskwam en haar aktetas en paraplu neerlegde. Ze ging met een hand naar haar nek. IJskoude regendruppels liepen langs haar rug omlaag. Oliver zat op de bank, omringd door proppen natte zakdoekjes.

'Echt waar?' zei Erika. Haar blik bleef gefocust op de zakdoekjes. 'Wat is er gebeurd?' Haar hartslag was toegenomen door de aanblik van die zakdoekjes. Een fysieke reactie die te maken had met een jeugdtrauma. Volkomen logisch. Drie keer diep ademhalen. Ze moest gewoon zorgen dat ze van die zakdoekjes af kwam.

'Tiffany en ik hebben zijn lichaam gevonden,' zei Oliver toen Erika haastig naar het gootsteenkastje liep om een plastic tasje te pakken.

'Waar?' vroeg Erika terwijl ze de zakdoekjes oppakte. 'Bedoel je bij hem huis?'

Ze legde een stevige, bevredigende knoop in de hengsels van de plastic tas, liep ermee naar de afvalbak en gooide hem erin.

'Ja,' zei Oliver. 'Je had gelijk over die sleutel. Hij lag onder een bloempot.'

'Dus hij was... dood?' zei Erika terwijl ze bij het aanrecht haar handen boende. Mensen vroegen altijd of ze medisch werk deed vanwege de manier waarop ze haar handen waste. In openbare gelegenheden probeerde ze het minder openlijk te doen, maar hier thuis bij Oliver kon ze erop los schrobben zonder bang te hoeven zijn dat iemand haar dwangmatig noemde. Oliver sprak nooit een oordeel uit.

'Ja, Erika,' zei Oliver. Hij klonk geërgerd. 'Hij was morsdood. Al een tijd. Al weken, als je het mij vraagt.' Zijn stem brak.

'O. Juist ja. Hemeltje.' Erika draaide zich om van het aanrecht. Oliver was krijtwit. Zijn handen lagen slap op zijn knieën en zijn voeten stonden plat op de grond, als een leerling die vol berouw voor de kamer van de schooldirecteur zit te wachten.

Ze haalde diep adem. Haar man was van streek. Heel erg van streek, zo te zien. Waarschijnlijk moest hij dat dus 'delen'. Mensen met een verstoorde jeugd zoals zij waren in relaties niet bijzonder goed in intermenselijke vaardigheden. Tja, dat was gewoon een feit. Niemand had haar een voorbeeld gegeven van een gezonde relatie. Ook Oliver had nooit een voorbeeld van een gezonde relatie gekregen. Ze hadden allebei een verstoorde jeugd. Daarom had Erika tot op dit moment bijna zesduizend dollar geïnvesteerd in de best mogelijke therapie. De cyclus van gestoord gedrag en psychische aandoeningen hoefde niet van generatie op generatie overgedragen te worden. Die cirkel moest je gewoon doorbreken.

Erika ging naast Oliver op de bank zitten en gaf met haar lichaamstaal te kennen dat ze luisterde. Ze maakte oogcontact. Ze raakte zijn arm aan. Ze zou na hun gesprek haar handen met desinfecterende zeep wassen. Ze wilde die afgrijselijke verkoudheid niet overnemen.

'Lag hij...?' Ze wilde op geen van de vragen die ze moest stellen het antwoord horen. 'Lag hij... in bed of zo?' Ze dacht aan een maniakaal grijnzend lijk rechtop in bed, met een rottende hand op de sprei.

'Hij lag onder aan de trap. We roken het zodra ik de deur opendeed.' Oliver huiverde.

'Jezus,' zei Erika.

Geur was een van haar problemen. Oliver lachte altijd om de manier waarop ze vuilnis in de bak gooide en dan achteruitsprong om de geur niet te hoeven ruiken.

'Ik heb maar één blik op hem geworpen, en toen heb ik gewoon, ik heb... nou ja, toen heb ik de deur dichtgeslagen, en we hebben de politie gebeld.'

'Vreselijk,' zei Erika automatisch. 'Wat afschuwelijk voor je.' Ze voelde haar weerstand. Ze wilde er niets over horen, ze wilde niet dat hij deze ervaring met haar deelde. Ze wilde dat hij erover ophield. Ze wilde het over het eten van vanavond hebben. Ze wilde rustig worden na de dag die ze had gehad. Ze had niet geluncht en ze had overgewerkt om de tijd in te halen die ze had verknoeid door naar Clementine te gaan, dus ze was uitgehongerd, maar ja, als je man vertelt dat hij een lijk heeft gevonden, kun je moeilijk reageren met: 'Heb je zin in pasta?' Nee. Ze zou minstens een halfuur moeten wachten voordat ze over het avondeten kon beginnen.

'De politie denkt dat hij van de trap is gevallen,' zei Oliver. 'En ik denk aldoor, ik moet steeds denken...'

Hij maakte vreemde, snuivende geluidjes. Erika probeerde de irritatie uit haar gezicht weg te houden. Hij ging niezen. Elke nies was een hele toestand. Ze wachtte. Nee. Hij ging niet niezen. Hij probeerde zijn tranen te bedwingen.

Erika deinsde achteruit. Ze kon hier niet in meegaan. Als ze zich bedroefd en schuldig ging voelen om Harry, die ze niet eens aardig had gevonden, wie weet wat er dan gebeurde. Het was als het ontkurken van een fles champagne waarmee flink was geschud. Haar emoties zouden alle kanten op vliegen. Het zou een janboel worden. Ze had orde nodig. 'Ik heb orde nodig,' had ze tegen haar psychologe gezegd. 'Natuurlijk heb je orde nodig,' had die geantwoord. 'Jij hunkert naar orde. Dat is volkomen begrijpelijk.' Haar psychologe was de aardigste persoon die ze kende.

Oliver zette zijn bril af en depte zijn ogen. 'Ik denk aldoor, stel dat hij van de trap is gevallen en niet meer kon opstaan en dat hij toen om hulp heeft geroepen maar dat niemand hem hoorde? Dat wij allemaal bezig waren met ons dagelijks leven, terwijl Harry daar omkwam van de honger, stel dat dat is gebeurd? Dan zijn we als die buren die je op tv ziet en over wie je denkt: hoe is het mogelijk dat je dat niet hebt gemerkt? Dat je je niet om hem hebt bekommerd? En dat hij wat nors was, wat gaf dat nou?'

'Tja, Vid en Tiffany wonen pal naast hem,' zei Erika. Ze wilde er niet aan denken dat Harry daar op de grond lag. Terwijl de zon opkwam en weer onderging. Dat hij alles hoorde wat er in de buurt gebeurde: grasmachines, vuilniswagens, de bladblazer waar hij zo'n hekel aan had.

'Ik weet het. Tiffany is ook helemaal van streek. Maar weet je, ik was degene die hij waarschijnlijk het graagst mocht in deze straat. Hij tolereerde me in elk geval. Ik bedoel, we hebben regelmatig een fatsoenlijk gesprek gevoerd.'

'Weet ik,' zei Erika. 'Zoals die keer dat jullie allebei kwaad waren over die auto die voor het huis van de Richardsons was achtergelaten.'

'Ik had moeten merken dat hij zich niet liet zien,' zei Oliver. Hij pakte een tissue uit de doos en snoot luidruchtig. 'Ik heb wel gedacht dat ik hem al een poosje niet had gezien, misschien een week geleden, maar daarna ben ik het weer glad vergeten.'

'Ik denk niet dat hij van de honger is gestorven,' zei Erika bedachtzaam. 'Het moet van de dorst zijn geweest. Uitdroging.'

'Erika!' Oliver huiverde. Hij liet zijn tissue in een natte prop naast hem op de bank vallen en trok een nieuw zakdoekje uit de doos.

'Wat? Ik wil alleen zeggen dat hij daar niet weken heeft gelegen.' Ze zweeg even. 'Hij had zo'n alarm om zijn hals moeten dragen.'

'Nou, dat had hij niet,' zei Oliver kortweg. Hij snoot weer zijn neus.

'En ik geloof dat hij geen familie had,' zei Erika. 'Geen vrienden.' Omdat hij zo'n vervelende, haatdragende kerel was. Ze was niet van plan zich door Oliver in het moeras van schuldgevoelens mee te laten sleuren. Tiffany moest maar met hem meezakken. Erika werd al genoeg geplaagd door schuldgevoelens.

'Dat geloof ik ook,' zei Oliver. 'En als hij die wel had, hebben we die nooit bij hem op bezoek zien komen. Daarom was het onze taak om een oogje in het zeil te houden. Dit zijn de mensen die langs de zorg van de samenleving glippen. Ik bedoel, als buurtgemeenschap hebben we de morele verplichting om...'

De vaste telefoon ging, en Erika sprong op alsof ze een prijs had gewonnen. 'Ik neem hem wel.'

Ze nam op. 'Hallo?'

'Erika, schat. Met Pam.'

Die beschaafde, welluidende stem. De stem van iemand met een goed verstand en goede manieren.

'Pam,' zei Erika. 'Hallo.' Ze was meteen milder gestemd, en tranen prikten achter haar ogen. Zo voelde ze zich altijd als ze Clementines moeder sprak. Die adoratie uit haar kinderjaren, het duizelingwekkende, heerlijke gevoel van opluchting, alsof ze op zee was gered.

'Ik ben aan het oppassen bij Clementine en Sam,' zei Pam. 'Ze zijn net de deur uit. Ze gaan uit eten in dat nieuwe restaurant in de Overseas Passenger Terminal waar iedereen zo verrukt van is. Ik heb een tafel voor ze besproken. Het wordt goed beoordeeld. Misschien zelfs heel goed. Ik weet het niet. In elk geval is het indrukwekkend. Hopelijk hebben ze het naar hun zin, al had ik liever gezien dat het niet regende, maar ik duim voor ze. Ze hebben het nodig, die arme kinderen. Eerlijk gezegd maak ik me zorgen over hun huwelijk. Ik klap nu wel uit de school, ik weet het, maar ja, jij bent haar beste vriendin, dus waarschijnlijk weet je er meer van dan ik.'

'Nou nee, daar weet ik niets van,' zei Erika. Eerlijk gezegd wist Erika niets van Clementines huwelijksproblemen. Pam wist vast wel dat het etiket 'hartsvriendinnen' door haar was verzonnen en dat Erika zich daar al die jaren aan had vastgehouden, maar dat Clementine het slechts had geduld.

'Maar goed, Erika, lieverd, ik weet dat we elkaar binnenkort bij mij thuis zien voor ons speciale etentje, en daar kijk ik echt naar uit, maar luister, de reden dat ik je bel...' Erika hoorde de aarzeling in Pams stem en ze klemde haar kaken op elkaar.

'Nou, vandaag moest ik naar Flower Power, dus toen reed ik langs je moeders huis,' zei Pam. 'Ik ben niet gestopt.' Ze zweeg even. 'Misschien had ik dat wel moeten doen, maar je moeder heeft de laatste jaren een hekel aan me gekregen, nietwaar?' Ze wachtte niet op een reactie. 'Erika, ik weet dat je haar volgens een strak rooster bezoekt, en dat lijkt me heel verstandig voor je eigen geestelijke gezondheid, maar ik denk dat het misschien goed is om deze maand je bezoek te vervroegen.'

Erika ademde een lange, dunne stroom lucht uit alsof ze een ballon opblies. Ze keek naar Oliver. Zijn ogen waren gesloten, zijn hoofd lag tegen de bank en hij drukte met een hand op zijn voorhoofd.

'Hoe erg is het?' vroeg ze aan Pam.

'Behoorlijk erg, schat. Vrees ik. Behoorlijk erg.'

14

‘Hoe ging het vandaag in de bibliotheek met je eh... dinges? Je eh... hoe noem je het, je verhaal?’ vroeg Sam met verstikte stem, alsof hij de vraag er met geweld uit moest persen.

‘Het ging goed,’ begon Clementine.

‘Veel mensen?’ viel Sam haar in de rede. Hij roffelde met zijn vingertoppen op het witte tafelkleed en keek ongedurig het restaurant door, alsof hij iets of iemand zocht. ‘Hoeveel schat je? Twintig? Dertig?’

‘Nog geen twintig,’ zei Clementine. ‘Erika was er een van.’

Ze wachtte op een reactie, en toen die niet kwam zei ze: ‘Ik begreep echt niet waarom zij daarbij wilde zijn.’

‘Nou, Erika is je grootste fan,’ zei Sam met een flauw lachje.

Dat was bedoeld als grap. Het gaf haar hoop voor deze avond dat hij grapjes maakte. Sam was de eerste man geweest die onmiddellijk en instinctief begreep hoe ingewikkeld haar vriendschap met Erika was. Hij had nooit met ongeduld of onbegrip gereageerd; hij had nooit gezegd: ‘Ik begrijp het niet, als je haar niet aardig vindt, ga je toch niet met haar om!’ Hij had Erika gewoon geaccepteerd als een onderdeel van Clementines leven, als een lastige zus.

‘Dat is waar,’ zei Clementine, en ze lachte net iets te hard. ‘Al is ze halverwege vertrokken.’

Sam zei niets. Hij keek langs haar heen naar rechts, alsof daar iets interessants te zien was.

‘Hoe was het vandaag op je werk?’ vroeg ze.

‘Prima,’ zei Sam kil. ‘Zoals gebruikelijk.’

('Je huwelijk wordt op de proef gesteld, schat, maar het zoet komt na het zuur! Vergeving en communicatie, dat is het enige wat je erdoorheen helpt!' had Clementines moeder dramatisch en indringend haar dochter ingefluisterd, alsof ze dringend een wijze boodschap mee moest geven voordat haar dochter aan een avontuurlijke reis begon. Ze stonden samen bij de voordeur op Sam te wachten, die dat moment had uitgekozen om achter de computer een e-mail te gaan beantwoorden die kennelijk een zaak van leven en dood was, terwijl het schelle geluid van een of andere verschrikkelijke popprinses uit de televisie schalde. Pam had – overbodig – het bandje van Clementines jurk wat verschikt. 'Jullie moeten met elkaar práten! Praat het uit! Zeg wat je voelt!')

'En hoe bevalt die "proactieve bedrijfscultuur"?' vroeg Clementine.

Ooit zou ze hem met precies die woorden aan het lachen hebben gekregen, maar nu hoorde ze het vleugje wrok in haar stem. Twee muzikanten konden dezelfde noten spelen en toch totaal anders klinken. Het was de toon die het hem deed.

'Die bevalt heel goed.' Sam keek haar aan met iets van haat in zijn ogen. Clementine sloeg haar blik neer. Soms als ze naar hem keek, had ze het gevoel dat in haar borst een strak opgerolde slang lag te slapen, een slang die op een dag sissend tot leven zou komen en met onvoorstelbare, onvergeeflijke gevolgen zou toeslaan.

Ze ging op een ander onderwerp over.

'Ik moet toegeven dat ik niet echt van die spreekbeurten geniet,' zei ze. Elke keer was ze bloednerveus, maar het was een totaal ander soort nervositeit dan voor een optreden of zelfs een auditie. Haar publiek applaudisseerde altijd, maar het klonk gedempt, en vaak voelde ze er een ondertoon van afkeuring in.

Ze keek door de natgeregende ruit, die een wazig, prentbriefkaartachtig uitzicht bood op Sydney Harbour, compleet met de witte zeilen van het Opera House, waar ze twee avonden daarvoor nog had opgetreden. 'Ik heb er een beetje een hekel aan.'

Ze keek weer naar Sam. Er verscheen een blik van intense ergernis op zijn gezicht. Het leek wel of hij sidderde. 'Hou er dan mee op,' zei hij. 'Hou er gewoon mee op. Waarom blijf je dat doen? Je lijkt er wel door bezeten! Je hebt al genoeg op je bordje. Je moet je voorbereiden op je auditie. Ga je eigenlijk nog wel auditie doen?'

'Natuurlijk ga ik dat doen!' zei Clementine. Waarom vroegen mensen dat steeds? 'Ik sta elke dag om vijf uur op om te oefenen!' Hoe was het mogelijk dat hij dat niet wist? Ze wist dat hij slecht sliep. Zij werd soms midden in de nacht wakker en hoorde dan zijn voetstappen beneden in de gang of het gedempte geluid van de televisie beneden. 'Heb je me niet gehoord?'

'Misschien heb ik je wel gehoord,' zei Sam slecht op zijn gemak. 'Ik denk dat ik twee en twee niet bij elkaar heb opgeteld; ik besefte niet dat je aan het oefenen was.'

Wat dacht hij dan dat ze aan het doen was? Was het geluid van de cello voor hem niet meer dan onbelangrijke achtergrondruis? Of kon het hem zo weinig schelen dat hij het zich niet eens afvroeg?

Ze slaagde erin de kribbigheid die ze voelde uit haar toon te weren. 'En ik ben vandaag bij Ainsley en Hu geweest om te oefenen.'

'O,' zei Sam. Hij leek oprecht verbaasd. 'Nou, geweldig, lijkt me. Hoe ging het?'

'Heel goed. Het ging heel goed.'

Het was niet goed gegaan. Het was vreemd en verschrikkelijk geweest. Hu en Ainsley hadden een behoorlijke woordenwisseling gekregen over haar vertolking van het eerste stuk.

'Geweldig!' had Hu na afloop gezegd. 'Bravo. Geef die vrouw maar een baan.' Hij had verwachtingsvol naar zijn vrouw gekeken, maar Ainsley had niet gelachen.

'Tja,' had ze ongemakkelijk gezegd. 'Je hebt er duidelijk heel hard aan gewerkt. Technisch was het perfect. Alleen... Ik weet niet, het klonk niet zoals jij. Als ik achter het scherm had gezeten, zou ik nooit hebben gedacht dat jij het was.'

'Nou en?' had Hu gezegd.

'Het was zo vreselijk correct. Elk nootje precies daar waar het hoorde. Ik zou hebben gedacht dat er een arrogant wonderkind van twintig speelde, dat net van het conservatorium kwam.'

'En nogmaals, nou en? Als ze zo speelt, zou ze absoluut door mogen naar de volgende ronde,' had Hu gezegd. 'Ik zou haar in elk geval door laten gaan. Jij ook. Dat weet ik.'

'Misschien, maar ik denk niet dat ze de ronde daarna zou halen. Het had iets... Dit moet je niet verkeerd opvatten, Clementine, maar het had bijna iets robotachtigs.'

'Hoe kan ze dat niet verkeerd opvatten?' had Hu gevraagd.

'Het is onze taak om eerlijk te zijn,' had Ainsley gezegd. 'Niet vriendelijk.' Daarna had ze naar Clementine gekeken en ineens gezegd: 'Weet je zeker dat je het nog wilt? Na... alles?'

'Natuurlijk wil ze dat nog,' had Hu gezegd. 'Wat is er met jou aan de hand?'

Toen was hun vaste telefoon gegaan, en Clementine had nooit antwoord hoeven geven op wat een oprechte vraag had moeten zijn.

'Hoe is het met Ainsley en Hu?' vroeg Sam. Ze kon gewoon zien hoeveel moeite het hem kostte om een normale, beleefde vraag te stellen. Het was alsof ze hem een opdrukoefening zag doen. 'Ik heb ze al een poosje niet gezien.'

Maar hij deed zijn best, dus dat zou zij ook proberen.

'Goed. Het gaat goed met ze. Zeg, ik vertelde aan Hu dat jij me op de plaats hebt laten rennen voordat ik ging oefenen, en toen vertelde hij dat hij een leraar had die hem hetzelfde liet doen!' Sam keek haar onbewogen aan. Je zou denken dat het een ander was geweest die een paar weken geleden het beddenlaken aan het plafond had opgehangen, die had geroepen: 'Rennen, soldaat, rennen!' Ze ploeterde door. 'Van die leraar moest hij ook midden in de nacht opstaan om te oefenen, als hij nog half in slaap was, en ook spelen nadat hij een paar glaasjes had gedronken, en nu we het daarover hebben... Ah, mooi, daar komt iemand.'

Een jonge ober kwam naar hun tafel en bleef iets te ver van hen vandaan staan. 'Wilt u dat ik het menu van de dag met u doorneem?' Hij rechtte zijn schouders op de heldhaftige manier van iemand die aanbiedt iets gevaarlijks te doen.

'Ja, maar we vroegen ons eigenlijk af waar onze drankjes blijven. We hebben twee glazen wijn besteld... eh... een tijdje geleden alweer.' Duizend jaar geleden.

Clementine probeerde haar woorden met een glimlach te verzachten. De ober was nog pijnlijk jong en zag er een tikje uitgehongerd uit. Hij zou perfect zijn voor de rol van straatjongen in *Les Misérables*.

'U hebt uw drankjes nog niet gekregen?' De ober keek geschokt, alsof hij nog nooit zoiets had gehoord.

Clementine gebaarde naar hun tafeltje om het duidelijk te maken. Geen drankjes. Alleen hun twee mobieltjes, die recht voor hen lagen, zodat ze meteen voor het grijpen lagen als zich een crisis voordeed, want op die manier leefden ze nu, voorbereid op een crisis.

'Misschien zijn ze ons vergeten,' opperde Clementine.

'Misschien,' zei de ober. Hij wierp angstig een blik achterom naar de bar, waar een knappe serveerster dromerig glazen stond te poleren.

'Zou je het even na willen vragen?' vroeg Clementine. In godsnaam. Waarom had dit pretentieuze restaurant kinderen in dienst? Uitgehongerde kinderen? Geef ze te eten en stuur ze naar huis.

'Natuurlijk, het ging om twee glazen...?'

'The Pepper Tree, shiraz,' zei Clementine.

Ze hoorde de schelle toon waarop ze sprak, als een viswijf.

'Juist. Eh... Zal ik het menu van de dag eerst nog met u doornemen?'

'Nee,' zei Clementine op het moment dat Sam zei: 'Natuurlijk, kerel.' Hij glimlachte naar de ober. 'Laat maar horen wat het menu van de dag is.'

Hij nam altijd meteen de rol van *good cop* aan.

De ober haalde diep adem, sloeg zijn handen ineen als een koorknaap en begon op te sommen: 'Het hoofdgerecht bestaat uit zalmconfit met koriander, sinaasappel en munt.'

Hij zweeg even. Zijn lippen murmelden stilzwijgend. Clementine drukte met haar vinger op haar telefoon. Het schermpje lichtte op. Geen telefoontjes. Alles was in orde.

Sam verschoof op zijn stoel en knikte de ober bemoedigend toe, alsof hij wilde zeggen 'je kunt het,' als een liefhebbende ouder die tijdens een poëzievoordracht in het publiek zit.

Toen Clementine naar haar man keek – wat was hij irritant menselijk – voelde ze ineens een opwelling van liefde, als één perfecte, zuivere noot. Een fluweelzachte lage E. Maar zodra ze het gevoel bespeurde, was het weer weg en voelde ze alleen nog maar geïrriteerd ongeduld terwijl de ober zich hakkelend door de langste specialiteitenlijst sinds mensenheugenis worstelde.

'Prosciutto en pepperoni, nee, wacht, geen pepperoni, prosciutto en eh... prosciutto en...' Hij wiegde op en neer en tuurde naar zijn schoenen, met zijn lippen op elkaar geperst. Clementine ving Sams blik. Ooit had Clementine alleen maar even grote ogen hoeven opzetten om Sam zijn zelfbeheersing te laten verliezen, en om de gevoelens van de ober niet te kwetsen zou hij van wanhoop rood aangelopen zijn terwijl zijn ogen zich vulden met tranen van het ingehouden lachen.

Maar nu keken ze elkaar alleen maar aan en daarna weer weg, alsof frivoliteit niet was toegestaan volgens de nieuwe regels in het leven waarin ze zo voorzichtig hun weg zochten, waarin ze checkten en dubbelcheckten, waarin ze niet konden ontspannen, zelfs niet heel even.

De ober vervolgde zijn martelgang, en Clementine zocht afleiding door in haar hoofd het stuk van Brahms te spelen, waarbij ze onder het tafelkleed haar onderarm gebruikte als de hals van het instrument. Het stuk van Brahms bevatte veel minifrasen in één langgerekte lijn. Het moest een mooie, lyrische sfeer uitdrukken. Had Ainsley gelijk? Richtte ze zich te veel op technische perfectie? 'Als je je op de muziek concentreert, lossen de technische problemen zich vanzelf op,' zei Marianne altijd tegen haar, maar Clementine was gaan geloven dat ze dat advies te serieus had toegepast in elk aspect van haar leven. Ze moest gefocust zijn, gedisciplineerd, opruimen als ze wegging, haar rekeningen op tijd betalen en de regels volgen, volwassen worden, verdomme.

'... met een parfait van rundvlees en geitenkaas!' De ober voltooide zijn voordracht met het gejaagde gejubel van een koorzanger aan het eind van een kerstlied.

'Klinkt allemaal heerlijk,' zei Sam.

'Wilt u alles nog eens horen?' vroeg de ober.

'Beslist niet,' zei Sam, en Clementine lachte bijna hardop. Hij kon altijd iets duidelijk maken zonder een spier te vertrekken.

'Juist. Dan kunt u er even over nadenken terwijl ik intussen ga kijken waar uw...' De ober keek vragend naar Clementine.

'Shiraz,' vulde Clementine aan. 'Pepper Tree-shiraz.'

'Geen probleem.' De ober knipte met zijn vingers, opgemonterd nu hij de lijst met specialiteiten had afgewerkt.

'Zo,' zei Sam toen de ober was vertrokken.

'Zo,' zei Clementine.

'Wat neem jij?' Sam pakte de menukaart die voor hem lag op als een krant.

‘Ik weet het niet,’ zei Clementine, die haar eigen menukaart pakte. ‘Het lijkt me allemaal lekker.’

Ze moest iets grappigs zeggen. Iets grappigs over de ober. De specialiteit van de dag. Dat de drankjes niet gekomen waren. Het meisje achter de bar, dat nog steeds verstrooid glazen poleerde. Er was zoveel materiaal voorhanden. Even leek het alsof alles daarvan afhing. Als ze nu maar het juiste grapje maakte, zou ze de avond redden, hun huwelijk redden. Iets over dat meisje, dat ze haar werk op boeddhistische wijze aanpakte? Dat ze zo mindful de wijnglazen poetste? Als ze dan ook maar zo mindful hun glazen zou vullen? Lieve hemel, sinds wanneer was zij iemand die van tevoren geestige opmerkingen zat te bedenken?

Er lachte iemand in het restaurant. Een man. Een diepe, duidelijke baritonlach.

Clementines hart sloeg over. Sam keek met een ruk op van de menukaart.

Niet Vid. Niet hier. Niet vanavond.

15

Daar hoorde ze het weer. Onbeschoft hard voor deze zacht gestoffeerde ruimte.

Toen Clementine omkeek, zag ze drie mannen het restaurant binnenkomen. Ze hadden allemaal wel iets van Vid weg: dat grote, kogelronde hoofd, enorme schouders, een uitpuilende buik en die Europese manier van lopen, net niet paraderend.

Maar Vid was er niet bij.

Clementine blies opgelucht uit. De man lachte nogmaals, maar hij klonk nu lang niet zo bulderend als Vid.

Ze draaide zich weer om naar Sam. Hij had zijn menukaart dichtgeklapt en liet hem tegen zijn borst vallen.

'Ik dacht dat het Vid was,' zei hij. 'Het klonk net zo.'

'Ja,' zei Clementine. 'Ik dacht ook dat hij het was.'

'Jezus. Ik wilde hem gewoon niet zien.' Hij pakte de menukaart en legde hem weer op de tafel. Hij drukte zijn hand tegen zijn sleutelbeen. 'Ik dacht dat ik een hartaanval kreeg.'

'Ja,' zei Clementine weer. 'Ik ook.'

Sam boog zich naar voren, met zijn ellebogen op de tafel. 'Het bracht alles weer terug.' Hij klonk alsof hij elk moment in tranen kon uitbarsten. 'Alleen al het zien van zijn gezicht zou...'

'De Margaret River-shiraz?'

Hun jonge ober toonde hun triomfantelijk de fles alsof het een prijsbeker was.

Het was de verkeerde wijn, maar Clementine kon het idee

dat zijn gezicht zou betrekken niet verdragen. 'Die is het!' zei ze op een toon van 'goed gedaan'.

De ober schonk overdreven royaal in, met een hand op zijn rug. Rode druppels vlekten op het kraakheldere tafelkleed. Hij had beter beide handen kunnen gebruiken.

'Hebt u een keuze kunnen maken?' vroeg de ober stralend, blozend om zijn succes.

'Nog heel even,' zei Clementine.

'Natuurlijk! Geen probleem!' Hij liep weg.

Sam hief zijn glas. Zijn hand trilde.

'Ik dacht laatst dat ik Vid in het publiek zag zitten tijdens een concert,' zei Clementine. 'Ik schrok zo vreselijk dat ik vergat in te zetten. Gelukkig waarschuwde Ainsley me op tijd.'

Sam nam een grote slok wijn. Hij veegde met de rug van zijn hand langs zijn lippen. 'Dus je wílde hem niet zien?' zei hij bars.

'Nee, natuurlijk wilde ik hem niet zien. Dat zou...' Clementine kon niet op het juiste woord komen. Ze hief ook haar glas. Haar hand trilde niet. Ze had geleerd een trillende strijkarm te beheersen zonder bètablokkers, zelfs als haar hart bonkte van de podiumangst.

Sam mompelde wat. Hij sloeg de menukaart weer open, maar ze kon zien dat hij er niet in keek. Hij probeerde tot zichzelf te komen, zijn gezicht glad te strijken, weer neutraal te kijken.

Ze kon het niet verdragen. Ze wilde zijn gezicht zien betrekken.

'Erika zei laatst dat Vid ons wel graag wil zien,' zei Clementine. Ze wilde niet weer zo'n algemeen praatje over het uitzicht, het menu en het weer. Een gesprek als liftmuziek.

Sam keek haar zonder uitdrukking aan, zijn ogen waren als gesloten ramen. Ze wachtte. Er viel even een vreemde stilte voordat hij reageerde. Het was alsof er een mechaniekje haperde. Niemand behalve zij leek op te merken dat Sams timing tegenwoordig niet klopte wanneer hij iets zei.

'Nou, ik weet zeker dat we hem weleens zullen tegenkomen,'

zei hij. Zijn blik gleed terug naar de menukaart. 'Ik denk dat ik de kiprisotto neem.'

Ze kon het niet aan.

'Eigenlijk was het woord dat Erika gebruikte "wanhopig".'

Zijn mond vertrok. 'Ja, nou, waarschijnlijk wil hij jou wanhopig graag zien.'

'Ik bedoel, het is niet te vermijden dat we hem weer tegenkomen, toch?'

'Ik zie niet in waarom,' zei Sam.

'Als we op bezoek gaan bij Erika en Oliver? We kunnen niet hun straat mijden.'

Hoewel dat misschien precies was wat Sam bedoelde. Misschien wilde zij dat ook wel. Ze konden Erika en Oliver nog steeds zien zonder in de buurt van hun huis te komen. Het ging er dan alleen om dat ze het juiste excuus verzonnen, dat ze behendig Erika's uitnodigingen ontweken. Ze waren toch nooit zo dol op hen geweest.

Ze herinnerde zich de eerste keer dat ze het nieuwe huis van Erika en Oliver had gezien. 'Wij hebben een kabouterhuis vergeleken bij dat van onze buren,' had Erika gezegd met een twijfelachtige grimas naar het paleisachtige huis met krullen en tierelantijnen. Het leek vooral zo overdreven naast de vriendelijke beige bungalow van Erika en Oliver, een veilig, onpersoonlijk huis dat hun op het lijf geschreven was. O, maar ze konden niet meer op die manier om Erika en Oliver lachen, toch? Die dag was de relatie met hen voor altijd veranderd. Het machtsevenwicht was verschoven. Clementine en Sam konden nooit meer superieur zeggen: wij zijn zo makkelijk in de omgang, en zij zijn zo gespannen.

Sam legde zijn menukaart zorgvuldig op de rand van de tafel. Hij veranderde iets aan de positie van zijn mobieltje.

'Laten we het over iets prettigers hebben,' zei hij met de vriendelijke glimlach van een vreemde.

'Ik bedoel, het was niet hun schuld,' zei ze. Haar stem was

dik van ongepaste emotie. Ze zag hem ineenkrimpen. Hij werd rood.

'Laten we het over iets anders hebben,' herhaalde Sam. 'Wat neem jij?'

'Ik heb eigenlijk niet zo'n trek,' zei Clementine.

'Mooi,' zei Sam. 'Ik ook niet.' Hij keek afstandelijk. 'Zullen we dan maar opstappen?'

Clementine legde haar menukaart boven op de zijne, met de hoeken recht op elkaar. 'Prima.'

Ze hief haar glas. 'Tot zover ons avondje uit.'

'Tot zover ons avondje uit,' beaamde Sam minachtend.

Clementine keek hoe hij de wijn in zijn glas liet walsen. Haatte hij haar? Haatte hij haar echt?

Ze keek van hem weg naar het rijke, verregende uitzicht. Ze liet haar blik over het schuimende water tot aan de horizon gaan. Je kon de regen hier niet horen. Lichtjes schitterden en knipperden in de wolkenkrabbers. Romantisch. Had ze nu net maar iets geestigs gezegd. Had die verdomde man maar niet zo gelachen als Vid.

'Denk jij weleens,' begon ze voorzichtig zonder naar Sam te kijken, met haar blik op een eenzaam, hellend jacht waarvan de wind boos aan het zeil trok. Wie ging er nu in dit weer zeilen? 'Stel dat we niet gegaan waren? Stel dat een van de meisjes ziek was geworden, of dat ik had moeten werken, of jij, of wat ook, stel dat we niet naar die barbecue gegaan waren? Denk jij dat weleens?'

Ze hield haar blik gericht op die gek in de zeilboot.

De stilte duurde te lang.

Ze wilde dat hij zei: natuurlijk denk ik dat ook. Dat denk ik elke dag.

'Maar we zijn er wel naartoe gegaan,' zei Sam. Zijn stem klonk zwaar en kil. Hij zou niet aan andere mogelijkheden in hun leven denken dan die in het leven dat ze leidden. 'We zijn wel gegaan, toch?'

16

De dag van de barbecue

Erika keek hoe laat het was. Clementine en Sam zouden tien minuten geleden komen, maar dit was te verwachten, ze vonden kennelijk alles wat minder dan een halfuur afweek van de afgesproken tijd acceptabel.

Door de jaren heen was Oliver gaan accepteren dat ze altijd te laat kwamen en stelde hij Erika niet meer voor om te checken of er een ongeluk was gebeurd. Op dit moment ijsbeerde hij door de hal en maakte hij af en toe een hinderlijk piepgeluid als hij zijn onderlip achter zijn boventanden naar binnen zoog.

Erika ging naar de badkamer, deed de deur achter zich op slot, controleerde twee keer en nog een keer of hij echt op slot zat en haalde toen een stripje pillen achter uit het medicijnkastje. Niet dat ze ze verstópte voor Oliver. Ze lagen daar zichtbaar in het medicijnkastje, en Oliver zou er begrip voor hebben dat ze een soort angstremmers nodig had. Het was alleen zo dat hij alles wat zijn mond in ging wantrouwde: alcohol, pillen, eten dat over de houdbaarheidsdatum was. (Erika deelde de obsessie van de houdbaarheidsdatum. Volgens Clementine beschouwde Sam die datum als een suggestie.)

Haar psychologe had haar deze medicatie voorgeschreven voor dagen waarop haar angstsymptomen (versnelde hartslag, trillende handen, overweldigend gevoel van paniek en dreigend gevaar enzovoort, enzovoort) moeilijk te bedwingen waren.

'Experimenteer er een beetje mee. Begin met een heel lage dosis,' had haar psychologe gezegd. 'Het kan zijn dat je aan een kwart tabletje al genoeg hebt.'

Ze drukte een pilletje uit de strip en probeerde dat met haar duimnagel doormidden te breken. Er zat een diepe groef in het midden, alsof je het daar doormidden moest breken, maar het ontwerp deugde niet. Het was onmogelijk om het doormidden te breken. Haar angstremmers maakten haar angstig. Dit had een niet echt grappig kantje.

Erika had de pillen willen gebruiken voor de dagen waarop ze naar haar moeder ging. Ze was wel zenuwachtig voor het gesprek vandaag met Clementine, natuurlijk, maar dat was normale zenuwachtigheid die iedereen zou hebben in zo'n situatie.

Zo was het echter geweest tot het moment dat ze na haar gesprek met Vid op de oprit naar binnen was gegaan en haar man met een blik vol ongeloof naar haar had zien kijken, terwijl er op absurde wijze een plumeau naast hem bungelde. (Clementine kon niet geloven dat ze een plumeau hadden. 'Waar is je plumeau?' had Erika haar een keer gevraagd toen ze op bezoek was, en Clementine had dubbel gelegen van het lachen en Erika had zich weer net als altijd vernederd gevoeld. Plumeaus waren om te lachen. Wie wist dat? Hoe kon je dat weten? Waren ze niet heel nuttig?)

'Waarom doe je zoiets?' had Oliver gezegd. 'Waarom zeg je ja tegen een barbecue bij de buren, net vandaag? We hadden het allemaal gepland! Daar zijn we weken over bezig geweest!' Hij schreeuwde niet wanneer hij boos was. Hij verhief zelfs zijn stem niet. Hij sprak op dezelfde beleefd ongelovige toon waarop hij met zijn internetprovider belde met een klacht over iets 'onacceptabels'. Zijn ogen flikkerden achter zijn brillenglazen en waren een beetje rood. Ze vond hem niet echt aardig als hij boos was, maar misschien vond niemand zijn partner aardig als die boos was, en was het dus normaal.

'Erika, je moet het idee uit je hoofd zetten dat normaal zijn objectief te meten is,' vertelde haar psychologe haar steeds weer. 'De "normale" mens over wie jij het hebt, bestaat niet!'

'Ben je dit nu expres aan het saboteren?' had Oliver gezegd, ineens gespannen, alsof hij een fout op een rekening bespeurde, alsof hij er net achter was gekomen dat zijn internetprovider hem het dubbele bedrag berekend had.

'Natuurlijk niet!' had ze gezegd, razend om het idee.

Oliver had geprobeerd haar zover te krijgen meteen naar de buren te gaan om tegen Vid te zeggen dat ze toch niet naar de barbecue konden komen. Hij had gezegd dat hij zelf zou gaan. Hij was al op weg naar de deur toen ze hem bij zijn arm had gegrepen en hij had haar zelfs over de keukenvloer meegesleurd. Het was lomp, beneden hun waardigheid en niets voor hen. Clementine en Sam deden soms voor de grap in het openbaar alsof ze met elkaar worstelden, wat Erika en Oliver altijd met een opgelaten gevoel deed verstijven. Ze lieten zich erop voorstaan dat zij niet zo deden. Daarom staakte Oliver zijn plan. Hij stak zijn handen in de lucht in een gebaar van overgave.

'Goed,' zei hij. 'Dan vergeten we het gewoon. We praten op een andere dag wel met Clementine en Sam. We gaan gewoon naar die barbecue voor een leuke middag.'

'O nee. We doen het evengoed. Op deze manier zal het beter gaan,' vond Erika. 'We leggen hun onze vraag voor. Dan is het er maar uit. We zeggen: jullie hoeven niet meteen te reageren. Daarna zeggen we: oké, nu gaan we naar de barbecue. Dat is een mooie afronding van het gesprek. Anders is het daarna misschien ongemakkelijk.'

En nu konden ze elk moment komen. Alles stond klaar. De knutseltafel voor de kinderen. De schaal met crackers en hapjes.

Maar Erika's hart ging tekeer en haar handen trilden onbedwingbaar.

Ze schold op het stomme kleine pilletje. Dat niet wilde breken.

De bel ging. Het geluid voelde als een snelle, felle trap in haar maag. De lucht ontsnapte uit haar longen. Het pilletje viel uit haar stuntelige handen.

'Deurbelangst,' noemde haar psychologe het, bijna met voldoening, omdat Erika aan alle voorwaarden voldeed. 'Dat komt heel vaak voor. Natuurlijk ben je bang voor de deurbel, want je bent tijdens je jeugd altijd bang geweest voor ontdekking.'

Erika hurkte op de grond, de tegels van de vloer voelden koud en hard onder haar knieën. De vloer was schoon. Het gele pilletje lag in het midden van een tegel. Ze drukte haar vingertop erop en keek ernaar. Weer ging de bel. Ze legde het hele pilletje op haar tong en slikte het door.

Alles hing af van het gesprek dat ze nu zou hebben. Jemig, natuurlijk was ze angstig. Ze voelde dat ze oppervlakkig ademde, met kleine, snelle hapjes, dus legde ze haar hand op haar maag en haalde diep adem zoals de psychologe haar had geleerd (je buik vol lucht laten stromen, niet je borstkas), daarna liep ze uit de badkamer de hal in, waar Clementine, Sam, Holly en Ruby tegelijk binnenvielen met veel kabaal, bewegingen en geuren, alsof ze met z'n tienen waren in plaats van met z'n vieren.

'Ik heb een fles champagne meegebracht om mee te nemen naar de buren.' Clementine stak een fles omhoog terwijl Erika haar met een kus begroette. 'En voor jullie heb ik niets. Is dat erg onbeleefd? O, wacht, ik heb dat boek dat ik je had beloofd, Oliver.' Ze zocht in haar grote gestreepte tas naar het boek. 'Ik heb er alleen wat chocolademelk op geknoeid, sorry, maar je kunt nog tussen de chocoladevlekken door lezen. Alles goed, Erika? Je ziet een beetje pips.'

'Prima,' zei Erika stijfjes. 'Hallo, meisjes.'

De meisjes droegen een tutu, een legging en een capuchonvest. Ze hadden elfenvleugels met glitter op hun rug, die met elastiekjes waren bevestigd, als een soort holster. Hun haar moest nodig gekamd worden en hun gezicht moest gewassen worden. (Wel tijd om de elfenvleugels om te doen, maar niet voor een kattenwasje in de badkamer!) Alleen al hun aanblik bezorgde Erika dezelfde pijn die ze voelde wanneer ze Clementine zag optreden.

'Holly, zeg eens dag tegen Erika. En niet mompelen,' zei Clementine. Je zou denken dat Erika een oude tante was die belang hechtte aan goede manieren. 'Je kijkt haar aan en zegt hallo. Wil je Erika een knuffel geven, Ruby? O, jij ook, Holly? Dat is lief.'

Erika boog zich naar voren toen de kleine meisjes allebei hun armpjes om haar nek sloegen. Ze roken naar pindakaas en chocolade.

Ruby, met haar duim in haar mond, hield verwachtingsvol haar keukengarde in de lucht.

'Ha, Whisk,' zei Erika. 'Hoe is het?'

Ruby's mond opende zich om haar duim heen voor een glimlach. Erika deed altijd aardig tegen Whisk, maar ze vond eigenlijk dat Clementine en Sam de personificatie van een voorwerp en Ruby's gehechtheid eraan niet moesten aanmoedigen. Erika zou zoiets allang in de kiem hebben gesmoord. Ze meende dat haar psychologe het met haar eens was, al deed ze daar irritant dubbel over.

Erika zag dat Holly het blauwe tasje met sterretjes bij zich had dat ze haar twee jaar terug voor kerst had gegeven. Toen ze de verrukte uitdrukking op Holly's gezicht had gezien bij het openmaken van haar pakje, was Erika zelf door zo'n heftig gevoel bevangen dat ze snel de andere kant op moest kijken.

Holly gebruikte het tasje nu om haar stenenverzameling in mee te slepen. Erika was een beetje bezorgd over die verzameling, omdat het iets obsessiefs leek te hebben en dus tot allerlei problemen kon leiden, maar haar psychologe zei stellig dat het niets was om je zorgen over te maken, het was volstrekt normaal. Het leek haar ook geen goed idee om tegen Clementine te zeggen dat ze het in de gaten moest houden, maar dat had Erika toch gedaan, en Clementine had het beloofd met die bevoogdende, minzame blik die ze soms had, alsof Erika dement was.

Oliver hurkte neer naast Holly. 'Deze heb ik laatst gevonden,' zei hij, en hij liet haar een platte, ovale blauwe steen zien. 'Er zitten kleine glimmertjes in.' Hij wees met zijn vinger. 'Ik dacht dat je die misschien wel mooi zou vinden.'

Erika hield haar adem in. Ten eerste, waarom moedigde Oliver Holly aan om stenen te verzamelen terwijl ze haar bezorgdheid daarover met hem had besproken, en ten tweede, belangrijker nog, misschien zou Holly hem wel afsnauwen op die kwetsende, eerlijke manier zoals kinderen soms doen. Clementine had Erika verteld dat Holly de stenen het liefst zelf vond (de meeste zagen eruit als gewone lelijke oude stenen die je in de tuin vindt) en ze had geen enkele belangstelling getoond toen Clementines lieve vader had geprobeerd haar iets extra's te leren door haar een edelsteentje te geven met een kaartje waarop alles over de geologische eigenschappen stond.

Holly pakte de steen aan en bekeek hem onderzoekend met half samengeknepen ogen.

'Dat is een mooie steen,' stelde ze vast, en ze opende haar tas om hem bij haar collectie te voegen.

Erika hield niet langer haar adem in.

Oliver kwam overeind en streek verheugd zijn broekspijpen glad.

'Wat zeg je dan?' zei Clementine op hetzelfde moment dat Holly 'Dank je, Oliver' zei en daarna met een boze blik naar haar moeder opkeek. 'Ik zei toch "dank je".'

Clementine had Holly inderdaad de kans moeten geven om iets te zeggen voordat ze ingreep.

Erika klapte in haar handen. 'Ik heb een knutseltafel voor jullie klaargezet,' zei ze tegen de meisjes.

'Klinkt dat even spannend, hè, meisjes?' zei Clementine quasivrolijk, alsof Erika de kinderen eigenlijk had voorgesteld om iets sufs en saais te gaan doen, zoals haken.

'Heb je gisteravond de wedstrijd gezien?' vroeg Sam aan Oliver.

'Zeker,' zei Oliver als iemand die een examen gaat afleggen waar hij hard voor heeft geleerd. Hij had zelfs expres naar 'de wedstrijd' gekeken om die vraag van Sam positief te kunnen beantwoorden, alsof geveinsde belangstelling voor sport het resultaat van deze dag positief zou kunnen beïnvloeden.

Sam keek verheugd. Normaal gesproken was sport een onderwerp waar je met Oliver niet ver mee kwam. 'Wat vond je van die tackle in de eerste helft?'

'Kom op, jongens! We gaan het toch niet over voetbal hebben?' viel Clementine hen in de rede. 'Verlos ons uit ons lijden. Wat voor geheimzinnig onderwerp willen jullie met ons bespreken?'

Erika zag de panische blik van Oliver. Ze stonden nog steeds in de hal. Dit was niet de manier waarop het moest gebeuren.

'We zeggen niets totdat iedereen rustig op zijn plaats zit,' zei Erika. Misschien werkte de pil. Haar hartslag voelde gelijkmatig.

'O, wat is ze toch een *herrschsüchtige Frau*,' zei Clementine.

'Wat is dat?' vroeg Holly.

'Zo zeg je "bazige vrouw" in het Duits,' zei Erika. 'Het verbaast me dat je moeder zich zo'n lang woord nog herinnert. Zullen we vragen of ze het kan spellen?'

Op hun dertiende hadden Erika en Clementine op school Duits gehad en hadden ze een voorliefde ontwikkeld voor

Duitse verwensingen. Ze genoten van de harde, snauwerige Duitse klanken. Soms gaven ze elkaar daarbij een duw, net zo lang totdat de ander bijna, maar net niet haar evenwicht verloor.

Het was een van de weinige passies die ze deelden.

'Alleen omdat zij een hoger cijfer had dan ik.' Clementine sloeg haar blik ten hemel.

'Ach, één puntje maar,' zei Erika. '*Dummkopf*.'

(Ze had exact drie punten meer gehad dan Clementine.)

Clementine lachte, zo te zien met genegenheid, en Erika voelde dat ze ontspande. Ze moest voortaan altijd zo doen: luchtig, niet zo serieus, en als ze wel serieus was, dan op een geestige, charmante manier, niet irritant.

Na een paar minuten zat iedereen: de meisjes zaten tevreden met roze glitterlijmsticks op karton te werken. Erika zag met gerechtvaardigde trots dat de knutseltafel een groot succes was. Natuurlijk. Kleine meisjes waren dol op knutselen. Clementines moeder had vroeger ook zo'n tafel voor haar gehad. Erika was dol op die tafel geweest: op de potjes met gouden sterretjes, de potjes met lijm. Natuurlijk was Clementine net zo dol op die tafel geweest als Erika, maar waarom had ze die dan niet voor haar eigen kinderen? Erika was zo verstandig geweest om daar nooit iets over te zeggen; ze had te vaak gemerkt dat haar belangstelling voor de meisjes als kritiek werd opgevat.

'Heerlijk, die sesamcrackers,' zei Clementine toen ze tegenover elkaar in de woonkamer zaten. Toen ze zich vooroverboog om er een te pakken, ving Erika een glimp op van haar decolleté. Een witte beha. Het kettinkje met de groene hanger die Erika haar op haar dertigste verjaardag had gegeven, bungelde om haar hals. De salontafel stond te ver van de bank, dus liet Clementine zich gracieus op haar knieën zakken, als een geisha.

Ze droeg een turkooiskleurig vest over een wit T-shirt, en

een wijde rok met reusachtige witte margrieten op een gele achtergrond, die om haar heen cirkelde op de grond. Ze gaf kleur aan Erika's beige woonkamer.

'Ik wist alleen nog dat je ze of heel lekker of heel smerig vond,' zei Erika.

Clementine lachte weer. 'Ik ben gewoon heel gepassioneerd als het om crackers gaat.'

'Ze is knetter op crackers,' zei Sam toen Clementine zonder het te vragen een stukje kaas voor hem afsneed, het op een cracker legde en het hem aanreikte.

'Grapje van papa,' zei Clementine met haar blik ten hemel terwijl ze zich weer op de bank liet zakken.

'Zeg, kerel, heb jij je nagels laten doen?' zei Oliver tegen Sam, en Erika dacht: waar heeft hij het over? Gaat hij op de kameraadschappelijke 'ik ben een hetero aussie, net als jij'-toer, maar dan precies op de verkeerde manier?

Maar Sam stak een hand met knalroze gelakte nagels uit.

'Ja, dat heeft Holly gedaan,' zei hij. 'Ik heb wel voor het voorrecht moeten betalen.'

'Ze heeft het niet slecht gedaan,' zei Clementine. 'We moeten alleen niet vergeten het eraf te halen voordat hij morgen naar zijn werk gaat en zijn mannelijkheid in twijfel wordt getrokken.'

'Niemand trekt mijn mannelijkheid in twijfel!' Sam roffelde op zijn borst, en Oliver lachte, misschien iets te enthousiast, maar het was allemaal goed. De sfeer was gewoon goed.

'Nou,' zei Oliver. Hij schraapte zijn keel. Erika zag zijn knie heen en weer gaan. Hij legde zijn hand erop, alsof hij hem stil wilde zetten.

'Nou, om jullie wat achtergrondinformatie te geven...' begon Erika.

'Dat klinkt echt heel serieus.' Clementine trok een wenkbrauw op. 'Achtergrondinformatie!'

'We hebben de afgelopen twee jaar zonder succes geprobeerd zwanger te worden,' zei Erika. Gooi het er gewoon uit. En ga door.

De cracker waar Clementine net in had willen bijten, bleef voor haar mond hangen. 'Wát hebben jullie?'

'We hebben elf ivf-pogingen gedaan,' zei Oliver.

'Wát?' zei Clementine.

'Het spijt me dat te horen,' zei Sam rustig.

'Maar jullie wilden nooit...' Clementine keek verbijsterd. 'Ik dacht dat jullie geen kinderen wilden. Jullie zeiden altijd dat jullie geen kinderen wilden.'

'We willen heel graag kinderen,' zei Oliver. Hij hief zijn kin.

'Dat zei ik toen ik jong was,' legde Erika uit. 'Ik ben van gedachten veranderd.'

'Maar ik ging ervan uit dat Oliver er net zo over dacht,' zei Clementine. Ze keek beschuldigend naar Oliver, alsof ze verwachtte dat hij zou terugkrabbelen, zou toegeven dat zij gelijk had en zou zeggen: o, sorry, natuurlijk heb je gelijk, we willen helemaal geen kinderen. Wat bezielde ons?

'Ik heb altijd kinderen gewild,' zei Oliver. 'Altijd.' Zijn stem werd dik. Hij schraapte zijn keel.

'En élf ivf-pogingen?' zei Clementine tegen Erika. 'En dat heb je me nooit verteld? Dat heb je allemaal ondergaan zonder er een woord over te zeggen? Je hebt het twee jaar voor me geheimgehouden? Waarom heb je me niets verteld?'

'We besloten gewoon om het voor onszelf te houden,' zei Erika onzeker. Clementine klonk gekwetst. Boos, bijna. Erika voelde dat de sfeer veranderde.

Wacht... was dat verkeerd geweest? Het was nooit bij haar opgekomen dat ze Clementine ermee kon kwetsen, maar nu zag Erika in dat ze het mis had gehad. Clementine was haar hartsvriendin, en met haar deelde je alles: je problemen, je geheimen. Natuurlijk deed je dat. Mijn god, dat wist iedereen. Vrouwen stonden erom bekend dat ze alles met elkaar deelden.

Het probleem was dat Oliver erop had aangedrongen er tegen niemand iets over te zeggen, en eerlijk gezegd had Erika daar geen bezwaar tegen gehad. Ze had er geen behoefte aan gehad om het te delen. Ze wilde er niemand iets over vertellen. In haar fantasie had ze Clementine pas gebeld om het goede nieuws te vertellen. Het goede nieuws dat nooit was gekomen.

En per slot van rekening had ze genoeg ervaring met het bewaren van geheimen.

'Sorry,' zei ze.

'Nee, nee!' zei Clementine. Ze had nog geen hap van haar cracker genomen. Ze zag rood. 'Ik moet sorry zeggen. Jeetje, dit gaat niet om mij. Natuurlijk is het prima dat je er niets over wilde zeggen. Ik respecteer je privacy. Ik had er alleen zo graag voor je willen zijn. Waarschijnlijk heb ik een paar keer zitten klagen over de meisjes en dacht jij: in hemelsnaam, hou op, Clementine, weet je niet wat een geluksvogel je bent?' Ze klonk alsof ze elk moment in tranen kon uitbarsten.

Dat was inderdaad een aantal keer gebeurd.

'Natuurlijk heb ik dat nooit gedacht,' zei Erika.

'Maar goed, nu weten we het,' zei Sam. Hij legde zijn hand op die van Clementine. 'Dus, wat jullie nu willen...'

Hij keek weg. Misschien dacht hij dat ze geld nodig hadden.

Er viel een korte stilte.

'Dus de reden dat we vandaag met jullie willen praten,' begon Oliver. Hij keek naar Erika. Dit was het moment dat zij het gesprek zou overnemen. Maar het liep helemaal mis. Ze kon geen woord uitbrengen. Als ze nu een normale vriendin was geweest, als ze het aan het begin, toen ze aan de eerste ivf-poging begonnen, meteen aan Clementine had verteld, zou dit gesprek een goede, stevige basis hebben gehad. Elke teleurstelling, elke mislukking van de afgelopen twee jaar zou dan een investering in medeleven zijn geweest. Dan hadden ze daar een beroep op kunnen doen. Maar nu zat Erika tegenover een verwarde, gekwetste vriendin en was er niets waar ze zich op kon beroepen.

Erika voelde zelfhaat als misselijkheid naar boven komen. Ze deed het nooit helemaal goed. Hoe ze ook haar best deed, het ging altijd net verkeerd.

'Volgens mijn arts is alleen eiceldonatie nu nog een optie voor ons,' zei ze. 'Omdat mijn eicellen van zeer slechte kwaliteit zijn. Waardeloos, zelfs.' Ze probeerde wat luchtigheid in het gesprek te brengen, net zoals zojuist in de hal, maar ze zag aan de gezichten dat het niet werkte.

Clementine knikte. Erika zag dat ze geen idee had wat er nu ging komen.

Er kwam een herinnering bij haar op aan de blonde, knappe Diana Dixon die op de speelplaats op Clementine afstapte met een grimas naar Erika, zo'n blik waarmee je naar een kakkerlak zou kijken. 'Waarom speel je met háár?' had Diana gevraagd, en Erika vergat nooit Clementines vernederde blik die even opflitste, noch de manier waarop ze haar kin hief en tegen Diana zei: 'Zij is mijn vriendin.'

'Dus we vroegen ons af...' begon Oliver. Hij wachtte tot Erika verderging. Het was duidelijk haar taak om de vraag te stellen. Clementine was haar vriendin.

Maar Erika kon niets uitbrengen. Haar mond was droog en hol. Door die pil, misschien. Waarschijnlijk een bijwerking. Ze had de bijsluiter moeten lezen. Ze richtte haar blik op de margrieten op Clementines rok en begon ze te tellen.

Oliver nam het woord als een acteur die een stuk redt door andermans tekst over te nemen. In de verte klonk iets van hysterie in zijn stem door. 'Clementine,' zei hij. 'We willen je vragen... de reden dat we vandaag met jullie willen praten is, nou ja, dat we ons afvragen of jij erover wilt nadenken om eicellen te doneren.'

Erika keek van de margrieten naar Clementines gezicht en zag daar heel even, net zo kort als de flits van een camera, een uitdrukking van extreme afkeer. Die was zo snel weer verdwenen dat ze bijna wilde geloven dat ze het zich had verbeeld, maar ze had het zich niet verbeeld, want ze was een expert in het lezen van gezichten. Het was de nalatenschap van een jeugd waarin ze haar moeders gezicht las, onthield en analyseerde om haar gedrag tijdig aan te kunnen passen, maar die bedrevenheid zorgde er slechts zelden voor dat ze iets goed deed; het enige wat het haar bracht, was dat ze altijd wist wanneer ze het fout deed.

Het deed er niet toe wat Clementine nu zei of deed, Erika wist hoe ze er in werkelijkheid over dacht.

Clementine zag er kalm en bedaard uit. Het was de geconcentreerde blik die ze vlak voor een optreden had, alsof ze zich op een ander niveau bevond, een bovenaards bewustzijnsniveau dat Erika nooit zou kunnen bereiken. Ze schoof een verdwaalde haarlok achter haar oor. Het was dezelfde lange haarlok die tijdens haar spel over haar cello viel en op de een of andere manier nooit de snaren raakte.

'O,' zei ze met vaste stem. 'Ik begrijp het.'

17

De dag van de barbecue

'We weten dat het veel van jullie gevraagd is, en het is absoluut niet zo dat we meteen een antwoord verwachten,' zei Oliver. Hij steunde zijn ellebogen op zijn knieën en sloeg zijn handen in elkaar. Hij had iets van een makelaar die zojuist uitvoerig uitleg had gegeven over een ingewikkelde hypotheekverstrekking.

Hij keek ernstig naar Clementine en wees op een roomwitte manilla map die op de salontafel voor hem lag.

'We hebben wat literatuur voor jullie klaargelegd.' Hij sprak de vier lettergrepen van het woord 'literatuur' duidelijk uit, met lichte smakken van voldoening. Het was het soort woord dat Oliver en Erika allebei geruststellend vonden. Net als 'documentatie'. En 'procedure'. 'Er wordt exact uitgelegd wat er allemaal bij komt kijken. Veelgestelde vragen. De kliniek heeft die ons gegeven om aan jullie te laten lezen, maar het is prima als jullie dat nu niet meteen doen, we willen jullie niet belasten, want in dit stadium komen we er nog maar net mee naar buiten, weet je. Ik denk dat ik het zo het beste kan omschrijven.'

Hij leunde achterover en keek even naar Erika, die bizar genoeg dit moment had uitgekozen om naast de salontafel neer te knielen en een stukje van de (piepkleine, Clementine wist niet dat ze zo klein bestonden) ronde brie af te snijden.

Oliver keek van zijn vrouw naar Clementine. 'Het enige wat

we vandaag willen vragen, is: zouden jullie er misschien over willen nadenken? Maar zoals ik al zei, we hoeven nog geen reactie, en bovendien, mochten jullie er iets voor voelen, dan is er een verplichte bedenktijd van drie maanden. En jullie kunnen je altijd terugtrekken. Altijd. Hoever we ook al met de procedure zouden zijn. Nou ja, niet echt altijd. Niet als Erika eenmaal zwanger is, natuurlijk!' Hij grijnsde nerveus, zette zijn bril recht en fronste zijn wenkbrauwen. 'Jullie kunnen je feitelijk nog terugtrekken tot het moment dat de eicellen worden ingebracht, maar vanaf dat moment worden ze wettelijk ons eigendom, eh...' Zijn stem stierf weg. 'Sorry. Dat is veel te veel informatie voor dit stadium. Ik ben nerveus. We zijn allebei een beetje nerveus!'

Clementine had met hem te doen. Oliver meed in het algemeen hachelijke gespreksonderwerpen – alles op het gebied van politiek, seksualiteit of emoties – maar nu sloeg hij zich moedig door dit bijzonder lastige gesprek heen omdat hij zo graag vader wilde worden. Was er iets aantrekkelijkers dan een man die naar kinderen verlangde?

Sam schraapte zijn keel. Hij legde zijn hand op Clementines knie. 'Nou, kerel, ik begin het nog maar net te begrijpen. Het zou jouw...'

'Het zou met mijn sperma gebeuren,' zei Oliver. Hij bloosde. 'Dit klinkt heel...'

'Nee, nee,' zei Sam. 'Natuurlijk niet. Ik heb een goede vriend die ivf heeft gedaan, dus ik heb wel een soort basisidee van de, hoe heet het, ins en outs.'

De ins en outs.

Ze zou hem later plagen met dat ongelukkige woordgebruik. Clementine wist dat Sam het over zijn vriend Paul had, en dat Sam in werkelijkheid totaal niets wist van de 'procedure', alleen over zijn blijdschap met het resultaat: een zoontje voor Paul en Emma. Sam hield van baby's (voor zover Clementine wist, was er geen man die meer van baby's hield; Sam stond vooraan om een pasgeborene te knuffelen en pakte oudere baby's regelrecht uit de armen van hun ouders), maar hij had niets van Paul en Emma willen horen over 'eicelterugplaatsing' en 'overgeplaatste embryo's'.

Erika pakte een cracker. 'Nog een stukje kaas, Sam?'

Iedereen staarde haar aan.

'Nee, dank je, Erika,' zei Sam. 'Ik hoef niet meer.'

Het was duidelijk dat het nu aan Clementine was om iets te zeggen, maar die had het gevoel dat er een band om haar borstkas zat, die haar het spreken onmogelijk maakte. Ze hoopte dat een van haar dochters haar riep, maar natuurlijk waren die nu ze deze ene keer door hen gestoord wilde worden stil en braaf.

Ze leken het naar hun zin te hebben aan Erika's knutseltafel. Erika zou een uitstekende moeder zijn, een knutseltafelmoeder die hun goede manieren bijbracht, met altijd een tube handgel in haar tas. Oliver zou ook een goede vader zijn. Clementine zag hem al ijverig een modelvliegtuig bouwen met een lief, leergierig jongetje.

Voor hun eigen kind, dacht Clementine wanhopig. Ze zouden goede ouders zijn voor hun eigen kind. Niet voor mijn kind.

Het zou niet jouw kind zijn, Clementine. Maar dat was wel zo. Technisch gesproken, zou Holly zeggen, zou het haar kind zijn. Haar DNA.

Mensen doen dit voor vreemden, hield ze zich voor. Ze doneren eicellen, gewoon om aardig te zijn, uit menslievendheid. Aan mensen die ze nog nooit hadden gezien. Dit was haar vriendin. Haar 'hartsvriendin'. Waarom hoorde ze dan zo hard *Nee!* in haar hoofd?

'Nou,' zei ze ten slotte onbeholpen. 'Dat is heel wat om over na te denken.'

'Absoluut,' zei Oliver. Hij keek weer naar Erika, maar aan haar had de arme man nog steeds niet veel. Ze had crackers netjes op een rij gelegd en legde op elk daarvan een reepje kaas. Voor wie? Oliver knipperde met zijn ogen en glimlachte verontschuldigend naar Clementine. 'Denk alsjeblieft niet dat het voor ons het einde betekent als jullie besluiten het niet te doen. Dan zijn er nog andere opties. Het is alleen zo dat jullie de eerste waren aan wie we dachten, als Erika's hartsvriendin, jullie hebben er de juiste leeftijd voor, en jullie willen geen kinderen meer...'

'Geen kinderen meer?' zei Sam. Zijn hand klemde zich om die van Clementine. 'Het is niet zo dat we per se geen kinderen meer willen.'

'O,' zei Oliver. 'Sorry. O jee. Ik dacht, ik bedoel, Erika was ervan overtuigd dat...'

'Je zei dat je liever je ogen zou uitsteken dan nog een kind krijgen,' zei Erika tegen Clementine op die strijdlustige toon waarop ze sprak als ze iets met feiten kon weerleggen. 'Ik heb het je gevraagd. Afgelopen september. Toen we dimsum aten. Ik vroeg: "Wil jij nog kinderen?" Jij zei: "Ik zou nog liever..."'

'Dat was een grapje,' viel Clementine haar in de rede. 'Natuurlijk was dat niet serieus.'

Het was geen grapje geweest. O god, was er nu geen ontkomen meer aan? Zou ze zelf nog een kind ter wereld moeten brengen om zich hieruit te redden?

'Nou, je kunt evengoed eicellen doneren, ook al wil je zelf nog kinderen,' zei Oliver. Drie diepe groeven tekenden zich af in zijn voorhoofd, hij leek net een fronsende cartoonfiguur. 'De kliniek heeft weliswaar voorkeur voor donoren die een voltallig gezin hebben, maar het eh... het is allemaal terug te vinden in de literatuur.'

'Je zei dat je liever je ogen zou uitsteken dan nog een kind krijgen?' vroeg Sam aan Clementine. 'Heb je dat echt gezegd?'

'Dat was een grapje!' herhaalde Clementine. 'Waarschijnlijk had ik net een zware dag met de kinderen achter de rug.'

Natuurlijk had ze altijd geweten dat dit een probleem was.

Ze had tegen beter weten in gehoopt dat hij, nou ja, dat hij eroverheen zou groeien. Elke keer dat de meisjes vervelend waren of als het huis, waar ze constant spullen kwijt waren, te klein leek voor hen vieren, of wanneer ze zich zorgen maakten over hun financiële situatie, hoopte ze stiekem dat Sams hoop op nog een kind zoetjesaan verflauwde.

Ze had nooit tegen Erika moeten zeggen dat ze geen kinderen meer wilde. Het was een lichtzinnige opmerking geweest. Zorgvuldig overwogen kwinkslagen typeerden haar standaardhouding tegenover Erika. Ze had haar moeten toevertrouwen dat Sam er anders over dacht, omdat altijd het risico bestond dat het een keer ter sprake zou komen, zoals vandaag was gebeurd.

Ze deelde zelden dat soort informatie met Erika. Ze weerhield zich er opzettelijk van. Met andere vriendinnen bedacht ze zich nooit, aan hen vertelde ze alles wat er in haar opkwam, omdat ze wist dat ze waarschijnlijk de helft van wat ze zei zouden vergeten. Er was verder niemand op de wereld, ook niet haar moeder of haar man, die alles onthield wat ze zei, alsof elk woord ertoe deed en het waard was om later op terug te komen.

Als Erika vroeger bij haar thuis kwam spelen, onderwierp ze Clementines kamer eerst aan een vreemd onderzoek. Ze trok elke la open en bekeek zwijgend de inhoud. Ze kroop zelfs op haar knieën om onder Clementines bed te kijken, terwijl Clementine vol ingehouden woede op verzoek van haar moeder vriendelijk en beleefd bleef. Iedereen is anders, Clementine.

Erika had kennelijk later wat sociale vaardigheden geleerd, want ze keek niet meer in haar kasten, maar Clementine voelde nog steeds die begerige blik in haar ogen als ze met elkaar praatten. Het was alsof Erika's wens om onder Clementines bed te kijken nog steeds leefde, en hetzelfde gold voor Clementines ingehouden, verontwaardigde afkeer.

Maar het was pas echt ironisch dat het nu leek alsof Erika net zo'n beleid voerde en geen belangrijke dingen meer met haar deelde. Dit grote geheim had ze twee jaar lang voor zich gehouden, en toen ze het prijsgaf had Clementine zich in eerste instantie gekwetst gevoeld. O ja, het was allemaal prima dat Clementine vanaf haar voetstuk de baas speelde over Erika en daarbij minzaam geschenken uitdeelde: maar natuurlijk mag jij, Erika, de peettante van mijn eerstgeborene zijn!

Dus het was prima als hun vriendschap een illusie was en niets voorstelde voor beide partijen, maar nu vroeg Erika iets van haar wat je alleen van je allerbeste vriendin vroeg.

Ze keek naar de cracker in haar hand en wist niet wat ze ermee aan moest. Het was stil in de kamer, op het zachte gebabbel na van Holly en Ruby, die in de kamer ernaast als zoete engeltjes aan het knutselen waren, alsof ze daarmee Clementine in het ongelijk wilden stellen. Kijk eens hoe lief we zijn. Geef papa nog een kind. Help je vriendin aan een kind. Wees aardig, Clementine, wees aardig. Waarom doe je zo onaardig?

Een vreemde, ingewikkelde symfonie van gevoelens kwam in haar binnenste op. Ze wilde zich driftig, zoals Ruby, op de grond werpen en met haar hoofd op het vloerkleed haar frustratie eruit bonken. Ruby zorgde er altijd wel voor dat er een kleed lag op de plek waar ze dat deed.

Sam haalde zijn hand van haar been en schoof langzaam van haar weg. Hij had een driehoekig stukje cracker op Erika's smetteloze witleren bank laten vallen. Oliver zette zijn bril af, zijn ogen zagen er pijnlijk en gevoelig uit, als van een klein dier dat uit een winterslaap wakker wordt. Hij poetste de glazen met de zoom van zijn T-shirt. Erika zat roerloos rechtop, als bij een begrafenis, en keek naar iets achter Clementines hoofd.

'Daar heb je Dakota,' zei ze.

'Dakota?' vroeg Clementine.

'Dakota,' zei Erika. 'Dat meisje van hiernaast. Vid zal wel ongeduldig worden. Hij stuurt haar waarschijnlijk om ons te halen voor de barbecue.'

De deurbel ging. Erika schrok.

Sam sprong op als een man die eindelijk wordt geroepen na heel lang te hebben gewacht bij een officiële instantie. 'Kom, dan gaan we barbecueën.'

18

Toen Sam en Clementine terugkwamen van het restaurant en binnen hun paraplu uitschudden, nog geen twee uur nadat ze vertrokken waren om 'op date' te gaan, was Clementines moeder verbijsterd.

'Wat is er gebeurd?' Ze zette de tv uit en drukte een hand tegen haar hals alsof ze zich instelde op heel slecht nieuws. 'Waarom zijn jullie nu al terug?'

'Het spijt ons heel erg, Pam,' zei Sam. 'De bediening liet heel lang op zich wachten, en uiteindelijk hebben we... hebben we besloten dat we eigenlijk niet in de stemming waren om uit eten te gaan.'

'Maar de recensies waren fantastisch,' zei Pam. Zij had hun het restaurant aanbevolen. Ze keek hen verwachtingsvol aan, alsof ze hoopte dat ze hen alsnog kon overhalen om terug te gaan en het nog een kans te geven.

Clementine zag dat haar moeder de schone was keurig opgevouwen naast haar op de bank had gelegd, en ze had zichzelf net beloond met een kopje thee en een gemberkoekje, waarschijnlijk om daarvan te genieten terwijl ze naar *Midsomer Murders* keek. Clementine voelde een steek van spijt. Het was net alsof dat tegenwoordig haar standaardmodus was: spijt. Alleen de hoeveelheid spijt varieerde.

'Sorry, mam,' zei ze. 'Ik weet dat je...' Ik weet dat je dacht dat een romantisch etentje ons huwelijk zou kunnen redden. Ze keek naar Sam, en hij keek haar even onbewogen aan als een vreemde man op straat. 'Ik geloof dat we allebei moe zijn.'

Pam liet haar schouders hangen. 'Ach, kind,' zei ze. 'Het spijt me als ik jullie dit heb opgedrongen. Misschien was het te snel. Ik dacht alleen dat het jullie goed zou doen om er even uit te zijn.' Ze zette weer een vrolijk gezicht op. 'Nou, wat dachten jullie van een kopje thee? Ik heb net voor mezelf gezet. Het water is nog heet.'

'Niet voor mij,' zei Sam. 'Misschien ga ik...' Hij keek even de kamer rond alsof hij naar een idee zocht. 'Misschien ga ik... even een stukje rijden.'

'Een stukje rijden, waarheen?' vroeg Clementine. Ze ging hem niet helpen. Ze zou niet net doen alsof het heel normaal was om een stukje te 'rijden' in de stromende regen om aan theedrinken met je schoonmoeder te ontkomen.

Maar natuurlijk wilde haar moeder Sam er graag mee laten wegkomen. 'Natuurlijk,' zei ze. 'Soms moet je gewoon een stukje gaan rijden. Dat werkt als meditatie. Jullie hebben het allebei nodig dat je aardig voor jezelf bent.'

Sam glimlachte dankbaar naar Pam, negeerde Clementine en liep weg, waarna hij de voordeur met een klap dichtsloeg.

'Het ziet er hier bijzonder schoon en opgeruimd uit,' zei Pam toen ze allebei met een kop thee en gemberkoekjes gingen zitten. Ze keek haar met een onderzoekende, bijna ongemakkelijke blik aan. 'Het enige wat ik kon doen was de was opvouwen. Het lijkt wel of je hulp in de huishouding hebt!'

'We proberen wat meer orde in huis te scheppen,' zei Clementine. Zij en Sam waren sinds de barbecue allebei als gekken tekeergegaan in het huishouden, alsof ze op de vingers gekeken werden door een onzichtbare entiteit. 'Maar we zijn nog steeds van alles kwijt.'

'Nou, dat lijkt me een goed idee, maar je hoeft je nu ook weer niet af te peigeren. Jullie zien er eerlijk gezegd allebei uitgeput uit.' Ze keek Clementine boven haar theekopje aan. 'Dus het was geen succes vanavond?'

'Het spijt me dat we je onnodig hebben laten oppassen,' zei Clementine.

'Pf!' Pam wuifde de verontschuldiging weg. 'Ik doe het graag. Dat weet je. Het is goed voor je vader en mij om eens een avondje niet bij elkaar te zijn. Ruimte doet een huwelijk goed. Je moet je eigen interesses hebben.' Ze keek fronsend. 'Zolang je daar natuurlijk niet bezeten van raakt.'

Pams vader, Clementines grootvader, was vroeger een onderwijzer geweest die elk moment dat hij vrij was aan de Grote Australische Roman had gegeven. Hij was er ruim vijftien jaar mee bezig voordat hij stierf aan de complicaties van een longontsteking. Hij was toen in de vijftig. Clementines oma was kennelijk zo boos, verdrietig en verbitterd over alle tijd die hij aan 'dat verdomde, stomme boek' had verspild dat ze het hele manuscript in de vuilnisbak had gesmeten zonder er ooit een woord van gelezen te hebben. 'Hoe heeft ze dat kunnen doen? Stel dat het echt dé Grote Australische Roman was?' zei Clementine altijd, maar Pam zei dat Clementine niet begreep waar het om ging. Het ging erom dat het boek hun huwelijk kapot had gemaakt! Pams vader hield meer van het boek dan van haar moeder. Als gevolg daarvan had Pam een intense, misschien wel fanatieke belangstelling ontwikkeld voor het monitoren van de kwaliteit van haar eigen huwelijk. Ze las boeken met titels als *Seven Seven-Second Secrets for Super-Charging Your Marriage.* Clementines relaxte, laconieke vader tolereerde verdraagzaam 'weekendjes uit'. Hij stemde in, of wekte de indruk in te stemmen, met alles wat zijn vrouw voorstelde, en het zag ernaar uit dat het werkte, want ze waren onmiskenbaar dol op elkaar.

Pam was even alert op de kwaliteit van het huwelijk van anderen als op dat van haarzelf, hoewel ze zich ervan bewust was dat mensen die alertheid niet altijd waardeerden.

'Je voelt er zeker niets voor om naar een relatietherapeut te gaan?' vroeg ze nu aan Clementine. 'Alleen om een en ander te bepraten.'

'O, nou nee, ik geloof het niet,' zei Clementine. 'Er is eigenlijk niets te bepraten, toch?'

'Ik vermoed dat er heel veel is,' zei Pam. Ze zette haar sterke witte tanden in haar koekje. 'Maar goed. Hoe was je dag? Nog een eh... optreden gehad?'

Zelfs na al die jaren kwam het woord 'optreden' er nog ongemakkelijk uit, op dezelfde manier als ze altijd 'croissant' uitsprak met de juiste Franse tongval, maar met een verontschuldigende blik vol zelfverachting om haar aanmatigende gedrag te compenseren.

'Ik heb weer een spreekbeurt gedaan,' zei Clementine.

Zoals Sams gezicht ergernis uitdrukte wanneer ze het over haar spreekbeurten had, sprak uit dat van haar moeder juist blijdschap. 'Natuurlijk! Ik was vergeten dat je die vandaag had. Hoe ging het? Ik ben heel trots dat jij zo dapper bent, Clementine, echt. Hoe was het?'

'Erika kwam kijken,' zei Clementine. 'Een beetje bizar.'

'Helemaal niet bizar! Waarschijnlijk gewoon om je te steunen.'

'Ik had nog niet gezien dat Erika precies hetzelfde model haar heeft als jij,' zei Clementine.

'Misschien komt dat doordat we dezelfde kapper hebben,' zei Pam. 'Misschien kan die lieve Dee maar één model knippen.'

'Ik wist niet dat jullie dezelfde kapper hebben,' zei Clementine. 'Hoe is dat zo gekomen?'

'Ik heb geen idee,' zei Pam haastig. Ze ging altijd bewust niet in op de hoeveelheid tijd die ze precies met Erika doorbracht, alsof Clementine anders jaloers werd of zich tekortgedaan zou voelen. Ze was er inmiddels te oud voor, maar ze voelde nog wel hoe onzeker ze vroeger kon zijn. *Het is mijn moeder, dat je dat maar weet.*

'Over Erika gesproken,' zei Pam. 'Ik heb haar vanavond toen jullie weg waren gebeld, alleen om haar even op de hoogte te brengen van de situatie bij haar moeder... nou ja, laten we zeggen dat het er niet beter op wordt naarmate ze ouder wordt... maar goed, Erika vertelde iets tamelijk verontrustends.' Pam dacht even na. 'Al klonk ze zelf niet erg verontrust.' Met de zijkant van haar hand veegde ze afwezig wat kruimels op de salontafel tot een microscopisch hoopje. 'Blijkbaar heeft Oliver een lichaam gevonden, de arme jongen!'

'Hoe bedoel je, hij heeft een lichaam gevonden?' Om de een of andere reden werd Clementine ineens overvallen door een opwelling van woede op haar arme moeder. Het klonk ook zo bizar. 'Is hij over een lichaam gestruikeld? Ging hij rennen en is hij toen over een lijk gestruikeld?'

Pam keek haar kalm aan. 'Ja, Clementine. Oliver heeft een lijk gevonden. Het was van een buurman.'

Clementine verstarde. De eerste aan wie ze dacht was Vid. Grote mannen als Vid vielen soms ineens dood neer na een hartaanval. Ze wilde Vid niet meer zien, maar ze wilde ook niet dat hij dood was.

'Die oude man van twee huizen verder,' zei Pam.

Clementine voelde de spanning wegebben. 'Harry,' zei ze.

'Die is het. Kende je hem?' vroeg Pam.

'Niet echt,' zei Clementine. 'Van zien. Hij vond het niet leuk als je in de buurt van zijn huis parkeerde. Er stond een keer een bestelbusje bij Erika op de oprit toen wij daar op bezoek gingen, en toen moesten we de auto ergens op straat zetten, vlak bij hem. Ineens dook hij achter zijn azalea's op en begon te schelden. Sam zei, heel beleefd, natuurlijk, dat zijn territorium niet tot op de straat reikte, maar weet je wat die verschrikkelijke man toen deed? Hij spuugde naar ons! Holly en Ruby konden er niet over uit. We hebben het verhaal nog dagenlang moeten horen. Over de spugende man.'

'Waarschijnlijk was hij eenzaam,' zei Pam. 'Ongelukkig.

Arme, oude man.' Ze hield haar hoofd schuin en luisterde naar de regen. 'Het lijkt wel alsof er nooit een eind aan komt, vind je niet? Alsof het eeuwig blijft regenen.'

'Het maakt alles verschrikkelijk moeilijk,' zei Clementine.

'Weet je, ik ben zo blij dat Erika nog steeds naar die aardige psychologe gaat!' zei Pam, en haar ogen straalden bij deze plotselinge gedachte. Ze was verzot op alles wat met geestelijk welzijn te maken had. 'Het betekent dat ze alle benodigde wapens in handen zal krijgen om met haar moeder om te gaan.'

'Misschien praat ze met haar psychologe wel helemaal niet over die verzameldwang,' zei Clementine. 'Misschien heeft ze het met haar over haar onvruchtbaarheid.'

'Onvruchtbaarheid?' Pam zette met een bruuske beweging haar theekopje neer. 'Waar heb je het over?'

Dus Erika had Pam ook niet in vertrouwen genomen, zelfs niet na al die tijd. Wat betekende dat?

'Maar Oliver en zij willen toch geen kinderen! Erika heeft er nooit doekjes om gewonden dat ze geen kinderen wil!'

'Ze wil dat ik mijn eicellen aan haar afsta,' zei Clementine onaangedaan. Ze had haar moeder nog niet verteld over Erika's verzoek, omdat ze niet wilde dat Pams onwrikbare mening haar eigen ingewikkelde gevoelens nog ingewikkelder maakte, maar nu merkte ze dat ze er als een kind naar verlangde dat haar moeder helemaal begreep wat het haar nog steeds kostte om Erika's vriendin te zijn. Kijk wat je van me hebt gevraagd, mam, zelfs na al die jaren nog, kijk hoe aardig ik ben, mam, ik ben nog steeds heel AARDIG.

Maar wie hield ze nu voor de gek? Je eicellen afstaan was een staaltje menslievendheid waar haar moeder zelf een moord voor zou hebben gedaan. Clementine zei altijd tegen haar vader dat als ze ooit bij een auto-ongeluk betrokken raakte, hij twee keer moest controleren of ze echt dood was voordat haar moeder vol geestdrift Clementines organen zou gaan uitdelen.

'Je eicellen afstaan?' zei Pam. Ze schudde even haar hoofd, alsof ze alles weer op een rijtje wilde krijgen. 'Maar hoe is dat voor jou? Wanneer heeft ze je dat gevraagd?'

'Op de dag van de barbecue,' zei Clementine. 'Voordat we naar die buren gingen.' Ze dacht aan Erika en Oliver en hoe ze, rechtop en gespannen, op hun witleren bank zaten (alleen een kinderloos echtpaar koos voor een witleren bank). Ze hadden allebei zo'n klein hoofdje. Olivers bril was zo schoon. Hun ernst had iets vertederends. En daarna kwam meteen die afkeer voor het gynaecologische woord 'eicellen', en de irrationele gewaarwording dat ze van iets werd beroofd, alsof Erika elk moment een stukje van Clementine wilde afpakken – een essentieel stukje, dat ze nooit meer terug zou krijgen – onmiddellijk gevolgd door dat vreemde, bekende schaamtegevoel omdat een echte vriendin daar niet over zou hoeven na te denken.

Ze had gedacht dat ze die vreselijke schaamte nooit meer zou hoeven voelen, omdat met Erika inmiddels alles in orde was, ze was 'goed terechtgekomen', zoals mensen zeiden, en ze van Clementine niet méér vroeg dan ze haar kon geven.

'O hemel,' zei Pam. 'Wat heb je gezegd?'

'Ik heb nog niets gezegd,' zei Clementine. 'En sindsdien hebben we het er niet meer over gehad. Ik denk dat Erika hoopt dat ik er binnenkort over begin, en dat zal ik natuurlijk ook doen, ik wacht alleen het juiste moment af. Of het is uitstelgedrag. Misschien schuif ik het gewoon voor me uit.'

Ze voelde iets opkomen. Woede. Een melodietje uit haar jeugd. Ze keek naar het vertrouwde gezicht van haar moeder: de grijze pony, kaarsrecht geknipt tot boven haar opvallende bruine ogen, de grote, ferme neus, de grote oren, goed om mee te horen, niet voor oorbellen. Haar moeder was een en al kracht en zekerheid. Nooit enige twijfel over een spin of een krappe parkeerplaats of een moreel dilemma.

'Dat meisje heeft een vriendinnetje nodig,' had ze de eerste keer dat ze Erika op de speelplaats zag tegen Clementine gezegd. Het kind dat opviel. Het akelig uitziende kind dat met gekruiste benen op het asfalt zat te spelen met dorre, bruine bladeren en mieren. Het kind met het vette blonde haar dat op haar hoofd plakte, de ziekelijk bleke huid en de korstjes op haar armen. (Vlooienbeten, had Clementine jaren later begrepen.) Clementine had naar het meisje gekeken en toen weer naar haar moeder, met een heel groot woord dat achter in haar keel bleef steken. NEE.

Maar je zei geen nee tegen Pam, vooral niet als ze die toon aansloeg.

Dus Clementine was op de speelplaats tegenover Erika gaan zitten en had gevraagd: 'Wat ben je aan het doen?' En ze had een blik op haar moeder geworpen in afwachting van haar goedkeurende knikje omdat Clementine aardig deed, en aardig zijn was het allerbelangrijkste, alleen voelde Clementine zich niet aardig. Ze deed alsof. Ze wilde niets te maken hebben met dat meisje dat er zo vies uitzag. Haar zelfzuchtigheid was een duister geheim dat ze tot elke prijs moest verbergen, omdat zij bevoorrecht was.

Pam was een vrouw die haar tijd vooruit was met het gebruik van het woord 'voorrechten'. Clementine leerde lang voordat het in de mode raakte zich schuldig te voelen over haar voorrechten als blanke middenklasser. Haar moeder was maatschappelijk werkster, en in tegenstelling tot veel van haar uitgeputte, vinnige collega's met hun verbitterde grapjes raakte Pam nooit haar bezieling voor het vak kwijt. Ze werkte parttime toen de kinderen nog klein waren en bracht graag onverschrokken verslag uit van wat er in de wereld gebeurde.

Clementines familie was niet bijzonder rijk, maar voorrechten werden langs een andere lat gelegd wanneer je zag wat Pam deed. Het leven was een loterij, en Clementine wist al heel jong dat zij blijkbaar in de prijzen was gevallen.

'Wat ga je tegen Erika zeggen?' vroeg Pam.

'Heb ik een keuze?' zei Clementine.

'Natuurlijk heb je een keuze, Clementine; het zou jouw biologische kind worden. Het is heel wat om dat van iemand te vragen. Je hoeft niet...'

'Mam,' zei Clementine. 'Denk eens na.' Deze ene keer was zij degene die geen twijfel kende. Haar moeder was niet aanwezig geweest op de barbecue. Haar moeder zag niet die vreselijke beelden die voor altijd in haar geheugen gegrift stonden.

Ze zag dat haar moeder nadacht en tot dezelfde conclusie kwam.

'Ik begrijp wat je bedoelt,' zei ze ongemakkelijk.

'Ik ga het doen,' zei Clementine snel voordat haar moeder nog iets kon zeggen. 'Ik ga ja zeggen. Ik moet ja zeggen.'

19

'Gaat het met je? Ben je niet meer zo van streek om vriend Harry?' vroeg Vid toen hij naast Tiffany in hun donkere slaapkamer lag terwijl de regen onafgebroken roffelde.

Dankzij hun roodfluwelen 'absoluut lichtdichte' gordijnen zag Tiffany alleen maar duisternis. Normaal gesproken voelde dat als een luxe, als een hotelkamer, maar deze avond vond ze het verstikkend. Het deed haar aan de dood denken. De afgelopen dagen had ze te vaak aan de dood gedacht.

Al kon ze Vid niet zien in hun grote tweepersoonsbed, ze wist dat hij op zijn rug lag, met zijn handen in elkaar gevouwen achter zijn hoofd, als een toerist op het strand. Zo sliep hij de hele nacht, zonder van houding te veranderen. Tiffany moest er na al die jaren nog steeds om lachen. Het was zo'n nonchalante, zelfverzekerde, aristocratische manier van slapen. Komt u maar, slaap. Vid ten voeten uit.

'Hij was geen vriend van ons, toch?' zei Tiffany. 'Dat is het 'm nou net. Hij was onze buurman, maar geen vriend.'

'Hij wílde niet met ons bevriend zijn, weet je,' hield Vid haar voor.

Het was waar; als Harry graag met hen bevriend had willen zijn, zou dat gebeurd zijn. Vid opende zijn hart voor iedereen die hij tegenkwam: barista's, juristen, pompbedienden en cellisten.

Cellisten zeker.

Als Harry een ander soort mens was geweest, zouden ze

hem vaak over de vloer hebben gehad en hadden ze zijn afwezigheid veel eerder opgemerkt.

Zoveel eerder dat het zijn leven had gered? Vandaag had de politie tegen Oliver en Tiffany gezegd dat het heel goed mogelijk was dat Harry van de trap was gevallen of dat hij een beroerte of een hartaanval had gekregen en misschien als gevolg daarvan was gevallen. Er zou een pathologisch onderzoek volgen. Het leek een formaliteit. De politie ging alle mogelijkheden na; ze vinkten alle vakjes af.

'Hij was waarschijnlijk op slag dood,' zei de agent tegen Tiffany, maar hoe kon hij dat weten? Hij was geen arts. Hij zei het alleen om haar gerust te stellen.

Maar goed, praktisch gezien: zelfs als ze met Harry bevriend waren geweest, zouden ze niet om de vijf minuten naar hem toe gegaan zijn. Dan was hij waarschijnlijk ook overleden; alleen had hij dan niet zo lang dood gelegen. Hij was al heel lang dood voordat ze hem uiteindelijk hadden ontdekt. Ze moest kokhalzen bij de herinnering aan die weeë lucht. Ze had nooit eerder hoeven overgeven door een geur. Tja, ze had nooit eerder de dood geroken.

Oliver was accountant. Hij had waarschijnlijk ook nog nooit een dode geroken, maar terwijl zij had staan overgeven in de zandstenen bloempot van Harry (Harry zou er razend om zijn geworden), had Oliver lijkbleek en kalm de noodzakelijke telefoontjes gepleegd, over haar rug gewreven en haar een schone, keurig gevouwen witte zakdoek aangereikt. 'Niet gebruikt,' had hij haar op het hart gedrukt. Oliver was de man die je tijdens een crisis in de buurt moest hebben. Een man met een zakdoek en een geweten. Die man was verdomme een held.

'Oliver is verdomme een held,' zei ze hardop, ook al wist ze dat Vid waarschijnlijk niets meer wilde horen over Oliver en zijn heldendom.

'Het is een goeie kerel,' zei Vid geduldig. Hij gaapte. 'We

moeten ze eens uitnodigen.' Hij zei het automatisch, en nu lag hij waarschijnlijk te denken aan de laatste keer dat ze hier op bezoek waren geweest.

'Zeg, weet je wat! We nodigen ze uit voor een barbecue!' zei Tiffany. 'Geweldig idee! Wacht eens, hadden zij niet die leuke vrienden? Is een van hen niet een cellist?'

'Dat is niet grappig,' zei Vid, en hij klonk diepbedroefd. 'Het is zelfs niet een klein beetje grappig.'

'Sorry,' zei Tiffany. 'Zwarte humor.'

'Op de koffie?' zei Vid bedroefd. 'We kunnen Erika en Oliver wel op de koffie vragen, toch?'

'Ga slapen,' zei Tiffany.

'Ja baas,' zei Vid, en binnen een paar seconden hoorde ze zijn ademhaling vertragen. Hij viel altijd onmiddellijk in slaap, zelfs als hij van streek of boos of ongerust was. Niets kon zijn slaap of zijn eetlust bederven.

'Word wakker,' fluisterde ze, maar als ze hem wakker maakte, zou hij blijven praten, en hij was die ochtend al om vijf uur opgestaan voor dat zwembadproject. Een van zijn jongens was ziek geworden, en hij was bang dat hij een te lage prijs had gevraagd. De man had zijn slaap nodig.

Ze ging op haar zij liggen en probeerde orde aan te brengen in alles wat er door haar hoofd spookte.

Ten eerste. Het vinden van Harry's lijk vandaag. Geen fijne ervaring, maar ze moest het achter zich laten. Harry was waarschijnlijk blij dat hij dood was. Hij leek iemand die klaar was met het leven. Verdergaan, dus.

Ten tweede. Dakota. Iedereen – Vid, Dakota's leraar, Tiffany's zusjes – zei dat er niets met Dakota aan de hand was. Het speelde alleen in Tiffany's hoofd. Misschien was dat waar. Ze zou haar in de gaten blijven houden.

Ten derde. De informatieochtend op Dakota's nieuwe school, morgen. Verontwaardiging (stuur me geen e-mails meer om me eraan te herinneren dat AANWEZIGHEID VER-

PLICHT IS, hoe durven jullie, met die hoofdletters), die waarschijnlijk te maken had met onbewuste minderwaardigheidsgevoelens ten opzichte van die kakschool en de andere ouders. Zet je eroverheen. Het gaat niet om jou. Het gaat om Dakota.

Ten vierde, maar misschien wel het sterkst van alles, waren haar schuldgevoelens en haar ontzetting over wat er tijdens de barbecue was gebeurd. Zoals een nachtmerrie die je niet helemaal uit je hoofd kunt krijgen. Ja hoor, Tiffany, we snappen het, allemaal heel verontrustend, steeds weer datzelfde verhaal zonder dat je er verder mee komt, maar hou er nu maar over op, je kunt niets veranderen aan wat je wel of niet hebt gedaan, wat je wel of niet had moeten doen.

Het probleem was dat haar hele lijstje zo vaag was. Er was geen duidelijkheid te krijgen. Ze herinnerde zich de tijd dat haar zorgen altijd betrekking hadden op geld en dat er oplossingen voor bedacht konden worden.

Om zichzelf te troosten en af te leiden maakte ze een voorzichtige schatting van haar huidige nettowaarde: Bezittingen. Aandelen. Lijfrentefonds. Gezinskrediet. Spaarsaldo. Rekening-courant. Dat maakte haar altijd rustig. Het was alsof ze de verdedigingswallen van een ondoordringbaar fort voor zich zag. Ze was veilig. Wat er ook gebeurde. Als haar huwelijk op de klippen liep (haar huwelijk zou niet op de klippen lopen), als de aandelenmarkt of de huizenmarkt instortte, als Vid of zij doodging of een zeldzame ziekte kreeg die torenhoge ziekenhuisrekeningen tot gevolg had, was haar gezin veilig. Ze had dit fort zelf gebouwd, met hulp van Vid, natuurlijk, maar het was voornamelijk haar fort, en ze was er trots op.

Ga dus maar slapen, veilig in het financiële fort dat je op een kostenoverschrijding hebt gebouwd en dat toch nog standhoudt.

Ze sloot haar ogen en deed ze meteen weer open. Ze was moe, maar klaarwakker. Ze had het gevoel dat haar ogen uitpuilden, alsof ze aan de coke was. Dus dit was slapeloosheid. Ze had altijd gedacht dat ze daar niet het type voor was.

Ze voelde ineens de behoefte om bij Dakota te gaan kijken of alles goed was. Ook daar was ze niet het type voor. Ze was niet zo'n moeder geweest die bij haar slapende baby ging kijken of ze nog wel ademde. (Ze had Vid er een paar keer op betrapt. Hij had zich een beetje geschaamd. Meneer-ik-ben-heel-relaxed-en-dit-is-al-mijn-vierde-kind.)

Ze stapte het bed uit, en met haar armen voor zich uit schuifelde ze naar de deurpost, die altijd eerder kwam dan ze verwachtte. Ze zag veel meer toen ze op de overloop was, omdat ze daar altijd een lichtje aan lieten, gedempt, voor het geval Dakota er 's nachts uit moest. Ze duwde Dakota's kamerdeur open en bleef even staan om haar ogen te laten wennen.

Tiffany hoorde alleen de regen. Ze wilde het gelijkmatige geluid van Dakota's ademhaling horen. Ze liep op haar tenen langs de overvolle boekenplank, bleef staan naast het bed en probeerde de gestalte van haar dochter te onderscheiden. Dakota bleek plat op haar rug te liggen, net als haar vader, al sliep ze meestal in foetushouding op haar zij.

Op hetzelfde moment zag ze de glans van Dakota's ogen die naar haar opkeken en hoorde ze haar dochter helder en klaarwakker zeggen: 'Wat is er, mam?'

Tiffany gaf van schrik een kreet. 'Ik dacht dat je sliep,' zei ze met een hand tegen haar borst gedrukt. 'Ik schrok me een ongeluk.'

'Ik slaap niet,' zei Dakota.

'Kun je niet slapen? Waarom lig je wakker? Wat is er aan de hand?'

'Niets,' zei Dakota. 'Ik ben gewoon wakker.'

'Maak je je ergens zorgen over? Schuif eens op.'

Dakota schoof op, Tiffany stapte bij haar in bed en voelde onmiddellijk een behaaglijkheid waarvan ze niet had geweten dat ze ernaar hunkerde.

'Ben je van streek over Harry?' zei Tiffany. Dakota had net zo onbewogen op het nieuws van Harry's dood gereageerd als ze op alles reageerde.

'Niet echt,' zei Dakota vlak. 'Niet heel erg.'

'Nee. Goed. We kenden hem niet zo goed en hij was niet...'

'... zo aardig,' maakte Dakota haar zin af.

'Nee. Hij was niet aardig. Maar is er iets anders?' vroeg Tiffany. 'Iets wat je bezighoudt?'

'Er is niets wat me bezighoudt,' zei Dakota. 'Helemaal niets.' Ze klonk volkomen zeker van haar zaak en ze was een meisje dat nooit kon liegen.

'Je maakt je niet druk omdat je morgen naar Saint Anastasia gaat?'

'Nee.'

'Het is er vast interessant,' zei Tiffany vaag. Ze voelde dat de slaap haar dreigde te overmannen. Misschien was er echt niets aan de hand. Prepuberaal gedoe. Hormonen. Volwassen worden.

'Zal ik hier blijven liggen tot je slaapt?' zei Tiffany.

'Als je dat wilt,' zei Dakota ijzig.

Dakota's moeder lag naast haar diep te slapen, ze snurkte niet echt, maar bij elke uitademing liet ze een lange, ijle fluittoon horen.

Op Dakota's gezicht lagen lange haarslierten van haar moeder, die in haar neus kriebelden. Ze lag met één been over een been van Dakota, zodat die het gevoel had dat ze in een klem zat.

Dakota hield haar adem in en trok heel langzaam haar been eronderuit. Ze sloeg de dekens van zich af, kwam op haar knieën overeind en maakte zich plat tegen de muur, als Spiderman. Zo liep ze verder tot ze voorbij het voeteneind was. Het was een geheime operatie. Ze ontsnapte aan haar cipier. Ja! Het was haar gelukt! Op haar tenen liep ze de kamer door, de landmijnen in het kleed vermijdend.

Stom gedoe. Nee, Dakota, je moet niet van die stomme, kinderachtige dingen denken terwijl er op dit moment echte oorlogen zijn, en echte vluchtelingen in kleine bootjes midden op zee en echte mensen die op landmijnen stappen. Zou je graag op een landmijn stappen? Ze kroop op de kussens van de diepe vensterbank en sloeg haar armen om haar knieën. Ze probeerde blij te zijn met haar luxe vensterbank, maar ze had helemaal niets met die vensterbank. In plaats daarvan dacht ze zelfs lelijk en ondankbaar: die vensterbank kan me geen reet schelen.

Dakota was pas sinds kort echt gaan begrijpen dat haar brein privé was, iets waar alleen zij over beschikte. Toen ze gisteren naar haar docent keek, had ze in haar hoofd het f-woord geschreeuwd. Er gebeurde niets. Niemand wist dat ze dat had gedaan. Niemand zou het ooit weten.

Iedereen was daar waarschijnlijk al op driejarige leeftijd achter, maar voor Dakota was het een openbaring. Als ze erover nadacht, voelde het alsof ze alleen was in een ronde kamer: omdat haar hoofd ook rond was, met twee kleine ronde raampjes, dat waren haar ogen, en daardoor probeerden anderen naar binnen te kijken, haar te begrijpen, maar ze kregen niets te zien. Niet echt. Zij was daar in die ronde kamer helemaal alleen.

Ze kon tegen haar moeder zeggen 'Ik ben dol op mijn vensterbank', en als ze het op de juiste manier zei, niet al te enthousiast zodat het verdacht werd, zou haar moeder denken dat ze het meende en nooit de waarheid te weten komen.

Dus als Dakota dat kon, als ze van die schokkende, best wel boze, kille gedachten kon hebben als 'die vensterbank kan me geen reet schelen', dan hadden volwassenen waarschijnlijk ook van die schokkende, boze, kille gedachten, waarschijnlijk nog veel erger, omdat zij films voor boven de achttien mochten zien.

Haar moeder zou bijvoorbeeld kunnen zeggen 'Welterusten, Dakota, ik hou van je', maar in die ronde kamer van haar brein dacht haar ware ik misschien: ik kan niet geloven dat jij mijn dochter bent, Dakota, ik kan niet geloven dat ik een dochter heb die doet wat jij hebt gedaan.

Haar moeder vond waarschijnlijk dat Dakota teleurstellend was omdat ze 'opgroeide met geld', al had ze gek genoeg helemaal geen geld, alleen het beetje dat ze voor haar verjaardag kreeg en dat op een bankrekening stond waar ze niet aan mocht komen.

Dakota's moeder 'groeide niet op met geld' (Dakota's vader ook niet, maar hij zeurde daar niet zo over, hij gaf het alleen graag uit).

Toen haar moeder zo oud was als Dakota was ze naar een feestje geweest bij een 'rijkeluiskind' en verliefd geworden op het huis. Het was net een kasteel, zei ze. Ze kon het nog steeds tot in de saaiste details beschrijven. Ze was vooral dol op de vensterbankzitjes. Ze was bezeten van vensterbankzitjes. Die waren 'het toppunt van luxe'. Jarenlang had haar moeder gedroomd van een huis met drie verdiepingen met marmeren badkamers, ronde erkers en vensterbankzitjes. Het was in bouwkundig opzicht een specifieke droom. Ze had er zelfs tekeningen van gemaakt. Dus toen zij en Dakota's vader het met de aannemer over dit huis hadden, hadden ze gezegd: 'Met vensterbankzitjes, alsjeblieft. Hoe meer hoe beter.'

Het grappige was dat Dakota ooit tegen haar tante Louise, een van haar moeders oudere zussen, had gezegd dat die het thuis vroeger 'arm' had gehad, en dat haar tante toen in lachen was uitgebarsten. 'Wij waren niet arm,' zei ze, 'we waren alleen niet rijk. We gingen op vakantie, we hadden speelgoed, we hadden een fantastisch leven. Je moeder vond alleen dat ze niet thuishoorde in die minderbedeelde buitenwijken.' Dat had ze toen tegen de andere tantes gezegd, die haar moeder er allemaal mee hadden geplaagd, maar het kon haar moeder geen reet schelen, ze lachte alleen en zei '*Whatevah*', als een Amerikaans meisje in een tv-serie.

Maar toch deed Dakota haar best om dankbaar te zijn voor haar vensterbankzitje, alleen lukte het haar niet zo. Als cijfer kreeg ze ongeveer een één voor dankbaarheid.

Het rolgordijn was neergelaten, en ze wilde niet het risico lopen dat haar moeder wakker werd als ze het optrok, dus kroop ze erachter, als in een tent.

Het regende, dus veel kon ze niet zien. Harry's huis was niet meer dan een spookachtig waas. Ze vroeg zich af of Harry's geest daar nog rondwaarde, boos mopperend tegen dingen aan schoppend, waarbij hij af en toe zijn hoofd opzijdraaide en vol walging riep: 'Waarom deden jullie er zo lang over om mijn lichaam te vinden? Zijn jullie stom of zo?'

Niet dat ze blij was dat hij dood was, maar ze was er ook niet rouwig om. Ze voelde er niets bij. Wat Harry betrof, was er een leegte in haar hoofd.

Ze had haar moeder de waarheid gezegd toen ze zei dat niets haar bezighield. Ze probeerde haar brein als een blanco vel papier te zien.

Het enige wat er op dat vel mocht komen, waren schooldingen.

Verder niets. Geen droevige gedachten, geen blije gedachten, geen angstige gedachten. Alleen feiten over de inheemse cultuur van Australië, de opwarming van de aarde en breuken.

Het was goed dat ze volgend jaar naar die nieuwe school ging. Die had een goede 'academische reputatie'. Dus hopelijk stampten ze haar hoofd vol met nog meer feiten, zodat er geen ruimte overbleef voor andere dingen om over na te denken, om zich te herinneren wat ze had gedaan. Tot voor kort was ze een beetje nerveus geweest voor de nieuwe school, maar nu speelde dat niet meer. Het was alsof de herinnering aan haar oude zorgen over vriendinnen maken iets was uit de tijd dat ze nog klein was, ook al was de barbecue nog maar kortgeleden, aan het eind van het vierde jaar.

Haar ouders hielden nog van haar. Daar was ze zeker van. En waarschijnlijk gingen er geen heimelijke boze gedachten in hun hoofd om.

Ze herinnerde zich dat haar vader de dag erna met een rood hoofd in de achtertuin met die grote ijzeren staaf had staan zwaaien als een honkbalknuppel. Het was angstaanjagend geweest. Toen was hij naar binnen gegaan en zonder een woord te zeggen gaan douchen – en normaal was hij een prater. Er moest wel iets ernstigs aan de hand zijn als haar vader nu zweeg.

Maar daarna waren haar vader en moeder zich langzamerhand weer normaal gaan gedragen. Ze hielden te veel van haar om haar niet te vergeven. Ze wisten dat zij besefte hoe verschrikkelijk het was, wat ze had gedaan. Ze had geen straf gekregen. Zo erg was het. Het was niet iets kinderachtigs. Niet zoiets als 'je mag niet tv-kijken totdat je je kamer hebt opgeruimd'. Dakota had trouwens nooit veel straf gekregen of met 'consequenties' te maken gehad. Andere kinderen deden elke dag wel iets wat niet mocht. Dakota had het allemaal opgespaard totdat ze één reusachtige fout maakte.

Dus moest ze zichzelf straf geven.

Het was bij haar opgekomen om zichzelf met een mes te verwonden. Ze had erover gelezen in een boek voor jongvolwassenen waar de bibliothecaresse haar te jong voor vond, maar ze had haar moeder zover gekregen dat ze het voor haar kocht. (Haar moeder kocht elk boek dat ze maar wilde.) Het was iets wat tieners soms deden. Het werd 'automutilatie' genoemd. Ze had erover gedacht het zelf te proberen, ook al kon ze heel slecht tegen bloed. Toen haar ouders op hun computer bezig waren, was ze de badkamer in gegaan, waar ze op de rand van het bad een eeuwigheid had geprobeerd moed te vatten om een scheermesje in haar huid te drukken, maar ze kon het niet. Ze was er te slap voor. Te laf. In plaats daarvan sloeg ze zo hard als ze kon met haar vuisten op haar dijbenen. Later verschenen er blauwe plekken, en dat was goed. Maar daarna moest ze een betere straf verzinnen: iets wat meer pijn deed dan snijden. Iets wat haar elke dag pijn deed zonder dat iemand daar iets van merkte.

Het maakte dat ze zich minder schuldig voelde, maar tegelijkertijd voelde ze zich daardoor verlaten. 'Verlaten' was het allermooiste woord om haar gevoel te beschrijven. Soms herhaalde ze het eindeloos bij zichzelf, als een liedje: verlaten, verlaten, verlaten.

Ze vroeg zich even af of Harry zich ook verlaten had gevoeld en of hij daarom zo kwaad op iedereen was geweest. Ze herinnerde zich die middag dat ze in de vensterbank had zitten lezen en toen ze opkeek licht had zien branden in een kamer op de tweede verdieping, en dat ze zich had afgevraagd wat Harry daar boven deed, en wat hij trouwens met al die kamers in dat huis aan moest terwijl hij daar helemaal alleen woonde.

Nu was Harry dood, en Dakota voelde niets, helemaal niets.

20

De dag van de barbecue

'Daar komen ze aan,' riep Tiffany naar Vid in de keuken toen ze bij de voordeur Dakota de oprit op zag lopen, hand in hand met de dochtertjes van Clementine, die in roze tutu naast haar huppelden. Terwijl Tiffany toekeek, tuimelde het kleinste meisje om als in slow motion, zoals peuters doen, en Dakota probeerde haar te dragen. Het kind was ongeveer half zo groot als zij, dus haar benen sleepten over de grond en Dakota hing naar opzij, strompelend onder het gewicht.

'Dakota is zo'n lief zusje!' zei Tiffany toen Vid bij de voordeur verscheen in zijn gestreepte schort, ruikend naar knoflook en citroen van de garnalen die hij aan het marineren was.

'Haal je maar niks in je hoofd,' zei Vid.

Vijftien jaar geleden, toen hij haar ten huwelijk vroeg en zij nog vol bewondering was voor haar verlovingsring (een Tiffany-ring, natuurlijk), had Vid gezegd: 'Voor je die omdoet moeten we het over kinderen hebben, oké?' Met drie wispelturige tienerdochters had Vid geen kinderwens meer, maar Tiffany was een jonge vrouw, dus zij wilde kinderen, dat was niet meer dan natuurlijk, en dat begreep hij, dus luidde het compromis ten slotte: één kind, meer niet. Eenkindpolitiek. Zoals in China. Meer kon hij er niet hebben. Zijn hart en zijn bankrekening konden dat niet aan. Hij zei dat hij het zou begrijpen als één kind niet genoeg was, maar wat hem betrof viel er niet over te onderhandelen. Graag of niet, en trouwens, als ze bij hem wegging, hoefde ze de ring niet terug te geven en zou hij altijd van haar blijven houden.

Tiffany ging akkoord. Baby's waren op dat moment wel het laatste wat haar bezighield, en op striae zat ze ook niet echt te wachten.

Ze had er nooit spijt van gehad, alleen soms, zoals nu, voelde ze een steekje. Dakota zou een liefdevol, verantwoordelijk zusje geweest zijn, net zoals Tiffany's oudere zusjes waren geweest. Het leek verkeerd om haar dat te ontzeggen, vooral omdat Dakota nooit iets eiste behalve nog meer bibliotheekboeken.

'Misschien moeten we opnieuw onderhandelen,' zei Tiffany.

'Maak er maar geen grapjes over,' zei Vid. 'Ik lach niet. Kijk maar naar mijn gezicht.' Hij trok een somber gezicht. 'Ernstige blik. Ik zou failliet gaan aan vier bruiloften. Dat wordt mijn dood. Net als in die film, weet je wel, *Four Weddings and a Funeral.* Mijn begrafenis.' Vid grinnikte vergenoegd. 'Vier bruiloften en mijn begrafenis. Snap je 'm? Vier bruiloften van dochters en Vids begrafenis.'

'Ik vat 'm, Vid,' zei Tiffany, in de wetenschap dat ze die grap nog maanden, misschien wel jaren zou moeten aanhoren.

Ze zag Erika en Oliver, Clementine en Sam achter de kinderen op het huis aflopen. Er was iets vreemds aan hun formatie, er zat te veel ruimte tussen hen, alsof het niet twee stellen waren die elkaar goed kenden, maar vier aparte gasten die elkaar tot vandaag nog nooit hadden ontmoet en toevallig precies tegelijk aankwamen.

'Hallo!' riep Erika iets te vroeg; ze waren nog te ver weg. Hun oprit was heel lang.

'Hallo!' riep Tiffany terug, en ze liep de trap af om hun tegemoet te gaan.

Toen ze dichterbij kwamen, zag ze bij hen allemaal een glazige glimlach, alsof ze aan de drugs waren, deel uitmaakten van een sekte of aan een nieuw piramidespel meededen. Tiffany werd een beetje nerveus. Hoe zou deze middag verlopen?

Vid liep vlak langs haar met zijn armen wijd op de gasten af. Jemig, Vid, oelewapper, je zou denken dat het dierbare familieleden waren die terugkeerden van een lange reis.

Barney dacht ook dat het dierbare familieleden waren en rende als een idioot op hen af om aan alle schoenen te snuffelen alsof hij die allemaal in een recordtijd geroken moest hebben.

'Welkom, welkom!' riep Vid. 'En wat een mooie meisjes! Hallo! Ik hoop dat jullie het niet erg vonden dat ik Dakota heb gestuurd om jullie te halen. Ik wilde niet dat het vlees te lang zou braden. Barney, rustig, gekke hond.'

Hij kuste Clementine op beide wangen. 'Want ik weet nog dat jij een fijnproever bent, ja toch? Wij houden van lekker eten! De laatste keer dat we elkaar bij Erika zagen, hebben we het over eten gehad, herinner ik me.'

'O ja?' zei Erika wantrouwig, alsof alle gespreksonderwerpen eerst door haar goedgekeurd moesten worden. 'Dat weet ik niet meer.' Ze reikte Tiffany een pot met chocoladeballetjes aan. 'Ik hoop dat je er niet allergisch voor bent, want het zijn noten. Noten in chocolade.'

'Nee hoor, helemaal niet,' zei Tiffany. 'Ik ben zelfs dol op deze noten.' Ze zei het niet uit beleefdheid. De balletjes maakten haar nostalgisch. Haar opa kocht ze altijd voor hen met kerst.

'Echt?' zei Erika twijfelachtig. 'Nou, fijn.'

Ze was echt een rare troel, zou Tiffany's zus Karen zeggen.

Clementine was de glazige blik kwijt en keek naar Vid alsof hij de oplossing voor al haar problemen was.

'Mam, dit is Ruby en dat is Holly. Mag ik ze meenemen naar mijn kamer?' vroeg Dakota aan Tiffany. Haar ogen glansden toen ze de kleine meisjes voorstelde, die er met hun slordige haar en hun elfenvleugels uitzagen alsof ze zojuist een hele bak glitter over zichzelf uitgestrooid hadden.

‘Als hun papa en mama het goedvinden,’ zei Tiffany.

‘Dakota kent haar verantwoordelijkheid, weet je,’ zei Vid. ‘Ze zal goed op hen letten.’

‘Natuurlijk is dat goed,’ zei Sam terwijl hij Tiffany een kus op haar wang gaf, haar als een welopgevoede aussie heel even van top tot teen opnam en toen pijlsnel weer wegkeek.

‘Goed om je weer te zien, Tiffany,’ zei hij alsof ook hij opgelucht was om hier te zijn. Het was alsof Clementine en hij net van een begrafenis kwamen, klaar om hun das los te knopen en de spanning uit hun schouders te laten vloeien, verlangend naar eten en drinken om zich ervan te vergewissen dat zij nog leefden. Hij hurkte neer en streelde Barneys oren, waarop de hond zich zonder gevoel voor decorum op de grond liet vallen en zijn buik aanbood voor een aai, alsof hij nooit aandacht van iemand kreeg.

‘Bedankt voor jullie gastvrijheid.’ Oliver gaf Vid een hand en daarna gaf ook hij Tiffany wat stuntelig een kus, alsof hij haar bewust met geen enkel lichaamsdeel wilde aanraken.

‘Kom erin, kom erin!’ Vid loodste het groepje mee. ‘Laten we eerst wat drinken voordat we buiten gaan barbecueën.’

‘Sorry dat de meisjes overal glitters rondstrooien,’ zei Erika terwijl ze Dakota nakeek, die met de meisjes naar boven ging, gevolgd door Barney, die inmiddels in een staat van manische opwinding was.

Tiffany zag iets van ergernis in Clementines ogen, waarschijnlijk omdat een andere vrouw zich verontschuldigde voor haar kinderen.

‘O, dat geeft niet,’ zei ze.

‘Ik had een knutseltafel voor ze gemaakt,’ zei Erika. ‘We dachten dat ze zaten te knutselen, maar in werkelijkheid maakten ze alleen maar...’

‘... een verschrikkelijke bende,’ maakte Clementine de zin af, maar zij en Erika glimlachten nu, alsof het iets grappigs was.

Tiffany beschouwde zichzelf als iemand die mensen en situaties vrij goed kon beoordelen – haar intuïtie was meestal feilloos – maar deze vier mensen stelden haar voor een raadsel. Waren het vrienden van elkaar of vijanden?

'We hebben champagne meegebracht.' Clementine stak een fles Moët omhoog met het trotse gebaar van iemand die dat niet vaak koopt. (Vid had drie kratten in de kelder staan.)

'Bedankt! Dat hadden jullie niet hoeven doen!' Vid greep de champagnefles in zijn vlezige hand alsof het een benzinepomp was. 'Maar de belangrijkste vraag is, Clementine, heb jij je cello bij je?'

'Natuurlijk,' zei Clementine. Ze tikte op haar handtas. 'Ik ga nooit zonder cello weg. Hier zit hij in. Het is een nieuw, opvouwbaar model.'

Vid staarde heel even wezenloos naar haar handtas en brulde toen van het lachen. Zo grappig was het nu ook weer niet, dacht Tiffany. Vid wees met de champagnefles alsof het een geweer was naar Clementine. 'Daar had je me te pakken! Je had me te pakken!'

Inderdaad, ja, ze heeft je te pakken, dacht Tiffany toen ze naar de kast liep om glazen te pakken, haastig, omdat Vid de fles elk moment op zijn gebruikelijke uitbundige manier zou openen.

Het was geen probleem dat Vid Clementine aantrekkelijk vond. Tiffany begreep het, ze vond het ergens wel leuk, en te oordelen naar de manier waarop Clementine nu aan haar haar zat, vond zij het ook leuk. Dat was alleen maar seks. Seks was simpel. Waar Tiffany niets van begreep, waren de drie anderen in de kamer, want toen Vid de fles ontkurkte met het voorspelbare 'Ho!' en Clementine twee glazen uit Tiffany's handen greep en lachend ronddanste om de bruisende champagne op te vangen, wist ze niet of uit de blik waarmee Oliver, Erika en Sam naar Clementine keken, diepe genegenheid of absolute minachting sprak.

21

Clementine legde haar boek omgekeerd op schoot in het lampschijnsel dat op het dekbed viel. Ze luisterde naar de regen en keek naar de donkere, lege kant van het tweepersoonsbed.

Toen Sam terug was van zijn 'stukje rijden', nadat haar moeder naar huis was vertrokken ('Een andere keer,' had ze flink gezegd. 'We proberen het een andere keer nog eens.'), hadden ze met geen woord gerept over hun rampzalige avondje uit. Ze hadden beleefd en afstandelijk tegen elkaar gedaan, als huisgenoten zonder speciale band. 'Er staat nog een restje pasta in de ijskast.' 'Goed, misschien eet ik daar wel wat van.' 'Ik ga naar bed.' 'Welterusten.' 'Welterusten.'

Sam was in de studeerkamer gaan slapen op de divan waar iedereen altijd rugpijn aan overhield. ('Ja, heel goed geslapen!' verzekerden gasten hun altijd de volgende ochtend terwijl ze intussen discreet over hun onderrug wreven.)

Het leek erop dat de studeerkamer nu Sams slaapkamer was. Ze deden zelfs niet alsof ze eerst in hetzelfde bed stapten, waarna een van hen midden in de nacht met een kussen onder de arm wegsloop. We slapen nu in aparte kamers. Ze ervoer het als schokkend en misselijkmakend toen die gedachte zich uitkristalliseerde.

De laatste keer dat Sam en zij gewoon samen een hele nacht in dit bed hadden geslapen, een nacht zonder dromen en lakens die zich om hun lichaam wikkelden, zonder tandengeknars of gewoel, was de nacht voor de barbecue.

Het leek nu onvoorstelbaar dat ze samen naar bed gingen, de hele nacht sliepen en de volgende ochtend samen wakker werden. Hoe was die laatste normale nacht verlopen? Ze kon zich er niets van herinneren, ze wist alleen dat ze nu, nog maar acht weken later, totaal veranderd waren.

Hadden ze gevreeën? Waarschijnlijk niet. Daar kwam het nauwelijks nog van. Daarom waren ze die avond zo ontvankelijk geweest. Voor de seks.

Haar moeder had gehoopt dat het etentje in het luxe restaurant tot gevolg zou hebben dat ze daarna thuis 'de liefde bedreven'. Als ze niet zo vroeg thuisgekomen waren, als ze hand in hand binnengelopen waren, zou Pam snel vertrokken zijn met een knipoog, een lachje, en dan zou ze de volgende dag hebben gebeld en iets vreselijk ongepasts hebben gezegd als: 'Ik hoop dat jullie niet te moe waren om de liefde te bedrijven, schat, een gezond seksleven is heel belangrijk voor een goed huwelijk.'

Dan zou Clementine haar vingers in haar oren hebben willen stoppen en 'lalala' willen zingen, zoals ze deed toen haar moeder seksuele voorlichting gaf in de auto terwijl ze Erika en haar naar een feestje bracht. Erika, die elke keer dat Clementines moeder haar mond opendeed nog net niet alles noteerde, luisterde altijd aandachtig naar die lessen en stelde specifieke vragen over de details. 'Wanneer moet het condoom precies omgedaan worden?' 'Als de penis van de jongen...' 'LALALA!' riep Clementine dan.

Haar moeder had altijd veel te openhartig en jolig gedaan over seks, alsof het iets heilzaams was, zoals aquarobics. Ze had altijd schaamteloos *The Joy of Sex* op haar nachtkastje liggen, alsof het een mooie roman was. Clementine herinnerde zich vooral al dat háár op de foto.

Clementine wilde dat seks iets subtiels, iets heimelijks was. Licht uit. Mysterie. Geen haar. Er kwam een beeld bij haar op van Tiffany in die idiote achtertuin, voordat de feestverlichting aanging: Tiffany's T-shirt felwit in de schemering. Een zoete smaak vulde Clementines mond. Het was de smaak van Vids dessert. Nu was het de smaak van schaamte.

Een paar dagen na de barbecue had Clementine gedroomd dat ze op het podium van het Opera House seks had met iemand die niet Sam was. Holly en Ruby zaten in het publiek te kijken naar hun moeder die seks had met een andere man. Vooraan zaten ze, op de eerste rij met hun benen te zwaaien, terwijl Clementine op de meest verderfelijke manier kermde en kreunde; eerst keken ze zonder uitdrukking geboeid toe alsof ze naar *Dora* keken, maar toen begonnen ze te huilen, en Clementine riep 'Nog heel even' alsof ze nog met de afwas bezig was, niet met een orgasme, en daarna kwamen haar ouders en die van Sam alle vier met een blik vol walging door de zaal aanrennen, en Clementines moeder schreeuwde: 'Hoe kon je, Clementine, hoe kon je?'

De droom was niet moeilijk te verklaren. Clementine zou het voorval altijd in verband blijven brengen met seks. Ranzige, platte seks.

Dagenlang waren fragmenten van die weerzinwekkende droom blijven hangen als een echte herinnering. Ze moest zichzelf steeds geruststellen: er is niets gebeurd, Clementine. Je hebt geen seks gehad in het Opera House waar je kinderen bij waren.

Het voelde nog steeds meer als een herinnering dan als een droom.

Ze hadden die eerste week na de barbecue allebei akelig gedroomd. Ze waren in hun lakens verstrikt geraakt, hun kussens stonken naar zweet. Dan schrok ze wakker van Sams kreten, alsof iemand haar bij de voorkant van haar shirt greep en haar omhoogtrok tot ze met een bonkend hart rechtop zat. Sam kwam dan naast haar overeind, verward brabbelend, en haar eerste instinctieve reactie was steevast woede, nooit medeleven.

Sam was in zijn slaap gaan tandenknarsen. Een onverdraaglijk melodietje in volmaakte driekwartsmaat. Klik-twee-drie, klik-twee-drie. Ze lag dan voor haar gevoel met open ogen in het donker urenlang te tellen.

Blijkbaar was Clementine in haar slaap gaan praten. Ze was een keer wakker geworden toen Sam zich over haar heen boog en schreeuwde (hij zei dat hij niet schreeuwde, maar dat deed hij wel): 'Hou op, hou op, hou op!'

Wie het meest gefrustreerd raakte, ging slapen of lezen in de studeerkamer. Vanaf die tijd werd de divan opgemaakt als bed. Uiteindelijk zouden ze erover moeten praten. Het kon niet altijd zo blijven doorgaan, toch?

Niet aan denken nu. Er zou wel een oplossing komen. Ze had nu belangrijker dingen aan haar hoofd. Bijvoorbeeld dat ze morgen Erika moest bellen om af te spreken met haar te gaan theedrinken na het werk. Dan zou ze haar vertellen dat ze natúúrlijk haar eicellen aan haar zou afstaan. Het zou haar een plezier, een eer zijn.

Om de een of andere reden kwam er een herinnering bij haar op aan de eerste en enige keer dat ze als kind bij Erika thuis was geweest.

Ze waren ongeveer een halfjaar bevriend en Clementine was altijd degene (meestal op aandringen van haar moeder) die Erika uitnodigde, maar andersom werd zij nooit bij haar thuis gevraagd, en dat was ze met het goed ontwikkelde rechtvaardigheidsgevoel van een kind een beetje zat geworden. Het was leuk om eens bij anderen te zijn. Vaak kreeg je dan iets lekkers wat je thuis niet mocht. Dus waarom deed Erika zo raar en gesloten en, eerlijk gezegd, zelfzuchtig?

Toen had Clementines moeder hen op een dag met de auto naar een schoolpicknick gebracht en waren ze bij Erika's huis langsgegaan om even iets op te halen wat ze vergeten was. Een hoedje? Clementine wist het niet meer. Wat ze nog wel wist, was dat ze uit de auto achter haar aan rende om te zeggen dat ze ook een warme trui moest meenemen omdat het koud werd, en dat ze in de gang van het huis verbijsterd was blijven staan. De voordeur kon niet helemaal open. Erika was waarschijnlijk zijdelings naar binnen gegaan. De deur werd geblokkeerd door een stapel stampvolle kartonnen dozen die tot het plafond reikte.

'Ga weg! Wat doe je hier?' had Erika geroepen toen ze ineens in de gang verscheen met een gezicht dat afschrikwekkend verwrongen was tot een masker van woede, en Clementine was achteruitgedeinsd, maar de glimp die ze van de gang van Erika's huis had opgevangen, was ze nooit vergeten.

Het was alsof ze in een achterbuurt terecht was gekomen. Al die troep: torenhoge stapels oude kranten, een wirwar van klerenhangers, winterjassen en schoenen, een koekenpan vol kralensnoeren en bergen uitpuilende, dichtgeknoopte plastic tassen. Het was alsof iemands leven was ontploft.

En die stank. De stank van verrotting, schimmel en verval.

Erika's moeder, Sylvia, was verpleegkundige, en waarschijnlijk een zeer bekwame verpleegkundige. Ze had voor haar pensionering jarenlang in een verpleeghuis gewerkt. Clementine vond het onbegrijpelijk dat iemand die zo woonde in de zorg werkte, waar alles schoon, hygiënisch en opgeruimd moest zijn. Volgens Erika, die inmiddels vrijelijk over de hamsterwoede van haar moeder kon praten, was het niet ongewoon; het kwam zelfs vrij vaak voor dat hoarders in de zorg werkten. 'Ze zeggen dat het komt doordat ze zich zo op de zorg voor anderen richten dat ze de zorg voor zichzelf vergeten,' zei Erika. En daarna voegde ze eraan toe: 'Of voor hun kinderen.'

Jarenlang waren de problemen van Erika's moeder iets geweest waar ze allemaal omzichtig naar verwezen, zelfs toen er programma's over op tv kwamen en er ineens een woord voor die gruwelgewoonte bestond: hoarding. Erika's moeder was een hoarder. Het was een probleem. Een aandoening.

Maar pas toen Erika er met haar 'aardige psychologe' over was gaan praten, ongeveer een jaar geleden, was ze het woord 'hoarding' hardop gaan zeggen en besprak ze de psychologie erachter op die vreemde, nieuwe, afgemeten manier, alsof het nooit een groot, duister geheim was geweest.

Hoe kon Clementine haar geen plaats gunnen in haar huis en haar leven nadat ze hun huis had gezien? Dat kon niet, en toch deed ze het.

Nu was het nog net zo. Ze was geen goed mens geworden. De gedachte haar vriendin te helpen om haar diepste wens te vervullen deed haar nog steeds geen plezier. De waarheid was dat ze nog steeds dezelfde overweldigende afkeer voelde als die eerste keer toen ze had gevraagd haar eicellen af te staan, maar het verschil was dat die afkeer haar nu goeddeed. Ze wilde dat de artsen haar lichaam zouden opensnijden. Ze wilde dat ze er een deel van haarzelf uit haalden en dat aan Erika gaven. Daar gaan we. We brengen alles in evenwicht.

Ze deed haar lamp uit, draaide zich om naar het midden van het bed en probeerde aan iets te denken, wat dan ook, behalve aan die ene dag. Die zogenaamde 'gewone dag'.

22

De dag van de barbecue

Erika keek hoe Clementine probeerde de Moët die schuimend uit de fles bruiste in glazen op te vangen, terwijl Vid midden in de reusachtige keuken de fles met beide handen omhooghield met een idiote grijns op zijn gezicht, als een formule 1-winnaar die voor een foto poseert.

Clementine lachte alsof het één grote giller was, alsof het er niet toe deed dat er kostbare champagne werd verspild. Ze had niet zoveel geld uit hoeven geven. Het was niet nodig om bij een barbecue in een achtertuin te verschijnen met echte champagne. Sam en zij leefden altijd op grote voet. Die hypotheek op dat vochtige, trendy huis van hen! Erika en Oliver konden hun oren niet geloven toen ze hoorden hoeveel ze hadden geleend, en dan waren ze vorig jaar ook nog met de meisjes op vakantie geweest naar Italië! Waanzin. Ze hadden de reis met hun creditcard bekostigd, ook al zouden de kinderen net zo blij geweest zijn met een tochtje naar de kust, maar voor Sam en Clementine was alleen Toscane goed genoeg.

Daarom had Clementine die fulltimebaan bij het orkest echt nodig. Ze maakte zich altijd veel te druk voor audities, twijfelde dan ineens aan zichzelf. Erika kon zich niet voorstellen dat je werk had waarbij je aan je vaardigheden twijfelde. In Erika's wereld was je of gekwalificeerd voor je werk, of je was het niet.

Misschien had Erika de uitdrukking op Clementines gezicht verkeerd uitgelegd. Dat het niet zo was dat ze hen niet wilde helpen met het afstaan van haar eicellen, maar dat ze op dat momenteel te veel aan haar hoofd had. Ze hadden met de vraag moeten wachten tot na de auditie. Maar die was pas over een paar maanden. Als ze werd aangenomen, had ze een nieuwe baan. Als ze werd afgewezen, zou ze er kapot van zijn. Het was nu of nooit.

Misschien was het nooit.

Bracht die pil die ze had genomen haar uit haar evenwicht? Nee, natuurlijk niet. Ze was in orde.

'Voor jou!' Clementine gaf Erika een glas, maar ontweek haar blik.

'Ik neem er ook een,' zei Oliver. Door de teleurstelling over de manier waarop hun 'bespreking' was uitgepakt hingen zijn mondhoeken naar beneden, zodat hij eruitzag als een bedroefde clown. Hij had er zo op gehoopt. 'Denk je dat ze ja zal zeggen?' had hij de vorige avond ineens gevraagd toen ze tv zaten te kijken. Erika had het verlangen in zijn stem bijna niet kunnen verdragen, en van de weeromstuit had ze gesnauwd: 'Hoe moet ik dat weten?'

'Ja, ik neem ook een glas,' zei Sam. Het was alsof iedereen omkwam van de dorst. Terwijl Erika hun bij haar thuis bronwater met citroen had gegeven. Ze nam een flinke slok champagne. Ze was er niet echt dol op. Deden ze allemaal alsof ze champagne lekker vonden?

'Nou, ik weet dat het niet zo stijlvol is, maar ik neem een biertje.' Tiffany liep naar de reusachtige roestvrijstalen ijskast en bleef daar staan, met een heup uitdagend uitgestoken. Ze droeg een spijkerbroek die zo gebleekt was dat hij bijna wit was, met scheuren op de knieën (een aannemelijke plek, Erika kon het haar bijna vergeven) en een effen wit T-shirt, en haar lange blonde haar zag eruit alsof het door de zon gekust was, als van een filmster. Alleen haar aanblik al maakte dat Erika aan seks dacht, dus god wist wat voor effect ze op mannen had, al zag ze dat haar eigen man uit het raam stond te staren, dromend van een baby. De perfecte echtgenoot. Wie het alleen nog ontbrak aan een perfecte echtgenote.

'Eigenlijk wil ik ook wel een biertje.' Sam zette zijn champagneglas op de keukenbar. 'Als je er toch een pakt.'

'Ik heb *struklji* in de oven staan, over vijf minuutjes is hij klaar,' zei Vid. Hij deed de ovendeur open en tuurde naar binnen. 'Het is een smakelijke kaasstrudel, heel lekker, een oud Sloveens familierecept, maar niet heus, ik heb het van het internet!' Hij lachte bulderend. 'Mijn tantetje maakte die altijd, en toen ik aan mijn moeder het recept vroeg, zei ze: "Hoe zou ik dat moeten weten!" Mijn moeder is niet goed in de keuken. Ik wel, ik ben een geweldige kok.'

'Hij is inderdaad een geweldige kok. En zo bescheiden ook.' Tiffany kantelde haar hoofd achterover en nam een grote slok bier, met haar rug gekromd en haar borst vooruit, als een meisje in een seksistische voetbalreclame. Erika kon haar blik niet van haar afhouden. Deed ze dat met opzet? Het was opvallend. Erika keek naar Clementine, die haar aankeek met een opgetrokken wenkbrauw, en ze probeerde haar lachen in te houden; alles wat ze aan hun vriendschap waardeerde, zat in die heimelijk opgetrokken wenkbrauw.

'Dat lijkt me heerlijk, een man die kan koken,' zei Clementine tegen Tiffany. 'Waar heb je die gevonden?'

'Dat ga ik niet verklappen,' zei Tiffany stralend.

Dit was nou zo'n gesprek dat Erika niet begreep. Was het niet ongepast? Flirterig? En Clementine en Tiffany deden zo vertrouwd tegen elkaar, alsof Erika de buitenstaander was en Clementine en Tiffany vriendinnen waren.

'Hé, ik kan wel koken!' Sam tikte Clementine op haar schouder.

'Au,' zei Clementine. En tegen Tiffany en Vid: 'De waarheid is dat we allebei koken, maar dat we er geen van beiden goed in zijn.'

'Wat?' zei Sam quasiverontwaardigd. 'En mijn beste schotel dan?'

'Puree met gehakt. Die is fantastisch. Voortreffelijk. Je volgt exact de bereidingswijze die op de verpakking staat.' Clementine legde haar arm om zijn middel.

Dit was ook zoiets. Ze snapte het niet. Hoe konden ze elkaar zo liefdevol plagen na al die spanning bij Erika thuis? Spanning die Erika had veroorzaakt, maar jemig, Clementine en Sam hadden het toch eens moeten zijn over zoiets belangrijks als de vraag of ze wel of geen derde kind wilden. Het had opgehelderd, uitgepraat moeten worden. Clementine had niet moeten rondbazuinen dat ze liever haar ogen zou uitsteken, zodat anderen ervan uitgingen dat ze het echt meende.

Was al dat liefdevolle geplaag bedoeld voor Vid en Tiffany? Oliver en zij deden niet aan liefdevol plagen. Oliver was in het openbaar liefdevol maar beleefd tegen Erika, alsof ze een dierbare tante of zoiets was in plaats van zijn vrouw. Mensen dachten waarschijnlijk dat ze een vreselijk huwelijk hadden.

'Laat me je glas nog eens vullen,' zei Tiffany tegen Erika, met de champagnefles in de aanslag.

'O jee, is het nou al leeg?' Erika keek verwonderd naar haar glas.

'Ik vraag me af of ik niet even bij de kinderen moet gaan kijken,' zei Sam. Hij keek naar het plafond. 'Het is verdacht rustig boven.'

'Ach joh, maak je geen zorgen, die zijn veilig bij Dakota,' zei Vid.

'Sam is van ons tweeën de bezorgde ouder,' zei Clementine.

'Ja, Clementine geeft de voorkeur aan een vrije opvoeding,' zei Sam. 'Die vindt het niet nodig om ze in het winkelcentrum in de gaten te houden, dat doet de beveiliging wel.'

'Sam, dat is me één keer gebeurd,' protesteerde Clementine. 'In JB Hi-Fi draaide ik me heel even om,' zei ze tegen Vid en Tiffany, al kon Erika zich niet herinneren dat verhaal al eens te hebben gehoord. 'En toen ging Holly op zoek naar een dvd van Barbie of zoiets, raakte de weg kwijt en is de winkel uit gelopen. Het was een verschrikkelijke ervaring.'

'Ja, zo zie je, je moet je nooit omdraaien,' zei Sam.

'Ja hoor, meneer-die-nooit-een-fout-maakt.' Clementine keek geërgerd.

'Zo'n soort fout maak ik nooit,' zei Sam.

'Dat stelt niets voor. Ik ben Dakota een keer kwijtgeraakt op het strand,' zei Vid.

Erika en Oliver wisselden een blik. Probeerden deze ouders elkaar te overtroeven op het gebied van incompetentie en onverantwoordelijkheid? Als Oliver en Erika een kind hadden, zouden ze het geen moment uit het oog verliezen. Nooit. Ze zouden het gevaar van elke situatie inschatten. Ze zouden hun kind alle aandacht geven die ze van hun eigen ouders niet hadden gekregen. Ze zouden alles goed doen wat hun ouders verkeerd hadden gedaan.

'Ik ben nog nooit in mijn leven zo bang geweest als die dag op het strand,' zei Tiffany. 'Ik kon hem wel vermoorden. Ik dacht bij mezelf: als Dakota iets is overkomen, vermoord ik hem, ik vermoord hem echt, ik vergeef het hem nooit.'

'Maar kijk, jongens, ik leef nog! We hebben haar gevonden. Het kwam allemaal goed,' zei Vid. 'Kinderen verdwalen nu eenmaal. Dat hoort bij het leven.'

Nee, dat hoort niet bij het leven, dacht Erika.

'Nee hoor,' zei Tiffany, als een echo van Erika's gedachten. 'Het is niet onvermijdelijk.'

'Mee eens.' Sam tikte met zijn bierflesje tegen dat van Tiffany. 'Jezus. Wat een onoplettende partners hebben wij.'

'Jij en ik, wij zijn de onoplettenden,' zei Vid tegen Clementine, en hij liet het woord 'onoplettenden' klinken alsof het iets heel lekkers was.

'Wij zijn relaxed,' zei Clementine. 'Maar goed, het is één keer gebeurd, en nu hou ik ze als een havik in de gaten.'

'En hoe gaat dat bij jullie?' vroeg Vid aan Erika en Oliver, misschien omdat hij doorhad dat zijn buren niet aan het gesprek deelnamen.

'Ik hou Erika als een havik in de gaten,' zei Oliver onverwacht. 'Ik ben haar niet één keer kwijtgeraakt.'

Iedereen lachte, en Oliver keek triomfantelijk. Meestal was hij niet zo ad rem. Verpest het nu niet, schat, dacht Erika toen ze zag dat Olivers mond bewoog alsof hij nog iets wilde zeggen. Hou het hierbij. Probeer niet hetzelfde op een andere manier te zeggen om nog meer gelach uit te lokken.

'En hoe zit het met kinderen?' vroeg Vid. 'Hebben jullie plannen?'

Er viel een stilte. De sfeer werd beklemmend, alsof iedereen de adem inhield.

'Vid,' zei Tiffany. 'Zoiets kun je niet vragen. Dat is privé.'

'Wat? Hoezo? Wat is er privé aan kinderen?' Vid keek onthutst.

'We hopen nog kinderen te krijgen,' zei Oliver. Zijn gezicht betrok ineens, als een geknapte ballon. Arme Oliver. Zo kort na zijn geslaagde grap.

'Ooit,' zei Erika. Het was alsof iedereen met opzet niet naar haar keek, zoals mensen doen als er iets tussen je tanden zit en ze het niet willen zeggen, en dus steeds de andere kant op kijken. Met haar nagel controleerde ze of er sesamzaad van de crackers tussen haar tanden zat. Ze had vrolijk en positief willen klinken. 'Ooit, hopelijk gauw.'

'Ja, maar je moet er niet te lang mee wachten,' zei Vid.

'Jezus, Vid!' zei Tiffany.

Boven klonk een doordringende gil.

23

'Met Clementine.'

Het regende nu zo hard dat Erika amper hoorde dat ze Clementine aan de lijn had.

'Kun je wat harder praten?' vroeg ze.

'Sorry. Met Clementine. Goedemorgen! Hoe gaat het?'

'Ja, hoi, hoe gaat het?' Erika bracht haar mobieltje naar haar andere oor en drukte het tegen haar schouder zodat ze door kon gaan met spullen uit haar huis naar de auto in de garage brengen.

'Ik vroeg me af of we na je werk wat kunnen gaan drinken,' zei Clementine. 'Vandaag. Of een andere dag.'

'Ik ga niet naar mijn werk,' zei Erika. 'Ik heb een vrije dag. Ik moet naar het huis van mijn moeder.'

Ze had haar secretaresse gebeld en haar opgedragen tegen iedereen die naar haar vroeg te zeggen dat ze een vrije dag had omdat haar moeder ziek was, wat technisch gesproken waar was.

Er viel een stilte. 'O,' zei Clementine, en haar toon veranderde, zoals altijd wanneer ze het over Erika's moeder hadden. Ze klonk aarzelend en voorzichtig, alsof ze met een terminaal zieke sprak. 'Mam zei dat ze je gisteravond heeft gebeld.'

'Ja,' zei Erika. Ze voelde heel even een felle woede bij het idee dat Clementine gezellig met haar moeder over haar, die arme, arme Erika, zat te praten, zoals ze waarschijnlijk al deden toen ze een kind was.

'Hoe was jullie etentje?' vroeg ze aan Clementine.

'Geweldig,' zei Clementine, wat betekende dat het niet zo was, omdat ze anders wel enthousiast zou hebben uitgeweid over hoe heerlijk het allemaal was geweest.

Vertel het me dan maar niet, Clementine. Het kan me niet schelen of jouw huwelijk stukloopt, of jouw perfecte leventje tegenwoordig niet meer zo perfect is. Dan zie je eens hoe de rest van ons leeft.

'Dus je gaat naar je moeder,' zei Clementine. 'Om te helpen eh... schoonmaken.'

'Zoveel als ik kan.' Erika tilde de drieliterfles met ontsmettingsmiddel op en zette hem weer neer. Hij was te lastig dragen terwijl ze aan het bellen was. In plaats daarvan pakte ze de twee zwabbers en liep door de tussendeur naar de garage, waar ze het licht aandeed. Hun garage was smetteloos. Als een showroom voor hun smetteloze blauwe Statesman.

'Heeft Oliver ook een vrije dag genomen?' Clementine wist dat Oliver altijd met haar meeging. Erika herinnerde zich dat ze Clementine had verteld over de eerste keer dat Oliver haar in haar moeders huis had geholpen en hoe fantastisch hij was geweest, dat hij gewoon zonder te klagen de klus had geklaard, en dat ze van Clementine toen een zachte, betraande blik had gekregen, en om de een of andere reden had die zachte, betraande blik Erika kwaad gemaakt, omdat ze al wist hoe geweldig het was dat Oliver haar hielp, ze voelde zich wel degelijk dankbaar en bemind, maar Clementines reactie maakte dat ze zich schaamde, alsof ze het niet verdiende, alsof hij meer deed dan je van een echtgenoot kon verwachten.

'Oliver is thuis, maar hij is ziek,' zei Erika. Ze deed de kofferbak van de auto open en legde de zwabbers erin.

'O. Nou, wil je dat ik met je meega?' vroeg Clementine. 'Ik heb wel tijd. Vanochtend speel ik op een bruiloft, maar daarna kan ik je helpen tot ik de kinderen van school moet halen.'

Erika sloot haar ogen. Ze hoorde zowel iets van hoop als angst in Clementines stem. Ze herinnerde zich dat Clementine als kind op een dag had ontdekt hoe Erika woonde: de lieve kleine Clementine, met haar porseleinblanke huid, helderblauwe ogen en haar opgeruimde, fijne leven, toen ze voor Erika's voordeur had gestaan en haar ronde ogen nog ronder waren geworden.

'Dan word je gebeten,' zei Erika bars. 'Er zijn vlooien.' Clementines tere huid viel altijd als eerste ten prooi aan insecten. Ze zag er ook zo smakelijk uit.

'Dan smeer ik me in met een insectenwerend middel,' zei Clementine geestdriftig. Het leek bijna alsof ze graag mee wilde.

'Nee,' zei Erika. 'Ik red het wel. Bedankt. Je kunt beter gaan oefenen voor je auditie.'

'Ja,' zei Clementine met iets wat op een zucht leek. 'Je hebt denk ik wel gelijk.'

'Wie trouwt er nu op een woensdagochtend?' zei Erika, vooral om op een ander onderwerp over te gaan, maar ook omdat een deel van haar niet wilde horen wat ze voelde aankomen. 'Moeten al die gasten dan vrij nemen van hun werk?'

'Mensen die geld willen uitsparen,' zei Clementine vaag. 'En het is buiten, en ze hebben natuurlijk geen slechtweeralternatief. Maar goed, hoor eens, dit wilde ik eigenlijk niet aan de telefoon tegen je zeggen, maar...'

Daar had je het. Het offer. Het was slechts een kwestie van tijd geweest. Erika liep weer naar binnen en bestudeerde de enorme fles ontsmettingsmiddel.

'Ik weet dat je er na de barbecue waarschijnlijk niet over wilde beginnen,' zei Clementine. 'Het spijt me dat het zo lang heeft geduurd voordat ik erop terugkom.'

Ze klonk ongerijmd formeel.

'Maar ik wilde niet dat je dacht dat het alleen was omdat...' Haar stem werd onvast. 'En natuurlijk hebben Sam en ik niet redelijk kunnen nadenken...'

'Clementine,' zei Erika. 'Je hoeft niet...'

'Dus ik wil het doen,' zei Clementine. 'Mijn eicellen afstaan, bedoel ik. Ik wil je helpen een kind te krijgen. Ik wil het graag doen. Ik ben er klaar voor om je weet wel, de boel in gang te zetten.' Ze schraapte ongemakkelijk haar keel, alsof de woorden 'de boel in gang te zetten' woorden waren in een vreemde taal die ze nog maar net leerde. 'Het voelt goed.'

Erika zei niets. Ze slaagde erin de fles met ontsmettingsmiddel als een zware kleuter op haar heup te zetten. Ze strompelde terug naar de garage.

'Ik wil dat je weet dat mijn besluit niets te maken heeft met wat er is gebeurd,' zei Clementine. 'Ik zou evengoed ja hebben gezegd.'

Erika kreunde toen ze het portier van haar auto opendeed en de fles op de stoel liet vallen.

'O, Clementine,' zei ze, en ze was zich bewust van de openhartige toon waarop ze ineens sprak, alsof ze tot dan toe niet waarachtig was geweest. Dit was haar echte stem. Hij echode in de garage. Dit was de stem waarmee ze met Oliver praatte, midden in de nacht wanneer ze elkaar de meest beschamende geheimen van hun beschamende kindertijd opbiechtten. 'We weten allebei dat dat een leugen is.'

24

De dag van de barbecue

'Dat klinkt als Holly,' zei Sam. Hij zette zijn bierflesje neer. 'Ik ga wel.'

'O hemel,' zei Tiffany. 'Ik laat je zien waar ze zijn.'

'Mammie!' krijste Holly boven. 'Mammie, mammie, mammie!'

'Ik geloof dat ik ook naar boven moet,' zei Clementine duidelijk opgelucht.

Erika wilde mee om te kijken of alles goed was met Holly, maar nu beide ouders al gingen was dat duidelijk ongepast, een staaltje van bemoeiziek gedrag dat Clementine een geergerde zucht zou ontlokken. Nu zaten alleen Erika, Oliver en Vid nog in de kamer, en het was meteen duidelijk dat die combinatie geen succes was, hoewel Vid natuurlijk zijn uiterste best deed.

Oliver staarde somber in zijn champagneglas, terwijl Vid zijn baksel controleerde en vervolgens de ovendeur weer dichtdeed.

Erika keek zoekend om zich heen naar inspiratie. Er stond een grote glazen schaal midden op de keukenbar, gevuld met stukjes glas in allerlei maten en kleuren.

'Wat mooi,' zei ze, en ze trok de schaal naar zich toe om de inhoud beter te bekijken.

'Die is van Tiffany,' zei Vid. 'Ze noemt het zeeglas. Ik noem het rommel.' Hij pakte een lang, ovaal stukje donkergroen glas op. ‘Kijk dit! Ik zeg tegen haar, lieve schat, dat is een scherfje van een flesje Heineken! Een of andere zuiplap heeft dat op het strand achtergelaten, en dan breng jij die troep mee naar huis! Ze houdt vol dat het door de zee is gepolijst of zoiets.’

‘Het heeft wel iets decoratiefs,’ zei Erika, al was ze het met hem eens. Het was een schaal met rommel.

‘Ze is een hoarder, die vrouw van mij,’ vervolgde Vid. ‘Als ze mij niet had, zou ze net zo’n type zijn als je op tv ziet, weet je, van die mensen die zoveel troep in huis hebben dat ze de voordeur niet meer uit kunnen.’

‘Tiffany is geen hoarder,’ zei Erika.

Oliver schraapte zijn keel. Een kleine waarschuwing.

‘Jawel, echt!’ zei Vid. ‘Je zou haar kleerkast eens moeten zien. Haar schoenen. Ze lijkt Imelda Marcos wel.’

‘Maar ze is geen hoarder,’ zei Erika. Ze meed Olivers blik. ‘Mijn moeder is een echte hoarder.’

Oliver stak zijn hand uit tot vlak voor Erika, alsof hij wilde voorkomen dat een ober zijn glas nog eens vulde, alleen bedoelde hij in plaats van ‘niet meer vullen’, ‘niets meer zeggen’. In Olivers wereld vertelde je anderen helemaal niets. Familiezaken waren privé. Familie was iets waarvoor je je schaamde. Dat hadden ze gemeen, alleen wilde Erika zich niet meer schamen.

‘Meen je dat echt?’ vroeg Vid belangstellend. ‘Zoals in die tv-programma’s?’

Die tv-programma’s. Erika herinnerde zich dat ze de tv een keer aanzette en voor het eerst haar moeders gang zag, open en bloot in al zijn walgelijkheid, en hoe ze met beide handen tegen haar borst gedrukt achteruitgesprongen was, alsof ze was beschoten. Het was net een nachtmerrie; een vijand had haar ranzige geheim gefilmd en uitgezonden. Maar even later was het tot haar doorgedrongen. Natuurlijk was dat niet de gang van haar moeder, maar die van een man op leeftijd uit Wales, aan de andere kant van de wereld, maar evengoed kon

Erika het gevoel niet van zich afschudden dat ze te zien was geweest, publiekelijk vernederd, en met een venijnige klap op de afstandsbediening had ze het toestel uitgezet alsof ze iemand een klap in zijn gezicht gaf.

'Ja, echt,' zei Erika. 'Net als in die tv-programma's.'

'Wauw,' zei Vid.

'Ze heeft last van een ziekelijke hechting aan levenloze voorwerpen,' hoorde Erika zichzelf zeggen. Oliver zuchtte.

Het grootste deel van haar leven had ze het gemeden haar moeders 'gewoonte' te analyseren of er zelfs veel aan te denken, behalve als het echt niet anders kon. Het was alsof haar moeder een sociaal verwerpelijke fixatie had. Toen ze uit huis ging, had ze zich steeds meer van haar los kunnen maken, maar daarna, ongeveer een jaar geleden, had Erika op een avond het woord 'hoarder' gegoogeld, en ineens had ze een onstilbare honger naar informatie gekregen. Ze las boeken, krantenartikelen en casestudy's, in het begin met het hart in haar keel, alsof ze iets verbodens deed, maar tijdens het verzamelen van feiten en cijfers en woorden als 'ziekelijke hechting aan levenloze voorwerpen' nam haar hartslag af. Ze was niet de enige. Ze was niet zo afwijkend. Er was zelfs een website Kinderen van hoarders, waarop mensen zoals Erika het ene na het andere verhaal over dezelfde frustraties deelden. Erika's hele jeugd, die ooit in al zijn heimelijke schande zo uniek had geleken, was gewoon een categorie, een soort, een hokje dat afgevinkt kon worden.

Al die research had ertoe geleid dat ze besloot om in therapie te gaan. 'Mijn moeder is een hoarder,' had ze in het allereerste gesprek tegen de psychologe gezegd zodra ze zat, even kalm als dat ze tegen haar huisarts zou hebben gezegd 'ik moet veel hoesten'. Het was spannend geweest, alsof ze ooit hoogtevrees had gehad en nu ging skydiven. Ze praatte erover. Ze zou tips en technieken leren. Ze liet zich herstellen als een defect apparaat. Ze zou weer zo goed als nieuw worden. Niet meer bang om naar haar moeder te gaan. Geen paniek meer bij een bepaalde geur, een woord of gedachte die haar aan haar jeugd deed denken. Ze ging er iets aan doen.

De spanning was wat afgenomen toen het ernaar uit begon te zien dat het herstelproces niet echt zo snel of systematisch ging als ze had gehoopt, maar ze bleef optimistisch en vond het nog steeds een bewijs van geestelijke gezondheid dat ze haar moeders probleem nu zo vrijelijk kon bespreken. 'Dat is geen teken van geestelijke gezondheid,' had Oliver een keer ongewoon geïrriteerd gezegd toen Erika in de rij bij de supermarkt aan een oude dame had uitgelegd waarom ze zoveel extra sterke vuilniszakken kocht. 'Dat wekt een labiele indruk.' Oliver begreep niet dat Erika er een vreemde, wonderlijke vreugde aan ontleende om haar moeder te verraden. Ik hou je geheimen niet langer voor me, mam. Ik vertel ze aan deze aardige oude dame bij de supermarkt; ik vertel ze aan iedereen die ze wil horen.

Vid leek gefascineerd en nieuwsgierig.

'Wauw,' zei hij. 'Dus ze kan niets weggooien? Ik weet nog dat ik in een van die programma's een oude kerel zag die kranten bewaarde, weet je. Stapels kranten, en ik dacht alleen: kerel, waar ben je mee bezig, die lees je toch nooit, smijt ze in de vuilnisbak!'

'Tja,' zei Erika.

'Smijt wat in de vuilnisbak?' Tiffany kwam weer binnen met Dakota (die er flets en onopvallend uitzag naast haar sprankelende moeder) en Holly, die na al haar gekrijs weer fris en fruitig leek. Een echte dramaqueen.

'Alles in orde?' vroeg Erika.

'O, ja hoor,' zei Tiffany. 'Holly had zich alleen bezeerd bij het tennissen op de Wii.'

'Heb je een bal op je neus gehad?' vroeg Oliver aan Holly. Het was alsof de hele vorm en textuur van zijn gezicht veranderde als hij met kinderen praatte, alsof hij zijn kaken niet meer op elkaar geklemd hield of zoiets.

'Eh... die tennisballen zijn niet "echt", Oliver,' zei Holly. Ze stak twee vingers van elke hand op om aanhalingstekens te maken bij het woordje 'echt'.

Oliver sloeg zich tegen de zijkant van zijn hoofd. 'Stom van me.'

'Ruby's hoofd kwam – beng! – tegen mijn neus.' Holly wreef verontwaardigd over haar neus bij de herinnering. 'Ze heeft een superhard hoofd.'

'Au,' zei Oliver.

'Dakota gaat Holly het huisje laten zien waar Barney in slaapt,' zei Tiffany.

'Ik wil een puppy voor mijn verjaardag,' zei Holly. 'Net zo een als Barney.'

'We geven Barney aan jou!' zei Vid. 'Hij is heel stout.'

'Echt waar?' vroeg Holly. 'Mag ik hem hebben?'

'Nee,' zei Dakota. 'Mijn vader doet alleen maar stom.'

'O,' zei Holly met een boze blik naar Vid.

Misschien kan ik haar een puppy geven voor haar verjaardag, dacht Erika. Ze zou een rood lint om zijn nek binden, Holly zou haar armpjes eromheen slaan en Clementine zou toegeeflijk liefdevol glimlachen. (Was ze dronken? Haar gedachten schoten allerlei rare kanten op.)

'O hemel, nou, dat laat ik aan je papa en mama over, hoor!' zei Tiffany. Ze tilde haar T-shirt op en krabde haar platte, zongebruinde buik. 'En nu kunnen we allemaal naar buiten, denk je niet, Vid? Het is te mooi weer om binnen te blijven. Is die strudel nu eindelijk klaar?'

'Wat zijn Clementine en Sam aan het doen?' vroeg Erika.

'Ruby wilde dat ze ook even met haar tennisten op de Wii,' zei Tiffany. 'Ze is er eigenlijk nog wat te klein voor, en volgens mij zijn ze die hele Ruby vergeten en een wedstrijdje met elkaar begonnen.'

'Ze zullen de luiertas wel nodig hebben,' zei Erika, en ze pakte Clementines tas op. Het was zo typisch Clementine en Sam om op de computer te gaan spelen terwijl hun kind verschoond moest worden, en dan waren ze ook nog bij mensen die ze amper kenden. Soms waren het net tieners. 'Ik breng hem wel even naar boven.'

'Het is de laatste kamer.' Tiffany viel ineens uit: 'Niet op het marmer!' Ze duwde Vid terug naar het fornuis voordat hij een gloeiend heet bakblik op de keukenbar wilde zetten.

Erika hing de tas om haar schouder en liep de zacht gestoffeerde, gedraaide trap op. Boven kwam ze op een enorme, ongemeubileerde overloop, als een leeg veld. Ze bleef staan om het kind van vijf in haar te laten genieten van al die ruimte. Ze spreidde haar armen en zwaaide ze heen en weer. Aan de ene muur hing een enorm schilderij van een oog waarin een hemelbed in de pupil werd weerspiegeld (absurd!) en dat werd verlicht door één spotlight, dat erboven hing als een omgekeerde melkfles. Het leek wel een zaal in een galerie voor moderne kunst. Hoe lang zou haar moeder nodig hebben om zo'n 'ruimte' vol te proppen met troep?

Erika liep af op de stemmen die ze achter in de gang hoorde. De vloerbedekking was zo dik dat ze erop veerde als een astronaut. Oeps. Ze wankelde, waardoor haar schouder langs de muur streek.

'Ze had het me onder vier ogen moeten vragen.' Dat was Clementine, zacht maar duidelijk verstaanbaar. 'Niet met ons alle vier. Met kaas en crackers, jemig. Dat kleine stinkkaasje. Het was echt maf. Vond jij dat niet maf?'

Erika bleef stokstijf staan. Ze stond zo dicht bij de kamer dat ze hun schaduw kon zien. Ze bleef tegen de muur aan staan, weg van de deur.

'Waarschijnlijk vond ze dat het ons alle vier aangaat,' zei Sam.

'Dat zal wel,' zei Clementine.

'Wil je het doen?' vroeg Sam.

'Néé. Ik wil het niet. Ik bedoel, dat is mijn eerste, instinctieve reactie. Gewoon nee. Ik wil het niet. Dat klinkt vreselijk, maar ik... ik moet er gewoon niet aan dénken. Ik vind het bijna... weerzinwekkend. O god, zo bedoel ik het niet, ik wil het gewoon echt niet.'

Weerzinwekkend.

Erika sloot haar ogen. Therapie noch lange, hete douches zouden haar ooit schoon genoeg maken. Ze was nog steeds dat vieze vlooienkind.

'Nou, je hóéft het niet te doen,' zei Sam. 'Ze vragen je alleen om erover na te denken, je hoeft je er echt niet zo over op te winden.'

'Maar ze heeft verder niemand! Alleen mij. Ik ben altijd de enige. Andere vriendinnen heeft ze niet. Het is alsof ze steeds weer een stukje van mij moet hebben.' Clementine klonk nu harder.

'Sst,' zei Sam.

'Ze kunnen ons niet horen.' Maar Clementine dempte haar stem weer, en Erika moest haar oren spitsen om haar te kunnen verstaan. 'Ik denk dat ik het gevoel zou hebben dat het mijn kind was. Dat ze mijn kind kregen. Stel dat het op Holly en Ruby zou lijken?'

'Daar zou je je niet zoveel zorgen over hoeven maken, aangezien je liever je ogen zou...'

'Dat was een grapje. Dat had Erika niet mogen vertellen, ik meende het niet echt...' Clementine begon weer harder te praten.

'Ja, dat weet ik, natuurlijk. Hoor eens, laten we verder spelen, dan hebben we het er later thuis over.'

'Papa!' Ruby's stemmetje. 'Weer spelen! Nu! Nu, nu, nu.'

'Genoeg gespeeld, Ruby, we moeten weer naar beneden,' zei Clementine.

'We moeten haar verschonen, dat moeten we doen,' zei Sam. 'Waar is de luiertas?'
'Beneden, natuurlijk, die zit niet aan mijn pols vast.'
'Jezus, je hoeft niet zo tegen me te snauwen. Ik ga hem wel halen.' Sam kwam de kamer uit en bleef geschrokken staan.
'Erika!' zei hij, en het was bijna grappig zoals hij achteruitdeinsde, met grote ogen van angst, alsof ze een insluiper was.

25

Tiffany zocht in de onderste lade van Dakota's kast een vest van Alannah Hill, een wit vest met witte pareltjes op de schouders, dat haar ineens precies het juiste kledingstuk leek voor een moeder om aan te doen naar de 'verplichte' informatieochtend van een particuliere school.

Ze wist zeker dat dat het vest was dat ze uit haar tas had gehaald en aan Dakota had gegeven toen ze een paar weken geleden op het doopfeest van de baby van Vids nichtje waren en het ineens koud werd. Het was Dakota veel te groot, maar het meisje gaf niet veel om wat ze droeg. Dakota kennende had ze het daarna thuis ergens in een la gestopt. Het moest waarschijnlijk gewassen worden, maar Tiffany wilde het per se vinden, alsof het de enige oplossing was voor een veel ingewikkelder probleem.

Ze begon de onderste la leeg te halen en legde alles naast zich op de grond. Achter in de la was een boek weggestopt. Toen ze het op de grond legde, zag ze dat het maar een half boek was. Het omslag ontbrak. Het was doormidden gescheurd. Bijna alle bladzijden waren met een boze, zwarte markeerstift bekrast, soms met zoveel kracht dat er gaatjes in het papier zaten.

Ze ging op haar hurken zitten en staarde ernaar. Haar ademhaling ging sneller. De titel boven aan de bladzijde luidde *The Hunger Games*. Was dat niet het boek waar Dakota volgens haar zusje Karen nog niet aan toe was? 'Je moet in de gaten houden wat ze leest,' had Karen bemoeizuchtig gezegd.

'Weet je niet hoeveel geweld er in dat boek voorkomt?' Maar Tiffany was van mening geweest dat ze geen censuur mocht uitoefenen over wat Dakota las. Het was per slot van rekening geen pornografie. Het was een boek voor jongvolwassenen. Tiffany wist waar het boek over ging (ze had de filmtrailer op YouTube gezien), en zelfs in sprookjes kwam geweld voor. Wat dacht je van Hans en Grietje? Dakota was altijd dol geweest op de engste sprookjes.

Had het boek zo'n negatieve invloed op Dakota gehad dat ze het kapot had willen maken? Het zag eruit alsof het flink toegetakeld was. Tiffany haalde nog meer kleren uit de la en vond de rest van het boek.

Dakota hield van haar boeken en ze was er altijd heel zuinig op. Haar boekenplank was netjes opgeruimd. De boeken vertoonden zelfs niet van die akelige ezelsoren. Ze gebruikte een boekenlegger! En nu had ze een boek verscheurd en verstopt? Het was onbegrijpelijk. Lezen was wat ze het liefste deed.

Tiffany keek naar het plafond. Las Dakota eigenlijk nog wel zoveel als vroeger? Ze moest natuurlijk boeken lezen voor school, en ze maakte altijd trouw haar huiswerk aan haar bureau zonder dat het haar gevraagd werd, daar hoefde Tiffany nooit op te letten. Maar hoe zat het met de boeken die ze voor haar plezier las?

Wanneer had Tiffany haar voor het laatst aangetroffen met een boek in bed of in de vensterbank? Ze kon het zich niet herinneren. Jemig, had dit boek haar zo van streek gemaakt dat ze helemaal niet meer las? Tiffany had haar schromelijk verwaarloosd. Wat een slechte moeder. Wat een slechte buurvrouw. Wat een slechte vrouw.

'Ben je klaar met schoenpoetsen, Vid?' riep ze. 'We mogen niet te laat komen! Het zal wel druk op de weg zijn met die regen!'

Tiffany legde alles, ook het boek, terug in de la. Ze zou

er nu natuurlijk niets over zeggen tegen Dakota, niet nu ze net op het punt stonden om naar de informatieochtend te gaan.

Ze stelde het uit tot later.

26

De dag van de barbecue

'Erika!' zei Sam, en Clementine sloeg haar hand voor haar mond alsof ze haar woorden terug wilde nemen en liet hem daarna alsof ze werd betrapt snel weer vallen. Ongelooflijk dat ze zo stom en onnadenkend was geweest.

'O! Hoi! Dank je!' zei ze toen Erika de kamer binnenkwam en haar de luiertas aanreikte. 'Hoe wist je dat we die nodig hadden? Is alles goed met Holly?'

Terwijl ze doorbabbelde, liep ze in gedachten als een razende haar gesprek met Sam na. Wat zou Erika ervan opgevangen kunnen hebben? Iets? Alles? O god, niet dat ze 'weerzinwekkend' had gezegd. Haar toon was het ergst geweest. De minachting die daaruit sprak.

Ze praatte door, alsof ze met nieuwe woorden ongedaan kon maken wat ze had gezegd. 'Dakota heeft haar meegenomen naar het hondenhok of zoiets. Ze wil een pup voor haar verjaardag. Waag het niet haar een hond te geven, grapje hoor, ik weet dat je dat niet doet. Is het geen fantastisch huis? Ik durf te wedden dat zelfs dat hondenhok het toppunt van luxe is!'

Sam stond achter Erika, maakte zijn ogen groot en haalde zijn vingers langs zijn keel.

'Tiffany wil dat we naar buiten gaan,' zei Erika. Ze klonk even onbewogen en beheerst als anders. Misschien had ze niets gehoord.

'Ik ga beneden kijken hoe het met Holly is,' zei Sam. 'Red jij het met Ruby?'

'Natuurlijk red ik het met Ruby,' zei Clementine. Zo deed hij altijd als hij haar achterliet met een of allebei de meisjes, alsof hij bevestigd wilde hebben dat ze de zorg voor haar eigen kinderen niet vergat.

'Waar ga je haar verschonen?' Erika keek om zich heen.

Ze stonden in wat mensen met geld een televisiekamer noemden. Leren banken stonden tegenover het belachelijk grote televisiescherm aan de muur. Toen Sam het zag, was hij bijna buiten zinnen geraakt van jaloezie.

'O god,' zei Clementine. 'Ik weet het niet. Op de grond, denk ik.' Ze legde het aankleedkussen en de reinigingsdoekjes neer. 'Alles ziet er zo kostbaar uit, vind je niet?'

'Ikke stink,' zei Ruby. Ze hield verleidelijk haar hoofd schuin alsof stinken iets prijzenswaardigs was.

'Ja, inderdaad,' zei Clementine.

'Was Holly op die leeftijd niet al zindelijk?' vroeg Erika terwijl Clementine Ruby verschoonde.

'We hebben het uitgesteld,' bekende Clementine. Normaal gesproken zou ze zich geërgerd hebben aan de impliciete kritiek van Erika's vraag, maar nu wilde ze niets liever dan haar zwakheid toegeven, alsof ze daarmee de nare dingen die ze had gezegd ongedaan maakte. (Jemig, ze had zelfs geklaagd over de afmetingen van het kaasje!)

'Als je er eenmaal mee begint, moet je ermee doorgaan, en dan ben je zo ongeveer aan huis gekluisterd, je kunt nergens naartoe – nou ja, het kan wel, maar dat is gedoe... en eh... we zijn er wel op voorbereid, we hebben al peuterbroekjes voor haar klaarliggen, hè, Ruby? Na mijn auditie, Holly's verjaardagspartijtje en het feest voor het veertigjarig huwelijk van Sams ouders gaan we er serieus werk van maken.'

Zwijg, zwijg, zwijg. Ze kon niet ophouden met praten.

'Juist,' zei Erika nietszeggend. Normaal zou ze een irritante tegenwerping hebben gemaakt. Al vanaf dat Ruby en Holly pas geboren waren, las Erika artikelen over opvoeding die betrekking hadden op hun leeftijd en had ze tips doorgegeven over 'mijlpalen'. Clementine had dat altijd als bewijs gezien van Erika's obsessieve, bijna bizarre belangstelling voor haar leven, niet van het feit dat ze graag zelf kinderen zou hebben. Ze was alleen maar met zichzelf bezig geweest.

'Optillen!' eiste Ruby zodra haar moeder haar de schone luier had omgedaan. Ze strekte haar armpjes uit naar Erika, die haar op haar heup tilde. 'Daar!' Ruby rekte zich uit naar één kant om aan te geven waar Erika naartoe moest lopen, alsof ze schrijlings een weerspanning paard de sporen gaf.

'Je bent een klein tirannetje,' zei Erika toen ze met het kind naar de boekenplank liep, waar Clementine een porseleinen pop zag staan waar Ruby haar zinnen op had gezet.

'O, die wil je! Ik denk niet dat je daar aan mag komen,' zei Erika, en ze draaide weg van de pop zodat Ruby's uitgestrekte handjes er niet aan konden komen.

Over Ruby's hoofd heen keken Erika en Clementine elkaar even aan. Er was iets verwards en vreemds aan de manier waarop Erika keek, maar ze leek niet gekwetst of boos. Ze had het vast niet gehoord. Ze had hen niet voor de deur staan afluisteren. Dat was niets voor Erika. Zij zou meteen binnengevallen zijn met de luiertas om hen te wijzen op hun incompetente gedrag, om te bewijzen dat zij hierin veel beter was dan zij.

Clementine keek hoe Erika haar voorhoofd teder naar dat van Ruby boog, en schuldgevoel sneed haar de adem af toen ze besefte hoe weinig genereus ze was.

Maar ze kon niet doen wat ze van haar vroegen; ze zou het niet doen.

Ik wil het niet. Ik wil het niet. Ze bukte zich om het aankleedkussen terug in de luiertas te stoppen, toen ze besefte dat ze in gedachten niet tegen Erika sprak, maar tegen haar moeder. Ik ben lief geweest, ik ben aardig geweest, maar nu is het genoeg, laat me dit niet ook nog doen.

27

'Oliver?' zei Erika zachtjes, voor het geval hij nog sliep. Ze stond aan het voeteneind van hun bed naar hem te kijken. Een arm lag buiten de dekens gebogen, waardoor zijn prachtige triceps mooi uitkwamen. Hij was slank, bijna mager, maar goedgebouwd. (In het begin van hun relatie waren ze met Clementine, Sam en Holly, die toen nog een baby was, naar het strand gegaan, en daar had Clementine in Erika's oor gefluisterd: 'Die nieuwe vriend van je is gespierder dan je zou denken, hè?' Het had Erika meer plezier gedaan dan ze wilde toegeven.)

'Mm?' Oliver rolde op zijn rug en deed zijn ogen open.

'Ik ga zo naar mijn moeder,' zei ze.

Oliver geeuwde, wreef zijn ogen uit en pakte zijn bril van het nachtkastje. Hij keek uit het raam naar de stromende regen. 'Misschien kun je beter wachten tot het niet meer zo plenst.'

'Dan kan ik de hele dag wel wachten,' zei Erika. Ze keek naar haar bed met de sneeuwwitte, kraakheldere lakens. Oliver maakte het elke dag strak op, als een ziekenhuisbed. Het verbaasde haar hoeveel zin ze had om haar kleren uit te trekken, weer bij hem in bed te kruipen en de boel de boel te laten. Normaal gesproken was ze niet iemand die overdag een tukje deed.

'Hoe voel je je?' vroeg ze.

'Iets beter, geloof ik,' zei Oliver zorgelijk. Hij ging overeind zitten en tikte onder zijn ogen om zijn bijholten te controleren. 'O, nee. Ik voel me goed! Ik had naar mijn werk moeten gaan.' Altijd als hij een dag ziek thuisbleef, hield de arme man de hele tijd obsessief zijn gezondheid in de gaten voor het geval hij misbruik maakte van het ziekteverlof. 'Of ik kan je helpen bij je moeder.' Hij zwaaide zijn voeten buitenboord. 'Ik zou het nog in een snipperdag kunnen omzetten.'

'Je moet nog een dag rustig aan doen,' zei Erika. 'En je mag niet in het huis van mijn moeder komen als je ziek bent.'

'Ik ben eigenlijk nog wel een beetje duizelig,' zei Oliver opgelucht. 'Ja, ik ben onmiskenbaar duizelig. Ik zou die vergadering vanochtend niet kunnen leiden. Onmogelijk.'

'Je kunt geen vergadering leiden. Ga maar weer liggen. Ik breng je een kop thee en een boterham, en dan ga ik.'

'Je bent geweldig,' zei hij. Hij was altijd zo aandoenlijk dankbaar voor alle zorg die hij kreeg als hij ziek was. Vanaf zijn tiende had hij altijd zelf zijn afspraken bij de dokter moeten maken. Geen wonder dat hij zo'n hypochonder was. Niet dat Erika veel zorg had ontvangen van een moeder die verpleegkundige was, zeker niet bij een verkoudheidje (geen warme kippensoep, zoals Clementine van Pam kreeg), al had Erika's moeder haar de weinige keren dat ze echt ziek was geweest wel verzorgd, en heel goed ook, alsof ze eindelijk interessant genoeg voor haar was geworden.

'Hoorde ik je net aan de telefoon praten?' vroeg Oliver toen ze de kamer uit wilde lopen.

'Dat was Clementine,' zei Erika. Ze aarzelde. Ze wilde hem niet vertellen dat Clementine ja had gezegd. Ze wilde hem niet overeind zien schieten en weer kleur op zijn wangen zien krijgen.

Oliver hield zijn ogen gesloten. 'Nog nieuws?'

'Nee,' zei Erika. 'Nog niet.'

Ze moest er nog over nadenken. Vandaag had ze die 'nood'-afspraak met haar psychologe. Misschien kon ze dan weer wat helderder nadenken. Ze had zoveel te vertellen! Misschien moest ze wel een notitieboekje meenemen. Dat zou haar nog niet tot een type A-persoonlijkheid maken. Niet dat Erika er problemen mee had om een type A te zijn. Waarom zou je een ander type willen zijn?

Terwijl ze theezette en een boterham smeerde voor Oliver dacht ze aan de eerste keer dat hun arts had gezegd dat ze Erika's eicellen met rust moesten laten.

'We kunnen iemand betalen om eicellen aan ons af te staan, toch?' had Erika gezegd. Ze vond het niet erg. Ze was bijna opgelucht omdat ze nu niet meer heimelijk bang hoefde te zijn dat ze genetische afwijkingen zou overdragen. Ze had het nooit een prettig idee gevonden om zich een kind voor te stellen met haar ogen of haar of karaktereigenschappen. Wie zou dat dunne, futloze haar willen hebben? Die dunne benen met die knokige knieën? En stel dat het kind ook een hoarder werd? Ze vond het prima dat het geen kind van haarzelf zou zijn. Ze was er al bijna helemaal klaar voor.

Oliver leek er wel echt verdrietig om. Het was bizar. Aandoenlijk maar verbijsterend. Ze wist dat hij van haar hield. Het was een van de mooiste verrassingen in haar leven. Maar een kind willen dat eruitzag als Erika, zich gedroeg als Erika en haar fysieke en geestelijke eigenschappen had? Kom nou. Dat ging haar iets te ver.

Maar goed, ze hadden geld. Ze konden betalen voor eicellen van een ander. Eindelijk zou nu alles goed komen.

Maar kennelijk toch niet.

'Nou, nee,' zei hun arts. 'Dat is hier verboden.' Hun arts was een Amerikaanse. 'Jullie mogen een donor wel betalen voor haar tijd en medische kosten, maar daar houdt het mee op. Het gaat niet zoals bij ons, waar jonge studentes hun eicellen afstaan voor geld. Australië heeft dan ook een groot tekort aan eiceldonoren.' Ze keek hen bedroefd en berustend aan. Ze had dit praatje kennelijk al heel wat vaker moeten afsteken. 'Wat jullie nodig hebben, is een onbaatzuchtige donor.

Er zijn wel vrouwen die bereid zijn om aan onbekenden te doneren, maar die zijn moeilijk te vinden. De gemakkelijkste, minst gecompliceerde optie die ik jullie zou aanraden als eerste te overwegen, is op zoek gaan naar een familielid of goede vriendin die jullie wil helpen.'

'O, dat komt goed uit. We willen geen eicellen van een vreemde,' zei Oliver onmiddellijk, en Erika dacht: o nee? Waarom niet? 'We willen geen kind dat tot stand wordt gebracht uit onderdelen van anderen,' zei hij. Hun arts luisterde met een blanco, professionele blik. Per slot van rekening was dat haar werk: baby's tot stand brengen. 'We willen dat dit kind met liefde tot stand komt,' zei Oliver met een stem die even trilde, en Erika bloosde, ze bloosde echt, want waar had hij het nu in vredesnaam over? Ze vond het geen punt om met haar ivf-arts over ovulatie, menstruatiecycli en follikels te praten, maar niet over liefde! Dat was te persoonlijk.

Oliver was degene die onderweg naar huis over Clementine was begonnen, en Erika had onmiddellijk instinctief geweigerd. Nee. Geen sprake van. Clementine haatte naalden. Ze had het al te druk met het vinden van de juiste balans tussen haar gezin en haar carrière. Erika wilde haar niet om een gunst vragen, ze verleende liever haar een gunst.

Maar toen dacht ze aan Holly en Ruby, en ineens werd ze overvallen door een krachtig verlangen. Naar een eigen Holly en Ruby. Ineens kreeg het abstracte idee dat ze al zo lang had gehad vorm. Ruby's mooie blauwe kattenogen en Olivers donkere haar. Holly's rozenmondje en Olivers neus. Sinds ze aan het ivf-proces was begonnen, hunkerde ze voor de eerste keer naar een kind. Naar dat kind. Ze wilde het net zo graag als Oliver. Het leek bijna alsof ze Clementines kind veel liever wilde dan ze ooit een kind van zichzelf had gewild.

Het water kookte, en ze herinnerde zich hoe ze bij Tiffany en Vid door die gang was gelopen met dat zachte, verende tapijt, in die vreemde bubbel waarin niets helemaal echt leek, totdat ze Clementine duidelijk had horen zeggen: 'Ik vind het bijna... weerzinwekkend. O god, zo bedoel ik het niet, ik wil het gewoon echt niet.'

Waarom herinnerde ze zich dat deel van de middag nog wel goed? Het zou beter zijn als Clementines woorden uit haar geheugen verdwenen waren, maar die stonden haar kristalhelder voor de geest, duidelijker nog dan een gewone herinnering, alsof die pil en het eerste glas champagne een chemische reactie tot gevolg hadden gehad die eerst haar geheugen had gescherpt en daarna verzwakt.

Ze hoorde Clementine zeggen: 'En als het nou eens op Holly of Ruby lijkt?'

Zelfs na al die weken nog brandden haar wangen bij de herinnering. Clementine had Erika's heimelijke, dierbaarste hoop hardop, vol minachting verwoord.

Ze herinnerde zich dat ze de kamer in liep en Clementines geschrokken gezicht zag. Ze was duidelijk doodsbang dat Erika haar had gehoord.

Ze herinnerde zich hoe ze Ruby op haar heup naar beneden had gebracht terwijl woede en verdriet als een bacterie door haar bloed schoten. Woede en verdriet om Oliver, die argeloos en gelukzalig had gedacht dat zijn kind 'met liefde' zou ontstaan als ze Clementine om haar eicellen vroegen. Met liefde. Wat een grap.

Ze waren in die belachelijke tuin gaan zitten, en Tiffany had haar wijn gegeven, die heerlijke wijn, die ze sneller dronk dan ze ooit had gedaan, en elke keer dat Erika naar Clementine keek, die zat te lachen, te kletsen, die het reuze naar haar zin had, schreeuwde iets in haar: *Je mag die verdomde eicellen houden.*

En vanaf dat moment was haar herinnering aan wat daarna precies was gebeurd vervlogen.

28

De dag van de barbecue

'Wat een geweldige tuin,' zei Sam.

'Hij is... fantastisch,' zei Clementine.

Het huis van Vid en Tiffany was indrukwekkend geweest, vooral hun kunstwerken, maar de weelderig aangelegde achtertuin met zijn klaterende waterpartijen, fonteinen en urnen, zijn witte marmeren standbeelden en het door geurkaarsen verlichte en luxe ingerichte overdekte terras, vertoonde een heel ander niveau van buitensporigheid. Het rook er naar gegrild vlees, en Clementine kon wel schateren van plezier, als een kind dat Disneyland in loopt. Ze werd betoverd door al die weelde. Het had zoiets hedonistisch en rijks, vooral na het minimalistisch ingerichte huis van die arme Erika.

Natuurlijk begreep ze de reden van Erika's obsessie met minimalisme, ze was niet helemaal ongevoelig.

'Ja, de achtertuin is helemaal Vids werk. Hij gaat voor de ingehouden look,' zei Tiffany terwijl ze Clementine uitnodigde om te gaan zitten, haar glas met champagne volschonk en rondging met Vids versgebakken strudel.

Clementine vroeg zich af of Tiffany ervaring had als gastvrouw. Ze hield nog net niet een arm op haar rug toen ze zich vooroverboog om in te schenken.

Vanaf de plaats waar Clementine op het enorme terras zat, kon ze haar dochtertjes zien spelen op een groot gazon naast een belvedère met versierde zuilen en een smeedijzeren koepel. Ze gooiden een tennisbal voor het hondje. Ruby hield de bal nu hoog boven haar hoofd, terwijl de hond, trillend van gespannen verwachting, vlak voor haar zat en elk moment kon opspringen.

'Jullie moeten tegen Dakota zeggen dat ze het ons laat weten als ze er genoeg van krijgt om op de meisjes te letten,' zei Clementine tegen Tiffany, al hoopte ze dat het nog even zou duren.

'Ze vermaakt zich kostelijk met ze,' zei Tiffany. 'Ontspan maar en geniet van het uitzicht op de Trevifontein daar.' Ze knikte naar de grootste, meest buitensporige fontein, een monolithische creatie in de vorm van een bruiloftstaart, met gevleugelde engelen die hun handen hieven alsof ze elk moment in gezang konden uitbarsten, maar in plaats daarvan spoot er water in een krachtige boog kruiselings uit hun mond. 'Zo noemen mijn zusjes hem.'

'Haar zusjes hebben het verkeerde land voor zich,' zei Vid. 'De tuinen van Versailles, die waren mijn inspiratiebron, in Frankrijk, weet je. Ik heb er boeken en foto's van bestudeerd. Dit is allemaal eigen ontwerp, weet je, ik heb de schetsen gemaakt: de belvedère, de fontein, alles! Toen heb ik kennissen ingehuurd om het allemaal voor me te maken. Ik ken veel ambachtslieden. Maar haar zussen?' Hij wees met zijn duim naar Tiffany. 'Toen ze deze tuin zagen, moesten ze zo lachen dat ze het bijna in hun broek deden.' Hij haalde onbekommerd zijn schouders op. 'Ik heb tegen ze gezegd: fijn dat jullie zoveel lol hebben van mijn kunstwerk!'

'Ik vind het ongelooflijk,' zei Clementine.

'Geen zwembad?' vroeg Sam, die tijdens zijn jeugd altijd met zijn broers en zusje in een bovengronds zwembad had gespetterd. 'Je hebt er ruimte genoeg voor.'

Hij keek rond in de tuin alsof hij hem opnieuw wilde inrichten, en Clementine wist precies welke kant zijn gedachten op gingen. Soms sprak hij met weemoed over plannen om de boel te verkopen en te verhuizen naar die fijne buurt van vroeger in een buitenwijk, waar ze ruimte zouden hebben voor een zwembad en een trampoline, een tuinhuisje, een kippenren en een moestuin; een huis waar zijn kinderen een jeugd zouden hebben als hijzelf had gehad, al had tegenwoordig niemand meer zo'n jeugd en was Sam meer een stadsmens dan zij en vond hij het fijn als restaurants, cafés en het pontje dat naar het centrum voer op loopafstand lagen.

Clementine huiverde bij het idee van een derde kind in die droom van hem over een leven in een buitenwijk, waar hij nu aan dacht dankzij Erika's verzoek. Hemel, misschien dartelde er nog wel een vierde kind in zijn droomtuin rond.

'Geen zwembad! Ik hou niet van chloor. Onnatuurlijk,' zei Vid alsof al dat glimmende marmer en beton zo natuurlijk waren.

'Het is ongelooflijk,' zei Clementine weer voor het geval Sams opmerking kon worden uitgelegd als kritiek. 'Is dat daar in de hoek een doolhof? Voor een amoureus rendez-vous?'

Ze wist niet waarom ze 'amoureus rendez-vous' had gezegd. Hoe kwam ze erop? Had ze zoiets ooit eerder hardop gezegd? Sprak ze het trouwens wel goed uit?

'Ja, en om met Pasen met alle neven en nichtjes van Dakota eieren te zoeken,' zei Tiffany.

'Het zal flink wat tijd kosten om dat allemaal te snoeien,' vond Oliver met zijn blik op de in vorm gesnoeide heggen.

'Ik heb een goeie vriend die dat doet, weet je.' Vid maakte forse knipbewegingen met zijn handen om iemand na te doen die heggen snoeide.

Het terras baadde in het late zonlicht, dat een regenboog creëerde in de waternevel van de bizarre fontein. Clementine voelde ineens een golf van optimisme. Natuurlijk had Erika niet gehoord wat ze had gezegd, en als het wel zo was, zou Clementine het goedmaken, zoals ze al zo vaak had gedaan, en dan zou ze een prettige, aardige manier bedenken om uit te leggen waarom ze haar eicellen niet kon afstaan. Een anonieme eiceldonor zou veel beter zijn voor alle betrokkenen. Die bestond! Ja, toch? Vrouwen werden zo vaak zwanger door eiceldonaties. Beroemde vrouwen, althans.

En Sam wilde niet echt nog een kind, evenmin als hij net als zijn vader een ambachtelijk beroep zou willen hebben. Soms zei hij dat hij iets met zijn handen had moeten doen. Na een frustrerende dag op het werk weidde hij er dan over uit dat hij niet echt geknipt was voor het bedrijfsleven, maar daarna was hij weer opgetogen over een tv-reclame waar hij mee bezig was. Iedereen koesterde de wens om een ander leven te leiden dat hem of haar misschien gelukkig zou maken. Ja, Sam had loodgieter kunnen zijn, een huismus als echtgenote kunnen hebben, die de boel perfect schoonhield, en vijf stoere, voetballende zoons, maar dan had hij waarschijnlijk gedroomd van een leuke kantoorbaan en een leven in een rustige, hippe wijk aan de haven, met een celliste en twee schattige meisjes!

Ze nam een hap van Vids strudel. Sam, die zijn stuk al voor de helft ophad, keek haar lachend aan. 'Ik wist dat je ogen uit je hoofd zouden rollen als je dit proefde.'

'Het is waanzinnig lekker,' vond Clementine.

'Ja, niet slecht, hè,' zei Vid. 'Zeg, proeven jullie hierin ook een vleugje van iets, een zweempje, weet je, alsof je het droomt, iets waar je de vinger niet op kunt leggen?'

'Dragon,' zei Clementine.

'Ja, dat is dragon!' riep Vid.

'Mijn vrouw is geen dragonder,' zei Sam. Tiffany giechelde, en Clementine zag hoe blij haar man keek omdat hij die lekkere meid aan het lachen had gekregen.

'Moedig die foute humor maar niet aan, Tiffany,' zei ze.

'Sorry.' Tiffany lachte naar haar.

Clementine lachte terug en merkte dat haar blik onweerstaanbaar naar Tiffany's decolleté werd getrokken. Het leek wel een advertentie voor een Wonderbra. Waren die borsten echt? Tiffany kon zich waarschijnlijk de beste kwaliteit veroorloven. Clementines vriendin Emmeline zou dat weten. Emmeline had er verstand van en kon feilloos nep van echt onderscheiden. Dat prachtige decolleté was waarschijnlijk net zo onnatuurlijk als deze tuin. Tiffany trok haar T-shirt recht. O god, ze had er te lang naar zitten staren. Clementine richtte snel haar blik weer op de kinderen.

'Die strudel is bijzonder lekker,' zei Oliver, zorgvuldig en beleefd als altijd, en hij veegde een kruimel uit zijn mondhoek.

'Ja, voortreffelijk,' zei Erika.

Clementine draaide zich om. Erika had de klinkers van het woord 'voortreffelijk' half ingeslikt. In feite zou haar dat bij een ander niet zijn opgevallen, maar Erika articuleerde normaal altijd heel goed. Elke klinker werd uitgesproken. Was ze een beetje teut? Dat zou dan voor het eerst zijn. Het idee dat ze de controle zou verliezen, had ze nooit kunnen verdragen. Oliver ook niet. Waarschijnlijk was dat deels de reden waarom ze zich tot elkaar aangetrokken voelden.

'Jullie zijn voor deze test dus geslaagd,' zei Vid. 'Ik heb er nog een.'

'Die win ik,' zei Sam. 'Kom maar door. Sportvragen? Limbodansen? Ik ben heel goed in limbo.'

'Ik ben verbazend goed in limbo,' zei Clementine.

'O, ik ook,' zei Tiffany. 'Althans, dat was ik. Tegenwoordig ben ik niet meer zo lenig.'

Ze zette haar glas neer, boog haar bovenlichaam ver naar achteren zodat haar T-shirt opkroop en duwde haar bekken naar voren. Was dat een tatoeage onder de tailleband van haar spijkerbroek? Clementine rekte haar nek om het te kunnen zien. Tiffany deed een paar stappen naar voren en neuriede een limbowijsje terwijl ze onder een onzichtbare paal door danste.

Ze kwam overeind en legde een hand op haar onderrug. 'Au. Ik word oud.'

'Jezus,' zei Sam een beetje schor. 'Wat mij betreft heb jij al gewonnen.'

Clementine onderdrukte een giechel. Ja schat, ik wil best geloven dat ze wat jou betreft al heeft gewonnen.

'Waar zijn de kinderen?' vroeg hij ineens, alsof hij weer terug in de werkelijkheid kwam.

'Die zijn daar,' zei Clementine. Ze wees naar de belvedère, waar Dakota en de meisjes nog met de hond aan het spelen waren. 'Ik hou ze in de gaten.'

'Doe je aan yoga?' vroeg Oliver aan Tiffany. 'Je bent ontzettend lenig.'

'Ontzettend lenig,' beaamde Sam. Clementine reikte naar voren en kneep hem onopvallend zo hard mogelijk in zijn bovenbeen.

'Au-au.' Sam greep haar hand.

'Wat is er, kerel?' vroeg Oliver.

'Bah! Het is geen limbowedstrijd!' zei Vid. 'Het is een muziekvraag. Het gaat over mijn favoriete klassieke muziek. Nou ja, ik zal eerlijk zijn. Ik weet niets van klassieke muziek. Helemaal niets. Ik ben elektricien! Een eenvoudige elektricien! Hoe zou ik iets van klassieke muziek moeten weten? Ik kom van het platteland. Een boerenfamilie! Eenvoudige boeren!'

'Daar gaan we weer met de eenvoudige boeren.' Tiffany sloeg haar blik ten hemel.

'Maar ik hou wel van klassieke muziek,' ging Vid verder zonder aandacht aan haar te besteden. 'Daar hou ik van. Ik koop constant cd's! Ik weet niet wat ik koop! Ik kies zomaar wat uit! Niemand koopt meer cd's, ik weet het, maar ik wel, en deze heb ik een keer in het winkelcentrum gekocht, weet je, en op weg naar huis draaide ik hem in de auto, en toen dit begon moest ik langs de kant stoppen, want het was alsof...

alsof ik werd ondergedompeld. Ik werd ondergedompeld in gevoel. Ik huilde als een klein kind, weet je.'

Hij wees naar Clementine. 'Ik denk dat de celliste wel weet wat ik bedoel.'

'Zeker,' zei Clementine.

'Dus laten we kijken of jij weet wat het is, goed? Misschien is het niet eens goede muziek! Wat weet ik ervan?'

Hij ging met zijn telefoon aan de slag. Natuurlijk was er op het terras een ingebouwde stereo, die gekoppeld was aan zijn mobieltje.

'Wie zegt dat alleen de celliste aan de wedstrijd mag meedoen?' zei Sam. Clementine hoorde dat hij zonder dat hij het wist Vids tongval imiteerde. Dat was een bijzonder gênante gewoonte van hem, als hij in Indiase of Chinese restaurants het accent van obers imiteerde. 'En de marketingmanager dan, hm?'

'En de accountant?' Oliver nam het grapje met stuntelige joligheid over.

Erika zei niets. Ze zat met haar armen op de leuning van haar stoel roerloos in de verte te staren. Het was niets voor haar om zo'n gesprek als dit niet te volgen. Normaal luisterde ze naar het gebabbel van anderen alsof er later vragen over gesteld zouden worden.

'Jullie mogen allemáál meedoen!' riep Vid. 'Stilte.'

Hij hief zijn telefoon in de lucht alsof het de baton van een dirigent was en liet hem daarna met een dramatische zwierbeweging vallen. Er gebeurde niets.

Hij vloekte en tikte tegen het schermpje.

'Geef maar hier.' Tiffany pakte de telefoon en drukte een paar toetsen in. Onmiddellijk stroomden de rijke klanken van Faurés 'Na een droom' helder als een waterval over het terras.

Clementine ging rechtop zitten. Dat hij van alle muziekstukken nu juist dit had uitgekozen! Ze wist precies wat hij bedoelde met dat 'ondergedompeld in gevoel'. Dat had zij ook zo gevoeld toen ze op haar vijftiende met haar verveelde ouders (haar vaders hoofd viel steeds naar voren als hij indutte) in het Opera House zat: het gevoel ondergedompeld te worden, alsof ze van iets heel bijzonders doordrenkt werd.

'Harder!' riep Vid. 'Het moet hard staan.'

Tiffany zette het geluid harder.

Sam naast haar ging verzitten en trok zijn stoïcijnse, beleefde ik-luister-naar-klassieke-muziek-en-hoop-dat-het-snel-afgelopen-is-gezicht. Tiffany vulde de glazen nog eens bij zonder zichtbare reactie op de muziek, terwijl Erika in de verte bleef staren en Oliver peinzend zijn voorhoofd fronste. Oliver wist waarschijnlijk wie de componist was. Hij was een van die degelijk opgeleide jongens die over veel dingen iets weten, maar de muziek vóélen kon hij niet. Clementine en Vid waren de enigen die het voelden.

Vid ontmoette haar blik, hief zijn glas in een heimelijke groet en knipoogde alsof hij wilde zeggen: ja, ik weet het.

29

Vid zat aan de smeedijzeren tafel op zijn veranda voor het huis op een oude krant Dakota's schoenen te poetsen, zodat ze er netjes uitzag op de informatieochtend van Saint Anastasia. Hij herinnerde zich dat hij altijd de schoenen van zijn oudste dochters poetste toen ze nog op school zaten. Drie paar zwarte schoenen, van groot naar klein. Nu liepen ze allemaal op stilettohakken te strompelen.

Er was iets wat hem vandaag neerslachtig maakte; hij wist niet precies wat het was, en het maakte hem boos. Misschien kwam het door het weer. Hij had in een interview op de radio gehoord dat gebrek aan zon een slechte invloed had op de geestesgesteldheid van de bevolking van Sydney. Het serotonineniveau daalde, wat tot depressieve klachten leidde. Een Engelsman belde en zei: 'Wat een onzin! Dit stelt niets voor, jullie aussies zijn echte watjes! Kom maar eens naar Engeland, dan zien jullie wat regen is.'

Vid vond niet dat hij zo'n watje was dat hij zich door een beetje slecht weer van slag liet brengen.

Hij hoorde een auto en toen hij opkeek zag hij dat hun buurvrouw Erika in haar blauwe Statesman wegreed.

Hij vroeg zich af of zij Clementine onlangs nog had gezien.

Hij doopte de borstel in de zwarte schoensmeer en draaide hem rond.

Hij had tegen niemand gezegd dat hij Clementine de vorige avond had zien optreden, alsof het een geheim was, terwijl er geen reden was om het geheim te houden. Nou ja, misschien was het wel een beetje raar dat hij naar een optreden van haar was geweest, maar kom op, waarom was dat zo raar? Iedereen kon haar zien optreden.

'Ja, toch, Barney?' zei hij tegen de hond die aan zijn voeten zat, rechtop en alert, alsof hij hem bewaakte. 'Dit is toch een vrij land?'

Barney keek hem even aan en draafde toen ineens weg, alsof hem duidelijk werd dat er niets te beginnen viel met Vid en dat hij net zo goed bij een paar andere gezinsleden kon gaan kijken of alles goed was.

Vid poetste zorgvuldig de zijkant van de schoen. Vrouwen konden geen schoenen poetsen. Ze hadden er geen geduld voor. Ze deden het nooit goed.

Kon Clementine schoenpoetsen? Hij wilde dat hij het haar kon vragen. Hij zou graag het antwoord horen. Clementine was nog steeds met hen bevriend, toch? Waarom zou ze hem niet terugbellen? Hij wilde alleen maar even hallo zeggen, even horen hoe het met haar ging. Hij had zelfs berichtjes ingesproken, en dat was iets wat hij niet gauw deed. Hij had liever dat mensen zagen dat ze een gesprek gemist hadden en hem dan meteen terugbelden. Ze had intussen toch wel zijn nummer in haar telefoon opgeslagen? Hij voelde zich gekwetst. Hij had nog nooit meegemaakt dat iemand niet op zijn telefoontjes reageerde. Zelfs zijn ex belde hem altijd terug.

Hij tilde de schoen op en bekeek hem nauwkeurig terwijl hij terugdacht aan de muziek. Het was schitterend geweest. Adembenemend.

Hij had het op het laatste moment besloten. Hij was op de Quay, waar hij met een goede vriend had afgesproken in de Opera Bar, maar de bejaarde moeder van zijn vriend was ziek geworden en hij had op het laatste moment af moeten zeggen. En toen was Vid het Opera House in geslenterd, waar hij een heel prettig, lang gesprek had gevoerd met een meisje achter het loket. Toen hij zei dat hij het concert wilde zien was dat geen probleem, er waren nog stoelen zat voor *Also sprach Zarathustra*. Vid had geen idee wat dat betekende, maar het meisje zei dat hij de muziek misschien zou herkennen uit de film *A Space Odyssey*, en ze had gelijk, natuurlijk had hij die herkend.

Hij had niet durven hopen dat Clementine zou spelen. Hij wist dat ze niet fulltime bij het orkest werkte. Ze viel in als het nodig was. Ze was reservespeler. Hij wist ook dat ze binnenkort auditie zou doen voor een fulltimebaan die ze heel graag wilde, en hij had van Erika gehoord dat die auditie nog niet had plaatsgevonden.

Dus hij wist dat er maar een heel kleine kans bestond dat ze zou spelen, maar aan de andere kant, hij had altijd geluk. Hij was een echte geluksvogel. Sommige mensen hadden dat, andere niet, maar hij had altijd geluk (behalve natuurlijk die keer bij de barbecue, maar dat was gewoon de uitzondering die de regel bevestigde). Gisteravond had hij geluk, want daar zat ze, op het podium, in een lange, zwarte jurk te praten met de muzikant naast haar, even rustig alsof ze op de bus zaten te wachten, met dat prachtige, glanzende instrument als een vermoeid klein kind tegen haar schouder.

Toen hij zijn plaats had gevonden, raakte hij in gesprek met de man naast hem, een Kroaat die Ezra heette. Hij was daar met zijn vrouw en ze waren allebei 'abonnee'. (Vid was nu ook abonnee.) Vid vertelde hem dat hij nog nooit naar een concert was geweest, maar dat hij veel van klassieke muziek hield, en dat hij die celliste kende en daarom heel hard voor haar zou klappen, waarop Ezra zei dat het publiek normaal gesproken niet tussen de stukken door klapte, dus dat hij misschien beter kon wachten tot anderen het applaus inzetten, waarna Ezra's vrouw, Ursula, zich naar hem toe boog en zei: 'Klapt u maar gewoon wanneer u wilt.' (Vid zou Ezra en Ursula zo snel mogelijk te eten vragen. Hij had Ezra's nummer in zijn telefoon gezet. Fijne mensen. Heel fijne mensen.)

Hij had gedacht dat het net zo zou gaan als bij een show of een film, waarbij alle lichten uitgingen, maar die bleven aan; daardoor kon hij Clementine de hele tijd zien. Op een bepaald moment dacht hij zelfs dat ze hem recht aankeek, maar dat wist hij niet zeker.

Ze was duidelijk de beste van het hele orkest. Dat zag iedereen. Hij raakte gefixeerd door de manier waarop haar hand snel langs de hals van de cello sidderde, de manier waarop haar stok precies gelijk met de strijkstokken van de andere musici bewoog, de manier waarop ze haar hoofd kantelde, waardoor haar hals zichtbaar werd.

Hij werd als het ware gefixeerd door de hele ervaring.

(Ezra had gelijk, niemand klapte toen Vid dacht dat ze dat zouden doen. Ze hoestten! Elke keer dat het orkest ophield, volgde er een kleine symfonie van gehoest en keelgeschraap. Het deed Vid aan de kerk denken.)

Hij moest in de pauze weg, omdat Tiffany hem thuis verwachtte, maar volgens Ezra en Ursula was de eerste helft toch het mooiste gedeelte.

Toen hij vanuit de stad naar huis reed bleef hij de muziek voelen, alsof hij een hallucinerend middel had gebruikt. Er zat zoveel gevoel in zijn borst dat hij een paar keer moest zuchten tot het afnam.

Hij wilde haar bellen om te zeggen dat ze de beste speler op dat podium was geweest, verreweg de beste, maar toen herinnerde hij zich steeds haar gezicht de laatste keer dat hij haar in zijn tuin had gezien, en hij begreep dat ze niet aan die dag herinnerd wilde worden. Hij wilde er ook niet aan herinnerd worden, maar hij verlangde naar iets, niet speciaal naar haar, het was niet zo dat hij Clementine wilde, niet echt, niet seksueel, maar hij verlangde naar iets en hij had het gevoel dat zij de enige was die hem dat kon geven.

Een politiewagen reed de oprit bij het huis van Harry op toen Vid, Tiffany en Dakota naar de informatieochtend vertrokken.

'Misschien moeten we stoppen,' zei Tiffany. Zie het onder ogen. Ik heb mijn dochter *The Hunger Games* laten lezen, agent, ik heb niet in de gaten gehad dat mijn buurman overleden was. Ik heb me misschien verwerpelijk gedragen.

Vid drukte de koppeling in. 'Wat? Nee hoor.' De Lexus reed gehoorzaam snorrend de straat op. 'Je hebt al met de politie gesproken. Je hebt hun alles verteld wat je weet. Er is niets meer over te zeggen. Ze zijn alleen hun verslag aan het afronden, weet je, geld van belastingbetalers aan het verspillen.'

'Ik had Harry eten moeten brengen,' zei Tiffany tobberig. 'Dat zou een goede buur hebben gedaan. Waarom heb ik hem nooit een maaltijd gebracht?'

'Denk je dat de politie dat aan je zal vragen? "Waarom hebt u hem geen maaltijden gebracht, slechte buurvrouw?" Je zou kunnen zeggen: "Nou, agent, ik zal u zeggen waarom! Omdat hij die maaltijd in mijn gezicht zou hebben geduwd, weet u! Als een slagroomtaart!"'

'Je hoeft niet alleen aardig te zijn tegen aardige mensen,' zei Tiffany met haar blik op de grote huizen waar ze langs reden, mooie, comfortabele, geïsoleerde huizen met goed onderhouden gazons onder torenhoge bladerdaken van bomen. Was zij zo'n bevoorrecht iemand geworden? Een beetje zelfgenoegzaam? Te druk om zich ergens om te bekommeren?

'Natuurlijk moet je alleen maar aardig zijn tegen aardige mensen!' Vid keek in het achteruitkijkspiegeltje naar Dakota. 'Hoor je dat, Dakota? Verspil je tijd niet aan mensen die niet aardig zijn!'

Tiffany keek om naar Dakota, die rechtop en bleek in haar huidige schooluniform zat (ze zouden haar later bij haar school afzetten), tegen de zijkant van de auto gedrukt alsof ze ruimte wilde overlaten voor andere passagiers. Waarom heb je dat boek kapotgescheurd, Dakota?

'Mam heeft Harry een keer een quiche gebracht,' zei Dakota zonder haar moeder aan te kijken. 'Dat weet ik nog. Het was een champignonquiche.'

'Echt? Wacht, ja, dat is waar ook,' zei Tiffany, opgewonden bij de herinnering. Dat was na een kerstborrel bij hen thuis geweest. 'Hij zei dat hij champignons smerig vond.'

Vid grinnikte. 'Wat zei ik je.'

'Hij kon er niets aan doen dat hij niet van champignons hield!' zei ze. 'Ik had het nog een keer moeten proberen.'

'Maar hij reageerde onbeschoft, toch?' zei Vid.

Harry had onbeschoft gereageerd op de quiche. Hij had de deur zo hard dichtgeslagen dat ze achteruit had moeten springen om haar vingers te beschermen. Maar ze wist dat zijn vrouw en kind jaren geleden waren overleden. Hij was een trieste, eenzame oude man. Ze had meer haar best moeten doen.

'Voel jij je er niet schuldig over?' vroeg ze aan Vid. 'Helemaal niet?'

Vid haalde zijn brede schouders op. Hij stuurde met zijn vingers, die amper de onderkant van het stuur raakten. 'Ik vind het rot dat hij alleen is gestorven, maar weet je, wat gebeurd is, is gebeurd, en die man heeft op onze mooie Dakota gespuugd!'

'Hij heeft niet óp me gespuugd,' zei Dakota. 'Hij spuugde alleen op de grond toen hij me zag. Hij spuugde naar me.'

'Daardoor kan ik die man wel vermoorden,' zei Vid. Zijn vingers klemden zich om het stuur.

'Hij is al morsdood,' zei Tiffany. Ze dacht aan de stank die haar had overvallen toen Oliver de deur opendeed. Ze had het meteen geweten. 'Ik heb alleen...'

'Je hebt berouw,' zei Dakota onbewogen.

Tiffany draaide zich snel om. Het was weer zo'n opmerking

die Dakota de hele tijd maakte om haar woordenschat uit te proberen, ideeën uit te proberen, om erachter te komen hoe de wereld precies in elkaar zat.

'Ik heb inderdaad berouw,' zei Tiffany, die de gelegenheid gretig aangreep om weer zo'n soort gesprek met Dakota te voeren zoals ze vroeger met haar had, waarbij ze steeds weer verbaasd en verrukt was over haar dochters spitsvondige, scherpe observaties, maar Dakota bleef alleen maar uit het raam staren met gespannen kaken, bijna alsof ze boos was, en even later gaf Tiffany het op en keek de andere kant op.

Vid praatte de rest van de autorit over een nieuw Japans restaurant waar een paar klanten van hem het over hadden gehad en waar ze de beste tempura van Sydney, misschien wel van de hele wereld, en van het universum, serveerden.

'We zijn er!' zei Vid toen ze een stel reusachtige ijzeren hekken naderden. 'Kijk, je nieuwe school, Dakota!'

Tiffany draaide zich glimlachend om naar Dakota, maar die had haar ogen gesloten en bonkte met haar voorhoofd hard tegen het raam, alsof ze haar bewustzijn verloren was.

'Dakota!' zei Tiffany scherp.

'Wat?' Dakota deed haar ogen open.

'Kijk!' zei Tiffany. Ze gebaarde naar de omgeving. 'Wat vind je ervan?'

'Mooi,' zei Dakota.

'Mooi?' herhaalde Tiffany. 'Móói?' Ze keek naar de welige groene velden. De imposante gebouwen. In de verte lag een enorme sportarena die eruitzag als het Colosseum. 'Het lijkt verdomme Downton Abbey wel.'

Vid draaide het raam een klein stukje open. 'Ruik je dat?'

'Wat?' Tiffany snoof. Kunstmest? Vochtige aarde?

'De geur van geld.' Hij wreef zijn vingertoppen langs elkaar. Hij had dezelfde voldane blik als wanneer hij de foyer van een luxehotel binnen liep. Voor hem was het louter vreugde. Hij had geld. Hij kon zich het beste van het beste permitteren.

Dus kocht hij het beste en ontleende hij daar plezier aan. Zijn relatie met geld was volkomen ongecompliceerd.

Tiffany dacht aan haar eigen middelbare school: een vrolijke, met graffiti bekladde betonnen chaos in een westelijke buitenwijk. Rookten de meisjes hier saffies op het toilet? Misschien snoven ze wel een lijntje coke van de beste kwaliteit in marmeren badkamers.

Vid zette de auto in een parkeergarage, die snel vol raakte met glimmende luxewagens. Tiffany trok automatisch haar lip afkeurend op bij het zien van al die auto's. Het was een gewoonte die ze had overgehouden uit haar jeugd, toen haar familieleden minachtend hun neus ophaalden voor rijke mensen, alsof die iets onsmakelijks en immoreels hadden. Ze deed het nog steeds, ook al was haar auto even luxueus, ook al had zijzelf deze auto gekocht met geld dat ze verdomme zelf had verdiend.

Het gevoel nam niet af toen de ouders en hun dochters een schitterende aula in werden geleid. De geur van dure parfums vulde de lucht terwijl vaders in pak en moeders in ongedwongen casual-chique lenteoutfitjes, die kennelijk al een dochter op school hadden, omdat ze elkaar allemaal kenden, gezellige rijkeluispraatjes uitwisselden: 'Hoe was het in Japan?' 'Geweldig! Hoe was Aspen?' 'Tja, je weet dat de kinderen nog nooit in Athene waren geweest, dus...'

'Oeps!' Een vrouw van middelbare leeftijd met donkere krullen ging naast Tiffany zitten en wees naar de zijden rok van Stella McCartney die ze allebei droegen. Zij had er een wit vest op, precies zo een als Tiffany had gezocht in Dakota's ladekast.

'Ik heb de mijne in de uitverkoop gekocht.' De vrouw boog zich naar haar toe en hield haar hand half voor haar mond. 'Veertig procent korting.'

'Ik vijftig procent,' fluisterde Tiffany terug. Een aperte leugen. Ze had er het volle pond voor betaald, maar het leven was een competitie, en ze wist dat niet-werkende vrouwen van rijke mannen graag spraken over designkleding die ze voor weinig op de kop hadden getikt. Het was hun bijdrage aan de huishoudpot.

'Verdomme!' De vrouw lachte vriendelijk, waardoor Tiffany wilde dat ze de waarheid had gezegd. 'Ik heet Lisa,' zei ze. 'Ben je hier voor het eerst op school?'

'Mijn stiefdochters hebben erop gezeten,' zei Tiffany. Ze bedacht dat haar stiefdochters nog liever zouden sterven dan haar stiefdochters genoemd te worden. Ze hadden, wat hun goed recht was, al jaren geleden besloten dat ze het beste hun loyaliteit aan hun moeder konden tonen door alles in het werk te stellen om te doen alsof Tiffany niet bestond. Ze schrokken altijd een beetje als ze iets tegen hen zei, alsof een bloempot had geprobeerd zich in het gesprek te mengen. Maar ze waren dol op Dakota, en dat was het belangrijkste.

'Mijn oudste twee dochters zitten hier op school,' zei Lisa. 'Cara is onze benjamin.' Lisa gebaarde naar een klein meisje dat naast haar met haar benen zat te schommelen en kauwgom kauwde. 'O god, Cara, ik heb nog zo gezegd dat je die moest weggooien voordat we hier naar binnen gingen! Schaam je. En dat is mijn man, Andrew.'

De echtgenoot boog zich naar voren en wuifde even naar haar. Hij was eind vijftig, met een dikke bos grijs haar (hij was vast trots op zijn haardos, net als Vid op de zijne), en met zijn gedistingeerde uiterlijk straalde hij het zelfvertrouwen uit dat gepaard gaat met een succesvolle carrière als medicus of jurist.

Hij had opvallende lichtbruine ogen, met een donkere ring rond de iris. Tiffany's hart sprong even op, alsof ze in een droom was gestruikeld.

'Hallo, Andrew,' zei Tiffany.

30

De dag van de barbecue

'Zo. Ons buikje is vol,' zei Vid terwijl hij op het zijne klopte.

Tiffany wist dat hij bedoelde: mijn buik is vol, dus ik wil roken, zoals mensen in de beschaafde wereld dat ooit deden.

'Iemand nog een tweede ronde?' vroeg Tiffany. 'Of een derde?' Ze keek de lange tafel rond, waaraan de anderen met een tevreden zucht en complimenteus gemompel hun bord wegduwden.

Vid, aan het hoofd van de tafel, leunde achterover en trommelde met zijn vingers op zijn armleuning als een koning die welwillend naar zijn trouwe onderdanen kijkt, alleen had in dit geval de koning het eten gemaakt en hadden zijn onderdanen hem de hemel in geprezen voor het vlees dat zo mals was enzovoort, enzovoort. Vooral Clementine had het er dik op gelegd.

Vid en Clementine konden het uitstekend met elkaar vinden. Ze hadden eerder op de middag tien minuten achter elkaar over gekaramelliseerde uien gepraat. Tiffany had haar wraak gehad door met Clementines echtgenoot over voetbal te beginnen.

'Je weet echt veel van sport, hè, Tiffany?' zei Sam nu. 'Je doet niet alsof uit beleefdheid.'

'O nee, ik doe nooit alsof,' zei Tiffany.

'Waarom zou ze?' zei Vid. Hij hief zijn handen alsof hij daarmee zijn fantastische fysiek wilde aangeven.

Iedereen schoot in de lach, behalve Oliver en Erika, die gepijnigd glimlachten. Tiffany besloot dat ze de grove grappen moest proberen te beperken toen ze haar buren met een scherpe blik naar de kinderen zag kijken, die trouwens buiten gehoorsafstand waren. Dakota zat in de hangstoel met de twee meisjes ieder aan een kant achter op het terras en liet hun iets zien op haar iPad. De meisjes zaten met een gelukzalig gezicht tegen Dakota aan als de gedroomde zusjes die ze nooit had gehad (afspraak was afspraak, maar daar moest je wel een steek van spijt bij voelen) en keken geboeid naar wat het ook was dat Dakota hun liet zien. Hopelijk niet iets met mensenhoofden die ontploften. Barney was ergens achter in de tuin tevreden een kuil aan het graven, wat hij niet mocht en wat Tiffany voorwendde niet te zien. Af en toe keek hij om om te zien of hij niet gesnapt werd.

'Die arme Oliver doet alsof hij belangstelling heeft voor sport als wij er zijn,' zei Clementine. 'Als Sam vraagt "Heb je gisteravond die wedstrijd gezien?", zie je Oliver denken: welke wedstrijd?'

'Ik vind tennis best leuk om naar te kijken,' zei Oliver.

'Oliver dóét aan sport,' zei Sam. 'Dat is het verschil tussen hem en mij. Mijn hartslag gaat omhoog als ik voor de tv zit te schreeuwen.'

'Oliver en Erika hebben elkaar zelfs ontmoet bij het squashen,' zei Clementine. 'Zij zijn allebei heel sportief.'

De manier waarop Clementine dat zei had iets al te gretigs, alsof ze het nodig vond het paar in een gunstig daglicht te stellen, alsof ze tegenwoordig hun pr-agent was.

'Speelden jullie tegen elkaar?' vroeg Tiffany terwijl ze Erika's glas nog eens vulde. Tiffany had haar niet voor een stevige drinker gehouden, al ging haar dat niets aan. Maar ja, het was niet zo dat Erika naar huis moest rijden, ze hoefde slechts een deur verder te lopen.

'We werkten bij hetzelfde accountantskantoor,' zei Erika.

‘Een aantal personeelsleden organiseerde een squashcompetitie. Oliver en ik gaven ons op om de loting te doen.’

‘We delen onze liefde voor spreadsheets,’ zei Oliver, en hij glimlachte naar Erika, alsof hij zich heimelijk iets herinnerde wat met spreadsheets te maken had.

‘Ik ben ook dol op goede spreadsheets,’ zei Tiffany.

‘O ja?’ Clementine draaide met een ruk haar hoofd. ‘Waar gebruik jij spreadsheets voor?’ Het woord ‘jij’ benadrukte ze heel licht.

‘Voor mijn werk,’ zei Tiffany, en ze benadrukte heel licht het woord ‘werk’.

‘O!’ zei Clementine. ‘Ik wist niet... wat doe je voor werk?’

‘Ik koop oude panden, die knap ik op en verkoop ik daarna,’ zei Tiffany.

‘Als een soort vastgoedmakelaar,’ zei Sam.

‘Ja,’ zei Tiffany.

‘Ze is niet zomaar een vastgoedmakelaar!’ zei Vid. ‘Ze is een uitstekende projectontwikkelaar!’

‘Dat ben ik niet,’ zei Tiffany. ‘Ik ben nog maar sinds kort aan grotere projecten bezig. Ik heb nu een klein flatgebouw. Zes driekamerflats.’

‘Ja, het is net Donald Trump! Mijn vrouw brengt het grote geld binnen. Denk je dat dit fucking huis, sorry voor mijn taalgebruik, van mijn geld is gekocht? Denk je dat al die kunst, al die meesterwerken, van mijn geld zijn gekocht?’

O god, Vid. Nu zou hij zeggen: ik ben maar een eenvoudige elektricien.

‘Ik ben maar een eenvoudige elektricien!’ zei Vid. ‘Ik ben boven mijn stand getrouwd.’

Een eenvoudige elektricien met dertig werknemers, dacht Tiffany. Toe maar weer, Vid. Ik doe wel alsof ik al het geld binnenbreng.

‘Het zijn trouwens geen meesterwerken,’ zei Tiffany.

‘En, hoe hebben jullie elkaar ontmoet?’ vroeg Oliver, als altijd even beleefd. Hij deed Tiffany denken aan een priester die na de zondagsmis met zijn parochianen praat.

'We hebben elkaar bij een vastgoedveiling ontmoet,' zei Tiffany voordat Vid de kans kreeg om te antwoorden. 'Het ging om een studio in de stad. Mijn allereerste investering.'

'Ja. Maar dat was niet de eerste keer dat ik haar ontmoette,' zei Vid op een toon die deed vermoeden dat hij zijn favoriete schunnige mop ging vertellen.

'Vid,' zei Tiffany waarschuwend. Ze keken elkaar over de tafel heen aan. Jezus. Hij was hopeloos. Het kwam doordat hij Clementine en Sam graag mocht, en als hij mensen echt graag mocht, voelde hij zich verplicht om dat verhaal aan hen te vertellen. Het was net een groot kind dat zo nodig indruk wilde maken op zijn nieuwe vriendjes met het grofste woord dat hij kende. Als alleen de buren er waren geweest, zou hij het nooit gezegd hebben.

Vid keek teleurgesteld naar Tiffany. Hij haalde even zijn schouders op en hief zijn handen in een gebaar van verslagenheid. 'Maar misschien is dat verhaal geschikter voor een andere keer.'

'Wat geheimzinnig, allemaal,' zei Clementine.

'En hebben jullie tegen elkaar geboden op die veiling?' vroeg Sam.

'Ik ben gestopt met bieden toen ik zag hoe graag zij het wilde,' zei Vid.

'Gelogen,' zei Tiffany. 'Ik bood veel meer dan hij.'

Ze had daarmee tweehonderdduizend dollar verdiend in nog geen halfjaar. Het was haar eerste klapper geweest.

Of misschien niet helemaal. Misschien de tweede.

'Maar je kunt ons niet vertellen waar jullie elkaar al eerder hadden gezien?' vroeg Clementine.

'Mijn vrouw heeft een onderzoekende geest,' zei Sam, 'en dat is een aardige manier om te zeggen dat ze nieuwsgierig is.'

'O, doe maar niet net alsof jij het niet wilt weten,' zei Clementine. 'Hij roddelt meer dan ik.' Ze keek naar Tiffany. 'Maar ik zal ophouden met mijn vragen. Sorry. Ik was alleen benieuwd.'

Wat kon het haar ook schelen. Tiffany dempte haar stem. 'Het ging zo,' begon ze. Iedereen boog zich naar voren.

31

Erika stond in de stromende regen buiten op de stoep van haar ouderlijk huis met een paraplu in de ene en een emmer met schoonmaakspullen in de andere hand. Ze stond doodstil, alleen haar ogen keken rond en schatten deskundig de vereiste hoeveelheid tijd, werk, ruzie, bidden, smeken en getouwtrek in.

Clementines moeder had niet overdreven toen ze aan de telefoon zei dat het 'behoorlijk erg' was. Toen Erika klein was, hadden haar moeders spullen zich nooit verder uitgestrekt dan tot de voordeur. Het huis zag er altijd somber en gesloten uit met zijn dichtgetrokken jaloezieën en die verdroogde, verwelkte tuin. Maar het was geen huis waar een voorbijganger nog eens naar om zou kijken. Al hun geheimen bleven binnen, achter de voordeur die nooit helemaal open kon. Hun grootste angst was dat er aangeklopt werd. Erika's moeder reageerde dan onmiddellijk, alsof het om een aanval van een sluipschutter ging. Je moest op de grond kruipen zodat je niet te zien was voor spiedende blikken door een raam. Je moest stilletjes afwachten, met het hart in de keel, totdat die lawaaiige, botte figuur die het waagde om aan te kloppen eindelijk bij zinnen kwam en wegsloop zonder iets te zien of te weten van de weerzinwekkende waarheid over de leefwijze van Erika en haar moeder.

Pas de laatste paar jaar strekten haar moeders spullen zich uit tot voorbij de voordeur, zich even snel vermenigvuldigend als de cellen van een dodelijk virus.

Vandaag zag ze daar een pallet met bakstenen, een tafelventilator gezellig naast een even grote, vervallen kunstkerstboom, een berg uitpuilende vuilniszakken, een legertje ongeopende kartonnen dozen, die natgeregend waren zodat het karton in zachte pulp was veranderd, een stapel ingelijste prenten die eruitzagen alsof ze uit een tienerkamer kwamen (niet van Erika) en tientallen damesbroeken en -truien, waarvan de pijpen en mouwen naar alle kanten lagen, alsof er onlangs een slachtpartij had plaatsgevonden.

Het probleem was dat haar moeder tegenwoordig te veel tijd en te veel geld had. Toen Erika opgroeide had haar moeder fulltime als verpleegkundige gewerkt en af en toe een cheque van Erika's vader ontvangen, die hij vanaf zijn nieuwe huis in het Verenigd Koninkrijk stuurde, waar hij met zijn tweede leg was gaan wonen. Dus ze hadden wel geld gehad, maar er was nog wel een bovengrens aan de hoeveelheid nieuwe spullen die Sylvia kon opstapelen, al had ze daar geen paal en perk aan gesteld. Maar toen Erika's grootmoeder was overleden en een aanzienlijke som geld aan Sylvia naliet, had haar verzamelwoede een nieuwe financiële injectie gekregen. Bedankt, grootmoeder.

En tegenwoordig kon je natuurlijk ook online shoppen. Haar moeder had geleerd om met een computer om te gaan en speelde het klaar om hem online en toegankelijk te houden. Omdat Erika had geregeld dat alle rekeningen automatisch werden afgeschreven, werd de stroom nooit afgesloten, zoals dat gebeurde toen Erika nog thuis woonde en de papieren rekeningen altijd ergens in een put leken te verdwijnen.

Als de voortuin er al zo uitzag, moest het binnen wel helemaal een keet zijn. Haar hartslag nam toe. Het was alsof ze als enige de verantwoordelijkheid had gekregen om iemand te redden door iets onmogelijks, iets onmetelijk zwaars op te tillen: een trein of een gebouw. Natuurlijk kon ze dat niet. Niet in haar eentje. Niet in die regen. En niet zonder Oliver:

die ging systematisch en ongeëmotioneerd op zoek naar oplossingen en sprak met haar moeder op die redelijke laten-we-ons-hier-doorheen-werken-toon.

Oliver maakte niet zoals Erika elk voorwerp tot iets persoonlijks. Voor Erika was het alsof haar moeder met elk stukje rommel had gekozen voor het voorwerp in plaats van voor haar. Haar moeder hield meer van rommel dan van haar dochter. Dat moest wel, want ze vocht ervoor, ze schreeuwde erom, en ze was bereid om haar enige dochter eronder te bedelven, daarom stootte Erika bij elk voorwerp dat ze oppakte een woordeloze kreet van wanhoop uit: je hebt dit liever dan mij! Ze had moeten wachten tot Oliver beter was. Of ze had op zijn minst haar angstremmers moeten innemen – daarvoor had ze die pillen gekregen, om haar door juist dit soort momenten heen te helpen – maar sinds de dag van de barbecue had ze die niet meer genomen. Ze had zelfs niet meer naar het doosje gekeken. Ze kon niet nog meer van die verschrikkelijke hiaten in haar geheugen riskeren.

'Erika! Wat fijn dat ik je zie! O! Sorry dat ik je zo laat schrikken!'

Het was de vrouw die inmiddels vijf jaar naast haar moeder woonde. Erika's moeder had de vrouw eerst lang aanbeden, in elk geval lang voor haar doen, misschien een halfjaar, voordat ze zoals te verwachten was iets fout deed en van een 'heel bijzondere vrouw' ineens 'dat mens' was geworden.

'Hallo,' zei Erika. Ze wist de naam van de vrouw niet meer. Die wilde ze ook niet weten. Het zou haar verantwoordelijkheidsgevoel alleen maar groter maken.

'Wat een vreselijk weer,' zei de vrouw. 'Het houdt maar niet op met die regen!'

Waarom vonden de mensen het nodig om als ze absoluut niets aan een gesprek bij te dragen hadden over de regen te beginnen?

'Het houdt niet op,' beaamde Erika. 'Een ware zondvloed!'

'Eh... ja. Maar ik ben blij dat ik je hier tref,' zei de vrouw. Ze hield een doorzichtig kinderparapluutje boven haar hoofd. Voor de rest werd ze nat. Ze wierp een gepijnigde blik op de tuin van Erika's moeder. 'Ik eh... ik wilde alleen even zeggen dat wij ons huis te koop hebben gezet.'

'O,' zei Erika. Haar kaken klikten toen ze met haar kiezen begon te knarsen. Het zou zoveel gemakkelijker zijn als het om een van die lastige buren ging, zoals dat stel met dat bordje met JESUS LOVES YOU op hun raam, dat regelmatig bij de gemeente klaagde over de toestand van Sylvia's huis, of dat verwaande echtpaar aan de overkant, dat agressief met de politie dreigde. Maar deze vrouw was zo aardig en omzichtig. Michelle. Verdomme. Nu schoot haar naam haar ineens weer te binnen.

Michelle sloeg haar handen in een smekend gebaar in elkaar. 'Dus, ik weet dat je moeder eh... problemen heeft, ik hoop echt dat je weet dat ik dat begrijp, ik heb zelf ook iemand in de familie met psychische problemen, o god, ik hoop dat dit niet kwetsend is, maar ik wil alleen...'

Erika haalde diep adem. 'Laat maar,' zei ze. 'Ik begrijp het. Je bedoelt dat de toestand van mijn moeders huis de waarde van jullie huis omlaaghaalt.'

'Met misschien honderdduizend dollar,' zei Michelle. 'Volgens de makelaar.'

Een conservatieve makelaar. Volgens Erika's berekeningen zou het verlies veel hoger kunnen zijn. Niemand wil een huis kopen in een leuke buitenwijk naast een tuin vol troep.

'Ik zorg dat het goed komt,' zei Erika.

Je bent niet verantwoordelijk voor de woonomstandigheden van je ouders. Dat kregen kinderen van hoarders te horen, maar hoe kon ze zich niet verantwoordelijk voelen als ze de enige hoop van die arme vrouw was? De financiële situatie van een ander hing af van Erika's actie, en financiële situaties nam ze serieus. Natuurlijk was ze verantwoordelijk. Ze zag een van de jaloezieën voor het raam bij haar moeder bewegen. Ze zat binnen te gluren en in zichzelf te mompelen.

'Ik weet dat het moeilijk is,' zei Michelle. 'Ik weet dat het een ziekte is. Ik heb het in zo'n tv-programma gezien.'

O nee. Die tv-programma's. Altijd weer die tv-programma's. Iedereen was na een halfuur kijken een expert: het drama van de walgelijke troep, de slimme therapeut, de opruimactie, de blije hoarder die voor het eerst in jaren haar vloer terugzag... en klaar! Ze leefden allemaal nog lang en gelukkig, terwijl het opruimen van de troep alleen maar symptoombestrijding was, waarbij de ziekte bleef bestaan.

Jaren geleden had Erika nog gehoopt op genezing. Als ze haar moeder maar naar een therapeut kon krijgen. Er bestonden medicijnen voor. Of cognitieve gedragstherapie. Gesprekstherapie. Als Sylvia nu maar met iemand kon praten over de dag dat Erika's vader was vertrokken en dat dat een latente stoornis bij haar had veroorzaakt. Sylvia was altijd koopziek geweest, een vrolijk, mooi, gek mens, een vrouw met karakter, een feestbeest, maar ze was aan de positieve kant van de gekte gebleven, totdat ze dat briefje met die twee woorden op de ijskast had gelezen: *Sorry, Sylvia*. Geen woord over Erika. Voor hem had ze nooit echt geteld. En toen was het begonnen. Op die dag was Sylvia gaan winkelen en beladen met tassen thuisgekomen. Tegen de kerst was het paarsgebloemde tapijt in de woonkamer verdwenen onder de eerste laag spullen, en Erika had het nooit meer teruggezien. Soms ving ze een glimp op van de omtrek van een bloemblaadje, en dan was het alsof ze op een eeuwenoud relikwie stuitte. En toch had ze ooit in een normaal huis gewoond.

Ze accepteerde inmiddels dat er geen genezing zou volgen. Er zou geen einde aan komen totdat Sylvia zou overlijden. Intussen zou Erika de symptomen blijven bestrijden.

'Dan kan ik nu maar beter...' Erika gebaarde met haar vloerwissers naar het huis.

'Toen we hier pas woonden, kon ik het goed met je moeder vinden,' zei Michelle. 'Maar daarna was het alsof ik haar had gekwetst. Ik heb nooit precies geweten wat ik verkeerd heb gedaan.'

'Je hebt niets verkeerd gedaan,' zei Erika. 'Dat ligt aan mijn moeder. Het hoort bij haar ziekte.'

'Juist,' zei Michelle. 'Nou... bedankt.' Ze glimlachte verontschuldigend en fladderde met haar vingers bij wijze van afscheid. Ze was veel te goed voor de wereld.

Zodra Erika op de veranda stond, ging de voordeur open.

'Snel! Naar binnen!' Haar moeder had een verwilderde blik, alsof ze belaagd werd. 'Wat moest je met haar?'

Erika liep zijdelings naar binnen. Bij andere mensen draaide ze zich soms al automatisch half om als ze bij hen naar binnen ging, omdat ze dan vergat dat de deur bij de meeste mensen helemaal open kon.

Ze schuifelde langs de torenhoge stapels tijdschriften, boeken en kranten, de open kartonnen dozen die vol rommel zaten, de boekenplank vol serviesgoed, de niet-aangesloten wasmachine waarvan het deksel openstond, de alom aanwezige uitpuilende vuilniszakken, de snuisterijen, de vazen, de schoenen, de bezems. Het had altijd iets ironisch om die bezems te zien, omdat er nergens een stuk vloer vrij was om te kunnen vegen.

'Wat doe je hier?' zei haar moeder. 'Ik dacht dat dit tegen de "regels" was.' Ze vormde aanhalingstekens bij het woord 'regels'. Het deed Erika aan Holly denken.

'Mam, wat heb je aan?' zei Erika zuchtend. Ze wist niet of ze moest lachen of huilen.

Haar moeder droeg iets wat eruitzag als een splinternieuwe blauwe, met lovertjes bestikte charlestonjurk die veel te ruim was voor haar tengere lichaam, en een band met veren laag op haar voorhoofd, zodat ze steeds omhoog moest kijken om te voorkomen dat hij in haar ogen gleed. Ze poseerde als een ster op de rode loper, met haar hand op een uitgestoken heup. 'Is het niet mooi? Ik heb het online gekocht, je mag trots op me zijn, het was een speciale aanbieding! Ik ben uitgenodigd voor een feest. Een *Great Gatsby*-feest!'

'Welk feest?' Erika liep door de gang naar de woonkamer en keek intussen rond. Niet erger dan anders. Overal het normale brandgevaar, maar ze rook geen geur van verrotting of verval. Misschien kon ze zich vandaag op de voortuin concentreren. Misschien als de regen wat afnam.

'Het is een feest van iemand die zestig wordt,' zei haar moeder. 'Ik heb er zo'n zin in! Hoe gaat het met je, schat? Je ziet er een beetje uitgeput uit. Ik wou dat je niet met die spullen aan kwam zetten alsof je hier aan het werk moet.'

'Ik moet hier ook aan het werk,' zei Erika.

'Ach, wat een onzin. Ik praat liever met je om te horen waar je mee bezig bent. Als ik had geweten dat je kwam, had ik iets gebakken uit mijn nieuwe kookboek, waar ik het laatst over had toen jij zo begon te mopperen...'

'Ja, maar wíé wordt er dan zestig?' vroeg Erika. Het leek onwaarschijnlijk dat haar moeder op een feest uitgenodigd was. Sinds ze met haar werk in het verpleeghuis was opgehouden, waren haar vriendinnen, zelfs de meest vastberaden, geduldige types, weggebleven of had zij hun de rug toegekeerd. Vriendinnen verzamelde haar moeder niet.

Toen Erika de keuken in liep, zakte de moed haar in de schoenen. De voortuin zou moeten wachten. Vandaag moest de keuken aangepakt worden. Op de kookplaten lagen kartonnen borden. Halflege etensbakjes met groene schimmel. Ze zou eigenlijk pas over twee weken komen, en als het niet om de voortuin was gegaan, had ze dit niet gezien, maar nu ze het wel had gezien, kon ze er onmogelijk voor weglopen. Het was een gevaar voor de gezondheid. Het was een belediging voor de menselijke waardigheid. Ze zette haar emmers neer en trok een stel wegwerphandschoenen aan.

'Felicity Hogan wordt zestig,' zei haar moeder zuchtend, waarbij haar neusvleugels zich bij het woord 'Felicity' verwijdden, alsof Erika haar plezier in het feest vergalde door haar eraan te herinneren wie het feest gaf. 'Hemel, wat doe jij nou, handschoenen, alsof je gaat opereren.'

'Mam,' zei Erika. 'Felicity is vorig jaar zestig geworden. Nee, het jaar daarvoor, zelfs. Je bent niet naar dat feest geweest. Ik weet nog dat je zei dat je een *Great Gatsby*-feest ordinair vond.'

'Wat?' Haar moeders gezicht betrok, en ze duwde de hoofdband verder omhoog zodat haar haar eromheen rechtop stond en ze eruitzag als een verwaaide tennisser. 'Jij vindt jezelf altijd heel slim en goed, maar je hebt het mis, Erika!' De teleurstelling maakte haar toon snijdend. De scherpe randjes lagen altijd onder de zachte deken van haar moederliefde. 'Ik zal de uitnodiging voor je halen! Waarom zou ik uitgenodigd worden voor een feest van twee jaar geleden, geef daar eens antwoord op, juffrouw wijsneus?'

Erika lachte verbitterd. 'Maak je een grapje? Meen je dat? Want mam, jij gooit nooit iets weg!'

Haar moeder rukte de band van haar hoofd en liet hem vallen. Haar toon veranderde. 'Ik weet dat ik een probleem heb, Erika, denk je dat ik dat niet weet? Ik ben niet dom. Denk je dat ik geen groter, mooier huis wil met genoeg opslagruimte en linnenkasten en zo, zodat ik overal bij kan? Als je vader niet was weggegaan, had ik de hele dag thuis kunnen blijven en alles netjes in orde kunnen houden, zoals Clementines moeder, die je zo aardig vindt, Pam, die o-wat-ben-ik-toch-een-perfecte-moeder met mijn rijke echtgenoot en mijn perfecte huis.'

'Pam had een baan,' zei Erika kortaf. Ze scheurde een vuilniszak van de rol af en begon er plastic etensbakjes in te stoppen. 'Ze was maatschappelijk werkster, weet je nog?'

'Parttime! En natuurlijk weet ik dat nog. Hoe zou ik dat

kunnen vergeten? Jij was het maatschappelijke projectje dat ze erbij deed. Zij heeft ervoor gezorgd dat Clementine jouw vriendin werd. Waarschijnlijk heeft ze haar elke keer dat jij kwam spelen een gouden sticker gegeven.'

Het deed niet eens pijn. Dacht haar moeder dat dit een wereldschokkende onthulling was?

'Klopt,' zei Erika. 'Pam wist dat mijn thuissituatie niet ideaal was.'

'Je thuissituatie was niet "ideaal". Wat een melodrama. Ik heb mijn best gedaan! Ik heb je te eten gegeven! Kleren voor je gekocht!'

'We hebben een jaar lang geen warm water gehad,' zei Erika. 'Niet omdat we dat niet konden betalen, maar omdat je je te veel schaamde om iemand binnen te laten die de boiler kon repareren.'

'Ik schaamde me niet!' gilde haar moeder zo hard dat de pezen in haar nek opzwollen en haar gezicht vuurrood werd.

'Dat had je dan wel moeten doen,' zei Erika vlak. Op dit soort momenten werd ze akelig kalm; pas uren of zelfs dagen later, als ze alleen was in de auto of onder de douche, kon ze iets terugschreeuwen.

'Ik geef toe dat ik soms een tikje wantrouwig was dat ze je bij me zouden weghalen,' zei haar moeder. Ze keek zielig door haar oogharen naar Erika. 'Ik dacht altijd dat Pam het in haar menslievende, linksgeoriënteerde hoofd zou halen om bij de sociale dienst te klagen dat ik mijn plinten niet poetste of weet ik veel wat.'

'Plinten! Wanneer heb jij in dit huis voor het laatst plinten gezien?' vroeg Erika.

Haar moeder lachte vrolijk, alsof ze het echt grappig vond. Haar lach klonk net zo aangenaam als van een meisje op een bal.

('Is ze misschien bipolair?' vroeg Oliver toen hij de eerste keer meemaakte dat de stemming van zijn schoonmoeder ineens zomaar omsloeg, maar Erika zei dat ze vermoedde dat mensen met een bipolaire stoornis niets aan hun gedrag konden veranderen; haar moeder was natuurlijk wel gestoord, maar ze koos er helemaal zelf voor wanneer en hoe.)

'We hadden ratten,' zei Erika. 'Het kon niemand wat schelen of de plinten schoon waren.'

'Ratten?' zei haar moeder. 'Kom nou toch. We hebben nooit ratten gehad. Een muis, misschien. Een lief muisje.'

Ze hadden echt ratten gehad. Of in elk geval knaagdieren. En als die doodgingen, was de stank verschrikkelijk, ondraaglijk, maar ze lagen tussen al die troep in alle kamers. Ze moesten het gewoon uitzitten. De stank bereikte een hoogtepunt en nam daarna langzaam af. Maar verdwijnen deed hij nooit helemaal. Hij sijpelde door in Erika's lichaam.

'En Clementines vader was ook niet rijk,' vertelde ze haar moeder. 'Hij was een gewone vader met een gewone baan.'

'Deed hij niet iets in de bouw?' vroeg haar moeder op de charmante keuveltoon van iemand op een cocktailparty.

'Hij werkte voor een ingenieursbedrijf,' zei Erika. Ze wist niet echt wat voor werk Clementines vader had gedaan. Hij was nu met pensioen en hij had zich kennelijk verdiept in de Franse keuken en kookte heel goed.

Een keer toen Erika veertien was en haar moeder naar haar werk was, was Clementines vader bij hen langsgekomen en had hij een slot op haar slaapkamerdeur gemaakt, zodat ze haar kamer kon vrijwaren van de troep van haar moeder. Dat was zijn idee geweest. Hij had met geen woord gerept over de toestand in huis. Nadat hij de klus had geklaard, had hij zijn gereedschapskist gepakt, haar de waardevolle sleutel gegeven en even een hand op haar schouder gelegd. Zijn stilzwijgen was een openbaring geweest voor Erika, die niet alleen constant omringd was door fysieke voorwerpen, maar ook door woorden: een kolkende stortvloed van wrede, aardige, zachte, snerpende woorden.

Dat was Erika's enige ervaring met vaders: de stevige, stille hand van andermans vader op haar schouder. Zo'n soort vader zou Oliver zijn. Hij zou zijn liefde laten blijken in eenvoudige, praktische daden, niet met woorden.

'Nou, misschien was hij dan niet rijk, maar Pam was geen alleenstaande moeder, of wel soms? Zij kreeg steun! Ik kreeg geen steun. Ik was alleen. Je hebt geen idee. Wacht maar tot je zelf kinderen hebt!'

Erika bleef automatisch de vuilniszak met rommel vullen, maar ze nam een waakzame stilte in acht, als een beest dat gevaar rook. Jaren geleden, toen ze had verteld dat ze nooit kinderen wilde, had haar moeder op luchtige toon wreed gezegd: 'Ja, ik zie jou ook bepaald niet als een moeder.'

Natuurlijk had ze haar niet verteld over haar pogingen om zwanger te worden. Die gedachte was nooit bij haar opgekomen.

'O, maar wacht eens, jij zult geen kinderen krijgen, toch?' Haar moeder wierp haar een triomfantelijke blik toe. 'Je wilt geen kinderen omdat je het te druk hebt met je belangrijke carrière! Dus pech voor mij. Ik word geen grootmoeder!' Het was of die gedachte net bij haar was opgekomen, en nu dat het geval was, zwolg ze in het verschrikkelijke onrecht dat haar werd aangedaan. 'Daar moet ik dan maar tevreden mee zijn, zeker? Iedereen krijgt kleinkinderen, maar ik niet; mijn dochter is zo'n belangrijke carrièrevrouw met haar belangrijke baan in de stad en haar... hé!' Haar moeder greep haar arm. 'Wat doe je! Dat mag je niet weggooien!'

'Wat?' Erika keek naar de troep in haar gehandschoende hand: een bananenschil, een half opgegeten tonijnsalade, een doorweekt stuk keukenpapier.

Haar moeder trok een stukje papier vol vetvlekken uit haar hand. 'Ja! Dat! Daar had ik iets belangrijks op geschreven! Het was de naam van een boek, geloof ik, of misschien van een dvd, ik luisterde naar de radio en ik dacht: dat moet ik noteren!' Ze hield het tegen het licht en tuurde ernaar. 'Kijk nou wat je hebt gedaan, ik kan het niet meer lezen!'

Erika zei niets.

Ze handhaafde een beleid van passief verzet. Ze had nooit iets teruggezegd. Niet sinds de dag dat ze betrokken geraakt was bij een belachelijk tien minuten durend getouwtrek om een tennisracket met kapotte snaren, waarbij haar moeder schreeuwde: 'Maar ik ga het op eBay verkopen!' Natuurlijk had ze die strijd uiteindelijk verloren. Het racket bleef en het werd nooit op eBay verkocht. Haar moeder wist niet hoe ze iets op eBay moest verkopen.

Haar moeder zwaaide het stukje papier voor haar neus heen en weer. 'Jij loopt hier binnen, juffrouw betweter, en begint in mijn spullen te graaien met het idee dat je me daar een plezier mee doet, en het enige wat je doet, is alles nog erger maken! Het is maar goed dat jij geen kinderen wilt! Je zou hun speelgoed weggooien, of niet soms? Je zou hun dierbare spulletjes pakken en ze in de vuilnisbak gooien! Fijne moeder zou jij zijn!'

Erika draaide zich om. Ze tilde de volle vuilniszak aan de uiteinden op en liet hem met een klap op de vloer vallen. Ze legde een dubbele knoop in de uiteinden en liep ermee naar de achterdeur.

Ze dacht aan Clementines telefoontje: 'Ik wil je helpen om een kind te krijgen.' Op die vreemde toon. Het kwam doordat Clementine haar nu echt wilde helpen om een kind te krijgen. Daardoor klonk ze zo vreemd. Ze wilde het heel graag. Dit was haar kans om haar schuld direct af te kopen. Ze dacht eraan hoe Olivers gezicht hoopvol zou oplichten als ze het hem vertelde. Zou ze Clementines liefdadigheid moeten aannemen als die om de verkeerde reden werd gegeven? Het doel heiligt de middelen en zo?

Wilde ze eigenlijk nog wel een kind?

Ze pakte de vuilniszak over in haar linkerhand om de achterdeur open te doen, en op dat moment scheurde de zak open en viel alles eruit: een dikke, eindeloze, onstuitbare stroom.

Haar moeder sloeg zich op de knieën en liet haar aantrekkelijke lach schallen.

32

De dag van de barbecue

Dakota keek naar de tafel waar de volwassenen aan zaten en zag dat haar moeder even omhoogkeek voordat ze zich naar voren boog alsof ze op het punt stond een geheim te onthullen.

Holly en Ruby zaten ieder aan een kant tegen haar aan in de hangende tuinstoel, waar ze hun de Duck Song Game-app liet zien. Ze vonden het allebei prachtig. De meisjes waren schatjes en ze vond ze allebei leuk, maar ze had het nu wel zo'n beetje met ze gehad. Ze had zin om weer naar haar slaapkamer te gaan om in haar boek te lezen.

De grote mensen zaten nu allemaal opgewonden te giechelen en dempten hun stem als tieners die elkaar schuine moppen vertelden, wat Dakota ergerde.

Zo deden ze soms. Ze had genoeg flarden opgevangen om te weten dat dat pikante, stomme verhaal iets te maken had met hoe haar vader en moeder elkaar voor het eerst hadden ontmoet, maar als ze ernaar vroeg, zeiden ze altijd dat ze elkaar leerden kennen toen ze allebei een bod deden op hetzelfde huis, en vervolgens wierpen ze elkaar veelbetekenende blikken toe en dachten ze dat zij te dom was om dat op te merken.

Haar halfzusjes zeiden dat ze het geheim kenden, en dat geheim was dat haar vader al een verhouding met haar moeder was begonnen toen hij nog met Angelina getrouwd was. Angelina was haar vaders eerste vrouw, en het was heel moeilijk, bijna onmogelijk, voor Dakota om zich daar een voorstelling van te maken, ook al had ze een levendige fantasie.

Maar haar moeder zei dat er geen sprake van een verhouding was geweest toen haar vader nog met een ander getrouwd was, en Dakota geloofde haar.

Het was frustrerend dat ze dat geheim niet gewoon vertelde, want Dakota was er oud genoeg voor, wat het ook was. Nou ja, ze had nog nooit een film voor boven de achttien gezien, maar ze keek wel naar het nieuws en ze was op de hoogte van seks en moord en ISIS en pedofielen. Wat kon er verder nog zijn?

Ze wist trouwens van seks meer dan haar ouders. Er was een voorlichtingsavond op school geweest, waar de ouders ook bij waren, en de vrouw die de voorlichting gaf had gezegd: 'Om sommige dingen moet je misschien een beetje giechelen, en dat is normaal, je mag best even giechelen, maar daarna gaan we gewoon weer door.'

Dat was bedoeld voor de leerlingen; maar het waren de volwassenen geweest die zich niet konden inhouden. Haar vader, niet gewend om lang te zwijgen (hij stopte alleen met praten als hij ging slapen en soms als hij naar klassieke muziek luisterde; naar een film kon je met hem niet kijken), had aldoor zitten smoezen met de vader van haar vriendin Ashok, en op het laatst hadden ze zo zitten proesten dat ze de zaal moesten verlaten, en zelfs toen kon je ze buiten nog horen lachen.

Dat geheim dat ze voor haar verborgen hielden, stelde waarschijnlijk niets voor. 'Is dat alles?' zou Dakota zeggen, en ze zou haar blik ten hemel slaan en zich voor hen schamen.

Holly en Ruby maakten ruzie om Dakota's iPad.

'Nu ben ik aan de beurt!'

'Nee, ik!'

'Lief spelen,' zei Dakota, en ze hoorde zelf hoe ze klonk, ze leek wel iemand van veertig. Serieus.

33

De rimpeltjes rond Andrews ogen waren dieper geworden, maar verder zag hij er nog precies hetzelfde uit. Tiffany zag zijn lichte ogen even opflikkeren in een blik van herkenning toen hij haar op gepaste wijze als een van de schoolouders beleefd toelachte.

Zag ze ook angst? Of een lach? Verwarring? Hij probeerde waarschijnlijk te achterhalen waar hij haar van kende. Ze was hier in een andere context. Ze was hier in een totaal andere context.

Tiffany kreeg niet de kans om zich voor te stellen, omdat op dat moment een elegant geklede vrouw met zilvergrijs haar het podium besteeg en met haar aanwezigheid de zaal onmiddellijk rustig kreeg. Het hoofd van de school. Robyn Byrne. Ze schreef elke week een column in de plaatselijke krant over het lesgeven aan meisjes.

'Goedemórgen, dames en heren, meisjes,' zei ze op een manier die duidelijk maakte dat ze een reactie verwachtte, en die gaf iedereen dan ook automatisch op dat voorgeprogrammeerde, gezongen ritme: 'Goede-mor-gen, mevrouw Byrne,' gevolgd door een lichte golf van gegrinnik toen directeuren, juristen en kno-artsen beseften dat ze in de rol van onderdanige schoolkinderen gelokt waren.

Tiffany keek naar links, naar Vid, die met een onnozele glimlach naar Dakota zat te kijken, alsof ze een kleuter was die een kindervoorstelling bijwoonde. Dakota zat roerloos, met die vreselijke onaangedane blik.

‘Hartelijk welkom op Saint Anastasia,’ zei het schoolhoofd.

Hartelijk welkom voor het torenhoge schoolgeld.

‘En fijn dat u vandaag dat verschrikkelijke weer hebt getrotseerd!’ Mevrouw Byrne hief als een ballerina beide armen omhoog als naar de hemel, en iedereen keek naar het plafond dat hen tegen de regen beschermde.

Tiffany nam de gelegenheid te baat om snel nog even naar Andrew te kijken. Hij keek niet omhoog, maar juist recht voor zich naar het schoolhoofd, met zijn benen over elkaar, een Rolex-pols over een knie gedrapeerd in een bijna vrouwelijke pose.

Een aardige man. Die griezelige ogen waren misleidend. Ze wist nog hoe ze konden lachen.

‘Uw dochters zullen deze school verlaten als zelfbewuste, veerkrachtige jonge vrouwen.’ Mevrouw Byrne sloeg de plank mis met dat verhaal over de particuliere school. Veerkrachtig. Wat een onzin. Geen enkel kind dat naar een school ging die eruitzag als Buckingham Palace kwam er veerkrachtig af. Ze zou eerlijk moeten zeggen: uw dochter verlaat deze school met het gevoel dat ze op veel dingen aanspraak kan maken; daar zal ze vooral iets aan hebben op de wegen van Sydney.

Tiffany keek weer naar Dakota, die zonder iets te zien naar het podium bleef staren, terwijl Vid naast haar zijn mobieltje uit zijn zak haalde en nonchalant keek of hij nog sms'jes had, waarbij hij met zijn grote duim heen en weer ging over het scherm. Wat een manieren! Wat moesten anderen daarvan denken? Ja, Tiffany, wat zouden anderen daarvan denken? En wat zouden anderen ervan denken als Andrew aan zijn vrouw vertelde hoe hij haar kende? Maar waarom zou hij dat doen? O ja, schat, zo leuk, die vrouw die vanochtend naast jou zat, was vroeger een vriendinnetje van me!

Ze was inderdaad een vriendinnetje van hem geweest.

Stel dat hij dat aan zijn vrouw vertelde, en dat zijn vrouw het aan alle andere moeders vertelde, of maar aan één moeder die zich niet kon inhouden en het weer aan een andere moeder vertelde. Totdat alle dochters het uiteindelijk zouden weten. Wat zou dat betekenen voor Dakota's positie op deze school? Zou dat haar helpen 'een veerkrachtige jonge vrouw' te worden? Tja, wie weet. Niets maakte je sterker dan door anderen met de nek aangekeken worden.

Tiffany deed even haar ogen dicht.

Ze moest niet van streek raken. Ze dacht aan haar zusjes, die al die jaren terug hadden gezegd: 'Hoe kón je, Tiffany?' Maar ze had geen schaamte gevoeld, ze had nooit schaamte gevoeld, dus waarom werd ze er nu dan door overvallen?

Ze wist wel waarom. Ze wist het precies. Het was omdat sinds de barbecue alles uit balans leek. Zij hadden de barbecue gegeven. Het was bij hen thuis. Het was bij hen thuis gebeurd, en het was meer dan dat: hun gedrag had ertoe bijgedragen. Ze waren medeverantwoordelijk als gevolg van nalatigheid. Ze kon niet beweren dat zij geen schuld had. Vid ook niet.

Dus wat als zij de verantwoordelijkheid voor alles op zich nam?

Dat Harry in zijn huis op de grond lag te roepen om hulp die nooit kwam.

Dat Clementines ogen schitterden in de schemering, dat alles in goede sfeer was verlopen, niemand had kwaad in de zin. Dat zij ouders waren betekende niet dat ze geen mensen waren.

Dat ze één keer iets onaanvaardbaars had gedaan. Eén keer maar.

Het schoolhoofd begon harder te praten toen ze haar vingertoppen tegen elkaar sloeg in een elegante versie van applaus om drie meisjes in uniform op het podium te verwelkomen die ieder een muziekinstrument bij zich hadden.

Tiffany keek naar het glanzende goudkleurige hout van de instrumenten, de rode schoollinten in de perfecte paardenstaarten, de elegante snit en kwaliteit van hun schoolblazers, en ze zag duidelijk voor zich wat er zou gebeuren als Andrew aan zijn vrouw vertelde waar hij Tiffany van kende. Er zou nooit een naar of een hard woord vallen, maar meisjes in groene jasjes en met rode haarlinten zouden Dakota kapotmaken met hun stiekeme lachjes en gefluister, met nepvriendelijkheid, en cryptische, snijdende opmerkingen op sociale media. Dakota zou ervoor moeten boeten.

De meisjes hieven tegelijk hun strijkstok. Muziek vulde de zaal. De muziek uit een andere wereld. Clementines wereld. Niet de gitaren uit Tiffany's wereld.

Toen Tiffany opzijkeek naar Dakota's mooie, jonge profiel zag ze een intense droefheid in haar gezicht. Het was alsof Tiffany's dochtertje overmand was door zwaar verdriet. Het was alsof alles wat Tiffany zo-even voor zich had gezien, nu al gebeurde.

'Mam.' Dakota draaide zich plotseling om naar Tiffany en fluisterde: 'Ik geloof dat ik moet overgeven.'

Tiffany voelde dankbaarheid en moederliefde opwellen. Haar kind was niet verdrietig, maar misselijk. Daar kon ze iets aan doen. Met gemak. 'Kom mee,' zei ze zachtjes, en ze stond op terwijl ze dringend naar Vid gebaarde. Ze liep de zaal uit langs haar nieuwe vriendin in de Stella McCartney-rok, haar dochter en Andrew, die beleefd knikte, met misschien een strak trekje om zijn mond, maar dat kon ze zich ook hebben verbeeld. Toen ze eenmaal buiten stonden, zei Dakota dat ze niet naar een wc op zoek hoefden, ze wilde alleen naar huis, onmiddellijk, graag. Ze zag bleek.

Vid vond op zijn onnavolgbare manier een vrouw met een naambordje, legde haar de situatie uit en kreeg een informatiemap en een begripvolle glimlach. Hij voelde zich thuis in elke situatie: bij een tuinfeest of een bokswedstrijd, het maakte Vid niet uit, het was allemaal even boeiend.

Zou hij de band die zij met Andrew had gehad ook boeiend vinden?

Dakota stapte achter in de auto.

'Wil je niet voorin zitten?' vroeg Tiffany.

Dakota schudde zwijgend haar hoofd.

'Ga dan in elk geval in het midden zitten,' zei Tiffany. 'Dan kun je recht voor je op de weg kijken. Dat is beter voor je maag.'

Dakota schoof naar het midden, Vid en Tiffany stapten in, en vanaf het schoolterrein reden ze naar huis. Na een poosje, toen duidelijk werd dat Dakota niet hoefde over te geven, stak Vid een sigaret op en begon te praten.

'Fijne school wel, toch? Wat vond je ervan? Die meisjes die muziek maakten waren goed, hè? Misschien kun jij ook cello gaan spelen, Dakota! Net als Clementine. We zouden Clementine kunnen vragen om je les te geven.'

'Vid,' zei Tiffany. In hemelsnaam. Was hij nu helemaal gek? Geloofde hij echt dat Clementine nog iets met hen te maken wilde hebben na wat er was gebeurd? Ze zou elk excuus aangrijpen om Dakota geen les te hoeven geven. En haar locatie was ook niet bepaald handig. Als Dakota echt een muziekinstrument wilde leren spelen, zouden ze iemand in de buurt zoeken. 'Clementine zal Dakota geen les willen geven.'

Achterin klonk een vreemd geluid.

'Moet je overgeven, schatje?' Tiffany draaide zich snel om.

Dakota keek Tiffany aan. Het was alsof ze gevangenzat in haar eigen lichaam en Tiffany wanhopig om hulp smeekte.

'Kun je ademhalen?' vroeg Tiffany. 'Dakota, kun je ademhalen? Krijg je wel lucht?'

'Dakota?' Vid tikte zijn sigaret het raam uit en gaf het stuur een slinger naar links, zodat hij met piepende remmen en razend getoeter van auto's achter hem langs de kant van de weg tot stilstand kwam.

Tiffany en Vid stapten uit, de stromende regen in. Daarna stapten ze allebei achterin, naast Dakota.

'Wat is er? Wat is er?' zei Tiffany.

'Het... het...' Dakota's borstkas ging zwoegend op en neer. Tranen liepen over haar gezicht.

Tiffany's hart begon sneller te kloppen. Wat kon er met haar aan de hand zijn? Wat kon er zo vreselijk zijn? Het moest om seksueel misbruik gaan. Iemand had aan haar gezeten. Iemand had haar pijn gedaan.

'Dakota,' zei Vid. 'Dakota, engeltje, haal diep adem, ja?' Zijn trillende stem verraadde zijn angst, alsof zijn gedachten dezelfde kant uit gingen als de hare. 'En dan vertel je ons wat er aan de hand is.'

Dakota haalde diep, bevend adem.

Ten slotte zei ze heel zacht: 'Clementine.'

'Clementine?' herhaalde Tiffany.

'Ze haat me,' snikte Dakota.

'Welnee!' reageerde Tiffany meteen instinctief op het verboden woord 'haat'. 'Ik bedoelde alleen dat ze je geen les zou willen geven omdat ze lesgeven volgens mij helemaal niet leuk vindt, ze probeert fulltime aan de slag te komen bij...'

'Jawel, ze haat me wel!' snauwde Dakota, en het was een opluchting om de normale humeurige toon van een tienjarige weer te horen.

'Waarom denk je dat Clementine je haat?' vroeg Vid.

Dakota wierp zich tegen haar vader aan. Hij sloeg zijn armen om haar heen en keek over haar heen niet-begrijpend naar Tiffany.

'O, Dakota,' zei Tiffany. 'Liefje. Nee. Néé.' Ze leunde naar voren en legde haar wang tegen Dakota's smalle, gekromde rug en haar hand op haar knokige ruggengraat, met een bloedend hart omdat ze precies wist wat Dakota ging zeggen.

34

De bruiloft vond gelukkig plaats op maar tien minuten rijden van Clementines huis, en ze wist precies waar het was, dus ze zou niet de weg kwijtraken. Dat was het ergste van het werken als freelancer, dat je naar onbekende locaties moest rijden.

Ze was nog nooit te laat gekomen voor een optreden, dat mocht ze wel afkloppen, want ze nam altijd extra tijd voor onvoorziene omstandigheden.

De bruiloft werd gevierd aan de haven, in een beschutte baai met enorme inheemse vijgenbomen en een oude muziektent. Clementine speelde niet graag buiten: rondslepen met haar cello en muziekstandaard op zoek naar de juiste plek, bladmuziek die opfladderde in de wind, ondanks de knijpers waarmee ze die altijd vastzette, vingers die gevoelloos werden op koude dagen, make-up die langs je gezicht droop op hete dagen, en geen akoestiek, zodat het geluid zinloos de atmosfeer in sijpelde. Maar om de een of andere reden was deze plek hun altijd goedgezind; de muziek dreef over het blauwe, schitterende water, en punctuele bruidjes schreven na hun wittebroodsweken een gloedvolle aanbeveling op het internet.

Maar vandaag niet. Vandaag zou het vreselijk worden. Het uitzicht op de haven zou ontbreken. Clementine keek naar de donkergrijze wolkenband boven de skyline van Sydney. De wereld leek smaller. Mensen liepen in elkaar gedoken. Het had de hele ochtend gestaag geregend, en hoewel het nu was afgenomen tot een zacht gespetter, kon het elk moment weer gaan gieten.

'Gaat het evengoed door buiten?' had Clementine die ochtend gevraagd aan Kim, eerste violist en manager van Passing Notes.

'Ze hebben voor ons een tent gehuurd,' zei Kim. 'De gasten zullen het met een paraplu moeten doen. De bruid was vanochtend in tranen. Ze dacht dat het niet zo lang kon blijven regenen. Ik weet nog dat ik tijdens de boeking aan haar vroeg "Wat is plan B bij slecht weer?", en zij zei: "Het regent niet." Waarom zeggen ze dat altijd? Waarom zijn bruiden altijd zo onrealistisch?'

Kim zat midden in een vechtscheiding.

Clementine vroeg zich af of zij ook aan het begin van een vechtscheiding stond. Toen Sam vandaag naar de veerpont vertrok, had ze 'Veel plezier op je werk' gezegd, en ze wist zeker dat ze hem geërgerd had zien kijken, alsof hij nog nooit zoiets stoms had gehoord, of alsof zij de laatste op aarde was van wie hij een fijne dag toegewenst wilde krijgen. Het had haar pijn gedaan, een plotselinge, scherpe steek, alsof ze een uitbrander kreeg, zoals vanochtend toen haar c-snaar sprong op het moment dat ze haar hoofd boog en hij tegen haar wang schoot. Dat was haar nog nooit overkomen. Ze wist niet eens dat het mogelijk was. Er zat te veel spanning in haar spel. Te veel spanning in haar lichaam. Te veel spanning in huis. De klap van die snaar had als iets persoonlijks gevoeld, en ze had daar in alle vroegte in het donker gezeten zonder dat ze haar vingertoppen tegen haar wang wilde drukken.

Ze parkeerde vlak naast de ingang van het park. Ze was twintig minuten te vroeg, de tijd die ze altijd extra uittrok voor het geval ze 'de weg kwijtraakte'. Ze geeuwde en keek naar de lucht. De regen zou misschien net lang genoeg wegblijven. Als de bruid geluk had.

Ze leunde achterover en sloot haar ogen.

Die ochtend was ze om vijf uur opgestaan en had ze met de metronoom het stuk van Beethoven geoefend. 'Voel het innerlijke ritme,' zei Marianne altijd, maar dan riep ze ineens: 'Te schokkerig! Te schokkerig!'

Clementine masseerde haar pijnlijke schouder. Haar eerste celloleraar, meneer Winterbottom (haar oudere broers en haar vader noemden hem altijd meneer Winter-bum), zei altijd 'Niemand speelt zonder pijn' als Clementine weleens klaagde dat ze ergens last van had. Clementines moeder had dat maar niets gevonden. Pam had zich verdiept in de alexandertechniek, en die oefeningen hielpen Clementine nog steeds wanneer ze eraan dacht ze te doen.

Meneer Winterbottom tikte altijd met zijn strijkstok op haar knie en zei dan: 'Meer oefenen, juffie, je kunt niet alleen op je talent dobberen, want ik kan je verzekeren, daarvan heb je niet genoeg,' en: 'Het is moeilijk voor je om je emotioneel te geven aan je muziek omdat je nog te jong bent, je hebt eigenlijk nog nooit echt iets gevoeld. Je hart moet eerst gebroken worden.' Toen ze zestien was, had hij haar voor een auditie naar het Sydney Youth Orchestra gestuurd, maar met de mededeling dat ze niet op toelating mocht hopen, ze was simpelweg niet goed genoeg, maar het zou een goede ervaring zijn. Er stond geen scherm, er zat alleen een jury, die haar bemoedigend toelachte, maar toen ze met haar cello was gaan zitten, kon ze de stok niet eens naar de snaren brengen omdat ze ineens verstijfd was van angst. Het was alsof ze door een verschrikkelijke ziekte was overvallen. Ze stond op en liep van het podium zonder een noot te hebben gespeeld. Er leek gewoon geen andere optie. Meneer Winterbottom zei dat hij zich in zijn hele leven niet zo had geschaamd voor een leerling, en hij had heel wat leerlingen gehad. Jongeren met cellokisten kwamen de hele dag af en aan naar zijn huis: een productielijn van cellisten die leerden zichzelf te verafschuwen.

Na het auditiedebacle had haar moeder een nieuwe lerares voor haar gevonden, en haar dierbare Marianne had op de eerste dag gezegd dat audities onnatuurlijk en angstaanjagend waren, ze had ze zelf altijd gehaat en ze zou Clementine nooit naar een auditie laten gaan waarop ze niet goed was voorbereid.

Waarom had de kanker in zijn wrede willekeur de mooie Marianne te grazen genomen en niet die vreselijke meneer Winter-bum, die nog gezond en wel was en neurotische muzikanten afleverde?

Clementine deed haar ogen open en zuchtte toen ze lichte spetters op de voorruit hoorde. Het was de regen, die zich voorbereidde op een hoosbui. Ze zette de radio aan en hoorde een presentator zeggen: 'Zolang de "zondvloed" in Sydney doorgaat, wordt iedereen gewaarschuwd om uit de buurt te blijven van afvoerputten en kreken.'

Haar telefoon op de stoel naast haar ging, en ze pakte hem om op het schermpje te kijken. Er stond geen naam, maar ze herkende de reeks cijfers.

Vid.

Sinds de barbecue had hij al zo vaak gebeld dat ze zijn nummer herkende, maar ze nam nooit de moeite om het in haar telefoon op te slaan, omdat hij geen vriend was maar een kennis, een vriend van een buurman, die ze nooit meer wilde zien. Erika had het recht niet om hem haar nummer te geven. Vid en Tiffany hadden via haar eventuele boodschappen moeten doorgeven. Wat moest hij van haar?

Ze hield de telefoon voor zich, en starend naar het schermpje probeerde ze zich voor te stellen dat hij de telefoon in zijn grote hand hield. Ze herinnerde zich dat hij zei: 'Jij en ik zijn de watjes.' De watjes. Ze sloot haar ogen, en haar maag verkrampte onmiddellijk. Ze vroeg zich af of ze uiteindelijk zou moeten boeten met een maagzweer. Was het iets wat maagzweren veroorzaakte? Van spijt doortrokken zwartgalligheid?

De telefoon was opgehouden, en ze wachtte het sms'je af met de mededeling dat Vid weer had gebeld zonder een berichtje achter te laten. Er waren slechts twee gelegenheden geweest waarin hij was bezweken en duidelijk tegen zijn zin een boodschap had ingesproken: 'Clementine? Met Vid. Hoe gaat het met je? Ik bel wel weer.' Hij was zo iemand die nooit een berichtje insprak en die wilde dat jij die verdomde telefoon opnam. Haar vader was precies zo.

Onmiddellijk ging haar telefoon weer. Dat zou Vid wel weer zijn, dacht ze, maar hij was het niet; het was een onbekend nummer. Hij zou toch niet proberen haar erin te luizen door met een ander nummer te bellen? Het was Vid niet. Het was de ivf-kliniek van Erika. Ze belden voor een afspraak met een consulente om over eiceldonatie te praten.

Erika had haar die ochtend het nummer van de kliniek gegeven op een geïrriteerde, ongeduldige toon, alsof ze niet echt had verwacht dat Clementine zou bellen.

Clementine haalde haar agenda uit haar handtas en hield hem op haar schoot terwijl ze een afspraak maakte voor de dag vóór haar auditie. De kliniek was in de stad. Ze zou dan net op tijd terug zijn voor haar les aan de griezelig talentvolle Wendy Chang (graad vijf met negen jaar). De vrouw met wie ze de afspraak maakte, was heel vriendelijk en legde haar alles uit over een eerste bloedtest die ze misschien dan of later kon laten doen, dat was helemaal aan haar, en Clementine vermoedde dat de vrouw haar waarschijnlijk voor een menslievende, altruïstische persoon aanzag die dit uit naastenliefde deed, niet onder de zware druk van een verplichting.

Ze hoorde nog Erika's berustende stem die ochtend aan de telefoon. 'O, Clementine, we weten allebei dat dat een leugen is.' Maar daarna was ze onmiddellijk ter zake gekomen en had ze haar het nummer van de kliniek gegeven alsof het haar niet kon schelen dat het een leugen was. Het kon haar niet schelen wat Clementines motieven waren, ze was alleen geïnteresseerd in de eicellen.

Wat had Clementine dan verwacht? Dankbaarheid en blijheid? 'O, dank je wel, Clementine, wat ben je toch een geweldige vriendin!'

Ze sprong op toen iemand op het raampje naast haar bonsde. Het was Kim met haar vioolkist, die met een ongelukkig gezicht onder een reusachtige paraplu stond.

Clementine draaide het raampje open.

'Wat een lol, hè,' zei Kim mat.

De pop-uptent boezemde geen vertrouwen in. Hij zag er goedkoop uit, alsof hij uit een winkel kwam waar alles twee dollar kostte.

'Ik denk niet dat die het gaat houden,' zei Nancy, de altvioliste, met een blik op de flinterdunne witte stof. Op een paar plaatsen zakte het doek al door. Clementine zag de donkere schaduw van bladeren in de plasjes boven hun hoofd drijven.

'Het is tot dusver nog helemaal droog,' zei Kim bezorgd. In hun contract stond dat ze iets te eten kregen en dat er een mogelijkheid moest zijn om hun instrumenten droog te houden. In geval van regen hadden ze het recht om op te stappen, maar zover was het nooit gekomen.

'Het gaat vast wel goed,' zei Indira, de tweede violiste, die altijd de rol van optimist op zich nam en ervoor zorgde dat ze iets te eten kregen. Ooit had ze midden in een stuk haar viool neergelegd om te kijken of een langslopende ober iets lekkers te bieden had, wat heel gênant was geweest.

'Hoe gaat het met oefenen?' vroeg Nancy toen ze aan het stemmen waren.

Clementine zuchtte onhoorbaar. Daar ging ze weer. 'Wel goed,' zei ze.

'Hoe gaat die arme Sam dat doen met het brengen en halen van de kinderen als jij op tournee bent?' vroeg Nancy.

'Nancy. Ik krijg die baan niet,' zei Clementine.

'Ik denk dat je een heel goede kans maakt!' zei Nancy.

Nancy wilde niet dat ze die baan kreeg. Ze deed alsof dat

was omdat ze niet wilde dat Clementine bij het kwartet weg-ging, maar Clementine moest bij haar altijd denken aan wat Gore Vidal ooit had gezegd: 'Elke keer dat een vriend succes heeft, sterft er iets in mij.'

Nancy was zo'n vriendin die Clementine altijd wees op vrouwen met een slank figuur: kijk die dunne taille/lange benen/strakke billen. Zou je het niet fantastisch vinden om er ook zo uit te zien? Zou je haar niet vermoorden? Daar word je toch depressief van, vind je niet? (Want als dat niet zo is, zou je het verdomme wel moeten zijn!)

'Nou, als je die baan niet krijgt, krijg je ook niet te maken met al die orkestregels,' zei Nancy. 'Net of je bij een groot bedrijf in dienst bent. Vergaderingen. Beleidsregels. Persoonlijk zou ik er niet tegen kunnen, maar ja, zo ben ik nu eenmaal.'

'Je vindt het vast geweldig, Clementine. De kameraadschap, het reizen, het geld!' zei Indira.

'Zou Sam het niet erg vinden om met al die muzikanten om te gaan?' vroeg Nancy. Nancy liet geen gelegenheid voorbijgaan om aan te voeren dat Sam geen muzikant was. Het was alsof ze aanvoelde dat daar een zwakke plek zat, dus bleef ze erover doorgaan. Ze had ooit tegen Clementine gezegd: 'Ik zou nooit met een man kunnen trouwen die geen muzikant was, maar zo ben ik nu eenmaal.'

'Hij kan met de meeste mensen goed opschieten,' zei Clementine kort.

'Ik dacht alleen dat het niet zijn types zouden zijn,' zei Nancy. 'Hij is meer het type van een stoer buitenmens, toch?'

'Sam is geen buitenmens,' voer Clementine uit. Hou je kop, Nancy. Nancy was echt zo'n prinses uit de chique buitenwijken. Haar vader was rechter.

'Zei je niet een keer dat hij geen muzikaal gehoor heeft?' vroeg Nancy.

'Hij doet alsof hij geen muzikaal gehoor heeft,' zei Clementine. 'Dat vindt hij leuk om te zeggen.'

'Hij houdt van jarentachtigrock,' zei Kim toegeeflijk.

'Goh, zeg, wat zien je benen er fantastisch uit in die broek, Kim,' zei Nancy. 'Je zou haar bijna vermoorden, wat jij, Clementine?'

'Ik ben eigenlijk erg op haar gesteld,' zei Clementine.

'O, trouwens! Dat vergat ik nog bijna. Ik heb gehoord dat Remi Beauchamp auditie doet.' Nancy speelde haar troefkaart.

'Ik dacht dat hij in Chicago zat,' zei Clementine. Ze bleef vrij onbewogen. Ze kende Remi al jaren en had altijd veel ontzag gehad voor zijn onberispelijke voordracht. Zelfs als ze de eerste ronde haalde, zou het orkest uiteindelijk voor hem kiezen.

'Hij is terug,' zei Nancy, en ze probeerde sip te kijken door haar mondhoeken omlaag te trekken. Het resultaat was nogal angstaanjagend. Ze leek net de Joker in *Batman*. 'Maar ik weet zeker dat jij nog steeds een goede kans maakt.'

'De eerste gasten komen eraan,' zei Kim. 'Zullen we beginnen met het stuk van Vivaldi?'

Ze sloegen allemaal de juiste bladmuziek op en brachten hun instrument in de aanslag.

Kim klemde haar viool onder haar kin, gaf een kort knikje en begon te spelen. Toen haar blik die van Clementine ontmoette, deed ze een stapje achteruit, net ver genoeg om achter Nancy's hoofd haar middelvinger op te steken op een snelle, onopvallende manier die voor ieder ander net zo goed een onderdeel kon zijn van haar spel op de snaren.

Tijdens het spel liet Clementine haar gedachten wegvloeien. Ze hoefde er niet bij na te denken. Ze speelden al samen sinds Holly nog een baby was en ze waren goed op elkaar ingespeeld. Nancy had de neiging te gaan jagen, maar dat vond ze zelf niet, zij vond dat de anderen niet genoeg vaart hadden. Nu pasten ze zich maar aan haar aan.

Ze gingen verder met 'Air on a G String', en Clementine

keek naar de arme gasten, die hun paraplu hoog boven hun sombere gezichten hielden, met hun hoge hakken die weg-zakten in het natte gras, en wanhopig naar het einde verlangden.

'Daar komt de bruid!' Een vrouw met een klein hoedje kwam plotseling aangelopen. Ze deed Clementine aan Mr Potato Head denken. 'Gauw, de bruiloftsmars, snel, snel!' Ze zwaaide met beide handen alsof ze een dirigent nadeed. Het leek erop dat ze al aardig wat champagne achter de kiezen had.

Kim vroeg altijd één persoon om hen officieel te waarschuwen als de bruidsmuziek moest worden ingezet, maar om de een of andere reden waren er altijd gasten (vrouwen, het waren altijd vrouwen) die die taak op zich namen en er vaak de oorzaak van waren dat ze te vroeg begonnen. Eén keer hadden ze het welkomstlied tien keer gespeeld voordat ze eindelijk de bruid aan zagen komen.

'Oeps! Sorry! Vals alarm!' De dame met het aardappelhoofdhoedje trok een overdreven verontschuldigend gezicht.

Bruiden kwamen zelden vroeg. Ze hadden ooit op een bruiloft gespeeld waar de bruid een uur te laat kwam, en toen hadden ze moeten vertrekken omdat ze ergens anders nog een optreden hadden.

Erika was te vroeg op haar eigen bruiloft. 'We kunnen niet te vroeg zijn,' had Clementine, haar enige bruidsmeisje, gezegd. 'Er arriveren nog steeds gasten.'

'Oliver zal er zijn,' zei Erika. Ze droeg haar haar naar achteren en haar ogen waren zwaar opgemaakt. Ze zag er totaal anders uit. 'Hij is de enige die voor mij telt.' Het was een van de weinige keren dat Erika degene was geweest die de etiquette aan haar laars lapte.

Clementine had niet echt jaloezie gevoeld, maar misschien iets wat erop leek, omdat ze zag dat voor Erika echt alleen de huwelijksvoltrekking telde, niet haar bruiloft. Ze maakte zich niet druk om haar jurk of haar haar of de muziek of zelfs haar gasten; alleen Oliver was voor haar belangrijk. Terwijl Clementine bij haar huwelijk al die dingen wel belangrijk had gevonden. (De kapster, bijvoorbeeld, verpestte haar haar, zodat ze er op haar trouwdag had uitgezien als Morticia.) Sam en zij hadden elkaar die dag amper gesproken, omdat ze moesten bijpraten met vrienden en familieleden die van ver kwamen, terwijl Erika en Oliver alleen maar oog hadden gehad voor elkaar. Het had iets misselijkmakends gehad. En iets moois.

Ze vroeg zich nu af of dat voortekenen geweest waren. Natuurlijk, zij en Sam lachten samen, ze waren gepassioneerd (althans voordat de kinderen er waren), ze hadden lol, maar hun relatie was niet sterk genoeg om de eerste echte test te doorstaan. Het was geen standvastig huwelijk. Een pruthuwelijk. Een huwelijk van niks.

De tent ging heen en weer. Clementine voelde iets nats op haar gezicht. Waren het tranen? Of regendruppels?

'Het lekt,' zei Nancy terwijl ze omhoogkeek. 'Het lekt als een gek.'

Het was plotseling weer gaan gieten.

'Dit is niet goed,' zei Indira, die op dat moment het kostbaarste instrument bezat. Ze had het geleend van een gepensioneerde violist.

'We gaan weg hier.' Kim liet haar viool zakken. 'Kom mee.'

Clementine zat weer in de auto en wilde net starten, toen haar telefoon ging. Toen ze hem pakte, zag ze dat ene woord op het schermpje: *school.*

'Helen?' zei ze meteen, want meestal was het Helen, de secretaresse die namens de school belde.

Haar hart sloeg over. Allerlei rampscenario's doemden op.

'Niets aan de hand, Clementine,' zei Helen snel. 'Alleen zegt Holly weer dat ze buikpijn heeft. We hebben van alles geprobeerd om haar af te leiden, maar het werkt niet, vrees ik. We weten niet meer wat we met haar aan moeten, ze verstoort de les, en tja... het lijkt erop dat het echt zo is. We willen niet dat verhaal met die jongen die steeds riep dat hij een wolf zag.'

Clementine zuchtte. Dit was vorige week ook gebeurd, en tegen de tijd dat ze Holly mee naar huis had genomen, was haar buikpijn als bij toverslag verdwenen.

'Weet je ook hoe haar gedrag vandaag was?' vroeg Clementine aan Helen.

Volgens de beminnelijke, wat maffe kleuterjuf, juffrouw Trent, had Holly 'af en toe problemen met zelfregulering' op school, en als gevolg daarvan maakte ze niet altijd 'de juiste keuzes'. Haar gedrag was zeker niet voorbeeldig geweest. Ze zat in een opstandige, zeurderige fase, en onlangs had ze in plaats van 'nee' een meeuwachtige kreet geperfectioneerd. Clementine werd er beroerd van.

'Blijkbaar niet al te slecht,' zei Helen voorzichtig. 'De regen helpt ook niet echt. Alle kinderen worden er opstandig van. Wij ook, eigenlijk. Ze zeggen dat we dit weer nog minstens een week houden, niet te geloven, toch?'

Clementine keek naar de huwelijksplechtigheid die in het park plaatsvond. De bruid en bruidegom keken elkaar aan, hand in hand, terwijl anderen een paraplu boven hun hoofd hielden. De bruid lachte zo hard dat ze wankelde op haar benen, en de bruidegom, ook lachend, ondersteunde haar. Ze leken het niet erg te vinden dat het strijkkwartet was vertrokken.

Sam en zij hadden bij hun huwelijksvoltrekking ook veel gelachen. 'Ik heb nog nooit een bruidspaar gezien dat zoveel lachte,' had de voorganger zuur gezegd, alsof ze hun trouwerij niet serieus genoeg namen. Sam bleef maar lachen om Clementines Morticia-haar, wat aanstekelijk op haar werkte en waardoor het geen probleem meer was.

Maar je kon niet alles met een lach redden. Ze hadden acht jaar gelachen, een mooie tijd. Ze hadden elkaar bij voorspoed en tegenslag trouw beloofd, maar ze hadden erbij gelachen, omdat alles in hun ogen zo grappig was. Ze hadden gedacht dat een fout kapsel het ergste was wat je kon gebeuren. De voorganger had zich terecht geërgerd. Ze had hen moeten vastgrijpen en moeten roepen: 'Dit is een ernstige zaak! Het leven wordt ernst, en jullie hebben je aandacht er niet bij!'

'Ik kom zo,' zei ze tegen Helen.

35

De dag van de barbecue

'Vid kende me al omdat hij me had zien optreden,' zei Tiffany tegen Clementine.

'Mammie!' riep Holly vanuit de hangstoel. 'Kom eens kijken!'

'Even wachten,' riep Clementine terug zonder haar blik van Tiffany af te wenden. 'Dus je trad op...?'

'Net als jij, Clementine!' zei Vid verrukt.

'Niet helemaal zoals Clementine,' corrigeerde Tiffany hem gnuivend.

'Mammie!' schreeuwde Ruby.

'Heel even nog,' riep Clementine terug. Ze keek Tiffany aan. 'Ben je muzikant?'

'Nee, nee, nee.' Tiffany begon borden op te stapelen. 'Ik was danseres.'

'Ze was een beroemde danseres,' zei Vid.

'Ik was niet beroemd,' zei Tiffany, al was ze dat in bepaalde kringen wel geweest.

'Was je een beroemde limbodanseres?' vroeg Sam met een fonkeling in zijn ogen.

'Nee, maar soms was er wel een paal bij betrokken.' Tiffany keek hem met net zo'n fonkelende blik aan.

Er viel een stilte. Vid straalde.

'Bedoel je dat je paaldanseres was?' Clementine dempte haar stem. 'Zoals een... een stripdanseres?'

'Clementine, natuurlijk was ze geen stripdanseres,' zei Erika.

'Nou...' zei Tiffany.

Weer werd het stil.

'O,' zei Erika. 'Sorry, ik bedoelde niet dat...'

'Je hebt er in elk geval het figuur voor,' zei Clementine.

'Nou,' zei Tiffany weer. Dit werd een beetje lastig. Ze kon moeilijk zeggen: ja, vind ik ook, meid. Je mocht niet trots zijn op je eigen lichaam. Vrouwen verwachtten bescheidenheid over dat onderwerp. 'Toen ik negentien was wel.'

'Vond je het leuk om te doen?' vroeg Sam aan Tiffany.

Clementine wierp hem een blik toe. 'Wát nou?' Sam hief zijn handen. 'Ik vraag alleen of ze haar oude beroep leuk vond. Dat is een valide vraag.'

'Ik vond het enig,' zei Tiffany. 'Meestal. Het was net als elke andere baan. Met leuke en minder leuke dingen, maar ik heb er hoofdzakelijk van genoten.'

'Heb je goed verdiend?' ging Sam door.

'Heel goed verdiend,' zei Tiffany. 'Daarom deed ik het. Ik was bezig met mijn studie, en op die manier kon ik heel wat meer verdienen dan als kassajuf.'

'Ik was kassajuf,' zei Clementine. 'En dat vond ik trouwens niet echt leuk, voor het geval het iemand interesseert.'

'Heel jammer. Je zou een fantastische stripper geweest zijn, schat,' zei Sam.

'Dank je, schat,' zei Clementine vlak.

'Je had je cellogezicht kunnen trekken terwijl je rond de paal zwierde. Dat zou je aardig wat fooi hebben opgeleverd.' Sam gooide zijn hoofd naar achteren, sloot zijn ogen en liet zijn wenkbrauwen op en neer gaan, waarschijnlijk om na te doen hoe Clementine keek als ze cello speelde.

Clementine keek naar de tafel en drukte haar vingertoppen tegen haar voorhoofd. Haar hele lichaam schudde. Tiffany staarde naar haar. Huilde ze?

'Ze lacht,' zei Erika laatdunkend. 'De eerste minuten hoef je geen zinnig woord van haar te verwachten.'

Oliver schraapte zijn keel. 'Ik heb pas in een artikel gelezen dat ze proberen om paaldansen tot een olympische sport te maken,' zei hij. 'Blijkbaar is het een zware sport. Je moet over een goede spierbeheersing beschikken.'

Tiffany moest glimlachen omdat die arme kerel zo zijn best deed om het gesprek weer op een veilig, beschaafd niveau te brengen.

'O ja, zeker, Oliver, het is een zeer zware sport,' zei Vid suggestief met een wenkbrauw opgetrokken, en Clementine lag weer dubbel.

Tiffany dacht eraan hoeveel eenvoudiger de wereld zou zijn als iedereen Vids bijna kinderlijke benadering van seksualiteit deelde. Vid hield van seks op dezelfde manier als van klassieke muziek en blauwe kaas en snelle auto's. Voor hem was het allemaal hetzelfde. De fijne dingen van het leven. Het ging alleen maar om naakte, mooie dansmeisjes in een nachtclub. En wat dan nog?

Erika draaide zich met een ruk in haar stoel om en keek naar de kinderen. 'En weet je dochter...?' begon ze tegen Tiffany.

'Dakota weet dat ik danseres was.' Tiffany hief haar kin. Ga me niet ondervragen over de keuzes die ik als ouder maak. 'Ik wacht tot ze ouder is om haar er meer over te vertellen.'

Vids oudere dochters en ex wisten het ook niet. O god, wat een commentaar zouden zijn dochters geven, die zich kleedden als de Kardashians maar zich tegenover Tiffany gedroegen alsof ze de normen van een kloosterzuster naleefden. Als ze er ooit achter kwamen, zouden ze als gekken met haar geheim aan de haal gaan.

'Juist,' zei Erika. 'Natuurlijk. Ja.'

Clementine keek weer op en ging met haar vingers langs haar ogen. Haar stem trilde nog van het lachen. 'Nou, vergeef het me maar, want ik geloof dat ik een heel erg gemiddeld leven heb geleid,' zei ze.

'Daar weet ik niets van,' zei Sam. 'Wat wil je daarmee zeggen? Ik heb *Vijftig tinten grijs* gelezen. Ik heb het bestudeerd. Ik heb geprobeerd de studeerkamer in te richten als de rode kamer van pijn.'

Clementine gaf hem een por. 'Ik ben gewoon gefascineerd. Vond je het... tja, ik weet niet, waar moet ik beginnen! Waren de mannen die naar je keken niet een beetje... ranzig?'

'Sommigen wel, natuurlijk, maar meestal waren het gewone kerels.'

'Ik was niet ranzig,' zei Vid. 'Nou ja, misschien een beetje. In de goede betekenis van het woord!'

'Dus jij ging vaak naar dat soort clubs?' vroeg Clementine hem, en Tiffany hoorde dat ze haar best deed om geen oordeel in haar stem te laten doorklinken.

Dit was iets wat Vid nooit begreep en wat Tiffany altijd vergat: mensen hadden zulke ingewikkelde gevoelens als ze hoorden dat ze als stripdanseres had gewerkt. Het had te maken met hun ideeën over seks, die jammer genoeg voor de meeste mensen onlosmakelijk gekoppeld waren aan schaamte, klasse en moraal (sommige mensen dachten dat ze iets onwettigs had gedaan). De vrouwen hadden vaak problemen die verband hielden met hun lichaamsbeeld, jaloezie en onzekerheid, en de mannen wilden niet al te veel belangstelling tonen, ook al hadden ze die meestal volop, en sommige mannen kregen een kwade, defensieve blik, alsof ze hun een zwakte probeerde te ontlokken, en de meeste mensen, zowel mannen als vrouwen, wilden het liefst giechelen als tieners maar wisten niet of dat wel kon. Het was een vreselijk mijnenveld. Nooit meer, Vid, nooit meer.

'Natuurlijk, heel vaak!' zei Vid op zijn gemak. 'Toen mijn huwelijk stukliep, wilden mijn vrienden met me op stap, en weet je, die gingen niet naar een concert of zo, maar naar nachtclubs. En toen ik die vrouw zag dansen, nou, toen was ik meteen hoteldebotel van haar. Helemaal hoteldebotel.' Hij draaide met zijn hoofd en rolde met zijn ogen om het effect dat ze op hem had gehad uit te beelden. 'Daardoor herkende ik haar meteen op die veiling. Zelfs met haar kleren aan.'

Vid sloeg zich op zijn knie en brulde van het lachen. Clementine en Sam gniffelden een beetje onthutst, Erika fronste en die arme Oliver bloosde.

'Maar goed,' zei Tiffany. 'Daar hebben we nu denk ik wel genoeg over gehoord.'

Ineens klonk er een schrille kreet: 'Mammie!'

36

Het regende zo hard dat Clementine de voordeur niet had gehoord. Ze sprong op toen ze Sam ineens in de deuropening van Holly's kamer zag staan in zijn blauw-wit gestreepte overhemd, dat zo doorweekt was dat ze erdoorheen kon kijken.

'Je jaagt me de stuipen op het lijf!' zei ze met haar hand tegen haar borst. 'Waarom ben je zo vroeg thuis?' Ze wist dat het beschuldigend klonk. Ze had misschien beter 'Wat een leuke verrassing!' kunnen zeggen, en daarna heel gemoedelijk: 'Hoe kom je zo vroeg, schatje?'

Ze had hem nog nooit 'schatje' genoemd.

Sam plukte aan de doorweekte stof van zijn overhemd.

'Wat ben je aan het doen?' vroeg hij.

'Ik zoek iets,' zei ze. 'Zoals altijd.' Ze zat op Holly's bed en zocht in een berg kleren naar Holly's 'aardbeienshirt', een wit shirt met lange mouwen en een reusachtige aardbei op de voorkant, dat Holly nu aan moest als ze ooit weer blij ging worden en dat ze natuurlijk nergens kon vinden.

Ze voelde zich vreemd ongemakkelijk. Zou ze normaal gesproken opgesprongen zijn als ze Sam zag en hem met een kus hebben begroet? Ze wist het niet meer. Het was raar dat ze hier zelfs over nadacht: hoe moest je volgens het boekje je echtgenoot begroeten.

Niet dat ze hem graag om de hals zou vliegen nu hij doornat was. In Sydney liet niemand zich meer door de regen overvallen. Je was gek als je dat liet gebeuren. Het was het enige waar iedereen het over had. De verkoop van paraplu's was met veertig procent gestegen. Maar vanaf de eerste dag dat het was gaan regenen, vertrok Sam elke ochtend naar de pont zonder paraplu of regenjas. Ze keek hem elke dag na door het keukenraam als hij over het voetpad door de regen rende met zijn aktetas boven zijn hoofd, en als ze zijn gestalte dan in de verte zag verdwijnen, moest ze bijna lachen en huilen tegelijk. Misschien was het een vorm van masochisme. Dat hij vond dat hij geen paraplu verdiende. Hij vond waarschijnlijk dat zij er ook geen verdiende.

'Waarom ben je zo vroeg thuis?' vroeg ze weer.

'Nou, ik kreeg je sms'je.' Sams gezicht was een masker van ongerustheid met daarin een vleugje agressieve verdediging. 'Dus ben ik eerder weggegaan.'

'Ik schreef toch dat alles goed is met Holly?' zei Clementine. 'Dat er niets was om je zorgen over te maken?'

'Dit is de tweede keer dat ze last van haar buik had,' zei Sam.

'Ik neem aan dat je haar beneden in de zitkamer hebt zien zitten,' zei Clementine. 'Tevreden spelend op de iPad, zonder een wolkje aan de lucht.'

'Ik geloof dat we met haar naar de dokter moeten. Het zou haar blindedarm kunnen zijn. Dat die af en toe opspeelt.'

'Ja, die speelt op als ze op school zit en verdwijnt als ze op de iPad speelt. Ze speelt, ja, met óns,' zei Clementine. 'Zodra ze in de auto zat, was het over. Ze had het de hele weg naar huis over haar verjaarspartijtje. Ze wil trouwens Dakota uitnodigen.' De laatste paar woorden zei ze snel, zonder hem aan te kijken.

'Dakota,' zei Sam. Hij rechtte zijn rug alsof hij gevaar voelde aankomen. 'Die Dakota?'

'Ja, die Dakota.'

'Die kan ze niet uitnodigen,' zei Sam. 'Dat spreekt voor zich, jezus.'

'Ik heb tegen haar gezegd dat Dakota waarschijnlijk te groot was voor een verjaardag van een zesjarige. En toen stortte ze in. Ze zei dat we hadden gezegd dat ze iedereen mocht uitnodigen die ze maar wilde, en dat hebben we inderdaad gezegd. We hebben er zelfs op aangedrongen.'

'Ja, nou ja, we bedoelden iedereen behalve Dakota,' zei Sam.

'Ze was ontroostbaar.'

'Zeként Dakota niet eens,' zei Sam. Hij trok zijn overhemd uit zijn broek, wrong de onderpanden met zijn handen uit en dacht toen weer na. 'Ze heeft haar één keer meegemaakt. Zoals je zegt, ze is te oud. Ze zou niet eens naar Holly's partijtje wíllen komen!'

'Tja, ik heb er in elk geval mee ingestemd,' zei Clementine. 'Ze werd bijna hysterisch. Het was nogal beangstigend.'

'Je zegt net zelf dat ze zich aanstelde met die buikpijn,' zei Sam. 'Dus dan doet ze dat hierbij ook. Ze bespeelt je, Clementine.'

Hij zei het spottend. Tot nu toe had hij haar altijd wel geplaagd, maar nooit belachelijk gemaakt.

'Dat denk ik niet,' zei Clementine. 'Luister. Holly wil haar vragen, het is haar feestje en ze maakt op het ogenblik kennelijk een nogal zware fase door, wat misschien wel te verwachten was, dus als zij Dakota op haar feestje wil, krijgt ze Dakota op haar feestje. Zo erg is het nu ook weer niet!'

Sam klemde zijn kaken op elkaar. 'Ze komt niet.'

Clementine wierp haar handen in de lucht. 'Ze komt wel.'

Ze staarden elkaar aan.

Hoe moesten ze hieruit komen? Hoe loste een echtpaar zoiets op als er geen compromis mogelijk was, als het barsten of buigen was? Wat gebeurde er als geen van tweeën wilde buigen?

'Ik heb Erika vandaag gebeld,' zei ze om op iets anders over te gaan. 'Ik heb gezegd dat ik haar mijn eicellen afsta.'

'Juist,' zei Sam.

Hij begon zijn shirt uit te trekken. Clementine merkte dat ze bijna uit fatsoen haar blik afwendde, zoals je deed wanneer de echtgenoot van een andere vrouw zijn overhemd uittrok.

'Ze deed raar,' zei Clementine. 'Ik denk beslist dat ze heeft gehoord wat ik die dag heb gezegd toen we boven waren. Die vreselijke dingen die ik heb gezegd.'

'Ik moet me omkleden,' zei Sam zonder belangstelling, alsof ze hem verveelde.

'Dus je vindt het goed dat ik mijn eicellen afsta?' vroeg Clementine zonder hem aan te kijken, alsof het een vraag was die er niet toe deed.

'Het is jouw beslissing,' zei Sam. 'Ze is jouw vriendin. Daar heb ik niets mee te maken.'

Zijn gebrek aan belangstelling deed bijna pijn, als pijn die ze moest ondergaan, een steenpuist die opengesneden moest worden.

'Dus jij wilt definitief geen kind meer?' vroeg ze. Daar had je het weer. Net als tijdens dat etentje in het restaurant. Die wens om hem een zetje te geven, hem zelfs van de rand te duwen waarop ze gestrand waren.

'Een kind?' zei Sam. Hij hing zijn natte hemd aan de klink van Holly's deur. 'Wij? Nog een kind? Dat meen je niet.'

'O. Nou, goed dan,' zei Clementine. Ze stapelde kleren op. 'Jij hebt zeker ook niet dat aardbeienshirt van Holly gezien? Het is verdwenen.' Ze keek gefrustreerd rond en probeerde haar tranen binnen te houden. 'O, ik kan het niet uitstaan, waarom verdwijnt hier altijd alles?'

37

De dag van de barbecue

'Mammie!' Het was Holly maar die haar moeder om aandacht vroeg.

'Holly!' zei Clementine met een zucht. 'Ik schrik me wild! Je hoeft niet elke keer moord en brand te schreeuwen.'

Ze stond op en liep weg van de tafel, waarbij ze zorgvuldig Sams blik meed. Ze popelde om in de auto het verloop van de avond met hem door te nemen. Ze zouden eindeloos uitweiden over wat er allemaal was gebeurd. Het werd steeds curieuzer. Ze waren het konijnenhol in gegaan. Erika die nooit kinderen had gewild, wilde die nu ineens wel. Oliver wilde Clementines eicellen. Hun gastvrouw was stripper geweest.

'Heb je weleens gehoord van die jongen die steeds "wolf" riep?' vroeg ze aan Holly.

'Ik ken niemand die Wolf heet. Ik heb je al duizend miljoen keer geroepen.' Holly keek haar vanaf haar plekje naast Dakota in de hangstoel beschuldigend aan.

'Sorry,' zei Clementine. 'Wat is er?'

'Waarom ben je zo rood?' vroeg Holly.

'Ik weet het niet,' zei Clementine. Ze drukte haar koude vingertoppen tegen haar warme wangen. Het werd killer buiten. 'Zijn jullie warm genoeg gekleed?'

'Ja,' zei Holly. 'Kijk wat een leuke game Dakota ons heeft laten zien! Hij is echt vet!'

Ze wees op een kleurige animatie op het schermpje van de iPad die Dakota in haar handen hield.

'Wauw!' zei Clementine, starend naar de game zonder iets te zien. 'Vet, zeg. Fijn dat je ze zo bezighoudt, Dakota. Je zegt het wel als je er genoeg van hebt, hè? Als ze lastig worden?'

'Ruby en ik zijn niet lastig!' protesteerde Holly.

Dakota glimlachte samenzweerderig naar Clementine. Het leek zo'n serieus, lief meisje. Het was moeilijk te geloven dat ze de dochter was van zulke kleurrijke mensen als Vid en Tiffany.

'Alles goed hier? Zijn jullie lief?' Sam kwam naast haar staan.

Clementine keek hem aan. Er lag een fonkeling in zijn ogen. Een fonkeling die ze al een poos niet had gezien. Misschien zouden ze vanavond goede seks hebben, echt goede seks, zoals vroeger, niet van die rare, ongemakkelijke laten-we-gauw-opschieten-seks die ze de laatste paar jaar hadden. Na de geboorte van Ruby was er iets misgegaan met hun seksleven, althans voor Clementine; soms voelde het als een verlies, echt verdriet over het verlies van hun seksleven, en dan weer vroeg ze zich af of het niet alleen in haar hoofd gebeurde, of ze niet al te dramatisch deed over iets wat normaal en onvermijdelijk was. Het overkwam iedereen, het werd sleur genoemd, het werd een huwelijk genoemd.

Soms had ze tijdens het vrijen het verschrikkelijke gevoel dat het ongepast was, bijna incestueus. Het was alsof zij en Sam oude, dierbare vrienden waren die om de een of andere reden – een religieuze, wettelijke of medische reden – om de paar weken verplicht seks moesten hebben ten overstaan van een kleine jury van onpartijdige waarnemers, en het was niet echt onplezierig om het te doen met een aantrekkelijke oude vriend, maar het was ongemakkelijk, en voor de betrokkenen een opluchting als het voorbij was.

Ze had het er nooit met Sam over gehad. Hoe moest ze

dat onder woorden brengen? Soms heb ik het gevoel dat ons seksleven incestueus en religieus en een heel klein beetje ranzig is, Sam, vind je dat ook niet? Heb je suggesties?

Ze beschikte niet over de juiste woorden, en bovendien, het stond haar tegen om over seks te praten. Het deed haar denken aan haar moeder, en vreemd genoeg aan Erika. Al die 'openheid' in de auto over anticonceptie en eigenwaarde.

Ze wist dat het probleem deels werd veroorzaakt doordat de meisjes onregelmatig sliepen. Daardoor lagen zij en Sam steeds te luisteren of ze niet de onvermijdelijke kreet hoorden die de betovering elk moment kon verbreken. Als je weinig tijd had, kon je niet treuzelen. Ze moesten meteen op hun doel afgaan, hun toevlucht nemen tot de oude, beproefde methoden en posities, omdat het anders weer 'missie mislukt' werd. Dat betekende dat er altijd sprake was van haastige spanning. (Soms betrapte ze zich er zelfs op dat ze dacht: schiet op, schiet op!) Het betekende ook dat ze nooit ophielden 'papa' en 'mama' te zijn, en een papa en een mama die een vluggertje deden terwijl hun kinderen sliepen had iets heel tuttigs, vulgairs en onaantrekkelijks. Tegenwoordig nam Sam niet vaak meer het initiatief, wat Clementine ergens een beetje kwetste. Ze ging ervan uit dat hij haar nog wel aantrekkelijk vond; het zou al te gemakkelijk zijn om in die valkuil te stappen van afkeer van haar eigen lichaam – daar wilde de wereld je maar al te graag naartoe duwen – maar ze stond voorlopig stevig in haar schoenen. Tegelijkertijd had ze zich vaak opgelucht gevoeld als ze in bed elkaar de rug toekeerden, want wie zat er nu eerlijk gezegd op seks te wachten? Ze vermoedde dat hij precies diezelfde mengeling van gekwetstheid en opluchting voelde, en het idee dat hij opgelucht was omdat hij geen seks met haar hoefde te hebben kwetste haar nog meer, ook al voelde zij het net zo. En zo ging het door.

Maar nu zag ze die fonkeling en voelde ze zich enorm blij en opgelucht. Dus dit was het enige wat ze nodig hadden!

Een barbecue met een bevriende ex-stripteasedanseres en een muziekminnende elektricien die op Tony Soprano leek. Tony Soprano had ze altijd een aantrekkelijke man gevonden.

'Waarom lach je, mama?' vroeg Holly.

'Ik lach niet,' zei Clementine. 'Ik glimlach. Ik ben gewoon blij.'

Ze ving een twijfelachtige blik op van Dakota en probeerde zich te herstellen.

'Papa is ook helemaal rood,' zei Holly.

'Roze.' Ruby haalde haar duim uit haar mond om commentaar te geven. 'Papa is roze.'

'Roze,' beaamde Holly.

'Ik denk dat hij een tikje opgewonden is,' zei Clementine.

'Waarom?' zei Holly.

'Misschien moet ik een koude douche nemen,' zei Sam terwijl hij onopvallend in Clementines bovenarm kneep. 'Zal ik maar in de fontein gaan staan?'

'Gekke pappie,' zei Ruby.

38

De dag van de barbecue

'Alles goed?' vroeg Oliver zachtjes met zijn hand op Erika's arm.

Erika voelde irritatie opkomen. 'Ja hoor. Hoezo? Zie ik eruit alsof er iets niet goed is?'

Keek ze nou scheel? Het lag niet aan haar. In het nevelige schemerlicht leek alles wazig. Het gebrek aan zichtbaarheid had ook invloed op haar evenwicht. Ze kieperde steeds naar voren en naar achteren, en om stevig te blijven zitten moest ze de tafelrand vastgrijpen.

De muziek op het terras stond nu keihard en maakte dat haar hoofd bonkte. Tiffany had 'November Rain' opgezet, wat op een bepaalde manier veelbetekenend kon zijn als het te maken had met haar ranzige verleden; Erika wilde het niet weten.

'Ik krijg alleen het idee dat je meer drinkt dan anders,' zei Oliver, en Erika werd heel even kwaad, omdat zij altijd, altijd degene was die op elk feestje het minst dronk. Vaak dronk ze helemaal geen alcohol – echt lekker vond ze het niet – maar de wijn vanavond was heel goed, heel zacht, heerlijk, waarschijnlijk onbetaalbaar.

'Nou, dat is niet waar!' zei ze.

'Sorry.'

Haar woede ebde weg, want Oliver kon er ook niets aan doen dat zijn ouders aan de drank waren.

‘Met mij is alles in orde,’ zei ze, en ze boog zich naar hem toe met de vage gedachte dat ze hem misschien kon knuffelen, ook al zaten ze allebei in een aparte stoel. Ze wilde hem knuffelen vanwege zijn kinderjaren, voor die keer dat hij als jongetje van zeven zijn dronken ouders niet wakker kon krijgen om hem naar school te brengen op de ochtend dat hij een rekentoets had en hij bij hen op het voeteneind uit frustratie zat te huilen. Dit vertelden zijn ouders tegenwoordig als een hilarische anekdote: die keer dat Oliver huilde omdat hij een rekentoets miste. Onze kleine accountant in de dop! En elke keer dat ze dat vertelden, lachte Oliver plichtmatig mee, maar zijn ogen stonden droeviger dan ooit. Maar toen ze zich naar hem toe boog, stak Oliver zijn handen uit alsof hij wilde voorkomen dat ze omviel, met een geschokte uitdrukking op zijn gezicht, alsof ze zich belachelijk zou maken, en Erika ging met een ‘tss’ weer rechtop zitten. Zij mocht haar man niet knuffelen, maar dat Tiffany terloops op een barbecue meldde dat ze vroeger paaldanseres, stripteasedanseres zelfs, was geweest, dat gaf niet.

Clementine en Sam zaten te giebelen. Clementines gezicht straalde op dit moment. Ze was altijd al ontvankelijk voor spannende dingen. Als tiener keek ze altijd erg uit naar feestjes. Van bepaalde soorten muziek raakte ze helemaal door het dolle, net als van bepaalde cocktails – je wist nooit waar ze erger dronken van werd: van de muziek of van de alcohol. Meer dan eens had Erika, die altijd de bob moest zijn, haar bij een of andere knul weg moeten plukken, en soms waren die jongens agressief geworden. De volgende ochtend bedankte Clementine haar dan en prees ze zich gelukkig dat ze niet met hem naar bed was geweest, en dan voelde Erika een warme gloed van voldoening, als een hartsvriendin in een film, maar natuurlijk waren zij geen hartsvriendinnen in een film, toch? Wat waren precies de woorden die ze haar had horen zeggen? ‘Het is alsof ze steeds weer een stukje van mij wil hebben.’

Het schaamrood verscheen op haar kaken, en ze zette haar lege glas net iets te hard op de tafel. Tiffany greep natuurlijk de wijnfles om het weer te vullen. Ze had naast het strippen waarschijnlijk ook als serveerster gewerkt. Misschien wel topless. Waarom niet? Geweldig. Interessant! Leuk!

'Dat is jouw telefoon die gaat, Vid,' zei Tiffany terwijl ze de wijn inschonk.

Vid pakte zijn telefoon en trok een zuur gezicht toen hij de naam zag. 'Het is onze vriend Harry,' zei hij. 'Van hiernaast. Het zal de muziek wel zijn die hem stoort, weet je. Het stoort hem als anderen het naar hun zin hebben.'

'Neem nou maar op,' zei Tiffany.

'Hij heeft vandaag mijn hond geschopt!' zei Vid. 'Ik hoef hem niet te woord te staan. Hij doet altijd knorrig, maar een onschuldig dier pijn doen! Dat was voor mij de druppel, weet je.'

'Harry heeft de hond toch niet echt geschopt?' vroeg Oliver.

'We vermoeden het alleen,' zei Tiffany. 'Geen bewijs.' Ze pakte de telefoon. 'Hallo, Harry,' zei ze. 'Staat de muziek te hard?'

'Niks hard,' bromde Vid. 'Het is overdag.'

'Ja,' zei Tiffany in de telefoon. 'Nee hoor, dat is goed. We zetten hem zachter. Sorry voor de overlast.'

Ze gaf Vid zijn telefoon terug en zette de muziek zachter.

'Pff,' zei Vid. 'Je had hem harder moeten zetten.'

'Waarschijnlijk stond hij echt wel wat te hard,' zei Tiffany. 'De man is oud. We moeten hem respectvol behandelen.'

'Ons behandelt hij niet respectvol,' bromde Vid. Hij wendde zich tot Clementine. Het was duidelijk dat hij helemaal weg van haar was. 'Vertel eens, speel je ook op bruiloften? Mijn oudste dochter gaat dit voorjaar namelijk trouwen.'

'Ik zit in een strijkkwartet,' zei Clementine. 'We heten Passing Notes. Je kunt ons boeken als je wilt. Is er lekker eten bij?'

'Is er lekker eten!' herhaalde Vid met overdreven nadruk. 'Natuurlijk is er lekker eten, er is geweldig lekker eten!'

'Zo hebben Clementine en ik elkaar ontmoet,' zei Sam. 'Zij speelde op de bruiloft van een vriend van me.'

'Aha! Natuurlijk!' zei Vid alsof hij erbij was geweest. 'En jij dacht: wie is die mooie celliste?'

Clementine deed alsof ze haar haren gladstreek. 'Ja, dat klopt.'

'Wat was je openingszin?' vroeg Tiffany aan Sam.

Je hebt vast spijt dat je niet voor fluit hebt gekozen, dacht Erika mistroostig terwijl ze haar glas leegdronk. Oliver en zij konden beter naar huis gaan en deze vier aan elkaar overlaten. Ze hadden het allemaal zo druk met flirten en elkaar boeiend vinden.

'Ik wachtte totdat ze na hun optreden hun instrumenten aan het inpakken waren, en Clementine is niet zo groot, die cello is bijna even groot als zij, dus ik zei, wat ik tamelijk briljant vond: "Je hebt vast spijt dat je niet voor fluit hebt gekozen."'

'Geniaal!' Vid sloeg zich op de knie.

'Niet echt,' zei Sam. 'Dat zeggen mensen altijd tegen cellisten. Het was zo'n beetje het ergste cliché dat ik kon kiezen.'

'Natuurlijk!' zei Vid. 'Ik zou dat nooit hebben gezegd!'

'Maar ze had toch met me te doen,' zei Sam.

'Mammie, ik heb het koud.' Ruby verscheen naast Clementine, met Whisk als een teddybeer onder haar arm.

'Wil je de nieuwe jas aan die oma voor je heeft gekocht?' vroeg Clementine.

Clementines moeder had prachtige winterjasjes gekocht voor de meisjes, die ze in de aanbieding had gezien bij David Jones. Erika wist dat omdat zij toen met Pam had gewinkeld. Erika ging graag winkelen met Pam omdat ze zelden echt iets kocht. Clementine werd daar gek van, maar Erika vond het heerlijk om Pam te zien fronsen terwijl ze een kledingstuk binnenstebuiten keerde om de kwaliteit van de voering te bekijken, daarna langzaam haar leesbril uit haar tas pakte zodat ze het prijskaartje goed kon lezen, vervolgens wat humde en ten slotte 'Nee!' zei.

Maar tegen de schattige wollen jasjes met zwarte houtjetouwtjes en capuchon had Pam geen nee kunnen zeggen, en Erika was het met haar eens geweest, ook al zouden ze in het klimaat van Sydney waarschijnlijk niet vaak gedragen worden.

Toen Clementine Ruby's elfenvleugels van haar af haalde en haar in haar roze jasje (dat van Holly was groen) hielp, zei Erika er niets over dat ze bij de aankoop aanwezig was geweest. Ze had door de jaren heen geleerd dat Clementine, ook al winkelde ze niet graag met haar moeder, het niet prettig vond om te horen dat Erika met haar had geshopt. Ze zei er nooit iets over. Het was alleen een bepaalde blik. Een typische Clementine-blik waarmee ze zei: blijf van mijn moeder af. Je hebt er zelf een.

Het roze jasje, zag Erika tot haar voldoening, paste Ruby perfect. Ze had tegen Pam gezegd dat ze een maat groter moest nemen.

'Je lijkt net Rozekapje,' zei Oliver toen Ruby ronddraaide in haar nieuwe jas.

Ruby giechelde. Ze begreep de grap, het slimme ding. Ze klom bij haar moeder op schoot en kroop tevreden tegen haar aan alsof Clementine haar favoriete bank was en stak haar duim in haar mond.

'En Whisk... wordt die ook weleens als garde gebruikt?' vroeg Tiffany aan Clementine.

'Nee, toen Whisk die naam kreeg mocht ze niets meer in de keuken doen,' zei Clementine. 'Haar gardedagen waren voorbij.'

Ruby haalde haar duim uit haar mond. 'Stil. Whisk wil slapen.' Ze aaide Whisk alsof het een baby was en iedereen moest lachen, zoals ze verwachtte. Met een tevreden grijns stak ze haar duim weer terug.

'Ik denk dat Ruby en Whisk een beetje moe worden,' zei Clementine. 'We moeten zo maar gaan.'

'Maar eerst het dessert,' zei Vid stellig. 'Ik heb *cremeschnitte* gemaakt. Naar een oud familierecept dat ik van het internet heb geplukt.'

'Dat is taart met vanille en banketbakkersroom,' zei Tiffany. 'Je zou er een moord voor doen.'

'O, nou,' zei Clementine. 'Die mogen we dan niet missen.'

'We hebben ook die lekkere chocoladeballetjes die jij hebt meegebracht, Erika,' zei Tiffany. 'Daar ben ik dol op. Mijn opa had ze altijd met kerst. Ze brengen herinneringen boven.'

Erika glimlachte flauwtjes. Ja hoor, die brachten vast en zeker herinneringen boven. Alsof chocoladeballen het konden opnemen tegen die verrekte cremeschnitte-waar-je-een-moord-voor-zou-doen.

'Hé, kijk eens,' zei Oliver, ineens energiek. 'Kijk, kinderen!' Hij wees naar een boom achter in de tuin. 'Zie ik daar nou een opossum?'

39

Het was verdomme weer harder gaan regenen. Tiffany begon het zat te worden. Vid en Tiffany hadden allebei afspraken afgezegd zodat ze de rest van de dag thuis konden blijven. Ze dronken koffie in de keuken, terwijl Dakota tv-keek in de kamer ernaast, met Barney opgekruld op de bank naast haar. Natuurlijk hoefde ze vandaag niet naar school. 'Dat geeft de andere kinderen een kans om wat in te lopen,' zei Vid.

Tiffany was nog aan het bijkomen van Dakota's snikkende bekentenis achter in de auto langs de weg.

Het ging om iets heel kleins. Het ging om iets heel groots. Iedereen had het kunnen zien, en toch was het Tiffany niet opgevallen. Als Vid niet had gezegd dat Clementine haar cello kon leren spelen, zou Dakota misschien nooit ingestort zijn en hadden ze de waarheid misschien nooit gehoord.

Tiffany en Vid hadden de hele dag wel naast Dakota kunnen blijven zitten om haar te laten praten, er voor haar te zijn, maar uiteindelijk had Dakota gezegd: 'Eh... jullie moeten het niet verkeerd opvatten, maar mag ik wat meer ruimte?' En ze had met haar handen een cirkel gemaakt om de ruimte aan te geven die ze om zich heen wilde. Ze leek weer meer haar oude zelf, alsof de glazen stolp die ze om zich heen had gecreeerd elk moment kon breken.

Het was tijd om na te denken over het eten van vanavond, maar Tiffany had ineens vreselijk veel trek in chocola bij de koffie en herinnerde zich de pot met chocoladeballetjes die in de provisiekast stond.

Vid probeerde grommend het deksel eraf te draaien. 'Wel verd...!' Zijn gezicht liep rood aan. Hij was nog nooit eerder door een deksel verslagen. Hij hield de pot in de lucht en bekeek het etiket. 'Hoe komen we hier eigenlijk aan?'

'Die bracht Erika mee naar de barbecue,' zei Tiffany.

Vids gezicht betrok onmiddellijk, en Tiffany schrok toen duidelijk werd hoezeer hij, zelfs na al die weken, nog van slag was door het voorval, ook al zei hij dat hij er niet meer aan dacht. Wat stom van haar om dat te geloven. Vid misleidde de boel. Hoe verdrietiger hij was, hoe luchtiger hij deed.

'Volgens mij is dat deksel er met superlijm op geplakt,' zei Vid tijdens zijn laatste poging. 'Echt, dat denk ik.'

'Verdomme,' zei Tiffany. 'Ik had er net zo'n zin in.'

Ze pakte de pot van hem over en begon met een botermesje op de randen van het deksel te tikken, zoals haar moeder altijd deed.

'Dat helpt niet,' schimpte Vid. 'Geef maar terug. Laat me het nog eens proberen.'

'Heeft Clementine je nog teruggebeld?' vroeg Tiffany.

'Nee,' zei Vid.

'Spreek je wel een boodschap in?' zei Tiffany. 'Of hang je gewoon op?'

'Ik hang op,' gaf Vid toe. 'Waarom zou ze niet reageren? Ik dacht dat ze me wel mocht.'

Ze wilden dat Clementine met Dakota zou praten om duidelijkheid te scheppen.

'Ze mocht je ook,' zei Tiffany. 'Ze mocht je heel erg. Dat is deels het probleem.'

Vid pakte de pot van Tiffany aan en begon weer mopperend en vloekend aan het deksel te draaien. 'Verdomme. Ga open, kloteding. We moeten elkaar... gewoon... weer zien. Dan voelen we ons allemaal beter, denk ik. Dit... die stilte, maakt alles... groter, erger... O, krijg de pest!'

Hij rukte zo hard aan het deksel dat de pot uit zijn handen vloog en met een smak op de grond in stukken viel, zodat de hele vloer vol chocoladeballen en glasscherven lag.

'Zo, kijk aan,' zei Vid nors. 'Nu is hij open.'

40

De dag van de barbecue

'Zien jullie hem? Kijk goed!' Oliver stond onder een boom in de tuin en stak Holly in de lucht, met zijn handen om haar kuiten alsof ze een kleine circusartieste was.

Er klonk geritsel van bladeren en even was daartussen de verraste blik in de ronde, lichte ogen van de opossum te zien.

'Ik zie hem!' gilde Holly.

'Het is een ringstaartopossum,' zei Oliver. 'Zie je die witte punt aan zijn staart? Een weetje: hij heeft twee duimen aan elke voorpoot, zodat hij goed kan klimmen. Twee duimen! Stel je voor!'

Lieve hemel, Oliver zou een geweldige vader zijn, dacht Clementine terwijl ze haar lippen op Ruby's hoofd drukte. Misschien kon ze het wel. Haar eicellen afstaan. Ze gaf ook bloed, dus waarom geen eicellen? En dan kon ze gewoon vergeten dat het kind biologisch gezien van haar was. Ze moest er gewoon vanuit een ander perspectief naar kijken.

Wees gul, Clementine, wees aardig. Niet iedereen heeft zoveel geluk als jij. Clementine dacht aan die keer dat haar moeder Erika had uitgenodigd voor een strandvakantie, toen ze dertien waren, een vakantie waar Clementine heel erg naar had uitgekeken omdat ze dan twee weken niet dat schaamtevolle, stekelige gevoel had dat ze elke dag op school kreeg als Erika in de pauze op haar afvloog, veel te dichtbij kwam staan en zacht op vertrouwelijke toon zei: 'Laten we onze boterham hier opeten. Alleen wij samen.' Clementine was nog maar een kind geweest. De noodzakelijke onderhandelingen, allemaal gevoerd volgens haar moeders belangrijke vriendelijkheidscode, hadden verbazingwekkend ingewikkeld gevoeld. Soms had ze Erika beloofd de helft van de lunchpauze met haar door te brengen. Soms had ze Erika overgehaald zich bij andere kinderen aan te sluiten, maar Erika was het gelukkigst als ze samen met haar was. Clementine had meer vriendschappen gehad die ze in stand wilde houden: normale, gemakkelijke vriendschappen. Het was alsof ze elke dag moest kiezen: mijn geluk of het hare?

Ze had verlangd naar een vakantie alleen met haar grote broers, waarin ze aan hun avonturen mee had kunnen doen, maar in plaats daarvan was het een vakantie geweest waarin de jongens de ene weg gingen en de meisjes een andere, en elke dag opnieuw had Clementine haar woede uit alle macht moeten onderdrukken en haar egoïsme moeten verbergen omdat die arme Erika nog nooit zo'n vakantie had gehad, en wat je had moest je delen met anderen.

Ze keek naar Erika, die in haar stoel weggekropen zat en stuurs in haar wijnglas staarde. Er was geen twijfel mogelijk. Ze was aangeschoten.

Dronk ze meer dan anders omdat ze die vreselijke woorden had gehoord? Clementine strekte haar arm langs Ruby's ronde lijfje naar haar wijnglas.

Vid en Tiffany stapelden borden om ze naar binnen te brengen.

'Laat mij dat maar doen,' zei Sam tegen Tiffany. Hij stond op en stak zijn handen uit naar de borden. 'Dan kun jij even zitten.'

'Goed,' zei Tiffany, die hem de borden aanreikte en zich weer in haar stoel liet zakken. 'Dat hoef je geen twee keer tegen me te zeggen.'

'Jij let op de meisjes?' riep Sam over zijn schouder naar

Clementine toen hij Vid naar binnen volgde.

'Ja, ik let op ze,' zei Clementine, wijzend op Ruby op haar schoot en Holly die nog met Oliver naar de opossum stond te kijken.

'Ik denk dat Dakota binnen is gaan lezen,' zei Tiffany terwijl ze om zich heen keek. 'Sorry. Dat doet ze soms, dan is ze ineens weg en vind je haar met een boek op haar bed.'

'Dat geeft niet,' zei Clementine. 'Het was al geweldig dat ze een tijdje met ze heeft gespeeld.'

'Dakota is tegenwoordig helemaal gek van lezen,' zei Tiffany, en Clementine zag aan de manier waarop ze haar mondhoeken omlaagtrok dat ze probeerde haar trots te verbergen. 'Toen ik zo oud was als zij was ik helemaal gek van make-up, kleren en jongens.'

Ja, en ik durf te wedden dat de jongens ook helemaal gek waren van jou, dacht Clementine.

'Was jij dol op muziek?' Tiffany plukte een haarlok los die aan haar lip plakte. Letterlijk alles wat ze deed straalde erotiek uit. Hoe zou ze eruitzien als ze oud was? Het was onmogelijk je haar op gevorderde leeftijd voor te stellen, terwijl Clementine maar een blik hoefde te werpen op Erika, die intens zorgelijk in de verte zat te staren, om in haar een oude dame te zien: de rimpeltjes tussen haar ogen zouden diepe groeven worden, de licht gebogen rug een bochel.

Door zich Erika als een norse oude vrouw voor te stellen die constant klaagde en vitte, voelde Clementine genegenheid voor haar. Op de een of andere manier wist ze dat er als ze oud waren een wapenstilstand tussen hen zou zijn over hun stille strijd over god mocht weten wat. Ze zouden zich allebei overgeven aan hun aangeboren nukkigheid. Het zou een enorme opluchting zijn.

'Ik geloof wel dat die belangrijk voor me was,' zei Clementine. Muziek was niet zozeer een obsessie geweest als wel een ontsnapping. Die wereld hoefde ze niet met Erika te delen, alleen als ze naar haar optredens kwam kijken, maar dan was er genoeg ruimte tussen hen – letterlijk en figuurlijk.

'Waren je ouders muzikaal?' vroeg Tiffany.

'Totaal niet,' zei Clementine. Ze lachte even. 'Ik word omringd door amuzikale mensen. Pap en mam. Sam. Mijn kinderen!'

'Is dat niet lastig?' vroeg Tiffany.

'Lastig?' herhaalde Clementine.

Wat een vreemde woordkeuze. Was het lastig om omringd te worden door amuzikale mensen?

Niemand kon Clementines ouders ervan beschuldigen dat ze haar niet gesteund hadden. Ze hadden haar geholpen bij de koop van haar mooie Weense cello (ze had iets meer dan de helft terugbetaald, en na Ruby's geboorte had haar vader gezegd dat ze zich over de rest geen zorgen hoefde te maken, dat zou hij 'van haar erfenis aftrekken'): een instrument dat zoveel strijdige emoties bij Clementine opriep dat het soms op een huwelijk leek. Haar vader was op een afstandelijke, ontzagvolle manier trots op haar. Ze was zo geraakt geweest toen ze een keer zag dat hij terwijl hij op tv naar tennis keek een exemplaar van *Klassieke muziek voor dummies* naast zich op de bank had liggen. Maar ze wist dat wat zij speelde voor hem niet eens in de buurt kwam van een nummer van Johnny Cash.

Clementines moeder steunde haar ook, natuurlijk – per slot van rekening was zij degene geweest die Clementine altijd zonder klagen naar haar lessen en audities en optredens bracht – maar na al die jaren had Clementine het gevoel dat Pam enig voorbehoud had tegen haar muziek. Het was geen afkeuring – waarom zou ze? – maar het voelde vaak wel zo. Ze vroeg zich soms af of Pam de carrière van haar dochter beschouwde als een gril of iets genotzuchtigs, meer als een hobby, vooral vergeleken bij Erika's vaste, praktische werk. Als Pam met Erika over haar baan praatte, knikte ze steeds respectvol, terwijl ze Clementines werk amusant, een beetje bizar leek te vinden. 'Dat beeld je je in,' zei Sam altijd. Hij vond dat het meer zei over Clementines wrevel jegens haar moeder omdat die Erika tot een soort familielid had gemaakt en haar ook nog als vriendin had opgedrongen.

'Misschien vond je dat Erika je van je plaats verdrong,' had hij een keer gezegd.

'Nee,' zei Clementine. 'Ik wilde alleen dat ze naar huis ging.'

'Precies,' zei Sam, alsof hij daarmee zijn gelijk bewees.

En hoe zat het met Sam? Was het 'lastig' dat hij niet muzikaal was? Soms, na een optreden, vroeg hij hoe het was gegaan, en als ze dan 'goed' zei, zei hij 'fijn', en daarmee was de kous af, en dan werd ze een beetje weemoedig, want als hij ook muzikant was geweest, zou ze zoveel meer met hem hebben kunnen delen. Ze kende heel veel stellen die samen in een orkest speelden en constant over hun werk praatten. Ainsley en Hu, bijvoorbeeld, hadden de afspraak dat ze pas over hun werk mochten beginnen als ze over de Anzacbrug waren gereden, anders werd het 'te intens'. Clementine kon zich dat niet voorstellen. Sam en zij spraken over andere dingen. De kinderen. *Game of Thrones*. Hun familie. Ze hoefden niet over muziek te praten. Het speelde geen rol.

Nu ging Erika rechtop zitten, alsof ze zichzelf tot de orde riep. 'Ik was erbij toen Clementine voor het eerst een cello hoorde,' zei ze tegen Tiffany. Ze sprak onmiskenbaar ongearticuleerd. 'Een jongen bij ons in de klas had een moeder die cello speelde, en die kwam op een dag bij ons optreden. Ik vond het best leuk, maar het was alsof Clementine de hemel had betreden.'

Clementine herinnerde zich de eerste keer dat ze dat goddelijke geluid had gehoord. Ze had niet geweten dat zoiets mogelijk was en dat een doodgewone moeder dat kon produceren! Erika was degene die tegen haar had gezegd dat ze aan haar ouders moest vragen of ze op celloles mocht, en Clementine vroeg zich vaak af of die vraag ook bij haarzelf opgekomen zou zijn. Misschien niet, dacht ze; ze zou een manier hebben proberen te vinden om de cello weer te horen, maar niemand in hun grote familie speelde een snaarinstrument.

Erika wist vast niet meer dat zij dat idee had geopperd, anders zou ze er wel iets op hebben gevonden om dat bij elke gelegenheid kenbaar te maken, om zich Clementines carrière toe te eigenen.

'Dus jullie kennen elkaar al vanaf jullie kindertijd,' zei Tiffany. 'Wat geweldig om al zoveel jaar bevriend te zijn.'

'Clementines moeder heeft me zo ongeveer geadopteerd,' zei Erika. 'Omdat ik geen goed "thuis" had.' Ze maakte aanhalingstekens in de lucht bij het woord 'thuis'. 'Het was niet echt Clementines keuze, toch, Clementine?'

41

'Fijn dat je me vandaag nog kon inplannen.' Erika zat in de blauwleren fauteuil tegenover de psychologe, die in een bijpassende loungestoel schuin tegenover haar zat, alsof Erika te gast was in een praatprogramma. Tussen hen stond een grote, ronde poef met daarop een doos tissues, als een salontafel. (Een kleine ergernis. Waarom stond er geen salontafel?)

'Geen enkel probleem, hoor. Een aantal mensen heeft afgezegd vanwege de regen. Er wordt aangeraden om zo min mogelijk de weg op te gaan.' Erika's psychologe heette Merilyn. Dat was de naam waarmee ze zich voorstelde en die ook op haar briefpapier stond, maar voor Erika klopte die niet. De naam Merilyn paste totaal niet bij haar. Ze zag er helemaal niet uit als een Merilyn. Ze zag eruit als iemand die Pat heette.

Merilyn leek griezelig veel op een secretaresse die jarenlang voor Erika had gewerkt en die, precies zoals bij haar hoorde, Pat heette. Dat soort gezicht (rond, blozend) en de naam Pat bleven daardoor voor altijd in Erika's onbewuste aan elkaar gekoppeld, en elke keer dat ze naar haar psychologe keek, moest ze zich voorhouden: niet Pat.

'Het regent wel buitensporig veel, hè?' zei Niet Pat terwijl ze uit het raam keek.

Het was uitgesloten dat Erika ook maar een minuut van de tijd waarvoor ze betaalde aan het weer verspilde, dus negeerde ze die zinloze opmerking en ging ze meteen van start.

'Als ik bij iemand op bezoek ga, neem ik altijd een pot chocoladeballetjes mee,' zei ze. 'Noten met een laagje chocolade eromheen.'

'Jammie,' zei Niet Pat opgewekt.

'Ik ben er zelf niet zo dol op,' zei Erika.

Niet Pat hield haar hoofd schuin. 'Waarom neem je ze dan mee?'

'Clementines moeder nam die balletjes altijd mee als ze ergens op bezoek ging,' zei Erika. 'Ik denk dat ze ze in het groot inkocht. Ze was in dat soort dingen erg op de centen.'

'Ze was een soort rolmodel voor je,' opperde Niet Pat.

'Ze nodigden me altijd bij hen thuis uit,' zei Erika. 'Voor barbecues en... zo. Ik zei altijd ja. Ik was altijd dolblij dat ik thuis weg kon.'

'Dat is begrijpelijk,' zei Niet Pat. Ze keek Erika nieuwsgierig aan.

'Ik doe net als mijn moeder als die een verhaal vertelt,' zei Erika. 'Ze dwaalt af. Ze kan niet bij het onderwerp blijven. Ik las dat dat heel vaak voorkomt bij hoarders. Ze kunnen hun gesprek niet binnen de perken houden, evenmin als hun huis.'

'Afdwalen is prima,' zei Niet Pat. 'Ik denk eigenlijk dat je je verhaal wel rond gaat maken. Ik denk dat je wel ergens uitkomt.'

'Nou, weet je, noten zijn niet echt geschikt meer om aan een gastvrouw te geven,' zei Erika. 'Vanwege allergieën. Iedereen heeft tegenwoordig last van een allergie. Clementine zei een keer toen ze naar die pot met noten keek: "Je kunt wel zien dat jij geen kinderen hebt, Erika."'

'Kwetste je dat?'

'Niet bijzonder,' zei Erika nadenkend. 'Je zou denken van wel, omdat we die dag net hadden gehoord dat er weer een ivf-poging mislukt was. Clementine wist dat natuurlijk niet. Ze zou het verschrikkelijk hebben gevonden als ze het had geweten.'

Niet Pat hield haar hoofd nog iets schuiner, als een schattig Disney-eekhoorntje dat zijn oren spitst in het bos. 'Heb je ivf gedaan? Of ben je daar nog mee bezig?'

'Ik weet dat het vreemd is dat ik dat nog niet eerder heb verteld,' voerde Erika aan.

'Niet vreemd,' zei Niet Pat. 'Maar ik vind het wel belangwekkend.'

'Een week of acht geleden,' zei Erika, 'hadden we een barbecue bij onze buren.'

'Oké,' zei Niet Pat.

Kijk hoe ik mijn verhaal rondmaak, Niet Pat.

'Gisteren heeft mijn man het dode lichaam van een buurman gevonden.' Ze vroeg zich af of ze dit met opzet deed. Dit was wat haar moeder deed. Ze bracht mensen uit het lood en keek dan met plezier toe hoe ze wankelden. Dat vond ze leuk.

Niet Pat was beslist uit het lood geslagen. Ze had nu waarschijnlijk spijt dat ze met deze extra afspraak had ingestemd. 'Hm. De buurman waar de barbecue werd gegeven?'

'Nee. Deze man woonde naast hen. Het was een oude man. Niet echt een aardige man. Hij had geen vrienden of familie. Iedereen voelt zich verschrikkelijk schuldig omdat zijn lichaam daar weken heeft gelegen. Alleen ik voel me niet schuldig.'

'Hoe komt dat volgens jou?'

'Ik wil me niet schuldig voelen,' zei Erika ongeduldig. 'Ik heb geen tijd om me schuldig te voelen. Ik heb er geen... ruimte voor in mijn hoofd. Hoor eens, ik weet niet eens waarom ik daarover begon. Het doet er niet toe. Maar goed, we zijn gestopt met de ivf omdat mijn eicellen niet deugen, en vlak voor die barbecue hadden we Clementine gevraagd of zij haar eicellen aan me wilde afstaan. Aan ons.'

Niet Pat knikte dapper. 'Hoe reageerde ze daarop?'

'Er is iets gebeurd tijdens de barbecue,' zei Erika.

'Wat is er gebeurd?' Die arme Niet Pat keek alsof het zweet haar elk moment kon uitbreken.

'Het probleem was dat ik voor die barbecue een van die pillen heb genomen die je me hebt voorgeschreven. Een hele. Ik weet dat je hebt gezegd dat ik moest beginnen met een halfje, of zelfs een kwart, maar ik heb een hele genomen omdat ik hem niet doormidden kon breken, en toen, tijdens die barbecue, heb ik geloof ik meer gedronken dan ik meestal doe.' Ze zag Clementine rondrennen om de bruisende champagne op te vangen.

'O jee,' zei Niet Pat, en ze trok zo'n overdreven zorgelijk gezicht dat het bijna komisch was.

'Zoals je misschien weet, zit er een groot waarschuwingsetiket op het doosje,' zei Erika. 'Daarop staat dat die pillen het effect van alcohol kunnen beïnvloeden, maar ik dacht: tja, ik drink nooit veel, dus het kan geen kwaad. Maar toen kreeg ik een glas champagne, en misschien dronk ik die te snel. Ik voelde een bepaalde spanning. Tja, ik geloof dat ik zelfs dronken ben geworden, iets wat me nog nooit was overkomen, en nu zitten er hiaten in mijn herinneringen aan die avond. Zwarte gaten. Een soort geheugenverlies?'

'Dat is waarschijnlijk tijdelijk geheugenverlies,' zei Niet Pat. 'Alcohol heeft invloed op het vermogen om je herinneringen vanuit je kortetermijngeheugen over te brengen naar je langetermijngeheugen.'

'Denk je dat ze voorgoed weg zijn?'

Niet Pat haalde haar schouders op. Erika keek haar kwaad aan. Ze betaalde niet voor schouderophalen!

'Misschien kan je geheugen door iets opgefrist worden,' zei Niet Pat. 'Een smaak. Een geur. Iets wat iemand zegt waardoor je het weer weet. Of misschien helpt het als je teruggaat naar dezelfde plek. Je zou zogezegd terug kunnen naar de "plaats delict"!' Ze lachte even bij dat 'plaats delict', maar Erika kon er niet om lachen. Niet Pats glimlach verdween.

'Juist,' zei Erika.
Daar zou ze later over nadenken.
'Maar goed, ik nam dus chocoladeballetjes mee naar de barbecue. Zoals altijd als ik ergens op bezoek ga.'
Niet Pat wachtte.
'Ik geloof dat ik zat te denken aan al die keren dat Clementines moeder me uitnodigde voor hun familiebezoekjes. Haar vader reed dan, haar moeder zat ernaast met de pot met balletjes op schoot, en ik zat achterin met Clementine. Haar oudere broers waren meestal ergens zelf iets aan het doen, dus wij waren de enige twee kinderen. Als ik dan uit het raam keek voelde ik me zo heerlijk, zo gelukkig, en dan deed ik alsof Clementine en ik zusjes waren en haar ouders mijn ouders waren.'
Ze keek op naar Niet Pat, verbaasd toen ze merkte dat ze inderdaad in de rondte had gepraat en nu hier uitkwam, bij dit niet bepaald schokkende weetje, zoals Oliver zou zeggen. 'Clementine deed niet verrukt alsof ze mijn zusje was. Clementine wilde mij daar helemaal niet bij hebben.'
'Aha,' zei Niet Pat.
'Dat heb ik natuurlijk altijd geweten. Diep vanbinnen wist ik het. Maar de laatste tijd probeer ik me in haar te verplaatsen, me voor te stellen dat ik degene ben die uit het andere raampje keek, de échte dochter die altijd opgescheept werd met die indringster.' Erika staarde naar de zachte pluchen bovenkant van de poef zonder hem te zien. 'Ik vraag me af hoe dat voelde.'

42

De dag van de barbecue

Erika had de gevaarlijke, uitdagende blik van iemand die met een slok te veel elk moment geheimen kan gaan onthullen.

Clementine voelde haar maag verkrampen. 'We zijn toch nog wel vriendinnen?' zei ze luchtig.

Erika maakte een geluid dat iets van een ruwe lach had.

God nog aan toe, de pijnlijke problemen prijsgeven van haar vriendschap met Erika leek een nog intiemere, sociaal onaanvaardbaardere openbaring dan het nieuwtje over Tiffany's werk als stripteasedanseres.

Tiffany schraapte haar keel, en Clementine zag dat ze de wijnfles een heel klein stukje verplaatste, zodat hij iets verder van Erika af stond.

'Excuseer me,' zei Erika. Ze stond op. Ze stond niet te zwaaien op haar benen, maar ze had de behoedzame houding van een onervaren passagier op een schip, iemand die zich er terdege van bewust is dat de grond onder haar elk moment kon gaan bewegen. 'Ik ga alleen even naar binnen, naar de wc.' Ze knipperde snel met haar ogen. 'Ben zo terug.'

'O, daar is er ook een,' zei Tiffany, en ze wees naar een deur achteraan op het terras. Natuurlijk was er daar een. Clementines hele gezin kon met gemak op dit terras komen wonen.

Maar Erika was al op weg naar binnen.

'Ze is een beetje teut, denk ik,' zei Clementine verontschuldigend, omdat Erika's vreemde gedrag duidelijk haar verantwoordelijkheid was. Ze dacht aan hun jonge jaren, toen Erika de leiding nam, taxi's aanhield en koffiezette als Clementine te veel had gedronken. Het was vreemd om zich voor Erika te verontschuldigen.

'Waarschijnlijk mijn schuld, omdat ik haar glas te vaak heb gevuld,' zei Tiffany. 'Straks raak ik mijn drankvergunning nog kwijt.'

'O, heb je die dan?' vroeg Clementine. Misschien was dat wel een vereiste voor stripdansers.

Tiffany lachte flauwtjes. 'Nee, dat was maar een grapje.'

Clementines arm ging pijn doen, dus schoof ze Ruby in een andere positie. Te oordelen naar de manier waarop die op haar duim zoog, kon ze elk moment in slaap vallen, maar door het bewegen hief ze met een ruk haar hoofd.

'Holly,' brabbelde ze met haar duim in haar mond.

'Daar.' Clementine wees naar Oliver en Holly, die nog steeds achter de opossum aan zaten.

Ruby gleed van Clementines schoot af. 'Dag,' zei ze met een zwaai van haar garde, en ze draafde op hen af.

'Dat roze jasje staat haar aanbiddelijk,' zei Tiffany terwijl ze allebei toekeken hoe Oliver zich bukte om Ruby op te tillen.

'Waarschijnlijk klaagt ze straks dat het te warm is,' zei Clementine. 'Het weegt een ton.'

Clementine keek om naar Tiffany, die zich in de hals krabde, maar zelfs daarbij zag ze er nog sexy uit. Hoe zou het zijn om zo'n figuur te hebben? Maakte dat je automatisch sensueler als je alleen al een blik in de spiegel wierp? Was dat de reden dat ze stripdanseres was geworden? Of waren er ook bibliothecaressen met zo'n figuur? Natuurlijk, in pornofilms speelden bibliothecaressen die er precies zo uitzagen.

Ze raakte enorm geïntrigeerd en geprikkeld door die vrouw. Ze nam nog een slok wijn en boog zich over de tafel. 'Mag ik je iets vragen?'

'Natuurlijk,' zei Tiffany.

'Een hoop mannen die je hebben gezien – hebben zien dansen – waren waarschijnlijk getrouwd, toch?'

'Dat hebben we ze niet bij de deur gevraagd,' zei Tiffany, 'maar waarschijnlijk wel.'

'Vind je dat ze hun vrouw van middelbare leeftijd die thuiszat met de kinderen hebben bedrogen door zich, weet je, te verlustigen aan een prachtige meid van negentien? Is dat geen vorm van ontrouw?'

'Hun vrouw van middelbare leeftijd zat waarschijnlijk thuis *Vijftig tinten grijs* te lezen,' zei Tiffany. 'Of zich te verlustigen aan de mannelijke hoofdrol in een *chick flick*.'

'Maar dat is niet echt,' zei Clementine.

'Ik was ook niet echt,' zei Tiffany.

'O,' zei Clementine onzeker. Jawel, dat was je wel. 'Maar heb je... o!' Ineens sprongen er honderden lichtjes aan, die de achtertuin in een schitterende sprookjeswereld veranderden. Het leek het decor van een toneelstuk.

'Dat krijg je als je getrouwd bent met een maffe elektricien. De verlichting is zo ingesteld dat die in deze tijd van het jaar om halfzes aangaat,' legde Tiffany uit. 'We kunnen het nu waarschijnlijk wel vervroegen. Ha, kijk eens naar je kinderen.'

Holly en Ruby waren helemaal door het dolle. Ze renden als gekken de tuin door, met stomverbaasde gezichtjes lachend en wijzend, en reikende handen die open- en dichtgingen, alsof ze de lichtjes wilden vangen. Barney rende kwispelend met hen mee en blafte vrolijk. Oliver keek breed glimlachend toe met zijn handen in zijn zakken.

Vid en Sam verschenen weer met volle dienbladen. Tiffany en Clementine stonden op om een hand toe te steken.

'En toen was er licht,' zei Sam. 'We moeten Vid eigenlijk vragen ook zoiets met onze zielige oude achtertuin te doen. De meisjes kijken alsof ze nog nooit elektrisch licht hebben gezien.'

Oliver kwam naar de tafel. 'Dus dit is het nagerecht waar je het over had, Vid?' vroeg hij op zijn eigenaardige, serieuze manier. 'Hoe zei je ook weer dat het heet?'

'Cremeschnitte,' zei Vid. 'Wacht maar af. Wacht maar af.'

'Heb je ook borden?' vroeg Tiffany hem.

'Erika komt met onze mooie blauwe borden,' zei Vid. 'Ze komt zo. En als de meisjes mijn toetje niet lekker vinden, hebben we ook nog ijs in de vriezer, maar natuurlijk vinden ze het lekker.'

'Tiffany, hoorde ik je nou zeggen dat daar ook een toilet is?' vroeg Oliver terwijl hij naar de achterkant van het terras wees.

'Ja, dat klopt,' zei Tiffany. Oliver liep er haastig naartoe. Alleen zij vieren stonden nu aan het hoofd van de tafel.

'Ik heb ook muziek uitgekozen bij het nagerecht,' zei Vid. Hij pakte zijn telefoon weer op. 'Niet meer dat headbangen waar mijn vrouw zo van houdt. Clementine, heb je weleens gehoord van Yo-Yo Ma?' Hij sprak de naam duidelijk uit. 'Die is volgens mij heel goed.'

Clementine lachte hem toe. Hij was echt schattig. 'Ja, Vid. Ik heb weleens van Yo-Yo Ma gehoord. Hij is heel goed.'

'Oké, nou, dit is 'm, ja? En laat ik zeggen dat mijn cremeschnitte net zo smaakt!'

De onbeschrijfelijke klanken van Yo-Yo Ma die het begin van Elgars *Celloconcert* speelde, vulden het terras. Clementine voelde de rillingen over haar rug lopen. Het was schitterend.

'Zal ik die pot met chocoladeballen die Erika heeft meegebracht openmaken?' vroeg Sam.

'O ja, graag,' zei Tiffany. 'Daar heb ik net zin in.'

'Je houdt wel van ballen?' zei Sam.

'Ik ben gewoonweg dol op ballen,' zei Tiffany.

'O ja?' zei Sam met zijn hand op het deksel.

'Hou eens op, jullie, met die dubbelzinnige praat,' zei Clementine, en ze kreeg een warm gevoel omdat ze al voor zich zag dat er een grappige, flirterige vriendschap tussen hen allemaal zou ontstaan. Het zou een vriendschap worden met lekker eten, wijn en muziek, en rond dat alles zou een sfeer van erotiek hangen, en god wist dat ze wel wat meer erotiek in haar leven kon gebruiken.

(Wanneer hadden Sam en zij trouwens voor het laatst seks gehad? Een week geleden? Nee, twee weken. Hadden ze de finish gehaald? Nee. Holly had geroepen: 'Ik wil een glaasje wa-teeer!' Haar timing was griezelig en hilarisch gekozen.)

In plaats van het moeizame viertal met Erika en Oliver zou het een ontspannen groepje van zes worden. Het zou veel gemakkelijker zijn om met Erika en Oliver om te gaan als Vid en Tiffany erbij waren. Vid en Tiffany waren rafeliger en grover (en rijker) dan alle andere aardige, normale middenklassers met wie ze bevriend waren. Vid en Tiffany hadden kansen te bieden. Wat voor kansen precies? Ze wist het niet. Het deed er niet toe. Het deed haar denken aan de onbestemde verwachtingen die je als tiener had.

'Ik weet niet of die cremeschnitte nog lekkerder kan zijn dan je strudel,' zei Clementine tegen Vid terwijl de muziek om haar heen deinde en golfde.

Hij trok een wenkbrauw op. 'Ach, Clementine, je weet dat ik niet iemand ben die de loftrompet over zichzelf steekt, zoals dat heet. Haha! Ja, dat ben ik wel! Ik steek graag de loftrompet over mezelf. Haha! Ik zou een goede trompetspeler zijn met mijn enorme longinhoud.' Hij klopte zich als King Kong op de borst.

'Je hebt de juiste persoonlijkheid voor een trompetspeler,' zei Clementine.

'Je bedoelt omdat hij zo vol van zichzelf is?' zei Tiffany.

'Hoeveel trompetters zijn er nodig om een lamp te verwisselen?' vroeg Clementine.

'Nou?'

'Vijf. Een om hem te vervangen, en vier die zeggen: "Dat kan ik beter."'

'Hoeveel elektriciens zijn er nodig om een lamp te verwisselen?' vroeg Vid.

'Hoeveel?'

'Een,' zei Vid.

'Een?'

'Ja, een,' zei Vid. Hij haalde zijn schouders op. 'Ik ben elektricien.'

Clementine lachte. 'Dat is niet grappig.'

'Maar je lacht wel, weet je. Nou, Clementine, jij mag zeggen wat je ervan vindt,' zei Vid. Hij schepte wat van het decadente dessert op een lepel en hield die voor Clementines mond. 'Proef maar.'

Ze proefde. Het was inderdaad heerlijk. Die man was een echte keukenprins. Ze deed alsof ze in katzwijm viel, met een hand tegen haar voorhoofd. Ze liet zich tegen zijn arm aan vallen en hij ving haar op. Vid rook lekker, naar sigaretten en alcohol. Hij rook als een chic café.

'Jezus, wat zit dat deksel vast,' zei Sam tussen opeengeklemde kaken door, met de pot chocoladeballen als een voetbal onder zijn arm.

'Kom op, spierbundel,' zei Tiffany.

'Luister!' zei Vid met zijn hoofd opzij toen het tweede deel van het concert begon.

'Maar je kunt hier niet echt op dansen, of wel?' vroeg Tiffany.

Clementine probeerde zich Tiffany dansend voor te stellen in een donkere, rokerige nachtclub met spiegelende discoballen aan het plafond. Hoe kwam ze aan dat beeld? Ze was nooit in een stripclub geweest. Alles wat ze ervan wist, had ze op tv gezien. Ze keek om zich heen. Erika en Oliver waren er niet, dus die konden geen afkeurende blikken werpen. Dit was haar kans om meer te weten te komen. Ze besefte dat ze een ietsepietsie teut was, maar dit was boeiend en grappig, en ze wilde ook weleens wat platte sensatie delen met haar intellectuele vriendinnen. Ze boog zich naar Tiffany en vroeg zachtjes: 'Deed je ook... je weet wel, hoe heet dat ook alweer?' Ze wist drommels goed hoe het heette. 'Lapdance?'

Tiffany keek haar vragend aan.

'Tuurlijk,' zei ze. 'Hoezo? Wil je zien hoe dat gaat?'

43

'We kunnen hier nooit iets vinden omdat we te veel rommel bewaren,' zei Sam. 'We moeten regelmatig spullen weggooien. We moeten opruimen.'

Hij ging naar Holly's ladekast, trok er een hele la uit, gooide de inhoud op haar bed neer en pakte er een willekeurig T-shirt uit. 'Kijk! Dit draagt ze nooit. Ze zegt dat het kriebelt.'

'Dit helpt me niet om het aardbeienshirt te vinden,' zei Clementine met een blik op de stapel kleren. Het deed haar denken aan Erika's moeder. Je kreeg er bijna begrip voor hoe je de controle over je spullen kon kwijtraken tot je er zo door werd overstelpt dat je niet meer wist waar je moest beginnen. 'Zo maak je alleen maar troep.'

Sam probeerde er nog een la uit te trekken, maar die zat klem. Hij trok harder en vloekte. De ladekast rammelde. Het had iets verontrustends om hem zo bezig te zien in zijn nette broek maar zonder hemd, uit alle macht trekkend aan die kleine witte kast, met opeengeklemde kaken en gespannen spieren. Hemel!

'Laat nou maar!' zei Clementine. 'Straks trek je hem kapot!'

Hij negeerde haar en trok nog eens, en deze keer schoot de la eindelijk los, waarna hij nog een stapel kleren op het bed gooide.

'Weet je nog wat ik aan het doen was?' zei hij ineens, met de lege la in zijn handen. 'Vlak voordat het gebeurde?'

O god.

'Je probeerde een pot met chocoladeballen open te krijgen,'

zei Clementine mat. Ze wist het nog. Hij had het al eerder gezegd. Ze wist niet waarom hij steeds weer over die pot begon. Het sloeg nergens op.

‘Ik moest en zou die rotpot gewoon open krijgen,’ zei Sam. ‘Het zweet stond op mijn voorhoofd omdat ik wist dat Vid hem anders van me af zou pakken, hem in één keer met die vlezige hand zou opendraaien en dat jij je ogen niet van hem zou afhouden.’

‘Wát?’ zei Clementine. Dit was nieuw. ‘Doe nou niet alsof je dat voor mij deed. Dat was voor haar. Omdat je indruk wilde maken op Tiffany!’

‘Ja, en wat deed jij? Zeg eens op! Waar was jij mee bezig?’ Hij smeet de lege la op Holly’s bed, kwam op haar af en boog zich over haar heen. Ze voelde speeksel op haar gezicht.

Sla me maar, dacht ze. Ze hief haar gezicht. Het zou goed voelen. Het zou iets in gang zetten. Het zou ergens een einde aan maken. Alsjeblieft, sla me. Maar ineens deed hij een stap naar achteren, met zijn handen in de lucht, als een man bij een knokpartij in een kroeg, die duidelijk maakt dat hij er niets mee te maken wil hebben.

‘We deden het allemaal!’ schreeuwde Clementine. ‘Alle vier!’

44

De dag van de barbecue

'Hoezo? Wil je zien hoe dat gaat?' Tiffany kon de verleiding niet weerstaan. Die mensen waren zo vreselijk aandoenlijk, zo snel te choqueren.

'Een lapdance?' Clementines ogen straalden. Tiffany wist dat ze net aangeschoten en tja, tuttig genoeg was om het perfecte doelwit te zijn. 'Nee!'

'Zeker wel. Een lapdance.'

O god, Tiffany was vergeten hoe ze hiervan kon genieten. Het was zo lang geleden dat ze de erotische energie als een lijntje coke naar haar hoofd voelde schieten.

'Krijgen we korting?' vroeg Sam.

'Er wordt geen geld voor gerekend,' zei Tiffany. 'Rondje van het huis.'

'Geniet van de lapdance van mijn vrouw,' zei Vid tegen Clementine. Hij trok een stoel onder de tafel uit. 'Ik eis het.'

'O, hou op,' zei Clementine giechelend. 'Die muziek past er trouwens niet bij. Ze kan geen lapdance doen op cellomuziek!'

'Ik zou het kunnen proberen,' zei Tiffany. Ze was niet van plan voor een vriendin van haar buren een lapdance te doen. Het was een grap. Allemaal in een goede sfeer.

'Ze kan alles,' zei Vid.

'Het is heel aardig van je, maar ik hoef echt geen lapdance,' zei Clementine. 'Maar evengoed bedankt.' Ze klonk schor. Met een opgelaten gevoel schraapte ze haar keel.

‘Ik denk dat je dat wel wilt,’ zei Sam.

‘Sam!’ zei Clementine.

Tiffany zag Sam en Clementine naar elkaar kijken, met rode wangen en verwijde pupillen. Het zou een aardig gebaar zijn. Een publieke dienst. Ze zag precies hoe het met hun seksleven gesteld was. Het waren vermoeide ouders van kleine kinderen. Ze dachten dat het allemaal verleden tijd was, maar dat was het niet, ze hoefden geen verhouding of een midlifecrisis te hebben, ze hadden het nog allemaal in zich, ze vonden elkaar nog steeds aantrekkelijk, ze hadden alleen een duwtje nodig, een prikkel, misschien seksspeeltjes of goede softporno. Zij kon voor die goede softporno zorgen.

Tiffany ving Vids blik. Hij trok een wenkbrauw op. Hij vond dit geweldig, natuurlijk. Hij bewoog even zijn kin, waarmee hij wilde zeggen: toe maar, breng die buitenwijkburgers maar het hoofd op hol.

Sam stond achter Clementine en drukte haar schouders omlaag zodat ze ging zitten. Hij keek Tiffany aan. Hij was haar favoriete type klant. Vol waardering, vriendelijk, niet te serieus maar wel serieus genoeg. Hij zou als dank een royale fooi geven.

Hij wilde echt een lapdance voor zijn vrouw. Natuurlijk. Hij was ook maar een mens. Tiffany keek naar Clementine, die zo slap lag van het lachen (en van wellust, wist Tiffany, ook al wist Clementine dat niet) dat ze nauwelijks nog rechtop kon zitten.

Tiffany zou het niet doen, niet echt, niet in de achtertuin waar kinderen speelden, maar voor de grap, voor de lol, bewoog ze langzaam op de maat van dat maffe concert (jawel, je kunt echt een lapdance doen op een celloconcert, geen probleem, bijna als een parodie, maar niet helemaal, omdat ze nog steeds haar professionele trots had, en ze was in dit vak een van de besten geweest; het ging nooit alleen om het geld, het ging om de verbinding die je maakte van mens tot mens, en dat je het met de juiste dosis theatraliteit, werkelijkheid, poëzie deed).

Vid floot waarderend.

Clementine sloeg haar hand voor haar ogen en keek tussen haar vingers door.

Er klonk een zware klap van brekend aardewerk, en een afgrijselijke schreeuw verscheurde de avondlucht: 'Clementine!'

45

'Ik hoop dat u snel opknapt,' zei de agent tegen Oliver, die haar en haar collega uitliet.

'Dank u wel,' zei Oliver misschien iets te nadrukkelijk, want de agent keek hem aan alsof ze iets had gemist. Maar hij was echt geroerd door haar zorg om zijn welzijn. Was zijn dankbaarheid verdacht? Sprak er schuld uit? Hij was nooit zo iemand geweest die zich al schuldig voelde als hij een politiewagen langs zag rijden. Zijn geweten was in het algemeen smetteloos. De meeste mensen reden tien kilometer te hard, terwijl hij meestal vijf kilometer onder het aangegeven maximum bleef.

De politie was gekomen naar aanleiding van Harry's dood. Ze hadden moeite om zijn familieleden op te sporen. Oliver had graag behulpzamer willen zijn. Hij gaf toe dat zijn gesprekken met Harry nooit persoonlijk waren geweest. Ze hadden over het weer gekletst en over de tuin en de auto die al een tijd onbeheerd in de straat stond. Hij had, terecht of niet, het gevoel gehad dat Harry persoonlijke vragen niet op prijs zou hebben gesteld.

De politie wilde nogmaals horen wanneer hij Harry voor het laatst had gezien, en hij kon hun de exacte datum geven: de dag voor de barbecue. Hij zei dat Harry toen in goede gezondheid leek. Hij zei niet dat Harry over Vids hond had geklaagd. Dat leek niet belangrijk. Hij wilde Harry niet in een kwaad daglicht stellen.

'U lijkt erg zeker van die datum,' zei de aardige agent.

'Ja, dat komt doordat er de dag erna een... ongeval plaatsvond. Hiernaast.'

Ze trok haar wenkbrauwen op, en hij vertelde haar de details, in het kort, omdat hij tot zijn verbazing merkte dat hij buiten adem raakte als hij erover sprak. De agent reageerde er niet op. Misschien wist ze er al van. Er was per slot van rekening een politierapport van opgemaakt.

Natuurlijk zou de politie zien dat het er niets mee te maken had, dat er geen kruisverwijzing was tussen Harry's dood en de barbecue, maar toen Oliver de deur sloot en terugging naar de keuken om een warme drank met honing en citroen te maken, merkte hij dat hij aan die twee minuten dacht.

Hij schatte dat het twee minuten waren geweest. Twee minuten zelfmedelijden. Twee minuten die alles hadden kunnen veranderen, want als hij naar buiten was gegaan, zou hij hebben gezien wat er aan de hand was. Hij dacht dat de kans groot was dat hij het dan zou hebben gezien.

Kom op. Dat was te vergezocht. Melodramatisch. Jezelf in het middelpunt plaatsen. 'Jij bent niet verantwoordelijk voor de hele wereld, Oliver,' had zijn moeder een keer tegen hem gezegd op een moment dat ze nuchter of dronken was, het verschil was altijd moeilijk te onderscheiden geweest.

Oliver zette de waterketel aan.

Maar het was niet vergezocht, omdat wat er tijdens de barbecue was gebeurd hun hele leven overhoop had gehaald, en als hij niet afgeleid was geweest, als zijn leven zijn normale, voorspelbare gang was gegaan, zou hij Harry's afwezigheid veel eerder hebben opgemerkt en zou hij weken eerder bij hem hebben aangeklopt.

Harry was dan waarschijnlijk evengoed dood geweest, maar niet al die tijd, zo onvergeeflijk, verschrikkelijk lang.

Of misschien zou hij zelfs zijn leven hebben gered.

Het water begon te borrelen en te sissen, en Oliver herinnerde zich hoe hij achter op het terras in dat luxe toilet had gestaan, waar hij het warme water doelloos over zijn handen had laten lopen terwijl hij in zijn eigen bedroefde, stomme gezicht staarde.

46

De dag van de barbecue

Oliver stond in het toilet op het terras zijn handen te wassen. Het was een chique, welriekende ruimte met zachte verlichting. De lamp was een imitatie van een kroonluchter, met dezelfde pracht en praal. Als zijn moeder bij de barbecue was geweest, zou ze als ze het akelige stadium van dronkenschap naderde zachtjes 'Wat ordinair!' in Olivers oor hebben gezegd, maar hard genoeg om te vrezen dat een ander het hoorde.

Hij liet het water doelloos over zijn handen lopen. Hij stelde het moment om weer naar buiten te gaan uit. Eerlijk gezegd had hij er genoeg van. Hij vond ze allemaal best aardig, alleen was omgaan met anderen voor hem een geestelijke en lichamelijke uitputtingsslag, en het was geen prettig soort vermoeidheid, zoals na een stevige work-out, wanneer het melkzuur in je spieren zich ophoopt.

Hij hoorde ze buiten lachen. Vids zware gebulder. Oliver plakte alvast een glimlach op zijn gezicht, klaar om mee te lachen. Haha. Goeie grap. Wat het ook was. Waarschijnlijk zou hij het helemaal niet geestig vinden.

Erika was dronken. Hij wilde haar meenemen naar huis en in bed leggen alsof ze een kind was, en wachten tot ze de volgende ochtend weer zijn geliefde vrouw was. Hij had haar nooit eerder met een dubbele tong horen praten of naar hem zien kijken met die glazige, ongerichte blik. Het was niet iets om zich druk over te maken. Ze struikelde niet, liet geen dingen vallen en gaf niet over in de tuin. Het was gewone dronkenschap. Sommige mensen waren elk weekend zo. Clementine was ook een 'tikje vrolijk', met rode blosjes op haar wangen, maar wat Clementine deed, kon hem niet schelen.

Als kind had hij het gevoel gehad dat zijn ouders verdwenen als ze dronken waren. Naarmate ze meer drank naar binnen goten, werd het gevoel dat de afstand tussen hen en hem groter werd sterker, alsof ze samen langzaam op dezelfde boot wegvoeren van de kust, waar Oliver alleen achterbleef, nog steeds diezelfde saaie, verstandige Oliver, en dan dacht hij: ga alsjeblieft niet weg, blijf bij mij, want zijn echte moeder was grappig en zijn echte vader was slim, maar ze gingen altijd weg. Zijn vader ging eerst stom doen en zijn moeder werd giechelig, daarna werd zijn moeder gemeen en zijn vader boos, en zo ging het door tot het geen zin meer had om bij hen te blijven, en dan ging Oliver op zijn kamer films kijken. Hij had een eigen videospeler op zijn slaapkamer. Hij had een bevoorrechte opvoeding gehad, hij was niets tekortgekomen.

Hij keek zichzelf in de spiegel aan. Kom op. Raap jezelf bij elkaar. Ga weer naar buiten.

Het was niet de bedoeling geweest dat Erika vandaag voor het eerst in hun huwelijk dronken zou worden. Vandaag was het de bedoeling geweest dat ze Clementine hun voorstel deden, en Oliver had gehoopt – hij wist dat het niet realistisch was – maar hij had gehoopt dat ze misschien...

Hij hoorde Erika schreeuwen: 'Clementine!'

Zonder de kraan uit te zetten vloog hij de deur uit.

47

De dag van de barbecue

De lucht stroomde uit Clementines longen weg. Later zou iedereen zeggen 'Het ging zo snel', en het ging inderdaad snel, maar tegelijkertijd was het alsof de tijd vertraagde, werd elke seconde een stilstaand beeld in onvergetelijke kleuren, verlicht door goudkleurige feestverlichting.

Clementine schoot zo snel overeind dat haar stoel omviel. Wat? Waar? Wie?

Het eerste wat bij haar opkwam was dat een van de meisjes gewond was. Heel zwaar gewond. Bloed. Er zou bloed zijn. Ze kon niet tegen bloed. Misschien moesten ze gehecht worden. Of er stak een bot naar buiten. Tanden. Afgebroken tanden. Holly of Ruby? Waarschijnlijk Ruby. De achtertuin tolde rond in een werveling van kleuren. Ze hoorde geen kreten. Waar bleven de kreten? Ze konden allebei zo hard roepen. Holly raakte buiten zichzelf als ze zich bezeerde. Ruby wilde zich ervan overtuigen dat ze gehoord werd als ze dringend om haar ouders riep.

Ze zag Holly als eerste in de belvedère met haar lovertjestas, haar mankeerde niets en ze staarde onbeweeglijk naar... waarnaar?

Erika. Ze keek naar Erika, die rende.

Erika rende naar de fontein. Vids 'Trevifontein'. Wat dééd ze daar? Het leek alsof ze in het water zou duiken.

Erika was haar verstand kwijt. Ze had een zenuwinzinking,

een soort psychose. Clementine wist dat ze vanavond niet in orde was. Ze werd nooit dronken en ze had zich heel vreemd gedragen. Het kwam door Clementine.

Erika sprong in één snelle, atletische beweging over de rand van de fontein. Ze gleed uit, viel bijna, kwam weer overeind en waadde naar het midden. Wat deed ze daar in vredesnaam? Clementine stierf duizend doden.

En nu rende Oliver van het terras naar de fontein om Erika eruit te halen. Om te voorkomen dat ze zich nog meer voor gek zette. Hij bleef niet aan de rand van de fontein staan, maar sprong eroverheen.

Hij en Erika waadden glibberend en wel door het water, tegenover elkaar in de fontein, als twee minnaars in een film die elkaar na een lange periode van afwezigheid wilden omhelzen.

Maar ze omhelsden elkaar niet. Ze tilden Ruby's slappe lichaam uit het water.

48

De dag van de barbecue

Ruby's hoofd viel naar opzij. Water stroomde van haar lichaam af. Haar roze jasje was loodzwaar van het water. Haar armen bungelden als van een lappenpop doelloos naast haar lichaam.

Koud. Wat moet ze het koud hebben, dacht Clementine.

Ruby kon niet tegen kou. Haar tanden klapperden altijd als een opwindgebitje als ze het te koud kreeg. Tijdens zwemles kon het water haar niet warm genoeg zijn, zelfs niet midden in de zomer. 'Koud, koud,' riep ze dan.

Clementine rende op Oliver af om Ruby van hem over te nemen, haar dicht tegen zich aan te drukken en te verwarmen. Ze kon al bijna voelen hoe haar natte lijfje haar kleren zou doorweken. Ze liep naar de rand van de fontein en stak haar armen uit, maar Oliver negeerde haar toen hij uit het water klom met Ruby in zijn armen.

'Mij,' zei Clementine verdwaasd. Ze bedoelde: geef haar aan mij.

Oliver legde Ruby plat op haar rug op de harde, oncomfortabele terracotta tegels naast de fontein.

'Ruby!' riep Oliver alsof hij haar tot de orde riep. Hij schudde Ruby aan haar schouders door elkaar. Veel te ruw. 'Ruby! Wakker worden, Ruby!' Hij klonk boos. Hij klonk anders nooit boos.

Clementine liet zich met een klap op haar knieën op de tegels naast hen vallen. 'Geef haar aan mij,' zei ze wanhopig, maar ze kon niet dichter bij haar komen. Oliver en Erika namen alle ruimte in.

Ruby was krijtwit. Haar lippen waren paars. Haar hoofd hing slap opzij. Haar ogen waren open, maar staarden recht naar voren. Haar tanden klapperden niet. Oliver legde zijn ene hand onder Ruby's nek, de andere op haar voorhoofd, en kantelde haar hoofd naar achteren zodat het was alsof ze naar de hemel staarde. Hij legde zijn duim op haar kin, trok haar mond open en stak er twee vingers in alsof hij er iets uit probeerde te halen.

'Oliver, geef haar aan mij,' zei Clementine op eisende toon. Ze moest haar in haar armen hebben om haar te kunnen redden.

Oliver boog zich naar Ruby's gezicht met zijn oor voor haar mond alsof hij wilde horen of ze iets zou zeggen. Hij keek naar Erika en schudde zijn hoofd. Heel licht. Het betekende: nee. Hij knoopte een paar houtjes van haar roze jas los.

Ineens drong het met een klap tot Clementine door, op hetzelfde moment dat de muziek ophield. Er viel een volledige, griezelige stilte voordat Sam begon te schreeuwen alsof hij vreselijk ruzie met iemand had: 'Laat een ambulance komen!' Hij rende als een gek heen en weer terwijl hij op zijn zakken klopte. 'Ik kan mijn telefoon niet vinden. Waar is mijn telefoon? Mijn telefoon!'

Vid zei kalm: 'Ik bel een ambulance, Sam.' Hij haalde even zijn telefoon van zijn oor om het te demonstreren. 'Hij gaat over. Hij gaat nu over.'

'Zeg tegen ze dat ze niet ademt,' zei Erika. Oliver en zij gingen allebei aan een kant van Ruby staan. 'Het is belangrijk dat ze weten dat ze niet ademt.'

'Wat is er met Ruby?' vroeg Holly. Ze kwam naast Clementine staan en trok aan haar mouw. Clementine probeerde iets te zeggen, maar haar keel zat zo dicht dat ze er niets uit kreeg.

'Wil ze Whisk hebben?' vroeg Holly. 'Hier is Whisk. Mammie, snel, geef Whisk aan Ruby. Dan voelt ze zich beter.'

Clementine pakte Whisk aan. Ze krulde haar vingers om het koude staal.

'Kom maar, Holly.' Tiffany pakte Holly bij de hand en trok haar mee.

Oliver zei tegen Erika: 'Vijftien om twee, ja?' Hij was spierwit. Er zaten druppels op zijn brillenglazen en water droop als zweet over zijn gezicht. Zijn blik was gericht op Erika, alsof zij de enige twee aanwezigen waren.

'Ja. Vijftien om twee,' zei Erika. Ze veegde haar natte haar uit haar ogen.

Oliver vouwde zijn vingers in elkaar, zette zijn ellebogen op slot en plaatste zijn grote handen op Ruby's borst.

'O god,' zei Sam. Hij legde zijn handen in zijn nek en liet zijn hoofd vallen alsof hij wegdook voor een klap, terwijl hij rondjes liep. 'O lieve god.'

Oliver begon pompend te bewegen en hardop te tellen terwijl hij op Ruby's borst drukte. 'Een en twee en drie en vier en vijf.'

'Oliver doet Ruby pijn!' zei Holly jammerend.

'Nee,' zei Tiffany. 'Hij doet haar geen pijn. Hij helpt haar. Erika en hij doen precies het goede. Ze helpen haar.' Haar stem trilde.

'Twaalf en dertien en veertien en vijftien en een en twee.'

Op tel vijftien kneep Erika Ruby's neus dicht en boog ze zich naar het meisje toe met open mond, alsof ze haar als een minnaar ging kussen, een sensuele, intieme beweging, angstaanjagend en fout, vertrouwd en choquerend tegelijk. Zo deed je dat. Iedereen wist dat je zo iemands leven moest redden, maar je zag het nooit gebeuren, niet in het dagelijks leven, niet bij iemand in de tuin, niet met je eigen kind dat even daarvoor nog achter de lichtjes aan had gerend.

Er gebeurde niets.

Erika beademde Ruby nog een keer, Oliver bleef pompen en scanderen: 'Een en twee en drie en vier en vijf.'

Clementine merkte dat ze zelf op het ritme meewiegde terwijl ze achter elkaar alsjeblieftalsjeblieftalsjeblieftalsjeblieftalsjeblieft mompelde.

Dus zo gaat het, dacht een deel van haar terwijl ze wiegde en bad. Zo voelt het. Je verandert niet. Er is geen speciale bescherming wanneer je die onzichtbare grens over gaat van je gewone leven naar die parallelle wereld waar tragedies plaatsvinden. Het gebeurt gewoon zomaar. Je wordt niet iemand anders. Je bent nog precies dezelfde. Alles om je heen ruikt nog hetzelfde, ziet er nog hetzelfde uit, voelt precies hetzelfde. Ze proefde nog Vids dessert. Ze rook nog het gegrilde vlees van de barbecue. Ze hoorde nog de hond eindeloos keffen en ze voelde het straaltje bloed langs haar scheenbeen lopen vanaf haar knie, waar ze met een klap op neergevallen was.

'O God, alsjeblieft, Gód,' kreunde Sam zwak van wanhoop, en hij geloofde niet eens in God, hij was een atheïst, en zijn ontzetting was haar ontzetting, maar ze wilde er niets van weten, ze dacht kwaad: hou op, Sam, hou op.

Ze hoorde Vid zeggen: 'We hebben hier een klein meisje dat niet ademt. Hoort u mij? Ze ademt niet. We hebben direct hulp nodig. Stuurt u alstublieft onmiddellijk een ambulance.' Clementine voelde een enorme haat tegen hem omdat hij dat zei, alsof hij een banvloek over Ruby uitsprak, alsof hij door te zeggen dat ze niet ademde, maakte dat dat echt zo was. 'Zet u ons boven aan de lijst, dit heeft prioriteit, extra geld is geen punt, we betalen wat u wilt.'

Geloofde hij nu echt dat hij er met geld voor kon zorgen dat de ambulance sneller kwam? Dat rijke mensen een vip-ambulance konden regelen?

'En negen en tien en elf en twaalf en dertien en veertien en vijftien.'

Erika boog weer haar hoofd.

Sam kroop vlak naast Clementine en pakte haar hand. Ze greep hem vast alsof hij haar mee terug kon trekken naar enkele minuten geleden.

Was het nog maar net gebeurd? Zojuist? Het moment hiervoor? Ze had alleen maar heel even de andere kant op gekeken. Het kon niet langer dan een minuut zijn geweest.

'De ambulance is onderweg,' zei Vid. 'Ik ga ze op straat opwachten, dan weten ze waar ze moeten zijn.'

'Wij komen ook,' zei Tiffany. 'Ga maar met ons mee kijken of de ambulance eraan komt, Holly.'

Holly ging mee zonder protest, zonder om te kijken, met haar hand vol vertrouwen in die van Tiffany, alsof ze naar een huisdier gingen kijken.

Natuurlijk was een minuut genoeg geweest.

Verlies ze nooit uit het oog. Kijk nooit weg. Zoiets gebeurt heel snel. Het gebeurt zonder geluid. Al die verhalen in het nieuws. Al die ouders. Al die ongelukken waarover ze had gelezen. Verdrinkingen in een achtertuin. Zwembaden zonder omheining. Kinderen alleen in bad. Kinderen met stomme, dwaze, onoplettende ouders. Kinderen die stierven, omringd door zogenaamd verantwoordelijke volwassenen. En elke keer deed ze alsof ze daar geen oordeel over had, maar diep vanbinnen dacht ze: mij niet. Dat overkomt mij echt nooit.

Erika hief na de tweede beademing haar hoofd en keek Clementine met een blik vol onbeschrijfelijke wanhoop aan. Kleine waterdruppels hingen aan haar wimpers. Haar lippen, de lippen die op die van Ruby gedrukt waren, waren gesprongen.

Oliver ging gestaag door. 'Een en twee en drie en vier en vijf.'

49

De dag van de barbecue

'... en zes en zeven en acht en negen en tien.'

Erika luisterde naar Oliver en wachtte op het signaal. Op het getal vijftien. Haar shirt kleefde aan haar huid. Haar spijkerbroek voelde ijskoud en nat aan op haar dijbenen.

Clementines gezicht leek op een doodshoofd. Het was alsof de huid er te strak overheen was getrokken. Ze leek een buitenaardse versie van zichzelf, starend naar Erika alsof ze haar om genade smeekte.

Ruby reageerde niet.

Het had geen effect, ook al deden ze precies wat ze moesten doen. Twee mond-op-mondbeademingen na vijftien tellen compressie, en door blijven gaan met de compressie, ze hadden de regels veranderd sinds ze een EHBO-cursus hadden gevolgd, je moest nu non-stop doorgaan met compressie. Ze wist dat dat goed was.

Samen met Oliver had ze in maart een opfriscursus EHBO gevolgd. Het was een gratis cursus, aangeboden door Olivers manager. De manager van Olivers nieuwe accountantskantoor was een gepassioneerd voorstander van eerste hulp. Hij onderbrak vergaderingen door naar iemand te wijzen met de woorden 'Sanjeev krijgt een hartaanval', en dan, als Sanjeev verplicht zogenaamd naar zijn hart greep, draaide de manager in zijn stoel rond om iemand aan te wijzen, vaak een nietsvermoedende stagiair, met de woorden: 'Jij daar! Wat doe je! Ga Sanjeev redden!' En dan telde hij af tot Sanjeev dood zou zijn en het te laat was.

Het was een prettige cursus geweest. Oliver en Erika waren de besten van de groep. Ze hadden allebei al eerder een EHBO-cursus gedaan. Natuurlijk. Ze hadden een bronzen medaille, een diploma reddingsduiken. Ze waren het soort mensen die in EHBO geloofden, en ongeacht het onderwerp, Oliver en Erika waren steeds de besten van de groep geweest. Ook als het niet om leven of dood ging, namen ze het net zo serieus alsof dat wel het geval was.

Erika zag hun leraar nu voor zich. Paul was een moeizaam ademende man met een rood hoofd, die eruitzag alsof hij zelf een hartaanval kon krijgen. 'Uitstekend,' zei hij met een goedkeurende knip van zijn vingers elke keer dat zij en Oliver een opdracht goed uitvoerden.

Vijftien tellen compressie en twee keer mond-op-mondbeademing. Ze deden het goed. Ze deden het precies goed. Ze deden het volgens de regels, Paul, dus waarom lag Ruby dan nog steeds zo, waarom reageerde ze niet, Paul, jij vreselijke, met je vingers knippende man met je rode hoofd?

'... dertien en veertien en vijftien en een...'

'Waar blijft die ambulance?' zei Sam. 'Ik hoor geen sirene. Waarom hoor ik geen sirene?'

Erika kneep Ruby's neus weer dicht, boog haar hoofd en liet stilzwijgend een woedende kreet los in Ruby's mond. DOE WAT IK ZEG, RUBY. GA ADEMEN. Het was de stem van haar moeder, haar moeder op haar ergst: boosaardig en angstaanjagend wanneer ze Erika erop betrapte dat ze iets weg wilde gooien. GA ONMIDDELLIJK ADEMEN, RUBY. HOE DURF JE ME TE NEGEREN, ADEM, NU, ONMIDDELLIJK.

Erika hief haar hoofd.

Ruby's borst schokte. Water spoot uit haar mond. Oliver stootte een hoge, verraste kreet uit die klonk als hondengejank en hief zijn handen.

Uitstekend, hoorde Erika Paul zeggen terwijl hij met zijn vingers knipte, en Erika draaide Ruby's hoofd opzij, net zoals ze had gedaan met de plastic pop die naar rubber smaakte, en Ruby braakte nog meer water uit, steeds opnieuw, terwijl Clementine snikte en kokhalsde alsof zij ook moest braken. Het lange, ijle gejank van een ambulancesirene doorboorde Erika's gedachten alsof het er aldoor was geweest, en samen met Oliver legde ze Ruby in de zijligging, zoals ze hadden geleerd.

Lief kind, dacht Erika, en zachtjes ging ze met haar hand over Ruby's hoofd om de natte haren uit haar ogen te halen terwijl het meisje water bleef braken. Lief kind.

50

'Erika?'

'Mm.' Erika kon niet stilzitten en richtte haar aandacht op de regen die bij Niet Pat op de ruit viel. Werd het al minder?

Voor de eerste keer verlangde ze ernaar dat de sessie bij Niet Pat afgelopen was. Normaal gesproken vond ze de therapie een geruststellende procedure, zoiets als een massage, een heerlijke, zelfbevestigende massage van haar ego, maar vandaag irriteerde Niet Pat haar alleen maar. Ze had zich als een terriër vastgebeten in het onderwerp van Erika's vriendschap met Clementine.

Elke keer dat Niet Pat de naam Clementine zei, had Erika het gevoel dat ze heel hard werd geknepen.

Ze betáálde hiervoor. Ze hoefde dit niet te pikken.

'Ik wil het niet meer over Clementine hebben!' snauwde ze.

'Goed, hoor.' Niet Pat bleef vriendelijk als altijd en schreef iets op haar blocnote. Erika moest zich inhouden om de blocnote niet van haar schoot te graaien. Had ze wettelijk het recht om Niet Pats aantekeningen in te zien? Dat zou ze gaan uitzoeken.

In de tussentijd leidde ze de aandacht van Niet Pat af door over het ongeluk van Ruby te beginnen.

'Nee toch!' Niet Pats hand vloog naar haar mond.

Toen Erika uitverteld was, zei Niet Pat: 'Weet je, Erika, het is volstrekt begrijpelijk dat je geheugen het hierbij laat afweten. Je hebt een shock opgelopen. Het moet een traumatische gebeurtenis geweest zijn.'

'Ik had gedacht dat mijn geheugen daardoor juist scherper zou worden,' zei Erika, want sommige momenten stonden haar nog schrikbarend duidelijk voor de geest. Ze voelde weer de schok van het water rond haar benen toen ze in de fontein sprong, de waterstralen die haar doorweekten als regen.

'Waarom maak je je zoveel zorgen over je herinneringen aan die middag?' vroeg Niet Pat.

'Ik heb het gevoel dat ik iets belangrijks ben vergeten. Het voelt bijna alsof ik iets ben vergeten te dóén. Zoals mensen die last hebben van een knagende angst dat ze het strijkijzer aan hebben laten staan nadat ze het huis hebben verlaten.'

'Dat gevoel ken ik,' zei Niet Pat met een spottend lachje.

'Dat bedoel ik juist, ik ken dat gevoel niet!' zei Erika. 'Zo iemand ben ik niet. Ik heb een feilloos geheugen! Ik vergeet dat soort dingen nooit.'

Ze was nooit bang dat ze het strijkijzer aan had laten staan, omdat ze wist dat ze zoiets nooit deed. Clementine was een keer haar huis uit gegaan terwijl er twee kookplaten op de hoogste stand stonden. 'Het huis is niet afgebrand!' had ze verheugd geroepen, alsof het om een fascinerend experiment ging. 'Er is helemaal niets afgebrand!' Ze had ook een keer de voordeur wijd open laten staan toen ze het huis verliet. 'Een uitnodiging aan inbrekers in de buurt,' had Sam gezegd. 'Kom maar binnen, jongens, en neem mijn cello ter waarde van driehonderdduizend dollar maar mee. Hij ligt op het bed op jullie te wachten. Een geweldige plek ervoor!'

Clementine had als excuus aangevoerd dat ze 'in gedachten verzonken' was.

'Dacht je aan je muziek?' had Oliver met respect voor haar talent gevraagd, en Clementine had gezegd: 'Nee, ik probeerde erachter te komen waarom Caramello Koalas niet meer zo lekker zijn als vroeger. Ik dacht: is de chocolade veranderd of ben ik veranderd?' Daarna waren Sam en zij in een discussie verwikkeld geraakt over Caramello Koalas, alsof dat er iets toe deed. Clementines nonchalance had geen gevolgen gehad. Haar onoplettendheid had nooit gevolgen, behalve op die zondag, en dat had Erika haar nooit toegewenst.

Een geldboete, misschien. Of dat ze in de zon verbrand was. Of een kater had gehad. Clementine had zelfs nooit een kater.

'Ik wil gewoon dat mijn hoofd weer helder wordt,' zei Erika tegen Niet Pat.

'Nou, zoals ik al zei, zou je terug kunnen gaan naar de tuin van je buren, als je dat niet al hebt gedaan, en ontspanningsoefeningen helpen misschien ook. Je zou wat van die meditatieoefeningen kunnen proberen die ik je in het verleden heb gegeven. Maar echt, Erika, misschien is het een verloren strijd als je nagaat dat je die pil hebt genomen in combinatie met alcohol. Het is mogelijk dat je je niet meer zult herinneren dan je nu weet. Misschien is het zelfs zo dat je jezelf onbewust in bescherming neemt; dat deel van jou wil het zich niet herinneren.'

'Je bedoelt dat ik het verdring?' zei Erika smalend. 'Er is in feite nooit empirisch onderzoek gedaan naar de validiteit van verdrongen herinneringen! Ik kan je als je wilt zelfs een paar links sturen met artikelen over herinneringsvervalsing...'

Maar op dat moment liet het klokje op Niet Pats bureau met een zelfvoldaan klikje weten dat de sessie voorbij was. Niet Pat sprong als een duveltje uit een doosje op. Anders was ze nooit zo snel. Misschien had zij deze sessie ook minder prettig gevonden.

Erika haastte zich naar haar auto in de stille straat voor Niet Pats kantoor en bleef een paar minuten met draaiende motor luisteren naar de regen die op het dak roffelde en de ruitenwissers die als gekken aan het werk waren.

'Rustig aan,' zei ze tegen de ruitenwissers. Hun opgewonden ritme deed haar aan haar moeder denken wanneer die zich druk maakte over iets onbenulligs. Ze wilde niet meer naar haar moeders huis. Ze had de hele dag vrij genomen om haar moeder te helpen, maar ze dacht niet dat ze het kon opbrengen om er twee keer op een dag naartoe te gaan. Dat was te veel. Alsof je iemand die 's ochtends al honderd baantjes had getrokken en na een douche weer warm en droog was, vroeg een ijskoud zwembad in te gaan voor nog eens honderd baantjes.

Ze sloot haar ogen en probeerde wat ademoefeningen te doen die Niet Pat haar in een vorige sessie had geleerd. Inademen. Vasthouden. Uitademen. Inademen. Vasthouden. Uitademen. Ze liet haar herinneringen de revue passeren: de feestverlichting in de bomen. De geur van gebraden, gemarineerd vlees. De wrange smaak van te veel wijn.

Ze zag dat gezicht weer. Dat afschuwelijke, wezenloze gezicht dat ze gisteren had gezien toen ze op kantoor was. Als van een geest.

Ineens dacht ze: Harry. Het is Harry. Knorrige oude Harry. Was er iets belangrijks wat ze moest doen voor Harry? Nee. Het kwam door Harry. Iets wat met hem te maken had. Niet je geheugen pijnigen, dan verdwijnt de herinnering. Dat had ze geleerd. Ontspan je, haal goed adem. Harry's keurig gekamde witte haar. Nee, dat was geen herinnering. Dat was een beeld dat ze van Oliver had meegekregen: Harry's haar, keurig gekamd, zelfs toen hij dood was.

Harry bij de brievenbus, in zichzelf mompelend terwijl hij een envelop bekeek. Barney die door de tuin rende. Vid die de voordeur uit kwam.

Een verplichting. Een verzoek. Een verantwoordelijkheid. Iets wat Harry van haar wilde. Scherven blauw aardewerk op terracotta tegels.

Kijk. Kijk omhoog!

Ze opende haar ogen en keek naar de beslagen ruiten. Er was niets te zien, alleen regen.

Natuurlijk dacht ze alleen maar aan Harry omdat hij overleden was. Het was een schoolvoorbeeld van herinneringsvervalsing. Als Erika een zwakkere, flexibeler persoonlijkheid had gehad, zou een al te enthousiaste therapeut haar aan een complete herinnering aan de barbecue en Harry kunnen helpen. Dan zou ze ervan overtuigd zijn dat Harry bij de barbecue aanwezig was geweest en Ruby had lastiggevallen of dergelijke nonsens.

Ze draaide het contactsleuteltje om, gaf richting aan en keek achter zich op de weg. Ze zou proberen wat Niet Pat had geopperd: teruggaan naar de 'plaats delict'. Bij thuiskomst zou ze Vid en Tiffany vragen of ze een tijdje alleen bij hen de achtertuin in mocht. Dat zou helemaal niet raar klinken. Haha. Nee, het was het beste als ze ernaartoe ging wanneer ze wist dat ze niet thuis waren.

Het zou waarschijnlijk niet veel uithalen, maar het kon geen kwaad.

51

De dag van de barbecue

De twee ambulancebroeders in hun blauwe uniform liepen de achtertuin in met het onmiskenbare gezag van dirigenten die een podium betreden. Ze renden niet, maar ze liepen stevig door, met een starre kalmte.

Het was alsof de rest van hen niet langer volwassen was. Het was alsof ze een spel hadden gespeeld, een spel waarin ze hadden gedaan alsof ze hun leven onder controle hadden, een spel waarin ze deden alsof ze een interessant beroep hadden, een vette bankrekening, familie en barbecues, maar waarbij nu ineens bruusk een gordijn was weggetrokken en de volwassenen binnenmarcheerden omdat de regels overtreden waren.

De regels waren zwaar overtreden. De kring mensen rond Ruby ging automatisch uiteen om de broeders bij haar te laten. Ruby mompelde onsamenhangend, angstaanjagend. Ze kwam versuft en gedrogeerd over, alsof ze uit een narcose kwam.

De ambulancebroeders gingen te werk als in een choreografie die ze al vele malen hadden uitgevoerd. Terwijl ze Ruby met geschoeide handen onderzochten, stelde de oudste man snel vragen zonder op te kijken, erop vertrouwend dat hij antwoord kreeg. Hij sprak net iets harder en langzamer dan normaal was, alsof hij het tegen kinderen had.

'Wat is er gebeurd?'

'Wat is haar naam?'
'En hoe oud is Ruby?'
'Wanneer is Ruby voor het laatst gezien?'
'Dus niemand heeft haar zien vallen? U weet niet of ze haar hoofd heeft gestoten?'
'Klopte haar hart toen ze uit het water werd gehaald?'
'Bent u de ouders?'
Bij die laatste vraag keek hij even op naar Erika en Oliver. Een logische veronderstelling. Zij waren de enigen die drijfnat waren.
'Nee,' zei Sam. 'Dat zijn wij.' Hij wees naar Clementine.
'Zij hebben haar gered,' zei Clementine. Het leek belangrijk om dat duidelijk te maken. 'Onze vrienden. Zij hebben haar gereanimeerd. Zij hebben haar weer aan het ademen gekregen.'
'Hoe lang hebben jullie haar gereanimeerd?' vroeg de verpleger.
'Dat moet ongeveer vijf minuten zijn geweest,' zei Oliver. Hij keek naar Erika om bevestiging.
'Op zijn hoogst,' zei Erika.
'We hebben na elke vijftiende borstcompressie twee keer mond-op-mondbeademing gedaan,' zei Oliver zorgelijk.
Vijf minuten? Dat kan niet, dacht Clementine. Het had ondraaglijk veel langer geduurd.
Er zat iets in Ruby's mond, een slangetje in haar neus, een maskertje over haar gezicht. Ze was in een patiënt veranderd. Niet meer hun ondeugende, grappige kleine Ruby.
'Hebt u een paar handdoeken?' vroeg de jongste ambulancebroeder. Met een lange kartelschaar knipte hij Ruby's kleren door: haar tutu, haar T-shirt met lange mouwen, waarna haar witte borstkas zichtbaar werd.
'Natuurlijk.' Vid haastte zich naar binnen en kwam terug met een stapel keurig gevouwen donzige witte handdoeken.
'Wat doet u?' vroeg Sam scherp toen de broeder Ruby stevig

afdroogde en twee plakkaten op haar borst drukte.

'Dat zijn elektroden voor defibrillatie,' zei de verpleger. 'Voor het geval haar hart er weer mee ophoudt. We bereiden ons alleen voor op het ergste scenario. Het kan ons ook bruikbare informatie opleveren.'

Ruby's armpjes gingen op en neer.

'We gaan haar nu sederen,' zei de oudste verpleger. 'Is er sprake van allergieën?'

'Nee,' zei Sam.

'Gebruikt ze medicijnen? Wat is haar medische achtergrond?'

'Ze heeft nog nooit antibiotica gehad,' zei Clementine.

De verpleger tikte tegen de zijkant van een naald. Clementine zag witte puntjes voor haar ogen dansen.

'Let op haar,' zei de broeder scherp, en Clementine besefte pas dat hij haar bedoelde toen Sam haar arm vastgreep.

Sam was altijd degene geweest die met de meisjes meeging voor een inenting. Clementine kon niet tegen naalden.

'Hoofd tussen uw knieën,' zei de broeder.

'Het gaat wel weer,' zei Clementine terwijl ze diep ademde.

'Wat doet de politie hier?' vroeg Sam. Clementine keek op en zag Vid praten met een piepjong uitziende agent met een parmantig paardenstaartje. Ze maakte aantekeningen terwijl Vid praatte. Wat vertelde hij? De moeder lette niet op. Ze zat met mij te praten. Ze maakte grapjes.

Clementine zag dat Erika onopgemerkt haar positie bij de fontein naast Ruby had verlaten en op het terras was gaan zitten. Ze had twee witte handdoeken om haar schouders geslagen en er een op haar schoot gelegd, waar Holly nu op zat, met haar rug naar Clementine en haar hoofd op Erika's schouder.

'Dat is standaard bij zo'n ongeval,' zei de verpleger terwijl hij verderging met Ruby. 'Ze stellen alleen een paar vragen om duidelijk te krijgen wat er is gebeurd. We hebben hen ook nodig om de straat af te zetten voor de traumahelikopter.'

'Een helikopter?' zei Sam. 'Sturen ze een helikopter? Waar willen ze die laten landen?'

'Meestal voor de voordeur,' zei de broeder. Hij boog zich over Ruby's arm. Clementine keek de andere kant uit.

'Dat meent u niet,' zei Sam.

'Ze landen op snelwegen, in achtertuinen, op tennisvelden. Deze straat is perfect. Een mooie, brede, doodlopende straat. Ondergrondse leidingen. Dat doen ze altijd.'

'Jemig,' zei Sam.

'En de rotorbladen zijn korter dan van een normale helikopter.'

Mijn god, zaten ze nu als mannen onder elkaar over helikopters te babbelen?

Maar Clementine kon wel zien dat Sam, hoe normaal hij ook klonk, niet helemaal zichzelf was, omdat hij zijn handen steeds tot vuisten kneep en weer opende, snel en obsessief, steeds opnieuw, alsof hij het ijskoud had of gek werd.

'Maar waarom een helikopter?' vroeg Clementine. De paniek, die een beetje was afgenomen toen ze Ruby's borst had zien bewegen en nog meer toen de ambulancebroeders arriveerden, sloeg weer toe. 'Ze is nu toch in orde? Het komt toch weer goed? Ze ademt nu. Ja toch?'

Ze keek naar Sam en zag de angst in zijn ogen. Hij was haar altijd net een slag voor bij het signaleren van gevaar. Een halfleeg glas, noemde zij het. Alertheid, noemde hij het. Een akelig, lelijk woord kwam voor het eerst bij haar op: hersenbeschadiging.

'Dat gebeurt vrijwel standaard bij een ernstig ongeluk met een kind. Er zal een arts aan boord zijn. Ik verwacht dat ze haar intuberen en stabiliseren voordat ze de helikopter in gaat,' zei de broeder. Hij keek naar haar op. Zijn huid had het ruwe van iemand die veel buiten is. In zijn ogen was chronische vermoeidheid te zien, als bij een oorlogsveteraan die dingen heeft gezien die een gewone burger nooit zou kunnen begrijpen. 'Uw vrienden hebben op de juiste manier gehandeld.'

52

'We hebben het allemaal gedaan.' Clementines woorden bleven in de lucht hangen terwijl zij en Sam elkaar boven de berg kleren van Holly met zwoegende adem aankeken.

Clementine hoorde de regen tegen Holly's raam kletteren en vroeg zich af of hun kleine huis nog veel langer bestand was tegen dit weer. Misschien zouden de muren uiteindelijk verpulveren en instorten.

'Ik weet dat we het allemaal hebben gedaan,' zei Sam. 'Wij alle vier. Dat we ons gedroegen als een stel idioten. Als tieners. We hebben ons walgelijk gedragen. Ik moet bijna kotsen als ik eraan denk.'

Door de extreme heftigheid waarmee hij dat zei, schoot Clementine in de verdediging. Ze waren gewoon aan het barbecueën geweest, ze hadden gelachen, geflirt, gek gedaan. Niets bijzonders. Als de meisjes achter die lichtjes aan waren blijven rennen, was er niets gebeurd. Ze zouden op die dag hebben teruggekeken met een lach, niet met schaamte.

'Het was stomme pech,' zei ze. 'Heel stomme pech.'

'Dat was het niet!' barstte Sam uit. 'Het was nalatigheid! Onze nalatigheid. Ik had op de meisjes moeten letten. Ik had moeten weten dat ik niet op jou kon rekenen.'

'Wát?' Clementine had het malle, bijna opgewonden gevoel dat haar woede om het onrecht als een gloeiende vlam door haar lichaam omhoogschoot, waardoor ze het idee kreeg dat ze kon opstijgen. Eindelijk, na al die weken, kwam het tot een ruzie.

‘Die ene keer,’ zei hij kil. ‘De enige keer dat ik mijn aandacht er even niet bij had.’

‘Ja, misschien dacht ik wel dat ik even achterover kon leunen,’ zei Clementine. Haar stem trilde van woede. ‘Omdat de betere ouder aanwezig was, omdat meneer Fucking Perfect dienst had!’

Sam liet een verbitterd lachje horen. ‘Ja hoor, het was allemaal mijn schuld.’

‘O, in godsnaam, hang nou niet de martelaar uit,’ zei Clementine. ‘We waren er allebei bij, we waren allebei even verantwoordelijk. Dit is waanzin.’

Ze keken elkaar met onverholen afkeer aan. Hun verschillende manier van doen als ouder was altijd al een strijdpuntje geweest, een haarscheurtje in een verder goed huwelijk, maar nu was dat scheurtje een kloof geworden.

‘Ik geloof dat ik er klaar mee ben,’ zei Sam.

‘Het is een zinloos gesprek,’ beaamde Clementine.

‘Nee,’ zei Sam. ‘Ik geloof dat ik klaar ben met ons.’

‘Klaar met ons,’ herhaalde Clementine langzaam. Was dit wat slachtoffers van een pistoolschot bedoelden als ze zeiden dat ze eerst geen pijn voelden? ‘Je bent klaar met ons.’

‘Ik geloof dat we over een scheiding moeten gaan denken,’ zei Sam. ‘Misschien. Ik weet het niet. Denk je niet?’

53

De dag van de barbecue

Tiffany werd in de achtertuin ondervraagd door een jonge politieagent. Ze keek achterom naar de ambulancebroeders naast de kleine gestalte van Ruby. Sam en Clementine waren in gesprek met de ambulancebroeders en zagen er totaal anders uit dan de mensen die nog maar een paar minuten daarvoor aan de tafel hadden gezeten. Hun gezicht was ingezakt, als een lekke ballon.

'Wat is hier gebeurd?' vroeg de agent aan Tiffany. Ze wees met haar voet naar de stukken aardewerk op het voetpad dat naar de achterdeur liep. Overal lagen gevaarlijk uitziende blauwe scherven. Tiffany was dol geweest op die blauwe borden.

'O,' zei Tiffany. Ze probeerde zich voor te stellen hoe het er in de ogen van de agent uit moest zien. Leek het op een plaats delict? Dacht ze dat er was gevochten? Of dat ze allemaal dronken waren geweest? De agent had al met Vid gepraat, dus waarschijnlijk wist ze al precies wat er was gebeurd. Ze controleerde hun verhalen om te kijken of ze hetzelfde vertelden. Tiffany werd er nerveus van.

'Een van de gasten, Erika, onze buurvrouw, liep met de borden naar buiten, en ik denk dat ze toen Ruby in de fontein zag...' Tiffany's stem begaf het. Ze dacht aan Ruby's kleine lichaam, haar blonde krullen. 'En ik denk dat ze ze op dat moment heeft laten vallen en is weggerend om haar uit het water te halen.'

Wat had Tiffany gedaan? Ze had de aandacht van Ruby's ouders afgeleid. Ze had hen doen vergeten dat ze ouders waren.

'Het ging zo snel,' zei ze tegen de agent.

'Helaas zien we dat vaker gebeuren,' zei de agent. 'Kinderen verdrinken in het volle zicht van anderen. Het gebeurt in stilte, en het gebeurt snel. Onoplettendheid van de ouders is de meest voorkomende oorzaak van verdrinking.'

'Ja,' zei Tiffany. Ze wilde zeggen: nee, u begrijpt het niet. Dat soort mensen zijn wij niet. We hielden ze wel in de gaten. Alleen toen even niet. Dat ene moment niet. Het gebeurde in stilte, en het gebeurde snel. We keken één moment de andere kant op.

Tiffany dacht aan haar oudere zusjes. Ze zou hun dit nooit kunnen vertellen. 'Jezus, Tiffany,' zouden ze zeggen, want de meisjes Collins lieten zich voorstaan op hun nuchtere, praktische aard. Hun gezonde verstand. Ze kwamen uit de westelijke buitenwijken en waren daar trots op. Ze maakten dit soort fouten niet. Ze zouden van streek zijn omdat zoiets kon gebeuren bij hun eigen zusje thuis. Ze zouden het in verband brengen met geld. Met haar vette bankrekening. Ze zouden haar niet ontzien.

Als ze er ooit achter kwamen dat ze op het moment dat het gebeurde had gedaan alsof ze een lapdance voor de moeder van het kind ten uitvoer bracht, zouden ze allemaal met evenveel afschuw reageren. Tiffany's danscarrière was voor hen nog steeds een beschamend raadsel. 'Alleen al de gedachte aan jou in die ordinaire club maakt me kotsmisselijk,' zei haar zusje Emma, de dramaqueen van het gezin, na al die jaren nog altijd, en ze stelde zich niet eens aan, ze meende het, het maakte haar echt kotsmisselijk. 'Ze was een schande voor haar zusjes,' had Louise, die onlangs het feminisme had ontdekt, beaamd, en ook zij meende het. Maar hun woorden waren van Tiffany af gegleden alsof ze van teflon was.

Nu zouden hun woorden haar wel raken, zelfs al waren haar bedoelingen nooit onschuldiger geweest, omdat de veiligheid van een kind vooropstond, zoals het hoorde.

Tiffany keek op toen ineens het uitzinnige, dramatische geluid van klapwiekende rotorbladen de hemel vulde. 'Is die helikopter... voor ons?'

'Ja, die is voor ons.' De agent keek ook omhoog en haalde een zendertje uit haar broekzak. 'Excuus.'

Ze liep snel weg.

'Waar moet die landen?' zei Tiffany in zichzelf. De helikopter hing als een reusachtige vogel boven hen en het geluid werd harder. Vanuit haar ooghoek zag ze de arme Barney door de tuin wegrennen om het lawaai te ontvluchten.

'Mam!' Dakota verscheen naast haar in de tuin, met grote, wijd open ogen. Ze had een boek in haar hand en hield haar vinger nog op de bladzijde waar ze gebleven was. 'Wat is er gebeurd? Waarom is hier een helikopter? Ik hoorde de ambulance al eerder, maar ik dacht niet dat hij voor ons kwam.'

Tiffany sloeg haar arm om haar heen en trok haar tegen zich aan om even haar magere, kleine lichaam te voelen. Ze was haar tot dit moment helemaal vergeten. 'Ruby is in de fontein gevallen. Ze is bijna verdronken.'

Dakota maakte zich onmiddellijk van haar los en greep Tiffany's arm. Ze zei iets, maar Tiffany kon haar niet verstaan door het toenemende lawaai van de helikopter.

Ze zag Vid aan het eind van het voetpad naast het huis naar haar gebaren om naar de voorkant van het huis te komen. Er stond weer een politieman bij hem. Dat zou hij niet prettig vinden. Vid was fobisch voor de politie. Een van zijn grootste, meest waarachtige maar ook amusantste angsten was dat hij naar de gevangenis moest voor een misdaad die hij niet had begaan. 'Onschuldige mensen komen elke dag in de gevangenis terecht,' zei hij vaak doodernstig tegen Tiffany, alsof de kans dat hem dat overkwam reëel was. Hij gedroeg zich dan ook extreem gezagsgetrouw. Hij had veel te veel belasting betaald, totdat Tiffany zijn administratie van hem had overgenomen. Hij wilde nog steeds extra geld naar de belasting overmaken, voor het geval dat.

'Papa heeft me nodig. Wacht maar binnen!' riep ze naar Dakota. 'Alles is onder controle.'

Dakota greep weer Tiffany's arm en kneep te hard in haar vel. Tiffany schudde haar van zich af. 'Straks!' riep ze. 'Ga naar binnen!'

Dakota rende weg, met hangende schouders en haar handen voor haar gezicht, en Tiffany dacht ongeduldig: jemig, hier heb ik geen tijd voor, Dakota, dit gaat niet over jou.

54

Tiffany en Vid luisterden naar de regen en staarden wezenloos naar de troep die veroorzaakt was door de pot met chocoladeballen die in stukken op de keukenvloer lag.

'Je zou niet denken dat er zoveel glas in die pot zat,' zei Vid.

'Of zoveel ballen,' beaamde Tiffany. 'Niets aan de hand, Dakota!' riep ze. 'Mocht je je afvragen wat er gebeurde! Je vader heeft een glazen pot gebroken!'

Er volgde stilte. Tiffany kon boven de regen uit nog net de televisie horen.

'Geen gewonden!' riep Vid. 'We hebben geen hulp nodig!'

Weer stilte. 'Oké!' riep Dakota nadrukkelijk om ervanaf te zijn.

Tiffany en Vid glimlachten naar elkaar.

'Ik had moeten weten waarom ze zich zo vreemd gedroeg,' zei Tiffany. 'Het is me nu overduidelijk dat ze zichzelf de schuld gaf.'

'Je zei steeds al dat er iets mis was,' zei Vid. 'Maar waarom heeft ze niet gewoon eerder verteld hoe ze zich voelde?' Hij dempte zijn stem, al kon Dakota hen met geen mogelijkheid horen. 'Waarom kropte ze dat allemaal op? Dat is niet goed.'

'Ik denk dat ze bang was dat wij haar ook de schuld zouden geven. Ze dacht waarschijnlijk dat we boos op haar waren.'

'Waanzin!' zei Vid boos.

'Vind ik ook. Maar ja, we waren natuurlijk van streek en we hadden geen aandacht voor haar, en kinderen zijn nu eenmaal zo. Die denken dat zij overal de schuld van zijn.

Dus alles wat wij deden heeft ze verkeerd uitgelegd.'

'Maar ze was er niet eens bij toen het gebeurde!'

'Dat is het 'm juist.' Tiffany probeerde haar ongeduld niet te laten blijken. Vid was erbij geweest toen Dakota snikkend had uitgelegd waarom ze dacht dat iedereen haar de schuld gaf van Ruby's ongeluk, maar toen was hij zo opgegaan in zijn verbazing dat hij niet goed naar haar had geluisterd. 'Ze heeft zich in haar hoofd gehaald dat Clementine vond dat Dakota de verantwoordelijkheid had over de kinderen. Ik bedoel, we hebben haar steeds verteld dat ze zo'n goede oppas was.'

'Jawel, maar...'

'Ik weet het,' zei Tiffany. 'Natuurlijk geven Sam en Clementine haar niet de schuld. Niemand geeft haar de schuld. Het kind is nota bene nog maar tien. We wisten allemaal dat ze binnen was gaan lezen. Als er al iemand van dit gezin schuld had, was ik het. Ik was degene die een lapdance voor onze gasten wilde doen.'

'Hou daarover op,' zei Vid snel en voorspelbaar. Hij had sinds de barbecue elk gesprek hierover afgekapt. 'Het was een verschrikkelijk ongeluk!'

Tja, over dingen binnenhouden gesproken. Geen wonder dat Dakota dacht dat het voorval tijdens de barbecue een beschamend geheim was. Ze hadden er met geen woord over gesproken! Dat moest vreselijk raar en bizar zijn geweest voor dat arme kind. Natuurlijk dacht ze dat het vanwege haar was.

Ze herinnerde zich dat ze het de week direct na de barbecue ontzettend druk had gehad. Toen dat verdomde huis dat haar al vanaf het begin alleen maar problemen had opgeleverd, werd geveild was de beslissing van de rechtbank niet in haar voordeel geweest. Het was een verschrikkelijke week geweest, en naast al die stress was er nog die afgrijselijke gebeurtenis. Ze had geen moment stilgestaan bij Dakota. Geen moment. Dakota was gewoon een van de taken op haar lijstje geweest. Zodra ze haar in haar uniform en met haar lunchpakketje veilig op school had afgeleverd, zat haar taak erop. Met Vid was het net zo gegaan. Het was voor hem ook een rotweek geweest. Hij was dat overheidscontract kwijtgeraakt, wat later een geluk bij een ongeluk bleek te zijn, maar dat wist hij toen nog niet. Tegen de tijd dat de mist voor Vid en Tiffany was opgetrokken en ze weer normaal met Dakota gingen praten, was het kwaad al geschied. Het arme kind beschouwde het feit dat ze er weer voor haar waren als een bewijs van hun vergeving.

Hun vergeving!

'Ik haal stoffer en blik,' zei Vid. 'Blijf zitten. Jij hebt blote voeten.'

Hij ging stoffer en blik halen.

Tiffany keek naar Vids brede schouders terwijl hij neerhurkte en voorzichtig het glas en de chocoladeballen opveegde. Ze dacht aan geheimen en wat voor kwaad ze konden uitrichten.

'Ik zag vandaag op school een ouder die ik herkende,' zei ze.

'O ja, wie?' Vid veegde door.

'Uit mijn tijd als danseres,' zei Tiffany.

Vid keek op. 'O ja?'

'Een van mijn vaste klanten,' zei Tiffany. 'Een soort vriend, eigenlijk. Een aardige vent.'

'Gaf hij veel fooi?' vroeg Vid.

'Heel veel,' zei Tiffany.

'Mooi,' zei Vid.

'Hij kwam vaak voor een privéshow,' zei Tiffany behoedzaam.

'Goed zo,' zei Vid. 'Dan had hij een uitstekende smaak.' Hij bekeek de vloer zorgvuldig en veegde nog een paar glassplinters op.

'Vid,' zei Tiffany. 'Kom op, nou. Dat is een beetje... ongemakkelijk, toch? Om op het speelplein te staan naast een man die je vrouw heeft zien strippen?'

'Waarom zou ik me daar ongemakkelijk bij voelen?' Hij keek op van de vloer. 'Ik ben trots op je. Waarschijnlijk zou ik zijn vrouw niet willen zien strippen. Ben je met hem naar bed geweest?'

'Ik ben nooit met een klant naar bed geweest,' zei Tiffany. 'Dat weet je.'

Vid bekeek haar aandachtig. 'Nou dan, wat is dan het probleem?' zei hij uiteindelijk. 'Je was geen hoer.'

'Maar het is een gerenommeerde particuliere school. Sommigen van die vrouwen zien waarschijnlijk niet veel verschil tussen een stripdanseres en een hoer. Als het uitkomt, als hij het aan zijn vrouw vertelt...'

'Dat vertelt hij niet aan zijn vrouw,' zei Vid. Hij stond op en liep naar een hoek van de keuken waar de chocoladeballen naartoe gerold waren.

'Hij zou het aan zijn vrouw kunnen vertellen, en dan komen alle meisjes erachter, en dan wordt Dakota gepest, en dat kan tot een depressie leiden, en dat leidt weer tot drugsverslaving.'

'Die crystal meth, dat is echt een vreselijke drug,' zei Vid. 'We moeten haar zeggen dat ze zich beperkt tot de prettige drugs, drugs die je een ontspannen gevoel geven, geen drugs waardoor je je het vel van je lijf wilt trekken.'

'Vid.'

'Dat vertelt hij niet aan zijn vrouw,' zei Vid weer. 'Ik wed om duizend dollar dat hij het niet aan zijn vrouw vertelt. En als hij het wel doet, wat dan nog? Dan zeggen alle meisjes: o, Dakota, wat ben jij een geluksvogel dat je moeder zo getalenteerd, zo mooi, zo lenig is.'

'Víd!'

'Je hebt niets verkeerds gedaan. Heb je een bank beroofd? Nee. En als toch gebeurt waar jij bang voor bent, en dat gebeurt niet, maar als het wel zo is dat Dakota daar ongelukkig wordt, dan halen we haar van die school af! Makkelijk zat. Dan sturen we haar naar een andere school. Kom op. Niet iedere man in Sydney heeft je zien dansen. Dan zoeken we een andere school waar niemand jou kent.'

'Zo gemakkelijk is het allemaal niet,' zei Tiffany.

'Wel als je dat wilt,' zei Vid. Hij veegde de laatste scherven op en kwam overeind. 'Je maakt je druk om niets. Je ziet allemaal beren op de weg. Net als met die knorrige oude Harry van hiernaast...'

'Dat is niet niets,' zei Tiffany. 'Onze buurman gaat dood en wij weten het niet eens. Dat is niet niets.'

Vid haalde zijn schouders op. 'Oké, wat zei Dakota nou vandaag in de auto? Dat we spijt hebben. Ja, dat klopt. Zeker. We hebben spijt van ons gedrag tegenover Harry. We hadden hem vaker moeten bezoeken, ook al sloeg hij de deur voor onze neus dicht. En als je wilt, kun je ook spijt hebben van het stripdansen, ook al was je er goed in, vond je het leuk en heb je er niemand kwaad mee gedaan, heb je er veel mee verdiend, heel veel, maar oké, als je dat wilt, kun je er spijt van hebben. Net zoals het ons spijt van die kleine Ruby, natuurlijk spijt ons dat. We voelen ons allemaal verschrikkelijk. We zouden allemaal willen dat het anders was gegaan. Dat zouden we heel graag willen. We zouden willen... ik zou willen dat ik die mensen sowieso nooit had uitgenodigd en ik zou willen dat ik die meisjes beter in de gaten had gehouden, zodat ik niet elke keer dat ik mijn eigen achtertuin in loop word herinnerd aan hoe...'

Hij zweeg. Zijn mond vertrok alsof hij op een taai stuk vlees kauwde.

'Ik zal dat witte smoeltje nooit vergeten,' zei hij ten slotte. Hij was de beheersing over zijn stem kwijt, maar zijn ogen waren helder. Hij hield het blik vol chocoladeballen en glas stevig in zijn hand. 'Die blauwe lipjes. Toen ik die ambulance belde, dacht ik de hele tijd: het is te laat. Het is te laat. Ze is er niet meer.'

Hij draaide zich om, en Tiffany deed even haar ogen dicht.

Vorige week had ze per post een bekeuring voor te hard rijden ontvangen, en ze had meteen de datum herkend. Een camera had vastgelegd dat ze de maximumsnelheid had overschreden toen ze Clementine naar het ziekenhuis bracht. Die rit zou ze nooit meer vergeten. Het was een nachtmerrie die haar altijd bij zou blijven. Clementine en zij hadden die sámen doorgemaakt. Het was niet goed dat Tiffany en haar gezin uit Clementines leven werden weggesneden.

Ze dacht aan Dakota en hoe ze haar ongegronde schuldgevoelens zo diep had weggestopt dat ze een schim van zichzelf was geworden.

'Goed,' zei ze. Ineens was ze heel erg boos. 'Waar zijn de autosleutels? We gaan weg.'

55

De dag van de barbecue

De griezelige stilte die ineens was gevallen drong tot Tiffany door. De politie, de ambulancebroeders en de helikopter waren vertrokken. Een zondagavond in een buitenwijk. Tijd om huiswerk te maken, te strijken en *60 Minutes* te kijken.

Het was inmiddels donker. De straatverlichting brandde. Ze stonden in de voortuin. Tiffany zou Clementine naar het ziekenhuis brengen. Ze had haar autosleutels al in haar hand. Er mocht maar één ouder met Ruby mee in de helikopter, en dat was Sam geweest, wat inhield dat Clementine op eigen kracht naar het ziekenhuis moest zien te komen.

'Ik rij zelf wel,' zei Clementine nu. Ze had waarschijnlijk haar vingers door haar haar gehaald, want het stond rechtop op haar hoofd, alsof ze een elektrische schok had gehad.

'Nee, dat doe je niet. Waarschijnlijk ben je trouwens over je taks,' zei Tiffany.

'Heb jij dan niet gedronken?' vroeg Clementine.

'Maar één light biertje.'

'O.' Clementine beet op haar lip, en Tiffany zag dat er bloed uit kwam. 'Oké dan.'

Het plan was dat Oliver en Erika voor Holly zouden zorgen, of eigenlijk alleen Oliver, omdat Erika duidelijk niet helemaal in orde was, ook al trilde ze eindelijk niet meer.

'Ik zet deze twee dames op de bank met een dvd en een bak popcorn,' zei Oliver. De arme man liep zelf nog in natte kleren.

Clementine sloeg ineens zo onstuimig haar armen om Oliver heen dat hij bijna zijn evenwicht verloor. 'Ik heb je niet eens bedankt,' zei ze in zijn borstkas. 'Ik heb jullie allebei nog niet eens bedankt.' In haar stem lag zoveel rauwe emotie dat het bijna pijn deed om te horen.

Ze stak een arm uit naar Erika om ook haar te omhelzen, maar Erika deed een stap opzij. 'Doe je haar goed, Clementine,' zei ze. Ze streek de pieken rond Clementines gezicht met beide handen glad. 'Anders maak je Ruby bang. Je ziet eruit als een heks.'

'Bedankt,' zei Clementine met een beverig lachje.

Ze hurkte bij Holly neer. 'Zul je lief zijn bij Erika en Oliver? En eh... misschien slaap je vannacht bij oma.'

'Hoera!' zei Holly. Ze zweeg ineens. 'En Ruby ook?'

'Ik denk dat je deze keer alleen bent, Holly,' zei Clementine. Ze keek op naar de hemel, waar de helikopter zojuist was verdwenen, en trok haar vest strakker om zich heen. Holly staarde haar moeder met een trillende onderlip aan.

'Kom mee, Holly,' zei Oliver terwijl hij haar hand pakte. Hij keek naar Tiffany. 'Eh... bedankt voor je gastvrijheid, Tiffany. Vid.'

Vid gaf hem een kameraadschappelijke klap op zijn schouder. 'Kerel.'

Oliver liep snel met Holly de oprit af, pratend over de film die ze gingen kijken.

'Bel je ons?' Erika legde haar hand op Clementines arm, en Tiffany begreep dat dit haar versie van een omhelzing was. Haar zusje Karen was precies zo.

'Niet te geloven dat ze nu in die helikopter is.' Clementine staarde omhoog. 'Ik had met haar mee moeten gaan, niet Sam. Ik weet niet waarom ik hem heb laten gaan... stel dat, stel dat...'

'Kap daarmee,' zei Erika. 'Wat maakt het uit wie er in de helikopter is meegegaan? Ze is gesedeerd. Ze zal het zich niet eens herinneren. En nu wegwezen. Moet ik je een klap in je gezicht geven?'

'Wat?' Clementine knipperde met haar ogen. 'Nee!'

'Dus je belt ons, oké?'

'Natuurlijk bel ik jullie,' zei Clementine kortaf.

Ze waren echt net zusjes.

Toen Erika achter Oliver en Holly over de oprit liep, blootsvoets en met haar natte schoenen in haar hand, kwam Vid naar buiten met Tiffany's tas, gevolgd door Dakota.

'Nou. Laten we hopen dat Ruby heel snel weer de oude is, de kleine rakker. Dat komt vast goed,' zei Vid tegen Clementine. 'Je bent toch particulier verzekerd? Zeg dat je de beste artsen wilt. Geen artsen in opleiding.'

Arme Vid. Bij dit soort dingen was hij niet op zijn best. Tiffany zag de spanning in zijn schouders, alsof hij zijn rug rechtte voor een gevecht. Het was alsof zijn hele lichaam zich tegen negatieve emoties verzette.

Clementine keek Vid onderzoekend aan. Haar gezicht vertrok in een niet te ontcijferen emotie.

'Ja,' zei ze formeel. 'Dank je wel.' Ze keek naar Tiffany. 'Kunnen we...'

'Natuurlijk,' zei Tiffany. Ze richtte de afstandsbediening aan haar sleutelring op de garagedeur om hem te openen, en terwijl ze dat deed, zag ze dat Dakota dapper haar mond opendeed om iets tegen Clementine te zeggen, maar die was vlak langs Dakota gelopen met haar blik op de auto, omdat ze alleen maar zo snel mogelijk in het ziekenhuis wilde zijn.

56

‘Ik ben even naar hiernaast,’ zei Erika tegen Oliver toen ze thuiskwam. ‘Mijn psychologe denkt dat de kans om me weer alles te herinneren het grootst is door “terug te gaan naar de zogeheten plaats delict”.’

‘Er was geen delict,’ zei Oliver bars. Hij was net uit bed en aangekleed en sabbelde op een hoestpastille.

‘Bij wijze van spreken,’ zei Erika. ‘Daarom zei ik “zogeheten”.’

‘Ik geloof dat Vid en Tiffany op het ogenblik niet thuis zijn,’ zei Oliver. ‘Ik zag ze wegrijden toen jij binnenkwam.’

‘Weet ik. Dat zag ik ook. Ik ga er eigenlijk liever naartoe als ze niet thuis zijn,’ zei Erika. ‘Minder verwarrend.’

‘Wat? Je kunt daar niet heen gaan als ze niet thuis zijn,’ zei Oliver. ‘Dat is huisvredebreuk.’

‘Ach schei uit, dat vinden ze heus niet erg,’ zei Erika. ‘Ik zou gewoon uitleggen... nou, ik zou uitleggen wat ik kwam doen.’ Het zou ongemakkelijk zijn, maar wel de moeite waard. Ze wilde wat terugzien voor het geld dat ze had geïnvesteerd in de sessie bij Niet Pat.

‘En het regent,’ merkte Oliver op. De hoestpastille kraakte tussen zijn kiezen. ‘Het heeft geen zin om ernaartoe te gaan als het regent. Die dag regende het niet.’ Hij slikte ineens de hoestpastille door en keek haar indringend aan. ‘Je zult je niets herinneren door bij hen in de tuin te gaan staan. Je was dronken, dat was alles. Dat heb ik je al gezegd. Dronken mensen vergeten dingen. Dat is volstrekt normaal.’

'En ik heb jou al eerder gezegd dat ik dronken was door die medicatie,' zei Erika. Je moet niet de problemen uit je jeugd op mij projecteren.

'Het doet er niet toe hoe of waarom je dronken werd, ik zeg het alleen maar,' zei Oliver. 'Het zal je niet helpen. Kom nou toch. Het is een dwaas idee. Blijf hier. Vertel eens over je moeders huis. Hoe erg was het?'

'Het duurt maar heel even,' zei Erika terwijl ze naar de voordeur liep. 'Ik ben zo terug. Daarna vertel ik je over mama.'

'Ik heb kip kerrie gemaakt voor vanavond.' Oliver bleef praten terwijl hij achter haar aan liep. Hij hield de deur vast toen ze die opendeed. 'Ik voelde me vanmiddag wat beter en ik wist niet zeker of we nog kokosmelk in huis hadden, maar die was er nog. O, en ik was het bijna vergeten, de politie is vandaag geweest! Vanwege Harry. Ze hebben moeite om...'

'Vertel dat straks maar allemaal!' Erika pakte haar paraplu op. Oliver was normaal niet zo spraakzaam, maar na een dag ziek thuis had hij van alles opgespaard. Ze had ook het gevoel dat die pillen tegen griep en verkoudheid hem een beetje hyper maakten, al zou ze dat nooit zeggen, omdat hij vreselijk bang was voor een effect van medicijnen en alcohol. Het was aandoenlijk om hem nu zo te horen kwebbelen.

Ze haastte zich in de regen door de voortuin naar de oprit van Vid en Tiffany. Ze belde eerst aan, voor de vorm, voor het geval er iemand thuis was of iemand haar ergens heimelijk gadesloeg, hoewel de enige in de buurt die dat had kunnen doen Harry was, en die was dood. Ze wachtte ruim een minuut en liep daarna de achtertuin in. Toen ze langs het huis liep, sprong de veiligheidslamp aan en kleurde de regen goud. Ze hoopte dat er geen alarm zou afgaan.

Alle lichtjes in de achtertuin waren aan, en ze herinnerde zich dat Tiffany had gezegd dat ze op een timer werkten. Alleen al de aanblik van die lichtjes bracht een stroom van zintuiglijke herinneringen aan die middag op gang. Ze rook de gekaramelliseerde uien van Vid, waar Clementine zo'n drukte over had gemaakt. Ze voelde hoe de grond zachtjes onder haar voeten had gedeind. Dat wattige gevoel in haar hoofd. Het werkte! Niet Pat was geniaal, ze was elke cent waard.

Laat je niet afleiden, hield ze zich voor. Concentreer je, maar niet te intens. Ontspan en laat de herinneringen komen.

Ze was vanaf de achterdeur over het voetpad gelopen. Ze had de blauw-witte borden vastgehad. Ze zag de borden. Ze vond ze mooi. Ze wilde ook van die borden. Hemel, ze had die borden toch niet meegenomen, zeker? Nee. Ze had de borden laten vallen. Dat herinnerde ze zich.

De muziek. Er was muziek, die werd overstemd door een geluid, een indringend geluid dat iets te maken had met... Harry. O, waarom kwam ze elke keer bij Harry uit? Wat betekende dat? Alleen door zijn telefoontje over de muziek die te hard stond?

Ze liep het pad iets verder af. Vanaf dat punt kon ze de fontein niet zien. Ze moest de fontein zien. Haar hartslag hield een gelijk ritme aan met de regen die op haar paraplu viel.

Ze bleef verward staan. Waar was de fontein? Ze draaide zich naar links. Ze draaide zich naar rechts. Ze liet de paraplu naar achteren zakken en tuurde door de regen.

De fontein was verdwenen. Er lag alleen nog een lelijke betonnen plaat op die plek, en Erika's herinneringen stroomden weg, weggespoeld als een krijttekening in de regen, en het enige wat ze nog voelde, was dat ze daar koud en nat stond, als een dwaas.

57

Clementine liep achter Sam hun slaapkamer in, waar hij een T-shirt uit een la haalde en aantrok. Hij deed zijn werkbroek uit en trok een spijkerbroek aan. Zijn bewegingen waren schokkerig als van een nerveuze junk die een shot nodig had. Hij meed haar blik.

'Meen je dat? Serieus? Over dat scheiden?'

'Waarschijnlijk niet,' zei hij met een schouderophalen, alsof hun huwelijk voor hem niet zo belangrijk was.

Ze was zo geagiteerd dat ze haar adem niet kon reguleren. Het was alsof ze niet meer wist hoe het moest. Steeds hield ze haar adem in en moest ze naar lucht happen.

'Jemig, dat soort dingen kun je niet zomaar zeggen! Je hebt nooit, we hebben nooit eerder...'

Ze bedoelde dat ze nooit eerder woorden als 'uit elkaar gaan' of 'scheiden' hadden gezegd, zelfs niet in hun ergste ruzies. Daarin schreeuwden ze elkaar dingen toe als 'Je maakt me razend!', 'Je denkt niet na!', 'Je bent de meest irritante vrouw die ooit heeft rondgelopen!', 'Ik haat je!', 'Ik haat jou nog meer!', en altijd, altijd gebruikten ze het woord 'altijd', ook al had Clementines moeder gezegd dat je dat tijdens een ruzie met je eega nooit moest zeggen, zoals in 'Jij vergeet altijd de waterkan te vullen!' (Maar Sam vergat dat altijd. Het klopte.)

Maar ze hadden nooit de mogelijkheid overwogen om een einde aan hun huwelijk te maken. Ze konden veilig stampvoeten, schreeuwen en mokken, in de wetenschap dat hun huwelijk een stevig fundament had. Paradoxaal genoeg hadden ze daardoor permissie om harder te schreeuwen, elkaar stommere, gekkere en onredelijker woorden naar het hoofd te gooien, hun gevoelens de vrije loop te laten, omdat alles de volgende ochtend weer goed was.

'Sorry,' zei Sam. 'Dat had ik niet moeten zeggen.' Hij keek haar aan, er stond pure uitputting op zijn gezicht te lezen, en even was hij er weer en niet die kille, vreemde onbekende. 'Ik was alleen van streek door het idee dat Dakota op Holly's feestje zou komen. Ik wil niet dat Holly iets met dat gezin te maken heeft.'

'Het zijn geen slechte mensen,' zei Clementine, even afgeleid van het onderwerp door de afkeer die uit Sams toon sprak. Ze wilde Vid en Tiffany niet zien omdat ze haar herinnerden aan de ergste dag van haar leven. Alleen al de gedachte aan hen maakte dat ze huiverde, zoals wanneer je aan een gerecht of drankje denkt waar je ooit zoveel van hebt genomen dat je er misselijk van werd. Maar ze walgde niet van hen.

'Luister, het zijn gewoon niet ons soort mensen,' zei Sam. 'Eerlijk gezegd wil ik niet dat mijn kind met zulke mensen omgaat.'

'Wat? Omdat zij vroeger danseres was?'

'Ze was stripteasedanseres!' zei Sam, met zo'n afkeer dat Clementine de behoefte voelde om het voor Tiffany op te nemen.

Het was al te gemakkelijk om Tiffany weg te zetten als 'een bepaald type' en te concluderen dat de felle begeerte die Clementine had gevoeld toen Tiffany aanbood een lapdance te doen slechts een primitieve, onwillekeurige reactie van haar lichaam was, als bij het gebruik van een vibrator. Het zou gemakkelijk zijn om te concluderen dat Clementines gedrag weerzinwekkend was en dat Tiffany weerzinwekkend was en dat alles wat er gebeurd was bijzonder weerzinwekkend was. Maar dat was een uitvlucht. Dat was hetzelfde als zeggen dat het ongeval met Ruby nooit zou zijn gebeurd als ze bij 'het juiste soort mensen' hadden gebarbecued. Het zou natuurlijk ook gebeurd zijn als ze waren afgeleid door een discussie over filosofie of politiek of bekroonde boeken.

'Tiffany is aardig. Echt aardig! Het zijn aardige mensen!' zei ze. Ze dacht aan Vid en Tiffany en de gastvrije hartelijkheid die ze die avond tentoon hadden gespreid. Ze waren allebei schaamteloos zichzelf. Er was geen sprake van veinzerij of geheimzinnigheid. 'Het zijn in wezen echt lieve mensen.'

'Lief!' barstte Sam uit. 'Ben je niet goed bij je hoofd? Je hebt geen idee waar je het over hebt. Ik heb die stripclubs gezien! Ben jij er ooit geweest?'

'Nee, maar wat dan nog?'

'Ze zijn walgelijk, deprimerend. Er is niets aantrekkelijks aan. Ze zijn niet sexy. Je hebt geen kijk op de werkelijkheid. Serieus.' Het was gewoon een variant op de ruzie die ze vaker tijdens hun huwelijk hadden. Sam had kijk op de werkelijkheid. Clementine blijkbaar niet. Sam wilde vroeg naar het vliegveld vertrekken. Clementine wilde als laatste aan boord gaan. Sam wilde van tevoren boeken. Clementine wilde op goed geluk gaan. Het bracht meestal harmonie. Het was meestal een reden om te lachen.

'Serieus.' Ze imiteerde zachtjes spottend zijn intonatie.

'Serieus,' zei hij. 'Niemand wil daar zijn. De meisjes niet. De klanten niet.'

'Ja hoor, niemand wil daar zijn,' herhaalde Clementine. Het woord 'klanten' stoorde haar (echt iets wat conservatieve oude mannen zeiden), of stoorde alles aan hem haar nu? 'Dus ik neem aan dat jij en die andere klánten er gedwongen naartoe gingen.'

'In de meeste gevallen gaat het om een stel dronken kerels van wie er een zegt: laten we daar voor de lol naartoe gaan. En je gaat voor de lol mee, maar dan zie je al die vrouwen met die harde gezichten ronddraaien en besef je wat een goedkope, walgelijke...'

'Ja hoor, Sam, jij vond Tiffany die avond ook echt walgelijk,' zei Clementine. Dit was waanzin. Het was op zijn best geschiedvervalsing, en was dat niet altijd al Sams specialiteit geweest, had ze niet altijd gezegd dat ze permanent een filmopname van hun leven wilde maken, zodat ze die terug konden kijken om te bewijzen dat hij inderdaad had gezegd wat hij nu ontkende? 'Je zat te lachen. Je moedigde haar aan. Je vond haar leuk, doe maar niet net alsof dat niet zo is. Ik weet dat je haar leuk vond.'

Ze had meteen spijt toen ze het had gezegd, want ze kende hem goed genoeg om te zien hoe hard haar woorden bij hem aankwamen.

'Je hebt gelijk. En daar zal ik mee moeten leven,' zei hij. 'Ik moet daar voor altijd mee leven, maar het betekent niet dat ik met haar wil omgaan. Je weet dat ze waarschijnlijk ook een hoer was, toch?'

'Dat was ze niet! Ze was alleen danseres. Het was gewoon iets wat ze leuk vond.'

'Hoe weet je dat?'

'We hebben het erover gehad. Toen ik met haar naar het ziekenhuis reed.'

Sam bleef staan. 'Dus jullie hebben op weg naar het ziekenhuis gezellig over Tiffany's stripteasetijd zitten kletsen, terwijl Ruby... terwijl Ruby...' Zijn stem stokte. Hij haalde diep adem en toen hij weer begon te praten had hij zijn stem in bedwang. 'Heel gezellig. En zo onschuldig.'

De woede die in haar opkwam was net zo hevig, onverzettelijk en buitensporig als een wee. Het duurde heel even voor ze haar ademhaling onder controle had. Hij twijfelde aan haar liefde voor Ruby. Hij suggereerde dat ze Ruby op de een of andere manier had verraden, dat het haar niets deed, dat zij minder van haar hield dan hij, en nu ze erover nadacht: had hij niet altijd al gesuggereerd dat hij meer van de kinderen hield omdat hij zich meer zorgen maakte, meer om hen heen hing?

'Je hebt geen idee hoe die rit naar het ziekenhuis was,' zei ze behoedzaam. Ze hoorde de woede die ze in bedwang probeerde te houden door haar woorden heen golven, zodat elk woord extra nadruk kreeg. 'Het was de ergste...'

Sam stak zijn hand op alsof hij haar wilde tegenhouden. 'De rest hoef ik niet te horen.'

Clementine hief gefrustreerd haar handen in de lucht en liet ze toen weer vallen. Hun relatie raakte in een verwarde knoop, het was alsof ze verdwaalden in een dichtbegroeid bos uit een sprookje en ze niet meer wist hoe ze zich een weg terug moest banen naar de plek waarvan ze wist dat die nog bestond, de plek waar ze nog van elkaar hielden.

58

De dag van de barbecue

Tiffany reed zo hard als ze durfde naar het Westmead Children's Hospital, terwijl Clementine haar ouders en haar schoonouders belde. Het waren korte maar hartverscheurende telefoontjes. Zodra Clementine haar moeders stem hoorde, barstte ze in tranen uit. Tiffany hoorde de arme vrouw aan de andere kant van de lijn roepen: 'Wat is er? Wat is er gebeurd? In godsnaam, Clementine, hou op met huilen en vertel het!'

Na de telefoontjes reden ze in stilte, terwijl Clementine luidruchtig zat te snuffen, met haar telefoon op schoot en haar gezicht naar het raam.

Ten slotte begon Tiffany te praten. 'Het spijt me verschrikkelijk.'

'Het is niet jouw schuld,' zei Clementine. 'Het is onze schuld. Mijn schuld.'

Tiffany zweeg en keek op de weg. Stel dat er een klein meisje doodging omdat Tiffany nog steeds graag bewonderd wilde worden? Omdat ze wist dat Vid dat leuk vond? Omdat ze zichzelf zo cool vond?

'Ik leidde jullie aandacht af,' zei ze. Dit wilde ze gezegd hebben voordat iemand haar beschuldigde.

'Ik ben ermee begonnen,' zei Clementine vlak. Ze draaide zich om en keek uit het raam. 'Mijn kind. Mijn verantwoordelijkheid.'

Tiffany wist niet wat ze moest zeggen. Dit was iets anders dan een woordenwisseling over wie er in een restaurant betaalde. Nee, ik betaal! Laat mij het deze keer doen.

'Ik heb de hele middag op de meisjes gelet,' zei Clementine. 'Ik wist de hele tijd precies waar ze waren. Alleen toen niet. Sam vindt dat ik minder goed oplet dan hij, maar ik hield ze in de gaten. Echt.'

'Natuurlijk. Dat weet ik,' zei Tiffany.

'Ze moet zo bang zijn geweest,' zei Clementine. 'Toen het water...' Tiffany keek even opzij en zag Clementine voorover-wiegen, met de veiligheidsgordel strak om haar borst, haar vuist tegen haar mond gedrukt. 'Ze moet al dat water hebben ingeslikt en in paniek...'

Tiffany deed haar best om haar te verstaan toen ze optrok bij een verkeerslicht.

Clementine boog naar voren en legde haar armen op het dashboard, alsof ze voorbereid was op een vliegtuigongeluk. Daarna leunde ze achterover, drukte haar handen hard tegen haar onderbuik aan en kreunde, wat Tiffany deed denken aan een vrouw in barensnood.

'Diep ademhalen,' zei Tiffany. 'In door je neus, uit door je mond. Maak er een sissend geluid bij.'

Clementine deed wat ze zei.

'Ik doe soms yoga,' zei Tiffany. De aandacht afleiden. Dat was het enige wat ze kon doen. 'Doe jij yoga?'

'Ik neem het me steeds voor,' zei Clementine.

'Ik heb Vid een keer meegenomen. Zoiets grappigs had ik nog nooit gezien.'

'Wat gebeurt daar?' vroeg Clementine. 'Zeg alsjeblieft dat het geen opstopping is.'

'Vast niet,' zei Tiffany. Ze keek naar de rij knipperende rode remlichtjes voor haar en de moed zonk haar in de schoenen. 'Niet op dit uur. Vast niet.'

Clementine kon niet geloven wat ze zag. Het was alsof het universum een spelletje met haar speelde, haar uitlachte, haar strafte.

'Het kan niet waar zijn,' zei ze toen ze achter een stilstaande auto stopten. Ze draaide zich om op haar stoel. Achter hen kwam de ene na de andere auto tot stilstand. De rij naast hen stopte ook. Ze zaten gevangen in een zee van metaal.

'Als er een zijstraat in beeld komt...' Tiffany wees met haar vinger naar de ingebouwde navigator. '... kunnen we een sluiproute nemen, maar ik geloof niet dat die...'

'Ik had met Ruby mee moeten gaan,' zei Clementine.

Zij en Sam hadden er zelfs niet over gesproken toen de dokter had gezegd dat er maar één ouder in de helikopter mee mocht. 'Ik ga,' had Sam gezegd zonder ook maar naar Clementine te kijken. Natuurlijk was het normaal gesproken de moeder die meeging. Kinderen die ziek waren vroegen om hun moeder. Dat Sam met de meisjes meeging als ze een inenting kregen, gaf hem geen voorrang bij medische noodgevallen. Als ze ziek waren, riepen ze 's nachts 'mama', Clementine was degene die eruit ging en hen knuffelde terwijl Sam de benodigde hoeveelheid medicijnen voor ze klaarmaakte. Waarom had ze niets gezegd en hem laten gaan? Zij was de moeder. Zij had mee moeten gaan. Ze kon zichzelf wel wat doen omdat ze niet had aangedrongen. Ze kon Sam wel wat doen omdat hij haar geen keuze had gelaten.

'O god,' zei ze hardop. Ze had hevige maagkramp. 'We schieten geen meter op.'

De remlichten van de auto voor hen doofden, en Tiffany boog zich hoopvol over het stuur. Ze reden stapvoets een meter verder en stopten weer. Achter hen toeterde iemand, waarop een ander reageerde met razend, belachelijk veel lawaai.

'O, fuck,' kreunde Clementine. 'Fuck, fuck, fuck.'

Ze kon niet stilzitten. Ze plukte aan de riem van haar autogordel. Ze had het gevoel dat ze fysiek bij Ruby werd weggehouden. De behoefte om nu bij haar te zijn was overweldigend. Ze kon het wel uitschreeuwen. Ze voelde dat ze haar armen wilde strekken in het verlangen om haar vast te houden.

'Ze is in goede handen,' zei Tiffany. 'Mijn nichtje heeft een keer op de intensive care in Westmead gelegen, en mijn zus zei dat ze er fantastisch waren. Ze was echt eh... onder de indruk, en...' Ze viel stil.

Clementine keek uit het raam en opende het om wat frisse lucht binnen te laten. Ze stelde zich voor dat ze het portier opengooide en wegrende. Geen voetpad. Ze zou gewoon langs de snelweg rennen, langs al die stomme, verschrikkelijke auto's, terwijl ze gilde: 'Uit de weg!'

'Ik kijk even of we een verkeersupdate kunnen vinden.' Tiffany zette de radio aan.

Ze drukte op knopjes en er klonken allerlei geluidsflarden voordat ze eindelijk iets vond wat op een nieuwsbericht leek.

'Schiet op,' zei Tiffany tegen de radio.

Eindelijk hoorden ze het. 'Drie auto's op elkaar,' zei 'Vince de rondvliegende verkeersverslaggever' vrolijk vanuit een helikopter. Nog iemand in een helikopter. 'Het verkeer staat stil. Het is ongelooflijk! Dit is geen normale zondagavond! Het lijkt meer op het spitsuur van een maandagochtend.'

Tiffany zette de radio uit.

'Dus we zitten inderdaad in een file,' zei ze.

Ze bleven zwijgend zitten.

De auto voor hen kwam in beweging en stopte bijna meteen weer.

'Ik kan niet... ik moet...' Clementine maakte haar gordel los. Het dak van de auto zat te dicht boven haar hoofd. 'Ik moet hieruit, ik kan niet blijven zitten.'

'Je kunt nergens heen.' Tiffany keek paniekerig. 'We rijden. Kijk! We rijden. De file lost op.'

'Zag je hoe wit ze was?' vroeg Clementine. 'Ze was krijtwit. Normaal heeft ze altijd van die rode wangetjes.' Ze voelde dat ze haar zelfbeheersing kwijtraakte, als een voet die weggleed op grind. Ze keek naar Tiffany. 'Praat over iets anders. Wat dan ook.'

'Oké,' zei Tiffany. 'Eh...'

Clementine kon het niet aan.

'Ik heb binnenkort een auditie. Een heel belangrijke auditie. Die was tot vanochtend het belangrijkste in mijn leven. Heb jij ook auditie moeten doen als danseres?' Ze drukte haar handen tegen haar gezicht en praatte tussen haar vingers door. 'Stel dat ze straks weer stopt met ademen?'

'Ik denk niet dat ze stopt met ademen, want ze is geïntubeerd,' zei Tiffany. 'Ze wordt beademd.'

De auto's kwamen weer in beweging. En bleven staan.

'Fuuuuuuck!' Clementine sloeg met haar vuist op het dashboard.

'Ik moest inderdaad auditie doen,' zei Tiffany snel. 'Voor die club. Ik ging samen met mijn vriendin Erin. Anders had ik misschien niet gedurfd.'

Ze zweeg.

'Ga door,' zei Clementine. 'Praat door. Praat alsjeblieft door.'

'Dus we kwamen daar in die club, en ik dacht dat we het misschien moeilijk serieus konden nemen, maar er was een vrouw die de leiding had, Emerald Blaze. Ik weet het, een grappige naam, maar echt, ze was geweldig. Zodra we haar zagen, werden we bloedserieus. Ze was een fantastische danseres. Ze bewoog in slow motion. Het deed me denken aan zijde. Glibberige zijde. Bijna te sexy. Alsof je iets zag wat je eigenlijk niet hoorde te zien. Ze zei: "Meisjes, het gaat bij het paaldansen niet om speciale kunstjes. Het gaat erom dat je verleidelijk bent." Dat advies heeft me veel geld opgeleverd. En het eerste wat we moesten doen, was gewoon het podium op lopen, om de paal heen, en dan weer eraf. Dat lijkt niet veel, maar het was verschrikkelijk als je wist dat alle meisjes toekeken en je beoordeelden, en natuurlijk waren we nog niet gewend aan hoge hakken... ik dacht dat ik zou vallen, en wat verder nog? Ik herinner me dat Emerald een heel verhaal hield over je identiteit. Je moest een pseudoniem aannemen en je eigen achtergrondverhaal verzinnen. Moet ik ophouden?'

'Wat?' Clementine masseerde haar maag met haar vuisten. Het verkeer kroop. 'Nee. Alsjeblieft niet. Ga door. Wat was je toneelnaam?'

'Barbie. Nogal gênant. Ik was vroeger dol op barbies.'

'Ga door, alsjeblieft,' zei ze.

Dus ging Tiffany door.

Ze praatte over de ritmische lage bas en de mist van sigarettenrook, de drugs, de meisjes, de reglementen en hoe goed ze leerde paaldansen met allerlei draaibewegingen en in een loodrechte positie naast de paal, al had ze daarna wel pijn in haar schouders, maar als kind had ze op wedstrijdniveau geturnd, dus...

Clementine dacht aan de turnlessen van Holly. Misschien werd het tijd dat ze in plaats daarvan op vioolles ging.

De auto kroop vooruit.

'Ga door,' zei ze.

Tiffany praatte door.

Ze vertelde over die ene keer dat ze tijdens een privéshow op de alarmknop moest drukken, maar dat was echt de enige keer dat ze zich niet veilig voelde, en over de advocaat die alleen maar teder haar voeten wilde vasthouden en die ze een paar weken later op tv zag, waar hij over een proces werd geïnterviewd, en over de sjofel uitziende man in zijn verschoten poloshirt die gigantisch rijk bleek te zijn en stapels dollars fooi gaf, heel anders dan de bankiers in dure pakken, die je nota bene een cadeaubon van twee dollar gaven, en de jonge plattelanders die steeds geld pinden om haar nog een keer te boeken, totdat ze uiteindelijk zei: 'Jongens, dit was het. Meer heb ik niet te laten zien.' En de tweederangs beroemdheid die haar en Erin boekte voor een doucheshow en vervolgens steeds 'Bravo, bravo!' riep, alsof hij bij een opera was.

'Of bij een concert.' Tiffany keek opzij naar Clementine.

'Doucheshow?' zei Clementine.

'Ja, dan ging je douchen terwijl de klant op een bank toekeek hoe je je afsponsde, of elkaar inzeepte, als je met een collega was. Ik vond het wel prettig. Het was erg warm en zweterig in die club. En dan was het heerlijk om even af te koelen.'

'Goh,' zei Clementine. Godallemachtig. Doucheshows. Ze vroeg zich af of ze moest overgeven. De kans was groot dat ze moest overgeven.

'Zal ik nu maar ophouden?' vroeg Tiffany.

'Nee,' zei Clementine. Ze sloot haar ogen, zag Ruby voor zich en deed ze weer open. 'Praat door!' zei ze harder.

En terwijl ze haar blik op de remlichten van de auto voor hen gericht hield en vurig wenste dat ze verdwenen, praatte Tiffany twintig onwerkelijke minuten achter elkaar door, de woorden stroomden over Clementine heen en ze raakte steeds de draad kwijt, ze hoorde alleen flarden: 'De podiums in de privékamers waren keihard, dus namen we een zacht kleedje mee... sommige meisjes hadden drank nodig tijdens het werk, maar ik... concurrentie, die ene avond dacht ik: loop naar de pomp...'

Toen ze eindelijk bij de pylonen en de witte flitslichten kwamen, waar een takelwagen langzaam een rode, verwrongen auto in een vreemde hoek aan de bumper optilde en een agent aangaf dat ze door konden rijden, zei Tiffany ineens op een heel andere toon: 'Daar gaan we.' Ze trapte vol op het gaspedaal en geen van beiden zei nog een woord totdat ze het parkeerterrein van het ziekenhuis op reden.

59

'En, werkte het? Kwam er nog iets boven?' vroeg Oliver. Ze zaten aan de tafel in de woonkamer de kip kerrie te eten die hij had klaargemaakt. Buiten nam de regen af tot licht gespetter, alsof die erover dacht ermee op te houden, maar Erika was er niet van overtuigd. Op het gewreven mahoniehouten tafelblad was alleen met het nodige gedekt: glimmend bestek, placemats en smetteloze glazen met ijswater op onderzetters. Die manier van tafelen was voor geen van beiden iets vanzelfsprekends. Voordat ze gingen eten, keken ze elkaar altijd even aan met een blik van erkenning, een onuitgesproken moment van dankbaarheid voor de ruimte en de ordelijkheid.

'Nee,' zei Erika. 'De fontein is weg. Er is beton overheen gestort. De achtertuin ziet er gewond uit. Het had iets droevigs.'

'Ik denk dat ze er niet meer aan herinnerd wilden worden,' zei Oliver.

'Terwijl ik juist de herinnering zocht,' zei Erika. Ze legde zorgvuldig haar mes en vork neer. ('Zit niet steeds zo met je bestek te zwaaien!' zei Pam altijd tegen Clementine en haar broers; Erika was de enige die luisterde. Clementine had nog steeds de neiging om haar woorden kracht bij te zetten door met haar vork te wijzen.)

'Ja,' zei Oliver. 'Dat weet ik.'

'Ik heb het genoteerd, alles wat ik me wel en niet herinner.' Ze had het zelfs in een Word-document gezet (bewaard als 'Herinnering.doc') in de hoop dat een professionele aanpak ook een professionele oplossing zou brengen.

'Goed idee,' zei Oliver. Hij hoorde wat ze zei, maar ze kon zien dat hij ook luisterde naar de regen die vanaf de overvolle dakgoten op de veranda achter het huis kletterde. Hij was bang dat het hout ging rotten.

'Ik weet nog dat ik met een stapel borden het huis uit liep,' zei Erika. Haar herinneringen leken op snelle flitsen van een stroboscooplamp: aan, uit, aan, uit. 'En het volgende wat ik me herinner is dat ik in de fontein sta, met jou, en dat we samen Ruby uit het water halen, maar van die tijd daartussen kan ik me niets herinneren. Het is helemaal blanco. Ik herinner me niet dat ik Ruby zag of dat ik naar de fontein ben gelopen. Ineens was ik daar gewoon.'

'Je hebt die borden laten vallen en je bent gaan rennen,' zei Oliver. 'Je schreeuwde Clementines naam en toen rende je weg. Ik zag je rennen.'

'Ja, maar waarom weet ik daar niets meer van?' zei Erika. 'Waarom weet ik niet meer dat ik dacht: o god, Ruby ligt in de fontein? Hoe kan het dat ik dat ben vergeten?'

'Door de shock, de alcohol, de medicatie... dat allemaal,' zei Oliver. 'Echt, ik denk dat je het moet loslaten.'

'Ja,' zei Erika zuchtend. Ze pakte haar mes en vork weer op. 'Ik weet het. Je hebt gelijk.'

Nu zou ze hem moeten vertellen dat Clementine ermee had ingestemd hun donor te worden. Het was wreed om informatie voor hem achter te houden die hem zo blij zou maken.

'Hoe erg was het vandaag bij je moeder?' vroeg Oliver.

'Erger dan het in tijden is geweest.'

'Wat naar,' zei Oliver. 'En het spijt me dat je daar alleen naartoe moest.'

'Het geeft niet. Ik heb niet veel gedaan. Ik heb er zo'n beetje de brui aan gegeven. Het slechte nieuws is dat de buurvrouw haar huis gaat verkopen.'

'Oké,' zei Oliver zorgvuldig kauwend. 'Ja, dat is een probleem.' Ze zag hoe hij alles zat af te wegen.

'Ze was heel vriendelijk,' zei Erika.

'We zullen haar tegemoet moeten komen,' zei Oliver. 'Erachter moeten komen wanneer precies de kijkdagen zijn.'

'Ik heb het gevoel dat mijn moeder haar weleens dwars kan gaan zitten,' zei Erika. 'Alleen uit boosaardigheid.'

'Mogelijk,' zei Oliver. Hij was ook opgegroeid met zinloze kwaadwilligheid, maar hij had die aanvaard als iets onontkoombaars, terwijl Erika zich er nog steeds tegen verzette en wrok koesterde, probeerde te doorgronden wat die eigenlijk betekende. Ze dacht aan haar moeders lach toen de vuilniszak was gescheurd. Waarom lachte ze daarom? Wat vond ze er zo leuk aan?

'We komen er wel uit,' zei Oliver. 'We laten het huis binnen zoals het is en richten ons op de buitenkant. Dat is het enige wat telt totdat de buren hun huis verkocht hebben.'

Hij bleef altijd zo heerlijk rustig als ze het over het probleem-Sylvia hadden.

Toen hij besefte hoe overstuur Erika raakte als ze naar haar moeder was geweest, wat ze vroeger een paar keer per week deed, had hij er in het begin op aangedrongen om gewoon te weigeren er nog naartoe te gaan, maar Erika's verantwoordelijkheidsgevoel voor haar moeder kon dat niet aan. Ze moest zich ervan overtuigen dat haar moeders leefomstandigheden geen brandgevaar opleverden of haar gezondheid bedreigden. Daarom maakte Oliver een bezoekrooster, met een spreadsheet, natuurlijk. Het idee was dat Erika maar zes keer per jaar naar haar moeder zou gaan, samen met Oliver, en elke keer namen ze daar minstens zes uur de tijd voor, tot de tanden gewapend met handschoenen, mondmaskertjes en vuilniszakken. Ze gingen niet meer bij haar 'eten' alsof Sylvia een normale moeder was. Die uitnodigingen hadden nooit ergens op geslagen. Sylvia beloofde dan iets te maken wat Erika vroeger lekker vond – lang, lang geleden, voordat de keuken was verdwenen, kon ze goed koken – maar een maaltijd was nooit tot stand gekomen, en toch had Erika elke keer ergens weer geloofd dat het ging lukken, zelfs al wist ze heel goed dat Sylvia's keuken onbruikbaar was geworden. 'Ik was een beetje moe,' zei Sylvia dan. 'Zullen we maar wat laten bezorgen?' Die avonden waren altijd geëindigd met ruzie over de toestand in huis. Tegenwoordig smeekte Erika haar moeder niet meer om professionele hulp in te roepen. Oliver had haar laten inzien dat Sylvia nooit zou veranderen. Ze zou nooit genezen. Oliver zei tegen Erika: 'Jij kunt beter zelf professionele hulp zoeken. Haar kun je niet veranderen, maar jij kunt wel iets doen aan de manier waarop je op haar reageert.' Dus dat had ze gedaan.

Hij zou een geweldige, kalme, wijze vader worden. Ze stelde zich voor dat hij allerlei dingen uitlegde aan een zoon, een jongetje met de staalblauwe ogen van Ruby en Holly, die bij hen aan tafel zat met zijn eigen placemat en zijn eigen glas. Hun kind zou nooit op zijn of haar bed hoeven eten omdat de eettafel met stapels troep bezaaid lag. De vriendjes van hun kind konden altijd komen spelen. Altijd! En ook blijven eten. Ze zouden extra placemats hebben.

Dat was het plan. Dat was de droom. Een kind het waardevolle geschenk geven van een normale jeugd. Alleen zag ze in die droom Oliver veel duidelijker dan zichzelf.

Vertel het hem, hield ze zich voor. Vertel het hem gewoon. Dat verdient hij.

'Clementine belde vandaag weer,' zei ze. Een leugentje om bestwil. 'Toen ik naar mijn moeder op weg was.'

Oliver hief zijn hoofd, en ze zag de hoop in zijn ogen, zo onverhuld en rauw dat ze er onpasselijk van werd.

'Ze wil het graag doen,' zei ze. 'Eicellen doneren.'

Laat het haar maar doen. Zij hadden Ruby's leven gered. Een leven in ruil voor een ander leven. Dat was Clementine hun verschuldigd. Laat het haar maar doen.

Oliver legde zorgvuldig zijn mes en vork neer aan weerszijden van zijn bord. Zijn ogen glansden. 'Denk je...' begon hij. 'Ben je bang dat ze het om de verkeerde reden aanbiedt? Vanwege Ruby?'

Erika haalde haar schouders op. De beweging voelde onnatuurlijk. Ze zou hem niet vertellen wat ze had opgevangen. Dat zou hem alleen maar van streek maken. En ze schaamde zich ervoor. Ze wilde niet dat Oliver wist dat haar beste vriendin niet echt om haar gaf. 'Ze zegt dat het daar niets mee te maken heeft, maar ik denk dat we dat nooit echt zullen weten, denk je niet? Maar het is een eerlijke ruil. Wij hebben Ruby gered, zij geeft ons een kind.'

'Eh... meen je dat nou?'

'Ik weet niet of ik het meen,' zei Erika nadenkend. 'Misschien meen ik het serieus. Wij hebben Ruby's leven gered. Dat is een feit. Waarom zouden zij dan niet iets terugdoen? En wat doet het ertoe waarom ze het doet?'

Oliver dacht even na. 'Ja, dat doet er wel toe,' zei hij. 'Toch? Als zij zich er niet echt prettig bij voelt? Als ze het anders niet zou hebben gedaan?'

'Nou, ze heeft in elk geval een afspraak gemaakt met die consulente in de kliniek,' zei Erika. 'Voordat het allemaal echt in gang wordt gezet. Het is aan de consulente om met haar over dat soort dingen te praten. Over haar motivatie. Haar... psychische gesteldheid.'

Olivers zorgelijke rimpel verdween. Er bestond een procedure voor. Deskundigen namen de besluiten.

'Je hebt gelijk,' zei hij blij. Hij pakte zijn mes en vork. 'Het is geweldig nieuws. Fantastisch nieuws. Een stap in de goede richting. Het gaat gebeuren. We worden ouders. Hoe dan ook.'

'Ja,' zei Erika. 'Ja, dat is zo.'

Hij legde zijn bestek weer neer en depte zijn lippen. 'Mag ik je iets vragen wat misschien wat vreemd klinkt?'

Erika verstarde. 'Natuurlijk.'

'Die dag van de barbecue zei Clementine dat je altijd tegen haar had gezegd dat je geen kinderen wilde. Je doet dit toch niet allemaal voor mij, hè?' Zijn bril gleed een stukje omlaag toen hij zijn wenkbrauwen fronste. 'Met alles wat je de afgelopen paar jaar hebt doorgemaakt...'

'Zo erg was het niet.'

De ivf-procedure was een ordentelijk gebeuren geweest. Ze waardeerde het strakke regime, de regels en de techniek. Ze hield vooral van de steriele aanpak: de ziekenhuishemden die direct na het dragen in een wasmand werden gegooid, de hoezen die je over je schoenen moest aantrekken, de blauwe mutsjes. En het was fijn geweest om met Oliver samen te werken aan dit belangrijke, geheime project. Ze herinnerde zich elke terugplaatsing en overplaatsing, het inademen van de prettige, antiseptische geur, het vasthouden van Olivers hand, en dat ze niets anders hoefde te doen dan zich overgeven aan de procedure. Oliver had de verantwoordelijkheid voor alle medicatie op zich genomen. Hij had haar alle injecties gegeven, teder en deskundig. Altijd zonder een blauwe plek achter te laten. De bloedtests 's ochtends vroeg vond ze niet erg. Het lichte gevoel in haar hoofd. 'Ja, dat klopt, dat is mijn naam,' had ze gezegd als de verpleegkundige het keurig gelabelde buisje met bloed in een blauw gehandschoende hand ter controle omhoog had gehouden.

Clementine zou die naalden haten. Clementines angst in ruil voor Olivers blijdschap. Dat was een eerlijke deal, toch?

'Ja, maar jij wilt toch ook een kind?' zei Oliver. 'Voor jezelf? Niet alleen voor mij?'

'Natuurlijk,' zei Erika. Het was altijd voor hem geweest. Altijd. Dat verlangen om zelf een kleine Holly of Ruby te hebben was nu verdwenen. Ze wist niet precies hoe dat kwam. Waarschijnlijk door wat ze had opgevangen en misschien vanwege iets anders: onheilspellende gevoelens die te maken hadden met de momenten die uit haar geheugen verdwenen waren.

Maar die deden er allemaal niet toe. Ze at haar kip kerrie en liet haar blik door hun prachtige, opgeruimde kamer dwalen.

'Wat ligt daar?' zei ze ineens.

Ze stond op en liep naar de boekenkast. Er schitterde iets blauws tussen twee boeken in. Oliver draaide zich om.

'O,' zei ze toen ze Holly's tasje met de blauwe glittertjes ertussenuit haalde. 'Dat.'

Erika opende het zakje met Holly's steentjes.

'Dat heeft ze daar zeker laten liggen,' zei ze terwijl ze er een gepolijst wit steentje uit haalde.

'Op de avond van de barbecue,' zei Oliver.

'Ik zal het aan Clementine meegeven.'

'Holly wil het niet terug,' zei Oliver. Hij deed zijn mond open alsof hij nog iets wilde zeggen, maar veranderde toen van gedachten en nam een slok water, waarna hij het glas zorgvuldig op de onderzetter terugzette.

'Echt? Ik dacht dat ze dol was...'

'Misschien zijn we met kerst wel zwanger,' zei Oliver dromerig. 'Stel je voor.'

'Stel je voor,' stemde Erika in, en ze liet het steentje weer in het zakje vallen.

60

De dag van de barbecue

'Is Ruby dood?' vroeg Holly terwijl ze met het hengsel van haar blauwe tasje met stenen speelde, dat ze met twee handen op schoot vasthield.

'Nee,' zei Erika. 'Ze is niet dood. Ze is met papa in de helikopter naar het ziekenhuis. Daar zal ze nu wel zijn, en de dokters maken haar beter.'

Ze zaten onder een dekentje op de bank terwijl Oliver warme chocolademelk maakte. *Madagascar* was op tv. Erika had haar contactlenzen uitgedaan, zodat ze alleen maar kleurflitsen op het scherm zag.

Ze had het gevoel dat de slaap haar overweldigde, alsof een enorme zwarte golf haar dreigde te verpletteren. Maar ze mocht niet in slaap vallen. Niet zolang Holly hier was. En het was nog maar... hoe laat? Een uur of zeven. Ze had het gevoel dat het veel later was. Alsof het midden in de nacht was.

'Misschien gaat ze wel dood.' Holly staarde naar de tv.

'Ik denk het niet, maar ze is wel heel ziek. Het is heel ernstig. Ja. Het zou kunnen.'

'Erika!' zei Oliver, die met bekers chocolademelk binnenkwam.

'Wat?' Moest je niet zo eerlijk mogelijk tegen kinderen zijn? Niemand wist hoe lang Ruby in het water had gelegen voordat ze haar eruit haalden. Er was geen garantie. Misschien had ze een hersenbeschadiging. Onderkoeling. Misschien haalde ze de ochtend niet. Waarom had ze het gevoel dat ze zou moeten weten hoe lang Ruby precies in het water had gelegen? Waarom voelde ze zich zo vreemd verantwoordelijk, alsof ze op een of andere manier tekortgeschoten was? Zij was als eerste bij Ruby geweest. Zij was degene die het eerst in actie was gekomen. Ze was niet Ruby's moeder. Maar er was iets. Ze had iets gedaan of gelaten.

'Alsjeblieft,' zei Oliver. Hij had zijn natte kleren nog aan. Hij zou ziek worden. Hij gaf Holly de beker warme chocolademelk. 'Ik heb het niet te heet gemaakt, maar neem voor de zekerheid eerst maar een klein slokje, oké?'

'Dank je wel,' zei Holly luid en duidelijk.

'Wat ben jij beleefd, Holly,' zei Oliver.

'Ga je maar omkleden,' zei Erika terwijl ze de beker van hem aannam. 'Straks word je verkouden.'

'Gaat het wel?' vroeg Oliver.

'Hoezo? Zie ik eruit alsof het niet gaat?' Ze nam een slokje chocolademelk, die op de een of andere manier niet in haar mond terechtkwam. Ze veegde met haar vinger over haar kin.

'Inderdaad,' zei Oliver.

'Niet zo beleefd,' zei Holly tegen Erika.

'Waar heb je het over?' snauwde Erika. Het kind zei maar wat. Het drong tot haar door dat ze zojuist tegen Holly precies zo had gesnauwd als Sylvia vroeger tegen háár snauwde. Zodra Erika iets aan haar moeder wilde vertellen, snauwde die 'Waar heb je het over?', en dan dacht Erika: laat me mijn verhaal afmaken, dan weet je waar ik het over heb!

'Je vergat dank je wel te zeggen,' zei Holly. Ze keek angstig. 'Tegen Oliver.'

'O,' zei Erika. 'Natuurlijk. Je hebt gelijk. Het spijt me, Holly, het was niet mijn bedoeling om je af te snauwen.'

Erika zag onder Holly's grote blauwe ogen twee reusachtige tranen op haar wimpers. Dat kon niet alleen door haar gesnauw komen. Zo gevoelig was Holly niet.

'Holly,' zei ze. 'Holly. Lieverdje. Het is goed, niets aan de hand, geef me een knuffel, zo, maar ik geloof dat ik eigenlijk... ik zou misschien... sorry.' Ze kon het niet. Holly had haar op dit moment nodig om haar te troosten, maar ze kon het niet. Ze gaf de beker terug aan Oliver, die hem in zijn verbazing nog net op tijd aanpakte voordat ze hem uit haar handen liet vallen. 'Ik heb alleen zo'n slaap.'

Ze liet het grote zwarte niets over haar komen. Ze hoorde een telefoon gaan, maar het was al te laat, ze kon niet meer terug, het was veel te groot en te sterk om zich tegen te verzetten.

Oliver keek met een dof, misselijk gevoel van herkenning naar zijn vrouw, die diep lag te slapen. Ze was van de wereld, dronken. Voorlopig was ze dus uitgeschakeld. Tot de volgende ochtend. Hij had nooit eerder met afkeer naar zijn vrouw gekeken, maar toen hij haar daar met haar hoofd naar achteren en haar mond open zag liggen, voelde hij dat zijn gezicht vertrok van woede. Ze wisten nog niet eens of het goed zou komen met Ruby. Hoe kon ze dan gaan slapen? Maar natuurlijk, dronken mensen konden altijd slapen.

Ze is geen dronkaard, hield hij zich voor. Ze is alleen nu dronken. Voor het eerst sinds hij haar kende.

'Ze is vast uitgeput,' zei Holly, die gefascineerd naar Erika keek.

Oliver glimlachte omdat Holly het woord 'uitgeput' gebruikte. 'Ik denk dat je gelijk hebt,' zei hij. 'Ze is inderdaad uitgeput. Hoe is je chocolademelk? Niet te heet?'

'Nee, hij is niet te heet,' zei Holly. Ze nam heel voorzichtig een slokje. Er zat een snorretje van melk op haar bovenlip.

'Oliver,' zei Holly zachtjes. Ze hield haar blauwe tasje omhoog, en nu stroomden haar ogen pas echt vol.

'Wil je dat ik dat op een veilige plek opberg?' Oliver stak zijn hand uit.

'Oliver,' zei ze weer, nu nog veel zachter.

'Wat is er, schat?' Oliver hurkte bij haar neer. Zijn kleren waren nog nat en vies van de fontein.

Holly boog zich naar voren en fluisterde vol wanhoop iets in zijn oor.

61

De dag van de barbecue

De grootouders verschenen alle vier tegelijk bij het ziekenhuis.

Clementine had de intensive care verlaten om Erika snel telefonisch op de hoogte te brengen van Ruby's toestand en er zeker van te zijn dat Holly bij hen kon blijven totdat ze hadden besloten waar ze die nacht zou slapen.

Tot haar verbazing had Oliver Erika's telefoon opgenomen. Met Holly ging het goed, zei hij. Ze zat op de bank onder een dekentje met Erika een film te kijken. Hij zei dat Erika sliep, waar hij nogal beschaamd of verbijsterd over leek, maar verder klonk hij precies als altijd, beleefd terughoudend, met veel keelgeschraap, alsof het een heel gewone avond was geweest, alsof hij en Erika niet net Ruby's leven hadden gered.

Vanaf haar plek op de gang van de eerste etage had Clementine uitzicht op de benedenverdieping van het ziekenhuis en de schuifdeuren bij de ingang. Ze herkende eerst Sams ouders, die duidelijk geagiteerd nog net niet naar binnen renden. Ze hadden waarschijnlijk in dezelfde file gestaan als zij en Tiffany, en ze waren waarschijnlijk net zo gefrustreerd geraakt. Sams vader was opgegroeid op het platteland en had een bloedhekel aan verkeerslichten.

Ze zag hoe de twee ouderparen elkaar tegemoet liepen, als overlevenden van een natuurramp in een vluchtelingenkamp. Haar vader, gekleed in zijn 'huiselijke' outfit: een spijkerbroek en een slobbertrui die hij normaal nooit in het openbaar zou dragen, omhelsde Sams popperige moeder, en zij hief haar armen en klemde zich aan hem vast op een manier die bijna angstaanjagend was, omdat het helemaal niet bij haar paste. Clementine zag dat Sams vader zijn hand op de arm van haar moeder legde en dat ze zich allebei omdraaiden en opkeken naar de borden om te zien waar ze naartoe moesten.

Clementines moeder zag haar dochter als eerste en wees naar haar, precies op het moment dat Clementine haar hand opstak, waarna ze allemaal haastig door de lange, brede gang naar haar toe kwamen.

Clementine kwam hun halverwege tegemoet. Haar moeder liep voorop, gevolgd door Sams ouders, en daarna haar vader; hij had een paar maanden eerder na een skiongeluk een knieoperatie moeten ondergaan. Het was pijnlijk om hun gezichtsuitdrukkingen te zien. Ze zagen er geschokt en ongezond uit, en alsof ze nauwelijks adem kregen, alsof deze gang een berg was die ze van Clementine moesten beklimmen. Dit waren vier fitte, gezonde grootouders die van hun pensioen genoten, maar nu leken ze stukken ouder. Voor het eerst zagen ze eruit als bejaarden.

Ruby en Holly waren van beide kanten de enige kleinkinderen. Ze werden aanbeden en verwend, en Sam en Clementine aanvaardden die aanbidding met nonchalante trots, want per slot van rekening hadden zij die prachtige engeltjes op de wereld gezet. Ze vonden het dan ook vanzelfsprekend dat ze altijd een gratis oppas hadden en dat ze tijdens bezoekjes verwend werden met zelfgemaakte heerlijkheden, want daarvoor hadden ze heel wat te bieden: die schitterende kleinkinderen!

'Het gaat goed,' zei ze. Daarmee bedoelde ze dat ze 'in leven' was, ze wilde hun laten weten dat Ruby nog leefde. Maar ze sprak te snel, ze verstonden het niet goed, en ze zag hen alle vier de oren spitsen, panisch om sneller bij haar te kunnen zijn, en Sams moeder greep de leuning alsof het slecht nieuws was.

'Het gaat goed met Ruby!' riep ze nogmaals, harder, en toen dromden ze allemaal om haar heen en begonnen ze vragen te stellen, waardoor ze de weg versperden voor mensen die de gang op wilden lopen.

'Ze hebben haar gesedeerd,' zei Clementine. 'En ze wordt nog... geïntubeerd.'

Ze struikelde over het angstaanjagende woord en dacht aan Ruby's witte gezichtje en die enorme slang in haar mond. Hij zag eruit alsof hij haar verstikte, niet als iets om haar te laten ademen.

'Ze hebben een CT-scan gedaan, en niets wijst op een zwelling of hersenbeschadiging, alles ziet er goed uit,' zei Clementine. Een zwelling of hersenbeschadiging. Ze probeerde de medische termen zonder betekenis als een vreemde taal over te laten komen, niet meer dan geluiden die uit haar mond kwamen, omdat ze het niet kon riskeren de volle betekenis ervan tot zich door te laten dringen. 'Ze hebben een röntgenfoto gemaakt, er zit wel wat vocht in haar longen, maar dat was te verwachten, ze maken zich niet al te veel zorgen en ze krijgt antibiotica. Haar ribben zijn heel. Er is niets gebroken.'

'Waarom zouden haar ribben niet heel zijn?' vroeg haar vader.

Clementine vervloekte zichzelf. Ze probeerde zo veel mogelijk positiefs te melden, maar ze hoefde niet te vertellen wat er allemaal mis had kunnen gaan dat toch goed afgelopen was.

'Soms kan er door de kracht van de compressie, de reanimatie... maar dat is goed gegaan.' Ze hoorde Oliver weer hardop tellen en kon even niets uitbrengen. 'Morgenochtend verlagen ze de medicatie, dan brengen ze haar bij kennis en laten ze haar weer zelf ademen.'

'Mogen we bij haar?' vroeg Clementines moeder.

'Dat weet ik niet,' zei Clementine. 'Ik zal het vragen.' Ze had hen niet naar het ziekenhuis moeten laten komen. Het was verstandiger geweest als ze hen thuis had laten wachten, beter voor hun bejaarde hart. Ze had er niet bij nagedacht. Ze was er gewoon van uitgegaan dat ze zouden komen, als een kind dat grote mensen nodig had.

Tijdens een etentje met Erika en Oliver was een keer de vraag gerezen of ze zich volwassen voelden. Zij en Sam hadden gezegd van niet. Niet echt. Erika en Oliver hadden verbaasd en nogal geschokt gekeken.

'Natuurlijk voel ik me volwassen,' zei Erika. 'Ik ben vrij. Ik kan doen wat ik wil.'

Oliver had gezegd: 'Ik kon niet vroeg genoeg volwassen worden.'

'Juist,' begon Clementines moeder hijgend. Ze kreeg toch geen hartaanval? Ineens viel ze uit tegen Clementine. 'Waarom heb je haar niet in de gaten gehouden?' Ze stond zo dichtbij dat Clementine aan haar adem kon ruiken dat ze een kruidig gerecht had gegeten. 'Je had haar niet uit het oog mogen verliezen. Geen moment. Zeker niet in de buurt van water.'

'Pam,' zei Clementines vader. Hij wilde zijn vrouw bij de arm pakken, maar ze schudde hem af. Een jonge, zwangere vrouw perste zich met een nieuwsgierige blik langs hen.

'Dat hoef ik je niet te vertellen, dat weet je toch!' vervolgde Pam terwijl ze Clementine zo indringend aankeek dat het leek alsof haar dochter een vreemde voor haar was, alsof ze probeerde erachter te komen wie degene was die haar kleindochter kwaad had gedaan. 'Was je dronken? Hoe kon je? Hoe kon je zo stom zijn?' Haar gezicht trok samen tot duizend rimpels voordat ze het achter haar handen verborg.

Clementine had haar nog niet eens verteld dat Erika degene was die Ruby had gered. Erika. De betere dochter. De dankbare dochter. De dochter die nooit zo'n stommiteit begaan zou hebben.

Clementines vader legde een arm om zijn vrouw. 'Het is

goed,' mimede hij boven haar hoofd. Hij liep met haar de gang in. 'Laten we ergens gaan zitten.'

'Het komt door de shock,' zei Joy, Sams moeder. Ze was een vrouw die nooit de deur uit ging zonder 'haar gezicht te doen', maar op dit moment droeg ze geen spoortje make-up. Clementine had haar nog nooit zonder lipstick gezien. Het was net alsof haar lippen ontbraken. Ze had waarschijnlijk in bad zitten lezen toen het telefoontje kwam. Clementine stelde zich haar panische reactie voor. Ze had waarschijnlijk snel, zonder zich echt goed te hebben afgedroogd, wat kleren aangeschoten.

'Kom, schat,' zei Joy. 'Kop op.'

Clementine kon wel door de grond zakken van schaamte.

62

De ochtend na de barbecue

'Clementine.'

'Wat is er?'

Ze moest in slaap gesukkeld zijn. Ze dacht dat ze de hele nacht geen oog dicht had gedaan, maar nu stond Sam over haar heen gebogen en schudde aan haar arm terwijl zij in de groenleren stoel naast Ruby's bed zat.

Sam had paarse kringen onder zijn bloeddoorlopen ogen, zwarte stoppels op zijn kin en een streepje wit opgedroogd speeksel om zijn lippen. Hij had geweigerd te gaan zitten. 'Beste man, je helpt je dochter er niet mee door de hele nacht te blijven staan,' had de verpleegkundige tegen hem gezegd, maar Sam bleef bijna dwangmatig vastberaden staan, alsof Ruby's leven ervan afhing, alsof hij haar voor kwaad kon behoeden. Uiteindelijk gaf de verpleegkundige het op, al keek ze af en toe naar hem alsof ze het liefst een naald in zijn arm zou steken om hem even uit te schakelen.

De verpleegkundige heette Kylie. Ze kwam uit Nieuw-Zeeland, sprak langzaam en eenvoudig en herhaalde alles nog een keer, alsof Engels hun tweede taal was. Waarschijnlijk drong tot ouders die in shock waren niet altijd alles meteen door. Kylie legde uit dat iedere patiënt op de intensive care een eigen verpleegkundige toegewezen kreeg. 'Ik heb vannacht maar één persoon om voor te zorgen, en dat is Ruby.' Ze vertelde dat er een kamer op dezelfde verdieping was waar ze konden slapen, en ze gaf hun een zakje met een tandenborstel en een kam, zoiets als wat je tijdens een nachtelijke vlucht kreeg als je economyclass vloog. Ze raadde hun aan wat te slapen, omdat Ruby gesedeerd was en dus niet wist of ze wel of niet bij haar waren, maar ze hadden Ruby al een keer in de steek gelaten, dat wilden ze niet nog eens doen.

Sam had zowel Ruby als de monitors met haar hartslag, temperatuur, ademhaling en zuurstofniveau de hele nacht in de gaten gehouden, alsof hij wist wat ze betekenden, en hij had Kylie om uitleg gevraagd, dus misschien wist hij het inderdaad wel. Clementine had niet naar de uitleg geluisterd. De hele nacht had ze haar blikken heen en weer laten gaan tussen Ruby en Kylies gezicht. Ze had het gevoel gehad dat dat gezicht het haar zou vertellen als er iets was om ongerust over te zijn, maar dat had ze mis, want tijdens de nacht was Ruby's zuurstofniveau gedaald zonder dat er iets aan Kylies gezicht was veranderd, waarna de dienstdoende arts geroepen was en Sam zich had teruggetrokken in de hoek van de kamer met een vuist tegen zijn wang, alsof hij zichzelf buiten westen wilde slaan. Ruby's zuurstofniveau was weer gestegen tot een aanvaardbaar niveau, maar de eerste uren daarna had de adrenaline nog door Clementines lichaam gegierd. Het had haar eraan herinnerd dat ze zich geen moment konden ontspannen.

'De dokter is er,' zei Sam nu terwijl Clementine haar ogen uitwreef en slikte. Haar mond was droog en ze proefde een zure smaak. 'Ze gaan haar van de beademing halen en bijbrengen.'

'Goedemorgen!' zei een bleke arts met lichtblond haar. 'Zullen we eens kijken of we deze schone slaapster wakker kunnen maken?'

Het ging snel. De slangen werden verwijderd. Het maskertje werd weggehaald.

Na twintig minuten begon Ruby hevig te fronsen. Haar oogleden trilden.

‘Ruby?’ zei Sam alsof hij haar smeekte zijn leven te redden.

Ruby’s ogen fladderden uiteindelijk open. Met een blik vol pure afschuw staarde ze naar de canule in haar arm. Gelukkig was de hand met de duim waar ze altijd aan zoog vrij, en die duim propte ze dan ook meteen in haar mond. Toen ze opkeek en haar ouders zag, keek ze nog bozer.

‘Whisk,’ eiste ze schor.

De opluchting die Clementine voelde toen ze met Whisk op haar afvloog was enorm en voelde als een zegen, alsof er een einde kwam aan een martelende pijn, alsof ze eindelijk lucht kreeg nadat ze een tijd haar adem had moeten inhouden.

Ze keek naar Sam en verwachtte half dat er nu iets tussen hen zou gebeuren, iets belangrijks, een hoogtepunt. Ze zouden bijvoorbeeld elkaars hand pakken, hun vingers van blijdschap in elkaar verstrengelen en lachend naar Ruby kijken terwijl de tranen over hun gezicht stroomden.

Maar dat gebeurde niet. Ze keken elkaar aan, en inderdaad, ze glimlachten, en inderdaad, hun ogen stonden vol tranen, maar iets klopte er niet. Ze wist niet wie er het eerst wegkeek, ze wist niet of het haar kilte of zijn kilte was, of zij hem de schuld gaf of hij haar, maar toen begon Ruby te huilen omdat ze pijn in haar keel had van de intubatie, de arts begon te praten, en opeens was het te laat. Het was weer een moment dat ze nooit meer over konden doen.

63

'Het eten is klaar!' riep Sam, en hij klonk volkomen normaal, heel anders dan de vreemdeling die nog geen uur geleden over een scheiding was begonnen. 'Ik geloof dat ik er klaar mee ben.' Nu klonk hij gewoon als papa, als Sam, als zichzelf.

De geur van het eten dat Sam het liefst maakte, puree met gehakt, hing in het hele huis. Clementine was er dol op, maar de meisjes hadden er een hekel aan, en dat was jammer, want het was een voedzame maaltijd die de meeste kinderen lekker vonden, dus probeerden ze het elke week tegen beter weten in opnieuw.

'Houdt het nooit eens op met regenen?' vroeg Holly terwijl ze haar iPad uitzette met de technologische onverschilligheid van een millenniumkind. 'Ik word er gek van.'

'Ik ook,' zei Clementine. 'Ruby! Kom! Eten!'

Ruby keek op vanaf de plek waar ze zat, omringd door poppen en knuffels. Ze had ze zo neergezet in een imitatie van de 'vertelkring' op de crèche en ze had ze zogenaamd voorgelezen uit een boek van *Nieuwsgierig aapje*, dat ze precies zo omhooghield als haar juf kennelijk deed, waarbij ze elke keer dat ze een bladzijde omsloeg aan haar vingertop likte.

'Tijd voor een slaapje!' zei Ruby opgewekt, en met een achteloze handbeweging duwde ze alle poppen omver in de slaapstand. Hopelijk had ze dat niet afgekeken van de crèche.

'Wat eten we?' Holly rende op de tafel af en hees zich op een stoel. Ze greep vol verwachting haar mes en vork. 'Pasta? Ja hè, pasta!'

'Puree met gehakt,' zei Sam terwijl Clementine Ruby in het verhoogde zitje voor 'grote kinderen' vastmaakte waarin ze tegenwoordig zat in plaats van in de kinderstoel.

'Wát?' Holly liet zich voorovervallen, alsof haar een groot onrecht was aangedaan. 'Puree? Al weer? Dat hadden we gisteravond ook!'

'Dat had je gisteravond niet,' zei Sam onbewogen terwijl hij het bord voor haar neerzette. 'Gisteravond heb je met oma pasta gegeten toen papa en mama naar een restaurant waren.'

'Er was nog wat over, dat staat in de ijskast!' riep Holly opgetogen. 'Dat weet ik nog! We hebben niet alles opgegeten! En oma zei dat...'

'Dat is er niet meer,' zei Clementine. 'Ik heb het gisteravond opgegeten.'

'Wát?' riep Holly. Het leven bestond uit louter onrecht. 'Maar jullie gingen toch naar een restaurant?'

'Het was niet zo'n goed restaurant, dus we zijn vroeg thuisgekomen,' zei Clementine. Papa en mama kunnen niet meer samen uit eten. Papa en mama vinden elkaar niet meer zo lief. Papa en mama gaan misschien 'scheiden'.

'Wát?'

'Ga rechtop zitten, Holly,' zei Clementine automatisch.

Holly krijste.

'Hou op met dat geluid,' zei Clementine. 'Toe.'

Holly krijste weer, maar nu zachter.

'Holly!'

'Jakkie,' zei Ruby. Ze pakte haar lepel en hield hem slap tussen haar vingers boven het bord. Ze liet hem heen en weer schommelen. 'Luzzik niet.'

'Niks "luzzik niet",' zei Sam. 'Kom, meisjes. Een klein beetje maar.'

'Mmm, heerlijk,' zei Clementine toen ze een hap nam. 'Goed gedaan, papa.'

'Nou, ik eet dat niet,' zei Holly. Ze sloeg haar armen over

elkaar en kneep haar lippen samen. 'Ik heb te veel smaakknoppen.'

'Wat bedoel je met te veel smaakknoppen?' vroeg Sam terwijl hij vastberaden een hap in zijn mond stak.

'Kinderen hebben meer smaakknoppen dan grote mensen, daarom vind ik het vies,' zei Holly.

'Dat heeft ze op tv gezien,' zei Clementine. 'Weet je nog? Toen met die...'

'Het kan me niet schelen hoeveel smaakknoppen je hebt,' zei Sam. 'Je kunt best een hapje proeven.'

'Bah,' zei Holly.

'Laat maar eens zien dat je goede manieren hebt,' zei Clementine.

Sam negeerde haar.

Het was alsof hij al die jaren had gewacht op het perfecte excuus om haar te haten en dat nu eindelijk had. Haar keel werd dik. De puree was niet zo lekker als anders. Er zat te veel worcestersaus in.

Ze legde haar vork neer en nam een slok water.

'Ik heb pijn in mijn buik,' kreunde Holly.

'Dat heb je niet,' zei Clementine.

Clementines moeder zag hun huwelijk als een probleem dat kon worden opgelost met een flinke dosis gezond verstand en uithoudingsvermogen. Het huwelijk was nu eenmaal hard werken! Maar wat moesten ze met een therapeut? Ze hadden geen ruzie over geld of seks of het huishouden. Er waren geen knopen te ontwarren. Alles was nog net zoals voor de barbecue. Alleen voelde niets meer hetzelfde.

Ze keek naar Ruby, die ondeugend giechelend en blakend van gezondheid voor haar zat, en ze herinnerde zich haar gevoel toen Ruby van de afgezonderde intensive care was overgebracht naar een gewone zaal met gewone patiënten en verpleegkundigen die het te druk hadden om lang bij hen stil te staan. Geen lieftallige Kylie alleen voor hen. Het was alsof ze van een vijfsterrenhotel naar een jeugdherberg waren gegaan. Daarna, na twee nachten op de gewone zaal, had een piepjonge, vermoeide arts Ruby's papieren doorgekeken en gezegd: 'U zult haar morgen wel mee naar huis kunnen nemen.' Haar longen waren schoon. Ze had geen behandeling meer nodig. De antibiotica hadden met succes een ontsteking kunnen voorkomen. Natuurlijk zouden er nog neurologische onderzoeken volgen in de polikliniek, ze zouden haar in de gaten blijven houden, maar ze maakte het goed.

Als gevolg van de welvaartszorg hoefden ze niet voor hun welvaartsonoplettendheid te betalen. Ze hadden haar mee naar huis genomen, waar een stapel cadeautjes op haar had gewacht, en een overdreven liefhebbende zus, die af en toe probeerde haar op te tillen en te knuffelen, wat ze nog nooit had gedaan, en die haar onvermijdelijk te hard kneep, zodat Ruby krijste en Holly tot de orde werd geroepen.

Niemand had normaal gedaan, behalve Ruby, die duidelijk wilde dat al die drukte om haar voorbij was. Ze had niet met een van haar ouders in het grote bed willen slapen. Ze wilde in haar eigen ledikant. En ze wilde niet dat een van haar ouders in haar kamer op de grond sliep. Ze was wankel in haar ledikant overeind gekomen, met haar duim in haar mond, en had met Whisk naar de betreffende ouder gewezen. 'Ga weg!' zei ze dan. Dus waren ze gegaan. Ruby leek het aan te voelen als iemand te kleverig werd of te weeïg ging doen. Clementine had soms zacht huilend met haar op schoot gezeten, en als Ruby dat merkte, keek ze haar kwaad aan en zei: 'Hou op.' Ze wilde niet met zorgen omringd worden, tenzij het een extra koekje opleverde.

Ze hadden zich de winnaars van een loterij moeten voelen. Op het laatste ogenblik hadden ze gratie gekregen. Ze mochten terug naar hun dagelijkse leven en hun dagelijkse zorgen, met ruzietjes over stamppot. Waarom was hun leven dan niet een en al blijdschap en opluchting?

'Ik eet hier geen hap van,' zei Holly. Ze sloeg theatraal haar armen over elkaar. 'Geen. Hap.'

'Nou, in dat geval mag je ook geen minuut op mijn iPad,' zei Sam. 'Geen. Minuut.'

'Wat?' riep Holly voorspelbaar boos en geschokt, alsof dit een volslagen nieuw dreigement was en niet iets wat ze bijna dagelijks te horen kreeg. 'Dat is niet eerlijk!'

'Eén hapje maar,' zei Sam tegen Holly. 'Jij ook, Ruby.'

'Heb je vandaag met Isabel gespeeld op de crèche?' vroeg Clementine aan Ruby.

'Ehhh.... ja,' zei Ruby. Ze tuurde naar boven en trommelde met haar vingers tegen haar lippen terwijl ze probeerde het zich te herinneren. 'Ik bedoel nee.'

Op de crèche zeiden ze dat alles goed met haar was. Voor zover zij konden beoordelen was ze niet getraumatiseerd of aangeslagen, alleen maar blij om weer terug te zijn. Die eerste maand na het ongeluk had Clementine besloten, en dat meende ze op dat moment serieus, dat ze haar carrière zou opgeven en voortaan thuis zou blijven. (Ze had er zelfs rekening mee gehouden dat ze dan de hypotheek niet konden betalen, ze zouden het huis en de cello verkopen en een bescheiden flat huren, waar Clementine haar dagen zou slijten met groente snijden en knutselen en waar ze de kinderen geen moment uit het oog zou verliezen.) Tegen Ruby had ze gezegd: 'Wil je niet liever elke dag thuisblijven bij mama in plaats van naar de crèche gaan?' Ruby had haar aangekeken alsof ze een snoepje had gevraagd en een wortel had gekregen. 'Nee, dankewel,' zei ze luid en duidelijk. Tot zover dus haar poging tot boetedoening.

'Oké dan, ik neem één hapje.' Holly pakte haar vork en nam een miniem hapje. Haar gezicht vertrok in een uitdrukking van extreme walging.

'Jezus!' Sam sloeg met zijn vlakke hand zo hard op de tafel dat alle borden rammelden en iedereen opsprong. Hij stond op, greep de borden van de meisjes en liep ermee de keuken in, waar hij ze met een klap in de gootsteen neerzette.

Er volgde een stilte. Holly en Ruby keken allebei verbijsterd. Dit gebeurde anders nooit als ze tegen puree protesteerden. Het was niet de bedoeling dat het ernst werd. Ze waren geen gezin waarin werd geschreeuwd en op tafels geslagen.

Ruby's lipje trilde. Haar ogen stonden vol tranen.

'Het is goed, Ruby,' zei Clementine.

Ruby boog haar hoofd en legde haar handen over haar gezicht, alsof ze probeerde zich erachter te verstoppen.

'O god, Ruby, het spijt me zo, lieve schat,' zei Sam vanuit de keuken. Hij klonk alsof hij bijna in tranen was. 'Maar ik was zo in de war. Het spijt me heel erg. Heel, heel erg.'

Ruby hief haar met tranen bevlekte snoetje en zoog luidruchtig en bedachtzaam op haar duim.

'Je praatte wel heel hard, papa,' zei Holly bibberig. 'Het deed pijn aan mijn oren.'

'Ik weet het, het spijt me. Wie wil er ijs?' vroeg Sam. 'Heel veel ijs?'

'Wat? Je kunt ze in plaats van eten geen ijs geven.' Clementine, die met haar rug naar de keuken zat, draaide zich naar hem om.

'Natuurlijk wel,' zei Sam ongedurig. 'Waarom niet?' Hij liep naar de vriezer.

'Ze moeten op zijn minst eerst een broodje eten,' zei Clementine.

'Ik wil ijs!' joelde Ruby, die plotseling weer was hersteld, en ze zwaaide met haar roze, natte duim in de lucht om haar woorden kracht bij te zetten.

'Ik ook!' zei Holly.

'Jemig, Sam,' zei Clementine. 'Ze krijgen geen ijs als avondeten.'

Hun opvoeding liep de laatste tijd helemaal uit de hand. Van veel te toegeeflijk naar veel te streng, en terug.

'Ze krijgen ijs,' zei Sam. Hij zette de bak met ijs op het aanrecht en haalde het deksel eraf. Hij draafde in zijn geagiteerdheid door. Alsof hij aan de drugs was. 'Wat geeft het dat ze ijs als avondeten krijgen? Pluk de dag. Leef in het moment. Het leven is kort. Dans alsof niemand kijkt of hoe heet dat gelul.'

Clementine staarde naar hem. 'Waarom doe je zo...?'

'Waar is de ijsschep?' vroeg Sam terwijl hij met een gebogen hoofd in de bestekla zocht. 'Die met die ijsbeer...'

'Die is kwijt!' schreeuwde Clementine. 'Zoals alles hier!'

64

De ochtend na de barbecue

Nog voordat ze haar ogen opendeed, voelde Dakota hoe ongelukkig ze was. Het was alsof haar hele lichaam veranderd was, het leek platter, zwaarder en toch leger, alsof er iets uit gezogen was. Gisteren had ze iets verschrikkelijks, iets afgrijselijks en onverantwoordelijks gedaan. Ze had met een schattig klein meisje gespeeld alsof het een pop was en daarna, toen het haar begon te vervelen, had ze haar gewoon aan de kant gegooid en was ze met iets anders gaan spelen, en toen was dat kleine meisje bijna verdronken. Ze dacht aan de vrouw op de hoek, die in verwachting was. Toen Dakota en haar moeder haar de vorige week in een winkel tegenkwamen, had haar moeder voorgesteld dat Dakota als ze wat ouder was kon komen oppassen, waarop de vrouw enthousiast riep 'Dat zou fantastisch zijn!', en iedereen maar glimlachen, niet wetend dat Dakota veel te onverantwoordelijk was om ooit oppas te worden, ze zou het kind blootstellen aan elektrocutie of het zich aan een strijkijzer laten branden of een pan hete soep over zich heen laten trekken of...

Boem!

Ze sprong op. Er klonk een oorverdovende, verpletterende dreun in de achtertuin. Ze gooide de dekens van zich af en rende naar haar slaapkamerraam. Ze kroop op haar knieën in de vensterbank en trok het gordijn opzij.

Haar vader stond in de fontein, alleen was al het water

eruit, zodat er alleen maar vieze modder te zien was. Een grote, ijzeren staaf zwaaide hij als een honkbalknuppel naar het reusachtige monument in het midden. Het deed Dakota denken aan een oude film die ze op tv had gezien, over een oorlog of een revolutie of zoiets waarbij honderden mensen met touwen een reusachtig standbeeld van een man omver probeerden te trekken, en ze juichten allemaal toen het langzaam kantelde.

Alleen was het nu maar één persoon: haar vader. En ze had hem nog nooit zo gezien: boos, stil en agressief, alsof hij iemand of iets kapot wilde maken. Ze zag hoe het marmeren hoofd van een engel door de lucht heen vloog, toen kon ze het niet langer aanzien. Ze rende terug naar haar bed en kroop onder de dekens als een klein kind dat zich wil verstoppen voor het onweer.

65

'Waar gaan we naartoe, mam?' vroeg Dakota voor de derde keer achter in de auto.

'Misschien naar dat nieuwe Japanse restaurant waar ik je vanochtend over vertelde?' vroeg Vid hoopvol op de passagiersstoel. 'Dat is deze kant op, toch? Daar schijnen ze de lekkerste tempura van Sydney te hebben. Heb je een tafel gereserveerd? Vast wel, hè? Als verrassing?'

'We gaan niet naar een restaurant,' zei Tiffany terwijl ze over een verkeersplein reed en op de borden lette.

Ze wist precies waar ze naartoe ging, omdat ze in deze buurt een paar huizen had laten renoveren. Ze had er goed aan verdiend. Het was heel gemakkelijk om de hipsters te geven wat ze wilden: hun hipsterhartjes waren zoals verwacht helemaal verrukt van een origineel (uitziend) gedecoreerd plafond.

'We gaan alleen een bezoekje afleggen,' zei Tiffany. 'Alleen even bij iemand langs.'

'Dat doet tegenwoordig niemand meer,' zei Vid somber. Hij vond het heerlijk als mensen bij hen langskwamen. Hij zuchtte. 'Weet je, als we gaan naar wie ik denk dat we gaan, is dat geen goed idee. Gaan we naar wie ik denk dat we gaan?'

'Yep,' zei Tiffany. Ze keek hem even aan, en hij haalde zijn schouders op. Confrontaties ging hij uit de weg. Hij wilde alleen maar dat iedereen gelukkig was. De tweestrijd op Vids gezicht aan de koffietafel na een begrafenis (hij had een enorme familie; er gingen regelmatig mensen dood) was altijd onbetaalbaar: ik mag niet blij kijken, ook al ben ik hier met al die fijne mensen!

'Waar gaan we naartoe, pap?' Dakota leunde naar voren en duwde haar hoofd tussen de twee stoelen.

'We gaan uit eten.' Vid pakte zijn telefoon. 'Ik ga nu een tafeltje boeken.'

'We zijn er,' zei Tiffany triomfantelijk. Ze reed langzaam een smalle straat in die vol geparkeerde auto's stond. Dat was het probleem met die hippe buurten in de binnenstad: ze waren heel gewild, maar je kon er nooit je auto kwijt.

'Je vindt hier nooit een plek,' zei Vid. Hij hield zijn telefoon tegen zijn oor. 'Vergeet het maar. Dit is geen goed idee. Ja, hallo? Ik hoor dat u de lekkerste tempura van heel Sydney heeft, klopt dat? Ja? Geweldig! Nou, kunnen we die vanavond komen proeven? Nee? Kom op, weet u zeker dat u ons niet ergens in een hoekje kwijt kunt? We zijn met maar drie kleine personen!'

'Waar zijn we?' vroeg Dakota.

'We gaan even bij Clementine en Sam langs!' zei Tiffany vrolijker dan ze zich voelde. De zekerheid die ze had gevoeld begon ineens te wankelen. Ze had hun adres van Erika gekregen, zodat ze Ruby een beterschapscadeautje konden sturen, waarvoor ze per mail een beleefd maar afstandelijk bedankje hadden ontvangen. De boodschap was duidelijk genoeg geweest: we willen jullie nooit meer zien.

'Wat?' zei Dakota. 'Waarom?'

'Is daar niet een plekje? Kan ik daarin?' zei Tiffany terwijl ze de Lexus achteruitparkeerde tussen twee hybriden. 'Natuurlijk kan ik dat. Ik ben de beste!'

'Ik heb een tafel geboekt!' Vid zwaaide triomfantelijk met zijn mobieltje. Hij keek om zich heen. 'Dus je hebt een plekje gevonden.'

'Ik bel even aan,' zei Tiffany. 'Kijken of ze thuis zijn.'

'Ja, wij blijven hier,' zei Vid. 'Kijk jij maar of ze... in de juiste stemming zijn.'

‘Weten ze dat we komen?’ vroeg Dakota.

‘Nee,’ zei Tiffany. ‘Het is een verrassingsbezoekje. Ik zeg wel dat we in de buurt waren.’

Vid snoof.

Tiffany stapte uit, stak haar paraplu op en hing haar tas over haar schouder. Ze had voor hun vertrek een van Vids strudels uit de vriezer in haar tas gestopt.

Ze bleef staan. Het miezerde op een berustende, verveelde manier, alsof de regen het zelf ook zat was. Tiffany wachtte. Was dit wel een goed idee? Uiteindelijk zouden ze het allemaal vergeten. Doorgaan met hun leven.

‘Mam?’ Tiffany draaide zich om. Dakota had haar raampje geopend en stak haar hoofd naar buiten. Ze zag rood en leek buiten adem. ‘Als Holly en Ruby er zijn en ze willen me eh... zien, dan eh... dan kom ik wel binnen.’

‘Ik ook.’ Vid boog zich over de stoel heen. ‘Dan kom ik ook binnen, weet je.’

Ze had het juiste gedaan.

Ze richtte zich op en liep naar het huis. Ze dacht onwillekeurig aan de avond waarop ze auditie had gedaan voor die baan in de nachtclub, haar angst om met die hoge plateauzolen de catwalk op te lopen. Ze herinnerde zich dat ze Clementine erover had verteld. Ja, het was echt vergelijkbaar met een auditie voor het Sydney Royal Chamber Orchestra, maar Clementine had afleiding nodig gehad, dus had Tiffany haar gewoon maar wat flauwekul verteld die in haar hoofd opkwam, en achteraf had ze zich opgelaten gevoeld, alsof ze Clementine had gedwongen om naar goedkope, ranzige verhalen uit haar verleden te luisteren.

Nummer 9 was een schattig, charmant, smal zandstenen huis. Het stond tussen twee andere, bijna identieke rijtjeshuizen in gepropt. Toen Tiffany ernaar keek, vroeg ze zich af of ze op de monumentenlijst stonden. Ze stelde zich voor dat een sloopkogel al dat moois met de grond gelijkmaakte, waarna er een flatgebouw van drie verdiepingen zou verschijnen. Nee! O, wat fout en slecht! Maar het zou wel veel opleveren.

Toen ze de klopper in de vorm van een leeuwenkop op de deur liet vallen, vroeg ze zich af of ze misschien cellomuziek zou horen, maar in plaats daarvan hoorde ze een man schreeuwen. Sam? Vast niet. Die was te zachtaardig. Nu hoorde ze een vrouw gillen. O jee. Wat een timing. Ze was midden in een ruzie 'langsgekomen'. Ze keerde zich besluiteloos om naar de straat. Missie mislukt? Dan maar naar de lekkerste tempura van Sydney?

De deur zwaaide open.

Het was Holly. Ze droeg een blauw-wit geruit schooluniform, lange pluizige paarse sokken en om haar nek een paar snoeren kleurige kralen.

'Hallo.' Tiffany glimlachte. 'Ken je me nog?'

'Jij bent Dakota's mama,' zei Holly. 'Ik ga Dakota uitnodigen op mijn verjaarspartijtje. Mijn papa zei dat ze vast niet wil komen.'

'Ik denk dat ze heel graag wil komen,' zei Tiffany.

Holly keek ineens alsof er toch nog rechtvaardigheid bestond. Ze draaide zich met een ruk om en rende weg. 'Pap!'

'Tiffany!' Clementine verscheen in de gang. Ze keek geschrokken. 'Hallo. Hoe... Ik heb je niet horen kloppen... Eh... hoe gaat het?'

'Ja, goed,' zei Tiffany.

Clementine zag er magerder uit dan de laatste keer dat Tiffany haar zag, en niet zo verzorgd, ouder.

'We gaan uit eten,' zei Tiffany. 'En ik wist dat jullie daar in de buurt wonen, dus ik dacht: ik breng even een van Vids strudels langs, ik weet nog dat je die lekker vond. Dakota en Vid zitten in de auto.'

Ze haalde de doos met de bevroren strudel uit haar tas en

gaf die aan Clementine, die hem behoedzaam aanpakte, alsof hij radioactief was.

'Dank je,' zei ze. 'En nogmaals dank voor de schattige pop die je naar Ruby hebt gestuurd.'

'Graag gedaan,' zei Tiffany. 'We hebben jullie bedankje gekregen, ik geloof dat Vid heeft geprobeerd je te bellen...'

Clementines gezicht vertrok. 'Sorry, ja, ik weet het, ik wilde jullie bellen, maar...'

'... maar je wilt niet echt contact met ons, omdat je niet meer aan die dag herinnerd wilt worden en omdat je ons toch al niet zo goed kende,' zei Tiffany. Ze was al dat gelul zat. 'Ik snap het. Echt, ik snap het.'

Clementine keek geschrokken op.

'Maar weet je wat er aan de hand is: Dakota geeft zichzelf de schuld van wat er met Ruby is gebeurd. Ze maakt zichzelf ziek door dat schuldgevoel.'

Clementines mond viel open. Ze keek alsof ze ging huilen. 'Echt? Meen je dat? Wat vreselijk. Ik zal met haar praten. Ik zal haar zeggen dat zij er niets mee te maken had.'

'Dakota moet Ruby zien,' zei Tiffany. 'Ze moet zien dat ze helemaal in orde is. En eigenlijk denk ik dat Vid dat ook nodig heeft. Heel eventjes maar. Ik weet dat we jullie niet goed kennen, maar het is wel bij ons thuis gebeurd, en je moet beseffen dat dit ook iets met ons heeft gedaan, en... en...'

Ze zweeg, omdat Ruby ineens met haar garde de gang in kwam rennen. Toen ze de onverwachte bezoeker voor de deur zag staan, sloeg ze haar arm om haar moeders been, stak haar duim in haar mond en keek aandachtig naar Tiffany.

'Hallo, Ruby.' Tiffany hurkte bij het meisje neer en legde de rug van haar hand tegen het roze, fluweelzachte wangetje. Ruby staarde met haar grote blauwe, ongeïnteresseerde ogen terug. Een of ander groot mens, blijkbaar zonder cadeautje.

Tiffany glimlachte naar Clementine. Ze bleek het zelf ook nodig te hebben gehad om Ruby te zien. 'Ze ziet er fantastisch uit,' zei ze.

Clementine duwde de voordeur iets verder open. 'Haal Vid en Dakota ook maar,' zei ze.

66

Weer een regenachtige ochtend. Weer haar verhaal doen voor een groep bejaarden. Clementines ogen waren droog en branderig toen ze de parkeergarage in reed van het wijkgebouw waar de ouderenbond van Hills District zijn maandelijkse bijeenkomst hield. Ze had bijna de hele nacht wakker gelegen terwijl de woorden 'uit elkaar' door haar hoofd spookten, totdat ze uiteindelijk rechtop was gaan zitten, een blocnote en een pen had gepakt en had opgeschreven: *Ik ben bang dat mijn huwelijk voorbij is.* Want had niet een of andere onderzoeker geopperd dat stress afnam als je je zorgen opschreef? In werkelijkheid was het schokkend om het zo zwart op wit te zien staan. De stress was er helemaal niet door afgenomen. Ze had het blaadje van de blocnote gescheurd en versnipperd.

Toen Vid, Tiffany en Dakota de vorige avond na hun onverwachte bezoekje waren vertrokken, was Clementine bijna uitgelaten geweest. Er was beslist sprake van opluchting: eindelijk opluchting na wat ze met angst en beven tegemoet had gezien. Het idee Vid en Tiffany terug te zien was veel traumatischer geweest dan het weerzien in feite was. In haar herinnering had ze al hun eigenschappen uitvergroot, terwijl het in feite heel gewone, aardige mensen waren. Tiffany was lang niet zo sexy als Clementine zich herinnerde. Vid was lang niet zo charismatisch. Ze hadden geen bijzondere, hypnotiserende, erotiserende macht. En die arme Dakota was nog maar een kind, dat had rondgelopen met een verschrikkelijk schuldgevoel over iets waar ze niets aan kon doen.

Maar het was onmiddellijk duidelijk dat Sam daar anders over dacht. Zodra ze vertrokken waren, had hij zich omgedraaid en was hij in de keuken de vaatwasser in gaan ruimen. Hij had nergens over willen praten, alleen over de dagelijkse beslommeringen: hij bracht Holly naar taekwondo, zij zou wat geld overmaken voor hun creditcard, ze hoefden niets te doen voor het avondeten morgen omdat ze bij Clementines ouders gingen eten. Daarna waren ze allebei naar hun eigen bed gegaan. In die lange nacht was het tot haar doorgedrongen dat Sam en zij al uit elkaar wáren. Mensen konden uit elkaar zijn terwijl ze onder hetzelfde dak woonden. Dat was precies wat zij deden.

Het was een opluchting geweest toen de wekker ging en ze haar pogingen om de slaap te vatten kon opgeven. Ze was opgestaan en was gaan oefenen voor de auditie. Daarna kwam al vroeg de dertienjarige Logan, die ze al twee jaar lesgaf zonder dat hij het wilde, maar die even beleefd naar haar glimlachte alsof hij het wel wilde. Logans muziekdocent had tegen zijn moeder gezegd dat hij talent had en dat het 'misdadig zou zijn om dat niet te ontwikkelen'. Logan was inderdaad technisch voortreffelijk, maar zijn hart ging uit naar de elektrische gitaar. Dat was zijn passie. Toen Logan die ochtend plichtsgetrouw al Clementines instructies opvolgde, had ze zich afgevraagd of zij in de oren van Ainsley ook zo klonk als ze haar auditiestukken oefende. Wat voor vreselijk woord had ze ook weer gebruikt? Robotachtig. Zou ze tegen die arme kleine Logan moeten zeggen dat hij als een robot klonk? Maar wat had dat voor zin? Ze durfde te wedden dat hij op zijn elektrische gitaar niet robotachtig klonk.

Nu was het nog maar halftwaalf, en ze had het gevoel dat ze al uren op was.

En dat was ook eigenlijk zo, hield ze zich voor toen ze haar paraplu opstak en over de drukke parkeerplaats liep.

'Waar is je viool, lieve kind?' vroeg het hoofd van de ouderenbond toen Clementine zich voorstelde.

'Mijn viool?' zei Clementine. 'Ik speel cello, maar eh...'

'Je cello dan,' zei de vrouw terwijl ze haar blik ten hemel sloeg om de aandacht te vestigen op Clementines overbodige opmerking over zoiets onbenulligs: een cello was per slot van rekening toch een grote viool! 'Waar is je cello dan, kind?'

'Ik ga geen cello spelen,' zei Clementine slecht op haar gemak. 'Ik ben gastspreker. Ik kom iets vertellen.'

Ineens werd ze heel even door angst bevangen. Ze kwam toch om haar verhaal te doen? Dit was toch geen optreden? Natuurlijk niet. Ze kwam voor haar verhaal.

'O ja?' zei de vrouw teleurgesteld. Ze keek op het papier in haar hand. 'Hier staat dat je celliste bent. We dachten dat je voor ons ging spelen.'

Ze keek vol verwachting naar Clementine, alsof het raadsel nu werd opgelost. Clementine hief haar handen. 'Het spijt me,' zei ze. 'Ik kom een verhaal vertellen. Het heet "Op een gewone dag".'

Mijn god.

Ze voelde zich uitgeput. Had het eigenlijk wel zin om dit allemaal te doen? Hielp ze hiermee iemand of deed ze het alleen om zichzelf beter te voelen, om boete te doen, alles weer in balans te brengen op de universele schaal van goed en kwaad?

Ze had besloten dit verhaal aan anderen te vertellen om zichzelf in de ogen van haar moeder te rehabiliteren. Een paar dagen nadat Ruby uit het ziekenhuis was gekomen, had Clementine bij een kop thee met haar moeder gezegd (ze hoorde nog de schrille, ongemakkelijke toon waarop ze had gesproken) dat ze vond dat ze iets moest doen om anderen ervan te doordringen hoe snel een ongeluk als dit zich kon voordoen en om te voorkomen dat anderen diezelfde fout maakten. Ze had het gevoel dat ze 'haar verhaal moest doen'.

Het was eigenlijk haar bedoeling geweest om zo'n ontroerende 'deel alsjeblieft'-post op Facebook te zetten, die dan viraal zou gaan. (Waarschijnlijk zou ze daar niet eens toe zijn gekomen.)

Maar haar moeder had opgetogen gereageerd. 'Wat een geweldig idee!' Clementine kon haar verhaal doen voor bepaalde groepen in de samenleving, voor moeders, verenigingen – die waren altijd op zoek naar gastsprekers. Ze kon zich 'associëren' met een eerstehulppost, zoals St John Ambulance, na haar verhaal folders uitdelen, misschien met korting voor een cursus. Pam zou het allemaal organiseren. Zij beschikte over alle contacten. Ze had een groot aantal vrienden bij zorgverenigingen in heel Sydney. Die zaten altijd te springen om gastsprekers. Dan zou ze zo'n beetje Clementines agent zijn. 'Dit zou levens kunnen redden, Clementine,' had ze gezegd met die bekende stichtelijke blik. O god, had Clementine gedacht. Maar het was al te laat. Zoals haar vader altijd zei: 'De Pam-trein heeft het station verlaten. Die is niet meer te stoppen.'

Ze had inderdaad het gevoel dat het goed was dat ze dit deed. Het was alleen zo moeilijk om die spreekbeurten in te passen in haar reeds overvolle agenda, vooral als ze tussen de optredens, de lessen, het ophalen van de kinderen en het oefenen voor de auditie heel Sydney door moest rijden.

En dan kwam daar nog bij dat ze de ergste, meest beschamende dag van haar leven opnieuw moest beleven.

'Dit is een verhaal dat begint met een barbecue,' zei ze vandaag tegen de leden van de ouderenbond, die intussen zaten te lunchen met lamsvlees, gebakken aardappelen en doperwten. 'Een gewone barbecue bij kennissen in een gewone achtertuin.'

Je moet het brengen als een verhaal, had haar moeder gezegd. Een verhaal spreekt meer aan.

'We horen het niet!' riep iemand achter in de zaal. 'Horen jullie haar? Ik versta er niets van.'

Clementine boog zich dichter naar de microfoon.

Ze hoorde iemand aan het tafeltje vlak bij de katheder zeggen: 'Ik dacht dat er een violiste zou komen.'

Het zweet parelde langs haar rug.

Ze ging door. Ze vertelde haar verhaal terwijl vorken over borden schraapten. Ze kwam met feiten en cijfers. Een kind kan binnen tien seconden te water raken, in twee minuten tijd het bewustzijn verliezen en in vier tot zes minuten blijvende hersenschade oplopen. Negen van de tien kinderen die verdronken, waren in het gezelschap van volwassenen. Een kind kan al verdrinken in vijf centimeter water. Ze sprak over het belang van een EHBO-cursus en dat elk jaar dertigduizend Australiërs stierven omdat niemand in de buurt genoeg van reanimatie wist om hun leven te redden. Ze sprak over het prachtige werk dat CareFlight deed en hoe blij ze waren met een gift.

Toen ze klaar was, overhandigde de voorzitter van de vereniging haar een doos bonbons en vroeg om een applaus voor de bijzonder boeiende gastspreker van vandaag. Heel informatief, en wat fijn dat haar dochter weer helemaal was hersteld, en misschien kon Clementine de volgende keer cello komen spelen!

Toen ze later naar de deur liep terwijl haar jurk op haar rug plakte, kwam er een man naar haar toe die met een servet zijn mond afveegde. Ze wapende zich. Sommige mensen konden het niet laten om haar na afloop op haar nummer te zetten, om te zeggen dat ze haar peuter geen moment uit het oog had mogen verliezen.

Maar zodra ze het gezicht van de man zag, wist ze dat het niet zo iemand was. Hij was van de andere soort. Hij had niet de ontspannen, autoritaire blik van iemand die ooit de lakens had uitgedeeld, maar de gekwetste blik van iemand die een verschrikkelijk verlies had meegemaakt. Het waren zijn ogen, als zacht geworden fruit vlak voordat het gaat rotten.

Hij had een verhaal dat hij moest delen. Het was haar taak om te luisteren. Dat was haar echte boetedoening.

Hij zou waarschijnlijk gaan huilen. De vrouwen huilden niet. Vrouwen op leeftijd waren spijkerhard, maar het leek of mannen met de jaren zachter werden; ze werden overstelpt door hun emoties, alsof de tijd een barrière had weggesleten.

Ze zette zich schrap.

'Mijn kleinzoon zou dit weekend dertig zijn geworden,' zei hij.

'Ach,' zei Clementine.

Ze wachtte op het verhaal. Er was altijd een reeks gebeurtenissen die uitgelegd moest worden: als dit niet was gebeurd, als dat wel was gebeurd. In dit geval was het allemaal begonnen met een kapotte telefoon. De telefoon bij zijn dochter beneden was kapot, dus was hij naar boven gerend om op te nemen, en op dat moment klopte de buurman op de voordeur aan en begon een gesprek met zijn schoonzoon, en intussen zag de kleine jongen kans om naar buiten te lopen. Hij sleepte een stoel naar het zwembad. Er dreef een tennisbal op het water. Hij probeerde de bal eruit te halen. Hij hield van cricket. Hij was er ook best goed in. Het was een kleine dondersteen. Zat geen moment stil. Je zou niet hebben gedacht dat hij groot genoeg was om zo'n stoel mee te slepen. Doortastend.

'Wat vreselijk voor u,' zei Clementine.

'Tja, ik wilde alleen zeggen dat het goed is dat je dit doet,' zei de man. Hij had godzijdank niet gehuild. 'Mensen hiervan doordringen. Dat is een goede zaak. Mensen laten nadenken over wat ze doen. Een gezin komt er niet overheen als zoiets gebeurt. Het huwelijk van mijn dochter ging eraan onderdoor. Mijn vrouw is nooit meer de oude geworden. Zij was namelijk degene die belde. Ze heeft het zichzelf nooit vergeven. Natuurlijk was het niet haar schuld, of de schuld van de buurman, maar gewoon pech, het verkeerde moment, tja. Dat soort dingen gebeurt. Maar goed. Je hebt vandaag iets goeds gedaan, lieve kind. Heel goed gesproken.'

'Dank u wel,' zei Clementine.

'Weet je zeker dat je geen toetje met ons wilt eten? Ze hebben een heel lekkere schuimtaart.'

'Dat is heel vriendelijk van u,' zei Clementine. 'Maar ik moet gaan.'

'Geen probleem, ga maar gauw, je hebt het vast heel druk,' zei de man. Hij klopte haar op de arm.

Ze liep snel naar de deur, ze was vrij.

'Tom,' zei hij ineens.

Ze draaide zich om en zette zich schrap. Daar had je het.

Zijn ogen liepen vol. Ze stroomden over. 'Zo heette de kleine man. Voor het geval u het zich afvroeg. Hij heette Tom.'

De hele weg naar huis huilde ze om die kleine man, om de oma die had gebeld, om de opa die zijn verhaal had verteld en om de ouders, omdat hun huwelijk het niet had overleefd, en omdat het ernaar uitzag dat Clementines huwelijk dit ook niet zou overleven.

67

Op donderdagavond liep Tiffany de woonkamer in en zag ze Dakota in kleermakerszit in de vensterbank zitten. Ze las een boek bij het licht van een kleine lamp, met de zachte blauwe deken over haar benen, terwijl regendruppels achter haar langs het raam naar beneden gleden. Barney lag opgerold bij haar op schoot. Dakota streelde tijdens het lezen afwezig een van zijn oren.

Tiffany kon zich nog net inhouden om niet te roepen 'Je zit te lezen!' en zei in plaats daarvan: 'Je zit... daar!'

Dakota keek vragend van haar boek op.

'Ik wist niet waar je was,' zei Tiffany.

'Ik ben hier,' zei Dakota. Ze keek weer in het boek.

'Ja.' Tiffany liep weer weg. 'Ja, je zit inderdaad daar... hier.'

Ze trof Vid aan de keukentafel, waar hij op zijn laptop een 'masterclass' volgde om de perfecte tempura te leren maken. Hij was er na hun etentje van de vorige avond zo weg van dat hij aan niets anders meer kon denken.

'Ze leest weer,' fluisterde Tiffany terwijl ze over haar schouder wees.

Vid stak haastig zijn duim op en bleef op het scherm kijken.

'Je moet bij frituren op het geluid letten, niet op wat je ziet,' zei hij. 'Interessant, hè? Ik moet luisteren.' Hij bracht zijn hand naar zijn oor om het te demonstreren.

Tiffany ging naast hem zitten en keek naar de kok, die liet zien hoe je een garnaal 'voorzichtig uitrekte'.

'Het was goed dat we gisteravond zijn gegaan,' zei ze.

Vid haalde zijn schouders op. 'Ze deden raar. Ze zeiden niets. Ze zwegen.'

'Dat was omdat je hun niet de kans gaf om iets te zeggen,' zei Tiffany. Als Vid nerveus was, ging hij praten. De vorige avond was het alsof hij aan één stuk door had gepraat tijdens hun vreemde, tien minuten durende bezoekje.

Alleen de drie kinderen hadden zich normaal gedragen. Holly en Ruby waren door het dolle toen ze Dakota zagen en hadden haar meegetrokken om hun slaapkamer, hun speelgoed en de rest van het huis te bekijken. 'Dit is onze ijskast,' had Holly gezegd. 'Dit is onze televisie. Dat is mijn moeders cello. Niet aankomen! Je mag hem onder geen om-zandigheid aanraken.'

Intussen hadden de vier volwassenen vreemd en ongemakkelijk met z'n vieren in de woonkamer gestaan. Sam meed oogcontact met Tiffany, alsof het verboden was haar aan te kijken. Hij was zo gespannen als een veer.

'Ze hebben ons niet eens wat te drinken aangeboden!' zei Vid. Daar kon hij niet over uit. Hij zou zelfs bij een aardbeving zijn bezoek nog iets te drinken aanbieden.

'Ja, nou ja,' zei Tiffany. 'Ze wilden ons daar niet hebben.'

'Pff,' blies Vid. 'De kleine meid zag er goed uit. Blakend. Blozend. We zouden allemaal blij geweest moeten zijn. We hadden het moeten vieren.'

'Ik denk dat ze zichzelf de schuld geven,' zei Tiffany.

'Maar alles is goed met haar, er is niets aan de hand, ze maakt het prima!' zei Vid nadrukkelijk. 'Dankzij Erika en Oliver. Alles gaat goed. Ze hoeven toch niet zo somber te kijken. Nu stil, ik probeer me te concentreren op de tempura.'

'Jij bent steeds aan het woord geweest.' Tiffany stond op en tikte met haar vinger tegen zijn nek. Hij reageerde met een tik op haar billen. Ze liep naar de gootsteen om een glas water te halen en bleef naar Dakota en haar boek kijken. Ze voelde zich enorm voldaan, alsof ze een lastige deal had gesloten.

Hun bezoekje aan Clementine en Sam was een goede beslissing geweest. Wel ongemakkelijk, maar absoluut het beste voor haar gezin.

Gisteravond, toen ze in de gang op het punt stonden om weg te gaan en Vid maar doorratelde over verweerde plankenvloeren, had Clementine Dakota even apart genomen, haar hand op een bijna plechtige manier vastgepakt en gezegd: 'Je mama heeft me verteld dat je je schuldig voelt over wat er met Ruby is gebeurd. Dakota, ik wil niet dat je je ook nog maar een ogenblik langer schuldig voelt, afgesproken? Het was mijn verantwoordelijkheid.'

Tiffany had verwacht dat Dakota niets zou zeggen, alleen zou knikken, maar tot haar verbazing had ze duidelijk gereageerd, al had ze niet opgekeken van haar hand die in die van Clementine lag.

'Ik had tegen je moeten zeggen dat ik naar binnen ging om te lezen.'

'Maar ik wist dat je binnen was,' had Clementine gezegd. 'Ik wist het al toen je naar binnen ging, want je moeder vertelde het me, dus dat had er niets mee te maken dat.... Nergens mee! Jij hoefde niet op ze te passen! Als je ouder wordt, ga je misschien nog weleens babysitten, je bent heel verantwoordelijk, je zult het fantastisch doen, dat weet ik, maar mijn meisjes vielen die middag niet onder jouw verantwoordelijkheid. Dus je moet me beloven dat je je geen zorgen meer maakt, want...' Clementines stem had even getrild. 'Want ik kan het niet aan dat jij je ook schuldig voelt over die dag. Dat kan ik echt niet aan.'

Tiffany had Dakota zien verstijven bij het horen van de rauwe, volwassen emotie in Clementines stem. Clementine had haar hand losgelaten, en op dat moment kon je bijna zien dat Dakota een besluit nam: een besluit om vergiffenis te accepteren en weer kind te worden.

En nu kon ze weer lezen.

Dakota had tegen Tiffany gezegd dat ze niet meer wilde lezen 'om zichzelf te straffen', omdat lezen was wat ze het liefste deed. 'Wilde je het lezen voor altijd opgeven?' had Tiffany haar gevraagd, en Dakota had haar schouders opgehaald. Ze had ook toegegeven dat ze haar exemplaar van *The Hunger Games* had vernield omdat dat het boek was dat ze las toen Ruby bijna verdronk. Tiffany had erover gedacht te zeggen dat ze haar eigendommen eigenlijk niet kapot mocht maken – boeken kostten geld, het geld groeide hun niet op de rug enzovoort – maar in plaats daarvan zei ze: 'Ik koop een nieuw boek voor je.' Eerst zei Dakota kalm 'O ja, goed', maar toen Tiffany aandrong, zei ze: 'Bedankt, mam, dat zou fantastisch zijn, want het was echt een vet goed boek.'

Nu keek Tiffany toe hoe ze de bladzijden omsloeg, verdiept in haar eigen wereldje. Het idee dat ze met geen woord had gerept over hoe ze zich al die weken voelde, terwijl haar schuldgevoel heimelijk etterde. Jezus, ze moest dat kind als een havik in de gaten houden. Ze was net als Tiffany's zus Louise, die 'veel te diep nadacht', zoals hun moeder zei, terwijl Tiffany waarschijnlijk veel oppervlakkiger was.

De bel ging.

'Ik ga wel,' zei Tiffany ten overvloede, want het was duidelijk dat Vid noch Dakota dat zou doen.

Ze had een déjà vu. Dakota die in de vensterbank lag. De deurbel die ging. De ochtend van de barbecue.

'Hallo, ik ben...' De man die voor de deur stond zweeg. Hij nam Tiffany van top tot teen op. Ze droeg een yogabroek en een oud T-shirt, maar de man bekeek haar alsof ze als schoolmeisje gekleed was in de tijd dat ze nog danste. Tiffany stak een heup naar voren en wachtte af (eerlijk gezegd genoot ze ervan, ze was in een goed humeur).

Zijn blik gleed weer naar haar gezicht.

Dat is dan tien dollar, meneertje.

'Hallo,' zei hij, en hij schraapte zijn keel. Hij was achter in de twintig, heel knap, en hij bloosde. Het was aanbiddelijk om te zien. Oké, je hoeft niks te betalen.

'Hoi,' zei Tiffany hees, en ze keek hem aan, gewoon om te zien of ze hem nog erger kon laten blozen, waar ze inderdaad in leek te slagen. De arme man zag nu knalrood.

'Ik heet Steve.' Hij stak zijn hand uit. 'Steve Lunt.' Hij sprak een beetje kakkerig. Zo'n zorgvuldig gearticuleerde stem die je onmiddellijk wilt imiteren. 'Mijn oom, mijn oudoom Harry Lunt, heeft naast u gewoond.'

'O ja.' Tiffany rechtte haar rug toen ze hem een hand gaf. Shit. 'Hallo, ik ben Tiffany. Gecondoleerd met uw oom.'

'Dank u, maar ik heb hem in feite maar één keer ontmoet, toen ik nog klein was,' zei Steve. 'En eerlijk gezegd joeg hij me toen de stuipen op het lijf.'

'Ik wist niet dat hij familie had,' zei Tiffany.

'Wij wonen in Adelaide,' zei Steve. Zijn gezichtskleur was nu weer normaal. 'En u weet vast wel dat Harry niet bepaald sociaal was.'

'Tja,' zei Tiffany.

'Wij waren zijn enige familieleden en mijn moeder heeft haar best gedaan, maar er zat gewoon niet meer in dan af en toe een kerstkaartje en een telefoontje. Mijn arme moeder moest zich dan door hem laten afblaffen.'

'Wij, alle buren hier, vinden het verschrikkelijk dat het zoveel weken heeft geduurd voordat we, voordat we beseften...' Tiffany zweeg.

'Ik heb begrepen dat u zijn lichaam hebt gevonden,' zei Steve. 'Dat moet een hele schok zijn geweest.'

'Ja,' zei Tiffany, 'dat was het.' Ze herinnerde zich dat ze stond over te geven in de bloempot. Wat was er met die pot gebeurd? Zou die arme man dat hebben moeten opruimen? 'Ik vind het heel erg dat we hem niet beter in de gaten hebben gehouden.'

'Ik betwijfel of hij dat zou hebben gewaardeerd,' zei Steve.

'Als u zich er beter door voelt: hij heeft tegen mijn moeder gezegd dat jullie aardige buren waren.'

'Heeft hij gezegd dat wij aardig waren?' Tiffany was stomverbaasd.

Steve glimlachte. 'Ik geloof dat hij letterlijk heeft gezegd "best aardig". Maar goed, ik wilde alleen even melden dat we nog het een en ander in het huis moeten doen voordat we het in de verkoop zetten. Hopelijk geeft dat niet te veel lawaai of onrust.'

'Bedankt,' zei Tiffany. Ze maakte een ruwe schatting van de waarde van Harry's huis. Misschien moest ze een offerte maken. 'Dat is vast geen probleem. We zijn altijd vroeg op.'

'Goed. Oké. Prettig kennisgemaakt te hebben. Dan ga ik nu weer.'

Tiffany sloot de deur en dacht aan Harry's pijnlijke, kromme rug als hij over het grasveld terugschuifelde naar zijn eigen huis. Ze herinnerde zich de woede in zijn ogen toen hij tegen haar had geschreeuwd: 'Je bent toch niet stom?'

Interessant dat woede en angst zo op elkaar konden lijken.

68

'Het ziet ernaar uit dat mam niet gaat afzeggen,' zei Erika. Ze had de hele dag zitten wachten op een telefoontje van haar moeder met de mededeling dat ze hoofdpijn had of dat ze 'zich er niet tegen opgewassen voelde' of dat het te hard regende of, ongehoord, dat ze 'wat achterstallig huishoudelijk werk aan het doen was', dus dat ze onverhoopt niet met hen mee kon naar het etentje bij Clementines ouders.

Maar dat telefoontje was niet gekomen. Straks zouden ze Sylvia ophalen en zien welke persoonlijkheid ze deze avond had gekozen.

Als ze Clementines ouders zag, koos ze vaak voor een dromerig, bohemienachtig type, alsof ze een soort kunstenares was en zij een saai, kleinburgerlijk stel dat haar dochter had opgevangen toen zij zich met kunst moest bezighouden. Een andere favoriete rol was die van de uitgebluste, drankzuchtige stoeipoes (waarbij ze Elizabeth Taylor als voorbeeld koos), alleen dronk Sylvia niet, ze hield gewoon haar glas water met nonchalante elegantie vast alsof het martini was en sprak op zachte, hese toon. Welke rol ze ook koos, het ging erom dat ze duidelijk maakte dat ze hoe dan ook bijzonder en apart was en dat ze zich daarom niet schuldig of extreem dankbaar hoefde te voelen voor de tijd die Erika als kind bij Clementine had mogen doorbrengen.

'Nou, best,' zei Oliver. Hij was in een uitstekend humeur. Clementine had alle aanvraagformulieren ingevuld, een bloedtest laten doen en een afspraak gemaakt met de consulent van de ivf-kliniek. Er zat schot in de zaak. Elke keer dat Clementine hem vanavond iets over de tafel aanreikte, zou hij waarschijnlijk haar beenderstructuur bekijken en zich voorstellen hoe zijn superspermacellen (volgens de tests hadden ze een perfecte snelheid) samen met haar eicellen op het petrischaaltje rondtolden. 'Clementines ouders kunnen haar wel aan.'

Erika's telefoon zoemde net toen Oliver de straat van haar moeder in reed, en haar hart maakte een sprongetje. 'Te elfder ure nog gered,' kraaide ze. Maar het was haar moeder, die vroeg haar te laten weten wanneer ze zo dichtbij waren dat ze hen buiten kon opwachten.

Erika sms'te terug: *We komen er nu aan.*

Haar moeder schreef terug: *Geweldig!! xx*

Hemeltje. Twee uitroeptekens en twee kusjes. Wat had dat te betekenen?

'Zo te zien hebben de buren al een bord voor de verkoop in de tuin gezet,' zei Oliver toen hij de auto parkeerde. 'Wauw. Ze heeft zichzelf overtroffen.'

'Dat zei ik je al,' zei Erika. De tuin van haar moeder zag er nog net zo uit als de laatste keer dat ze hier was. Misschien nog erger? Ze wist het niet meer.

'Ik denk dat we er professionals bij moeten halen,' zei Oliver met zijn blik op de tuin. 'Neem haar een keer mee ergens naartoe, dan laten we het doen als ze weg is.'

'Daar trapt ze niet nog een keer in,' zei Erika. Ze had ooit haar moeder een weekend mee uit genomen en toen schoonmakers op het huis afgestuurd, zodat haar moeder terugkwam in een onherkenbaar, prachtig huis. Bij haar terugkeer had ze Erika in haar gezicht geslagen en een halfjaar niet met haar willen praten vanwege haar 'verraad'. Erika was zich bewust geweest van haar verraad. Ze had zich dat hele weekend een judas gevoeld.

'We vinden er wel wat op. Daar komt ze aan. Ze ziet er...

goh, ze ziet er fantastisch uit.' Oliver stapte uit, de regen in, om het achterportier open te doen voor Sylvia, die een grote witte paraplu met een houten handvat bij zich had en gekleed was in een mooi, gedistingeerd, roomwit mantelpakje, iets wat Jane Fonda zou kunnen dragen bij de uitreiking van een prijs voor haar hele oeuvre. Haar haar golfde en glansde, ze was waarschijnlijk naar de kapper geweest, en toen ze instapte rook Erika alleen maar parfum – geen vocht, schimmel of verrotting.

Het was een truc. De ultieme truc. Vanavond zouden ze niet doen alsof er een reden voor bestond dat Clementines ouders Erika bijna hadden geadopteerd. Vanavond zouden ze doen alsof dat helemaal nooit was gebeurd, en natuurlijk zouden ze allemaal meewerken en haar ermee weg laten komen. Ze zouden allemaal doen alsof Sylvia in een huis woonde dat bij die prachtige, splinternieuwe outfit van haar paste.

'Hallo, lieverd,' zei haar moeder op de ademloze, vrouwelijke toon van iemand die zich wil presenteren als een lieve moeder.

'Wat zie je er mooi uit,' zei Erika.

'O ja? Dank je. Ik heb Pam nog gebeld om te vragen of ik iets mee kon nemen, maar ze stond erop dat ik zonder iets kwam. Ze zei heel mysterieus dat de avond ter ere van jou en Oliver is, hoewel ze weet dat jullie er niet graag over praten, maar kennelijk staat ze voor eeuwig bij jullie in het krijt. Ik dacht: hemel, heeft die lieve Pam ze niet allemaal meer op een rijtje?'

Oliver schraapte zijn keel en wierp Erika een treurig lachje toe.

Natuurlijk had Erika tegenover haar moeder met geen woord gerept over wat er tijdens de barbecue was gebeurd. Niet dat het geen duidelijk verhaal was, maar wie weet hoe ze erop zou reageren.

'We waren uitgenodigd bij buren voor een barbecue, en

daar is Ruby toen in het water gevallen,' zei ze. 'Oliver en ik hebben haar... zo ongeveer gered. We moesten haar reanimeren. Alles is goed gekomen.'

Het bleef stil op de achterbank.

'Ruby is de jongste, toch?' vroeg Sylvia op normale gesprekstoon. 'Hoe oud is ze? Twee?'

'Ja,' zei Oliver.

'Wat is er gebeurd? Heeft niemand haar zien vallen? Waar was haar moeder? Wat deed Clementine toen het gebeurde?'

'Niemand heeft haar in het water zien vallen,' zei Erika. 'Het was gewoon een heel ongelukkig toeval.'

'Dus... ze ademde niet toen jullie haar eruit haalden?'

'Nee,' zei Erika. Ze zag dat Oliver zijn handen steviger om het stuur klemde.

'Jullie hebben het samen gedaan?'

'Oliver heeft de compressie gedaan, ik de beademing.'

'Hoe lang duurde het voordat ze bijkwam?'

'Het leek wel een eeuwigheid,' zei Erika.

'Dat kan ik me voorstellen,' zei Sylvia kalm. 'Dat kan ik me voorstellen.' Daarna leunde ze naar voren en tikte hen op de schouders.

'Wat goed,' zei ze. 'Ik ben heel trots op jullie. Heel trots.'

Erika noch Oliver reageerde, maar Erika voelde dat hun blijdschap de auto vulde; als het om ouderlijke goedkeuring ging, reageerden ze allebei als planten die naar water snakten.

'Dus die perfecte Clementine is toch niet zo perfect?' koerde Sylvia terwijl ze weer achteroverleunde. Haar toon had nu iets triomfantelijks en snibbigs. 'Ha! Wat had Pam daarop te zeggen? Mijn dochter heeft het leven van haar kleindochter gered!'

Erika zuchtte en Oliver liet zijn schouders hangen. Natuurlijk verpestte ze het moment, dat sprak voor zich.

'Pam is heel dankbaar,' zei ze vlak.

'Nou, dan staan we nu quitte, zou ik zeggen, na alles wat dat gezin zogenaamd voor jou heeft gedaan.'

'Dat was niet zogenáámd, mam,' zei Erika. 'Het was voor mij daar een veilige haven.'

'Een veilige haven,' snoof Sylvia.

'Ja, dat klopt, een veilige haven, met stromend water en elektriciteit en genoeg eten in de ijskast. O, en geen ratten. Dat was fijn. Dat er geen ratten waren.'

'Laat gaan,' zei Oliver zachtjes.

'Nou, het enige wat ik zeg, lieve kind, is dat we nu niet meer zo dankbaar tegen ze hoeven te doen, toch? Niet meer zo onderdanig. Alsof zij onze opperheren waren. Je hebt dat kind haar leven gered!'

'Ja, en nu wil Clementine haar eicellen afstaan om ons aan een kind te helpen, dus dan moeten we hun weer dankbaar zijn,' zei Erika.

Dat was stom. Zodra ze het had gezegd, wist ze dat het verkeerd was.

Ineens viel er een gespannen stilte. Erika keek naar Oliver. Hij schudde zijn hoofd terwijl hij gelaten richting naar rechts aangaf.

'Sorry... wát zei je nou?' Sylvia leunde zo ver naar voren als haar veiligheidsgordel toeliet.

'Verdomme, Erika,' zei Oliver zuchtend.

'We zijn de afgelopen twee jaar bezig geweest met ivf,' zei Erika. 'En mijn eicellen zijn... verrot.' Door jou, dacht ze. Omdat ik ben opgegroeid in de rotzooi, omringd door verrotting, verval en schimmel, zodat er bacteriën, ziektekiemen en allerlei kwalijke dingen in mijn lichaam konden dringen. Het had haar totaal niet verbaasd toen bleek dat ze niet zwanger kon worden. Natuurlijk waren haar eicellen waardeloos. Dat was geen verrassing!

'Ze zijn niet verrot,' zei Oliver gepijnigd. 'Dat moet je niet zeggen.'

'Je hebt me nooit verteld dat jullie met ivf bezig waren,' zei Sylvia. 'Ben je dat soms vergeten te zeggen? Ik ben verpleegkundige! Ik had jullie tot steun kunnen zijn... advies kunnen geven!'

'Ja hoor,' zei Erika.

'Wat bedoel je met "ja hoor"?'

'We hebben het tegen niemand gezegd,' zei Oliver. 'We hebben het gewoon voor onszelf gehouden.'

'We zijn rare mensen,' zei Erika. 'Dat weten we.'

'Je zei altijd dat jullie nooit kinderen wilden,' zei Sylvia.

'Ik ben van gedachten veranderd,' zei Erika. Door de manier waarop anderen haar daar steeds aan herinnerden, zou je bijna denken dat ze dat contractueel had vastgelegd.

'Dus Clementine heeft aangeboden haar eicellen af te staan?'

'We hebben het haar gevraagd. We hebben het gevraagd voordat... dat met Ruby gebeurde.'

'Maar je kunt er donder op zeggen dat dat de reden is.'

'Hoor eens, niets is nog definitief,' zei Oliver. 'We zijn nog maar net begonnen. Clementine moet nog testjes laten doen, praten met een consulente...'

'Het is een afschuwelijk idee,' vond Erika's moeder. 'Echt afschuwelijk. Er zijn toch wel andere opties?'

'Sylvia,' begon Oliver.

'Mijn kleinkind wordt niet echt van mij!' zei Sylvia.

Narcistisch. Zo had Erika's psychologe haar beschreven. Een klassiek geval van narcisme.

'Mijn kleinkind zal Páms kleinkind zijn,' ging Sylvia door. 'Het is niet genoeg dat ze mijn dochter heeft ingepalmd, nee hoor, nu kan ze me de baas zijn met: we vinden het zo fijn dat we kunnen helpen, Sylvia. Zo neerbuigend en zelfvoldaan. Wat een afschuwelijk idee! Doe het niet. Het wordt een ramp.'

'Dit gaat niet over jou, Sylvia,' zei Oliver. Erika hoorde iets van woede in zijn stem. Het maakte haar nerveus. Hij werd zelden kwaad en hij was altijd angstvallig beleefd tegen zijn schoonmoeder.

‘Waarom hebben jullie dat in vredesnaam aan haar gevraagd?’ vroeg Sylvia. ‘Zoek een anonieme donor. Ik wil niet dat mijn kleinkind het DNA van Pam krijgt! Met die grote olifantenoren van haar! Erika! Stel dat je kind Pams oren krijgt!’

‘In godsnaam, mam,’ zei Erika. ‘Ik heb ergens gelezen dat er een bepaald gen bestaat dat in verband wordt gebracht met verzamelwoede. Ik denk dat ik liever een kind met grote oren heb dan een kind dat een hoarder wordt.’

‘Gebruik dat woord alsjeblieft niet. Ik haat het. Het is zo...’

‘Raak?’ mompelde Erika.

Het werd even stil, maar Sylvia had zich snel hervonden. ‘Wat ga je zeggen als Clementine op bezoek komt?’ vroeg ze. ‘Kijk, schat, daar komt je echte moeder? Ga maar gezellig met haar cello spelen.’

‘Sylvia, toe,’ zei Oliver.

‘Het is onnatuurlijk, dat is het. De wetenschap slaat door. Dat het mogelijk is, wil nog niet zeggen dat het ook echt moet gebeuren.’

Ze reden de straat in waar Clementines ouders woonden. Erika kon er als kind in tien minuten naartoe lopen om alle troep en schaamte achter zich te laten. Erika keek naar buiten toen ze voor de keurige Californische bungalow met de olijfgroene voordeur tot stilstand kwamen. Alleen al bij het zien van die olijfgroene deur werd ze kalmer.

Oliver deed de ruitenwissers uit, zette de motor af, maakte zijn gordel los en draaide zich om naar zijn schoonmoeder.

‘Kunnen we hier tijdens het eten alsjeblieft over zwijgen?’ vroeg hij. ‘Kan ik daarvan op aan, Sylvia?’

‘Natuurlijk zeg ik er niets over.’ Sylvia dempte haar stem. ‘Kijk wel even naar Pams oren, meer zeg ik niet.’ Ze streelde een van haar oorlelletjes. ‘Ik heb zelf van die fijne oortjes.’

69

'Ting, ting, ting!' Pam tikte met haar lepeltje tegen haar waterglas en stond op. 'Mag ik even jullie aandacht?'

Clementine had het kunnen weten. Een speech. Natuurlijk. Haar moeder hield al haar hele leven speeches. Bij elke verjaardag, elke feestdag, elke school-, sport- of muziekprestatie kwam zij met een speech.

'O hemel, ga je voor ons zingen, Pam?' vroeg Sylvia terwijl ze zich omdraaide naar Pam. Ze gaf Clementine een knipoog.

Clementine schudde haar hoofd naar haar. Ze wist dat Sylvia een verschrikkelijke moeder voor Erika was geweest, dat ze door de jaren heen onvergeeflijke dingen had gezegd en gedaan, en dan had ze ook nog die verzamelwoede, maar toch had ze altijd een verraderlijk soort genegenheid voor haar gevoeld. Ze genoot van Sylvia's ondermijnende gedrag, haar bizarre opmerkingen, haar omslachtige verhalen en haar snibbige hatelijkheidjes. In tegenstelling tot haar leek haar eigen moeder altijd zo ernstig en bezadigd als de goedbedoelende echtgenote van een dominee. Clementine genoot vooral van Sylvia's outfits. Ze kon eruitzien als een excentrieke intellectueel, maar ook net zo makkelijk als een Russische prinses of een dakloze. (Helaas had ze voor Erika's bruiloft voor de 'dakloze' gekozen om zonder dat het zin had iets ingewikkelds duidelijk te maken wat allang vergeten was.)

Deze avond zag Sylvia eruit als een dame die ergens ging

lunchen. Je zou denken dat ze in een imposant en opzichtig huis woonde, met een bankier als echtgenoot.

'Ik hoop dat jullie me willen toestaan een paar woordjes te zeggen,' zei Pam. 'Er zijn hier vanavond twee mensen die alleen maar beschreven kunnen worden als...' Ze wachtte even en haalde toen diep en bevend adem. '... stille helden.'

'Bravo!' zei Clementines vader te hard. Hij had meer gedronken dan gewoonlijk. Erika's moeder maakte hem nerveus. Ze had bij een schoolconcert een keer naast hem gezeten, en toen ze het over de lokale politiek hadden, had ze haar hand kennelijk 'heel dicht naast zijn... je weet wel' gelegd (zo omschreef Pam het), waarop Clementines vader 'een heel raar geluid uitstootte, een soort gejank'.

'Ja, dat zijn ze, stille, bescheiden, miskende helden, maar in elk geval helden,' vervolgde Pam.

'Aaw.' Sylvia hield in een timide gebaar haar hoofd schuin, alsof Pam het over haar had.

Erika draaide haar ene schouder rond alsof ze een stijve nek had. Oliver zette zijn bril goed en schraapte zijn keel. Ze zagen er allebei uit alsof ze zich bijzonder opgelaten voelden. 'Waarom hebben jullie Erika's moeder uitgenodigd?' had Clementine eerder op de avond aan Pam gevraagd.

'Ik dacht dat dat leuk zou zijn voor Erika,' zei Pam, in de verdediging gedrongen. 'We hebben Sylvia al een tijd niet gezien, en haar verzamelwoede is de laatste tijd weer heel erg geworden, dus ik dacht dat dit misschien zou helpen.'

'Maar Erika heeft een hekel aan haar moeder,' zei Clementine.

'Niet echt een hekel,' had Pam gezegd, maar ze keek aangeslagen. 'O god, ik had haar waarschijnlijk beter niet kunnen vragen, je hebt gelijk. Erika zou zonder haar meer van de avond kunnen genieten. Je probeert het goede te doen, nietwaar? Het pakt alleen niet altijd zo uit.'

Nu keek ze opgewekt de kamer rond.

'Ze willen geen loftuitingen. Ze willen geen medailles. Ze willen waarschijnlijk deze speech zelfs niet!' Ze lachte vrolijk.

'Ik wil wel een medaille,' zei Holly.

'Sst, Holly,' zei Sam, die aan de andere kant van Holly zat. Hij had nauwelijks een hap gegeten.

'Maar sommige dingen kunnen gewoonweg niet ongezegd blijven,' ging Pam door.

'Maar ik wil echt een medaille!' zei Holly eisend.

'Er ís geen medaille,' siste Clementine.

'Nou, waarom zei oma dat dan?'

'Dat heeft ze niet gezegd!' zei Sam.

Erika's moeder giechelde verrukt.

'We zijn Erika en Oliver zo ontzettend veel dank verschuldigd,' zei Pam, 'dat ik niet eens weet waar ik moet beginnen om...'

'Kun jij even het water aangeven, Martin?' vroeg Sylvia op hoorbare fluistertoon aan Clementines vader.

Pam zweeg en keek hoe haar man half overeind kwam en opgelaten de waterkan naast Sylvia zette terwijl hij alle blikken meed.

'Sorry, Pam,' zei Sylvia. 'Ga door. Beeldige oorbellen heb je trouwens.'

Pam bracht in verwarring haar hand naar een oor. Ze droeg de eenvoudige gouden knopjes die ze altijd inhad. 'Dank je, Sylvia. Waar was ik gebleven?'

'Dank verschuldigd,' zei Sylvia behulpzaam terwijl ze een glas water inschonk.

Oliver gooide zijn hoofd in zijn nek en bestudeerde het plafond alsof hij daar inspiratie of redding zocht.

'Eh... ja, dank verschuldigd,' zei Pam.

Ruby, die naast Clementine zat op een stoel met een kussen erop, legde plotseling doelbewust haar vork neer en gleed van de stoel af.

'Waar ga je naartoe?' fluisterde Clementine.

Ruby legde haar hand half om haar mond. 'Ik ga bij opa op schoot.'

'Ik wilde bij opa op schoot zitten,' zei Holly verontwaardigd. 'Ik wilde net bij opa op schoot gaan zitten.'

'Er is een citaat,' zei Pam. (Er was altijd een citaat.) Ze spreidde haar handen met de palm naar boven. Ze bracht haar citaten graag met het typische gebaar van een staatsman. 'Vrienden zijn de familieleden die we zelf uitkiezen.'

'Juist,' zei Sylvia. 'Helemaal mee eens.'

'Ik weet niet precies wie dat heeft gezegd,' zei Pam. Ze noemde graag de geciteerde. 'Ik wilde het nog opzoeken.'

'Geeft niet, Pam, we kunnen het altijd later nog opzoeken,' zei Clementine.

'Oliver kan het nu wel even opzoeken!' bood Sylvia aan. 'Oliver! Waar is je telefoon? Dat kan hij heel snel. Tikkerdetik en hij heeft het antwoord!'

'Mam,' zei Erika.

'Wat?'

'Vrienden zijn de familieleden die we zelf uitkiezen,' herhaalde Pam. 'En ik ben heel blij dat Clementine en Erika elkaar als vriendin hebben uitgekozen.' Ze wierp een blik op Clementine en keek toen snel weg. 'Erika. Oliver. Door jullie fantastische actie hebben jullie het leven van onze lieve Ruby gered. We kunnen daar natuurlijk nooit genoeg voor terugdoen. We zijn jullie een dank verschuldigd die we...'

'Ik geloof dat we het al over die dankbaarheid hebben gehad,' zei Sylvia. 'Ja, toch? Trouwens, ik heb gehoord dat de schuld wordt ingelost...'

'Sylvia!' zei Oliver.

Sylvia wierp Clementine een ondeugende blik toe. Ze boog zich naar haar toe en fluisterde zodat Oliver en Erika het niet konden verstaan: 'Oliver en jij, hè?'

Clementine keek haar fronsend aan. Ze begreep het niet.

'Jullie maken samen een kind!' maakte Sylvia duidelijk. Haar ogen vonkten kwaadaardig. Clementine zag dat Erika haar kaken op elkaar klemde als iemand die een pijnlijke maar noodzakelijke medische ingreep ondergaat.

'Erika en Oliver. We houden van jullie. We bedanken jullie. We proosten op jullie.' Pam hief haar glas. 'Op Erika en Oliver.'

Na enig gedoe had iedereen zijn glas wijn of water te pakken om te toosten.

'Proost!' riep Holly. Ze hief haar limonadeglas naar het wijnglas van Clementine. 'Proost, mammie!'

'Ja, proost. Voorzichtig, Holly,' zei Clementine. Ze zag dat Holly helemaal door het dolle raakte. De laatste paar dagen was niet te voorzien wat ze van plan was, en op dit moment was ze dronken van een overdosis limonade.

'Proost, papa!' zei Holly. Het drong niet tot Sam door. Hij hield zijn glas wijn nog steeds omhoog, maar zijn blik was gericht op Ruby, die bij Martin op schoot zat en iets tegen Whisk fluisterde.

'Ik zei próóst, papa,' zei Holly boos. Ze ging op haar knieën op de stoel zitten en stootte haar glas zo hard tegen het wijnglas van haar vader dat het in zijn hand in stukken brak.

'Jezus!' Sam sprong overeind alsof hij door een kogel was geraakt. Hij keek naar Holly en schreeuwde: 'Dat was stout! Je bent een heel stout meisje!'

Holly kromp in elkaar. 'Sorry, papa. Het was een ongeluk.'

'Het was een dom ongeluk,' brulde hij.

'Zo is het wel genoeg,' zei Clementine.

'O hemel,' zei Pam.

Sam stond op met een bloedende hand. Even was het enige wat ze hoorden het constante getik van de regen.

'Wil je dat ik even naar de wond kijk?' bood Sylvia aan.

'Nee,' zei Sam bot. Hij zoog op de zijkant van zijn hand. Hij ademde zwaar. 'Ik heb frisse lucht nodig.' Hij verliet de kamer. Dat was het enige wat Sam tegenwoordig deed: kamers verlaten.

'Zo! Een klein drama schopt leven in de brouwerij,' zei Sylvia.

Oliver stond op en begon de glasscherven op te rapen.

'Kom eens bij me zitten, Holly,' zei Erika terwijl ze haar stoel naar achteren schoof en op haar benen tikte, en tot Clementines verbazing liet Holly zich van haar stoel glijden en rende ze naar Erika toe.

'Ik zei nog zo dat je voorzichtig moest zijn, Holly,' zei Clementine, en ze wist dat ze haar alleen zo scherp toesprak omdat zij Holly's troostrijke lijfje tegen zich aan had willen voelen. Zij wilde Holly zelf op schoot, niet bij Erika, en dat was kinderachtig. Al haar emoties waren pietluttig en misplaatst geworden. Ze zou serieus haar auditie moeten afzeggen. Ze was emotioneel te onvolwassen om ooit een goede musicus te worden. Ze stelde zich voor dat haar strijkstok piepend en schrapend over de snaren ging, alsof ze ineens een beginneling was geworden: schrille, lelijke noten die overeenkwamen met haar schrille, lelijke emoties.

'Juist. Nou. Iemand thee? Koffie?' vroeg Pam. 'Erika heeft lekkere chocoladeballetjes meegebracht, die heerlijk smaken bij een kopje thee. Helemaal raak!'

'Slimme meid is het toch,' zei Sylvia.

'Ik ben buitengewoon,' zei Erika.

Toen Pam de ingewikkelde procedure startte waarbij iedereen zijn voorkeur voor koffie of thee uitsprak, verzamelde Clementine de borden en bracht ze naar de keuken. Haar vader volgde haar met Ruby in zijn armen, die de behaaglijke, superieure blik had van een kind in de armen van een grote man, als een kleine, mollige sultan.

'Alles goed?' vroeg haar vader.

'Ja hoor,' zei Clementine. 'Sorry van Sam. Hij is gewoon gestrest door zijn werk, denk ik.'

'Ja, hij lijkt nogal gestrest door die nieuwe baan,' zei Martin.

Hij zette Ruby op de grond toen ze begon te spartelen. 'Maar ik denk dat er meer aan de hand is.'

'Tja, hij heeft het moeilijk sinds dat... ongeluk,' zei Clementine.

Ze wist niet zeker of ze het een ongeluk mocht noemen als dat woord betekende dat ze zichzelf niet verantwoordelijk achtte.

'Sam neemt het zichzelf kwalijk dat hij niet op Ruby heeft gelet, en ik denk... ik wéét dat hij het mij ook kwalijk neemt,' zei ze. Het was op de een of andere manier makkelijk om het ruiterlijk toe te geven tegenover haar vader, die haar woorden nam voor wat ze waren, in plaats van tegenover haar moeder, die te intens en empathisch zou luisteren en alles zou afmeten naar haar eigen emoties.

'En ik geloof dat ik het hem kwalijk neem,' zei Clementine. 'En tegelijkertijd doen we net alsof we het elkaar helemaal niet kwalijk nemen.'

'Juist,' zei haar vader. 'Tja, dat noemen ze een huwelijk. Je geeft altijd elkaar de schuld.' Hij opende een keukenkastje en begon er bekers uit te halen. 'Wedden dat ik de verkeerde eruit haal?' Hij draaide zich om naar Clementine met twee bekers waarvan de oren aan zijn vingertop hingen. 'Maar ik denk dat er meer aan de hand is. Hij is niet in orde. In zijn hoofd zit het niet helemaal goed.'

'Niet die, Martin.' Pam kwam jachtig de keuken in. 'We gebruiken die mooie.' Ze pakte de bekers van hem af en zette ze snel op hun plaats terug. 'Bij wie zit het in zijn hoofd niet helemaal goed?'

'Bij Sam,' zei Clementine.

'Dat zeg ik al weken,' zei Pam.

70

'Hé, hallo.'

Tiffany stak haar paraplu omhoog om te zien wie dat zei. Ze liep over het plein naar de schoolwinkel van Saint Anastasia om voor Dakota een uniform te kopen voor het komende schooljaar.

Het was weer de vrouw van Andrew. Natuurlijk. De wet van Murphy zorgde er wel voor dat ze deze vrouw en/of haar echtgenoot bij elk schoolbezoekje en elke schoolfestiviteit zou tegenkomen totdat Dakota eindexamen deed. Het zou niet ongemakkelijk worden. Nee! Het zou juist fantastisch worden. Cara en Dakota zouden hartsvriendinnen worden. Ze zouden hen uitnodigen voor een barbecue. Hoe kennen jullie elkaar, zou de aardige vrouw in haar onschuld vragen, en haar man zou naar zijn borst grijpen en dood neervallen als gevolg van een hartaanval (handig). Maar dan zou Oliver aan komen rennen en hem reanimeren.

'Tiffany is het, toch? Ik ben Lisa,' zei Andrews vrouw. Ze kantelde haar paraplu schuin naar achteren om haar gezicht te laten zien. Ze had lichtroze kringen onder haar ogen. Een van de stalen baleinen van haar paraplu was losgeraakt en richtte zich als een steekwapen op haar gezicht. 'Waarschijnlijk weet je het niet meer. Ik zat naast je op de informatieochtend.'

'Dat weet ik nog. Hoe gaat het met je?'

'Niet zo goed. Ik krijg hoofdpijn van die voortdurende regen,' zei Lisa. Ze keek Tiffany onderzoekend aan. 'Jij ziet er goed uit. Neem je een of ander geheim voedingssupplement?'

'Cafeïne?' zei Tiffany.

'Serieus, je bent een lust voor het oog.'

Tiffany lachte opgelaten. Zou ze nu zeggen 'ik begrijp dat mijn man je vroeger dik heeft betaald, alleen om naar je te kijken'?

'Ga je ook een schooluniform kopen voor Cara?' vroeg Tiffany. Ze wist dat de uniformwinkel, die gerund werd door 'onze vriendelijke vrijwilligers', op dit tijdstip maar drie kwartier open was en 'geen minuut langer', en dat de regel luidde 'wie het eerst komt, het eerst maalt'.

Zou het vreemd overkomen dat ze de naam van Lisa's dochter nog wist? Verdacht?

'Eerlijk gezegd had ik haar uniform al gekocht, maar ik breng het nu terug,' zei Lisa. 'We gaan voor vijf jaar naar Dubai, dus Cara gaat uiteindelijk toch niet naar Saint Anastasia.'

'Goh, wat een...' Tiffany probeerde een passender manier te bedenken om de zin af te sluiten dan 'geweldig nieuws', hoewel ze paradoxaal en onlogisch genoeg bijna iets van teleurstelling voelde. Ze vond Lisa aardig. Je bent een lust voor het oog. Wie zei zoiets? Het was echt aardig.

'Hoe is dat voor jou?' vroeg ze.

'Ik probeer me er goed bij te voelen,' zei Lisa. 'We zijn al eens expats geweest toen de kinderen nog klein waren en dat was allemaal prima, maar ik geloof alleen niet dat ik de energie heb om dat nog eens te doen. We wonen hier in Sydney naar onze zin, en dit kwam als een donderslag bij heldere hemel. Op woensdag, de dag van die informatieochtend, trouwens, kreeg mijn man een geweldige, ongelooflijke kans aangeboden die hij niet kan laten schieten of... of dat soort gelul.' Ze sloeg haar hand voor haar mond. 'Zoiets mag ik vast niet zeggen op een katholieke school.' Ze keek op. 'Dat vindt God niet goed.'

'Heb jij er ook niet iets over te zeggen?' vroeg Tiffany.

Lisa hief haar hand in een gebaar van verslagenheid. 'Niet elke strijd kun je winnen, en dit is er zo een. Ik geloof dat het in Dubai niet veel regent. Dus dat is al iets.' Ze stak ineens de tas die ze vasthield naar haar toe. 'Hier. Pak aan. Het zit er allemaal in. Onze kinderen hebben ongeveer dezelfde maat. Ik heb geen puf in dat gedoe om mijn geld terug te krijgen. Roxanne Silverman runt de uniformwinkel. Ze vraagt altijd of ik afgevallen ben, dat is haar passief-agressieve manier om te zeggen dat dat hoognodig is.'

Tiffany pakte de tas onwillig aan. 'Ik betaal je ervoor.'

'Nee hoor!' zei Lisa. 'Neem nou maar. Ik sta erop. We kunnen het ons kennelijk veroorloven dat we alle gemaakte kosten voor de school kwijt zijn.'

'Toe,' zei Tiffany. 'Laat me je alsjeblieft...' Ze zette de tas aan haar voeten en probeerde haar portemonnee uit haar handtas te halen met de paraplu nog in haar hand.

'Ik ga. Pas goed op jezelf,' zei Lisa. Ze draaide zich om en liep weg terwijl haar paraplu naar opzij waaide.

'Dank je wel, dan!' riep Tiffany haar na.

Lisa stak als reactie haar paraplu omhoog en liep door.

Tiffany keek haar na. Er ging een bel, en het geluid van meisjesstemmen klonk als meeuwengekwetter op uit het dichtstbijzijnde gebouw. Meeuwen met het keurige accent van een particuliere school.

Ze dacht aan Lisa's echtgenoot.

Lisa's echtgenoot was een beschaafde man met een zachte stem. Hij had belangstelling getoond voor Tiffany's studie. Hij had haar het liefst in haar schooluniform gezien: een groenwit geruit uniform dat niet veel verschilde van het exemplaar dat nog in cellofaan verpakt in de tas zat die ze nu in haar hand hield en dat zijn dochter zou hebben gedragen als ze hier op school was gekomen. Lisa's echtgenoot dronk Baileys met melk. Een meisjesdrankje, zei ze altijd plagerig tegen hem. Lisa's echtgenoot liet bij wijze van fooi altijd in één beweging een dikke stapel dollarbiljetten in haar kousengordel glijden in plaats van haar ervoor te laten werken, of erger, haar ernaar te laten grijpen, alsof die biljetten hondenkoekjes waren. Dat was pas erg.

Lisa's echtgenoot had haar na het werk een paar keer mee uit genomen. Eén keer was hij overdag gekomen om haar te zien optreden, en toen ze na het werk nergens een tent konden vinden waar ze konden lunchen, had hij een hotelkamer geboekt zodat ze daar roomservice konden bestellen. Het was een openbaring voor haar geweest: hoe je met geld de wereld kon manipuleren. Als er iets misging, zwaaide je gewoon met je creditcard alsof het een toverstafje was. Na de lunch was hij weer naar zijn werk gegaan, en zij had die nacht gratis in een hotel kunnen slapen. Ze had er een paar studievriendinnen uitgenodigd. Geen van hen geloofde dat ze niet met hem naar bed was geweest, maar het was echt waar. Ze hadden alleen broodjes gegeten en naar een film gekeken. Hij was een vriend geweest. Zij was zoiets als zijn kapster geweest, alleen had ze niet zijn haar geknipt maar voor hem gedanst. Ze had een goed gevoel gehad over hun relatie.

Het was misschien een jaar na de keer dat ze alleen voor hem had gedanst dat Lisa's echtgenoot Tiffany op zijn beschaafde, gereserveerde manier had gevraagd of ze ooit de film *Indecent Proposal* had gezien. Die met Robert Redford en Demi Moore? Die film waarin Robert Redford een schandalige hoeveelheid geld had betaald om met Demi Moore naar bed te kunnen?

Tiffany had de film gezien. Ze begreep wat hij haar wilde vragen.

'Honderdduizend dollar,' had ze tegen hem gezegd, nog voordat hij het vroeg.

Ze had het bedrag laag genoeg gehouden om het als een mogelijkheid te beschouwen, maar hoog genoeg om het als een grap af te doen, een uitdaging, een fantasie, en het maakte haar niet tot een hoer.

Hij had niet geaarzeld. Hij had gezegd: 'Accepteer je een cheque?' Het was een bedrijfscheque, van 'een of andere onderneming', en het was genoeg voor de aanbetaling van het pand dat ze had gekocht op de veiling waar ze Vid had leren kennen. Het was de basis geweest voor haar financiële bolwerk.

Ze had altijd tegen Vid gezegd dat ze nooit met een van haar klanten naar bed was geweest – ze was danseres, geen hoer – en het voelde nog steeds als de waarheid. Wat er met Andrew was gebeurd, was iets eenmaligs met een rijke, oudere vriend. Een grap. Een uitdaging. Een geintje. Ze zou het misschien voor twee drankjes hebben gedaan als ze hem in een café had ontmoet en hij haar aan het lachen had gemaakt. Zelfs nadat ze met hem naar bed was geweest, had ze nog steeds een goed gevoel over hun relatie. Ze hadden ongecompliceerde seks gehad in de missionarishouding, met condoom. Haar relatie met Vid was platvloerser.

Ze herinnerde zich dat Andrew daarna, toen ze samen in bed lagen, begonnen was over een tweekamerflat die hij in de stad bezat, iets over een trust, iets over belastingvoordeel. Het duurde even voordat ze doorhad dat hij haar een 'kans' bood, een langetermijnrelatie waar ze allebei beter van werden. Ze had het aanbod beleefd afgeslagen. Hij had gezegd dat ze het moest laten weten als ze er ooit op terug wilde komen.

Zo'n zes maanden later kwam hij in de club voor een privéshow. Hij zei dat hij een jaar met zijn gezin naar het buitenland ging. Niet lang daarna voltooide Tiffany haar studie, stopte ze met dansen en begon ze aan haar eerste fulltimebaan.

In de tijd dat ze met Andrew omging, had ze nooit aan zijn vrouw gedacht. 'En de echtgenotes?' had Clementine die avond in de auto gevraagd. 'De echtgenotes zitten thuis bij de kinderen.'

Tiffany had met een schouderophalen gereageerd. Die anonieme vrouwen van middelbare leeftijd waren nooit haar verantwoordelijkheid geweest. Ze wenste hun geen kwaad toe. Ze was hun niets verschuldigd. Waarschijnlijk hadden ze geen geweldig figuur, maar wel geweldige creditcards.

Haar deal met Andrew was het enige wat ze ooit voor Vid had verzwegen. Ze schaamde zich er niet voor, en in alle eerlijkheid wist ze zelfs niet of dat nodig was, maar elke keer dat ze door de jaren heen haar mond open had willen doen, had haar instinct geschreeuwd: niet doen! Zelfs haar ruimdenkende Vid had zijn grenzen, en ze hoefde niet te weten tot hoever die gingen.

Dus nee, ze had zich nooit geschaamd voor wat er met Andrew was voorgevallen, tot dit moment, nu ze in de regen stond met een milieuvriendelijke tas waar een duur schooluniform in zat en ze zijn vermoeide, teleurgestelde, gezette vrouw terug zag lopen naar haar zwarte Porsche met vierwielaandrijving, want misschien was het tijdstip van deze onverwachte verhuizing naar Dubai wel een fantastisch toeval, maar aan de andere kant, misschien ook niet.

71

Het kwam door de regen.

Als die regen nu maar was opgehouden, zou Erika nu niet op een zaterdagochtend in haar woonkamer staan met een hart dat in haar oren bonsde en het gevoel dat ze was gearresteerd, niet door een agent, maar door haar eigen man.

Oliver zag er niet echt uit als een politieagent. Hij zag er bedroefd en verward uit. Ze vroeg zich af of hij net zo had gekeken toen hij als kind de flessen wodka en gin vond die zijn ouders in het hele huis hadden verstopt, voordat hij niet langer hun uitzinnige beloften geloofde dat ze stopten met drinken. (Ze deden nog steeds de meest bizarre beloften. 'We drinken de hele maand niet! Dertig dagen geen drup!')

Het was gebeurd toen ze de deur uit was om haar rijbewijs te verlengen. Ze was met een goed humeur thuisgekomen. Ze begon haar weekend graag met het afvinken van administratieve klusjes die haar moeder zo vaak had laten liggen: rekeningen die onbetaald bleven, brieven over stroomafsluiting die genegeerd werden, niet-getekende briefjes voor school die meteen zoekraakten in de maalstroom.

Maar toen kwam Oliver haar tegemoet bij de deur. 'We hebben lekkage,' zei hij. 'Het dak lekt. In de rommelkamer.'

Ze hadden een kleine opslagruimte voor hun koffers, campingspullen en ski's.

'Nou, dat is niet echt een ramp, toch?' vroeg ze, maar haar hart begon twee keer zo hard te slaan. Ze had een voorgevoel.

Oliver kennende had hij meteen spullen uit de kamer op

de gang gezet en was hij daarbij gestuit op de oude koffer die onder een deken stond. De koffer was vol en op slot en hij had geen idee wat erin zat. Binnen de kortste keren had hij het enige ongemarkeerde sleuteltje in de la met sleutels gevonden.

Kijk. Als ze echt een dochter van haar moeder was, zou hij die sleutel nooit hebben gevonden.

'Dus die heb ik opengemaakt,' zei hij, en daarna nam hij haar vriendelijk bij de hand mee naar de eetkamer, waar hij de hele inhoud van de koffer in keurige rijtjes had geordend, als een forensisch onderzoeker die het bewijsmateriaal van een plaats delict had uitgestald. Bewijsstuk nummer een. Bewijsstuk nummer twee.

'Het is gewoon een stomme gewoonte van me,' zei ze op verdedigende toon, en tot haar afschuw voelde ze dat ze nu net zo keek als haar moeder: een sluikse, achterbakse blik. 'Het is geen hoarden, als je dat soms dacht.'

'Eerst leken het wat willekeurige voorwerpen,' zei Oliver. 'Maar toen herkende ik die gymschoen van Ruby.' Hij tilde de schoen op en sloeg er zo hard mee tegen de binnenkant van zijn hand dat de gekleurde lichtjes aangingen. 'En ik herinnerde me dat Clementine en Sam zeiden dat ze een van haar schoenen kwijt waren. Het is Ruby's schoen, toch?'

Erika knikte, niet in staat om iets uit te brengen.

'En die armband.' Hij hield hem omhoog. 'Die is toch van Clementine? Die heb je voor haar gekocht in Griekenland.'

'Ja,' zei Erika. Ze voelde een diepe, jeukende blos in haar hals omhoogkruipen, alsof ze allergisch reageerde. 'Ze vond hem niet mooi. Ik kon zien dat ze hem niet mooi vond.'

'Dit is allemaal van Clementine, of niet soms?' Hij pakte een schaar op. Het was het met paarlemoer ingelegde schaartje van Clementines oma. Erika wist niet eens meer wanneer ze dat had meegenomen.

Ze drukte haar vinger op Holly's T-shirt waar een aardbei

op afgebeeld stond. Ernaast lag een tas met de afbeelding van een g-sleutel: Clementines eerste vriendje, de hoornspeler, had die haar voor haar twintigste verjaardag gegeven.

'Waarom?' vroeg Oliver. 'Kun je me vertellen waarom?'

'Het is alleen maar een gewoonte,' zei Erika. Ze had geen woorden om het uit te leggen. 'Iets... eh... dwangmatigs. Er zit niets waardevols bij.'

Dwangmatig... een van die degelijke, eerzame, psychologisch klinkende woorden om de waarheid op een aardige manier te verhullen: ze was knetter, zo gek als een deur.

Ze krabde in haar hals.

'Laat het me niet weg hoeven gooien,' zei ze ineens.

'Weggooien?' zei Oliver. 'Ben je mal? Je moet het allemaal teruggeven! Je moet haar vertellen dat je... wat? Haar spullen hebt gepikt? Is dat het? Ben je een kleptomaan? Doe je... hemel, Erika, ben je een winkeldief?'

'Natuurlijk niet!' Ze zou nooit iets illegaals doen.

'Clementine denkt waarschijnlijk dat ze gek wordt.'

'Nou, zij moet beter opruimen en haar zaakjes op orde hebben,' begon Erika, maar om de een of andere reden gaf dat Oliver net het duwtje dat hij nodig had om los te gaan.

'Waar heb je het in vredesnaam over? Ze moet een vriendin hebben die niet haar spullen pikt!' schreeuwde hij. Hij schreeuwde echt. Hij had nog nooit tegen haar geschreeuwd. Hij had altijd achter haar gestaan.

Ze begreep natuurlijk wel dat wat ze had gedaan misschien niet normaal was. Het was een vreemde, onverkwikkelijke gewoonte, net als op je nagelriemen bijten of in je neus peuteren, en ze wist dat ze het beheersbaar moest zien te houden, maar iets in haar was er altijd van uitgegaan dat Oliver het wel begreep, of het althans zou accepteren, zoals hij altijd alles van haar had geaccepteerd. Hij had haar moeders huis gezien, en toch hield hij van haar. Hij had nooit kritiek op haar gehad zoals sommige echtgenoten kritiek hadden op de kleinste dingetjes die hun vrouw deed. 'Die vrouw kan geen kastdeur dichtdoen,' zei Sam altijd over Clementine. Oliver was te loyaal om ooit zoiets in het openbaar over Erika te zeggen, maar op dit moment leek hij niet geërgerd, maar echt geschokt.

De kamer werd mistig door de tranen die Erika's ogen vulden. Hij zou bij haar weggaan. Ze had geprobeerd haar gekte te beperken tot die ene kleine koffer, maar diep vanbinnen had ze altijd vermoed dat zijn vertrek al een uitgemaakte zaak was, en nu bevestigde de aanblik van de spullen die daar lagen in hun zinloze, sjofele glorie het: ze was net als haar moeder.

Ze voelde een golf van woede opkomen, en om de een of andere reden was die op Clementine gericht.

'Nou, zo geweldig is ze anders niet, Clementine is niet zo geweldig,' zei ze met trillende stem, verdwaasd, kinderachtig, maar ze kon haar woorden niet binnenhouden. 'Je had moeten horen wat ik haar heb horen zeggen tegen Sam, bij die barbecue. Toen ik naar boven ging. Ze zei dat ze het idee om eicellen aan ons te moeten afstaan "weerzinwekkend" vond. Dat is het woord dat ze gebruikte. Weerzinwekkend!'

Oliver keek haar niet aan. Hij pakte de ijsschep van de tafel en frunnikte aan het mechanisme. Er stond een afbeelding van een ijsbeer op het handvat. Erika had hem afgelopen zomer op een warme dag in haar tas gestopt toen ze bij Clementine ijs hadden gegeten in de achtertuin nadat ze bij Symphony Under the Stars had opgetreden. Erika had toen net een telefoontje gekregen dat er weer een ivf-poging was mislukt, maar het had niets te maken met de ivf. Ze had het eerste voorwerp voor haar verzameling, een schelpenketting die Clementine had meegebracht van haar vakantie op de Fiji-eilanden, meegenomen toen ze nog maar dertien was. Waar lag die? Daar. Erika moest haar eigen rechterarm op haar rug houden, zo graag wilde ze hem pakken en de oneffen, ruwe textuur in de palm van haar hand voelen.

‘Waarom heb je me het niet verteld?’ vroeg hij.

‘Dit? Omdat ik weet dat het maf is en verkeerd en...’

‘Nee. Waarom heb je me niet verteld wat je Clementine hebt horen zeggen?’

‘Ik weet het niet.’ Ze zweeg even. ‘Ik denk omdat ik me schaamde... Ik wilde niet dat jij zou weten dat mijn hartsvriendin zo over me denkt.’

Oliver legde de ijsschep neer. Hij had een bijna onzichtbaar zacht trekje om zijn mond, maar het was genoeg om Erika’s benen slap en trillerig te maken van opluchting. Ze trok een stoel onder de tafel uit, ging zitten en keek naar hem op, naar de schaduw van stoppels op zijn kaaklijn. Ze herinnerde zich de eerste keer dat ze bij elkaar zaten voor de loting voor de squashwedstrijd, al die jaren geleden. Hij was de gladgeschoren nerd met de bril en het streepjesoverhemd die zich fronsend over de spreadsheet boog en het allemaal veel te serieus nam en net als zij wilde dat alles goed en eerlijk verliep. Ze had naar zijn stoppeltjes gekeken toen de gedachte bij haar opkwam: hij lijkt op Clark Kent, maar misschien is hij eigenlijk wel Superman.

Oliver ging vlak voor haar zitten, zette zijn bril af en wreef in zijn ogen.

‘Ik ben je beste vriend, Erika,’ zei hij bedroefd. ‘Dat weet je toch?’

72

'Sorry voor dat etentje laatst bij pap en mam,' zei Clementine terwijl ze Erika een kop koffie aanreikte. Ze zaten bij Clementine in de huiskamer, met zijn originele haard (die het niet deed), gebrandschilderde ronde ramen en vloer van brede planken. Toen Sam en zij deze kamer voor het eerst zagen, hadden ze achter de rug van de makelaar een glinsterende blik van voldoening gewisseld. Deze kamer had karakter en was precies 'zoals zij'. (Met andere woorden, het tegenovergestelde van het 'moderne, steriele en zielloze' waar Erika en Oliver op vielen; Clementine begon zich af te vragen of haar hele persoonlijkheid niet gekunsteld was, niets meer dan een reactie op Erika's persoonlijkheid. Jij bent zus, dan ben ik zo.)

Op dit moment had de woonkamer iets donkers en vochtigs. Ze snoof. 'Ruik jij ook dat vocht? Overal komt schimmel opzetten. Walgelijk. Als die regen niet snel ophoudt, weet ik niet wat we moeten doen.'

Erika hield de kop koffie in haar beide handen vast, alsof ze zich eraan wilde warmen.

'Heb je het koud?' Clementine kwam half overeind. 'Ik kan wel...'

'Niet nodig,' zei Erika kortaf.

Clementine liet zich weer op haar stoel zakken. 'Weet je nog dat toen we dit huis kochten, er in het bouwrapport stond dat er een probleem was met optrekkend vocht en dat jij zei dat we er nog maar eens goed over moesten nadenken, en dat ik alleen maar iets had van: wat kan mij dat optrekkende vocht schelen? Nou, je had gelijk. Het is echt erg. We moeten er iets aan laten doen. Ik heb een offerte van...'

Ze zweeg. Ze kreeg zo genoeg van zichzelf dat ze het zelfs niet meer kon opbrengen haar zin af te maken. Het was allemaal een doorzichtige poging om het goed te maken. Jij hebt het leven van mijn kind gered, terwijl ik altijd alleen maar over jou heb geklaagd, jij hebt allemaal goede eigenschappen, ik alleen maar slechte, maar als ik schuld beken, krijg ik dan misschien strafvermindering voor al die zelfkastijding?

'Het etentje bij je ouders was leuk,' zei Erika. 'Ik heb genoten.'

'O, fijn,' zei Clementine. Nu voelde ze zich schuldig. Ze wilde niet dat Erika dacht dat ze bedoelde dat ze dat heldenetentje niet verdiende. 'Ik bedoel alleen omdat dat glas brak en Sam ineens de deur uit stormde...'

Ze maakte weer haar zin niet af, dronk haar koffie en wachtte tot Erika zou vertellen wat haar hier had gebracht. Eerder op de dag had ze gebeld met de vraag of ze langs kon komen. Het was op een ongelukkig moment. Sam had de meisjes meegenomen naar de bioscoop, zodat Clementine kon oefenen – de auditie was al over tien dagen en ze begon inmiddels af te tellen – maar natuurlijk had Clementine ja gezegd. Ze ging ervan uit dat het iets te maken had met de volgende stap in het eiceldonatieproces.

Erika knikte naar Clementines cello in de hoek. 'Heeft je cello geen last van al die regen?'

Ze had die enigszins afwerende blik die altijd verscheen als ze naar Clementines cello keek, alsof het een beroemde vriendin was bij wie ze zich de mindere voelde.

'Ik heb wel veel meer last van mijn wolf dan anders,' zei Clementine.

'Je wolf?' vroeg Erika niet-begrijpend.

Het verbaasde Clementine. Ze wist zeker dat ze het eerder met Erika over de wolfstoon had gehad, en Erika onthield dat soort dingen meestal, vooral als het iets negatiefs was. Ze hield van slecht nieuws.

'Veel cello's hebben daar last van, het is een probleem in toonhoogte, dat is waarschijnlijk de eenvoudigste manier om het uit te leggen. Het is een afschuwelijk geluid, net een luchtdrukboor of een speelgoedgeweer. Ik heb ooit eens geprobeerd om zo'n wolf te verwijderen, maar toen kreeg ik het gevoel dat dat ten koste ging van de resonantie en de klank, dus daar ben ik toen mee opgehouden. Ik kan er wel mee omgaan, maar dan moet ik de cello zachtjes tussen mijn knieën drukken, en soms kan ik de stokvoering zo regelen dat de wolf tijdens de afstreek...'

'O ja, ik weet het weer, dat heb je geloof ik al eens verteld,' zei Erika. Ze veranderde abrupt van onderwerp. 'Trouwens, nu ik eraan denk, ik heb laatst een van Ruby's schoenen bij ons gevonden.'

Erika haalde Ruby's kwijtgeraakte sportschoen uit haar tas en zette hem op de salontafel, waardoor de lichtjes aanflitsten. Ze leken extra fel in de donkere kamer.

'Niet te geloven!' Clementine greep het schoentje en bekeek het onderzoekend. 'We hebben die verrekte schoen overal gezocht! Lag hij bij jou? Ik kan me niet herinneren dat ze die aanhad toen...'

'Ja, maar waar ik het vandaag met je over wilde hebben,' zei Erika, 'is de eiceldonatie.'

'Goed,' zei Clementine gedwee. Ze legde de schoen op schoot. 'Nou, zoals je weet heb ik een afspraak met de...'

'We zijn van gedachten veranderd,' zei Erika.

'O!' Clementines gedachten sloegen op hol. Dit was het laatste wat ze had verwacht. 'Hoezo? Want ik doe het echt heel graag...'

'Om persoonlijke redenen,' zei Erika.

'Persoonlijke redenen?' Zoiets zei je tegen een werkgever.

'Ja, dus het spijt me van de tijd die je voor ons hebt gespendeerd aan de bloedproeven en zo,' zei Erika. 'Vooral omdat je binnenkort die auditie hebt.'

'Erika,' zei Clementine. 'Wat is er aan de hand?'

Erika's gezicht was niet te doorgronden.

'Niets,' zei ze. 'We willen er alleen niet mee doorgaan.'

'Is het vanwege...' Clementine werd misselijk. 'Die dag op de barbecue. Toen heb ik met Sam gepraat, eerst wist ik niet precies wat ik vond van je eh... je verzoek, en ik ben alleen bang dat je misschien iets hebt gehoord en verkeerd hebt uitgelegd...'

'Ik heb niets gehoord,' zei Erika.

'Jawel,' zei Clementine.

'Oké, dan wel, maar het doet er niet toe, daar gaat het niet om.' Ze keek naar Clementine, en haar ogen leken weerloos en kwetsbaar in haar strakke gezicht, maar Clementine had geen idee hoe ze moest uitleggen wat ze voelde.

'Het spijt me,' zei Clementine. 'Het spijt me echt.'

Erika trok een schouder op, zo minimaal dat het bijna niet te zien was.

'Nu wil ik het doen,' zei Clementine. 'Niet alleen vanwege Ruby. Ik begrijp het nu. Het voelt goed.'

Was het een leugen, vroeg ze zich af.

Misschien was het waar. Ze was opgetogen over de mogelijkheid dat ze diep vanbinnen toch een dochter van haar moeder was, vriendelijk en genereus.

'Ik wil het echt doen,' zei Clementine.

'Het was niet mijn beslissing,' zei Erika. 'Oliver is degene die andere opties wil overwegen.'

'O. Waarom?'

'Om persoonlijke redenen,' zei Erika weer.

Had Erika aan Oliver verteld wat ze Clementine had horen zeggen? Het idee dat die aardige, respectabele Oliver die altijd even beleefd was tegen Clementine, wiens blik oplichtte als hij haar kinderen zag, zou hebben gehoord wat ze had gezegd, bracht haar bijna tot tranen. Dat geluid dat Oliver had gemaakt toen hij Ruby had gereanimeerd: hij had gejankt van opluchting, als een dier.

Ze zette haar kop koffie op de tafel, gleed van de bank af en viel op haar knieën voor Erika neer. De sportschoen viel op de grond. 'Erika, laat mij het alsjeblieft doen. Toe.'

'Hou daarmee op,' zei Erika. Ze keek geschokt. 'Sta op. Je doet me aan mijn moeder denken. Dit is precies wat zij ook zou doen. Die schoen ligt nu trouwens onder de bank. Straks ben je hem weer kwijt.'

Ze klonk nors, maar er zat wel weer leven in haar. Ze had weer kleur op haar wangen.

Clementine vond de schoen en ging weer op de bank zitten. Ze pakte haar kopje, nam een slok en keek over de rand naar Erika.

'*Idiot*,' zei Erika.

'*Dummkopf*,' mompelde Clementine in haar koffiekop.

'*Arschlich*,' schold Erika. 'Nee. Dat is het niet. *Arschlóch*.'

'Goeie,' zei Clementine. 'Grote *Vollidiot*.'

Erika glimlachte. 'Die was ik vergeten,' zei ze. 'En *verpiss dich*.'

'Je bent zelf een zeikerd,' zei Clementine.

'Ik dacht dat het "fuck off" betekende,' zei Erika.

'Dat zou jij moeten weten,' zei Clementine. 'Jij had het hoogste cijfer.'

'Inderdaad,' beaamde Erika.

Clementine knipperde tranen weg van vreugde of verdriet, ze wist niet precies waarvan. Het was vreemd, want ze had altijd het gevoel dat ze zich voor Erika verborg, dat ze meer 'zichzelf' was bij haar 'echte' vriendinnen, bij wie de vriendschap op een normale, ongecompliceerde, volwassen manier verliep (e-mails, telefoontjes, drankjes, etentjes, praatjes en grapjes die iedereen begreep), maar op dit moment was het alsof geen van die vriendinnen die rauwe, lelijke, kinderachtige kant van haar kende als Erika.

'Maar goed, de waarheid is dat ik er ambivalent in sta,' zei Erika. Ze kantelde haar hoofd naar achteren en goot haar koffie in één keer naar binnen. Het was een van haar eigenaardigheden. Ze dronk koffie alsof het een shotje was.

'Hoe bedoel je?'

'Ik heb zoals je weet en zoals me door iedereen wordt voorgehouden nooit echt graag kinderen gewild. Daarom heeft Oliver hierin het laatste woord. Ik ben ambivalent.' Het was alsof ze het woord 'ambivalent' pas had gehoord en dat nu zo vaak mogelijk wilde toepassen. Ze hield zich als een politicus aan haar boodschap vast. Ze wees vermanend naar Clementine. 'Mijn ambivalentie blijft trouwens wel tussen ons.'

'Ja, natuurlijk. Maar als je echt geen kind wilt, moet je dat tegen hem zeggen! Je moet het niet alleen voor hem doen. Het is jouw keuze!'

'Ja, en ik heb ook voor mijn huwelijk gekozen,' zei Erika. 'Dat is mijn keuze: mijn huwelijk.' Ze stond op. 'Het is Olivers droom om een kind te hebben, en die droom gaat hij niet opgeven door mij.' Ze pakte haar tas. 'O, en trouwens!' Ineens klonk ze opgewekt. 'Ik zat onlangs een doos met gedenkwaardigheden door te snuffelen en toen vond ik deze ketting. Volgens mij is die van jou.'

Ze haalde een extreem lelijke schelpenketting uit haar tas en hield hem omhoog.

'Die is niet van mij,' zei Clementine. 'Ik had altijd een hekel aan die kettingen.'

'Ik weet vrijwel zeker... nou ja, misschien had ik het mis.' Erika wilde de ketting weer in de tas stoppen. 'Maar misschien vinden de meisjes hem mooi.'

Ze wierp Clementine een vreemde, doordringende blik toe, alsof dit echt belangrijk was. Wat was ze toch een vreemde vrouw. 'O ja. Bedankt.' Clementine pakte de ketting aan. Ze zou hem niet aan de meisjes geven. Hij zag er niet bepaald schoon uit en hij zou als prikkeldraad voelen als je hem droeg.

Erika keek opgelucht, alsof ze haar handen had schoongeveegd. 'Ik hoop dat het goed gaat met oefenen. Nog maar tien dagen voor de auditie, toch?'

'Ja,' zei Clementine.

'Hoe gaat het?'

'Niet zo goed. Ik kan me moeilijk concentreren. Alles wat er is gebeurd... Sam en ik... tja... nou ja, je weet wel.'

'Dan wordt het tijd om er nu helemaal voor te gaan,' zei Erika monter. 'Dit is jouw droom, Dummkopf.'

En toen was ze weg, de regen in op haar degelijke schoenen. Geen kus of knuffel bij haar vertrek, want daar deden ze niet aan. De Duitse scheldwoorden waren hun versie van een knuffel.

Je bent ervanaf, dacht Clementine toen ze de koffiekopjes naar de keuken bracht. Niet elke dag een injectie. Ze dacht aan de video *Dus je wilt misschien eiceldonor worden!* die ze de vorige dag had gezien, en hoe haar eigen buik van afschuw verkrampte toen ze naar de aardige, genereuze vrouw keek die zichzelf vrolijk in haar buik injecteerde om haar lichaam meer eicellen te laten produceren.

Ze ging zitten met haar cello, pakte haar strijkstok en werkte zich door haar chromatische toonladders heen.

De afgelopen paar weken had ze een beeld in haar hoofd toegelaten: het beeld van een klein jongetje met Ruby's amandelvormige ogen en Olivers inktzwarte haar.

Het beeld trilde als een reflectie op water en verdween dan weer.

In godsnaam, Clementine, hoe durf je. Haar hand klemde zich vaster om haar strijkstok. Het beeld sloeg niet eens ergens op, want Ruby had de ogen van Sams familie.

Daar was hij weer. Haar vriend de wolfstoon. Het was echt een afgrijselijk geluid. Ze voelde het tot in haar kiezen.

Sam zei altijd dat ze overgevoelig was voor geluiden omdat ze musicus was, maar dat geloofde ze niet; hij was er alleen verbijsterend ongevoelig voor. Er waren maar een paar geluiden die ze in haar kiezen voelde: haar wolfstoon, de hoge krijstoon van Holly als Ruby haar iets had aangedaan en het jankende haaienalarm op Macmasters Beach.

Ineens was ze terug in het verleden, de laatste keer dat ze dat haaienalarm had gehoord, tijdens een vakantie toen ze dertien was. Clementine en Erika waren samen in zee toen het alarm afging. Erika kon goed zwemmen, beter dan zij. Door dat alarm was Clementine in paniek geraakt (dat gelúíd) en op weg naar het strand was ze uitgegleden, waarop Erika haar arm had gegrepen. 'Niet nodig,' had Clementine gesnauwd terwijl ze haar afschudde, vervuld van die afschuwelijke woede waar ze al twee volle weken mee rondliep, maar daarna, nog geen seconde later, had ze gedacht dat ze iets raars en glibberigs langs haar been voelde en had ze instinctief haar armen naar Erika uitgestoken. 'Niets aan de hand, alles veilig,' had Erika kalm, vriendelijk en geruststellend gezegd terwijl ze haar overeind hielp. Clementine voelde Erika's natte arm nog op de hare, ze zag het zoute water dat als diamantjes op haar witte huid lag en drie felrode puntjes als een armband op haar magere, benige pols. Bij Erika thuis waren de vlooien af en aan gekomen.

Clementine liet haar strijkstok vallen en probeerde zich haar leven voor te stellen zonder Erika: zonder de ergernis, die altijd weer werd gevolgd door schuldgevoel. Een melodie met maar twee noten: ergernis, schuldgevoel, ergernis, schuldgevoel. Ze pakte haar strijkstok op en speelde opzettelijk de wolfstoon, steeds opnieuw liet ze zich ergeren door het geluid, dat zich een weg baande door haar oor, tegen haar trommelvlies aan trilde, in haar hersenen kroop, in haar voorhoofd bonkte.

Ze hield ermee op.

'Je moet een wolfstoon niet accepteren,' had Ainsley tegen haar gezegd. 'Laat ernaar kijken.'

Toen de wolfstoon was verwijderd, was dat aanvankelijk een opluchting. Het had even geduurd voordat ze besefte dat er met die wolf nog iets anders was verdwenen. Haar klank was niet meer zo vol. De noten rond de wolfstoon waren op de een of andere manier getemperd, minder geconcentreerd. Ze vroeg zich af of ze zich net zo voelde als mensen die voor het eerst antidepressiva slikten, die hun somberte verdreven, maar ook alle andere emoties dempten: ze werden vlakker, matter.

Uiteindelijk besloot ze dat haar wolfstoon de prijs was die ze moest betalen voor de klank die al eeuwenlang in de roodgouden welvingen van haar cello besloten lag.

Misschien was Erika haar wolfstoon. Misschien zou Clementines leven zonder die wolfstoon iets kleins maar essentieels hebben gemist: een bepaalde volheid, een bepaalde diepte.

Of misschien ook niet. Misschien zou haar leven zonder Erika wel fantastisch zijn geweest.

Clementine merkte dat ze trek had. Ze zette haar cello aan de kant, en onderweg naar de keuken pakte ze de afschuwelijke schelpenketting op en mikte hem in de vuilnisbak. Ze liep naar de ijskast, haalde er een bakje yoghurt uit, pakte een lepel uit de la en het eerste wat ze daar zag was de ijsschep met de ijsbeer die Sam laatst niet kon vinden. Waarschijnlijk had hij daar al die tijd vlak voor zijn neus gelegen.

Ze maakte het bakje yoghurt open en nam een hap. Het smaakte echt heerlijk. Romig, zoals hij werd aangeprezen in de reclame. Ze was gevoelig voor reclames, maar dit was echt heel lekkere yoghurt. Die deed haar denken aan het eerste wat je proefde als je een tijd aan de lijn had gedaan.

Ze had niet aan de lijn gedaan.

Er kwam een gevoel in haar op dat steeds groter werd. Nervositeit. Ze stak de lepel in de yoghurt en at te snel. Ze dacht aan de openingsmelodie van Stravinski's *Le sacre du prin-*

temps. De hoge klank van de fagot. De vreemde, schokkerige momenten die tot een extatisch hoogtepunt leidden. Dat stuk wilde ze horen. Dat stuk wilde ze spélen, want precies zo voelde ze zich op dit moment. Het gevoel van een opwaartse spiraal in haar borst. Zat er iets geks in die yoghurt? Was het domweg intense opluchting omdat ze zich bereid had verklaard haar eicellen te doneren en dat het nu niet hoefde: altruïsme zonder dat ze iets hoefde te doen, beter kon niet!

Kwam het gewoon doordat ze zich lang genoeg beroerd had gevoeld over wat er gebeurd was? Die middag kon ze nooit vergeten, maar ze kon het zichzelf wel vergeven. Ze kon het Sam vergeven. Als hij besloot dat hun huwelijk hierdoor voorbij was, zou ze om hem treuren alsof hij was overleden, maar verdomme, ze zou er wel overheen komen, ze zou overleven. Ze had dit altijd van zichzelf vermoed, dat er diep vanbinnen een kleine, keiharde kern zat, een koud, hard instinct tot zelfbehoud. Voor haar kinderen zou ze haar leven geven, maar verder voor niemand. Ze liet haar leven niet bepalen door één misstap, één verkeerde beoordeling, niet nu met Ruby alles goed was, niet zolang er een leven te leiden was.

Ze dacht aan wat Erika had gezegd: 'Dit is jouw droom, Dummkopf.'

Die baan was van haar. Die baan kwam haar toe. Ze gooide het lege yoghurtbakje weg, likte haar vingers af en liep terug naar haar cello, deze keer niet om aan haar techniek te werken, maar om muziek te maken. Ergens onderweg was ze vergeten dat het om de muziek ging, om het pure, ongecompliceerde geluk dat muziek bracht.

73

'Hij gaat het stelen!' verkondigde Holly luid en duidelijk.

'Sst!' zei Sam. Ze konden Holly tijdens een film nooit laten zwijgen.

'Maar hij doet het, kijk maar!'

'Jawel, maar...' Sam legde een vinger tegen zijn lippen, maar ach, wat gaf het, de bioscoop zat stampvol drukke, praatzieke kinderen die gek werden van de regen en hun uitgeputte ouders.

Holly schoof een handvol popcorn in haar mond en leunde achterover met haar ogen op de flikkerende kleuren van de Pixar-film. Ruby zat aan de andere kant van hem met haar duim in haar mond de stalen stangetjes van Whisk te aaien. Haar ogen vielen steeds dicht. Ze zou zo in slaap vallen en vijf minuten voor het einde van de film wakker worden en eisen dat hij opnieuw begon.

Sam hield normaal wel van een goede animatiefilm, maar hij had geen idee waar deze over ging. Hij zat aan zijn baan te denken en hoeveel langer hij nog weg kon komen met de manier waarop hij zijn werk liet versloffen. Hij was de nieuwe werknemer die nog 'de fijne kneepjes' moest leren, maar die zou hij intussen wel meester moeten zijn. Het ging opvallen. Het hoofd van de afdeling had de vorige dag met een spottende blik op Sams doorweekte kleren gezegd: 'Misschien wordt het tijd om wat geld uit te geven aan een paraplu.' Eerdaags liep het mis. Iemand zou zeggen: die rare nieuwe vent voert geen klap uit.

Het is tijd, Sam. Je moet het achter je laten, je moet de draad weer oppakken, een verrekte paraplu bij de voordeur neerzetten. Waarom leek dat soort kleinigheden tegenwoordig zo onoverkomelijk? Ruby's hoofd viel zacht tegen zijn arm. Hij duwde de armleuning omhoog en ze kroop dicht tegen hem aan.

Clementine pakte de draad weer op. Hij had na het bezoekje van Vid, Tiffany en Dakota iets bij haar zien veranderen. 'Ik voel me beter nu ik ze heb gezien,' had ze gezegd. 'Jij niet?' Hij had willen schreeuwen: nee! Ik voel me beroerder! Veel beroerder!

Had hij echt tegen haar geschreeuwd? Hij wist het niet meer. Hij werd een schreeuwlelijk, net als zijn vader vroeger, voordat de jaren hem milder hadden gemaakt.

Hij schoof heen en weer op zijn stoel.

'Je zit te draaien,' fluisterde Holly duidelijk hoorbaar.

'Sorry,' zei Sam. De popcorn smaakte naar zout en boterachtig karton, maar hij kon niet ophouden met eten.

Ja, bij Clementine was er beslist iets aan het veranderen. Ze had ineens iets ongedurigs, iets breekbaars, maar dat laatste veronderstelde zwakte, en zwak was ze niet, het was meer alsof ze er genoeg van had. Ze wilde verder na Ruby's ongeluk, en ze had gelijk. Het had geen zin om erbij stil te blijven staan. Het had geen zin om het steeds opnieuw voor je te zien. Sam had zichzelf altijd beschouwd als de meest veerkrachtige van hen tweeën. Clementine was degene die alles veel te groot maakte, die dramatisch, soms zelfs hysterisch deed over kleinigheden als haar audities, hoewel audities natuurlijk geen kleinigheden waren, maar belangrijk en zenuwslopend, dat snapte hij wel, maar ze liet zich er altijd door opbranden. Sam had Holly een keer tegen Ruby horen zeggen: 'Mama is ziek van een auditie.' En hij had erom moeten lachen, want zo was het precies. Een auditie sloeg bij haar toe als een virus.

Maar dat leek niet het geval bij deze laatste auditie, ook al was het de belangrijkste van haar hele carrière. Ze zei er niets over. Ze oefende alleen. Sam wist niet eens de precieze datum van de auditie, maar wel dat die binnenkort plaatsvond.

Ooit zou hij precies hebben geweten hoe lang het nog duurde, omdat dat het aantal dagen was dat hij moest wachten voor hij weer seks had. Maar dat was lang geleden, toen seks nog een natuurlijk, normaal onderdeel was van hun relatie, voordat het ingewikkeld werd. Het was vreemd dat seks zo ingewikkeld had kunnen worden, want hij zou jarenlang hebben gezegd dat dat het minst gecompliceerde aspect van hun relatie was. Hij zou er wat om verwed hebben dat dat zo zou blijven.

Vanaf het begin, vanaf de allereerste keer, had het heel natuurlijk gevoeld. Hun lichaam en hun libido waren perfect op elkaar afgestemd. Hij had genoeg relaties gehad om te weten dat seks aanvankelijk vaak ongemakkelijk was voordat het beter werd, maar met Clementine was het meteen goed geweest. Er waren dingen die aangaven dat er iets mis kon gaan met hun relatie: hij was niet muzikaal, zij had nog nooit een relatie gehad met iemand die niets van muziek wist; hij wilde een groot gezin, zij was tevreden met één kind. Maar in bed was er nooit iets mis geweest. In zijn jeugdige argeloosheid had hij stom genoeg gedacht dat hun fantastische seks het bewijs was dat ze voor elkaar geschapen waren, omdat ze dan het eerlijkst en het waarachtigst waren. De rest ging alleen om details.

Sam en Clementine hadden nooit over hun seksleven hoeven praten, en dat was een hele opluchting na Daniella, zijn vorige vriendin, met wie hij bijna was getrouwd. Zij had hun hele seksleven geanalyseerd, en na elke vrijpartij was ze onmiddellijk met vragen gekomen als: wat kunnen we doen om de volgende keer een beter resultaat te bereiken? (Ze was businessconsultant. Die exacte woorden had ze niet gebruikt, maar zo voelde het voor hem.) Daniella had er geen probleem mee gehad om aan de ontbijttafel het gesprek te openen met 'Toen ik je gisteravond pijpte...', waarop hij zich bijna verslikte in zijn cornflakes en bloosde als een misdienaar. ('Wat schattig!' had Daniella gekraaid.)

Hij waardeerde het zeer dat Clementine en hij iets van mysterie in hun seksleven hielden. Ze bewaarden er een zeker respect voor. Seks was als een mooi geheim van hen samen.

Maar misschien had Daniella wel gelijk gehad. Misschien was dat verdomde respect wel hun ondergang geweest, want toen hun seksleven langzaam veranderde in iets plichtmatigs en haastigs, konden ze er niet over praten. Hij wist zelfs niet of Clementine er nog wel plezier aan beleefde (en als het antwoord nee was, wilde hij het antwoord niet weten). Het idee te moeten 'presteren' was bij hem opgekomen. Alles werkte nog naar behoren, maar voor de allereerste keer in zijn leven begon hij zich af te vragen hoe hij presteerde in vergelijking met haar ex-vriendjes, of hun muzikaliteit zich op de een of andere manier had vertaald in bedprestaties.

Hij had geweten dat het waarschijnlijk niets te betekenen had. Ouders met kleine kinderen maakten allemaal deze fase door. Het kwam zó vaak voor dat het een cliché was. Het zou wel weer goed komen, had hij zich voorgehouden. Als de meisjes 's nachts doorsliepen. Als ze zelf niet zo moe en gestrest waren. Hij had ernaar uitgekeken dat het weer goed kwam.

En toen had het erop geleken dat Tiffany hun bij die barbecue de sleutel aanreikte van de deur die ze per ongeluk zelf dicht hadden laten vallen. Zij was de prachtige presentatrice geweest die riep: 'Deze kant op voor fantastische seks, mensen!' Het had ineens weer zo gemakkelijk geleken. Hij had het in Clementines gezicht gezien. En zij in het zijne.

En toen had het universum het nodig gevonden hen op

de wreedst mogelijke manier te straffen voor hun egoïsme.

Hij zag het weer voor zich: Oliver en Erika die zijn kleine meisje optilden. Hij zag het wel tien keer per dag. Honderd keer. Hij zou er nooit overheen komen, hij kon er nooit overheen komen. Hij wist niet hoe hij ervanaf moest komen. Er was geen oplossing. Hij moest iets veranderen. Iets herstellen. Iets kapotmaken. Hij herinnerde zich Clementines geschokte blik toen hij over een scheiding was begonnen. Even had ze eruitgezien als een bang kind. Hij voelde zich er schuldig over, of hij was zich ervan bewust dat hij zich schuldig zou moeten voelen, maar in werkelijkheid was hij gevoelloos en vreemd afstandelijk, alsof het iemand anders was die die wrede dingen tegen zijn vrouw zei.

'Papa!' zei Holly. 'Je hebt alle popcorn opgegeten!'

Sam keek naar het lege emmertje.

'Sorry,' zei hij zachtjes. Hij kon zich niet eens herinneren dat hij het opgegeten had.

'Dat is niet eerlijk!' Holly's boze gezichtje werd belicht door de beelden op het scherm.

'Sst,' zei hij machteloos. Zijn keel voelde rauw. Er zaten piepkleine stukjes popcorn tussen zijn tanden.

'Maar ik heb haast niets gekregen!' Haar stem steeg tot een onaanvaardbaar niveau. Iemand in de rij achter hen mopperde afkeurend.

'Als je niet stil kunt zijn, gaan we weg,' zei Sam zacht met trillende stem.

'Vreetpapa,' schreeuwde ze. Ze greep het emmertje en smeet het op het gangpad naast haar. Ze wilde expres iets stouts doen. Dit kon hij niet over zijn kant laten gaan.

Verdomme. Hij pakte de druipende paraplu van de grond, tilde de slapende Ruby op zijn schouder, stond op en greep Holly bij haar pols. Hij voelde een steek in zijn onderrug.

Holly schreeuwde moord en brand toen hij haar uit haar stoel sleurde.

Consequent handelen. Clementine en hij maakten grapjes over dat soort opvoedkundig jargon, maar Holly en Ruby moesten leren waar Sam jaren over had gedaan voordat hij het wist: in het leven draaide alles om consequent handelen.

74

Oliver besloot te gaan rennen in de regen.

Hij riskeerde de gladde paden en ook een terugval van zijn verkoudheid, maar op dit moment moest hij echt zijn hoofd leegmaken, nu hij wist dat zijn vrouw een ordinaire dievegge was en hij als gevolg daarvan nooit vader zou worden.

Hij schreef het ene onterecht aan het andere toe, maar hij was dan ook erg van streek. Woedend. Geschokt.

Hij maakte een dubbele knoop in zijn veters, stond op, deed een paar stretchoefeningen, opende de voordeur en sloot hem bijna meteen weer vanwege de harde regen, maar hij kon niet langer in zijn huis ronddolen terwijl zijn gedachten alle kanten op schoten.

Als hij ging rennen, zou zijn hoofd helder worden. Zijn zenuwstelsel zou een eiwit afgeven aan bepaalde delen in zijn hersenen die te maken hadden met besluitvorming.

Hij haalde diep adem en liep de deur uit. Vid en Tiffany hadden kennelijk bezoek. Er stonden auto's op hun oprit en op straat. Het waren mensen met een extreem grote vriendenkring.

Terwijl Oliver de doodlopende straat uit rende, dacht hij na over zijn eigen, beduidend kleinere vriendenkring. Het zou misschien helpen als hij hier met iemand over kon praten, maar hij had niemand.

Hij had niet van die vrienden die hij kon bellen 'om gezellig een biertje te drinken'. Hij was niet zo iemand die 'gezellig een biertje drinken' zei. Hij dronk niet eens bier. Hij had vrienden die in het plaatselijke natuurcafé een proteïneshake dronken na een fietstochtje van dertig kilometer, die daar hun trainingsschema bespraken voor de halve marathon. Hij was gesteld op zijn vrienden, maar hij had geen belangstelling voor hun privéproblemen, en dus kon hij ook die van hem niet bij hen kwijt. Hij kon zich niet over zijn proteïneshake buigen om te zeggen: mijn vrouw steelt al vanaf haar jeugd spulletjes van haar beste vriendin. Wat denk je? Moet ik me zorgen maken?

Hij zou Erika nooit op die manier verraden tegenover een andere man.

Een vertrouwelijk gesprek met een vrouw was misschien beter. Als hij een zus zou hebben, of een moeder. Technisch gesproken had hij wel een moeder. Alleen niet het juiste soort moeder. Zij zou het stelen van Erika hilarisch of vreselijk triest vinden, afhankelijk van de stemming waar ze op dat moment in was.

Er reed een auto langs, die naar hem toeterde om hem aan te moedigen of belachelijk te maken – moeilijk te interpreteren.

Als Erika was gaan hoarden, had hij daarmee om kunnen gaan. Hij had zich zelfs geestelijk voorbereid op die kleine kans, ondanks haar voortdurende, obsessieve opruimwoede. Hij had zich voorbereid op een depressie (die vaak voorkwam bij ivf-behandeling), op borstkanker, op een hersentumor, op dood door een ongeval en zelfs op een kantoorliefde (hij vertrouwde haar, maar haar managing partner was kennelijk een rokkenjager), maar nooit hierop. Nooit op diefstal. Ze waren altijd eerlijk. Ze hielden hun financiële zaken angstvallig op orde. Erika en hij zouden een belastingonderzoek verwelkomen. Kom maar, zouden ze tegen de inspectie zeggen. Kom maar op.

Zijn brillenglazen hadden een ruitenwisser nodig. Hij rende door terwijl hij zijn bril afzette en droog probeerde te maken met de zoom van zijn T-shirt. Zinloos.

Ze had Clementines spulletjes gepikt, als een zakkenroller in een boek van Dickens. Hij stond voor een raadsel. Ze zei dat ze ermee zou ophouden en dat ze alles geleidelijk terug zou geven, maar in Olivers wereld hield nooit iemand op. Zijn ouders hadden gezegd dat ze zouden ophouden met drinken. Erika's moeder had gezegd dat ze zou ophouden met hoarden. Ze geloofden het op dat moment echt. Dat wist hij wel. Maar ze konden niet stoppen. Het was alsof je hun vroeg hun adem in te houden. Dat konden ze slechts volhouden tot ze naar lucht hapten.

Een volgende auto stoof langs hem, een jonge jongen stak zijn bovenlichaam uit het raam en riep: 'Loser!'

Echt een gevaarlijke activiteit hier, sporten. Je kon geschept worden door een auto. Ongemanierd gedrag ook.

Hij nam de bocht naar Livingston. Weer een pijnscheut in die linkerknie.

Op dit moment was Erika bij Clementine om te zeggen dat ze haar toch niet als eiceldonor wilden. Ze hadden het besproken en waren overeengekomen dat het fatsoenlijker was om het haar persoonlijk te zeggen. Ze had er tijd in gestoken met bloedtests en het invullen van papieren. Ze verspilden niet graag andermans tijd.

Het was Olivers beslissing. Door het onaardige commentaar van Clementine dat Erika had gehoord. Dat ze walgde van het idee. Loeder, dacht hij toen hij in een plas trapte en er water opspatte. Clementine was geen loeder. Hij was dol op haar, maar wat ze had gezegd, was vreselijk onaardig en onnodig.

Hij dacht aan Erika's gezichtje (ze had een lief snoetje) en hoe ze moest hebben gekeken toen ze op die overloop die verschrikkelijke woorden hoorde. Hij balde zijn vuisten. Ineens kreeg hij een opwelling om Sam een opdoffer te geven, want Clementine kon hij natuurlijk niet slaan.

Het moment ging voorbij, zoals dat gaat met oerdriften.

Hij had in zijn hele leven nog nooit iemand geslagen.

Maar ook als Clementine niet had gezegd wat ze had gezegd, dan was Erika's relatie met haar duidelijk te... bizar? Complex? Verstoord? ... om hiermee door te gaan.

'Uitgesloten,' had hij tegen Erika gezegd. 'Ze kan geen donor voor ons zijn. Dat gaat niet gebeuren. Het is voorbij. Het is over.'

Hij wist niet of ze opgelucht was of ontredderd.

Hij was heel hard geweest, maar nu hij aan het rennen was en zijn kleren steeds natter en zwaarder werden (je zou verwachten dat er een bepaald punt van verzadiging was waarop ze niet nog natter konden worden, maar dat was er blijkbaar niet), had hij spijt van zijn besluit. Misschien had hij het te overhaast genomen.

Het voelde als weer een verlies. Elke keer dacht hij dat hij er goed aan deed om geen hoop te koesteren. Elke keer hield hij zich voor: ik heb geen verwachtingen. Maar elke keer dat het misging, deed het zoveel pijn dat hij begreep dat het toch hoop was geweest die hem onbewust had verleid. Het werd er ook niet gemakkelijker op. Het werd erger. Het had een cumulatief effect. Verlies na verlies. Net als de pijn aan zijn linkerknie.

En wat nu? Een anonieme donor? Die waren moeilijk te vinden, tenzij je naar het buitenland ging. Mensen deden dat. Zij konden dat ook doen. Hij kon het doen. Hij kon doen wat nodig was om een kind van hemzelf te krijgen. Hij wist alleen niet zeker of Erika het kon. Hij had het verschrikkelijke vermoeden dat als hij zei 'Laten we het idee van een kind opgeven', haar eerste reactie er een van opluchting zou zijn.

Zijn hartslag was heel hoog. Hij hoorde zichzelf hijgen. Normaal hoorde hij dat niet. Die kou op zijn borst had zijn conditie verslechterd. Hij probeerde het ritme van zijn adem af te stemmen op zijn voetstappen.

Toen hij uit de tegenovergestelde richting een blauwe auto aan zag komen, besefte hij dat het Erika was, die naar huis reed na haar bezoek aan Clementine.

Hij bleef met zijn handen in zijn zij staan om op adem te komen en te wachten tot ze dichterbij was. Hij kon haar gezicht nog niet zien, maar hij wist precies hoe ze reed, gebogen over het stuur als een oud dametje, met twee diepe rimpels tussen haar wenkbrauwen; ze reed niet graag in de regen.

Haar frons was het eerste wat hem aan haar was opgevallen in de tijd dat ze nog collega's waren, lang voor die loting voor de squashwedstrijd. Hij wist niet waarom hij die zo aantrekkelijk vond, misschien omdat die te kennen gaf dat ze het leven serieus nam, net als hij, dat ze betrokken was en geconcentreerd, dat ze niet alleen maar aan de oppervlakte bleef en lol maakte. Hij had het haar nooit verteld. Vrouwen willen dat hun ogen opvallen, niet de frons tussen hun wenkbrauwen.

Ze was dus niet lang bij Clementine gebleven nadat ze het nieuws had verteld.

De auto stopte aan de overkant. Ze draaide het raampje open en boog zich met een bezorgde blik over de passagiersstoel.

'Je moet niet gaan rennen in dit weer!' riep ze. 'Straks val je! Je hebt je antibioticakuur nog niet eens afgemaakt.'

Hij liep naar de auto, opende het portier en ging naast haar zitten. Het was warm in de auto. Ze had de kachel flink hoog gezet.

Het water droop van hem af en vormde een plasje om hem heen in de leren stoel. Het voelde zompig. Het deed hem denken aan de avond dat ze Ruby uit de fontein hadden gehaald, toen ze samen hadden gewerkt zonder dat ze iets hadden hoeven zeggen, alleen maar hadden gehandeld. Ze waren een goed team.

Erika zat hem nog steeds gebogen over het stuur zwijgend op te nemen, met een diepe frons.

Hij legde zijn hand tegen haar wang.

'Sorry,' zei hij, en hij haalde zijn hand weg. 'Ik ben drijfnat.'

Maar ze pakte zijn hand terug en vlijde haar warme gezicht tegen de koude palm.

75

Het huis was vol mensen, muziek en de geur van lekker eten, Vid genoot, daar hield hij van. Waarom had je anders een groot huis als je er niet een heleboel gasten in kon ontvangen?

Er was geen speciale aanleiding. Dat was toch niet nodig? Het idee was spontaan opgekomen. Hij had een paar telefoontjes gepleegd, en nu zat het huis vol. Het regende natuurlijk nog steeds, maar dat betekende niet dat ze geen plezier konden hebben, ze zaten warm en droog, de regen weerhield hen er niet van om hun leven te leiden! Dit moesten ze vaker doen! Dit moesten ze elk weekend doen!

Zijn dochters waren er alle vier, en op dit moment wilden ze allemaal met hem praten, een zeldzame, heerlijke gebeurtenis. Natuurlijk wilden zijn oudste dochters allemaal iets van hem, maar alla. Daar was je vader voor.

Adrianna wilde dat hij op haar bruiloft een gechoreografeerde dans met haar deed. Het zou gefilmd worden en op YouTube worden gezet. Het was haar droom dat het viraal zou gaan. Natuurlijk zou hij het doen, al deed hij alsof hij het vreselijk vond. (Hij had al een paar danspassen in gedachten.)

Eva en Elena wilden waarschijnlijk geld, en natuurlijk zouden ze dat krijgen. Hij zou het vanavond, als ze weg waren, naar hen overmaken. Het enige wat hij niet wist, was hoeveel ze wilden. Hij zou bekijken hoe hun kwaliteit als onderhandelaar zich ontwikkelde. Eva zou binnen enkele seconden hysterisch worden. Hij had al vanaf haar tweede jaar geprobeerd haar uit te leggen dat hysterische aanvallen geen effectieve onderhandelingstactiek waren.

Zijn benjamin, Dakota, hoefde niets van hem. Ze was weer blij, al had hij niet geweten hoe bedroefd het arme kind was geweest. Het was een uitstekend idee van Tiffany geweest om bij de celliste langs te gaan, ook al hadden ze daar niet eens een drankje gekregen. Het was heerlijk geweest om de kleine Ruby blij en blakend te zien na die verschrikkelijke avond. Er was een zware last van zijn schouders gevallen. Hij was het kleine, stampvolle huis uit gelopen met een rechte rug en een opgelucht gevoel (en met dorst).

Clementine en Sam hadden zich stil en vreemd gedragen, maar ze hadden Dakota uitgenodigd op Holly's verjaardagspartijtje! Hopelijk vergaten ze niet hun gasten iets te eten te geven. Hij zou in elk geval wat lekkers meenemen. Hij had goede hoop dat ze allemaal bevriend zouden blijven. Tiffany was niet zo hoopvol. Ze zei dat alleen Dakota was uitgenodigd, niet de ouders. Ze zei dat het waarschijnlijk een feestje was waar de kinderen 'gedropt' werden. Hij wist niet waar ze het over had. Misschien nam hij gehaktballetjes mee. En een doos champagne.

'Heb je het naar je zin?' vroeg Tiffany in de keuken, waar ze allebei weer schalen met eten kwamen halen om mee rond te gaan.

'Nee! Waarom doen we dit? Ik wilde een rustig avondje thuis, en kijk nu! Het huis zit vol mensen die allemaal gevoed willen worden! Hoe kon dat gebeuren?'

'Ik heb geen idee. Het is een mysterie.' Tiffany duwde lachend met haar heup de deur van de ijskast dicht, met in beide handen een dienblad. 'Morgen schijnt de zon weer. We zouden hun moeten vragen om te blijven logeren en tussen de middag te barbecueën. Om het hele weekend te blijven feesten!'

'Geweldig idee,' zei Vid. Hij wist dat ze een grapje maakte, maar vroeg zich af of het zou kunnen.

Hij kuste haar en stak zijn tong in haar mond, alleen om haar 'Vid!' te horen zeggen, maar ze beantwoordde zijn kus. Ze verraste hem graag. 'Jezus, boven zijn slaapkamers, hoor,' zei zijn neef, die de keuken in liep en meteen rechtsomkeert maakte.

Tiffany trok een wenkbrauw op en liep overdreven met haar heupen wiegend voor hem de keuken uit.

Er was nog iets wat Vid blij maakte. Het had te maken met Tiffany. Wat was het ook weer? Liet zijn geheugen hem in de steek? Nee! Hij wist het nog precies. Natuurlijk. Dat gevalletje met die sukkel. Alles was onder controle. Toen ze gisteren van Dakota's school thuiskwam, had ze gezegd dat ze de vrouw van die oude klant van haar was tegengekomen en dat hun dochter uiteindelijk toch niet naar Saint Anastasia ging.

Dat was goed nieuws, want hij wist dat ze met die sukkel naar bed was geweest.

Dat zag hij aan haar linkerneusvleugel.

Vid pokerde eens in de maand met vrienden. Zijn vriend Raymond had hem jaren geleden verteld dat pokeraars keken of iemand zich ergens mee 'verraadde', naar trekjes waaraan te zien was dat ze bluften. Raymond zei: 'Bij jou kan ik het aan wel tien dingen zien, man. Je knippert met je ogen, er trillen spiertjes in je gezicht, je krijgt zowat een beroerte, je bent de slechtste bluffer van de wereld.'

Toch was Vid best goed in poker, want hij mocht dan de slechtste bluffer van de wereld zijn, hij had het meeste geluk. Hij kreeg altijd fantastische kaarten. Hij was altijd een mazzelaar geweest. Hij had geluk in zaken, hij had heel veel goede vrienden, hij had twee schitterende vrouwen getrouwd, ook al was de eerste een knettergek loeder geworden dat zijn dochters tegen hem had proberen op te zetten, maar dat deed er niet toe, want met zijn tweede vrouw had hij het nog beter getroffen. Wandelende viagra, en hij was stapel op haar.

Tiffany speelde geweldig poker. Ze had niet zoveel geluk als hij, maar ze had een prachtige 'pokerface'. Jarenlang was hij erin getrapt, maar op een dag had hij haar door.

Iets verraadde haar. Haar linkerneusvleugel. Elke keer dat ze loog of blufte, trilde haar linkerneusvleugel. Een piepklein beetje maar. Als een vlindervleugel.

Vid had de bevestiging gekregen door goed naar zijn vrouw te kijken wanneer hij zeker wist dat ze niet de waarheid sprak. Bijvoorbeeld toen ze Dakota's vragen over de Kerstman beantwoordde, of toen ze tegen haar zusjes zei dat ze economyclass vloog terwijl ze in werkelijkheid businessclass had gereisd. Haar zusjes hadden vreemd genoeg een probleem met businessclass, alsof het zondig was als je daarmee vloog.

Het was overtuigend bewijs. Die neusvleugel loog nooit. Hij had het natuurlijk nooit tegen Tiffany gezegd, want het kwam hem veel te goed van pas, dat geheime supervermogen om door haar pokerface heen te kijken. (Helaas vond ze de rode lingerie die hij met kerst voor haar had gekocht helemaal niet mooi.)

Dus toen hij zijn vrouw had gevraagd 'Ben je met hem naar bed geweest?', hoefde hij alleen maar naar haar neus te kijken en toen wist hij het antwoord.

Ze had nee gezegd, maar het antwoord was ja. Ja, ze was met hem naar bed geweest.

Geen punt! Geen probleem!

Misschien een klein probleempje. Stel dat Vid tijdens een schoolconcert die sukkel respectloos naar zijn vrouw had zien kijken, dan was hij misschien in de verleiding gekomen om hem een klap te verkopen. Dat zou geweldpleging zijn.

Of stel dat die sukkel en hij samen worstjes hadden staan braden op een schoolmarkt (er waren altijd schoolmarkten, ook al betaalde je een miljoen dollar aan schoolgeld) en die sukkel zou een opmerking over Tiffany maken. Het zou zelfs een onschuldige opmerking kunnen zijn, maar stel dat Vid die verkeerd opvatte doordat hij wist wat hij wist, en stel dat thuis die gedachte met hem aan de haal ging, zoals gedachten soms deden, en stel dat hij bijvoorbeeld op een onbezonnen moment zijn vriend Ivan zou bellen en met hem zou afspreken die sukkel z'n beide benen te breken.

Ivan zei altijd dat als Vid ooit iemands benen wilde breken, hij bij hem kon aankloppen. Tiffany zei dan dat Ivan niet serieus was. Ivan was bloedserieus.

Maar! Alles was in orde, want die sukkel was veilig op weg naar Dubai, met zijn benen nog intact. Vid zou dus niet in de gevangenis belanden. Hij had nooit bewust de wet overtreden, maar het zou kunnen gebeuren. De mogelijkheid bestond, misschien niet iemand vermoorden, maar wel iemands benen breken, en hij wilde niet de bak in. Dat eten daar. Die kleren. Vid rilde bij het idee.

Maar voorlopig bestond er geen risico meer dat hij de wet zou overtreden. Het zat hem allemaal mee. Daarom was hij zo blij. En Dakota's goede naam liep geen gevaar meer op school. Ze kon eventueel klassenvertegenwoordiger worden. Hij wist zeker dat die mensen het heerlijk zouden vinden in Dubai. Een interessante plaats! Hij had pas een artikel gelezen over het Dubai Food Festival. Ze hadden daar iets wat The Big Grill heette. Klonk fantastisch.

'Waarom kijk jij zo blij?' vroeg Dakota. 'En zo maf?'

Vid keek naar zijn dochter, die met een leeg blad de keuken in liep. Ze keek met een lief lachje naar hem op, en op dat moment was ze extreem knap. Heilige Maria, Moeder van God, laat haar later alstublieft niet net zo sexy worden als haar moeder.

'Omdat ik blij ben, weet je,' zei Vid. Hij tilde Dakota van de vloer onder haar armen op en draaide met haar rond. Dat kon hij met zijn oudste dochters niet meer doen. (Eva zag eruit alsof ze het gewicht had van een kleine vrachtwagen.) 'Ben jij ook blij?'

'Best wel,' zei Dakota. Ze bracht haar mond naar zijn oor.

'Hoeveel minuten nog voordat ik weg kan om op mijn kamer te gaan lezen?'

'Dertig,' zei Vid.

'Tien,' zei Dakota.

'Twintig,' zei Vid. 'Laatste bod.'

'Deal.' Dakota stak haar hand uit.

Ze bezegelden het met een handdruk. Hij zette haar weer op de grond. De muziek werd zo hard gezet als in een nachtclub. Iemand riep op gechoqueerde toon 'Wauw', wat alleen maar kon betekenen dat Tiffany aan het dansen was, en iemand anders riep: 'Waar is Vid?'

'Ik ben hier!' bulderde Vid.

Het was maar goed dat buurman Harry in vrede rustte.

76

Clementine werd wakker en realiseerde zich tot haar genoegen dat er een geluid ontbrak.

Het enige wat ze hoorde was stilte en daarna het vertrouwde lied van een lachende kookaburra. Het raakte haar in haar hart, alsof ze na een lange tijd eindelijk weer in Australië was. Ze opende haar ogen, het licht was helder en vrolijk en vol betekenis.

'Het is opgehouden,' zei ze hardop tegen Sam. 'Het is eindelijk opgehouden.' Ze had de weerman niet durven geloven toen hij beloofde dat zondag de zon zou schijnen. Ze wilde Sam aan zijn arm wakker schudden, maar toen zag ze dat zijn kant van het bed leeg was en wist ze weer dat hij er niet was. Hij sliep zoals tegenwoordig meestal in de studeerkamer, en ze geneerde zich omdat ze hardop tegen hem had gesproken. Zijn afwezigheid op deze hoopvolle, heerlijke ochtend was extra pijnlijk.

Ze zuchtte en draaide zich op haar buik, waarna ze het gordijn optilde om naar de hemel te kijken, die eruitzag alsof hij onlangs opnieuw blauw geverfd was.

Ze konden met de kinderen buiten de zon in gaan... maar wacht eens, nee, dat kon niet, want vandaag gingen Sam en zij een EHBO-cursus volgen in de plaatselijke middelbare school. Ze hadden het al een paar keer uitgesteld, en ze was vastbesloten om vandaag te gaan. Ze kon niet heel Sydney doorkruisen om haar verhaal te houden, als een onderwijsgoeroe mensen in diepe ernst wijzen op het belang van een

EHBO-cursus en foldertjes uitdelen zonder zelf ooit de cursus te hebben gevolgd.

Sams ouders zouden op de meisjes passen. 'Misschien is het wel heel leuk en stimulerend om samen iets nieuws te leren!' had Sams moeder hoopvol gezegd. Haar toon had verdacht veel weg van die van Pam. De moeders zaten op één lijn. Clementine vermoedde dat haar moeder Sams moeder had gebeld, uit bezorgdheid over hun huwelijk.

Het was interessant om te zien dat een huwelijk onmiddellijk algemeen goed werd zodra het begon te wankelen.

Ze keek op de wekker en zag dat ze langer had geslapen dan anders. Het was over zessen, maar dat was geen probleem. Ze had nog ruim twee uur om te oefenen voordat de meisjes wakker werden. Het was nu nog maar een week tot de auditie. Dit waren de laatste loodjes. Ze moest nu goed timen, als een atleet, zodat ze op de dag van de auditie kon pieken. Ze trok haar oude, vormeloze blauwe vest over haar pyjama aan (om de een of andere reden was het haar oefenvest geworden) en liep stilletjes naar beneden. Het ontbreken van het geluid van de regen gaf haar een gevoel van ruimte, alsof ze van een klein kamertje een concertzaal in was gegaan. Ze had niet beseft hoe benauwend dat achtergrondgeluid was geweest.

Toen ze haar strijkstok met hars insmeerde en de ochtendzon overal licht als diamantjes strooide, op het glas van het staand horloge, op een fotolijstje, op een vaas, kreeg ze een intens rustig gevoel over haar spel. De vreemde gedachte kwam bij haar op dat ze zich niet tegen de auditie verzette, zoals ze in het verleden vaak had gedaan. Ze verspilde geen kostbare energie met klagen over de onrechtvaardigheid van het systeem: de overvloed aan gekwalificeerde muzikanten in het auditiecircuit, het feit dat een auditie niets zei over iemands talent. Ruby's ongeluk had haar op de een of andere manier verlost van wat nu een soort nukkige trots leek, angst die vermomd was als woede.

'Goedemorgen.' Sam stond in de deuropening.

'Goedemorgen.' Ze liet haar strijkstok zakken. 'Wat ben je vroeg op.'

'Het regent niet meer,' zei hij nors. Hij geeuwde vol overgave. Hij zag er bleek en afgetobd uit in het zonlicht. Ze wilde hem knuffelen, en tegelijkertijd had ze zin om hem een klap te geven. 'Ik zou met de meisjes naar het park kunnen gaan, dan kun jij oefenen.'

'We hebben vandaag die EHBO-cursus,' zei Clementine. 'Weet je nog?'

'Die laat ik misschien voorbijgaan,' zei hij. Elk woord kwam eruit als een zucht, alsof het hem moeite kostte om te praten. 'Ik blijf wel thuis bij de meisjes. Ik ga een andere keer. Ik voel me niet... zo goed.'

'Er is niks met je aan de hand. Je gaat maar,' zei Clementine alsof ze het tegen een van de kinderen had. 'De meisjes kijken ernaar uit om deze dag bij je ouders te zijn. Ze hebben plannen gemaakt.'

Hij maakte een geluid, een zucht van uitputting, als een bejaarde die ertegen opziet om nog een trap op te moeten. 'Best. Whatever.' Hij draaide zich om en slofte weg. Het was alsof ze getrouwd was met een tachtigjarige die praatte als een tiener.

'Het begint om tien uur!' riep ze hem vrolijk na. Ze was vandaag echt vrolijk, ze was een en al vrolijkheid, en als hij zich niet snel herpakte, zou ze hem vrolijk vertellen dat hij niet de enige was die met dramatische, kwetsende woorden als 'scheiden' kon strooien.

77

'Kijk, wat mooi,' zei Oliver.

'Wat?' zei Erika. Ze stonden in de afschuwelijke, zompige voortuin van haar moeder; het leek niet waarschijnlijk dat daar iets moois te zien was. Ze volgde zijn blik naar de amberboom, waar aan elk blad glinsterende regendruppels in de zon trilden.

'Kijk ze schitteren. Net kleine diamantjes!' zei Oliver.

'Je bent in een poëtische bui,' zei Erika. Dat kwam vast doordat ze afgelopen nacht voor het eerst sinds een week seks hadden gehad.

Haar blik keerde terug naar de troep van haar moeder. Nu de zon scheen, zag alles er zelfs nog deprimerender uit dan op de dag dat ze hier in de regen was. Ze schopte tegen een ongeopende, slappe, doorgezakte kartonnen doos met daarop een etiket van Amazon, en het smerige water dat erop lag klotste op haar voet. Een blaadje bleef aan haar schoen hangen, ze probeerde het eraf te trappen.

'Wat doe je, schat? Een linedance?'

Erika's moeder verscheen in de tuin, met een rood-wit genopte sjaal over haar hoofd en in een blauwe denim overall, als een huisvrouw uit de jaren vijftig die aan de voorjaarsschoonmaak begon. Ze stak haar duimen in de zakken van haar (gloednieuw uitziende) overall en schopte een been naar achteren en daarna opzij terwijl ze nasaal een liedje neuriede.

'Dat doe je goed, Sylvia,' zei Oliver.

'Dank je,' zei ze. 'Ik heb ergens een dvd met linedance liggen als je die wilt lenen.'

'Die vind je vast en zeker snel,' zei Erika.

Sylvia haalde even haar schouders op. 'Het is geen moeite.' Ze keek rond in de voortuin en slaakte een zucht. 'Hemeltje. Wat een troep. Die regen was ook wel extreem, hè? We hebben een flinke klus te klaren.'

Vandaag koos Sylvia ervoor dat de voortuin er zo uitzag als gevolg van de regen!

'Nou, we zijn niet de enigen,' zei Sylvia, en ze wees met haar kin. 'Overal zijn vandaag mensen buiten aan het opruimen.'

'Mam,' zei Erika. 'Bij die mensen is er water in hun huis gelopen. Deze troep is niet veroorzaakt door de regen. Het is rotzooi.'

'Ik heb vanochtend tv-gekeken,' vervolgde Sylvia zonder erop te reageren, 'dat was zo inspirerend! Buren hielpen elkaar. Ik kreeg er natte ogen van.'

'O, in godsnaam,' zei Erika.

Oliver legde zijn hand op Erika's schouder. 'Accepteer wat we niet kunnen veranderen,' mompelde hij.

Hij citeerde uit het sereniteitsgebed. Oliver ging naar bijeenkomsten van de AA voor familieleden van alcoholisten. Erika wilde geen sereniteit leren.

'Wat zei je, Oliver?' vroeg Sylvia. 'Hoe gaat het trouwens met die lieve ouders van je? Hebben ze veel last gehad van de regen?' Wat was ze slim, deze vrouw. 'Ik heb ze heel lang niet gezien. We moeten weer eens samen een glaasje drinken.'

'Mam,' zei Erika.

'Ja, moeten we doen,' zei Oliver. 'Al weet je heel goed dat de kans groot is dat mijn ouders dan tien of twintig glazen drinken.'

'Ach, het zijn zulke leuke mensen,' zei Sylvia vol genegenheid.

'Yep,' zei Oliver. 'Dat zijn ze. O, kijk, daar komt onze container.'

'Mooi. Wat kan ik doen?' vroeg Sylvia toen de wagen de oprit op reed en langzaam de enorme container liet zakken.

'Ons niet voor de voeten lopen,' zei Erika.

'Ja, maar ik moet wel zeker weten dat jullie niet per ongeluk iets belangrijks weggooien,' zei Sylvia. 'Weet je wat ik onlangs vond in een doos met oude kranten? Een heel grappig fototje van jou, mij en Clementine!'

'Dat lijkt me onwaarschijnlijk,' zei Erika.

'Hoe bedoel je, onwaarschijnlijk? Wacht maar tot je het ziet! Ik geef je op een briefje dat je erom zult lachen. Stel je eens voor dat we die dierbare herinnering hadden weggegooid! Jij en Clementine waren denk ik een jaar of twaalf. Clementine ziet er heel jong en knap op uit. Van de week zag ze er eerlijk gezegd afgetobd uit, ze wordt niet mooi oud. Die foto moet je zien, Oliver! Om een idee te krijgen van hoe je toekomstige dochter eruit zal zien!'

Olivers gezicht betrok. 'Dat gaat niet gebeuren.'

'Wat? Heeft ze zich teruggetrokken? Nadat jullie het leven van haar kind hebben gered?'

'Wij hebben ons teruggetrokken,' zei Erika. 'Niet zij. Wij. We zijn van gedachten veranderd.'

'O, maar waarom? Wat een verschrikkelijk nieuws. Ik ben verpletterd!'

Erika zag vol verbazing dat haar moeder voor het gemak alles vergat wat ze donderdagavond had gezegd en zichzelf tot slachtoffer maakte. 'Jullie hadden me hoop gegeven! Ik dacht dat ik oma zou worden. Toen ik naar die schattige meisjes keek bij Pam, bedacht ik hoe leuk het zou zijn om zelf een kleinkind te hebben. Dat ik haar dan kon leren naaien, net zoals mijn oma mij heeft geleerd.'

'Haar leren naaien?' stamelde Erika. 'Mij heb je nooit leren naaien!'

'Waarschijnlijk heb je dat nooit aan me gevraagd,' zei Sylvia.

'Ik heb je nooit van mijn leven met naald en draad gezien.'

'Ik ga even de chauffeur betalen voor de container,' zei Oliver.

'Ik ga binnen kijken of ik dat leuke fotootje kan vinden,' zei Sylvia snel, want straks werd er nog van haar verwacht dat ze iets betaalde.

Erika nam de gelegenheid te baat om plastic handschoenen aan te trekken, haar knieën te buigen en een kapotte wasmand op te tillen die vol zat met allerlei rommel: een pop zonder hoofd, een doorweekt badlaken, een pizzadoos. Ze droeg hem naar de container en gooide hem er met een zwaai in, alsof het een granaat was. Hij landde met een klap op het metaal. Spullen weggooien gaf haar altijd een ongeremd, angstig gevoel, alsof ze met een oorlogskreet de strijd in ging.

'Nou, je hebt nog heel wat te doen,' zei de chauffeur toen hij het gele formulier dat Oliver hem had gegeven, opvouwde en in zijn achterzak propte. Hij sloeg zijn armen over elkaar op zijn ronde bovenlichaam en bekeek de voortuin met een blik van onverholen afkeer.

'Wil je een handje helpen?' vroeg Oliver.

'Haha! Nee, dat moet je alleen opknappen, maat. Jij liever dan ik!' Hij bleef hoofdschuddend staan, alsof hij de supervisie over het geheel had.

'Nou, schiet op, dan,' zei Erika geïrriteerd, en ze hoorde dat Oliver een lach onderdrukte toen ze zich omdraaide om de oude kerstboom op te pakken. Een kerstboom, nota bene. Ze kon zich niet herinneren dat ze ooit een kerstboom hadden gehad, en toch stond hier een oude, gehavende boom met één zielig sliertje goudfolie.

De chauffeur reed met brullende motor weg, en Erika gooide de kerstboom in de container, terwijl Oliver met de ene hand een kapotte pedestal pakte en met de andere een vuilniszak.

Haar moeder kwam triomfantelijk de voordeur uit met een

fotootje tussen haar duim en wijsvinger. Een wonder dat ze iets had gevonden.

'Kijk deze foto eens!' zei ze tegen Erika. 'Ik weet zeker dat je erom moet lachen.'

'Ik weet zeker van niet,' zei Erika zuur.

Haar moeder boog zich naar haar toe en plukte een flintertje goudfolie van Erika's shirt. 'Jawel, hoor. Kijk maar.'

Erika keek naar de foto. Ze barstte in lachen uit. Haar moeder danste vrolijk rond, met haar armen om haar lichaam geslagen. 'Ik zei het toch, ik zei het toch!'

Het was een grofkorrelige zwart-witfoto van haar, haar moeder en Clementine in een achtbaan. Hij was genomen door zo'n automatische camera die erop ingesteld is om de reactie van passagiers op het meest angstaanjagende moment van de rit in de achtbaan vast te leggen. Ze hadden alle drie hun mond wijd open, voor altijd gevangen in een schreeuw. Erika leunde naar voren, met beide handen strak om de veiligheidsstang, alsof ze ertegen duwde om hem sneller te laten gaan terwijl ze haar hoofd naar achteren wierp. Clementine had haar ogen dichtgeknepen en haar paardenstaart vloog omhoog, recht boven haar hoofd, als het hoofddeksel van de paus. Sylvia had haar ogen wijd opengesperd en haar armen in de lucht geworpen, als een dronken, dansend meisje. Angstige, hilarische vreugde. Dat zag je op die foto. Het deed er niet toe of hij scherp was, je moest gewoon lachen als je ernaar keek. Clementine en zij waren in hun schooluniform.

'Zie je nou! Ben je niet blij dat ik die heb bewaard?' zei Sylvia. 'Laat hem maar aan Clementine zien. En kijk of zij zich die dag herinnert! Ik moet toegeven dat ik me die specifieke dag niet meer herinner, maar je ziet hoe blij we waren! Doe maar niet alsof je een verschrikkelijke jeugd hebt gehad, je had een fantastische jeugd! Al die achtbanen, weet je nog? Hemel, ik was dol op achtbanen. Jij ook.'

Haar oog viel ergens op. 'Oliver, wat heb je daar? Laat me

alleen even kijken!' Oliver, die met zijn armen om een gescheurde kartonnen doos stond, haastte zich naar de container, met Sylvia achter hem aan, die 'Oliver! Oliver!' riep.

Zo was het leven met Sylvia: absurd, belachelijk, om gek van te worden en soms, zo nu en dan, geweldig. Ze hadden die dag eigenlijk naar school gemoeten. Het was eind november, er hing iets van zomer in de lucht. Het was Erika's twaalfde verjaardag – nee, het was de week erna, Sylvia kon moeilijk data onthouden, maar die keer had ze besloten het goed te maken met een spontaan, gek gebaar. Ze was naar school gegaan en had allebei de meisjes meegenomen voor een uitstapje naar Luna Park, maar zonder toestemming of medeweten van Clementines ouders; dat zou vandaag de dag nooit meer gebeuren, en Erika was namens de school geschokt. Het had vreselijke wettelijke gevolgen kunnen hebben.

Clementine mocht niet in een achtbaan, omdat haar moeder daar fobisch voor was. Ze was sterk beïnvloed door het verhaal over een ongeluk waarbij acht mensen op een kermis waren omgekomen, jaren voordat Clementine en Erika geboren waren. 'Die apparaten worden niet goed onderhouden,' zei Pam altijd. 'Ze zijn levensgevaarlijk. Je kunt erop wachten dat er iets misgaat.'

Maar Erika en Sylvia waren dol op achtbanen, hoe enger hoe beter. Geen beslissingen, geen controle, geen discussie, alleen lucht in je longen en het doordringende geluid van je eigen kreten voordat ze door de wind werden weggevaagd. Het was een van de weinige grillen die ze gemeen hadden: spannende achtbaanritjes. Niet dat ze het vaak deden. Erika kon zich maar een keer of vijf herinneren, en dit was er een van.

Erika wist dat Clementine die dag ook genoten had. Ze had een van haar uitzinnige buien gehad. Het was een dag waarop Erika niet aan hun vriendschap had getwijfeld. Dat soort dagen waren er ook geweest, dagen waarop haar moeder haar moeder was, en haar vriendin haar vriendin.

Ze schoof de foto in de achterzak van haar spijkerbroek en keek naar Sylvia, die zo ver over de rand van de container hing om iets te redden dat ze er bijna in kukelde. Ze kwam weer overeind, trok het sjaaltje om haar hoofd goed en keek met haar handen in haar zij naar Oliver.

'Oliver! Met die ventilator is niets mis!' riep ze. 'Haal hem er weer voor me uit, alsjeblieft!'

'Dat gaat niet, Sylvia,' zei Oliver.

Erika draaide zich om om een glimlach te verbergen. Ze keek naar de zon, die op de door regen bespikkelde boom scheen. Hij was eigenlijk heel mooi. Net een kerstboom.

Ze wierp haar hoofd in haar nek om te genieten van de zon op haar gezicht, toen ze de overbuurvrouw zag die van Jezus hield maar beslist niet van Sylvia. Ze stond boven voor het raam, met een hand op het glas alsof ze het aan het zemen was. Het was alsof de vrouw Erika recht aankeek.

En ineens gebeurde het: Erika herinnerde zich alles weer.

78

De dag van de barbecue

Erika stond bij de achterdeur met de stapel blauwe porseleinen borden die Vid haar in de keuken had aangegeven. Het waren prachtige, zware borden met een ingewikkeld patroon. Wilgentakjes, dacht Erika. Ze herinnerde zich dat haar oma vroeger precies zulke borden had gehad. Haar oma had altijd veel mooie spullen gehad, Erika had geen idee wat daarmee was gebeurd. Waarschijnlijk waren ze zoekgeraakt, of gebroken, begraven onder de bergen troep in het huis van haar moeder.

Dat was het ironische ervan: haar moeder hield zo van spullen dat ze niets had.

Erika verstevigde haar greep om de borden, overvallen door een overweldigend verlangen om ze te houden. Ze stelde zich voor dat ze met de borden tegen haar borst geklemd naar haar huis rende om ze in haar eigen keukenkast te verstoppen. Dat zou ze niet doen. Natuurlijk zou ze dat niet doen. Even was ze heel bang dat ze het zou doen.

Ze bleef doodstil staan. Toen ze klein was vond ze het fijn om achter in de tuin rond te draaien tot alles om haar heen tolde. Zo voelde ze zich nu ook precies. Waarom had ze dat gedaan? Het was geen prettige sensatie. Ze was waarschijnlijk dronken. Waarom hadden Olivers ouders daarvoor gekozen? Ernaar gehandeld? Ernaar verlangd? Het was vreselijk.

Ze richtte haar aandacht op de meisjes. Ruby kuierde het prieel uit met Whisk in haar ene hand en Holly's blauwe flonkertasje in de andere. Dat zou Holly niet leuk vinden. Niemand mocht aan haar stenenverzameling komen. Waar was Holly?

Holly dook ineens achter Ruby op terwijl ze iets schreeuwde wat Erika niet kon verstaan, omdat het werd overstemd door de klassieke muziek uit Vids geluidsinstallatie. Ruby keek achterom en begon harder te lopen. Het was een schattig gezicht. Ze leek vastberaden om er met haar buit vandoor te gaan.

Voorzichtig, dacht Erika. Letten jullie ouders wel op?

Ze zocht met haar ogen de volwassenen. Oliver was nergens te bekennen. Clementine zat met Vid te praten. Tiffany praatte met Sam. Die vier waren weg van elkaar. Oliver en zij konden er net zo goed niet bij zijn. Ze bedierven de pret. Op dit moment lette Sam noch Clementine op de meisjes. Het was nalatig, onoplettend gedrag.

Ze zag dat Vid een mes pakte en deed alsof hij daarmee dirigeerde. Ze zag Clementine vrolijk lachen. Wat had ze boven ook weer precies gezegd? Wat was het woord dat ze had gebruikt? Weerzinwekkend. Het idee haar eicellen te doneren aan Erika vond ze weerzinwekkend. Al die tijd dat Oliver en zij erover hadden gepraat. Ze dacht aan Oliver die tegen hun ivf-arts zei: 'We zullen het aan Erika's hartsvriendin vragen. Die twee zijn net zusjes.'

Net zusjes. Wat een grap. Wat een leugen.

Erika zag dat Clementine haar haar over een schouder wierp toen Vid haar een lepeltje van het een of ander liet proeven, waar ze zich naartoe boog. Clementine was net als die prinses in het sprookje die bij haar doopfeest allemaal goede wensen van de feeën ontving. Je ouders zullen je aanbidden! *Ping!* Je wordt heel muzikaal! *Ping!* Je zult in reinheid en rijkdom leven! *Ping!* Je zult zwanger worden zodra je dat wilt en twee prachtige dochters ter wereld brengen! *Ping, ping!*

Eén oude fee werd niet uitgenodigd. De ongenode toverkol. Erika was als kind heel vaak niet uitgenodigd op partijtjes. Wat deed de ongenode fee? Ze sprak een vloek uit. Je zult je vinger prikken aan een spinnewiel en sterven, dus pas op voor naalden. Maar toen kwam er een goede fee en die veranderde de vloek. Je zult honderd jaar slapen. Dat is niet zo heel erg. Wacht eens. Dat was Doornroosje! Het sprookje van *De schone slaapster*!

Ze was echt stomdronken. Ze moest doorlopen, maar ze verroerde geen vin.

De schone slaapster. Clementine hield van slapen. Verrekte schone slaapster, dat klopt precies. Je slaapt nu ook. Je neemt zelfs niet de moeite om op je kinderen te letten.

Een geluid. Ergens. Een geluid dat de klassieke muziek van Vids geluidsinstallatie probeerde te overstemmen.

Is het Clementine op haar cello? Natuurlijk niet, Erika, je bent in de tuin van de buren, je bent dronken, dit is dronkenschap, je hersenen zijn verweekt en je gedachten klotsen alle kanten op.

Ze hoorde het nogmaals.

Er werd geklopt. Dat was het. Een snel *klop, klop, klop*. Ze zag haar moeders gezicht. Haar vinger tegen haar lippen. Niet opendoen. Ja, mama, ik weet wat ik moet doen. Geen geluid maken. We doen nooit, nooit de deur open. We willen niet dat anderen ons ranzige geheim ontdekken. Het gaat hen niets aan. Hoe durven ze ongevraagd bij ons aan te kloppen? Het is onbeschoft. Ze hebben niet het recht ons dit gevoel te geven. We blijven heel stil zitten totdat ze weggaan. Sommige mensen kloppen hard en boos, beschuldigend, alsof ze weten dat ze bedonderd worden en daar kwaad om zijn, maar uiteindelijk geven ze het op en gaan ze weg.

Maar natuurlijk werd er steeds harder en kwader aangeklopt. Haar moeders ogen spoten vuur. Hoe durfden ze.

Erika riep zichzelf tot de orde. Hier was niemand die bij hen op de deur klopte. Ze was op een barbecue. Waar waren de meisjes? Ze zag iets blauws in de hoek van de tuin. Holly zat in kleermakershouding op het gras met haar tasje, waar ze zorgvuldig de steentjes uit haalde, die ze een voor een in een rij neerlegde. Ze vond het leuk om af en toe haar collectie te rangschikken.

Aan de tafel barstten ze in een schaterlach uit.

Er werd nog steeds geklopt. Waar kwam het vandaan?

Erika keek naar de potsierlijke fontein. Ze zag troep op het water drijven. Een oude jas draaide daar langzaam rond.

Haar moeder had stapels en stapels jassen. Dikke winterjassen. Alsof ze in Siberië woonden in plaats van in Sydney. Nou, ze was niet van plan om die jas uit de fontein te gaan halen. Dat was niet haar verantwoordelijkheid. Ze had schoon genoeg van opruimen.

Klop, klop, klop. Hoe durf je zo op onze deur te bonzen, alsof je daartoe gerechtigd bent? Het geluid kwam van ergens boven haar. Toen ze opkeek zag ze Harry, knorrige oude Harry, voor het raam alsof hij ertegenaan geperst stond. Hij klopte niet op de ruit, hij bonkte, alsof hij wilde ontsnappen. Hij zag haar kijken. Hij wees. Hij wees driftig met zijn vinger in de richting van de fontein. Zijn mond was geopend in een stille kreet. Ze zag aan zijn lichaamshouding en gebaren dat hij kwaad op haar was. Hij schreeuwde tegen haar. Hij wilde dat ze die rommel opruimde. De buren waren altijd kwaad. Ze wilden altijd dat ze de rommel opruimde. Dat ging ze niet doen. Het was niet haar verantwoordelijkheid.

Ze staarde naar de fontein, naar de oude roze jas die langzaam rondjes draaide.

Ze zag Whisk op de rand van de fontein liggen.

Dat was geen oude jas. Dat was geen rommel.

Het was alsof de adrenaline naar haar hart spoot. Ze had veel van Clementine gestolen, maar dit had ze nooit gewild. Haar schuld, haar schuld, haar schuld.

De borden vielen uit haar handen. Ze schreeuwde Clementines naam.

79

De EHBO-cursus was in de plaatselijke middelbare school waar hun dochters waarschijnlijk ooit naartoe zouden gaan, hoewel het idee dat er een tijd kwam dat ze oud genoeg waren voor de middelbare school sciencefiction leek. Hun lerares was een grote, vrolijke, enigszins laatdunkende vrouw die Jan heette en die Clementine deed denken aan een onuitstaanbare fluitiste die ze vroeger elk jaar op muziekkamp zag.

Jan begon met een rondje waarbij ze hun vroeg hun naam te zeggen, de reden waarom ze hier waren en, 'om het ijs te breken', antwoord te geven op de vraag: 'Als je groente was, wat zou je dan zijn?'

Ze begonnen met een gespierde jonge personal trainer genaamd Dale, die zijn EHBO moest halen om bevoegd te worden, en die het liefst een babyboerenkool zou zijn omdat dat een powergroente was – daarbij liet hij zijn indrukwekkende biceps zwellen – en omdat hij een babyface had. 'Uitstekend antwoord!' zei Jan, die heel even overweldigd leek door Dales biceps, waardoor ze Clementine voor zich innam.

Daarna kwam een gedrongen vrouw van middelbare leeftijd aan het woord, die meedeed omdat er een noodlottig ongeval had plaatsgevonden op het kantoor waar ze werkte. Een collega was geëlektrocuteerd, en de vrouw had zich nog nooit zo nutteloos en hulpeloos gevoeld en wilde dat nooit meer ervaren, ook al dacht ze niet dat het verschil zou hebben gemaakt voor die arme man. 'Als ik een groente was, zou ik een aardappel zijn,' zei de vrouw, 'zoals jullie zien', waarbij ze naar haar lichaam wees, en iedereen lachte hard en hield meteen weer op voor het geval het niet de bedoeling was dat ze lachten.

Toen was Sam aan de beurt, hij sprak vol zelfvertrouwen en duidelijk, nonchalant achterovergeleund in zijn stoel met zijn benen gestrekt voor zich uit. Hij zei dat hij en zijn vrouw – hij wees naar Clementine – de cursus volgden omdat ze kleine kinderen hadden. Clementine keek naar hem. Zij zou de waarheid hebben verteld. Ze was altijd bereid het verhaal te delen, maar zelfs toen ze met Ruby in het ziekenhuis waren, had Sam niet aan anderen willen vertellen waarom ze daar waren, alsof het een schandelijk geheim was. 'Ik zou een ui zijn,' zei Sam. 'Want ik ben heel complex. Ik heb meerdere lagen.' Ook daarom werd hartelijk gelachen, en Clementine besefte dat Sam zoiets altijd deed, in workshops en bij teambuilding: op zijn werk speelde hij de grapjas. Waarschijnlijk koos hij altijd de ui.

Toen zij aan de beurt was, vertelde ze niet waarom ze daar was, omdat Sam dat al had gedaan. Ze zei dat ze een tomaat zou zijn, omdat die zo goed bij een ui paste, en Sam glimlachte, maar wel behoedzaam, alsof ze een vreemde was die iets van hem wilde, waardoor ze werd herinnerd aan het vernederende gevoel van die ochtend, toen ze tegen hem praatte zonder dat hij er was.

'Aaah,' zei iedereen vertederd, behalve iemand achter Clementine, die zei: 'Een tomaat is een vrucht.'

'Vandaag is het groente,' zei Jan beslist, en Clementine besloot dat ze helemaal niet op die fluitiste leek.

Toen ze de hele klas afgegaan waren, zei Jan dat zij als groente een avocado koos, omdat het een tijdje duurde voordat die zacht werd ('Een avocado is een vrucht,' verzuchtte de fruitexpert achter Clementine) en dat ze daar was omdat 'eerste hulp haar passie was', wat Clementine raakte. Wat prachtig dat er mensen als Jan bestonden, die van 'vreemde mensen helpen' hun passie maakten.

Toen begon de cursus, en Clementine en Sam maakten allebei ijverig notities toen Jan hen door het proces leidde van 'de basishulp', afgewisseld met anekdotes over Jans eigen ervaringen als EHBO'er, zoals bij haar eerste les, waarin ze een levensecht scenario meemaakte toen een van de deelnemers neerviel. 'Heb je het als demonstratie kunnen gebruiken?' vroeg iemand. 'Nee, ik moest het lokaal leegmaken,' zei Jan. 'Mensen vielen stuk voor stuk neer. De een na de ander, als dominostenen: boem, boem, boem.' Ze zei het met een zeker genoegen, alsof ze wilde aantonen hoe zwak mensen vaak zijn. 'Daarom moet je iedereen iets te doen geven – een ambulance bellen, ijs halen – of wegsturen, anders raken ze in shock. Het is een traumatische gebeurtenis. Je kunt last krijgen van een posttraumatische stressstoornis. Daar hebben we het later nog over.'

Clementine keek even naar Sam om te zien of hij terugdacht aan hun eigen 'traumatische gebeurtenis', maar uit zijn gezicht was niets op te maken. Hij schreef iets op zijn notitieblok.

Jan vroeg Dale, de gespierde personal trainer, op de grond te gaan liggen en koos twee aantrekkelijke jonge meisjes (wortel en bloemkool) om Dale in de juiste positie te leggen, en omdat het drie aantrekkelijke jonge mensen waren, was het best aangenaam om naar te kijken. Toen ze Dale omrolden kroop zijn onderbroek zichtbaar op, en Jan zei: 'Leuk om te zien dat je vandaag een Calvin Klein draagt.'

Er was een prettige sfeer. Het was interessant en informatief, Sam stelde intelligente vragen en maakte af en toe op het juiste moment een grapje. Daarom was wat er daarna gebeurde heel onverwacht.

Clementine moest diep ademhalen toen Jan een felblauwe

plastic pop reanimeerde. De pompende beweging van Jans handen die krachtig en snel bewogen bracht alles terug: de harde tegels onder haar knieën, Ruby's bleke wangen en blauwe lippen, de feestverlichting, flikkerend aan de rand van haar gezichtsveld. Maar door goed te ademen verdween de spanning, en toen ze naar Sam keek, leek alles met hem in orde.

Vervolgens vroeg Jan iedereen om in paren te werken en gaf ze elk paar een blauwe pop en twee maskertjes voor de mond-op-mondbeademing. (Jan had altijd een extra maskertje aan haar sleutelring; zo kon ze te allen tijde haar diensten aanbieden.) Ze moesten een plekje op de grond zoeken waar ze de pop plat konden neerleggen.

Jan liep de zaal door om te zien hoe ze het allemaal deden.

'Wil jij eerst?' vroeg Clementine aan Sam. Ze zaten allebei op hun knieën aan weerszijden van de pop.

'Ja hoor,' zei Sam, en er leek niets met hem aan de hand toen hij systematisch de to-dolijst afwerkte die Jan hun daarvoor had geleerd: gevaar, reactie, hulp halen, luchtwegen, ademhaling, reanimatie en defibrillator.

Hij maakte de luchtwegen vrij, keek, luisterde en voelde of er ademhaling was en begon te reanimeren, zijn handen drukten ritmisch op de borst van de pop, en terwijl hij dat deed, ontmoette zijn blik die van Clementine en zag ze een zweetdruppel langs zijn gezicht lopen.

'Sam? Gaat het?' vroeg Clementine.

Hij schudde even zijn hoofd, een miniem 'nee', maar hij bleef doorgaan met de hartmassage. Hij zag krijtwit. Zijn ogen waren bloeddoorlopen.

Ze wist niet wat ze moest doen. 'Heb je... pijn in je borst?' Ze waren hier in elk geval wel op de juiste plek. Jan leek even competent als een arts of verpleegkundige, en ze had beslist meer compassie.

Hij schudde weer zijn hoofd.

Hij boog zijn hoofd, kneep de neus van de pop dicht en blies twee keer in. De borst van de pop ging omhoog, een teken dat hij het goed had gedaan. Hij hief zijn hoofd en toen hij weer begon te reanimeren, zag Clementine tot haar schrik dat er tranen van zijn gezicht op de pop vielen. Ze had haar man nooit eerder zien huilen, echt zien huilen, niet op hun trouwdag, niet toen de kinderen geboren werden, niet toen Ruby niet ademde, niet toen ze de volgende dag wakker werden. En dat had ze nooit vreemd gevonden, omdat ze haar vader ook nooit had zien huilen, evenmin als haar oudere broers; die gooiden met deuren en sloegen tegen de muur in hun opstandige puberteit. Haar moeder wilde weleens een traantje laten, maar Clementine was de enige huilebalk van de familie, ze was altijd snel in tranen. Misschien hadden al die stoere, onaangedane mannen in haar leven ervoor gezorgd dat ze het cliché 'mannen huilen niet' had geïnternaliseerd, want het was absoluut verbijsterend voor haar om Sam zo te zien huilen, dat zijn lichaam daar zelfs toe in staat was, dat het zoveel tranen kon produceren. Toen ze zijn tranen op de pop zag vallen, voelde ze vanbinnen iets breken, en een golf van medeleven welde in haar op, en de verschrikkelijke gedachte dat ze misschien altijd onbewust had geloofd dat Sam, omdat hij nooit huilde, ook niets voelde, of minder voelde, niet zo diep en heftig als zij. Ze was altijd gericht geweest op wat zijn daden met haar gevoelens deden, alsof het zijn rol was om dingen te doen voor haar, en het enige belangrijke haar emotionele reactie op hem was, alsof een 'man' een product of een dienst was en zij uiteindelijk het juiste merk had gekozen om de juiste respons te krijgen. Was het mogelijk dat ze hem nooit echt had gezien of echt had liefgehad zoals hij verdiende? Als mens? Een gewoon mens met tekortkomingen en gevoelens?

'O, Sam...'

Hij kwam zo snel omhoog uit zijn geknielde positie dat hij bijna achteroverviel. Hij draaide zijn gezicht weg en wreef met de muis van zijn ene hand hard over zijn wang, alsof hij was gestoken door een mug. Hij draaide zich om en liep het lokaal uit.

80

‘Sorry,’ zei Clementine tegen de lerares. ‘Ik ga even bij mijn man kijken. Hij voelt zich niet zo lekker.’

‘Natuurlijk,’ zei Jan. Hoopvol voegde ze eraan toe: ‘Laat het me weten als je me nodig hebt.’

Clementine verliet het lokaal en keek naar links. Hij was al bijna aan het eind van de gang. ‘Sam!’ riep ze terwijl ze op een drafje langs klaslokalen vol leergierige volwassenen rende.

Het leek erop dat hij harder ging lopen.

‘Sam!’ riep ze weer. ‘Wacht!’

Ze volgde hem naar een rustig, verlaten gangetje met een glazen plafond, dat twee gebouwen met elkaar verbond. De muren hingen vol grijze kluisjes. Sam bleef ineens staan. Hij vond een smalle ruimte tussen twee blokken kluisjes in, zo’n verstopplaats waar de meisjes in zouden kruipen, en hij ging zitten met zijn rug tegen de muur. Hij legde zijn voorhoofd op zijn knieën. Zijn schouders schokten in stilte. Er zat een ronde zweetplek op zijn hemd. Ze wilde zijn schouder aanraken, maar haar hand bleef onzeker in de lucht hangen voordat ze van gedachten veranderde.

In plaats daarvan ging ze tegenover hem zitten, aan de andere kant van de gang, met haar rug tegen het koele metaal van een kluisje. In de hele gang wierp de zon vierkante blokken licht, als een trein van zonlicht. Ze voelde zich vreemd rustig terwijl ze wachtte tot Sam ophield met huilen, en ademde de nostalgische geur van de middelbare school in.

Eindelijk keek Sam op, zijn gezicht was nat en gezwollen. 'Sorry,' zei hij. 'Dat was niet zo chic.'

'Gaat het?' vroeg ze.

'Het kwam door die compressiebeweging,' zei Sam. Hij veegde met de rug van zijn hand langs zijn neus en snufte.

'Ik weet het,' zei Clementine.

'Ik had het gevoel dat ik weer daar was.' Met zijn handpalmen wreef hij rondjes over zijn jukbeenderen.

'Ik weet het,' zei ze weer.

Hij keek op naar het plafond en deed iets met zijn tong, alsof hij probeerde iets tussen zijn tanden uit te halen. De zon scheen op de muur achter hem, zodat zijn ogen heel blauw leken in zijn beschaduwde gezicht. Hij leek zowel heel jong als heel oud, alsof alle versies van hemzelf uit het verleden en de toekomst zich op zijn gezicht aftekenden.

'Ik dacht altijd dat ik goed was in crisissituaties,' zei hij.

'Dat ben je ook.'

'Ik dacht dat als het erop aankwam, bij een brand of een overval of een zombieapocalyps, ik dan voor mijn gezin zou zorgen. Dat ik de mán zou zijn.' Hij sprak het woord 'man' laag en vol verachting uit.

'Sam...'

'Het was niet alleen dat ik niet op Ruby lette. Het was niet alleen dat ik probeerde een pot met chocolaatjes open te draaien om nota bene indruk te maken op een verrekte stripteasedanseres, terwijl mijn kleine meisje vlak voor me verdronk...' Hij zuchtte diep en bevend. 'Maar ik heb niets gedaan, ik keek toe hoe een andere man mijn kleine meisje uit die godvergeten fontein haalde en bleef daar maar staan als een idioot.'

'Je hebt wel iets gedaan,' zei Clementine. 'Zij waren er alleen eerder bij, en ze wisten wat ze moesten doen. Het scheelde maar een seconde. Het voelt alleen veel langer. En toen ben je in actie gekomen, heus, dat heb je gedaan.'

Sam trok zijn schouders op. Een blik vol zelfverachting tekende zijn gezicht. 'Ik kan in elk geval niets veranderen aan wat ik wel of niet heb gedaan. Ik moet er gewoon niet meer aan denken. Ik moet het uit mijn hoofd zetten. Steeds zie ik het voor me, elke keer opnieuw. Het is stompzinnig, zinloos. Ik kan niet werken, ik kan niet slapen en ik reageer het af op jou, en... ik moet gewoon weer tot mezelf komen.'

'Misschien,' zei Clementine weifelend, 'kun je of kunnen we samen met iemand gaan praten. Een professioneel iemand?'

'Bijvoorbeeld een zielenknijper,' zei Sam met een gespannen lachje. 'Omdat ik mijn verstand kwijtraak.'

'Bijvoorbeeld een zielenknijper,' zei Clementine. 'Want het klinkt alsof je je verstand kwijtraakt. Een klein beetje maar. Toen de lerares het net over posttraumatische stressstoornis had, dacht ik...'

Sam keek verbijsterd. 'Een posttraumatische stressstoornis,' zei hij. 'Als een oorlogsveteraan. Alleen ben ik niet in Irak of Afghanistan geweest en heb ik geen mensen door de lucht zien vliegen, nee, ik kom terug van een barbecue bij buren in de tuin.'

'Waar je je dochter bijna hebt zien verdrinken,' zei Clementine.

Sam sloot zijn ogen.

'Je dochter is bijna verdronken,' zei Clementine weer. 'En je voelt je verantwoordelijk.'

Sam keek naar boven en blies uit. 'Ik heb geen posttraumatische stressstoornis, Clementine. Jezus. Dat is vernederend. Dat is zielig.'

Clementine haalde haar telefoon uit haar zak.

'Niet gaan googelen,' vroeg Sam dringend. 'Geloof me. Jij zegt altijd tegen mij dat ik moet ophouden met googelen. Het levert nooit iets goeds op.'

'Ik ga wel degelijk googelen,' zei Clementine, en ze voelde dat haar ademhaling versnelde, omdat ze ineens al zijn gedragingen sinds de barbecue vanuit een andere hoek zag, vanuit een nieuw perspectief, en ze dacht aan haar vader die laatst zei 'Er zit iets niet helemaal goed in zijn hoofd', en dat ze niet had geluisterd, niet echt, niet zoals je luisterde naar iemand die zei: 'Je man is niet in orde.'

'"Symptomen van een posttraumatisch stresssyndroom"', las Clementine voor. '"Steeds voor je zien wat je hebt meegemaakt." Dat zei je net!'

'Fijn dat je daar zo opgetogen van raakt,' zei Sam met een zweem van een glimlach.

'Sam, je bent een schoolvoorbeeld! "Slapeloosheid". Klopt. "Geïrriteerdheid". Klopt. Oplossing? Laat je behandelen!' Ze sprak op schertsende toon, ironisch, een beetje verdwaasd, alsof het een grote grap was, alsof het allemaal niet echt telde, alsof haar maag niet verkrampte, alsof ze niet het gevoel had dat dit haar enige kans was, omdat zijn stemming de laatste tijd in één klap kon omslaan en hij hier op een ander moment misschien helemaal niet over zou willen praten, en dat de kans dan verkeken was.

'Hoor eens. Ik heb geen therapie nodig,' begon Sam.

'Jawel, dat heb je wel,' zei Clementine met haar blik op de telefoon. '"Langetermijneffecten: scheiding. Drugs- of drankmisbruik." Doe je dat?'

'Nee, geen drugs of drank,' zei Sam. 'Hou op daarmee. Doe die telefoon weg. We gaan terug naar de les.'

'Ik denk echt dat je met iemand moet gaan praten, met een deskundige,' zei Clementine. Ze was haar moeder geworden. Hierna zou ze 'een aardige psycholoog' aanraden. 'Wil je alsjeblieft met iemand gaan praten?'

Sam gooide zijn hoofd in zijn nek en bekeek nogmaals onderzoekend het plafond. Ten slotte keek hij haar weer aan.

'Misschien,' zei hij.

'Mooi,' zei Clementine.

Ze legde haar hoofd weer tegen de kluisjes en sloot haar

ogen. Ze had het gevoel dat er iets niet te vermijden was, dat haar huwelijk een reusachtig schip was waarvoor het nu te laat was om van koers te wijzigen; het zou tegen een ijsberg varen of niet, en niets van wat ze op dit moment zei of deed, zou enig verschil maken. Als haar moeder deze interactie had gevolgd, zou ze tegen Clementine hebben gezegd dat ze het mis had, dat ze moest blijven praten, alles moest zeggen wat ze op haar hart had, om te communiceren, geen gelegenheid te geven voor een verkeerde uitleg.

Als haar vader erbij was, zou hij zijn vinger op zijn lippen hebben gelegd en 'sst' hebben gezegd.

Clementine beperkte zich tot drie woorden.

'Het spijt me,' zei ze.

Ze bedoelde: het spijt me dat dit is gebeurd. Het spijt me dat ik niet heb gezien wat je doormaakte. Het spijt me dat ik misschien niet van je heb gehouden met de liefde die je verdiende. Het spijt me dat bij onze eerste crisis blijkt dat alles in ons huwelijk niet goed was maar fout. Het spijt me dat we ons van elkaar hebben afgewend in plaats van naar elkaar toe.

'Ja, het spijt mij ook,' zei Sam.

81

'Dus eigenlijk heeft Harry Ruby's leven gered,' zei Oliver.

Erika en Oliver wandelden in de buurt van haar moeders huis. Zodra ze zich alles herinnerde, had ze het met Oliver willen delen, en ze wilde absoluut niet dat Sylvia daar iets van opving, dus had ze erop aangedrongen een stukje met Oliver te wandelen.

'Ja,' zei Erika. 'En niemand die hem ook maar heeft bedankt. Ik geloof dat ik niet eens meer naar dat raam heb opgekeken.' Ze liepen langs een jong stel met een kinderwagen, en Erika wierp hun een ontmoedigend lachje toe om aan te geven dat ze niets hoefden te zeggen over het weer en hoe heerlijk het was dat het eindelijk niet meer regende.

'Hij moet hebben gezien dat we haar uit het water hebben gehaald,' zei Oliver.

'Dat hoop ik,' zei Erika. 'Maar niemand heeft hem verteld dat alles goed was met Ruby. Niemand is naar hem toe gegaan om hem te bedanken. Dat moet hij onbeleefd hebben gevonden. Hij vond iedereen altijd onbeleefd, en waarschijnlijk is hij gestorven met het idee dat die overtuiging klopte.'

'Hij had ook even langs kunnen komen om het ons te vragen,' zei Oliver. 'Als hij zich zorgen maakte.'

Ze sprongen allebei over een glinsterende bruine plas die bijna de hele breedte van het voetpad besloeg.

'Het duurde even voordat ik begreep dat het Ruby was,' zei Erika. Ze had even het gevoel dat haar mond met zand gevuld was. 'Ik dacht dat er een oude jas ronddreef in de fontein, en ik staarde er alleen maar naar. Ik had het onzinnige, idiote idee dat Harry wilde dat ik die fontein zou leeghalen. Ruby was aan het verdrinken, en ik stond daar maar te staren.'

Oliver wachtte even voordat hij iets zei. 'Ik heb me schuldig gevoeld omdat ik toen het gebeurde naar mezelf stond te kijken in de spiegel van het toilet,' zei hij. 'Ik geloof dat we allemaal wel iets hebben om ons schuldig over te voelen.'

'Behalve Harry,' zei Erika.

'Behalve Harry,' beaamde Oliver.

Een vrouw van middelbare leeftijd in onflatteuze sportkleding stormde langs hen. 'Heerlijk, hè, die zon?' zei ze verrukt, en ze vertraagde haar tempo alsof ze een uitgebreid praatje wilde maken.

'Fantastisch!' beaamde Oliver, terwijl Erika en hij als in stilzwijgende afspraak hun pas versnelden. 'Fijne dag nog!'

'Denk je dat ik het moet vertellen?' vroeg Erika. 'Wat ik me herinner?' Nu ze de feiten weer wist, had ze een overweldigend verlangen om duidelijkheid te scheppen, om een gecorrigeerd verslag uit te brengen.

'Nou, ik zou niet weten tegen wie,' zei Oliver. 'Of wat het nut ervan is.'

'Ik zou het aan Clementine kunnen vertellen,' zei Erika, hoewel ze dat absoluut niet van plan was.

'Nee,' zei Oliver. 'Niet aan Clementine. Je weet dat dat niet kan.' Ze hadden een rondje gelopen en naderden nu weer haar moeders huis.

'O, nee toch,' zei Erika zuchtend.

'Wat?'

'Nu zit ze zelfs ín die container.'

82

Het regende niet meer. Eindelijk! Dakota kon het bijna niet geloven. Haar hele leven, de hele wereld zag er totaal anders uit.

'Dat wordt fijn!' zei Dakota's moeder toen ze de voordeur opendeden en de veranda op liepen.

'Ik snap niet waarom we niet met de auto kunnen,' zei Dakota's vader voor de duizendste keer. 'Waarom moeten we over straat lopen om daar te komen? Als daklozen?'

'Omdat we het geluk hebben dat het een prachtige wandeling is van nog geen tien minuten!' zei haar moeder. Ze had Barney aan de riem vast terwijl de hond opsprong en in de lucht hapte om een onzichtbare vlieg te vangen.

Haar moeder 'deed' de laatste tijd aan dankbaarheid. (Haar vader hoopte dat ze daar snel weer overheen was.) Ze had een speciale pot gemaakt die ze de gelukspot noemde. Het was de bedoeling dat je je mooie herinneringen op een stukje papier schreef en dat daarin stopte; op nieuwjaarsdag bekeek je ze allemaal en dan werd je je bewust van al je zegeningen of iets dergelijks. Het was oktober, dus ze mochten wel opschieten als ze nog veel fijne herinneringen wilden verzamelen.

'Maar dat we een Lexus hebben, is ook een geluk,' merkte haar vader op. 'We moeten die auto wel blijven waarderen.'

Haar moeder had een mooi wandelpad ontdekt door een nationaal park, vlak in de buurt! Een heel klein stukje maar! Om de een of andere reden was dat heel belangrijk. Het was net zoiets als het hebben van een vensterzitje. Blijkbaar maakten Erika en Oliver die wandeling 'de hele tijd', en het verbaasde hun dat Dakota's moeder niet eens van het bestaan ervan wist, en daarvoor schaamde haar moeder zich, althans dat zei ze, want waarschijnlijk was het niet waar, omdat Erika en Oliver aardige, sullige mensen waren en niemand zich schaamde tegenover dat soort mensen. Daarom leverde hun aanwezigheid geen spanningen op.

'Dan zie ik jullie daar,' zei haar vader. 'Ik moet een paar boodschappen doen. Belangrijke boodschappen, weet je.'

'Geen denken aan,' zei haar moeder. 'Schiet eens op, jij.'

Haar moeder wilde dat haar vader gezonder leefde. (Hij had een enorm dikke, behaarde buik, maar die kon hij zo hard maken als een steen, en dan vroeg hij Dakota ertegen te stompen. 'Harder!' brulde hij dan als een gek. 'Kom op, je hebt toch wel meer in huis dan die kippenkracht?'

'Wat vind jij, Dakota? Ga jij niet liever met de auto? Veel beter, toch? Veel comfortabeler?' vroeg haar vader. 'Dan kunnen we daarna ergens een ijsje halen.'

'Het maakt mij niet uit,' zei Dakota. 'Zolang we maar om drie uur terug zijn.' Ze had 's middags een *Hunger Games*-feestje, dus dit deed er allemaal niet toe. Het feestje was bij haar vriendin Ashling, en Ashlings moeder nam het thema altijd heel serieus. Niemand zou echt doodgaan, zover ging ze niet, maar de kans was groot dat er echt met pijl-en-boog geschoten werd.

Toen ze hun oprit af liepen, hoorden ze iemand roepen vanaf het huis van Harry. 'Hallo!'

'Barney!' zei Dakota's moeder toen de hond bijna haar arm eraf rukte door keihard aan de riem te trekken en opgewonden blaffend te springen. Als Dakota hondentaal had kunnen verstaan, zou hij volgens haar zeggen: 'Nog een menselijk schepsel! Geweldig!'

Haar vader bleef staan. 'Hallo!' schreeuwde hij. Hij schreeuwde letterlijk. Alsof hij zich verstaanbaar moest maken over een bergketen in plaats van een voortuin. 'Alles goed? Prachtige dag, nietwaar?'

Haar vader was even opgewonden als Barney als hij een mens zag. Serieus.

Een man in een lichtroze polo en een spierwitte korte broek kwam op hen af met iets in zijn armen. Vandaag werd Harry's huis leeggehaald. Het was vreemd om de meubels naar buiten gedragen te zien worden: een oude bank, een kleine tv, een oud, vergeeld, vlekkerig matras. Dakota had de andere kant op gekeken. Het was alsof ze Harry's ondergoed zag.

'Hallo,' zei de man buiten adem alsof hij hardgelopen had. Hij sprak Dakota's moeder aan. 'We hebben elkaar onlangs ontmoet. Steve. Steve Lunt.'

'Ik ben Vid! Aangenaam!' zei haar vader. 'We gaan een stukje wandelen, weet je. We komen net de deur uit.' Hij maakte een karatebeweging met zijn hand. 'Zo zijn we. Verzot op frisse lucht.'

Dakota voelde zich opgelaten.

'Hallo, Steve,' zei haar moeder. 'Hoe gaat het met het opruimen? Dit is trouwens onze dochter, Dakota, en onze malle hond Barney.'

Dakota stak haar hand een minimaal stukje omhoog om haar vaders hoogdravende luidruchtigheid te compenseren. Ze probeerde oogcontact met Steve te vermijden, zodat hij zich niet verplicht hoefde te voelen om een praatje met haar te maken ('In welke klas zit je?').

'Hallo, Dakota,' zei Steve. 'Eigenlijk was ik naar jou op zoek. Ik vroeg me af of je deze oude globe wilt hebben. Misschien leuk voor op je kamer?'

Hij stak een ouderwetse globe op een houten standaard in de lucht. Hij was goudbeige van kleur en beschreven met krulletters, als een oude zeeroversschatkaart. Dakota merkte tot haar eigen verbazing dat ze hem heel graag wilde hebben. Ze zag hem al staan op haar bureau, goud glanzend en mysterieus.

'Hij is echt prachtig,' zei haar moeder. 'Maar hij lijkt wel antiek. Misschien is hij veel geld waard. Wil je hem niet laten taxeren?'

'Nee, nee, ik wil dat jullie hem krijgen. Ik wil dat hij een goed thuis krijgt.' Steve lachte zijn parelwitte tanden bloot naar Dakota en reikte haar de globe aan.

'Dank je wel,' zei ze. Hij was zwaarder dan ze had verwacht.

'Gebruik hem maar niet voor je aardrijkskundeles,' zei hij. Hij tikte hem met zijn vingertop aan, zodat hij zacht begon te draaien. 'Perzië en Constantinopel staan er nog op in plaats van Iran en Istanbul.'

'Dan is hij inderdaad heel oud,' zei Vid. 'Dat is een heel kostbaar geschenk dat je aan Dakota geeft. Dank je wel.'

Perzië. Constantinopel. Dakota drukte de globe tegen zich aan.

'Ik geloof dat hij van Harry's zoon is geweest,' zei Steve. Hij dempte zijn stem en draaide zijn gezicht een beetje naar haar moeder alsof hij niet wilde dat Dakota het zou horen, maar daardoor spitste ze juist haar oren. 'Het leek wel of er na de dood van zijn zoon nooit iets aan zijn slaapkamer is veranderd. Volgens mijn moeder is dat minstens vijftig jaar geleden. Het was heel griezelig om te zien. Alsof ik terugging in de tijd. Er lag een boek.' Zijn stem trilde van emotie. '*Biggles leert vliegen*. Geopend op het bed. Al zijn kleren hingen nog in de kast.'

Dakota's moeder sloeg haar hand voor haar mond. 'O, god. Die arme, arme man.'

Ja hoor. Nu zou haar moeder zich nog schuldiger voelen over die verschrikkelijke meneer Spuug.

'We hebben foto's gemaakt,' zei Steve ernstig.

Dakota vond dat nogal ongepast. Zou hij foto's van de kamer van die overleden jongen op Instagram gaan zetten?

Dakota's vader werd onrustig. Hij rammelde met zijn sleutels in zijn zak. 'Zullen we die mooie globe even veilig binnen zetten, Dakota?'

'Dank je wel,' zei Dakota nogmaals tegen Steve. 'Heel erg bedankt.'

'Hij is je gegund,' zei Steve. 'Ik weet zeker dat Harry het fijn zou vinden dat jij hem krijgt.'

'Harry was dol op Dakota,' zei haar vader. Dat was zo'n aperte leugen dat Dakota haar oren haast niet kon geloven. 'Hij liet het misschien niet altijd merken, weet je.' Hij keek Steve aan. 'Wil je niet even uitrusten, man? Even een kop koffie binnen? Iets eten? We hebben...'

'We zouden gaan wandelen, Vid,' viel haar moeder hem in de rede.

'O ja,' zei haar vader somber. 'Dat was ik even vergeten.'

83

De dag van de barbecue

Harry liep de trap op met zijn ene hand over de andere op de leuning, alsof hij in een touw klom. Het was onaanvaardbaar dat een man zelfs zijn eigen trap niet op kon komen zonder dat zijn benen zo'n pijn deden. Hij was ooit zo sterk als een paard geweest en hij had altijd gezond geleefd. Gezondheid vond hij belangrijk. Hij bleef altijd op de hoogte van de laatste ontwikkelingen. Zodra de gezondheidsdienst dat rapport had uitgegeven over longkanker en sigaretten was Harry met roken gestopt. Diezelfde dag nog.

Hij wist alles van de voedingsdriehoek. Daar hield hij zich zo goed mogelijk aan. Hij nam voldoende beweging. Hij slikte multivitaminen zoals hem was aanbevolen door zijn huisarts, die eruitzag alsof hij nog op de middelbare school zat en misschien was dat ook wel zo, want die multivitaminen waren geldverspilling. Ze hadden totaal geen effect. Hij voelde zich elke dag een beetje slechter. De vitaminefabrikanten lachten als ze hun bankrekening zagen. Harry dacht erover een klachtenbrief te schrijven. Hij schreef gemiddeld twee à drie klachtenbrieven per week. Je moest ervoor zorgen dat het bedrijfsleven in Australië zijn verantwoordelijkheid nam. Toen hij nog in het bedrijfsleven zat, bestonden er normen. Mensen hechtten waarde aan kwaliteit. Het waardeloze vakmanschap van tegenwoordig was een schande.

Hij bleef halverwege de trap staan om op adem te komen.

Daarom moesten oude kerels hun huis uit naar die afschuwelijke bejaardenhuizen, omdat ze die verrekte trap in hun eigen huis niet meer op konden. Wat een grap. Hij ging nergens naartoe. Ze zouden hem in een kist het huis uit moeten dragen.

Hij hoorde nog steeds de muziek bij de buren. Zeer egoïstische, ongemanierde mensen. Hij zou als het nodig was de politie bellen. Hij belde de politie vaak als de zoon feestjes gaf terwijl zijn ouders op zo'n verrekte cruise in het zuiden van dat verrekte Frankrijk waren. Die zoon met van dat lange vette haar, net een aap. Weerzinwekkend type.

Maar die woonden er niet meer, toch? Dat wist hij. Natuurlijk wist hij dat. Ze waren een jaar of tien geleden verhuisd. Dat wist hij heel goed. Hij maakte elke ochtend een sudoku. Met zijn hoofd was niets mis. Hij werd alleen af en toe wat wazig.

Nu woonde daar die grote Arabische kerel, of wat voor nationaliteit hij ook had. Waarschijnlijk een terrorist. Je wist het tegenwoordig maar nooit. Harry had zijn mobiele nummer. Hij had al zijn gegevens zorgvuldig genoteerd, voor het geval hij die ooit aan de politie moest geven. Hij hield hem in de gaten. Die vrouw van hem had gezegd dat ze de muziek zachter zou zetten, maar Harry had het sterke vermoeden dat die nog harder stond. Wat kon je verwachten van een man met zo'n idiote armband? Zijn vrouw zag er niet slecht uit, maar stijl had ze niet. Ze kleedde zich hoerig. Dat meisje had wel het een en ander over stijl, over elegantie kunnen leren van Harry's vrouw. Dat had Elizabeth haar goed kunnen bijbrengen.

Hun kind deed Harry aan Jamie denken. Iets aan de vorm van haar hoofd. En nog iets: een bepaalde kalmte, als een vogelaar, als iemand die de wereld onderzoekend bekeek, die probeerde alles te doorzien. Jamie was een denker geweest. Harry werd razend als hij dat kind zag. Hoe durfde ze zo op Jamie te lijken? Hoe durfde zij hier te zijn terwijl hij er niet was? Het maakte hem woedend. Soms als hij naar haar keek, werd het letterlijk rood voor zijn ogen. Als gloeiend vuur.

Hij klom verder de trap op. De ene hand na de andere aan de leuning. Harry liep vroeger hard. Dat deed hij al voordat het een trend werd. Dit lichaam rende vroeger. Hij kende zijn eigen slappe benen niet meer terug; het leken de benen van een ander. Waarom had nog niemand een medicijn uitgevonden om dit te voorkomen? Zo moeilijk kon dat niet zijn. Al die onderzoekers waren gewoon veel te jong en wisten niet wat hun te wachten stond. Ze wisten nergens van! Ze dachten dat ze altijd controle hielden over hun lichaam, en tegen de tijd dat ze erachter waren dat dat niet zo was, was het te laat, waren ze gepensioneerd en was hun geest verward, maar niet die van Harry, want hij maakte sudoku's.

'Niet rennen, niet rennen!' riep Elizabeth altijd tegen Jamie als hij over het bospad rende. Ze was bang dat hij zou vallen, maar dat gebeurde nooit. Hij was behendig. Ze gingen altijd met een volle picknickmand op pad, en dan waren ze binnen een uur bij de waterval.

Nu was Harry aan dit huis gekluisterd, net als aan zijn lichaam. Hij wist zelfs niet of dat bospad waar Jamie altijd overheen rende nog bestond. Hij kon het wel uitzoeken, maar als bleek dat het onder een winkelcentrum was verdwenen, zou hij kwaad worden, en als het nog bestond, als andere kinderen eroverheen renden met moeders die 'Niet rennen, niet rennen!' riepen, zou hij nog kwader worden.

Hij was boven. Wat een gedoe om een trap op te komen. En wat nu? Wat kwam hij hier ook alweer doen?

Zijn geheugen liet het afweten. Soms kon hij niet op het juiste woord komen, maar hij wist nog dat Elizabeth dat soms ook had. 'Waar is de hoe-heet-het?' zei ze dan, en zij was nog zo jong, zo mooi, zo heerlijk jong, ze had geen idee hoe jong ze was, en hij had geen idee wat hij hier boven kwam doen.

Nog steeds hoorde hij die muziek bij de buren. Nog harder

zelfs. Wie dachten ze wel dat ze waren? Quasiartistieke types. Elizabeth hield van klassieke muziek. Op school speelde ze viool. Ze had meer stijl in haar pink dan die goedkope slet in haar hele lijf. Ze had haar wel een en ander kunnen bijbrengen. Hoe durfden ze de muziek zo hard te zetten? Stelletje egoïsten.

Hij stelde zich voor dat hij de politie belde om te zeggen dat de buren die verrekte Mozart zo hard draaiden dat hij er doof van werd. Was Mozart niet die dove componist? Geen wonder dat hij van die beroerde muziek schreef. Elizabeth moest altijd lachen om zijn gemopper. Elizabeth had gevoel voor humor. Jamie ook. Ze lachten altijd allebei om hem. Toen zij er niet meer waren, lachte er nooit meer iemand om hem. Alles wat grappig was aan hem verdween met hen.

Het was de schuld van de buren dat hij niet meer wist waarvoor hij naar boven was gegaan. Hij was door hen afgeleid. Hij liep Jamies kamer in om kalm te worden en deed het licht aan.

Hij keek uit het raam. Bij de buren was buiten de feestverlichting aan. Het leek daar verdomme Disneyland wel.

Twee kleine meisjes renden er rond. Een van hen had vleugels op haar rug, als een elfje. De ander droeg een roze jasje dat er ouderwets uitzag. Elizabeth zou het een mooi jasje gevonden hebben.

Hij zag die verrekte hond heen en weer vliegen. Keffen en janken. Die dag had het beest in Harry's tuin staan graven. Harry had hem een trap tegen zijn achterste gegeven, om te laten merken dat hem dat te ver ging. Het was geen harde trap, maar Elizabeth en Jamie zouden er niet om hebben gelachen. Ze zouden waarschijnlijk niets meer tegen hem gezegd hebben. Elizabeth en hij hadden Jamie een hond willen geven voor zijn negende verjaardag. Ze hadden het al op zijn achtste verjaardag moeten doen.

Hij keek uit het raam. Hun energierekening was waarschijnlijk torenhoog met al die verlichting.

Hij zag de buren van twee huizen verder. Oliver. Zijige naam, maar wel een aardige kerel. Je kon een verstandig gesprek met hem voeren. (Hoewel hij in zo'n strakke, zwarte glimbroek fietste. Dan leek hij wel een idioot.) De naam van zijn vrouw wist hij niet meer. Zo'n zorgelijk kijkende, magere vrouw.

Geen kinderen. Misschien wilden ze die niet. Misschien konden ze ze niet krijgen. Haar heupen leken niet breed genoeg om kinderen te krijgen. Maar ze konden ze tegenwoordig ook in buisjes kweken.

Elizabeth had graag een zusje willen hebben voor Jamie. Ze keek altijd naar kleine meisjes. Ze hield van die jurkjes. 'Kijk eens wat een mooi jurkje dat meisje aanheeft,' zei ze dan tegen hem, alsof Harry ook maar iets gaf om mooie meisjesjurkjes.

Die dag keek ze ook naar een klein meisje, een klein meisje met een reusachtige roze suikerspin in haar hand. Elizabeth zei 'Kijk, die is bijna even groot als zij', maar Harry had alleen wat gegromd omdat hij uit zijn hum was, hij wilde weg, het was zondagmiddag, het was nog een eind rijden naar huis en hij dacht aan zijn werk en de week die voor hem lag. De vakbond baarde hun zorgen. Harry hield er niet van als hij zich op zondagavond moest haasten. Hij wilde graag uitgerust aan de nieuwe werkweek beginnen.

Hij had niet dat hele eind willen rijden naar die kloteplaats met die sjofele kermis. Hij had niet 'kloteplaats' tegen Elizabeth moeten zeggen, want dat vond ze vreselijk, het kwetste haar echt, maar hij was in gedachten bij de vakbondsvertegenwoordiger, een lastige vent, en de discussie die hij moest voeren. (De vertegenwoordiger kwam op de begrafenis. Hij omhelsde Harry, en dat wilde Harry niet, maar hij wilde ook niet op de begrafenis van zijn vrouw zijn.)

Hij had die dag aardiger moeten zijn tegen Elizabeth en Jamie. Hij zou aardiger hebben gedaan als hij had geweten dat het hun laatste dag samen was. Hij zou niet 'die kloteplaats' hebben gezegd. Hij zou niet tegen Jamie hebben gezegd dat er met al die spelapparaten gesjoemeld was en dat hij nooit iets zou winnen. Hij zou niet hebben gegromd toen Elizabeth hem op dat kleine meisje met die suikerspin wees.

Maar aan de andere kant, misschien had hij juist harder moeten optreden. Doortastender moeten zijn. Hij had nee moeten zeggen toen ze voor de derde keer in die attractie wilden.

Hij had ook nee gezegd, maar Elizabeth negeerde dat. Ze greep Jamies hand en zei: 'Eén keertje nog.' En weg waren ze.

Als hij ze terug zou zien, zou hij tegen ze schreeuwen. Hij zou schreeuwen: ik zei toch nee! Ik was de man in huis! Dan zou hij hen allebei in zijn armen sluiten en nooit meer laten gaan.

Als hij hen terug zou zien. Elizabeth geloofde in een hiernamaals, en Harry hoopte dat ze gelijk had. Ze had meestal gelijk, alleen die ene dag niet.

De attractie heette De Spin. Er zaten acht lange armen aan, met aan het uiteinde een wagentje waar acht mensen in konden. De armen gingen op en neer, op en neer, en daarna draaide het hele geval in de rondte.

Elke keer dat ze voorbijvlogen, had hij een glimp opgevangen van hun rode, lachende gezicht, hun hoofd dat naar achteren kantelde. Hij was er misselijk van geworden.

De Spin was tien jaar eerder gebouwd door een Australische fabrikant met een Duitse naam: Flugzeug Amusement Rides. Flugzeug Amusement Rides had voor De Spin alleen de meest basale regels voor onderhoud en inspectie in acht genomen. Het bedrijf dat de kermis runde, was Sullivan and Sons. Ze zaten diep in de financiële problemen. Ze moesten personeel ontslaan. Een trouwe onderhoudsmanager, Primo Paspaz, moest weg. Primo had zijn eigen onderhoudsschema voor alle ritten in een rood schrift genoteerd. Dat rode schrift verdween toen hij zijn baan kwijtraakte. Toen hij in de rechtszaal moest getuigen, sloeg hij met zijn vuist op zijn knie. De tranen stonden in zijn ogen.

Een van de mechanieken van De Spin werkte niet goed, en een wagentje brak af.

Alle acht lachende, schreeuwende passagiers kwamen om. Vijf volwassenen en drie kinderen.

De rechtszaak sleepte jarenlang voort. Het vrat aan Harry. Hij had de dossiers nog: dikke mappen met een verhaal over onachtzaamheid, incompetentie en waanzin. Niemand nam ooit de verantwoordelijkheid. Alleen Primo Paspaz zei 'Het spijt me' tegen Harry. Hij zei: 'Als ik er was blijven werken, zou het nooit zijn gebeurd.'

Mensen moesten hun verantwoordelijkheid nemen.

Harry liep van het raam vandaan en gaf Jamies globe een slinger, zodat alle plaatsen die Jamie nooit had kunnen zien langs zijn vinger vlogen.

Hij keek weer uit het raam naar de buren. Het kwam bij hem op dat hij ook bij die barbecue zou zijn als Elizabeth nog had geleefd, want ze was heel sociaal, en die Arabier nodigde Harry altijd uit, alsof hij echt wilde dat hij kwam. Het was vreemd. Even zag Harry heel duidelijk voor zich hoe deze avond dan zou verlopen: Elizabeth aan de tafel, genietend van de muziek, Harry die deed alsof hij het maar niks vond, en iedereen lachte, omdat Elizabeth van zijn gemopper altijd iets grappigs maakte.

Harry keek naar de twee meisjes die de tuin door renden. Het leek alsof ze elkaar achternazaten in een spelletje.

De kleinste klom op de rand van de fontein. Ze had een blauw tasje vast. Ze rende over de rand. De fontein was zo groot als een zwembad. 'Voorzichtig, kind,' zei Harry hardop. 'Straks val je.' Was er iemand die op haar lette?

Hij tuurde de achtertuin in. De volwassenen zaten allemaal rond de tafel, zonder ook maar naar de kinderen te kijken. Ze schaterden. Hij kon hun lach niet boven de muziek uit horen.

Oliver zag hij niet, maar wel zijn vrouw, Erika, ja, zo heette ze, op het paadje voor de achterdeur. Zij kon het kleine meisje waarschijnlijk wel zien.

Hij keek weer naar de fontein, en zijn hart sloeg over.

Het kleine meisje was weg. Was ze van het muurtje geklommen? Toen zag hij het. Het roze jasje. Godallemachtig, ze lag voorover in het water. Ze was erin gevallen. Het was alsof het door zijn voorspelling was gebeurd.

Hij speurde naar een volwassene. Waar was die Erika? Zij moest het hebben gezien. Daar stond ze, ze stond in een rechte lijn voor de fontein.

Maar ze stond daar maar. Waar was die stomme vrouw mee bezig?

'Ze is erin gevallen!' Hij bonsde op de ruit.

Olivers vrouw verroerde zich niet. Ze stond daar maar. Als een standbeeld. Haar gezicht weggedraaid, alsof ze het niet wilde zien, alsof ze opzettelijk de andere kant op keek. In godsnaam, wat mankeerde haar? Wat mankeerde al die idioten? Mijn god, mijn god.

Harry's gezicht was warm van woede. Het meisje was bezig te verdrinken vlak voor de ogen van die idiote, onverantwoordelijke mensen. Je zou ze wat doen.

Hij probeerde het raam omhoog te duwen zodat hij naar ze kon schreeuwen, maar het zat vast. Het was jarenlang niet geopend. Hij bonsde zo hard met zijn vuisten op de ruit dat het pijn deed. Hij schreeuwde harder dan hij in jaren had geschreeuwd: 'Ze verdrinkt!'

Eindelijk keek de vrouw op. De vrouw van Oliver. Ze keken elkaar aan. Godzijdank, godzijdank. 'Ze verdrinkt!' schreeuwde Harry. Hij wees met zijn vinger naar de fontein. 'Dat meisje verdrinkt!'

Hij zag dat ze haar gezicht naar de fontein draaide. Langzaam. Alsof er geen haast geboden was.

En nog steeds stond ze daar stokstijf. Die stomme, idiote

vrouw verroerde geen vin. Ze bleef maar naar de fontein kijken. Het leek wel een nachtmerrie. Harry hoorde zichzelf huilen van frustratie. De tijd drong.

Hij liep bij het raam vandaan en rende de kamer uit. Het was de enige manier. Hij moest snel zijn. Hij moest opschieten. Hij moest naar de buren rennen en zelf dat meisje uit het water halen. Dat meisje in het roze jasje verdronk. Elizabeth zou het een schattig meisje hebben gevonden. Hij hoorde Elizabeth roepen: 'Rennen, Harry, rennen!'

Hij rende de overloop op. Het was alsof hij zijn oude lichaam terug had. Er was geen pijn. Hij kreeg kracht door de urgentie van zijn missie. Hij rende lenig en soepel als een twintigjarige met perfecte, verende benen. Hij kon het. Hij was snel. Hij was lenig. Hij zou haar redden.

Op de tweede tree struikelde hij. Hij greep naar de leuning, maar het was te laat, hij stortte naar beneden, net als zijn vrouw en zijn zoon.

84

Het was vroeg in de avond van al weer een prachtige dag toen Sam onder een inktblauwe hemel van de pont naar huis liep. Het was al bijna een hele week mooi weer. Alles was opgedroogd en verdord, en mensen zeiden niet meer dat de zon zo heerlijk scheen. De regenperiode, de 'Big Wet', waaide op een zacht lentebriesje hun geheugen uit.

Sam had weer een tamelijk productieve werkdag gehad, dus dat was tenminste iets. Het was een beetje gênant dat hij er zoveel voldoening uit putte dat hij erin was geslaagd zijn strategieplan te voltooien om nog meer verlies van het marktaandeel te voorkomen in het inmiddels drukke segment van suikervrije cafeïnevruchtendrankjes. Niet dat hij nu victorie kon kraaien, maar het was een weloverwogen strategie, die het bedrijf winst zou opleveren en waarmee hij de afgelopen paar weken waarin hij niets had uitgevoerd kon goedmaken. Hij had zijn hersenen gebruikt. Hij had een taak volbracht. Het voelde goed.

Misschien waren het de fantastische, magische effecten van zijn eerste therapeutische sessie. Na het vernederende voorval op de EHBO-cursus van zondag had Clementine die maandag na kantoortijd een afspraak met een therapeut voor hem weten te maken. Sam vroeg haar niet hoe haar dat zo snel was gelukt. Waarschijnlijk had ze haar moeder erop afgestuurd. Pam was een groot voorstander van therapie. De kans was groot dat ze een therapeut onder een snelkeuzetoets had zitten. Sam huiverde bij de gedachte aan het meelevende gezicht dat zijn schoonmoeder moest hebben getrokken toen Clementine haar vertelde over zijn tranen, zijn zogenaamde 'posttraumatische stress' zelfs.

De therapeut was een vrolijke, spraakzame man, klein als een jockey, vol eigen meningen, wat Sam verbaasde. (Moesten ze geen raadselachtige dingen zeggen als 'Wat vindt u zelf?') Hij zei dat Sam waarschijnlijk een milde vorm van PTSS had. Het klonk even nonchalant alsof hij zei: je hebt waarschijnlijk een lichte bijholteontsteking. Hij dacht dat Sam 'max' drie of vier sessies nodig zou hebben om 'het de kop in te drukken'.

Sam was bijna lachend vertrokken; had die man zijn diploma soms online gehaald? Maar in de lift naar beneden had hij zich tot zijn verbazing een beetje opgelucht gevoeld, alsof je na een lange vlucht bij het bagagedepot stond en je oren openplopten terwijl je nauwelijks besefte dat ze dicht hadden gezeten. Niet dat hij zich fantastisch voelde. Maar wel iets beter. Misschien was het het placebo-effect, of misschien zou het uiteindelijk vanzelf beter zijn gegaan, of misschien had zijn kleine therapeut bovenaardse kwaliteiten.

Nu bleef hij voor een zebrapad staan kijken naar een vrouw met een baby in een wandelwagen en een peuter.

De baby was ongeveer een jaar. Hij zat rechtop met zijn dikke beentjes recht voor zich en hield een groot groen blad als een vlaggetje in zijn mollige hand.

Was het soms een drijvend blaadje dat die dag Ruby's aandacht had getrokken? Hij stelde het zich voor zoals hij al zo vaak had gedaan, zoals hij misschien de rest van zijn leven zou blijven doen. Hij zag haar op de rand van de fontein klimmen, trots op zichzelf, en daarover ronddraven, misschien zelfs rennen. Was ze uitgegleden? Of had ze iets gezien wat ze wilde hebben? Een drijvend blad of een mooie stok. Iets wat glom. Hij stelde zich haar voor, geknield op de rand van de fontein in haar roze jasje, met een hand uitgestrekt, en dat ze toen ineens in het water viel, voorover, in paniek met haar armen zwaaiend terwijl haar longen zich met water vulden en ze probeerde 'papa' te schreeuwen, de zware jas die haar omlaagtrok en daarna de stilte, haar haren die rond haar hoofd dreven.

Even kantelde Sams wereld, en zijn adem stokte. Hij concentreerde zich op het voetgangerslicht dat op rood stond en wachtte tot het groen werd. De auto's zoefden langs. De moeder die naast hem stond te wachten zei iets in haar mobieltje.

'Mijn schoen valt van mijn voet,' zei de peuter klagerig.

'Nee hoor,' zei de moeder verstrooid terwijl ze doorging met haar telefoongesprek. 'Dat weet ik, dat is het nou juist, ik bedoel, het zou prima zijn als ze er meteen open over was geweest, maar... nee, Láchlan! Niet hier je schoen uittrekken!'

De kleine jongen was ineens op het voetpad neergeploft en was bezig zijn schoen uit te trekken.

'Hij zit hier midden op straat die verrekte schoen uit te trekken. Lachlan, hou daarmee op.' De vrouw bukte zich om de peuter overeind te trekken. Haar hand gleed van de wandelwagen. Hij stond op een helling.

De wagen gleed weg.

'Oeps.' Sam stak een hand uit en greep het handvat.

De vrouw keek op.

'Jezus christus.' De telefoon die ze tussen hoofd en schouder klemde, viel met een smak op de grond toen ze snel de wandelwagen vastgreep, haar hand boven op die van Sam.

Ze keek naar het voorbijrazende verkeer en toen weer naar de wandelwagen.

'Het had... hij zou...' zei ze.

'Ik weet het,' zei Sam. 'Maar alles is oké. Er is niets gebeurd.' Hij haalde zijn hand onder de hare uit. Ze hield de stang nu vast alsof ze hem nooit meer zou loslaten.

'Mama, de telefoon is helemaal kapot!' De peuter stak met een gezicht vol afschuw het mobieltje in de lucht dat hij van de grond had opgeraapt. Sam hoorde een blikkerige stem in de telefoon zeggen: 'Hallo? Hallo?'

Het licht sprong op groen. De vrouw bewoog zich niet. Ze was het nog aan het verwerken, ze zag nog steeds voor zich wat er had kunnen gebeuren.

'Fijne avond nog,' zei Sam, en hij stak de straat over, de hemel groots en hoopvol voor hem.

85

'Je hoeft toch niet meteen terug naar kantoor?' vroeg Oliver terwijl hij zijn oren onder zijn badmuts stopte – *klap, klap* – en zijn duikbril over zijn ogen trok, zodat hij er in Erika's ogen uitzag als een mallotig ruimtewezen.

Ze hadden tussen de middag afgesproken in zwembad North Sydney, voor allebei op loopafstand van hun werk, voor de eerste zwempartij na hun korte 'winterpauze', zoals Oliver dat altijd noemde. Tijdens de wintermaanden wisselden ze hun zwempartijen af met een pittige cardiowork-out van dertig minuten in de sportschool.

'Als ik maar om halftwee terug ben.' Erika trok ook haar duikbril over haar ogen, zodat de wereld turkoois kleurde.

'Goed,' zei Oliver. Hij keek ernstig.

Terwijl Erika haar eerste baantje zwom, vroeg ze zich af wat er in zijn hoofd omging. Sinds hij haar 'vreemde gewoonte' had ontdekt, had ze het gevoel dat ze in hun huwelijk was gedegradeerd. Ze had hem moeten beloven dat ze met haar psychologe over haar 'kleptomanie' zou praten.

'Het is geen kleptomanie,' riep Erika. 'Het is alleen maar...'

'Spullen stelen van je vriendin,' maakte Oliver opgewekt haar zin af.

Er was de laatste tijd iets in Oliver veranderd: alsof hij roekeloos was geworden, maar niet echt, want Oliver zou nooit roekeloos zijn. Een beetje agressief? Niet echt. Fel. Het was eerlijk gezegd niet onaantrekkelijk. Ze hadden veel wilde seks. Het was fantastisch.

Ze had haar 'kleptomanie' nog niet met haar psychologe besproken omdat ze nog niet bij haar was geweest. Niet Pat had op het laatste moment een paar sessies afgezegd. Ze had waarschijnlijk haar eigen problemen. Erika hoopte stiekem dat ze misschien een sabbatical zou nemen.

Steeds als ze boven water kwam en opkeek, zag ze de grijze, gewelfde pylonen van de Harbour Bridge die oprezen naar de helderblauwe lucht. Het was een fantastische plek om te zwemmen. Was dit niet voldoende in het leven? Fijn werk, fijne lichaamsbeweging, fijne seks. Ze maakte een buiteling en keek of ze Oliver zag. Een heel eind voor haar uit schoot hij door het water; gelukkig was het niet zo druk, want zelfs voor de snelle baan zwom hij te hard.

Het moest de baby zijn. Daar zou hij over willen praten. De baby was zijn project, en zijn projectmanagementvaardigheden waren uitstekend. Nu Clementine niet langer deel uitmaakte van het plan, zou hij 'andere opties, andere wegen' willen verkennen. Hij zou alle voors en tegens willen bespreken. Erika's hele lichaam werd loom bij de gedachte. Haar benen voelden als een zwaar gewicht dat ze achter zich aan moest slepen.

De gedachte 'ik ben er klaar mee' kwam bij haar op. Ik ben klaar met het project-baby. Maar natuurlijk kon dat niet, niet voordat Oliver ook zover was.

Dit was gewoon de muur waar ze tegenaan liep. Bij elke marathon liep je tegen een muur aan. De muur was zowel een fysieke als een mentale barrière, maar je kon hem overwinnen (door koolhydraten tot je te nemen, water, je te concentreren op je techniek). Ze zwom door. Ze had niet het gevoel dat ze hierdoorheen zou komen, maar dat was een muur eigen.

Na het zwemmen zaten ze buiten in de zon op een terras met uitzicht op de haven, waar ze tonijn en koolsalade aten. Met hun kleren aan. Een zonnebril op. Hun haar nog vochtig aan de punten.

‘Ik mail je de link van een artikel,’ zei Oliver. ‘Ik heb het gisteren gelezen, en ik heb erover nagedacht. Veel over nagedacht.’

‘Oké,’ zei Erika. Waarschijnlijk een nieuwe voortplantingstechnologie. Geweldig. Het is die muur maar, hield ze zich voor. Haal diep adem.

‘Het gaat over het opnemen van pleegkinderen,’ zei Oliver. ‘Oudere kinderen.’

‘Pleegkinderen?’ Erika’s vork bleef voor haar mond hangen.

‘Over hoe zwaar het is,’ zei Oliver. ‘Over de romantische ideeën die mensen over het pleegouderschap hebben, en dat daar niets van klopt. Dat pleegouders geen idee hebben waar ze aan beginnen. Een genadeloos eerlijk artikel.’

‘O,’ zei Erika. Ze kon zijn ogen niet zien vanwege zijn zonnebril. Ze was zich bewust van een klein vonkje hoop dat in haar ontbrandde. ‘Dus dat stuur je me omdat...?’

‘Ik vind dat we dat moeten doen,’ zei Oliver.

‘Jij vindt dat we dat moeten doen,’ herhaalde Erika.

‘Ik dacht aan Clementine en Sam,’ zei Oliver. ‘En dat Ruby’s ongeluk hen zo verschrikkelijk heeft aangegrepen. Wil je weten waarom dat zo hard bij hen is binnengekomen?’ Hij wachtte niet op een antwoord. ‘Omdat ze nog nooit iets hebben meegemaakt!’

‘Tja,’ zei Erika peinzend. ‘Ik weet niet of dat helemaal...’

‘Maar jij en ik, wij gaan van het ergste uit,’ zei Oliver. ‘Onze verwachtingen zijn niet hooggespannen. Wij zijn sterk. Wij kunnen tegen een stootje.’

‘Is dat zo?’ vroeg Erika. Ze wist niet of ze hem eraan moest herinneren dat ze in therapie was.

‘Iedereen wil een baby,’ zei Oliver zonder op haar vraag in te gaan. ‘Kleine, schattige baby’s. Maar wat het hardst nodig is, zijn pleegouders voor de oudere kinderen. De lastpakken. De gebroken kinderen.’ Hij zweeg en leek ineens niet meer zo zelfverzekerd. Hij pakte zijn supersmoothie. ‘Ik dacht alleen... nou ja, ik dacht dat we er misschien over kunnen nadenken, omdat we misschien wel begrip, of op z'n minst enig idee hebben van wat die kinderen doormaken.' Hij zoog aan zijn rietje. Ze zag de haven weerspiegeld in zijn brillenglazen.

Erika at haar salade en dacht aan Clementines ouders. Ze zag Pam weer voor zich zoals ze het kampeerbed voor haar opmaakte als ze bleef logeren, waarbij ze de kraakheldere lakens zo hoog opgooide dat ze door de lucht zweefden: de heerlijke, schone geur van bleekmiddel was nog steeds Erika's favoriet. Ze zag Clementines vader in zijn auto naast haar toen ze voor het eerst achter het stuur zat. Hij liet haar zien hoe ze haar handen op 'kwart voor drie' op het stuur moest leggen. 'Iedereen zegt op tien voor twee,' zei hij. 'Maar die hebben het allemaal mis.' Ze reed nog steeds met haar handen op kwart voor drie.

Hoe zeiden mensen dat ook alweer? Geef het door.

'Stel dat we het doen,' zei Erika. 'Dat we een van die gebroken kinderen in huis nemen.'

Oliver keek op. 'Ja.'

'Volgens dat artikel wordt het dus verschrikkelijk.'

'Dat zeggen ze,' beaamde Oliver. 'Traumatisch. Stressvol. Rampzalig. De kans bestaat dat we dol worden op een kind dat uiteindelijk terugkeert naar zijn biologische ouders. Of dat we een kind met een zware gedragsstoornis in huis krijgen. Of we komen erachter dat onze relatie op de proef wordt gesteld zoals we nooit voor mogelijk hadden gehouden.'

Erika depte met een servet haar mond en strekte haar armen boven haar hoofd. De zon scheen warm op haar kruin en gaf haar het gevoel dat ze smolt.

'Of het wordt fantastisch,' zei ze.

'Ja,' zei Oliver. Hij glimlachte. 'Ik denk dat het fantastisch kan worden.'

86

'Wil je een afleidend praatje?' vroeg Sam toen hij met haar de stad in reed. 'Of kalmerende stilte?'

'Ik weet het niet,' zei Clementine. 'Ik kan niet kiezen.'

Het was zaterdagochtend, even na tienen. Haar auditie was pas om twee uur. Bij hun vertrek hadden ze rekening gehouden met de mogelijkheid dat ze onderweg oponthoud konden krijgen.

'Ik kan zelf wel rijden,' had Clementine de vorige avond tegen Sam gezegd.

'Wat bazel je nou?' zei Sam. 'Ik breng je toch altijd naar audities.'

Dus we zijn nog steeds samen, dacht ze met enige verbazing. Misschien, want ze sliepen nog steeds apart.

Sinds die EHBO-cursus was er de afgelopen week iets veranderd, niets ingrijpends, eigenlijk het tegenovergestelde. Het voelde alsof een ultieme alledaagsheid was ingetreden, als het begin van een nieuw seizoen, nieuw en vertrouwd tegelijk. Alle boosheid en beschuldigingen waren verdwenen, weggevloeid. Het deed Clementine denken aan hoe je je voelde als je van een ziekte herstelde, als de symptomen verdwenen waren maar je je nog wat duizelig en slap voelde.

De meisjes waren bij Clementines ouders en het ging goed met allebei. Holly was de vorige dag thuisgekomen van school met een certificaat van goed gedrag, en Clementine vermoedde dat het eigenlijk betekende dat ze niet meer lastig was. 'De oude Holly is terug,' had de juf op de speelplaats tegen Clementine gezegd, en daarbij had ze even de rug van haar hand langs haar voorhoofd gehaald, waaruit Clementine opmaakte dat Holly's gedrag op school erger was geweest dan Sam en zij hadden beseft.

Ruby had gezegd dat Whisk vandaag thuis mocht blijven om een beetje uit te rusten. Ze leek haar belangstelling voor Whisk te verliezen. Clementine kon al zien hoe het arme ding onopvallend uit hun leven zou verdwijnen, net zoals dat soms met vrienden gebeurde.

'Oké, we hoeven niet panisch te worden, want we hebben genoeg tijd uitgetrokken voor dit soort voorvallen,' zei Sam toen het verkeer op de brug tot stilstand kwam en op een matrixbord felle rode letters oplitsten: OPONTHOUD NA ONGEVAL.

Clementine haalde diep adem door haar neus en blies uit door haar mond.

'Het gaat goed,' zei ze. 'Ik ben niet bepaald blij, maar het gaat goed.'

Sam hield zijn handen alsof hij mediteerde. 'We zijn zenmeesters.'

Clementine bekeek de zeilen van het Opera House, die helderwit afstaken tegen de blauwe lucht. Gelukkig was het Opera House een van de gebouwen waar ze een eigen kleedkamer had die ze niet met andere cellisten hoefde te delen, zodat ze niet met de babbelkousen hoefde te praten. Er waren kleedkamers genoeg, sommige met uitzicht op de haven. Het zou er comfortabel en aangenaam zijn. Haar auditie vond plaats in de hemelse sfeer van de concertzaal.

Ze keek weer op de weg. Het verkeer kroop langs twee auto's met een verkreukelde motorkap. Er stonden politieauto's en ambulances met het achterportier open, en een man in pak zat aan de kant van de weg met zijn hoofd in zijn handen.

'Erika zei laatst iets wat me is bijgebleven,' zei Clementine. Ze had dit eigenlijk niet willen zeggen, maar ineens schoot het eruit, alsof ze het onbewust toch had gewild.

‘Wat dan?’ vroeg Sam op zijn hoede.

‘Ze zei: “Ik kies voor mijn huwelijk.”’

‘Ze kiest voor haar huwelijk. Wat bedoelt ze daarmee?’ vroeg Sam. ‘Ik snap het niet. Wat maakt dat ze voor haar huwelijk moet kiezen?’

‘Ik snap het geloof ik wel,’ zei Clementine. ‘Het gaat erom dat je ervoor kiest dat je je huwelijk prioriteit geeft, dat je het op de eerste plaats zet, dat je er je missie van maakt of zoiets.’

‘Clementine Hart, hoor ik jou nou echt van dat zielloze bedrijfsjargon uitslaan?’

‘Rustig maar. Ik wil alleen van deze kans gebruikmaken om te zeggen...’

Sam snoof. ‘Nu klink je net als je moeder als ze een van haar speeches houdt.’

‘Ik wil deze kans gebruiken om te zeggen dat ik ook voor mijn huwelijk kies.’

‘Eh... moet ik nu dank je wel zeggen?’

Clementine sprak snel. ‘Als een derde kind bijvoorbeeld voor jou een hartenwens is, dan is dat iets waar we op zijn minst over moeten praten. Ik kan het niet negeren of hopen dat je het vergeet, wat ik eerlijk gezegd deed. Ik weet dat je een paar weken geleden hebt gezegd dat je niet nog een kind wilde, maar toen was je nog... of toen waren we allebei nog een beetje...’

‘... van slag,’ maakte Sam de zin voor haar af. ‘Wil jij nog een kind?’

‘Ik eigenlijk niet,’ zei Clementine. ‘Maar als jij het wilt, dan moeten we het daarover hebben.’

‘Wat? En dan gaan we bekijken of mijn verlangen naar een kind sterker is dan jouw verlangen naar geen kind?’

‘Precies,’ zei Clementine. ‘Ik denk dat we het precies zo moeten doen.’

‘Ik wilde wel een derde kind,’ zei Sam. ‘Maar op het ogenblik is het niet iets waar ik mee bezig ben.’

'Dat weet ik. Dat weet ik. Maar misschien kunnen we het op een dag ooit, tja, niet vergeten, natuurlijk, maar wel vergeven. We zouden het onszelf kunnen vergeven. Ik weet eigenlijk niet waarom ik daar nu over begin. We hebben niet eens...'

Seks meer. We slapen niet meer samen. Zeggen niet meer 'ik hou van je'.

'Ik geloof dat ik gewoon vond dat ik het ter sprake moest brengen,' zei ze.

'Waarvan akte,' zei Sam.

'Mooi.'

'Weet je wat op dit moment mijn vurigste wens is?' vroeg Sam.

'Nou?'

'Dat jij die baan krijgt.'

'Juist,' zei Clementine.

'Ik wil niet dat je dat podium op gaat terwijl je aan kinderen denkt. Ik wil dat je denkt aan waar je aan moet denken, aan modulatie, toonhoogte, tempo, al die dingen waar je volgens die nichterige ex-vriendjes van je aan zou moeten denken.'

'Nou, ik zal mijn best doen.' Ze zei het zachtjes. 'Je bent een lieverd, Sam.'

'Weet ik. Eet je banaan.'

'Nee.'

'Nu klink je net als je dochter.'

'Welke?'

'Allebei, eigenlijk.'

Het verkeer kwam weer op gang.

Even later schraapte Sam zijn keel. 'Ik zou graag deze kans aangrijpen om te zeggen dat ik ook voor mijn huwelijk kies.'

'O ja, en wat bedoel je daarmee?'

'Ik heb geen idee. Ik wilde alleen mijn positie duidelijk maken.'

'Misschien bedoel je dat je niet meer in de studeerkamer wilt slapen,' opperde Clementine met haar blik op de weg.

'Misschien wel,' zei Sam.

Clementine bekeek zijn profiel. 'Wil je terugkomen?'

'Ik wil graag terugkomen,' zei Sam. Hij keek achterom om van baan te wisselen. 'Terug van waar ik in godsnaam ook ben geweest.'

'Nou, je mag een aanvraag indienen.'

'Ik zou kunnen auditeren,' zei hij. 'Ik kan voorspelen.' Hij zweeg even. 'We zouden je kunnen blinddoeken. Bij een blinde auditie kun je niet bevooroordeeld zijn.'

Een gevoel van geluk stroomde onstuimig door haar heen. Het waren malle, afgezaagde, flirterige woorden, maar het waren hún malle, afgezaagde, flirterige woorden. Ze wist al hoe het vanavond zou gaan: de fijne vertrouwdheid en de schone lei, na wat ze bijna kwijtgeraakt waren. Ze wist niet hoe dicht hun huwelijk bij de ijsberg was geweest – dichtbij genoeg om zijn ijskoude schaduw te voelen – maar ze hadden hem weten te omzeilen.

'Ja, ik kies voor mijn huwelijk.' Sam stuurde naar rechts. 'En ik kies nu ook even voor de verboden busbaan omdat ik een idioot ben.'

Clementine pakte haar tas, haalde er een banaan uit en begon hem te pellen.

'Straks krijg je een bekeuring,' zei ze terwijl ze een hap nam en wachtte tot de natuurlijke bètablokkers hun werk begonnen te doen, en het was waarschijnlijk een heel goed seizoen voor bananen, want het was de lekkerste die ze ooit had gegeten.

87

Om halfvier werd eindelijk haar naam omgeroepen.

Ze liep met haar cello en strijkstok over de lange loper naar de eenzame stoel. Ze knipperde met haar ogen in het felle, warme, witte licht. Een vrouw hoestte achter het zwarte scherm, het klonk een beetje als Ainsley.

Clementine ging zitten. Ze omhelsde haar cello. Ze knikte naar haar pianist. Hij glimlachte. Ze had haar eigen pianist meegenomen. Grant Morton was een grootvaderlijke man die alleen woonde met zijn volwassen dochter die het syndroom van Down had. Zijn vrouw was de dag na haar vijftigste verjaardag overleden, vorig jaar nog maar pas, maar hij had nog steeds de allerliefste glimlach van iedereen en ze was heel blij dat hij haar kon begeleiden, want ze wilde haar auditie met die lieve glimlach beginnen.

Ze was zich ervan bewust dat haar hart sneller ging slaan tijdens het stemmen, maar het sloeg niet op hol. Ze haalde diep adem en legde haar hand op de metallic stickertjes die op de kraag van haar blouse zaten.

'Deze brengt je geluk bij je auditie,' had Holly gezegd voor ze vandaag weggingen, en ze had zorgvuldig een paarse vlindersticker op haar moeders blouse bevestigd, waarna ze haar moeder met een groots, volwassen gevoel voor ceremonie op de wang had gekust.

'Ik ook geluk!' had Ruby gegild, alsof geluk een lekkernij was die door Clementine uitgedeeld kon worden, en ze had alles van haar zusje nagedaan, alleen had haar sticker een gele smiley en haar kus was nat en rook naar pindakaas. Clementine voelde nog de plakkerige afdruk op haar wang.

Ze haalde nog een keer diep adem en keek naar de bladmuziek op haar standaard.

Ze had er alles aan gedaan. Elke ochtend urenlang geoefend, geluisterd naar opnamen, tientallen kleine technische knopen doorgehakt.

Ze zag haar meisjes onder de feestverlichting rennen, Vid die lachend zijn hoofd in zijn nek wierp, de stoel die op zijn kant lag, Olivers in elkaar gevouwen handen op Ruby's borst, de zwarte schaduw van de helikopter, het woedende gezicht van haar moeder naast haar. Ze zag zichzelf als zestienjarige het podium op en af lopen. Ze zag een jongen in een slecht zittende smoking toekijken terwijl ze haar cello inpakte en zeggen: 'Je hebt vast spijt dat je niet voor fluit hebt gekozen.' Ze zag het ongeloof in Erika's ogen toen Clementine voor het eerst tegenover haar op de speelplaats ging zitten.

Ze herinnerde zich Mariannes woorden: 'Niet alleen voor hen spelen, maar muziek maken!'

Ze herinnerde zich Hu's woorden: 'Je moet de juiste balans vinden. Het is alsof je over een koord loopt tussen techniek en muziek.'

Ze herinnerde zich wat Ainsley zei: 'Ja, maar op een bepaald moment moet je het gewoon allemaal loslaten.'

Ze hief haar strijkstok. Ze liet het los.

88

De avond van de barbecue

Pam en Martin stopten voor de keurige kleine bungalow van Erika en Oliver.

'Misschien slaapt Holly al,' zei Pam tegen haar man. Het was bijna negen uur.

'Misschien,' zei Martin. 'Of misschien niet.'

'Daar moet het zijn gebeurd,' zei Pam. Ze wees afkeurend naar het grote huis ernaast. Ze had het altijd een veel te opzichtig huis gevonden.

'Waar is wat gebeurd?' vroeg Martin niet-begrijpend.

Soms durfde ze er wat om te verwedden dat hij dement werd.

'Waar het ongeluk is gebeurd,' zei Pam. 'Ze waren bij de buren. Zo goed kennen ze hen trouwens niet.'

'O,' zei Martin. Hij keek weg van het huis en maakte zijn gordel los. 'Juist, ja.'

Ze stapten uit en liepen over het geplaveide pad ernaast met de keurig getrimde grasranden.

'Hoe voel je je?' vroeg ze aan Martin.

'Wat? Ik? Ik voel me prima.'

'Ik wil er alleen even zeker van zijn dat je geen pijn in je borst of zoiets hebt, want op dit soort momenten kunnen mensen van onze leeftijd zomaar ineens dood neervallen.'

'Ik heb geen pijn in mijn borst,' zei Martin. 'Jij wel? Jij bent ook van onze leeftijd.'

'Ik tennis drie keer per week,' zei Pam nuffig.

'Ik maak me meer zorgen dat onze schoonzoon dood neervalt als gevolg van een hartaanval,' zei Martin terwijl hij zijn handen in zijn zakken stak. 'Hij zag er verschrikkelijk uit.'

Hij had gelijk, Sam had er in het ziekenhuis verschrikkelijk uitgezien. Het leek onmogelijk dat één gebeurtenis zo'n enorme invloed op iemands fysiek had. Ze hadden Sam de vorige dag nog gezien, toen hij Martin kwam helpen hun oude wasmachine naar buiten te dragen, en toen was hij in topvorm: hij praatte over Clementines auditie, over een plannetje dat hij had bedacht om haar van haar zenuwen af te helpen, en hij was opgetogen over zijn nieuwe baan, maar vanavond had hij eruitgezien alsof hij van een wisse dood was gered, zoals mensen die je soms op het nieuws zag in foliedekens, met roodomrande ogen en lijkbleek. Hij verkeerde natuurlijk in een zware shock.

'Je was erg hard tegen Clementine,' zei Martin vriendelijk toen Pam op de bel drukte, die ze in de verte hoorden rinkelen.

'Ze had Ruby in de gaten moeten houden,' zei Pam.

'Jezus, zoiets kan iedereen overkomen,' zei Martin.

Mij niet, dacht Pam.

'En ze hadden allebei moeten opletten,' zei Martin. 'Ze hebben een fout gemaakt en ze hebben daar bijna een verschrikkelijk hoge prijs voor moeten betalen. Mensen maken fouten.'

'Ja, dat weet ik wel.' Maar in Pams ogen was het Clementines fout. Daarom worstelde ze met dit vreselijke, onmoederlijke gevoel van woede op haar geliefde dochter. Ze wist dat het uiteindelijk wel zou wegebben, dat hoopte ze in elk geval, en dat ze zich waarschijnlijk heel schuldig zou voelen over de manier waarop ze haar in het ziekenhuis had toegesproken, maar op dit moment was ze nog vreselijk boos. Het was de taak van een moeder om op haar kind te letten. Niks feminisme. Vergeet dat allemaal. Pam maakte zich sterk voor gelijke beloning, maar iedere vrouw wist dat je niet van een man op aan kon om tijdens een gezellig uitje de kinderen in de gaten te houden. Het was wetenschappelijk bewezen dat ze niet twee dingen tegelijk konden!

Clementine had altijd te veel op Sam vertrouwd, maar dat zij muzikant was, een creatief mens, een 'artiest', gaf haar nog niet het recht om haar verantwoordelijkheden als moeder op een ander af te schuiven. Haar taak als moeder kwam op de eerste plaats.

Soms kreeg Clementine precies dezelfde verstrooide, dromerige uitdrukking als Pams vader vroeger aan tafel als zijn vrouw hem iets wilde vertellen en hij nog voordat ze de zin had afgemaakt wegliep. Wat Pam betrof had hij verdomme net zo goed Ernest Hemingway kunnen zijn. Elk uur dat hij doorbracht met schrijven aan dat boek dat niemand ooit zou lezen, negeerde hij zijn kinderen, opgesloten in zijn studeerkamer, terwijl hij had kunnen leven. 'Het had een meesterwerk kunnen worden,' zei Clementine altijd, alsof het een tragedie was, alsof het daarom ging, terwijl dat helemaal niet telde: wat telde was dat Pam nooit een vader had gehad en dat ze die heel graag gehad zou hebben. Al was het maar af en toe.

Wat had Ruby eraan als haar moeder de beste celliste ter wereld werd? Clementine had moeten opletten. Ze had moeten luisteren. Ze had zich op haar kind moeten concentreren.

Natuurlijk had Clementines muziek niets te maken met het voorval van vandaag. Dat wist ze wel.

Als Ruby de ochtend niet haalde, als ze ernstige schade aan haar gezondheid had opgelopen, wist Pam niet wat ze met al die woede aan moest. Ze zou de kracht moeten vinden om die opzij te zetten en er voor Clementine te zijn. Pam drukte haar hand tegen haar borst. Ruby was stabiel, hield ze zich voor. Die rode bolle wangetjes. Die stoute, katachtige ogen.

'Pam?' zei Martin.

'Wat?' snauwde ze. Hij bekeek haar aandachtig.

'Je ziet eruit alsof je een hartaanval hebt.'

'Nou, die heb ik niet, dank je feestelijk, er is niets...' De deur zwaaide open en daar stond Oliver in joggingbroek en T-shirt.

'Hallo, Oliver.' Pam had hem nog nooit in vrijetijdskleding gezien. Normaal droeg hij een mooi ruitjeshemd dat in zijn broek gestopt zat. Pam had hem door de jaren heen al bij heel wat gelegenheden gezien, maar echt goed had ze hem nooit leren kennen. Hij complimenteerde haar altijd met haar beroemde wortel-walnotentaart. (Hij leek zich in zijn hoofd te hebben gehaald dat er geen suiker in die taart zat, maar ze nam niet de moeite hem uit de droom te helpen; hij was broodmager, een beetje suiker kon bij hem geen kwaad.)

'Holly heeft net een film gekeken,' zei Oliver. 'Ze had hier met alle plezier mogen slapen, natuurlijk.' Hij klonk bedroefd.

'O, dat zou ze heerlijk hebben gevonden, Oliver,' zei Pam. 'Maar we willen haar allemaal graag om ons heen hebben, als afleiding van onze zorgen om Ruby.'

'Ik heb begrepen dat jij de held van deze dag was,' zei Martin, en hij stak zijn hand uit naar Oliver.

Oliver wilde die pakken. 'Ik weet niet...' Maar tot Pams verrassing veranderde haar man op het laatste moment van gedachten en sloeg hij zijn armen om Oliver heen, waarbij hij hem in een ongemakkelijke houding op de rug klopte, waarschijnlijk veel te hard.

Pam wreef zacht over Olivers arm als compensatie voor de klopjes van Martin. 'Je bent een held,' zei ze geëmotioneerd. 'Jij en Erika zijn helden. Als Ruby weer thuis is en zich beter voelt, nodigen we jullie uit voor een speciaal etentje. Een etentje voor helden! Dan maak ik die worteltaart die je zo lekker vindt.'

'O heerlijk, wauw, wat aardig van je,' zei Oliver terwijl hij achteruitstapte en zijn hoofd boog als een veertienjarige.

'Waar is Erika?'

'Ze slaapt,' zei Oliver. 'Ze voelde zich niet... zo lekker.'

'Waarschijnlijk van de schrik,' zei Pam. 'Iedereen is... ach, kijk eens wie we daar hebben! Hallo, schatje. Wat een mooie elfenvleugels!'

Holly rende recht op Pam af en drukte zich tegen haar aan.

'Hallo, oma,' zei ze. 'Ik ben "uitgeput".' Ze maakte aanhalingstekens in de lucht. Die malle gewoonte van haar.

'Juist,' zei Oliver. 'Ik haal even je stenenverzameling, Holly.'

'Nee, die wil ik niet,' zei Holly strijdlustig. 'Ik heb toch gezegd dat ik die niet wil. Hou jij hem maar.'

'Nou, dan zullen wij er voor je op passen,' zei Oliver. 'Als je van gedachten verandert, kom je hem maar weer halen.'

'Kom eens bij opa, Holly.' Martin stak zijn armen uit, en het meisje sprong op, sloeg haar benen om zijn middel en legde haar hoofd op zijn schouder. Het had geen zin om tegen Martin te zeggen dat hij niet mocht sjouwen na zijn knieoperatie. Dit had hij nu nodig.

Holly viel in de auto in slaap en werd niet wakker toen Martin haar naar binnen droeg, en zelfs niet toen Pam haar een pyjama aantrok die ze altijd voor haar klaar had liggen. Martin zag het nut er niet van in om die nu aan te trekken, maar Pam zei dat je veel lekkerder sliep in een pyjama.

Toen Pam zich naar haar toe boog om haar een nachtkus te geven, vlogen Holly's ogen open.

'Is Ruby dood?' vroeg ze. Ze lag op haar buik met haar gezicht naar opzij op het kussen, bedekt door haar haren.

'Nee, lieverd,' zei Pam. Ze tilde de haren van Holly's gezicht en streek ze weg van haar voorhoofd. 'Ze ligt in het ziekenhuis. De dokters zorgen voor haar. Het komt goed. Ga maar weer slapen.'

Holly deed haar ogen dicht, en Pam wreef over haar rug.

'Oma,' fluisterde Holly.

'Ja, lieverd?' Pam was nu zelf ook doodmoe.

Holly fluisterde iets wat Pam niet kon verstaan.

'Wat zeg je?' Pam boog zich dichter naar haar toe.

'Zijn papa en mama heel erg boos op me?'

'Natuurlijk niet!' zei Pam. 'Waarom zouden ze boos op jou zijn?'

'Omdat ik haar heb geduwd.'

Pam verstarde.

'Ik heb Ruby geduwd,' zei Holly weer, harder nu.

Pams hand bleef stilliggen op Holly's rug, ze herkende hem bijna niet; hij zag er te oud en gerimpeld uit om van haar te zijn.

'Ze pakte het tasje met mijn stenen af,' zei Holly. 'Ze stond op de rand van de fontein met mijn tasje en ze wilde het niet teruggeven, maar het is van mij, en ik probeerde het van haar af te pakken en toen ik het had gaf ik haar een duw, omdat ik heel, heel erg boos was.'

'O, Holly.'

'Ik wilde niet dat ze zou verdrinken. Ik dacht dat ze achter me aan zou komen. Gaat ze naar de hemel? Ik wil niet dat ze naar de hemel gaat.'

'Heb je dit aan nog iemand verteld?' vroeg Pam.

'Aan Oliver,' mompelde Holly in haar kussen, alsof ze bang was dat dat ook niet helemaal in de haak was. 'Ik heb het aan Oliver verteld.'

'Wat zei hij?'

'Hij zei dat ik in het ziekenhuis heel zachtjes "sorry" in Ruby's oor moet zeggen en dat ik haar nooit meer een duw moet geven.'

'Aha,' zei Pam.

'Hij zei dat het ons geheimpje was en dat hij het nooit aan iemand zou vertellen.'

Wat een lieverd was Oliver toch. Een goed mens. Die het juiste probeerde te doen.

Maar stel dat Holly nooit de kans kreeg om 'sorry' in Ruby's oor te fluisteren? Ruby was stabiel. Ruby zou vannacht niet doodgaan.

Maar als ze wel doodging, weigerde Pam te aanvaarden dat haar mooie, onschuldige kleindochter zou moeten boeten voor Clementines gebrek aan oplettendheid.

'Weet je, ik denk niet dat ze erin is gevallen toen jij haar een duw gaf,' zei ze kordaat. 'Waarschijnlijk is het later gebeurd. Toen jij al weggerend was. Waarschijnlijk is ze uitgegleden. Ik denk dat ze is uitgegleden. Ik weet dat ze is uitgegleden. Ze is gevallen, schat. Jij hebt haar er niet in geduwd. Ik weet dat jij dat niet hebt gedaan. Jullie hadden bij de fontein een beetje ruzie over dat tasje en toen is die arme Ruby in het water gevallen. Het was gewoon een ongeluk. Ga nu maar slapen.'

Holly's ademhaling werd rustiger.

'Denk er maar niet meer aan,' zei ze. 'Het was een ongeluk. Een verschrikkelijk ongeluk. Het was niet jouw schuld. Het was eigenlijk niemands schuld.'

Ze bleef Holly over haar rug wrijven met ronde bewegingen als de eindeloze kringen die ontstaan als je een kiezelsteentje in stilstaand water gooit, en intussen praatte ze door om de herinnering te verdrijven, net als de kringen, en het gekke was dat ze haar woede op Clementine voelde wegebben alsof die er nooit was geweest.

89

Vier maanden na de barbecue

Clementine liep terug van de brievenbus terwijl ze haar post doorkeek en zag een effen witte envelop die aan haar was geadresseerd. Het was Erika's handschrift.

Ze bleef midden op het paadje staan en bekeek aandachtig de bekende verkrampte hanenpoten. Erika schreef alsof ze ruimte wilde besparen. Had ze die gisteren in de bus gestopt, vlak voordat ze naar het vliegveld was vertrokken?

Erika en Oliver waren gisterochtend vertrokken voor een reis van een halfjaar. Ze hadden onbetaald verlof genomen en tickets gekocht voor een reis om de wereld. Ze waren 'flexibel' wat betreft hun planning, in die zin dat ze 'voor sommige dagen nog geen overnachting hadden geboekt'. Gekkenwerk.

Ze hoopten na hun terugkeer pleegouders te kunnen worden. Ze waren al bezig met het introductieprogramma toen Erika had aangekondigd (per mail, niet telefonisch) dat ze eerst op reis gingen. Volgens Clementines moeder hadden ze geen speciale regeling getroffen voor Sylvia. Als de buren de politie belden omdat de situatie met het huis te erg werd, dan was dat maar zo. 'Zo heeft ze het exact tegen me gezegd,' zei Pam tegen Clementine. '"Dan is dat maar zo." Ik viel bijna van mijn stoel.'

Natuurlijk zouden Clementines ouders een oogje in het zeil houden bij Sylvia.

'Ze had mij toch kunnen vragen om Sylvia in de gaten te

houden,' had Clementine gezegd, waarop haar moeder na een korte stilte, alsof ze haar woorden eerst had gewogen, zei: 'Ze weet hoe druk je het hebt.'

Aan haar vriendschap met Erika was iets veranderd. Er gingen weken voorbij zonder dat ze contact hadden, en als Clementine belde, duurde het altijd een paar dagen voordat Erika terugbelde. Het was alsof ze afstand wilde houden; eigenlijk was het bijna, en dit was haast ongelooflijk, ironisch en onmogelijk, maar eigenlijk was het bijna alsof Erika Clementine voorzichtig losliet. Ze gedroeg zich als een aardige jongen tegenover een meisje als hij haar wil laten weten dat hij haar leuk vindt als een vriendin, maar meer niet. Clementine werd naar een lager niveau van vriendschap gewezen, en dat accepteerde ze met een vreemde mengeling van gevoelens: geamuseerdheid, opluchting, misschien iets van vernedering en in elk geval melancholie.

Ze maakte de envelop open. Er zat een kort briefje in:

Lieve Clementine,
Ik heb een kopie voor je gemaakt van deze oude foto die mam vond. Mam zegt dat het een 'bewijs' is. Ik denk dat ze een bewijs van haar geweldige ouderschap bedoelt. Misschien vind je het leuk om te zien. Tot over een halfjaar!
Liefs, Erika

Welke foto? Erika was vergeten de foto in de envelop te doen. Maar toen Clementine de envelop ondersteboven hield, viel er een piepklein fotootje op de grond.

Het was een zwart-witfoto van haar, Erika en Sylvia in een achtbaan in Luna Park, genomen op het moment dat ze vanaf het hoogste punt naar beneden suisden. Clementine herinnerde zich nog haar verbazing toen Sylvia hen die dag van school haalde. (Hoe had ze dat voor elkaar gekregen? Met een of andere smoes. Sylvia wist overal mee weg te komen.)

Clementine was dronken van blijdschap geweest. Het was te gek! Dat was pas leven!

Ze herinnerde zich dat Erika net zo opgetogen was geweest als zij, dat ze overal van genoten hadden tot aan het eind van de dag, toen Erika's stemming op onverklaarbare wijze was omgeslagen. Op weg naar huis had ze zich vreselijk druk gemaakt over een bibliotheekboek dat ze kwijt was. 'Ik weet precies waar het ligt,' had Sylvia de hele tijd gezegd, waarop Erika had gereageerd met: 'Nee, niet waar, dat weet je niet.' Clementine had zich in haar onschuld afgevraagd waarom het zo'n probleem was. Dat bibliotheekboek zou wel weer tevoorschijn komen. Per slot van rekening gooide Sylvia nooit iets weg. Hou op met de sfeer verzieken, Erika, had ze verontwaardigd gedacht.

Clementine had van de ordeloosheid van die dag kunnen genieten omdat zij terugging naar een huis met orde en netheid, spaghetti bolognese en schooltassen die 's avonds ingepakt werden.

Ze bekeek de foto en bestudeerde Erika's gezicht: de pure, bijna sensuele uitbundigheid waarmee ze haar hoofd in haar nek had geworpen, lachend, schreeuwend met haar ogen dicht. Erika bezat een heimelijke onstuimigheid. Die kwam zelden naar buiten. Ze verborg het. Misschien kreeg Oliver het te zien. Het bleek ook uit dat droge, ondermijnende gevoel voor humor dat soms bijna per ongeluk bij haar naar buiten kwam. Toen Clementine weer naar binnen liep, bleef ze naar de foto kijken en vroeg ze zich af hoe Erika had kunnen worden, hoe ze geweest had kunnen, had moeten zijn als ze het voorrecht had gehad van een normaal thuis. Je kon zoveel hoger springen als je een veilige plek had om neer te komen.

'Wat is dat? Waar kijk je naar?' vroeg Holly toen Clementine binnenkwam.

Clementine stak de foto in de lucht, ver van de graaiende vingertjes.

'Niets,' zei ze.

Ze keek weer naar de brief en zag dat Erika in de onderste hoek nog iets had geschreven: *PS Ik hoorde net het goede nieuws. Goed gedaan, Dummkopf. Ik wist het wel.*

'Is het "waardevol"?' Holly benadrukte het woord met haar vingers. 'Waardevol' was voor haar op dit moment hét woord.

'Ja,' zei Clementine. Ze keek weer naar het fotootje. Ze zou het op een veilige plek moeten bewaren. Anders zou het zomaar kwijt kunnen raken. 'Het is waardevol.'

Woord van dank

Ik bedank iedereen bij Penguin, met name de geweldige Maxine Hitchcock, Kimberley Atkins en Gaby Young. Dank ook aan mijn redacteurs in Australië en de Verenigde Staten: Cate Paterson, Mathilda Imlah, Brianne Collins en Amy Einhorn.

Sinds ik schrijf, verbaast het me hoe aardig mensen zijn als het gaat om het delen van hun expertise voor een roman. Fenelle bedank ik voor al haar tijd en kennis. Bedankt Rowena Macneis voor je geduldige antwoorden op mijn vragen over je leven als cellist, en Cat Seekins voor je informatie over je vroegere leven als danseres. Dank aan Chris Jones voor de antwoorden op mijn medische vragen. (Omdat het in dit boek over buren gaat, wil ik ook graag opmerken dat ik met Chris in contact ben gebracht door zijn ouders Sue en Ken Jones, de liefste buren die je je kunt wensen.) Liz Frizell, bedankt voor het beantwoorden van mijn muziekvragen. Eventuele fouten zijn helaas alleen aan mij te wijten.

Ik dank mijn bevriende collega's Ber Carroll en Dianne Blacklock voor hun vriendschap en steun bij deze roman.

Ik dank mijn geweldige literair agent Jonathan Lloyd, en ook mijn agenten in Australië en de Verenigde Staten: Fiona Inglis en Faye Bender. Ik dank Jerry Kalajian voor mijn entree in de prachtige wereld van Hollywood.

Ik dank mijn moeder, vader, Jaci, Kati, Fiona, Sean en Nicolas, en in het bijzonder Kati voor het proeflezen. Dank aan Adam, George en Anna omdat jullie zijn wie je bent. Ik prijs me bijzonder gelukkig met jullie. Dank aan Anna Kuper voor alles wat je voor ons gezin hebt gedaan.

Twee personages in dit boek zijn vernoemd naar mensen uit het echte leven. Steven Lunt was de winnende bieder op de fondsenwervende veiling 'Get in Character' die werd gehouden door CLIC Sargent Cancer Support for the Young. Robyn Byrne won de 'Be Immortalized in Fiction'-wedstrijd bij de Sisters in Crime Australia Davitt Awards.

Ik heb dit boek opgedragen aan mijn zus, de fantastische romanschrijfster Jaclyn Moriarty, omdat ik het zonder haar hulp en steun niet had gered. Eerlijk gezegd zou ik geen van mijn boeken zonder haar hebben kunnen schrijven.

De volgende boeken hebben me geholpen bij mijn research naar verzamelwoede: *Dirty Secret: A Daughter Comes Clean About Her Mother's Compulsive Hoarding* van Jessie Sholl (Gallery Books, 2010) en *Coming Clean: A Memoir* van Kimberly Rae Miller (New Harvest, 2014). Ook aan de website www.childrenofhoarders.com heb ik veel gehad.